BASTEI
LÜBBE
TASCHENBUCH

Weitere Titel der Autorin:

Die Pestärztin
Der Eid der Kreuzritterin

Die Titel sind auch als Hörbücher bei Lübbe Audio sowie als E-Books erhältlich.

Über die Autorin:

Ricarda Jordan ist das Pseudonym einer erfolgreichen deutschen Schriftstellerin. Sie wurde 1958 in Bochum geboren, studierte Geschichte und Literaturwissenschaft und promovierte. Sie lebt als freie Autorin in Spanien.
Unter dem Autorennamen Sarah Lark schreibt sie mitreißende Neuseelandschmöker, die allesamt Bestseller sind. Als Ricarda Jordan entführt sie ihre Leser ins farbenprächtige Mittelalter.

Ricarda Jordan

DAS GEHEIMNIS DER PILGERIN

Historischer Roman

BASTEI LÜBBE
TASCHENBUCH

BASTEI LÜBBE TASCHENBUCH
Band 16 081

1. Auflage: September 2011

Bastei Lübbe Taschenbuch in der Bastei Lübbe GmbH & Co. KG

Originalausgabe

Dieses Werk wurde vermittelt durch
die Literarische Agentur Thomas Schlück GmbH, 30827 Garbsen.

Lektorat: Melanie Blank-Schröder
Titelillustration: © akg-images/akg-images/Pirozzi/© Portrait of Eleanor, Countess of Lauderdale, c. 1780–81, Kauffmann, Angelica (1741–1807) (Ausschnitt)/The Rienzi Collection, Museum of Fine Arts, Houston, USA/ Funds provided by the Rienzi Society/Bridgeman Berlin
Umschlaggestaltung: Atelier Versen, Bad Aibling
Satz: Urban SatzKonzept, Düsseldorf
Gesetzt aus der Garamond
Druck und Verarbeitung: GGP Media GmbH, Pößneck
Printed in Germany
ISBN 978-3-404-16081-5

Prolog

Insel Oléron
Hof der Eleonore von Aquitanien 1179

Wo ist die Herrin Aliénor?«

Der Prinz trat auf den Wehrgang vor den Kemenaten und wandte sich an eines der unzähligen jungen Mädchen, die den Hof seiner Mutter bevölkerten. Dieses hier mochte höchstens elf oder zwölf Sommer zählen, aber es sah schon mit dem charakteristischen Blick zwischen kindlicher Scheu und weiblicher Koketterie, der den Zöglingen des Minnehofes eigen war, zu ihm auf. Richard fragte sich, ob die Mädchen ihn vor den venezianischen Spiegeln übten, die Eleonore von Aquitanien ihren Lieblingen zu schenken pflegte. Aber so gekünstelt dieser Augenaufschlag auch sein mochte – Richard konnte sich seiner Wirkung nicht entziehen, zumal das Mädchen wunderschöne Augen hatte. Augen von ungeheuer klarem Blau, als spiegle sich der Sommerhimmel Aquitaniens in einem der tiefsten Seen der Berge. Und sein kastanienfarbenes Haar ... wie ein Strom bahnte es sich seinen Weg über die noch knochigen, schmalen Schultern. Das Gesicht war kindlich rund, aber die ausgeprägten Wangenknochen und die hohe Stirn ließen erkennen, dass Richard eine künftige Schönheit vor sich hatte.

»Im Rosengarten, Herr«, antwortete das Mädchen mit heller, singender Stimme. »Soll ich Euch zu ihr führen?«

Richard lächelte. »Ich könnte mir keine schönere Begleiterin vorstellen«, sagte er galant und gab der Versuchung nach, die Kleine ein wenig zu necken. »Aber gibt es womöglich einen Ritter, den ich damit vor den Kopf stoße? Eine Schönheit wie Ihr hat doch sicher unzählige Verehrer?«

Das Mädchen errötete und lächelte schüchtern. »Dafür bin ich doch noch viel zu jung, Herr …«

Der Prinz zog die Augenbrauen hoch. »So manche Prinzessin wird früher vermählt. Aber es macht mich glücklich, dass Ihr mir Hoffnung macht. So würdet Ihr meine Werbung annehmen, wenn sie zu angemessener Zeit erfolgte?«

Das Mädchen wirkte jetzt etwas verwirrt, auf seiner glatten Stirn zeigte sich eine steile Falte. Aber dann erkannte es die Schmeichelei als Scherz und ging darauf ein, wie es das zweifellos gelernt hatte. »Selbstverständlich, mein Prinz, wenn Ihr nur auf mich wartet.« Die Kleine knickste.

Richard lächelte wieder. »So ist es beschlossen«, meinte er. »Aber Ihr müsst mir Söhne schenken …«

»Zahlreich wie die Sterne am Himmel«, erklärte das Mädchen ernsthaft, aber dann zwinkerte es ihm zu. »Müssen wir den Bund nicht mit einem Kuss besiegeln?«

Die Kleine war entzückend. Richard beugte sich zu ihr hinab und küsste sie leicht auf die Stirn.

»Wie heißt Ihr denn, meine versprochene Gattin?«, fragte er dann, immer noch lächelnd.

»Richard?« Eleonore von Aquitanien stieg die Treppe zum Wehrgang hinauf. »Wo bleibst du denn? Ich warte auf dich. Schwere Entscheidungen stehen an, und du kokettierst hier mit den Mädchen! Noch dazu halben Kindern!« Sie wandte sich an die Kleine. »Hast du keinen Unterricht, Gerlin von Falkenberg? Geschwind zu deinen Lehrern!«

Eleonores Lächeln nahm ihren Worten die Schärfe. Die Königin liebte ihre Zöglinge, vor allem die schönen und klugen, die einmal genauso geschickte Politikerinnen zu werden versprachen wie sie.

Nichtsdestotrotz knickste das Mädchen sowohl vor seiner Ziehmutter als auch vor Richard Plantagenet und floh dann in die

Frauengemächer. Allerdings gezielt in eine Kemenate, die Ausguck in die Gärten des Hofes bot. Die kleine Gerlin verschlang den schönen Prinzen mit ihren Augen.

So also fühlte es sich an, verliebt zu sein.

Der Kuss des Frühlings

Burg Falkenberg, Oberpfalz –
Lauenstein, Oberfranken
März bis September 1192

Kapitel 1

Gerlin von Falkenberg betrachtete ihr Gesicht im Spiegel des träge dahinfließenden Flusses, der sich unterhalb des Anwesens ihres Vaters durch die liebliche Landschaft schlängelte. Sie war nicht sehr zufrieden mit ihrem Anblick. Die nachlässig geflochtenen Zöpfe und das einfache Leinenkleid hätten auch einer Hausmagd gehören können – die Herrin Aliénor hätte sie für diese Aufmachung streng gerügt. Aber andererseits war der Hof von Aquitanien weit weg, und Gerlin war nicht gerade zu einem Fest unterwegs.

Sie hatte die Wäscherinnen am Fluss beaufsichtigt, nachdem sie die Küche inspiziert und dem Koch die Entnahme eines Schinkens aus der Speisekammer genehmigt hatte. Die Schlüssel zu den Wirtschaftsräumen klapperten an ihrem Gürtel – auch etwas, das weit unter der Würde der Herrin Aliénor gewesen wäre. Aber die englische Königin war auf der Insel Oléron nicht Herrin ihres eigenen Hofes gewesen, sondern inhaftiert von ihrem Gemahl. Und ihr stand der Sinn weit mehr danach, die Geschicke ihrer Söhne in der großen Politik zu lenken, als einen Haushalt zu führen.

Gerlin dagegen war ganz zufrieden mit ihrer Stellung auf Falkenberg. Als man sie nach dem Tod ihrer Mutter zurück in die Oberpfalz beordert hatte – sie war achtzehn gewesen, und ihre höfische Ausbildung galt als abgeschlossen –, musste sie zunächst noch mit dem Widerstand einiger Ministerialen und Hausangestellten kämpfen. Isabelle von Falkenberg war lange krank gewesen und hatte die Zügel schleifen lassen. Dass jetzt die Tochter des Burgherrn tatkräftig die Haushaltung übernahm, schmeckte den Leuten nicht. Aber Gerlin hatte es Spaß gemacht, das am Hof der Eleonore von Aquitanien Gelernte auszuüben. Sie spielte ihren Charme aus, um Köche und Kämmerer für sich einzunehmen, imponierte dem Hofkaplan durch ihre guten Kenntnisse im Lesen und Schreiben und dem Stallmeister durch ihr Wissen über Pferde und Falknerei. Gerlin wies die Dienerinnen in ihre Schranken, wenn sie tratschten, statt zu arbeiten, übernahm die Herrschaft über Küche und Vorratskammern und trieb ihre jüngeren Brüder energisch ihren Hauslehrern und Waffenmeistern zu, denen die beiden etwas verwilderten Knaben bislang nur zu gern entwischt waren.

Peregrin von Falkenberg war denn auch mehr als zufrieden mit seiner schönen, klugen Tochter, und die Einwände seiner Ritter und Ratgeber gegen Gerlins Erziehung am Minnehof – noch dazu dem bekanntesten, aber auch verrufensten im ganzen Okzident – waren längst verstummt. Der Burgherr hatte es als Ehre empfunden, dass Eleonore seine Tochter aufnahm, er hatte höfische Manieren stets zu schätzen gewusst. Isabelle, seine verstorbene Frau, stammte schließlich selbst aus Aquitanien. Sie war Eleonores Gespielin gewesen, als die beiden noch jung waren, aber dann war ihr Vater bei König Heinrich in Ungnade gefallen, und Isabelle hatte unter ihrem Stand ehelichen müssen. Sie hatte es Peregrin allerdings nie fühlen lassen, sondern seinem kleinen Hof in der Pfalz so selbstverständlich, so kundig und so voller Liebreiz vorgestanden, als handle es sich um den Haushalt eines Kaisers. Mit der englischen Königin hatte sie bis zuletzt in Briefkontakt gestanden, und es war ihr eine große Freude gewesen, dass die Herrin Aliénor ihre Tochter an ihrem Hof aufnahm.

Gerlin lächelte ihrem Spiegelbild zu, ein verführerisches Lächeln, das sie in der letzten Zeit zu selten übte. An wem hätte sie die Künste des Minnehofes auch erproben sollen? Die Ritter ihres Vaters waren alle alt – lediglich der Waffenmeister ihrer Brüder wäre ein altersmäßig passender Minneherr für sie. Aber der hielt nichts von höfischen Sitten, ein Raubauz und zudem ein Ritter ohne Land, weit entfernt davon, jemals ein eigenes Lehen zu erwerben.

Ab und an fanden sich natürlich Brautwerber ein – meist ältere Ritter, die eine Verbindung mit Burg Falkenberg für ihre Söhne in Betracht zogen. Peregrin von Falkenberg hatte sie bislang jedoch durchweg abgewiesen, meist ohne ihnen auch nur einen Blick auf Gerlin zu erlauben.

»Du bist zu gut für diese kleinen Krauter mit ihren winzigen Lehen!«, beschied er Gerlin, als sie ihn einmal scherzhaft fragte, ob er sie denn so gar nicht zu vermählen gedächte. »Da arbeitest du dich nur ab wie eine bessere Magd, während dein Gatte säuft und hurt! Nein, Kind, du bist zur Prinzessin erzogen, und eine solche sollst du auch werden. Oder doch zumindest eine Gräfin oder Fürstin, die einem großen Hof vorsteht. Ich will nicht, dass du deine Wäsche selbst wäschst!«

Gerlin erinnerte ihn besser nicht daran, dass sie das auf Falkenberg bereits tat – oder zumindest höchstselbst beaufsichtigte. Peregrin von Falkenberg haderte nach wie vor damit, dass er seiner wunderschönen edlen Isabelle nicht das Leben hatte bieten können, das sie gewohnt gewesen war. Nun sollte es wenigstens ihre Tochter besser haben. Gerlin lehnte sich nicht dagegen auf. Sie fühlte sich wohl auf Falkenberg, bislang hatte auch keiner der möglichen Ehemänner ihr Herz zum Singen gebracht.

Am Minnehof der Herrin Aliénor hatte sie mitunter für einen der schönen Ritter geschwärmt – allen voran für den Prinzen Richard. Aber die ganz große Liebe, die alles verschlingende Leidenschaft, die Guinevere mit Lancelot verband oder Tristan mit Isolde, kannte sie bislang nur aus Liedern und Gedichten. Gerlin war bereit zu warten – auch wenn sie sich manchmal etwas darum sorgte, dass sie älter und älter wurde. In diesem Jahr zählte sie vierundzwanzig Lenze. Es wurde Zeit für eine Ehe.

Aber nun musste sie sich erst mal etwas herrichten, sonst würde sie ihren Ritter eher abschrecken, sollte er sich denn an diesem Tag noch herbemühen! Tatsächlich erwartete ihr Vater Gäste aus Franken, unter anderem einen jüdischen Medikus, der im Dienst der Ornemünder auf Lauenstein stand. Gerlin wunderte sich nicht über diese Bekanntschaft. Während der Krankheit ihrer Mutter hatte Peregrin Kontakte zu Ärzten in den entlegensten Gebieten des Reiches gesucht. Selbst ins ferne Salamanca hatte er Boten geschickt, und er hätte wohl auch nicht davor zurückgeschreckt, sich an die angeblich weit fortgeschrittenen Ärzte der Sarazenen oder Mauren in Al Andalus zu wenden. So weit hatte seine Hand allerdings nicht gereicht – und zurzeit tobten ja wohl auch wieder Kämpfe im Heiligen Land.

Gerlins Vater hatte sich also auf die Konsultation jüdischer Mediziner beschränken müssen, wenn er etwas mehr Hilfe für Isabelle wollte, als die christlichen Bader bieten konnten. Seinem Ruf in der Ritterschaft hatte das geschadet – ihm und der hochgebildeten Isabelle aber so manche anregende Korrespondenz mit klugen Köpfen in aller Welt eröffnet. Mitunter hatte die Ablenkung durch den Briefwechsel mit Philosophen und Heilkundigen ihr mehr geholfen als jede Medizin.

Nun stand ihnen also Salomon von Kronach ins Haus. Gerlin lächelte. Als Brautwerber würde er kaum kommen. Wenn sie sich recht erinnerte, war der Herr von Lauenstein vor nicht allzu langer Zeit verstorben. Und sein Sohn und Erbe war noch ein Kind.

Gerlin hörte die Hufschläge der Pferde schon auf der Zugbrücke zur Burg, als sie zurück ins Haus eilte. Es wurde wirklich Zeit, sich umzuziehen, auch wenn es eher unwahrscheinlich war, dass ihr Vater sie zum Nachtmahl in die Halle beorderte. An Minnehöfen war es üblich, dass die Damen den Rittern bei den Mahlzeiten

Gesellschaft leisteten, aber an diese Sitten konnte sich Peregrin von Falkenberg nicht gewöhnen. Ein tugendhaftes Mädchen hielt sich seiner Ansicht nach der Gesellschaft von zechenden Rittern fern. Er sah Gerlin am Abend auch ungern in den Wirtschaftshöfen. Jetzt lief sie allerdings rasch noch in den Weinkeller und schöpfte einen Krug des besten Roten, den die Burg zu bieten hatte. Sie wies den Mundschenk an, die Gäste mit einem Pokal davon willkommen zu heißen, und übergab ihm den Rest, um ihn am Tisch ihres Vaters auszuschenken. Gewöhnlich war sie sparsam mit diesem guten Tropfen, aber Meister Salomon war sicher kein starker Trinker. Dafür würde er Qualität zu schätzen wissen.

Gerlin freute sich für ihren Vater auf den Abend in der anregenden Gesellschaft des Medikus. Peregrin war nicht so ungebildet wie viele andere Ritter. Als jüngeren Sohn hatten seine Eltern ihn eigentlich Gott weihen wollen, dann aber aus dem Kloster zurückbeordert, als seine beiden älteren Brüder kurz nacheinander starben. Die Gebete, so hatte Gerlin ihn einmal scherzen hören, habe er danach nie vermisst, wohl aber das Studium der theologischen und philosophischen Schriften.

Inzwischen hatte man das Burgtor geöffnet, und vom Gang zu ihrer Kemenate aus erhaschte Gerlin einen kurzen Blick auf die Ankömmlinge. Der Mundschenk hatte sie im Burghof in Empfang genommen, und eben nahmen ihnen die Knechte die Pferde ab. Salomon von Kronach reiste mit einer Eskorte von vier Rittern, was ihn als wichtigen Mann auswies. Reich gekleidet war er nicht – die meisten Juden beschränkten sich zumindest in der Öffentlichkeit auf schlichte dunkle Kleidung, während die Ritter gern mit farbigen Roben prunkten. Allerdings war er weitaus jünger, als Gerlin gedacht hatte. Er war groß und hielt sich aufrecht, volles dunkles Haar umrahmte ein schmales Gesicht.

Während die Männer dem Mundschenk jetzt in die Halle folgten, konnte Gerlin noch kurz ihre Pferde in Augenschein nehmen. Die Ritter hatten schwere Hengste mitgebracht, wie nicht anders zu erwarten war. Große, wohlgenährte Tiere – der Herr von Ornemünde hatte seine Leute standesgemäß ausgestattet. Der jüdische Medikus ritt ein Maultier, das allerdings vielen Pferden in Adel kaum nachstand. Eine milchweiße Stute, zweifellos ein Zelter. Sie mochte den Preis von zwei Streitrossen wert sein.

Gerlin riss sich jetzt los und stieg hinauf in ihr Gemach – nicht ohne vorher noch kurz bei ihren Brüdern vorbeigeschaut zu haben. Beide waren bereits angekleidet für das abendliche Bankett, schimpften allerdings über die sicher langweilige Gesellschaft.

»Was will Vater nur von diesem alten Juden!«, erregte sich Rüdiger, mit zwölf Lenzen der ältere der beiden. »Er sollte lieber junge Ritter an den Hof holen. Im nächsten Jahr werde ich meine Schwertleite feiern. Mit wem soll ich da kämpfen? Mit dem alten Adalbert?«

Adalbert von Uslar war der älteste Ritter, und Peregrin behielt ihn mehr aus Mitleid am Hof denn als Verteidiger seines Lehens. Nur wenige Fahrende Ritter wurden in Ehren alt, die meisten starben jung bei irgendwelchen Turnieren oder Scharmützeln. Aber Adalbert lebte seit Jahren auf Falkenberg. Peregrin konnte ihm kein Lehen geben, weshalb er auch nie um ein Mädchen hatte freien können. Aber immerhin fand er einen Schlafplatz in der Halle, musste nicht hungern und konnte abends dem Wein zusprechen, wie es ihm beliebte.

»Du wirst an einen anderen Hof gehen, das haben wir doch schon besprochen!«, beschied Gerlin ihren Bruder, einen hübschen, hochgewachsenen Jungen mit lebhaften blauen Augen und ungebärdigem rotblondem Haarschopf.

Allerdings erwies sich Peregrin von Falkenberg hier als ebenso wählerisch wie bei der Verheiratung seiner Tochter. Rüdiger sollte nicht an irgendeinen unbedeutenden Hof, aber die großen Fürstenhaushalte rissen sich nicht gerade um einen Knappen aus unbedeutender Familie. Dennoch wurde es jetzt Zeit. Rüdiger musste in die Welt hinaus – möglichst an eine Burg, deren Erbe im gleichen Alter war. Dann konnte er seine Schwertleite mit diesem Jungen zusammen feiern, und dessen Vater würde das Fest ausrichten. An großen Höfen wurden oft Hunderte von Knappen gemeinsam mit dem Erben zum Ritter geschlagen – es erhöhte das Renommee eines Burgherrn, sie fürstlich zu beschenken. Peregrin von Falkenberg fehlte dagegen das Geld für eine standesgemäße Einführung seines Sohnes in die Ritterschaft. Es war überaus teuer, das damit verbundene Turnier auszurichten. Wenn überhaupt, so lohnte sich das nur, wenn gleich zwei Söhne zum Ritter geschlagen wurden. Und Wolfgang, der jüngere Bruder, war erst acht. Rüdiger hatte sicher keine Lust, noch fünf Jahre auf seine Erhebung in den Ritterstand zu warten.

»Vielleicht ergibt sich ja gerade heute etwas für dich!«, ermutigte Gerlin ihren Bruder. »Der Jude kommt aus Lauenstein, vielleicht kannst du da als Knappe unterkommen. Vater wird euch den Rittern vorstellen, die ihn begleiten. Sei höflich, lausche ihren Reden – vielleicht kannst du ihnen aufwarten ... Und vor allem: Untersteh dich, den Juden herablassend zu behandeln! Wenn du einen guten Eindruck machst, setzt er sich vielleicht für dich ein, falls es zu Verhandlungen kommt.«

Gerlin hoffte, dass ihr Vater Rüdigers Schwertleite und die damit verbundenen Komplikationen nicht aus den Augen verlor. Der Sohn des verstorbenen Ornemünders durfte in Rüdigers Alter sein, man musste ihn irgendwann zum Ritter schlagen, und bestimmt geschah das im Rahmen einer aufwändigen Zeremonie. Ein Knappe mehr oder weniger machte da sicher keinen Unterschied, und der jüdische Medikus mochte Einfluss haben. Gerlin ärgerte sich, nicht früher auf den Gedanken gekommen zu sein.

Sie hätte Erkundigungen über Lauenstein einziehen und ihren Vater vorbereiten können.

Aber jetzt hatte sie immerhin Rüdiger besänftigt. Er zog hoffnungsvoll ab, gefolgt von seinem jüngeren Bruder, der ihn vergötterte. Ihr Waffenmeister würde die Jungen in der Halle in Empfang nehmen – oder der alte Herr Adalbert, falls sich Leon von Gingst zu gut war, um gemeinsam mit einem Juden zu speisen. Gerlin hatte die Ritter über den seltsamen Besucher ihres Burgherrn reden hören, und auch Rüdigers Bemerkungen zeugten davon, dass Herr Leon auf die Hebräer nicht allzu gut zu sprechen war.

Gerlin tauschte nun endlich das schlichte Hauskleid gegen ein seidenes Hemd, ein hellrotes Untergewand und einen samtenen dunkelblauen Überwurf. Es war Frühling und tagsüber schon recht warm, aber nachts hielt sich noch die Kälte in den Mauern der Burg, und Gerlin hatte den Kamin in ihrer Kemenate nicht anheizen lassen. Sie tat das ohnehin ungern. Das Gemäuer war alt und die Rauchabzüge ungenügend. Mit leisem Bedauern dachte sie an die sehr viel komfortableren Unterkünfte am Hof der Herrin Aliénor. Ein Gefängnis, aber ein luxuriöses! Außerdem war ihre Ziehmutter ihm inzwischen entkommen. Zweieinhalb Jahre zuvor war ihr Gatte gestorben, und man hatte ihren Lieblingssohn Richard zum König gekrönt.

Gerlin begann, ihre Zöpfe zu lösen und ihr Haar zu bürsten, was beträchtliche Zeit in Anspruch nahm. Ihre dicken kastanienfarbenen Locken reichten bis weit über ihren Rücken. Sie waren prachtvoll, aber es dauerte, sie zu entwirren. Auch das hatte sie am Hof der Königin nicht selbst tun müssen. Die Mädchen hatten sich gegenseitig geholfen oder Zofen zur Verfügung gehabt. Hier auf Falkenberg hätte Gerlin dazu extra ein Bauernmädchen anlernen müssen, und es fehlten ihr Muße und Geduld. Wenn sie nach der Tagesarbeit in ihr Gemach zurückkam, wollte sie allein sein. Ein klatschendes, anfänglich sicher ungeschicktes kleines Ding wäre ihr da nur im Wege.

Auch an diesem Abend freute Gerlin sich auf eine ruhige Stunde, die sie gern zur Lektüre eines Buches nutzte – das dazu nötige Kerzenlicht war der einzige Luxus, den sie sich gönnte. Allzu lange würde sie aber sicher nicht mehr wach bleiben. Der Tag war lang gewesen, und Gerlin war müde.

Umso verwunderter war sie, als nach kurzer Zeit ihr Bruder Wolfgang an ihre Tür klopfte.

»Vater wünscht, dass du in den großen Saal kommst«, richtete der Kleine aus. »Der Gast möchte dich kennenlernen. Aber er ist so langweilig! Und dabei muss ich ihm aufwarten. Der Herr Leon sagt, ein hochgeborener Knappe müsse einem Juden nicht aufwarten, das sei unter seiner Würde. Hätte ich das sagen sollen, Gerlin?«

»Um Himmels willen, bloß nicht!« Gerlin sprang auf. »Wenn dein Vater den Herrn Salomon in seiner Halle empfängt, so hast du ihm mit Ehrerbietung zu begegnen, und dem Herrn Leon stünde es wohl an, sich auch daran zu halten! Der ist nämlich nichts als ein Fahrender Ritter, und wenn er deinen Vater brüskiert, kann er sehen, wo er bleibt. Wenn wir deinen Bruder vielleicht nach Lauenstein schicken, braucht er hier keinen Waffenmeister mehr.«

Wolfgang blickte ein bisschen beleidigt und öffnete schon den Mund, um einzuwenden, dass sehr wohl jemand benötigt wurde. Schließlich musste auch er in den Umgang mit Schwert und Lanze eingeweiht werden. Gerlin beschied ihn jedoch kurz, dass dafür auch Herr Adalbert noch geschickt genug sei. Sie hatte jetzt keine Lust, sich mit den Dummheiten des Kleinen zu beschäftigen. Seltsam genug, dass ihr Vater sie in den großen Saal beorderte. Gerlin glättete ihre Kleidung und steckte einen goldenen

Reif in ihr Haar, der mit Saphiren besetzt war. Ein wertvolles Stück aus dem Erbe ihrer Mutter. Wenigstens sie wollte dem Besucher ihres Vaters Ehre erweisen.

Herr Peregrin hatte Meister Salomon sowie den Anführer seiner Eskorte an seinen erhöhten Tisch gebeten. Gerlin registrierte mit einem Blick, dass die fein bestickte Tischdecke, die sie dort zuvor aufgedeckt hatte, noch sauber war – Herr Salomon hatte offensichtlich genügend Manieren, das mehrfach gefaltete, um die Gedecke drapierte Leinen zur Reinigung seiner Hände zu nutzen, statt sie einfach am Tischtuch abzuwischen. Die anderen Männer der Eskorte schmausten gemeinsam mit den Rittern der Burg an langen Tischen längs der Wände. Hier hatte Gerlin auf die Tischtücher verzichtet, die Frauen kamen sonst aus dem Waschen nicht mehr heraus. Eben wurden die Reste des Mahles abgeräumt – es musste den Männern gemundet haben. Gerlin stellte fest, dass die gebratenen Schwäne und Gänse fast zur Gänze vertilgt worden waren.

Während sie an den Rittern vorbei auf den Tisch ihres Vaters zuschritt, hielt sie die Augen gesenkt. Gerlin machte einen tiefen Knicks – und blickte erst dann in das Gesicht des Besuchers. Von nahem wirkte Salomon von Kronach etwas älter. Sein ausdrucksvolles Gesicht war von ersten Furchen durchzogen, auch wenn in seinem überaus vollen dunkelbraunen Haar noch kein Grau zu erkennen war. Meister Salomon trug es lang wie ein Ritter – auf Bart und Schläfenlocken, die man sonst oft bei Juden sah, verzichtete er. Seine Lippen waren scharf geschnitten und voll, seine Nase klein und gerade, nicht markant wie in seinem Volk angeblich so verbreitet. Die Brauen wuchsen ebenso üppig wie sein Haar, und er hatte freundliche grünbraune Augen. Der Medikus lächelte Gerlin an.

»Ich stimme Euch zu, Herr Peregrin«, sagte er mit einer volltönenden, dunklen Stimme, die ebenso gut zu einem Troubadour hätte gehören können. »Nur selten sah ich ein Mädchen, das Eurer Tochter an Schönheit gleichkommt!«

Der Medikus nahm bedächtig einen Schluck Wein, bevor er sich direkt an Gerlin wandte.

»Seid gegrüßt, Fräulein Gerlin! Ich hörte, ich verdankte Euch die Auswahl dieses hervorragenden Weines.« Der Medikus wies auf seinen Pokal, und Gerlin nickte verwirrt.

Sie freute sich natürlich, dass es ihm schmeckte. Aber hatte man sie deshalb aus ihrer Kemenate kommen lassen? Und musterte dieser Mann sie nicht etwas zu forschend? Allerdings empfand sie seinen Blick nicht als unangenehm – im Gegenteil. Sein Ausdruck flößte ihr Vertrauen ein.

»Ihr wurdet an einem Königshof erzogen?«, fragte der Medikus.

Gerlin nickte wieder. »Ja und nein«, präzisierte sie dann. »Die Herrin Aliénor befand sich im Exil auf der Insel Oléron, die vor der Küste Frankreichs im Atlantik gelegen ist, als ich in ihrem Haushalt lebte. Sie wurde nicht müde, uns von den Schönheiten ihrer Heimat Aquitanien zu erzählen. Der Nebel und der Wind im Atlantik setzten ihr zu.«

»Aber Ihr hattet nicht den Wunsch, Eleonore von Aquitanien zu folgen, als sie schließlich befreit wurde? In den Süden oder nach England? Oder wohin auch immer ihre Reisen sie führten?«, fragte der Gast. »Hättet Ihr nicht gern bei Hofe gelebt?«

Gerlin verneinte. »Als die Herrin befreit wurde, war ich bereits hier«, erklärte sie dann. »Und es gefällt mir, meinem eigenen Haushalt vorzustehen. Ich hoffe, es war alles zu Eurer Zufriedenheit?« Mit einer knappen Handbewegung umfasste sie die Halle und Hofhaltung ihres Vaters. Der Mundschenk erschien eben mit neuem Wein, Rüdiger bediente die Ritter, wie Gerlin es ihm geraten hatte.

Der Medikus nickte erneut. »Ich seid nicht nur schön, sondern auch eine treffliche Hausfrau. Euer künftiger Gatte kann sich glücklich schätzen, Fräulein Gerlin.«

Peregrin von Falkenberg nickte jetzt auch und wies Gerlin mit einer winzigen Bewegung seiner Hand an, sich zurückzuziehen.

Das Mädchen knickste erneut und verabschiedete sich. Es konnte sich nach wie vor keinen Reim auf diese Begegnung machen. Meister Salomon war freundlich und gut aussehend. Aber er war Jude und nicht von Adel, kam als Bräutigam für sie also nicht infrage. Warum man ihm die Tochter des Hauses trotzdem hatte vorführen müssen, blieb Gerlin schleierhaft.

Der Besuch erwies sich als kürzer, als Gerlin gedacht hatte. Schon am nächsten Morgen traf sie den Medikus und seine Ritter im Burghof an, wo man ihnen eben ihre gesattelten Reittiere zuführte. Gerlin überlegte kurz, befand es dann aber durchaus als schicklich, sich einen Augenblick zu ihnen zu gesellen und sich zu verabschieden. Immerhin hatte man sie vorgestellt – und der seltsame Besucher faszinierte sie. So trat sie zu ihm und bewunderte sein Maultier. Die Stute war wirklich erlesen schön, das Sattelzeug schlicht, aber kostbar. Ihr Reiter hatte seine Reisekleidung vom Vortag durch einen schweren Mantel und einen breitkrempigen Hut ergänzt. Es war kühl und regnerisch, auch Gerlin schützte sich mit einem Umhang.

»Wie heißt sie?«, fragte Gerlin und streichelte die weiße Stute, die freundlich an ihren Kleidern schnüffelte.

»Sirene«, gab der Medikus freundlich Auskunft und nahm dem Pferdeknecht die Zügel ab.

Gerlin lachte. »So muss sie wohl eine wahrhaft betörende Stimme haben!«, bemerkte sie. »Aber ruft sie lieber Pferde- oder Eselhengste zu sich, um sie ins Verderben zu stürzen?«

Mit einem wohlgefälligen Lächeln würdigte Salomon von Kronach Gerlins Anspielung auf die Odyssee. Er war sichtlich beeindruckt von ihrer klassischen Bildung. »Sie verdankt ihren Namen in der Tat ihren außergewöhnlichen Lautäußerungen. Ich denke, Ihr werdet Gelegenheit haben, sie einmal zu hören – auch wenn dies ein zweifelhaftes Vergnügen ist. Ihre Namensgebung entsprach eher dem Schalk meines Neffen Abram als dem Wohlklang ihrer Rufe. Ich hoffe, Euch bald wiederzusehen, Fräulein Gerlin!«

Die Ritter seiner Eskorte hatten bereits ihre Pferde erstiegen, und der Medikus beeilte sich, es ihnen nachzutun. Er schwang sich sehr geschickt in den Sattel und nahm die Zügel so selbstverständlich auf wie ein geübter Reiter.

Gerlin knickste noch einmal, während die Männer ihre Pferde in Gang setzten, schauderte trotz ihres Mantels vor Kälte und Nässe und wunderte sich über Herrn Salomons Abschiedsworte. Plante der Mann einen weiteren Besuch? Vielleicht auf der Rückreise, egal wohin immer die Männer unterwegs waren? Ihr Vater hatte nichts davon gesagt. Oder wollte Meister Salomon nur höflich sein?

Mit einem leichten Lächeln vernahm Gerlin nun immerhin den Protestruf der Stute Sirene, die dem Stall der Burg wohl nachtrauerte. Ein flötenartiger Ton, der dann in ein tremolierendes Wiehern mündete. Sirene – ein weibliches Fabelwesen aus der griechischen Mythologie, das durch seinen Gesang Schiffer dazu verführte, ihre Boote gegen die Klippen zu lenken! Wenn der jüdische Heiler tatsächlich noch einmal Station auf Falkenberg machen sollte, würde Gerlin ihren Vater bitten, mit ihm und seinem Besucher speisen zu dürfen. Selbst das eben geführte kleine Gespräch hatte ihr mehr Kurzweil geboten, als sie seit ihrem Weggang vom Minnehof erfahren durfte.

Kapitel 2

Wie jeder Tag, so war auch dieser Morgen für Gerlin angefüllt mit Entscheidungen und Verrichtungen rund um den großen Haushalt auf der Burg. Der Koch wollte die Speisen für den Abend besprechen, die Knechte mussten angewiesen werden, die Heuböden zu reinigen, denn bald würde neues Futter angeliefert werden. Gerlin verschob einen Ausritt zur Inspektion der Heuwiesen, da es nach wie vor regnete.

Rüdiger murrte, dass Leon von Gingst deshalb seine Waffenübungen ausfallen ließ, und Gerlin überlegte kurz, sich deswegen an ihren Vater zu wenden. An sich ging es nicht an, dass der junge Ritter sich mit dem Wetter herausredete, wenn er keine Lust hatte, die Knappen zu unterrichten. Schließlich wurden auch bei Regen Kriege geführt! Rüdigers Waffenmeister gefiel ihr immer weniger. Sie würde mit ihrem Vater darüber reden müssen. Jetzt aber verwies sie ihren Bruder erst mal an den Hofkaplan. Der hatte Zeit, und auch wenn der Knappe es anders sah: Gerlin hielt es durchaus für nötig, dass er lesen, schreiben und die Grundlagen des Rechnens erlernte.

Rüdiger versuchte natürlich, sich zu drücken, indem er irgendetwas von einem Geheimnis faselte, das er Gerlin nicht verraten durfte, aber sie hatte sich bereits anderen Beschäftigungen zugewandt. Rüdiger hatte in den letzten Jahren viel zu viel Aufmerksamkeit erfahren. Nach dem Tod seiner geliebten Frau vergötterte Peregrin von Falkenberg seine Söhne. Gerlin verstand das, gedachte jetzt aber gegenzusteuern. Ein Ritter hatte die Tugenden des Maßhaltens und der Demut zu erlernen – schlimm genug, dass Leon von Gingst dem Jungen eher Hochmut und Standesdünkel vermittelte.

Während Gerlin mit den Mägden besprach, welche der älteren Kleidungsstücke ihrer Brüder den Bettlern geschenkt und welche noch einmal ausgebessert werden konnten, ereilte sie ein Ruf ihres Vaters. Erneut war es Wolfgang, der die Nachricht überbrachte – der Kleine grinste über das ganze Gesicht und schien unter der Last eines Geheimnisses fast zu bersten.

»Ich weiß, was Vater von dir will, aber ich darf es dir nicht sagen!«, brüstete er sich begeistert.

»Dann schweig auch still!« Gerlin nahm rasch ihre Schürze ab, bevor sie sich in die Räume ihres Vaters begab. »Und solltest du nicht mit deinem Bruder in der Kapelle sein und mit dem Kaplan die Bibel studieren?«

Inzwischen platzte sie allerdings fast vor Neugier. Wenn die Jungen so aufgeregt waren, ging es womöglich wirklich um Rüdigers Einführung in den Ritterstand. Er war manchmal etwas ungebärdig, aber ein guter Junge und jetzt schon ein schneidiger Reiter und begabter Schwertkämpfer. Sie würde ihm eine Erziehung auf Lauenstein so sehr gönnen! Und womöglich nahmen die Ornemünder ja beide Jungen. Dann konnte man sich Leon von Gingsts endlich entledigen. Gerlin beschloss, auch dieses Thema auf jeden Fall bei ihrem Vater anzusprechen.

Peregrin von Falkenberg saß in einem hohen Sessel am Fenster. Der Erker bot einen weiten Blick über die Siedlung vor der Burg und das Flüsschen Waldnaab, auch wenn der Platz den Ritter stets mit etwas Wehmut erfüllte. Isabelle hatte hier gern gesessen und über ihr Land geschaut – solange sie gesund war, hatte es ihr gefallen, mit ihrem Gatten auszureiten und die Dörfer zu inspizieren. Peregrin erinnerte sich noch gut daran, wie sie den Bauern in ihrem französisch gefärbten Deutsch freundliche, aufmunternde Worte sagte. Seine Untertanen hatten sie geliebt. Zuletzt hatte sie dann nur noch im Erker sitzen und das vorbeifließende Leben beobachten können. Gerlins Mutter war nun sechs Jahre tot, aber Peregrin betrauerte sie immer noch.

Nun, an diesem Tag konnte er zumindest ihrer Tochter eine gute Nachricht verkünden. Sofern Gerlin die Neuigkeit als gute Nachricht nahm ... Peregrin schaute dem Gespräch mit dem Mädchen mit leichter Nervosität entgegen.

Wie erwartet erschien Gerlin umgehend in seiner Kemenate. Sie hatte keine Zeit damit vergeudet, sich höfisch zu kleiden und zu kokettieren – er würde ihre gradlinige, zuverlässige Art vermissen! Das Mädchen grüßte vertraut und ließ sich ungezwungen auf einem Schemel zu seinen Füßen nieder.

»Was liegt an, Vater? Seid Ihr verstimmt, weil Euer Gast Euch so bald schon verlassen hat? Es war doch alles zu seiner Zufriedenheit, oder?«

Peregrin von Falkenberg nickte. Er war ein hochgewachsener, wenn auch vom Kummer etwas gebeugter Mann mit scharfen Zügen und blondem, schon ein wenig schütterem Haar.

»Alles war zu seiner vollsten Zufriedenheit, Kind. Du hast einen hervorragenden Eindruck hinterlassen. Weshalb Herr Salomon seine Entscheidung denn auch bereits getroffen hat – und ich habe zugestimmt. Nun bist nur noch du gefragt ... aber du kannst nicht Nein sagen, es ist eine Gelegenheit, die sich dir nie wieder bietet!« Peregrins lange Finger verschränkten sich ineinander, er rang die Hände, wie immer, wenn er nervös war, aber nun griff er entschieden nach der Hand seiner Tochter.

Gerlin runzelte die Stirn. »Wozu kann ich nicht Nein sagen?«, fragte sie argwöhnisch.

Peregrin räusperte sich. »Gerlin, Kind, Herr Salomon ... nun, er kam als ... als Brautwerber.«

Gerlin richtete sich alarmiert auf. Aber ihr Vater sprach weiter, bevor sie Fragen stellen konnte.

»Ich weiß, Gerlin, ein Jude und Medikus als Brautwerber ist eine seltsame Sache, aber Herr Salomon hat seinem Herrn wohl sehr nahegestanden. Er hat ihm auf dem Totenbett versprochen, dass ...«

»Er wirbt für einen Toten?«, fragte Gerlin ungläubig.

Peregrin schüttelte den Kopf. »Natürlich nicht! Aber er wirbt für einen Erben. Herr Salomon sucht nach einer passenden Gattin für seinen Herrn Dietrich von Lauenstein aus dem Geschlecht der Ornemünder. Ein Fürst, Gerlin, ein Mann von hohem Adel!«

»Ein Mann?«, fragte Gerlin. »Wenn ich dich richtig verstehe, geht es doch um den Erben des alten Lauensteiners, oder? Und von dem hörte ich, er sei noch ein Kind.«

Peregrin biss sich auf die Lippen. »Kein Kind, Gerlin, aber ... aber ein ... ein Junge ... Dietrich von Lauenstein zählt dreizehn Lenze, bald vierzehn. Er wird ... er wird in Kürze seine Schwertleite feiern.«

Gerlin sprang auf und entriss ihrem Vater dabei ihre Hand. »Vierzehn? Ein Knappe? Das könnt Ihr mir nicht antun, Vater! Ich bin vierundzwanzig! Ihr könnt mich nicht mit einem Kind vermählen!«

»Aber Gerlin, ich will dir nichts Böses!« Peregrin hob wie um Verzeihung heischend die Arme. »Im Gegenteil. Schau, Dietrich ist jung, aber das bleibt er ja nicht. Ich vermähle dich nicht mit einem Kind, ich vermähle dich mit einem Hochadligen! Du wirst über eine Grafschaft herrschen, Gerlin. Ein reiches, großes Lehen!«

Gerlin schüttelte hilflos den Kopf. »Aber Vater, ich heirate doch nicht nur einen Titel oder ein Stück Land. Ich werde mit diesem Mann leben müssen, der noch kein Mann ist! Ich träume nicht von einer Grafschaft, Vater, ich träume von Minne, von

Liebe, von Gemeinschaft ... von einem Mann, der mir ebenbürtig ist, der mir auch ein Freund sein kann.«

Peregrin von Falkenberg hob die Schultern. »Aber das eine schließt das andere doch nicht aus, Kind. Sieh es einmal so, Gerlin: Du wirst den Frühling zum Mann nehmen, einen schönen, unberührten Jüngling. Er wird dich lieben, dich anbeten, du wirst fähig sein, ihn dir zu formen. Und du wirst reich sein und einen großen Hof führen. Gräfin von Ornemünde zu Lauenstein ... Ist das nicht mehr, als wir uns je erhoffen konnten?«

Gerlin biss sich auf die Lippen. Das alles klang nicht, als ob sie noch eine Wahl hätte. »Ihr habt wirklich schon zugesagt, Vater? Es ist beschlossen?«

Peregrin nickte. »Ich musste, obwohl Herr Salomon darauf drängte, dich vorher zu fragen. Ansonsten hätte er nämlich noch weitere Burgen aufgesucht, er hatte noch zwei andere Mädchen in der engeren Wahl. Aber er lässt dir ausrichten, dass du dich durch meine Zusage nicht unbedingt gebunden fühlen sollst. Wenn du absolut nicht willst, so kannst du noch ablehnen. Natürlich würde ich mein Gesicht verlieren.« Er lächelte zögernd. »Du wirst ja auch noch überlegen, Gerlin. Du bist jetzt überrascht, es schreckt dich, dass ich schon für dich entschieden habe, aber wenn du darüber nachdenkst ... Herr Salomon sprach auch nur gut von seinem Herrn.«

»Seinem Herrn?«, spottete Gerlin. »Doch wohl eher seinem Schützling oder Zögling oder Schüler! Was ist dieser Dietrich, dass er so um ihn besorgt ist?«

»Der Sohn seines besten Freundes«, gab Peregrin schlicht zurück, »den er so sehr liebt, dass er nur das Beste für ihn will. So sehr, dass er sich sogar darum sorgt, ob du dieser Ehe nicht nur zustimmst, sondern es gern tust. Dietrich soll eine Gattin haben, die ihn liebt.«

Gerlin warf den Kopf zurück. »Und warum sucht er ihm dann

eine, die fast doppelt so alt ist wie er? Gibt es kein dreizehnjähriges liebliches Mägdelein, das umgehend in Liebe zu ihm entbrennt, wenn er denn nur halbwegs schön und freundlich ist?«

Peregrin rieb sich die Stirn. »Gerlin, es geht um etwas mehr als eine Ehefrau ... Die Situation für Dietrich ist nicht ganz einfach, Herr Salomon war da ganz offen zu mir. Der Knabe ist der einzige Sohn des Lauensteiners – was dem wohl zeitlebens Sorge bereitete. Nachdem Dietrichs Mutter starb, hat er noch zweimal geheiratet – die erste dieser Frauen ist im Kindbett gestorben, Dietrichs Bruder hat sie nur um zwei Tage überlebt. In seiner Verzweiflung hat der Mann dann noch einmal gefreit, um Luitgart von Nürnberg, eine Frau in deinem Alter. Er nahm sie, kurz bevor er starb. Er hatte keine Gelegenheit mehr, sie zu schwängern. Diese Luitgart ist nun Regentin – bis Dietrich seine Schwertleite feiert. Und sie scheint nicht willens, den Rang der Hausfrau kampflos aufzugeben. Dazu legt wohl noch ein anderer Ornemünder die Hand auf das Erbe ... Dietrich wird es verlieren, wenn er seine Stellung nicht sehr bald festigt.«

»Worunter ich zu verstehen habe, dass er nicht nur eine Frau nehmen, sondern sie auch umgehend schwängern muss?« Es war mehr eine Feststellung als eine Frage.

Gerlin setzte sich wieder, aber nicht wie ein Kind zu Füßen ihres Vaters auf den Schemel, sondern in einen der hohen Stühle am Feuer, das Peregrin hatte anzünden lassen. Gerlin meinte, die Wärme zu brauchen. Nach dem ersten Schrecken schien das Blut in ihren Adern zu stocken.

Den Frühling freien ... das klang eher wie ewiger Winter.

Peregrin sah seine Tochter nicht an, als er nickte. »Du wurdest an einem Minnehof erzogen.«

Er sprach nicht weiter – und Gerlin verbot sich eine scharfe Erwiderung. Ihr Vater und Salomon von Kronach, dem man sicher keine mangelnde Weisheit unterstellen konnte, hatten Recht. Was

Dietrich brauchte, war kein eingeschüchtertes, unwissendes Kind, das vielleicht gerade zum ersten oder zweiten Mal blutete. In diese Ehe ging nicht nur die Frau unberührt, auch Dietrich würde lernen müssen. Und obwohl es an Minnehöfen sehr viel züchtiger zuging, als man gemeinhin annahm, war Gerlin doch nicht verborgen geblieben, was zwischen Mann und Frau zu geschehen hatte, damit ein Kind entstand. Sie seufzte.

»Du sagst, der Junge sei wohlerzogen und freundlich?«, fragte sie leise.

Peregrin nickte. »Das sagte mir Herr Salomon. Er war voll des Lobes von dem Knaben. Der Junge sei auch verständig und klug – weit über sein Alter hinaus. Denk darüber nach, Gerlin, bitte! Und lass mich deine Entscheidung bald wissen!«

Gerlin traf auf ihre Brüder, als sie die Räume ihres Vaters verließ. Sie mochten an der Tür gelauscht haben, aber Gerlin erkannte mit einem Blick, dass ihr Vater sogar die Katzenklappe sorglich verschlossen hatte. Sehr laut gesprochen hatten sie ebenfalls nicht, sicher war nichts herausgedrungen. Rüdiger und Wolfgang wirkten auch nicht ertappt, sondern plauderten eifrig miteinander. Nun aber stürzten sie sich auf Gerlin.

»Du wirst ihn doch freien, nicht?«, fragte Rüdiger. »Auch wenn er natürlich ... also es ist schon ein bisschen seltsam, er ist ja nicht viel älter als ich. Aber denk dir, ich kann mit dir kommen, als Knappe auf die Burg Lauenstein! Ich werde zum Ritter geschlagen werden, zusammen mit diesem Dietrich. Und bald, Gerlin! Ich kann es kaum erwarten! Du sagst nicht Nein, oder? Das kannst du mir nicht antun!«

Kapitel 3

Gerlin von Falkenberg sagte nicht Nein. Sie weinte sich in dieser Nacht in den Schlaf und verabschiedete sich von allen minniglichen Träumen. Kein Held, kein wunderschöner Ritter in glänzender Rüstung für Gerlin – aber wenn sie es nüchtern betrachtete, war damit ja auch ohne das Angebot der Lauensteiner kaum zu rechnen gewesen.

Im Grunde hatte es für Gerlin und ihre Freundinnen am Minnehof nur selten einen solchen Ritter gegeben. Die Mädchen tändelten mit den jungen Helden, tauschten vielleicht verstohlene Küsse im Rosengarten der Herrin Aliénor. Aber verheiratet wurden sie mit den Männern, die ihren Vätern genehm waren. Sie mochten uralt sein oder blutjung, hässlich oder gar bösartig. Gerlin hätte es viel schlimmer treffen können. Der junge Dietrich schien doch zumindest von ansprechender Gestalt und freundlichem Wesen zu sein. Und wer wusste es schon – vielleicht wuchs er ja wirklich zu der Lichtgestalt aus Gerlins Träumen heran und verzichtete darauf, seine ältere Gattin dann gegen eine jüngere Schönheit einzutauschen, wie es König Heinrich mit der Herrin Aliénor getan hatte.

Gerlin jedenfalls rüstete sich für die Reise, desgleichen der aufgeregte Rüdiger. Zumindest seine Träume gingen in Erfüllung. Er würde weitaus früher zum Ritter geschlagen werden, als er sich ersehnt hatte. Gerlin hoffte, dass sein Waffenmeister ihn wenigstens ausreichend darauf vorbereitet hatte. Es wäre mehr als peinlich, wenn die Lauensteiner Knappen den Falkenberger Erben demnächst mehrmals täglich vom Pferd tjosteten!

Gerlin berichtete der Herrin Aliénor von ihrer bevorstehenden Hochzeit, und wider Erwarten antwortete die englische Königin postwendend mit einem herzlichen Brief, dem ein kostbares Geschenk beilag. Eleonore von Aquitanien sandte ihr ein Medaillon mit einer Miniatur – ihr Bildnis und ihr Namenszug, eingefasst in Gold – an einer goldenen Kette.

Ich habe dieses Schmuckstück dereinst für Eure Mutter anfertigen lassen, als ich hörte, sie sei schwer erkrankt. Wir waren gute Freundinnen, und ich hoffte, der Gruß von mir und mein Bildnis würden ihr Trost spenden. Leider starb sie, bevor ich es absenden konnte. Es würde mich freuen, wenn Ihr es jetzt an ihrer Stelle über dem Herzen trüget, schrieb sie.

Gerlin war gerührt und erfreut und legte das Schmuckstück gleich an. Ihre Aussteuer bestand fast nur aus Kleidern und Stoffen, die noch ihre Mutter mit nach Falkenberg gebracht hatte. Gerlin selbst hatte kaum etwas angeschafft. Allerdings traf kurz nach ihrer Zusage eine Truhe ein, gefüllt mit edelsten Seidenstoffen und Brokat aus Al Andalus, feinstem Linnen und Damast, dazu goldfädendurchwirkte Gürtel mit goldenen Schließen und aufgenähten Halbedelsteinen. Das Schreiben dazu stammte von Salomon von Kronach. Es sei ihm eine Ehre, der künftigen Braut seines Schützlings Dietrich ein paar bescheidene Stoffproben aus dem Fernhandel seines Bruders Jakob zusenden zu dürfen. Ein Teil davon möge sich für die Erstellung eines Hochzeitsgewandes eignen.

Gerlin war hingerissen von einem blauen, durchscheinenden, zarten Damast und machte sich sofort daran, ein Kleid daraus zu schneidern. Vielleicht nicht gleich für die Hochzeit, aber doch für ihr erstes Zusammentreffen mit ihrem künftigen jungen Gatten.

Peregrin von Falkenberg plagten andere Sorgen. Er stand vor dem Problem, seiner Tochter und seinem Sohn eine standesgemäße Eskorte zuzuweisen, aber tatsächlich verfügte seine Burg über nur wenige Ritter.

Falkenberg lag am Rande der Oberpfalz, das Lehen war bescheiden, warf aber genug ab, dass sie davon leben konnten. Mit seinen Nachbarn lebte Peregrin in Frieden, desgleichen sein Pfalzgraf. Er hatte nie Lehnspflichten von Peregrin eingefordert. Insofern sah der Burgherr keine Notwendigkeit, mehr Ritter als nötig durchzufüttern, und für Fahrende Ritter war die Burg auch wenig attraktiv, da der Dienst bei Herrn Peregrin kaum Aufstiegschancen bot. Wo keine Kriege geführt wurden und keine Fehden anstanden, waren keine Lehen zu erwerben – ja, es gab hier nicht mal Turniere zu bestreiten, in deren Verlauf man vielleicht interessantere Herren auf sich aufmerksam machen konnte.

Folglich hielt Peregrin seine Burg mit einer kleinen Stammbelegschaft von älteren Rittern, die jede Hoffnung auf Ruhm längst aufgegeben hatten. Ohne Land konnten sie keine standesgemäßen Ehen eingehen, aber die meisten hielten sich ein Liebchen unter den Hausmädchen oder den Bauerntöchtern im Dorf, die gegen kleine, aber regelmäßige Aufmerksamkeiten aus Küche und Keller der Burg klaglos ihre Kinder zur Welt brachten und großzogen. Verständlich, dass kaum einer dieser Ritter Lust hatte, seinen sicheren Platz auf Falkenberg und seine Familie für eine untergeordnete Stellung im Dienst der Lauensteiner aufzugeben. Gerlin war nicht sehr erbaut von dem Aufgebot, mit dem ihr Vater sie schließlich konfrontierte.

»Kind, ich kann dir nicht mehr als zwei Ritter mitgeben«, meinte er bedauernd. »Aber ich trenne mich immerhin von meinem besten, Herrn Leon von Gingst. Du weißt, er war Rüdigers Waffenmeister, und er ist willig, seinen Zögling zu begleiten – auf Lauenstein mag er auch mehr Möglichkeiten sehen, Ruhm und

Ehre zu gewinnen. Dazu hat sich Herr Adalbert bereit erklärt, mit dir zu gehen. Er ist nicht mehr jung, aber er hat dennoch gebeten, mir dir ziehen zu dürfen. Er ist dir aus ganzem Herzen zugetan!«

Gerlin runzelte die Stirn. Bislang hatte der alte Ritter niemals Anzeichen größerer Verehrung ihr gegenüber erkennen lassen. Sie selbst nahm eher an, dass sich hier sein schlechtes Gewissen regte. Herr Adalbert war alt, aber ein Ritter ohne Tadel. Sicher war es ihm nicht recht, seinem Burgherrn auf der Tasche zu liegen, und nun ergriff er die Gelegenheit, auf ehrenvolle Weise seinen Abschied zu nehmen. Sicher würde er Gelegenheit finden, Gerlin auf Lauenstein in kleinen Dingen zu Diensten zu sein. Er mochte ihren Söhnen das Reiten beibringen und mit ihnen das erste Holzschwert schnitzen, für sie selbst Botendienste leisten und ihr eine Eskorte bieten, wenn sie ausritt oder karitativen Pflichten nachging. Der Weg zum nächsten Kloster war im Allgemeinen nicht so gefährlich, dass dafür jüngere Streiter abgerufen werden mussten.

Gerlin jedenfalls hatte nichts gegen Herrn Adalbert. Er war zweifellos loyal. Mit Herrn Leon verhielt es sich da anders. Gerlin hatte sich bislang mit ihren Ressentiments gegen Rüdigers Waffenmeister zurückgehalten. Da ihr Bruder ihn nun sowieso nicht mehr brauchte, hatte sie darauf verzichtet, ihren Vater auf seine Unzulänglichkeiten aufmerksam zu machen. Im Stillen hatte sie gehofft, dass der Haudegen sich ohnehin anderswo eine Stellung suchen würde, wenn seine Dienste nicht mehr benötigt würden. Dass er das nun ausgerechnet an ihrem Hof, geschützt durch ihren Namen zu tun gedachte, gefiel ihr nicht.

»Meint Ihr denn, Vater, dass ich mich auch auf Herrn Leons Vasallentreue vollständig verlassen kann?«, fragte sie vorsichtig.

Peregrin zuckte die Schultern. »Hast du Gründe, daran zu zweifeln, Kind?«, erkundigte er sich. »Freilich, Herr Leon ist nicht unbedingt der Mann, den Königin Eleonore als den ›Stolz der

Ritterschaft‹ bezeichnen würde. Soweit ich weiß, schlägt er weder die Laute noch kann er einen Ton singen. Aber er ist doch ein rechter Kämpfer – er hat sich in so manchem Turnier ausgezeichnet, bevor er zu uns kam.«

Gerlin wollte einwenden, dass ihr Leons Sangeskunst ziemlich egal war. Sie störte sich mehr daran, dass der Ritter weder lesen noch schreiben konnte und auch äußerst geringschätzig auf alle herabblickte, die diese Künste beherrschten. Witwen und Waisen, Priester und Nonnen hatten von ihm nicht viel Schutz zu erwarten – Leon von Gingst imponierte man nur mit roher Gewalt. Ob er einem jungen Herrn wie Dietrich loyal dienen würde? Einem Knaben, zu dessen engsten Beratern Juden – und demnächst vielleicht seine ältere Gattin gehörten?

Bislang hatte Gerlin keine große Ehrerbietung von Herrn Leon erfahren, und soweit sie wusste, gab es auch keine Minneherrin, unter deren Zeichen der Ritter in den Kampf zog. Frauendienst – am Minnehof eine wichtige Tugend, der sich die jungen Ritter mit Eifer widmeten – schien ihm also wenig zu liegen. Nun waren das alles keine Argumente, die Herrn Peregrin überzeugen würden.

»Schau, Gerlin, wie es aussieht, scheinst du den jungen Herrn nicht sehr zu mögen«, fuhr der Burgherr denn auch fort, als Gerlin unschlüssig schwieg. »Aber es ist doch so, dass wir nicht allzu viele vorzeigbare Ritter aufzubieten haben. Und willst du denn nur mit einer Eskorte von Greisen und Knappen auf Lauenstein einreiten?«

Gerlin konnte auch dagegen nicht allzu viel einwenden. Sie hoffte ohnehin, dass ihr Dietrich oder Herr Salomon eine schlagkräftige Eskorte für die Begleitung in den Frankenwald stellen würden. Allein mit Adalbert, Leon und Rüdiger, dafür mit einer vollen Brautausstattung eine mehrtägige Reise anzutreten, schien ihr nicht geraten. Es gab Raubritterburgen am Weg, von den üblichen Strauchdieben und Wegelagerern ganz abgesehen.

Nun hätte sie sich diese Sorge nicht machen müssen. Herr Salomon gab ihr gerade einen Monat Zeit, um ihre Aussteuer zusammenzustellen. Dann traf eine kleine Streitmacht, bestehend aus vier gut gerüsteten Rittern und zwei Knappen auf Falkenberg ein.

Peregrin ließ Gerlin rufen, sobald ihm Boten gemeldet hatten, dass sich die Männer der Burg näherten. Das junge Fräulein war eben dabei, eine Holzlieferung in Empfang zu nehmen und zu kontrollieren, mittels derer Ställe und Schuppen nach dem Winter ausgebessert werden sollten. Nun kam sie direkt aus dem Torhaus der Burg in die Räume ihres Vaters. Sie war verschwitzt, und an ihrem Umhang hafteten Sägespäne.

»Kind, ich habe Kunde, dass die Abordnung von Lauenstein im Anritt ist. Es heißt, sie führten zwei Knaben mit sich als Knappen! Nicht in hochherrschaftlichem Gepränge, aber es ist doch gut möglich, dass sich Herr Dietrich hier im Schutz seiner Ritter, demütig als einfacher Knappe gekleidet, ein Bild von seiner Braut zu machen gedenkt! Davon reden zumindest Rüdiger und Wolfgang ... und was denen einfällt, wird wohl auch anderen Jungen in den Kopf kommen.« Peregrin musterte Gerlin. »Herrgott, Mädchen, und du läufst hier herum wie eine Bauernmagd!«, tadelte er sie. »Nun, es ist noch nicht zu spät. Sieh zu, dass man dir ein Bad bereitet – vielleicht schaffst du es ja, dich halbwegs höfisch herzurichten, bis die Herren einreiten. Dann kannst du sie im Burghof willkommen heißen.«

Gerlin unterdrückte eine scharfe Erwiderung. Sie liebte die Beaufsichtigung der Arbeiter, die die Ausbesserungen vornehmen sollten, nicht, aber sie konnte sie niemand anderem anvertrauen. Der Kaplan empfand es als unter seiner Würde als Gottesmann, Bretter und Pfähle auf korrekte Länge und Breite zu kontrollieren – er fiel also aus. Ansonsten konnten außer Gerlin nur Peregrin, Rüdiger und Wolfgang genügend gut schreiben und rechnen, um kein heilloses Durcheinander in den Rechnungsbüchern anzustellen. Rüdiger wäre der beste Ersatz für seine Schwester gewesen, aber sie ahnte, dass er sich weigerte, solch »unritterliche« Aufgaben zu übernehmen.

Im Stillen verfluchte Gerlin wieder mal Leon von Gingst, der ihn in diesen Ansichten unterstützte. Dabei war Rüdiger kein Leben als Held bestimmt, sondern als Erbe eines Lehens, und wenn er dies erfolgreich bearbeiten wollte, sollte er mindestens so gut wirtschaften lernen, wie das Schwert zu führen. Gerlin hoffte, dass man ihm dies am Hof zu Lauenstein klarmachen würde – zumindest Dietrich war laut Herrn Salomon gebildet und belesen.

Dieses Mal würde sie sich allerdings Wolfgang packen müssen, der sich bestimmt freute, wenn man ihm die Aufgaben eines Erwachsenen übertrug. Leider war er bislang alles andere als perfekt im Abmessen und Notieren von Zahlen …

Als Gerlin endlich alles geregelt hatte, war es entschieden zu spät für ein Bad in den Frauengemächern. Schließlich musste das Wasser dafür in ihre Kemenate hinaufgeschleppt werden, und das kostete Zeit – und die Arbeitskraft von Knechten, die man beim Holzabladen benötigte. Gerlin überlegte kurz, ob es ohne Bad ging, entschied aber dann, dass sie eine Erfrischung brauchte. Sie lief rasch durch den Burghof, den Küchengarten und hinab in Richtung Fluss. Die Ritter und ihre Pferde badeten dort täglich, die Mägde und Bauernmädchen im Schutz eines Weidendickichts nach der Tagesarbeit. Peregrin achtete strikt darauf, dass sie dabei nicht gestört wurden. Bei Beschwerden gegen ihnen auflauernde Männer verhängte er harte Strafen.

Gerlin selbst erfrischte sich meist am späten Nachmittag kurz im Wasser. Dann waren die Ritter fort, aber die Mädchen noch nicht da, das Bad ersparte ihr aufwändigere, wenn auch ihrem Stand angemessenere Reinigungsprozeduren. Auch an diesem Tag war Gerlin allein an der Badestelle, aber als sie sich eben wieder ankleidete, hörte sie Stimmen auf der anderen Seite des Weidendickichts. Es mündete dort in ein Wäldchen, abgewandt von der Burg.

»Du bist ein Knappe, mein junger Freund, und als solcher obliegt dir die Reinigung der Rüstungen!«, erklärte eine scharfe, befehlsgewohnte Tenorstimme. »Wenn du zum Ritter geschlagen bist, kannst du auftrumpfen, aber jetzt nimmst du dir ein Tuch und polierst diesen Harnisch!«

Gerlin spähte durch das Dickicht und entdeckte eine Gesellschaft von sechs Reitern mit schönen, gepflegten Pferden. Die Männer entledigten sich eben ihrer Reisekleidung – sie waren nur in ihren Kettenhemden geritten – und planten wohl, zunächst zu baden und danach ihre mitgeführten Rüstungen anzulegen. Gerlin hätte das mit Besorgnis gesehen, hätte ihr Vater eine Fehde gehabt, aber feindliche Ritter pflegten sich nicht vor dem Angriff im Burggraben des Gegners zu reinigen. Sie war sicher, die Eskorte der Lauensteiner vor sich zu haben, die mit großem Gepränge und frisch polierten Rüstungen auf der Burg der Braut ihres Herrn einreiten wollten.

Gerlin war gerührt – solchen Aufwand kannte sie eher aus Ritterromanen denn aus der Wirklichkeit. Rüstungen waren schwer, der Ritt darin unbequem. Nur um eine Braut zu ehren, tat man sich das selten an – höchstens, wenn der Bräutigam unter den Rittern oder Knappen war!

»Ich bin von hoher Geburt!«, verteidigte sich der Knappe mit quäkender Stimme. »Ich muss kein Silber putzen!«

Hoffentlich war dies nicht Dietrich! Gerlin registrierte ein weichliches Jungengesicht und einen untersetzten Körperbau. Wenn sie diesem Knaben beiliegen musste ... sie schauderte. Der andere, ein dunkelhaariger Junge, wirkte bescheidener. Er polierte auch schon brav die Brustpanzer der Ritter.

»So ist es gut, Herr Friedhelm!«, lobte ihn der blonde Ritter, der den anderen Knappen eben gemaßregelt hatte.

Der Dunkelhaarige war es also nicht. Gerlin beschloss, zur Burg zurückzueilen. Wenn die Ritter ins Wasser tauchten und etwas hinausschwammen, würde sie sonst in ihr Blickfeld geraten. Bedrückt machte sich das Mädchen auf den Weg. Ihr Vater hatte ihr befohlen, ihr Festkleid anzulegen. Gerlin rief eine Magd zu Hilfe und stieg vorsichtig in ein seidenes Untergewand, über das sie den azurblauen Damast zog. Der golddurchwirkte Gürtel und ein dazu passendes, mit Goldfäden durchzogenes, breites Stirnband rundeten das Bild ab. Nach kurzem Zögern entschied sie sich für einen Schleier – es musste ja nicht sein, dass gleich jeder der Ritter ihr Gesicht sah. Gerlin spielte mit dem Medaillon der Herrin Aliénor. Sie sehnte sich wie nie zuvor nach dem Zuspruch einer Mutter.

Peregrin erwartete sowohl Gerlin als auch die Ritter im Burghof. Rüdiger kletterte einen Wehrgang hinauf, um die Eskorte einreiten zu sehen.

»Sie kommen!«, meldete er eben. »Und, Vater, Gerlin, ihr glaubt nicht, wie sie sich gerüstet haben! Sechs Ritter in vollem Staat, und die Sonne bricht sich in den Panzern, so glänzend sind sie poliert! Das zeugt von hoher Ehrerbietung, Gerlin! Und wie reich müssen die Lauensteiner sein, dass sie sechs Ritter derart erlesen ausstatten!«

Gerlin händigte dem Kämmerer eben noch die Schlüssel für den Weinkeller aus und bestellte den Wein für den Begrüßungstrunk. Ihr war jämmerlich zumute. Auch die glänzendste Rüstung würde sie nicht über den weichlichen Körper und die quäkende Stimme dieses Knappen hinwegtrösten.

Wie es ihrem Stand entsprach, ritten die Knappen als Letzte ein, saßen aber als Erste ab, um den Rittern die Pferde abzunehmen. Wieder war es der groß gewachsene dunkelhaarige Junge, der behände vom Pferd sprang – die Knappen trugen noch keine Rüstung. Der Blonde ließ sich mehr Zeit, er schien auf die Knechte der Burg zu warten, statt sich der Pferde der Ritter anzunehmen.

Der Anführer der Eskorte hielt ihm provozierend die Zügel seines Hengstes entgegen. »Wird's bald, Herr Theobald?«

Gerlins Herz flog ihm zu. Theobald, nicht Dietrich! Wenn ihr künftiger Gatte also nicht unter falschem Namen reiste, war sie dem dicklichen Knappen nicht zugedacht!

Aufatmend sah sie, wie ihr Vater und Rüdiger den Ritter begrüßten. Der Mann nahm eilends den Helm ab, als er seinem Gastgeber – und vor allem seiner künftigen Herrin – gegenübertrat.

Peregrin von Falkenberg stellte zunächst Rüdiger vor, der seine Chance nutzte und eifrig nach den Zügeln des Schimmelhengstes griff, die der Ritter immer noch hielt.

»Erlaubt mir, dass ich Euch das Pferd abnehme, Herr ...«

»Florís de Trillon, im Auftrag meines Herrn Dietrich von Ornemünde zu Lauenstein«, sagte der Ritter und beugte den Kopf. Er entledigte sich jetzt auch der Kettenhaube, und Gerlin, die den Blick noch züchtig gesenkt hielt, registrierte aus dem Augenwinkel blondes, lockiges Haar, das ein gebräuntes, gut geschnittenes Gesicht umspielte. Florís de Trillon hatte weiche, aber keine unmännlichen Züge, sein Kinn war kantig und gab ihm bei aller Schönheit einen entschlossenen Ausdruck. Seine Augen waren leuchtend blau und blitzten verwegen. »Ich danke Euch, Herr Rüdiger. Ihr seid doch Herr Rüdiger, nicht wahr? Der mit uns reiten wird, um seine ritterliche Ausbildung auf Lauenstein zu beschließen? Ich freue mich, hier eine wahre künftige Zierde der Ritterschaft kennenzulernen. Voller Höfischkeit, Maße und Demut, die sonst mancher vermissen lässt!«

Bei den letzten Worten streifte »Herrn Theobald« ein vielsagender Blick. Gerlin war sich jetzt sicher. So würde kein Ritter mit seinem Herrn umspringen, auch wenn Letzterer noch ein Knappe war und inkognito reiste.

Sie trat jetzt näher, versank in einen Knicks und reichte Herrn Florís den Begrüßungstrunk. Der junge Ritter schenkte ihr einen bewundernden Blick, und sie fühlte sich wie verbrannt, als seine Hand versehentlich die ihre streifte. Ob es angebracht war, ihn mit einem Kuss zu begrüßen? Man tat das bei Rittern, die dem eigenen Vater oder Gatten sehr nahestanden, aber gewöhnlich wurde es mit den Männern des Haushalts abgesprochen. Und Gerlin wusste ja nicht, wie eng die Beziehung zwischen Herrn Florís und Herrn Dietrich war. Sie entschied, den Kuss wegzulassen – und verspürte dabei vages Bedauern. Diesen schönen, lebhaften Ritter hätte sie gern geküsst.

Herr Florís bemühte sich sichtlich, nicht zu angelegentlich unter ihren Schleier zu spähen. Was er sah, schien ihm jedoch zu gefallen. »Ihr seid ... Seid Ihr die Herrin Gerlin?«, fragte er mit heiserer Stimme. »Wenn Ihr es seid, so kann mein Herr sich unsagbar glücklich schätzen, dass ihn eine solche Schönheit zum Gatten erwählt hat.«

Der Ritter ließ sich auf ein Knie nieder, und Gerlin reichte ihm die Hand zum Kuss. Eine höfische Geste, wie das Mädchen sie nicht mehr erfahren hatte, seit es den Minnehof verlassen hatte. Zudem sprach der Ritter mit einem Akzent, der ihm bekannt vorkam.

»Eure Sprache erinnert mich an meine verstorbene Gattin«, bemerkte auch Herr Peregrin. »Kann es sein, dass Ihr aus dem sonnigen Aquitanien stammt?«

Herr Florís nickte und strahlte dabei über das ganze Gesicht. »Ihr kennt mein Land, Herr Peregrin? O ja, es ist schön. Allerdings verblasst das Meer, an dem es liegt, vor dem Blau der Augen Eurer Tochter. Das Rot der Abendsonne versteckt sich vor dem Leuchten ihres Haars, das Weiß unserer Klippen ist nichts gegen den Alabasterton ihrer Haut.« Er wandte sich wieder Gerlin zu. »Unsere Wälder würden sich vor Euch verneigen, Herrin Gerlin, und unser Mond würde heller strahlen, um Euer Antlitz zu erleuchten.«

Herr Peregrin schluckte, und Rüdiger schien mit dem Kichern zu kämpfen. Gerlin aber lächelte. »Ihr versteht Euch auf die Kunst der schönen Rede, Herr Florís!«, sagte sie freundlich. »Vermögt Ihr auch die Laute zu schlagen?«

Florís zuckte die Schultern und zeigte ein etwas schiefes Lächeln. »Ich versuche es, Herrin, aber ich bin besser im Schwingen des Schwertes. Einen Sängerwettstreit würde ich nicht für mich entscheiden, aber ich konnte bereits so manchen Sieg in ritterlichen Treffen für mich verbuchen.«

»Na, immerhin etwas«, brummte Herr Peregrin. »Willst du den anderen Rittern jetzt auch etwas Wein kredenzen, Gerlin, dann können wir vielleicht hineingehen, es wird doch auf Dauer zu kalt hier. Willkommen auf Burg Falkenberg. Rüdiger, wenn du den Schimmel des Herrn Florís lange genug angestarrt hast, bring ihn in den Stall und nimm dich auch der beiden Knappen an. Sobald ihr mit den Pferden fertig seid, zeigst du ihnen ihre Schlafplätze im Stall, dann könnt ihr in den Saal kommen. Sicher werden sie ihren Herren aufwarten, und vielleicht kannst du dabei ja noch etwas lernen. Ich hoffe, unsere Sitten auf Falkenberg werden Euch nicht allzu rau vorkommen, Herr Florís. Auch hier kann leider keiner singen.«

Florís de Trillon lächelte und griff rasch noch in seine Satteltasche, bevor Rüdiger den prachtvollen Schimmel endlich in den Stall brachte.

»Eure Sitten mögen sein, wie sie wollen, es wird ohnehin niemand Blicke für etwas anderes haben denn auf die Anmut Eurer Tochter, und niemand wird auf eine andere Stimme lauschen denn auf die ihre.« Ein weiteres Mal verbeugte er sich vor Gerlin und überreichte ihr dabei ein in blauen Samt gewickeltes Päckchen.

»Dies sendet Euch mein Herr, Dietrich von Ornemünde, Euer versprochener Gatte. Zu gern hätte er sich uns angeschlossen, um Euch persönlich auf Eure Burg zu geleiten. Aber ...« Zum ersten Mal schien Florís sich nicht in höfischer Rede zu üben, sondern ernsthafte Worte zu sprechen. Tatsächlich zog ein Anflug von Sorge über seine ebenmäßigen Züge. »... seinen Ratgebern erschien es nicht klug, Lauenstein eben zu dieser Zeit zu verlassen. Herr Dietrich schloss sich widerstrebend ihrer Meinung an, was für seine Weisheit spricht. Er bittet Euch von Herzen, es ihm nachzusehen und dieses kleine Geschenk wohlwollend anzunehmen. Er hat es persönlich für Euch ausgewählt, es stammt aus der Schatzkammer seiner verstorbenen Mutter.«

Gerlin wunderte sich, dass deren Schätze nicht in den Besitz der nachfolgenden Gattinnen des Herrn von Lauenstein übergegangen waren. Aber vielleicht hatte Dietrichs Mutter ja spezielle Schmuckstücke für ihre spätere Schwiegertochter bestimmt. Der Gedanke wie auch das persönlich ausgesuchte Geschenk rührten Gerlin. Dietrich musste ein feinfühliger Junge sein – bei Rüdiger konnte sie sich eine ähnliche Handlung nicht vorstellen.

Auf jeden Fall bedankte sie sich jetzt artig und zog sich neugierig mit ihrem Geschenk in ihre Kemenate zurück, während ihr Vater die Gäste in die große Halle geleitete. Gerlin plante, später zu ihnen zu stoßen, egal, ob es Peregrin recht wäre oder nicht. Sie brannte darauf, so viel wie möglich über ihren zukünftigen Gatten und seine Hofhaltung zu erfahren, sicher würde sie sich keine Gelegenheit entgehen lassen, mit seinen Rittern zu sprechen.

Vorerst aber wickelte sie das Geschenk, ein Kästchen aus Buchenholz, aus seiner samtenen Hülle. In den Deckel war kunstvoll das Wappen von Ornemünde eingeschnitzt, das Schloss bestand aus purem Silber. Gerlin öffnete das Kästchen vorsichtig und fand es mit ebenfalls nachtblauem Samt ausgeschlagen. Darauf ruhten drei filigrane Armreife aus Rotgold, in einen davon waren Ornamente aus Gelbgold und Silber eingelassen. Gerlin hatte solchen Schmuck bislang nur am Hof der Königin Eleonore gesehen, meist im Besitz von Mädchen aus Sizilien oder Kastilien. In deutschen Landen gab es keine Goldschmiede, die so fein ziseliertes Geschmeide herstellte, die Reife mussten aus maurischen oder sarazenischen Landen kommen. Gerlin konnte sich an der kunstvollen Verarbeitung kaum sattsehen, aber dann fiel ihr Blick auf eine kleine Karte, die sich bescheiden im Samtbett des Schmuckkästchens verbarg.

Gerlindis von Falkenberg,

ich bitte Euch, vorliebzunehmen mit diesem bescheidenen Geschenk. Bitte glaubt mir, dass ich den Tag herbeisehne, an dem ich zusehen darf, wie der Glanz dieses Schmuckes im Angesicht Eurer Schönheit verblasst.

Euch grüßt Euer versprochener Gatte
Dietrich von Ornemünde zu Lauenstein

Die Worte waren mit runder, noch etwas kindlicher Handschrift geschrieben – aber fehlerfrei. Es war die Sprache eines bei Hofe geschulten Ritters. Gerlin nahm an, dass der junge Dietrich bei der Abfassung des kleinen Briefes Hilfe gehabt hatte, aber ihr Herz klopfte doch in reiner Freude. Dietrich schien zumindest kein verzogener, ungehobelter Lümmel zu sein. Und – bis sie in Lauenstein eintraf, konnte sie sich vorstellen, dass sie die Karte und das Geschenk von einem erwachsenen, ihrer würdigen Minneherrn erhalten hatte – von jemandem wie Florís de Trillon. Gerlin tanzte die Stiege von ihrer Kemenate in den Saal der Ritter hinunter. Sie begann, sich zumindest auf den Ritt nach Lauenstein zu freuen.

Kapitel 4

Florís de Trillon teilte beim abendlichen Bankett artig den Teller mit Gerlin, wie es ein Ritter mit einer Dame tat, die seinem Schutz anvertraut war oder der seine Minne galt. Gerlin kannte dies vom Hof der Eleonore von Aquitanien, wo bereits zwei junge Ritter gebeten hatten, unter ihrem Zeichen in den Kampf reiten zu dürfen.

Die Königin hatte ihre Ziehtöchter zur Annahme von Minnediensten ermutigt, sofern sie nicht über eine leichte Schwärmerei hinausgingen. Die höfische Minne, so hielt sie ihren Mädchen immer wieder vor, hatte nicht in erster Linie mit körperlicher Liebe zu tun, sondern mit der Hochachtung, die ein Ritter seiner Dame entgegenbrachte. Diese ließ ihn geistig wachsen. Die Dame hatte ihn zu ritterlichen Tugenden anzuhalten, zu Mäßigkeit und Demut, zum Schutz der Schwachen und zur Verteidigung des Guten und Schönen. Sie wertete seine Taten, belohnte ihn mit schönen Worten, konnte ihn aber auch scharf tadeln, wenn er in ihren Augen gefehlt hatte.

Florís' Aufmerksamkeit hatte für Gerlin nichts Anstößiges, obwohl die älteren Ritter ihres Vaters sie mit Missbilligung betrachteten, und Leon von Gingsts Blicke geradezu Funken zu sprühen schienen. Über ihre neue Heimat erfuhr Gerlin allerdings nicht viel im Laufe der Unterhaltung mit dem Ritter.

Natürlich schilderte er ihr die Burg Lauenstein als groß und schön: »Ich denke mir, dass die Frauengemächer allen Ansprüchen auf ein behagliches Wohnen entsprechen dürften, aber ich habe sie bislang nicht betreten.«

Also war er sicher kein Minneherr der Gräfin Luitgart. Wie Gerlin an Florís' Lanze ohnehin kein Zeichen einer Dame gesehen hatte. Sie wollte schon danach fragen, rief sich dann aber zur Ordnung. Was ging es sie an, wer über die ritterlichen Tugenden des Herrn Florís wachte! Stattdessen erkundigte sie sich nach ihrem künftigen Gatten, über den Florís des Lobes voll war.

»Herr Dietrich ist freilich noch jung, aber er besitzt alles, was einen künftigen Ritter ausmacht! Klugheit und Feinsinnigkeit, Mäßigkeit und ein großes Herz! Zudem ist er heiter und freundlich, er ist tapfer, aber er trägt Niederlagen mit Würde. Niemals sah ich ihn etwas tun, was nicht rechtens und ehrenhaft wäre. Manchmal ist er fast etwas zu ...« Florís hielt inne.

»Zu ... was, Herr Ritter?«, fragte Gerlin.

Florís biss sich auf die Lippen. »Zu gutherzig, Herrin ... zu ... verständnisvoll ... zu ...«

»Arglos?«, fragte Gerlin vorsichtig.

Sie wusste nicht, was ihr das Wort eingab. Aber sie hatte den Gesprächen der Männer inzwischen entnommen, dass auf Lauenstein nicht nur die Herrin Luitgart ihre Regentschaft ausübte. Auch ein Roland wurde genannt, ein Ornemünder aus der Thüringer Linie. Gerlin fragte sich, was der Ritter dort tat – und ob seine Anwesenheit damit zu tun hatte, dass offensichtlich sowohl Florís de Trillon als auch Salomon von Kronach Obacht darauf hielten, dass der Lauensteiner Erbe sein Lehen nicht einmal kurzfristig sich selbst überließ.

Florís senkte den Blick. »Es ist nicht schlecht, wenn ein Mensch ohne Arg ist«, bemerkte er. »Sofern er bereit ist, die Ratschläge von Männern anzunehmen, die ... die über etwas mehr ... hm ... Lebenserfahrung verfügen als er ...«

Gerlin lächelte. Die Höfischkeit gebot es, dem Ritter hier aus der Verlegenheit zu helfen. Florís war seinem jungen Herrn zweifellos zutiefst ergeben. »Und von Frauen!«, bemerkte sie. »Oder haltet Ihr Euren Herrn nicht an, eine Minnedame zu erwählen, deren Urteil er vertrauen kann?«

Florís gab das Lächeln zurück. Es zauberte einen jungenhaften, fast etwas verschmitzten Ausdruck auf sein Gesicht. »Ihr könntet nicht wahrer sprechen, Herrin. Und meinem Herrn Dietrich mag das Glück zuteilwerden, seine Minnedame nicht nur im Herzen tragen, sondern auch an sein Herz drücken zu dürfen, so oft es ihm beliebt. Herr Salomon sprach voller Bewunderung von Euch, Herrin, und ich sehe nun, dass er sich nicht nur von Eurer Schönheit beeindrucken ließ, sondern auch von Eurer Klugheit und Einsicht. Mein Herr Dietrich – glaubt mir! – wird beides zu schätzen wissen!«

Am nächsten Tag, Gerlin befand sich gerade in den Räumen ihres Bruders, um auch seine Kleidung für die bevorstehende Reise und den Aufenthalt auf Lauenstein zu richten, hörte sie weniger schmeichelnde Worte über ihren künftigen Gatten. Rüdiger stürmte herein, im Vollgefühl seiner Wichtigkeit und seiner neuen Freundschaft mit den Knappen aus Lauenstein. Theobald und Friedhelm hatten natürlich nicht im Stall geschlafen, das hatte zumindest der »hochgeborene« junge Herr Theobald als unter seiner Würde befunden. Rüdiger hatte ihnen allerdings bereitwillig seine Räume geöffnet und sich eifrig mit ihnen über ihre bisherige Ausbildung zum Ritter, ihre Pferde und vor allem ihre künftigen Mitstreiter am Hof zu Lauenstein ausgetauscht.

»Dein Zukünftiger, Dietrich, scheint ein rechter Weichling zu sein!«, erklärte er Gerlin jetzt ohne jede Hemmung. »Der Herr Theobald hat ihn in der letzten Woche viermal vom Pferd gestoßen, und Herr Friedhelm immerhin zweimal. Aber er sagt, im Schachspiel habe ihn noch nie jemand geschlagen.«

»So«, meinte Gerlin – nur mäßig interessiert. »Dann könntest du ja seinen Respekt gewinnen, indem du dich darin vor dem Abritt noch etwas üben würdest.«

Für Gerlin besagten Rüdigers Reden mehr über die Loyalität der beiden Knappen ihrem Herrn gegenüber denn über Dietrichs tatsächliche Qualitäten als Ritter. Bei Herrn Theobald schien es damit nicht weit her zu sein, während Friedhelm seine Schmähungen wenigstens abschwächte.

Rüdiger zog einen Flunsch. »Brettspiele sind was für Mädchen!«, bemerkte er und wiederholte hier ohne Frage wieder einmal eine Erkenntnis seines zweifelhaften Waffenmeisters.

Gerlin schüttelte den Kopf. »Nun, da irrst du dich!«, sagte sie. »Zumindest, was das Schachspiel betrifft. Man nennt es auch das ›Spiel der Könige‹, denn es ist ein Sinnbild für die offene Feldschlacht – aber auch für höfische Intrigen und Finten. Die größten Feldherren pflegten sich im Schachspiel auszuzeichnen. König Richard widmet ihm viele Stunden – und seine Mutter ist ihm die kundigste Gegnerin!«

Rüdiger merkte auf. Der englische König war ihm ein Vorbild. »Aber Herr Leon sagt ...«

»Herr Leon ist sowohl von der Stellung eines Feldherrn wie der eines Königs weit entfernt. Noch gedenkt niemand, ihm ein Lehen zu geben, und das ist auch besser so, denn er wüsste es kaum ordentlich zu verwalten!« So deutlich hatte Gerlin sich noch nie geäußert, aber langsam reichte es ihr mit der Besserwisserei des Herrn Leon. »Soll das heißen, Rüdiger, dass dir niemand bisher das Schachspiel erklärt hat?«

Rüdiger schüttelte den Kopf. »Beherrschst du es denn?«, fragte er seine Schwester – in bewunderndem Tonfall, was selten vorkam. Auch das gute Benehmen einer Dame gegenüber wurde unter Leons Anleitung eher kleingeschrieben.

Gerlin nickte. »Natürlich. Und ich bin sicher, dass sich jeder Knappe am Hof von Lauenstein darin übt. Wenn ich heute

Abend etwas Zeit finde, werde ich dich in das Schachspiel einweisen – während Herr Theobald und Herr Friedhelm ihren Rittern im großen Saal aufwarten, wie es sich ziemt. Gestern habe ich zumindest Herrn Theobald nicht diensteifrig hinter seinem Herrn stehen sehen! Nimm dir diesen Jungen nicht zum Vorbild. Er mag ja fähig sein, seinen Grafen kunstgerecht vom Pferd zu tjosten, aber sich damit zu brüsten gehört sich nicht. Ritterliche Tugenden, Rüdiger, beschränken sich nicht auf den Umgang mit Schwert und Lanze. Gerade nicht für die Erben eines Lehens. Für Fahrende mag etwas anderes gelten, aber du übst dich besser in Mäßigkeit und Largesse, im gerechten Urteil und in Erbarmen. Als Erbe von Falkenberg wirst du häufiger Recht sprechen als Fehden ausfechten!«

»Wohl gesprochen, Fräulein Gerlin! Verzeiht, dass ich gelauscht habe.«

Florís de Trillon schob sich durch die Tür, die Rüdiger offen gelassen hatte. Der kleine Knappe lief sofort puterrot an. Er hoffte, dass der Ritter nicht gehört hatte, wie geringschätzig er von Dietrich von Lauenstein gesprochen hatte! Aber Florís war wohl eben erst über den Wehrgang an Rüdigers Gemach vorbeigekommen. Zweifellos auf dem Weg in das seine – er hatte Peregrin von Falkenberg auf einem Ritt über seine Güter begleitet und wollte sich nun wohl umkleiden.

»Hört auf Eure Schwester, Herr Rüdiger, dann werde ich stolz sein, Euch in absehbarer Zeit zum Ritter zu schlagen.« Florís lächelte wohlwollend.

»Ihr?«, fragte Rüdiger zweifelnd. Gerlin mochte gar nicht daran denken, was Leon ihrem Bruder über die kämpferische Eignung höfisch erzogener Ritter eingeflüstert hatte. »Aber Ihr ...«

Florís runzelte die Stirn. »Zweifelt Ihr an meiner Stellung als Marschall und Waffenmeister auf Lauenstein?«, erkundigte er sich. »Nun, Ihr werdet Euch noch wundern, wenn ich Euch demnächst gründlich schleife! Bei mir feiert keiner die Schwertleite, der nicht in einem echten Kampf bestehen kann! Selbstverständlich nehme ich Euch nicht übel, wenn Ihr beim Ritterschlag einen anderen Herrn vorzieht. Vielleicht steht Euch ja Euer bisheriger Waffenmeister besonders nahe. Er begleitet uns nach Lauenstein, nicht wahr, Herrin Gerlin?«

Gerlin nickte, bemühte sich aber gar nicht erst um einen Ausdruck, als begrüße sie Herrn Leons Entsendung an Dietrichs Hof.

Rüdiger beeilte sich, seinem neuen Lehrherrn zu versichern, dass es ihm zweifellos eine Ehre sei, von ihm zum Ritter geschlagen zu werden. Gerlin nahm an, dass es ihrem Bruder ziemlich egal war, wer diese heilige Handlung letztlich vollzog. Hauptsache, er war endlich erwachsen und konnte ausziehen, um Abenteuer zu erleben. Gerlin hoffte, dass man ihm auch diese Vorstellung am Lauensteiner Hof noch austrieb. Rüdiger hatte bereits ein Lehen, er musste sich nicht in fremden Diensten bewähren. Peregrin von Falkenberg brauchte die Unterstützung seines Sohnes bei der Verwaltung – und vor allem einen lebenden Erben! Aber Rüdiger schwärmte für die Geschichten um König Artus' Hof. Er machte sich einfach nicht klar, dass Abenteuer sehr viel häufiger einen frühen Tod bedeuteten als den Erwerb von Ruhm und Ehre.

»Wann können wir denn abreiten, Herrin Gerlin?«, wechselte Florís jetzt das Thema. »Ich weiß, Ihr wünscht Euch noch etwas Zeit zur Regelung Eurer Angelegenheiten und zum Abschied von Eurer Familie. Aber ich ... ich lasse meine Knappen ungern tagelang unbetreut.«

Er biss sich auf die Lippen – und Gerlin verstand. Es ging nicht darum, dass kein anderer Ritter ein paar Tage für die Wehrertüchtigung der Lauensteiner Knappen sorgen konnte. Florís sorgte sich um die Sicherheit seines jungen Herrn.

Gerlin legte ruhig ein weiteres Gewand in die Truhe ihres Bruders. »Von mir aus können wir morgen reiten«, sagte sie gelassen.

»Meine Sachen sind gepackt, ich kann gleich Anweisung geben, sie auf einen Wagen laden zu lassen. Oder bevorzugt Ihr Lasttiere, Herr Florís? Wir würden dann schneller vorwärtskommen. Und … was meine Familie betrifft – Lauenstein liegt ja nicht am Ende der Welt. Mein Vater kann mich und meinen Gatten jederzeit besuchen. Oder wir reiten einmal nach Falkenberg. Wenn … wenn sich die Lage beruhigt hat.«

Falkenberg und Lauenstein lagen nicht allzu weit voneinander entfernt. Mit schnellen Pferden waren das kaum mehr als drei Tagesritte. Allerdings war das gebirgige Gelände zum großen Teil bewaldet, und die Straßen waren nicht sehr gut ausgebaut. Der Wagen mit Gerlins Aussteuer würde sie aufhalten.

Florís schien aufzuatmen, schüttelte allerdings den Kopf.

»Ihr müsst Euch nicht einschränken, Herrin. Wir bieten immerhin sechs Ritter auf und drei Knappen, die sich auch schon ihrer Haut zu wehren wissen. Wenn wir vier Männer für die Bewachung Eures Wagens abstellen, könnt Ihr immer noch mit einer angemessenen Eskorte vorausreiten. Ihr … reitet doch, nicht wahr, Herrin?«

So manches adlige Fräulein bevorzugte das Reisen in einer Sänfte, aber solche Kapricen hatte Eleonore von Aquitanien ihren Zöglingen ausgetrieben. An ihrem Hof lernte jedes Mädchen reiten und übte sich darin, ob es Pferde mochte oder nicht. Die Königin hatte jahrelang mit ihrem Gatten seine Ländereien bereist und empfahl auch ihren Ziehtöchtern wärmstens, ihre Ritter nicht allein über Land zu schicken. »Sie werden euch sowieso nicht treu bleiben«, meinte sie stets freimütig. »Aber habt wenigstens ein Auge darauf, dass sie ihre Mätressen unter halbwegs höfisch erzogenen Weibern wählen. Sonst sehen eure Kinder nachher die Bastarde ihrer Väter auf den Feldern arbeiten. Und die Bauern sind auch nicht dumm. Es schafft Unzufriedenheit, wenn die einen Söhne im Schloss aufwachsen und die anderen Grundholde sind!«

Eleonore hielt ihre Mädchen folglich auch nicht an, brave Maultiere als Reittiere zu wählen, sondern schenkte ihren Lieblingen kleine, schnelle Vollblutpferde. Gerlin besaß eine lebhafte rotbraune Zelterin. Sie würde genauso schnell vorwärtskommen wie die Ritter auf ihren Hengsten.

Floris entlockte die Auskunft ein weiteres anerkennendes Nicken.

»Ich freue mich auf den Ritt mit Euch!«, erklärte er Gerlin mit warmem Lächeln.

Gerlin gab es zurück. »Auch ich hoffe, ihn zu genießen«, sagte sie. »Vor allem aber sehne ich mich danach, meinen künftigen Gatten endlich von Angesicht zu Angesicht kennenzulernen. Wann ... glaubt Ihr, dass wir die Ehe schließen können?«

Über Floris' Gesicht zog ein Schatten. »Herr Dietrich wird zuerst seine Schwertleite feiern müssen ...«, sagte er leise. »Und ... es gibt da gewisse Schwierigkeiten ...«

Rüdiger spitzte erkennbar die Ohren. Ob der Ritter auf Dietrichs angebliche Unzulänglichkeit im ritterlichen Kampf anspielte?

Gerlin beschloss, nicht weiter auf diese Bemerkung einzugehen. »Wir werden noch Gelegenheit haben, uns über all die Dinge auszutauschen«, beschied sie Floris mit einem Seitenblick auf ihren neugierigen Bruder. »Schließlich haben wir eine längere gemeinsame Reise vor uns.«

Peregrin von Falkenberg bedauerte es zwar, sich so bald von seinen Kindern trennen zu müssen, aber auch er sah die Notwendigkeit ein – vielleicht hatte Floris ihm sogar mehr über die Hintergründe seiner Eile enthüllt, als Gerlin bislang wusste. Schwieriger als die Durchsetzung der baldigen Abreise gestaltete sich die Einteilung der Ritter in die Eskorte der Dame und die Bewachung ihrer Aussteuer. Floris de Trillon sprach sich diplomatisch dafür aus, die beiden Truppenteile aus den alten und neuen Rittern Gerlins zusammenzustellen. Adalbert von Uslar sollte mit der Vorhut, Leon von Gingst mit der Nachhut reiten. Auch die Herren Theobald und Friedhelm wurden zur Bewachung der Aussteuer eingeteilt. Nur den neuen Knappen, Rüdiger, wollte Florís offensichtlich unter seiner Aufsicht halten.

Es war leicht erkennbar, dass der Ritter die schlagkräftigsten Männer seiner Truppe auf die Nachhut konzentrierte. Schließlich war der Diebstahl eines voll gepackten Wagens für Raubritter und Wegelagerer weitaus einfacher zu bewerkstelligen als die Entführung einer adligen Dame. Dennoch beschwerten sich Leon von Gingst und der Knappe Theobald über den angeblich wenig standesgemäßen Wachdienst. Gerlin regte sich darüber auf, schließlich ging es absolut nicht gegen die Ehre eines Ritters, sich zur Bewachung von Wertgegenständen anstellen zu lassen. Fahrende Ritter taten das ständig, sie schützten selbst die Ware jüdischer Handelsherren.

Florís de Trillon wies seinen aufmüpfigen Knappen denn auch mit einigen wenigen deutlichen Worten in die Schranken, während Herr Leon darauf bestand, Herrn Peregrin mit der Schlichtung der Angelegenheit zu betrauen. Er machte daraus offensichtlich ein Machtspiel. In Gerlin brodelte es, als er das Argument anführte, er sei als Ritter der Herrin Gerlin entsandt, nicht als Wachmann für Güter.

»So hört auf Eure Dame und bringt ihre Aussteuer sicher nach Lauenstein!«, befahl sie ihm scharf. »Und kommt mir jetzt nicht mit Eurer Ehre als Ritter! Abgesehen davon, dass der Wachdienst sie nicht beschmutzt, ist sie auch dem Frauendienst untergeordnet. Denkt an Lancelot, der für seine Dame selbst einen Schinderkarren erstieg!«

Peregrins und Florís' Augen blitzten voller Belustigung auf, nur Herr Leon runzelte die Stirn. Die Geschichte schien ihm nicht bekannt.

»Meine ritterliche Ehre«, so konterte er dann mit lauter Stimme, »ist nichts und niemandem untergeordnet!«

Florís sog scharf die Luft ein. Leons Bemerkung widersprach dem Ehrenkodex: Ein Ritter war nicht nur ausdrücklich seiner Dame verpflichtet, sondern auch Gott und vor allem seinem Lehnsherrn. Er wollte dies anmerken, und auch Gerlin hob zu einer Rede an, wobei es ihr weniger um grundsätzliche Fragen ging als die Chance, den unbotmäßigen Herrn als Begleiter abzulehnen.

Herr Peregrin kam ihnen allerdings beiden zuvor, indem er den Ritter nur kurz tadelte, um dann eine salomonische Lösung vorzuschlagen. Er übertrug Herrn Leon förmlich die Verantwortung für und das Kommando über den Transport von Gerlins Mitgift. Damit war er Herrn Florís nicht mehr untergeordnet und schien zufrieden. Florís de Trillon wollte dazu etwas anmerken, ließ sich aber durch einen besänftigenden Blick Peregrins davon abhalten. Etwas grummelnd unterstellte er schließlich seine Ritter und Knappen dem neuen Kommando und atmete auf, als die sich wenigstens nicht querstellten.

»Ich weiß aber trotzdem nicht, ob dies eine so weise Entscheidung war«, meinte Florís am nächsten Tag zu Gerlin, als die Vorhut sich endlich auf den Weg machte. Leon kontrollierte noch mit großer Geste die Ladung des Wagens. Gerlins zierliche Stute tänzelte munter neben dem Streithengst des Lauensteiner Ritters her, und seine Blicke waren schon wieder bewundernd, als Gerlin sie mit leichter Hand zügelte. »Es ehrt Euren Vater, dass er den Frieden wahren will, aber es wäre besser gewesen, diesen Ritter gleich in seine Schranken zu weisen!«

Gerlin lächelte. Sie trug an diesem Tag ein dunkles Reisekleid mit schwerem Mantel und Kapuze. Der Sonnenschein der letzten Tage war leichtem Regen gewichen. »Es scheint Euer Schicksal zu sein, ständig zu arglosen Herren zu dienen«, neckte sie den Ritter.

Gerlin und Florís führten den Reitertrupp an, Herr Adalbert und Rüdiger folgten ihnen – wobei der alte Ritter darauf achtete, dass der Knappe nicht unbotmäßig lauschte. Zwei weitere Lauensteiner Ritter bildeten den Schluss.

Florís lachte. »Immerhin führt meine Dame eine scharfe Zunge!«, gab er die Neckerei zurück. »Unterwerft Ihr Eure Minneherren auch so drakonischen Strafen wie einst die Herrin Guinevere?«

Florís zumindest kannte die Geschichte von Sir Lancelot und dem Schinderkarren. Nachdem der Ritter sich zunächst geweigert hatte, das nicht standesgemäße Gefährt zu besteigen, hatte die Dame ihn zwölf Jahre lang vom Hof verbannt.

»Nur, wenn man mir Geheimnisse vorenthält«, lächelte Gerlin. »Da wir also eben bei arglosen Herren und anderen sind, Herr Florís: Wo liegen die Hindernisse bei Herrn Dietrichs Schwertleite?«

Florís seufzte – und hatte das Glück, dass ihn die Wegführung vorerst einer Antwort enthob. Die Falkenberger hatten selten Besuch, und die Wege durch die Wälder rundum drohten ständig zuzuwachsen. Die Reisegesellschaft war deshalb immer wieder gezwungen, einzeln hintereinander herzureiten. Gerlin machte sich im Geiste die Notiz, ihren Vater gleich in ihrem ersten Brief darauf hinzuweisen – er war eigentlich verpflichtet, den Weg so breit zu halten, dass ein Reiter mit einem über den Sattel quergelegten Spieß ihn passieren konnte. Herr Leon würde fluchen, wenn er später mit dem Wagen hindurchmusste. Zudem war ein Bach, der quer über den Weg führte, durch den Regen reißend geworden. Gerlin saß einen Sprung ihrer Stute anmutig aus – und kam gleich auf das Thema Dietrich zurück, als die Gruppe sich wieder formiert hatte.

»Was ist nun, Herr Florís? Warum befindet Ihr meinen künftigen Gatten noch nicht als würdig, den Ritterschlag zu empfangen?«

Florís biss sich auf die Lippen. »Es geht hier weniger um mich, Herrin. Ich würde den Tag für die Feier morgen ansetzen. Aber es ist ein Problem des Rangs. Herr Roland ist von weit höherer Geburt als ich, ein Ornemünder aus der Thüringer Linie – wenn auch nur ein jüngerer Sohn. Im Grunde ist er ein Fahrender, der die Chance nutzt, sich auf einer warmen Burg festzusetzen. Aber er ist ein Verwandter des Herrn Dietrich, und somit gebührt ihm die Ehre, ihn zum Ritter zu schlagen. Leider zögert er es immer wieder hinaus.«

»Mit gewichtigen oder unter fadenscheinigen Gründen?«, erkundigte sich Gerlin.

Florís rieb sich die Stirn. »Fräulein Gerlin, es geziemt sich nicht für einen Ritter, über die Herren der Burg zu klatschen, in der er dient. Erst recht nicht über die Witwe eines Ritters, dem ich treu ergeben war. Bitte zwingt mich nicht dazu. Ihr werdet selbst sehen, wie es steht zwischen Frau Luitgart, Herrn Roland und Herrn Dietrich – wobei Letzterer, ich erwähnte es schon, völlig ohne Arg ist ...«

Gerlin nickte. Florís hatte im Grunde genug gesagt. Herr Roland und Frau Luitgart, die Stiefmutter ihres künftigen Gatten, waren somit nicht ganz ohne Arg. Und die Art ihres Verhältnisses konnte sie sich auch gut vorstellen. Eine junge Witwe, ein Verwandter des Verstorbenen ... wäre da nicht Dietrich, so läge dem Kaiser sicher bald der Antrag vor, das Lehen Lauenstein dem Herrn Roland zu übertragen. Gerlin fragte sich, welche Stellung sie selbst auf der Burg haben würde, bis es denn endlich zu Dietrichs Schwertleite kam. Aber offensichtlich hielt ja wenigstens die Ritterschaft ihrem jungen Herrn die Treue.

An diesem ersten Tag der Reise gestaltete sich der Ritt beschwerlich. Es regnete beständig, und als die Reisegesellschaft endlich einen Höhenweg Richtung Redwitz erreichte, der lichter und besser überschaubar war als die Waldpfade, trieb ihnen der

Wind den Regen ins Gesicht. Die Mittagszeit war schon vorüber, als Florís endlich einen Halt befahl. Sie durchquerten eben ein neu gegründetes Dorf, die Männer rodeten gerade das zweite Gewann und ersetzten die ersten Holzhütten durch feste Bauernhäuser. Das Dorf gehörte noch zum Lehen der Falkenberger, und die meist jungen Leute, die sich hier ansiedelten, hießen ihre Herrschaft freudig willkommen. Peregrin hatte die Neusiedlung besucht, als das erste Gewann im letzten Jahr gerodet worden war, und nun brannten die Bauern darauf, ihre Fortschritte vorzuführen. Gerlin wies Rüdiger an, sich alles zeigen zu lassen, und rief ihn energisch zur Ordnung, als der Knappe dazu wenig Lust zeigte. Sie alle waren nass und durchfroren, aber Rüdiger würde einmal der Herr über diese Menschen sein, er hatte sich ihnen gegenüber huldvoll zu zeigen.

Rüdiger zog schließlich murrend ab, begleitet von dem weitaus diplomatischeren Florís, während sich Gerlin dankend den Bäuerinnen anschloss, die sie in das erste fertiggestellte Haus führten. Während sie sich mit Suppe und Milch bewirten ließ, dachte sie mit ein wenig Sorge an Rüdigers weitere Laufbahn. Der Junge schien weit mehr zum Ritter denn zum Verwalter eines Lehens bestimmt, der kleine Wolfgang war deutlich häuslicher. Manchmal zeigte sich das Schicksal ungerecht, was die Erbfolge anging. Gerlin verdrängte nun aber den Gedanken und bewunderte stattdessen die Webarbeiten der Frauen und die Fortschritte beim Hausbau. Dabei schwankte sie zwischen der Freude, es warm und trocken zu haben, und der Befürchtung, die Hühnerflöhe nicht mehr loszuwerden, die sie sich hier zweifellos einfing. Das Geflügel wuselte eifrig durch die Stube des Hauses, die Bäuerin streute ihnen das Futterkorn einfach auf den Fußboden.

»Draußen holt sie der Fuchs!«, erklärte sie entschuldigend. Gerlin versuchte sich in einem verständnisvollen Lächeln.

Die Reisenden beschenkten die Bauern schließlich reich mit

ein paar Münzen, Rüdiger versicherte sie des Wohlwollens ihres Herrn, und Gerlin versprach, dass sie auch noch in diesem Jahr von allen Abgaben und Frondiensten befreit sein würden. Das war durchaus üblich, solange ein Dorf im Aufbau war. Peregrin von Falkenberg war kein allzu strenger Herr.

Zwischen Falkenberg und Lauenstein gab es keine größeren Städte, sodass auch der weitere Weg der Reisenden durch dichte Wälder führte. Aber am Abend kamen sie immerhin an einem Kloster vorbei, in dem die Ritter mit ihrer Dame zur Nacht unterkamen. Florís drängte am kommenden Morgen jedoch zu frühem Aufbruch, da an diesem Tag die längste Strecke zu bewältigen war.

»Ich würde unser nächstes Nachtlager ungern im Wald aufschlagen lassen«, meinte der Ritter. »Lieber reite ich durch bis Lauenstein, ein Lehnsmann Eures versprochenen Gatten wird uns dort aufnehmen.«

Gerlin nickte, fast etwas verwundert. Aber natürlich, Dietrich war Graf, selbstverständlich hatte er seinerseits Lehen zu vergeben. Ihr Vater hatte Recht, sie heiratete weit über ihrem Stand, niemals hätte er diese Ehe für sie ausschlagen können.

Die Wege waren auch auf dieser Etappe der Reise nur schwer passierbar, und Florís zog seine Truppe enger zusammen als am ersten Tag. Er ließ die Ritter in zumindest leichter Rüstung reiten und bestand darauf, dass sich Gerlin und Rüdiger in der Mitte der Gesellschaft hielten, obwohl Rüdiger erklärte, sich sehr gut selbst verteidigen zu können, falls es zu Angriffen kam. Immerhin lagen keine bekannten Raubritterburgen am Weg, und weniger gut bewaffnete und kampferprobte Gauner trauten sich an den Zug der Ritter nicht heran. So verlief die Reise sehr eintönig. Gerlin langweilte sich, obwohl Florís immer wieder versuchte, sie durch Späße und Schmeicheleien zu unterhalten.

Auf andere Reisende traf man hier, abseits der großen Fernstraßen, eher selten. Nur einmal, um die Mittagszeit, stießen sie auf eine Gesellschaft von Handelsherren aus Hof, die ihre Waren von einem halben Dutzend Panzerreitern schützen ließen. Die Ritter kamen schnell ins Gespräch, und schließlich rasteten sie gemeinsam.

Gerlin fand einen Platz am Feuer, Florís de Trillon schirmte sie allerdings von den bürgerlichen Kaufleuten ab, sodass sie sich wiederum langweilte. Immerhin regnete es an diesem Tag nicht, und die Straßen wurden zudem besser, je näher sie Lauenstein kamen. Und da Gerlin auch kein Hindernis für schnelleres Reiten war, erreichten sie ihr Ziel schließlich noch vor dem Dunkelwerden. Das kleine Wehrgut, auf dem man sie erwartete, erwies sich für Gerlin als äußerst angenehme Überraschung. Die Hofherrin ließ ihr ein Bad bereiten und entpuppte sich als äußerst angenehme Gesellschaft am Feuer in ihrer Kemenate, während die Ritter Aufnahme in der Halle ihres Gatten fanden.

»Was für eine wunderschöne Frau Ihr seid!«, schmeichelte Frau Gertrud ihrer künftigen Herrin. »Dabei munkelte man schon, man werde den Herrn Dietrich mit irgendeiner alten Witwe vermählen – er dauerte mich schon, da er doch so ein schöner und guter Jüngling ist.«

Gerlin lächelte. Eine alte Witwe hatte Herr Salomon sicher nicht für seinen Zögling ausersehen, eher war da wohl an eine erfahrene Frau gedacht worden, die vielleicht schon Kinder geboren hatte. Aber die Worte über ihren versprochenen Gatten ließen sie aufhorchen.

»So kennt Ihr den Herrn Dietrich?«, erkundigte sie sich und griff hungrig nach dem Brot und dem kalten Braten, den Frau Gertrud ihr heraufgebracht hatte. Dazu gab es heißen Würzwein. Gerlin fühlte sich nach dem langen Ritt wie im Himmel.

Die Hofherrin nickte eifrig. »O ja, wenn auch nicht sehr gut. Aber sein Vater brachte ihn mit, als er im letzten Jahr seine Besitzungen abritt. Die beiden haben hier bei uns genächtigt, und der Herr Dietrich hat nur den besten Eindruck hinterlassen. So bescheiden und ruhig … und ein guter Herr. Unser Sohn wird mit ihm auf Lauenstein erzogen, wie jetzt ja auch Euer Bruder. Auch er ist des Lobes voll, Herr Dietrich ist den Knaben allen ein Freund und – Vorbild. In vielen Dingen …«

Letzteres kam etwas verzögert. Wahrscheinlich hatte auch der Sohn dieser Lehnsleute seinen Herrn schon mal vom Pferd getjostet. Und irgendwelche Vorwände musste Herr Roland ja haben, um Dietrich noch nicht zum Ritter zu schlagen. Wahrscheinlich war er nicht der Kräftigste. Gerlin hoffte, dass seine Manneskraft wenigstens schon voll entwickelt war.

Sie schlief schließlich sehr gut in genau der Kemenate, in der ein Jahr zuvor auch ihr künftiger Gatte genächtigt hatte – Frau Gertrud verriet ihr das mit verschämtem Lächeln. Am nächsten Tag sollten sie auf Burg Lauenstein eintreffen. Gerlin war gespannt, ob sie Dietrich gleich sehen würde.

Lauenstein zumindest erwies sich als blühende Landschaft. Die letzte Tagesreise führte durch eher lichte Wälder und Felder und häufig auch durch Dörfer, in der alle Bauern darauf brannten, ihre künftige Gräfin zu sehen. Gerlin verschleierte sich denn auch nur leicht und zeigte sich freundlich und huldvoll. Wann immer es die Zeit erlaubte, nahm sie von den angebotenen Erfrischungen und herzte auch mal einen Säugling oder warf spielenden Kindern Münzen zu. Sie hatte extra zu diesem Zweck einen Beutel Silber mitgenommen, es war Teil ihrer Aussteuer. Das Volk erwartete Geschenke von der neuen Herrin – und Gerlin war angenehm überrascht, als auch Florís ihr eine Börse zusteckte.

»Ein Beitrag aus der Schatzkammer Eures versprochenen Gatten«, erklärte er. »Herr ... Dietrich ...«, es klang, als hätte er Herr Salomon sagen wollen, »... weiß, dass Falkenberg nicht reich an Geldmitteln ist. Herr Peregrin hat Euch zweifellos großzügig ausgestattet, aber Herr Dietrich wünscht, dass seine Gattin dem Volk zeigt, in wie überragender Weise sie die Tugend der Milde verkörpert.«

Gerlin nickte. Sie war ihrem Gatten oder seinem kundigen Berater dankbar. Die Antrittsgeschenke einer Herrin an das Volk konnten ihren Ruf fürs Leben bestimmen – ein großer Teil der Aussteuer von adligen Bräuten landete in den Taschen der Untertanen. Was Gerlin anging, so glich ihr Einzug in ihre Grafschaft einem Triumphzug. Die Menschen freuten sich aufrichtig über ihre Gaben und wurden nicht müde, sie zu preisen.

Gerlin war umso erschöpfter vom Lächeln und Schmeicheln, als sie endlich auf Lauenstein einritten. Die Burg lag auf einer Anhöhe über einer schmucken Siedlung und wirkte trutzig und sicher. Man erkannte schon von weitem, dass sie über einen großen Wohntrakt verfügte, der, wie Gerlin hoffte, einigermaßen komfortabel ausgestattet war.

Florís de Trillon führte seine Ritter und seine Dame in einen lichten Hof, wo der Truchsess sie in Empfang nahm. Der Ministeriale – Truchsess war ein wichtiges Hofamt – lachte und scherzte mit Florís. Der junge Ritter schien allgemein beliebt zu sein. Vor Gerlin verbeugte der Mann sich unterwürfig und kredenzte ihr einen Pokal süßen Weines.

»Der Herr Dietrich, Euer versprochener Gatte, wies mich an, Euch in seinem Namen auf das Herzlichste willkommen zu heißen! Er hofft, Euch morgen treffen zu können, wenn seine anderen Verpflichtungen ihn nicht daran hindern.«

»Das werden sie nicht!«, sagte Florís hart. Er presste die Lippen zusammen und fragte dann, offensichtlich erzürnt durch die Worte des Truchsesses: »Was hat der Herr Roland sich denn ausgedacht, damit der Junge seine künftige Gattin heute nicht selbst begrüßen kann?«

Der Ministeriale, ein kleiner, rundlicher Mann mit beginnender Glatze, zuckte entschuldigend die Schultern. »Herr Roland ist noch mit den Knappen auf der Jagd. Es fehlt an Wild für die gräfliche Tafel«, beschied er den Ritter. »Die Herrin Luitgart gab zu bedenken, dass gerade jetzt, da wir Besuch erwarten ...«

»Die Herrin Gerlin sieht auch gerade so aus, als wollte sie heute noch eine ganze Herde Wildschweine verspeisen!«, stieß Florís verbittert aus, aber Gerlin wies ihn mit einer Handbewegung an, zu schweigen. Dann wandte sie sich freundlich an den Truchsess.

»Falls Ihr ihn noch seht, heute Nacht, so bestellt doch dem Herrn Dietrich, dass ich mich äußerst geehrt fühle. Es spricht für seine Umsicht und Freundlichkeit, höchstselbst an die Freuden meiner Tafel zu denken. Ich werde dem Wildbret umso eifriger zusprechen, da ich weiß, dass er es für mich erjagt hat. Morgen werden wir einander dann sehen, sofern ...«

»Nicht ›sofern‹«, unterbrach Florís de Trillon Gerlin. »Ich bin hier der Marschall, und ab morgen befehlige ich die Knappen. Selbstverständlich werde ich Herrn Dietrich für ein Treffen mit Euch freistellen. Wird sich nun wenigstens die Herrin Luitgart herablassen, meine Dame zu empfangen?«

Florís war deutlich unzufrieden mit dem Willkommen, das Gerlin auf der Burg erfuhr. Und tatsächlich verhielt sich Luitgart von Ornemünde nicht dem Brauch entsprechend. Auch eine Stiefmutter hätte die Pflicht gehabt, ihrer »Schwiegertochter« – möglichst schon vor der Burg – entgegenzugehen und ihr den Friedenskuss zu entbieten.

Der Truchsess, dem das alles eher unangenehm zu sein schien, verbeugte sich nochmals. »Die Frau Luitgart fühlt sich ... hm... etwas unpässlich. Aber sie wird Fräulein Gerlin gern in ihrer

Kemenate empfangen. Ich entsende Euch gleich eine Magd, Herrin, die Euch Eure Unterkunft anweist und Euch aufwartet.«

Gerlin nickte geduldig, aber die Botschaft war klar: Luitgart befahl sie zu sich, statt ihr entgegenzugehen. Sie legte den Rang jetzt schon fest. Gerlin trug es mit Fassung. Auch den Umgang mit Intrigen lernte man am Minnehof, und letztlich würde ohnehin sie am längeren Hebel sitzen. Luitgart verhielt sich unklug. Gerlin konnte ihr die Brüskierungen zurückzahlen, sobald sie Dietrich Eide geschworen hatte.

Immerhin erwies sich der Wohntrakt der Burg von innen als genauso einladend und komfortabel, wie Gerlin beim Anblick von außen gehofft hatte. Der Fachwerkbau war modern und heller als Burg Falkenberg. Die Kamine hatten moderne Abzüge, die Fensteröffnungen waren mit Pergament verkleidet, nicht offen oder nur mit Stoffen verhängt. Der Boden von Gerlins Kemenate war mit wollenen Teppichen belegt, es gab hohe, mit Kissen gepolsterte Stühle und ein Lesepult. Gleich darauf brachte ein Knecht Gerlins Satteltaschen hinauf, in denen sie ein Kleid zum Wechseln und ein paar wichtige persönliche Gegenstände mitführte.

Die junge Magd, die Gerlin in ihr Gemach geführt hatte, half beim Auspacken und begeisterte sich über den venezianischen Spiegel – ein Geschenk der Herrin Aliénor, das Gerlin dem Wagen mit ihrer Aussteuer nicht anvertraut hatte. Die kleine Kostbarkeit war in ihrer Satteltasche gereist und regte die junge Dienerin nun zu verwunderter Betrachtung ihres eigenen Äußeren an. Gerlin wartete geduldig, bis sie sich sattgesehen hatte, und hielt sie dann erst an, ihr beim Auskleiden und beim Kämmen zur Seite zu stehen. Das Mädchen stellte sich geschickt an. Wahrscheinlich hatte Frau Luitgart oder ihre Vorgängerin das Personal geschult.

»Ich soll Euch dann auch zu der Herrin geleiten«, bestätigte das Mädchen schließlich Gerlins Vermutungen. »Sie hat mich angewiesen, Euch zu Diensten zu sein.«

Und am Abend würde die Magd ihrer eigentlichen Herrin jeden Satz weitererzählen, der in Gerlins Nähe gesprochen worden war ... Gerlin beschloss, sich möglichst bald um eigene Dienerinnen zu bemühen oder sich vorerst allein anzukleiden.

Zunächst folgte sie dem Mädchen aber durch unzählige und teils recht dunkle Korridore. Luitgart residierte in einem anderen Flügel der Burg. Ihre Kemenate bot einen weiten Ausblick über das Land, während Gerlins auf einen Wehrgang mündete. Man hatte die junge Frau in einem Gemach untergebracht, das nicht im traditionellen Frauentrakt lag. Auch das war nicht gerade höflich. Gerlin würde nachts nicht auf den Gang treten können, ohne auf vielleicht betrunkene Ritter oder Knappen zu stoßen.

Gerlin fragte sich, ob sie das Thema anschneiden sollte, aber vorerst würde sie sich anhören, was Luitgart zu sagen hatte.

Die kleine Magd betätigte schüchtern den Klopfer an Luitgarts Tür und wurde sofort hereingerufen. Sie knickste artig, als sie Gerlin die Tür aufhielt.

Luitgart von Ornemünde zu Lauenstein erwartete ihren Gast aufrecht stehend, wohl wissend, welchen Effekt sie damit erzielte. Sie hatte sich so vor dem Fenster platziert, dass ihr leuchtend goldenes Haar das letzte Licht des Tages einfing und ihr die Aura einer Heiligen verlieh. Gerlin blieb beim Anblick der schlanken Gestalt jede Begrüßung im Halse stecken. Sie hatte sich selbst eigentlich immer recht schön gefunden – zumindest ansprechend. Natürlich hätten ein Bad und ein wenig Ruhe nach der Reise ihrem Teint gutgetan und ihr Haar weicher und glänzender wirken lassen. Aber vor Luitgart von Ornemünde wäre ihr Stern auch dann verblasst.

Die junge Witwe war in Gerlins Alter – ja, sie wirkte fast etwas jünger, ihr Gesicht war von mädchenhafter Schönheit. Gerlin fühlte sich an die marmornen antiken Götterstatuen erinnert, mit denen die Herrin Aliénor ihren Rosengarten schmückte. So, genau so musste Aphrodite ausgesehen haben, als Paris ihr den Apfel zusprach – ein ungemein ebenmäßiges Gesicht mit einer wohlgeformten Nase, vollen Lippen und riesigen smaragdgrünen Augen. Ihr Haar war wie gesponnenes Gold – sie trug es natürlich aufgesteckt und teilweise unter einem Kopfschmuck versteckt, aber ein paar Strähnen hatten sich gelöst und umspielten anmutig ihr filigranes Gesicht.

Gerlin wusste nicht genau, wann Dietrichs Vater gestorben war, aber Frau Luitgart hatte das Trauergewand jedenfalls schon abgelegt. Sie trug ein dunkelgrünes Kleid mit sehr langen, weiten Ärmeln, das ihre hohen Brüste betonte und der neuesten Mode entsprach. Ein breiter Gürtel, besetzt mit Edelsteinen, unterstrich ihre schmale Taille. Gerlin bemerkte mit einem Blick, dass die Kemenate mit den erlesensten und kostbarsten Wandbehängen und Teppichen ausgestattet war. Ihre eigene Kemenate wirkte dagegen fast ärmlich. Der Ärger darüber ließ sie aus ihrer Starre erwachen.

»Frau Luitgart. Verwandte!« Gerlin trat entschlossen auf ihre künftige Stiefschwiegermutter zu und begrüßte sie mit schwesterlichem Kuss. Luitgart war das erkennbar unangenehm.

»Die edle Gerlindis von Falkenberg«, bemerkte Luitgart steif. »Ich wüsste nicht, dass wir miteinander verwandt wären, aber ich heiße Euch dennoch auf der Burg meines Gatten willkommen.«

»Eures verstorbenen Gatten«, berichtigte Gerlin. »Erlaubt, dass ich Euch meines aufrichtigen Beileids versichere. Ich hörte, dass Ihr sein Lehen seitdem trefflich verwaltet – im Interesse seines Erben Dietrich, meines versprochenen Eheherrn.«

Luitgart verzog das Gesicht. »Wobei ich mich allerdings frage, wer Euch ihm anverlobt hat. Soweit ich weiß, weilt sein Vormund, Graf Linhardt von Ornemünde zu Loches, zurzeit auf einem Kreuzzug im Heiligen Land.«

Gerlin lächelte. »Oh, diese Formsachen müssen die Ritter unter sich aushandeln!«, sagte sie leichthin. »Ich folgte nur der Weisung meines Vaters, mich den Brautwerbern Eures Stiefsohns anzuvertrauen, und sie haben mich zuverlässig geleitet. Nun freue ich mich auf den Anblick meines künftigen Gatten, dem ich jetzt schon in Liebe zugetan bin. Er wird ja nun auch in kurzer Zeit seine Schwertleite feiern und seine Angelegenheiten dann selbst verwalten. Wie gesagt, er kann Euch nicht genug dafür danken, dass Ihr ihm bis dahin behilflich seid.«

Luitgart biss sich auf die Lippen. Sie schien sich jetzt endlich an ihre Pflichten als Gastgeberin zu erinnern und füllte zwei Becher mit Wein, den die Magd eben hereinbrachte. »Du kannst dann gehen, Annerl«, wandte sie sich an das Mädchen.

Gerlin nahm den Begrüßungsschluck dankbar entgegen, sie konnte die Stärkung durchaus brauchen. Mit so direkten Anfeindungen der Burgherrin hatte sie nicht gerechnet. Luitgart schien sich in ihrer Stellung stärker zu fühlen, als Herr Salomon und Florís ihr vermittelt hatten.

»So setzt Euch doch, Fräulein Gerlin«, forderte sie ihre Besucherin schließlich auf.

Gerlin nahm auf einem der hohen Sessel Platz, Luitgart ihr gegenüber.

»Ich hoffe, Ihr werdet nicht enttäuscht sein, aber was die baldige Entlassung des jungen Herrn Dietrich aus der Munt seines Onkels angeht, so ist dies noch keineswegs spruchreif. Bis Linhardt von Loches aus dem Heiligen Land zurückkehrt.«

Gerlin runzelte gespielt verwundert die Stirn. »Pflegen die Ornemünder den Brauch, einen Knappen von seinem Vormund zum Ritter schlagen zu lassen? Das ist ungewöhnlich, üblicherweise übernimmt das doch der Burgherr oder sein Marschall. Und in einem Fall wie dem des Herrn Dietrich, bei dem ein Lehen verwaist ist, kann man erst recht eine Ausnahme machen.«

»Sofern der Knappe den Anforderungen an den Ritterstand entspricht!«, sagte Luitgart scharf. »Und Herr Dietrich …«

»Herr Dietrich wurde mir als junger Mann voll der ritterlichen Tugenden geschildert«, meinte Gerlin.

»Die ritterlichen Tugenden sind nicht alles, edle Gerlin. Es gilt auch, ein Schwert zu schwingen und eine Lanze zu führen. Herr Dietrich war stets ein schwächliches Kind – es hat seinen Grund, dass sein Vater selbst im fortgeschrittenen Alter noch eine junge Gattin nahm – er hoffte auf weitere kräftigere Erben. Die Pflichten eines Ritters erfordern nun einmal mehr als Glaube, Ehre und Treue.«

Gerlin nickte. »Zweifellos. Aber Ihr wollt doch nicht sagen, Herr Dietrich wäre nicht fähig, ein Pferd zu lenken. Und ich sehe dieses Lehen auch nicht von mächtigen Feinden bedroht – zumal Ihr selbst sagt, Euer Gatte sei in fortgeschrittenem Alter gewesen. Da hätte er die Verteidigung der Burg doch wohl auch seinen Rittern überlassen. Und was dies angeht, so bin ich guten Mutes. Ich denke, Herr Florís und die anderen Ritter meines künftigen Gatten sind ihm treu ergeben.«

»Über diese Dinge kann man geteilter Meinung sein!« Luitgart schien die höfische Rede mit ihren Andeutungen und Schmeicheleien langsam leid zu werden. »Der Herr Roland von Ornemünde – der hier freundlicherweise im Auftrag der Familie den Vormund meines Stiefsohns ersetzt – ist der Ansicht, ein Burgherr sollte den Kampf im Fall einer Fehde nicht allein seinen Rittern überlassen.«

Gerlin lächelte. »Das kann man in der Tat, Frau Luitgart, und was für ein treffliches Thema für ein höfisches Streitgespräch wäre es doch! Meine Ziehmutter, die Herrin Aliénor, wäre entzückt gewesen. Und vielleicht hätte sie sogar Eure Partei vertreten, ist ihr Sohn König Richard doch ein gar tapferer Kämpfer! Aber ich würde ihr mit der Position des König Artus entgegenhalten: Auch er war kein Herkules, aber seine ritterlichen Tugenden und seine Liebenswürdigkeit halfen ihm, so manche Fehde zu vermeiden – und dazu, die besten Ritter seiner Zeit als überaus schlagkräftige Truppe um sich zu versammeln. Wir sollten das wirklich einmal ausführen, Frau Luitgart, und auch die Herren Roland und Florís hinzuziehen. Aber jetzt lasst uns über minniglichere Dinge reden, die Frauen besser anstehen. Habt Ihr dieses Gewand selbst zugeschnitten? Es kleidet Euch vorzüglich – obwohl ich annahm, Euch noch im schlichten Kleid der Witwe anzutreffen.«

Gerlin plauderte auf liebenswürdigste Art weiter und schaffte es, das Thema nicht mehr auf den jungen Dietrich zu bringen, obwohl sie durchaus wie nebenbei über ihr Hochzeitskleid sprach. Schließlich täuschte sie Müdigkeit vor und bat förmlich, sich zurückziehen zu dürfen.

»Es war so erbaulich, mit Euch zu plaudern, Frau Luitgart!«, schmeichelte sie schließlich. »Seit ich den Hof der Herrin Aliénor verlassen habe, fehlte mir das Gespräch mit anderen Damen meines Standes, auch und gerade das schwesterliche Streitgespräch. Es würde mich glücklich machen, wenn Ihr nach meiner Vermählung auf Burg Lauenstein bleiben und hier Euren Witwensitz nehmen würdet. Oder plant Ihr eine neue Verheiratung?«

Gerlin konnte sich das Lachen kaum verbeißen, als sie der kleinen Magd und ihrer Fackel endlich wieder in ihre eigene Unterkunft folgte. Sie kämpfte jetzt mit dem Kopfschmerz, ein solches Gespräch hatte sie lange nicht geführt. Aber die Herrin Aliénor hätte sie belobigt: Diesen ersten Schlagabtausch hatte sie zweifellos für sich entschieden.

Kapitel 5

Obwohl um ihre Unterkunft herum des Nachts wirklich ein reges Treiben herrschte, schlief Gerlin gut auf dem weichen Lager, das die Lauensteiner wohl auch weniger geehrten Gästen zur Verfügung stellten. Und am Morgen erwies sich die eigentlich unziemliche Unterbringung der künftigen Burgherrin dann sogar als glücklicher Umstand.

Gerlin war eben aufgestanden, hatte sich von der kleinen Magd Milch und mit Honig gesüßten Brei bringen lassen und bürstete nun selbst ihr Haar vor ihrem geliebten venezianischen Spiegel. Sie hatte auch bereits ihr festliches Untergewand angelegt und erfreute sich an dem weichen Fall der Seide und dem fluoreszierenden Glanz des edlen Gewebes. Nach dem langen Schlaf war ihr Teint klar, und ihre Augen strahlten – nein, sie würde nicht zurückstehen vor der Schönheit der Herrin Luitgart, zumal sie als Mädchen ihre Haarpracht offen zur Schau stellen durfte! Gerlin fragte sich nur, wie Herr Floris das Zusammentreffen der künftigen Eheleute gestalten wollte. Förmlich, in der Halle des Burgherrn? Das wäre natürlich ziemlich, aber dazu mussten Frau Luitgart oder Herr Roland die Gäste einladen. Oder ganz »zufällig«, am Rande des Übungsplatzes für die Knappen, deren Kampfspielen die Burgfräulein gern zusahen?

Gerlin dachte angestrengt nach, als sie auf dem Wehrgang vor ihrem Gemach Stimmen hörte. Junge Stimmen, eine davon eindeutig die ihres Bruders Rüdiger.

»Nun kommt, Herr Dietrich, wo Ihr schon da seid. Sie ist meine Schwester, sie beißt Euch nicht!«

»Aber das ist nicht ritterlich, nicht höfisch. Ich kann doch nicht einfach ... ich ...« Eine Tenorstimme, fein moduliert, leise – und sehr besorgt.

»Ihr wolltet Euch anschleichen und sie sehen! Das ist auch nicht ganz höfisch. Also drückt Euch jetzt nicht!« Damit stieß Rüdiger die Tür auf, ohne sich mit Anklopfen aufzuhalten. »Gerlin! Hier bringe ich dir den Herrn Dietrich! Du brennst doch darauf, ihn kennenzulernen!«

Rüdiger kicherte und schob einen hochgewachsenen Jungen in den Raum. Dietrich von Ornemünde trug lederne Beinlinge, hohe Stiefel und eine schlichte leinene Tunika. Er überragte Rüdiger deutlich an Größe, auch Gerlin würde zu ihm aufschauen müssen. Seine Stimme war bereits die eines Mannes, aber sein Gesicht war noch jungenhaft weich, dabei schmal, sehr edel – und jetzt puterrot angelaufen.

»Verzeiht, Herrin ...« Der Junge wagte nicht aufzusehen. Er schwankte offensichtlich zwischen dem Drang, sofort wieder wegzulaufen – sich damit aber der Dame gegenüber unhöflich zu betragen –, und dem unverzeihlichen Fauxpas, sich seiner versprochenen Gattin formlos und vor allem ohne jegliche Aufsicht von Seiten des Hofes zu nähern.

Gerlin verspürte Mitleid mit Dietrich und Wut auf ihren Bruder. Der blonde Junge, der jetzt im Boden zu versinken schien, hatte ihr keinen Streich spielen wollen. Sein Wunsch, einen heimlichen Blick auf das Mädchen zu werfen, dem er versprochen war, war durchaus verständlich. Und nun hatte Rüdiger ihn verraten.

»Es gibt nichts zu verzeihen, Herr Dietrich!«, sagte sie freundlich. »Zumindest nichts, was ich Euch nachzusehen hätte. Wenn Ihr meinem Bruder sein unziemliches Benehmen vergeben könntet, so wäre das allerdings sehr freundlich.«

Dietrich hatte Rüdiger schon vergessen. Er wagte, Gerlin kurz anzusehen – und konnte dann den Blick kaum von ihr wenden. Gerlin lächelte ihm zu.

»Tretet einfach ein, Herr Dietrich, es ist nichts Verwerfliches an dem Besuch eines Minneherrn bei seiner Dame. Zumal eine Dame – und ein Ritter! – befähigt sein sollten, darüber Stillschweigen zu bewahren.« Gerlin wandte sich freundlich an Dietrich, blitzte dann aber ihren Bruder an, nachdem der Junge sich schüchtern in ihre Kemenate geschoben hatte. »Und du packst dich jetzt, Rüdiger! Und verschließ deinen vorlauten Mund! Was Herr Dietrich tut, ist seine Sache, was jedoch mich angeht, so würde ich dir nie vergeben, wenn du mit dem bösen Spiel auch noch prahltest, das du hier mit deinem künftigen Schwager und Waffenbruder getrieben hast.«

Rüdiger verzog sich, jetzt ebenfalls mit rotem Gesicht. Dietrich sah wieder zu Boden. Aber dann fasste er sich.

»Ich begrüße Euch, Fräulein Gerlin, auf der Burg meiner Väter. Verzeiht mein anfängliches Schweigen. Euer Anblick raubte ... raubte ... also ich ... Ihr seid wunderschön, Gerlin von Falkenberg!«

Der Junge sah ihr nun offen ins Gesicht, und Gerlin hätte ihm das Kompliment gleich wiedergeben können. Dietrichs Freunde und Ritter hatten nicht übertrieben – er war ein gut aussehender Knabe. Dietrich war hoch aufgeschossen und dünn, sowie jetzt, da ihm die Schamröte aus dem Gesicht wich, eher blass. Man mochte kaum glauben, dass er täglich viele Stunden damit zubrachte, sich an frischer Luft im Reiten und im Kampf zu üben, aber vielleicht hing es ja wirklich damit zusammen, dass er als Kind oft unpässlich gewesen war. Krank jedenfalls wirkte er nicht, sondern durchaus lebhaft. Seine nebelgrauen, sanften Augen wanderten bewundernd über Gerlins Gesicht, ihr Haar und ihr Kleid. Er streifte ihre Handgelenke.

»Ich hätte Euer Geschenk schon noch angelegt«, bemerkte

Gerlin. »Die Armreife gefallen mir überaus gut, ich danke Euch herzlich dafür, und ich wollte sie bei unserem Treffen tragen. Vielleicht ...«

Sie hielt ihm den linken Arm entgegen und öffnete mit der rechten Hand das Schmuckkästchen. »Vielleicht mögt Ihr sie mir anlegen!«

Über Dietrichs Gesicht huschte ein Leuchten, aber sein Lächeln war auch etwas besorgt. Er schreckte fast zurück, als er das Gold jetzt vorsichtig über ihre Hände schob.

»Eure Finger sind so zart ... ich wage es kaum, Euch zu berühren«, sagte er leise.

Gerlin lachte herzlich. »Die Schmeichelei gelingt Euch gut, mein versprochener Gatte, aber Ihr solltet doch nicht gar so auffällig schwindeln. Meine Hände sind rau vom Zügeln meines Pferdes und von der Arbeit im Haushalt. Nicht so rau wie die einer Magd, aber auch nicht so fein wie die einer Prinzessin. Also fasst ruhig zu, ich zerbreche nicht so leicht.«

Dietrich schlug die Augen nieder. »Ich möchte keine Fehler machen«, sagte er. »Ich mache ohnehin so viele Fehler.« Der Junge biss sich auf die Lippen.

Gerlin nahm seine Hand. »Bisher verhaltet Ihr Euch äußerst höfisch und minniglich!«, versicherte sie ihm.

Dietrich strahlte, ob des Lobes wieder ganz das glückliche Kind. »Oh, danke, Herrin! Seht, ich bemühe mich um ritterliche Tugenden, und der Herr Florís unterweist uns auch im Frauendienst. Aber ... es gibt hier halt nicht so viele Frauen ...«

Gerlin lachte schon wieder, sie fühlte Freude in sich aufsteigen. Ihr versprochener Gatte war so scheu und eifrig. Er rührte jetzt schon an ihr Herz. »Das werden wir ändern müssen, Herr Dietrich, wenn wir diesen Hof gemeinsam führen. Würde es Euch gefallen, wenn ich Mädchen zur Erziehung hierherholte? Vielleicht nicht gleich, aber ...«

»Aber wenn ich etwas älter bin!« Dietrich nickte ernst. »Ich sähe es sehr gern, wenn Ihr einen Minnehof führtet. Und Ihr müsstet Euch auch nicht sorgen, meine versprochene Gattin. Keine, keine jüngere und keine ältere Frau könnte Euch je an Schönheit überstrahlen. Wenn es mir gelingen würde, Eure Liebe zu gewinnen ... Ich holte Euch Euer Sternbild vom Himmel. Ihr seid im Haus der Waage geboren, nicht wahr? So muss ich mich um Gleichmaß und Gerechtigkeit bemühen, um Euren Stern leuchten zu lassen. Aber erzählt mir von Euch, Fräulein Gerlin! Was tut Ihr gern, womit verbringt Ihr Eure Zeit – spielt Ihr Schach?«

Gerlin konnte nicht anders, sie war verzaubert von seinem Balanceakt zwischen dem Ritter, der seiner Dame auf das Minniglichste schmeichelte, und dem Kind, das die neue Gefährtin viel lieber zu einem Spiel herausgefordert hätte.

»Ich spiele Schach, und ich würde mich gern einmal mit Euch darin messen«, beschied sie ihn. »Obwohl man Euch ja wahre Meisterschaft im Spiel der Könige nachsagt, sicher reiche ich nicht an Euch heran. Aber jetzt solltet Ihr gehen, mein Minneherr. Sicher habt Ihr Eure Pflichten, man wird Euch vermissen. Und verpflichtet meinen Bruder auf jeden Fall noch einmal zum Stillschweigen!«

Dietrich nickte. »Ich soll zum Lanzenstechen«, sagte er und klang nicht sehr begeistert. »Aber ich werde mich diesmal selbst übertreffen, wenn ich denke, dass Ihr mir vielleicht vom Söller aus zuseht!«

Gerlin zog rasch einen Seidenschal aus ihrer kleinen Reisegarderobe.

»So reitet mit meinem Zeichen in den Tjost, Herr Ritter, aber tragt es vorerst verdeckt. Ich denke, man wird uns einander heute noch offiziell vorstellen. So lange sollten wir unser Geheimnis wahren.«

»Wie echte Liebende, nicht wahr?«, versicherte sich Dietrich mit leuchtenden Augen.

»Wie große Liebende«, bestätigte Gerlin.

Wie sich herausstellte, hatte Rüdiger auf dem Wehrgang auf Dietrich gewartet. Oder ... »Schmiere gestanden«. Gerlin nutzte die Gelegenheit, ihn sich noch einmal vorzunehmen. Während Dietrich schon einmal zu den Ställen ging, zog sie ihren Bruder in ihre Kemenate.

»Was hast du dir dabei gedacht, den Jungen so zu kompromittieren?« Gerlin blitzte den Knappen an.

Rüdiger schüttelte den Kopf und wirkte dabei fast ein bisschen beleidigt. »Ich wollte ihm nichts Böses, das schwöre ich! Im Gegenteil, ich ... ich wollte ihn ein bisschen aufheitern. Weil wohl gestern alles schiefgegangen ist bei ihm. Er ist so freundlich. Am Abend hat er mich noch in Ehren willkommen geheißen und allen vorgestellt, obwohl es ihm wirklich nicht gut ging. Aber heute Morgen hänselt ihn Herr Theobald die ganze Zeit – er ist ein unangenehmer Kerl. Der Herr Florís hat schon Recht, wenn er ihn immer tadelt! Aber er ist wohl von sehr hoher Geburt.«

»Womit hänselt er denn den Herrn Dietrich?«, erkundigte sich Gerlin, die sich weit mehr für ihren versprochenen Gatten interessierte, als für die Abstammung des impertinenten »Herrn Theobald«. *Ich mache so viele Fehler* ... Sie hatte Dietrichs traurige Bemerkung noch im Ohr.

Rüdiger zuckte die Schultern. »Ach, da ist gestern wohl was vorgefallen, auf der Wildschweinjagd ...«

»Auf der was?«, unterbrach Gerlin. »Die Knappen waren auf einer Treibjagd?« Damit hatte sie nicht gerechnet. Als der Truchsess die Jagd erwähnt hatte, war sie von Falkenjagd oder einem anderen, eher harmlosen Vergnügen ausgegangen. Eine Treibjagd auf Wildschweine war dagegen nicht ungefährlich, zumal jetzt im Frühjahr. Die Bachen führten in diesen Monaten Frischlinge und waren bereit, sie bis aufs Blut zu verteidigen. »Wer jagt denn jetzt überhaupt Wildschweine?« Der übliche Zeitpunkt für Treibjagden waren der Herbst und der Winter.

Rüdiger konnte keine näheren Auskünfte geben. »Ich weiß nur, dass sie einen Kessel gebildet haben«, meinte er. »Und dann ging Dietrich das Pferd durch ...« Der Knappe verdrehte die Augen. Für Dietrich war das zweifellos eine höchst peinliche Angelegenheit gewesen. Von einem Knappen kurz vor der Schwertleite erwartete man, dass er sein Pferd beherrschte. »... Und es rannte genau in den Kessel«, führte Rüdiger weiter aus. »Dort muss er es wohl angehalten haben. Aber dann griff ihn ein Keiler an ...«

»Der Herr Dietrich hat mit einem Keiler gekämpft? Allein?« Gerlin war entsetzt. Einem erregten Wildschwein Auge in Auge gegenüberzustehen war schon für einen erwachsenen Mann gefährlich. Die Jäger blieben im Allgemeinen zusammen und erlegten die Tiere mit mehreren Speeren. Außerdem hatten sie Jagdhunde, die das Wild zusätzlich angriffen und von den Menschen ablenkten.

»Eben nicht, deshalb lachen die Jungen ja auch über ihn. Wenn er das Tier selbst erlegt hätte, wäre das ja sehr tapfer gewesen. Aber er hat sich wohl versteckt oder noch nicht mal, ich weiß nicht. Und den Keiler hat dann ein Pferdehirt erledigt. Mit einer Axt. Irgend so was. Und zu guter Letzt hat auch noch sein Pferd gelahmt, und er musste nach Hause laufen. Ich hab Dietrich lieber nicht gefragt, wie es genau war.«

Gerlin nickte. »Das war sicher klug von dir«, seufzte sie. »Schneide das Thema auch weiterhin nicht an.«

Sie selbst war allerdings entschlossen, die näheren Umstände sehr bald in Erfahrung zu bringen. Dietrich war nicht nur in einer peinlichen, sondern äußerst lebensbedrohlichen Situation gewesen. Florís musste das erfahren!

»Und jetzt geh und tjoste den Herrn Theobald vom Pferd!«, wies Gerlin ihren Bruder an. »Möglichst mehr als einmal, eine größere Freude kannst du Herrn Dietrich heute sicher kaum machen. Und das nächste Mal denkst du genauer nach, womit du jemanden ›aufheiterst‹. Diesmal ist es ja gut gegangen, aber nicht auszudenken, wenn Frau Luitgart Dietrich in meinen Gemächern vorgefunden hätte!«

Gerlin kleidete sich rasch vollständig an und warf einen Mantel über, bevor sie ihrem Bruder auf den Burghof folgte. Die Anlagen auf dem Hügel waren weitläufig, die Übungsbahn für die Knappen befand sich innerhalb der Mauern. Gerlin sah, wie zwei voll gerüstete Jungen, die Lanzen noch etwas linkisch eingelegt, aufeinander zuritten und versuchten, sich gegenseitig vom Pferd zu stoßen. Florís de Trillon saß daneben auf seinem Schimmel und beaufsichtigte die Wehrübungen.

Nachdem der erste Lauf ergebnislos blieb – nur einer der Knaben wäre fast heruntergefallen, als sein Pferd dem des anderen auswich –, rief er die Jungen zu sich und gab dem einen den Rat, die Lanze etwas weiter vorn zu fassen, dem anderen, sie tiefer einzulegen. Offenbar war er ein guter Lehrer. Beim zweiten Versuch landeten beide einen Treffer, auch wenn keiner den anderen aus dem Sattel brachte. Gerlin schaute nach ihrem Bruder und Dietrich aus und erkannte Rüdiger auf dem Abreiteplatz an Pferd und Rüstung. Der Junge hatte seinen großen Braunen gut im Griff, während Dietrich, das Visier seiner Rüstung noch nicht geschlossen, mit einem noch größeren, sehr ungebärdigen Schecken kämpfte. Ob dies das Pferd war, das am Tag zuvor mit ihm durchgegangen war? Der Junge handhabte den Hengst allerdings nicht ungeschickt und schien auch bereit, Ratschläge anzunehmen.

Gerlin beobachtete, wie sich der alte Ritter Adalbert zu den Knaben gesellte und Dietrich ein paar freundliche Hinweise gab. Der Junge lauschte aufmerksam, versuchte, das Gesagte umzusetzen und hatte den Hengst vollständig unter Kontrolle, als er schließlich mit dem Tjost an der Reihe war. Herr Adalbert winkte Gerlin, und Dietrichs Augen leuchteten auf, als er sie am Rand der Reitbahn entdeckte. Er gab allerdings kein Anzeichen des Erkennens von sich. Dafür ritt er umso schneidiger an, als Florís ihn schließlich zum Waffengang in die Schranken rief. Er ritt gegen einen anderen, ähnlich schlaksigen Gegner an – Gerlin meinte, den jungen Herrn Friedhelm zu erkennen, der ihre Eskorte begleitet hatte. Also musste auch Herr Leon mit ihrer Aussteuer schon eingetroffen sein. Und tatsächlich sah sie jetzt den Ritter etwas abseits der Bahn auf seinem Rappen. Er beobachtete die Übung der Knappen.

Dietrich hatte Glück. Sein Gegner schien völlig überrascht von dem Schwung, mit dem er anritt, und wurde gleich beim ersten Versuch aus dem Sattel gehoben. Florís lobte seinen erfolgreichen Schüler und vergewisserte sich, dass Friedhelm nichts passiert war. Dietrich versprach ihm sofort eine Revanche – aber jetzt wurde die Aufmerksamkeit der Knappen und ihrer Ausbilder von zwei Reitern abgelenkt, die eben das Burgtor passierten. Gerlin erkannte die Maultierstute Sirene und ihren dunkel gekleideten Reiter, Herrn Salomon. Seine Begleitung war etwas befremdlich. Ein abgerissen wirkender, vierschrötiger Mann mit schmutzigem Gesicht und ungepflegtem Bart saß auf einem kleinen Wallach, führte aber einen prachtvollen fuchsfarbenen Streithengst am Zügel.

Herr Dietrich, der sein Visier wieder gelüftet hatte, wurde bei seinem Anblick glühend rot. Er schien vor Verlegenheit im Boden versinken zu wollen, straffte sich dann aber und ritt auf den Mann zu. Die beiden wechselten ein paar freundliche Worte, dann wies Herr Salomon den Jungen offenbar an, zurück zu den Knappen zu reiten und seine Übungen fortzuführen. Dietrich gesellte sich zu Rüdiger – Salomon von Kronach winkte dagegen Floris. Er tat das sehr unauffällig, einem weniger aufmerksamen Beobachter als Gerlin wäre es wahrscheinlich entgangen. So fand wohl auch Herr Leon nichts dabei, als Floris ihn gleich darauf zu sich bat und ihm die Aufsicht über die Wehrübungen übergab. Der Ritter wirkte darüber sogar äußerst geschmeichelt, und Gerlin bewunderte Floris' diplomatische Fähigkeiten. Er versuchte wohl immer noch, Leon von Gingst zum Freund zu gewinnen.

Salomon von Kronach und der seltsame Fremde waren inzwischen im Stall verschwunden, und Floris ging ihnen nach. Gerlin folgte ebenfalls. Sie wollte den Ritter sprechen, und wenn sie Salomon gleich mit erwischte, war es umso besser.

Wie sich herausstellte, war es kein Zufall, dass der Medikus und der Fremde zusammen eingeritten waren. Die drei Männer hatten sich im Verschlag des fuchsfarbenen Hengstes versammelt.

»Seht Ihr, Herren, die kleine Verletzung ist noch zu erkennen. Allerdings nur, wenn man genau hinschaut. Hätte der Pfeil nicht noch gesteckt, wäre es unbemerkt geblieben.«

Der Fremde schob das Fell des Pferdes an der Kruppe etwas auseinander, und auch Gerlin erkannte eine kleine Wunde.

»Und es war sicher ein Pfeil, Kaspar, und kein Ast oder Dorn?«, erkundigte sich Salomon.

»Es war ein Pfeil wie sie ihn in den Schenken zum Zeitvertreib auf Zielscheiben werfen«, beharrte der Mann. »Hier, ich hab ihn mitgebracht.« Er zog einen Holzspan aus der Tasche. Salomon und Floris nickten.

»Zweifelsfrei angespitzt«, sagte Floris. »Ich danke dir für deine Aufmerksamkeit, Kaspar. Wir werden der Sache nachgehen.«

»Das Haus derer von Lauenstein hat dem Knecht wohl für

noch mehr zu danken als nur für seine Aufmerksamkeit!«, sagte Salomon scharf. »Hat man Euch nicht erzählt, Herr Floris, was gestern vorgefallen ist?« Der Medikus wandte sich an den Ritter, aber jetzt sah er auch Gerlin außerhalb des Verschlages.

»Fräulein Gerlin! Ich ritt zur Burg, um Euch meine Aufwartung zu machen – und nun kommt Ihr mir bereits entgegen. Ihr scheint noch schöner geworden als bei unserem ersten Zusammentreffen – aber Ihr ... scheint beunruhigt.« Salomon verbeugte sich tief vor der jungen Frau, und wieder schienen ihr seine klugen grünbraunen Augen fast ins Herz zu sehen.

Gerlin nickte. »Mir hat man erzählt, was gestern geschehen ist. Wenn auch nur in groben Zügen. Es war eine Art ... Jagdunfall?«

»Unfall kann man es auch nennen!«, schnaubte Herr Salomon. »Komm, Kaspar, keine Scheu, erzähl dem Ritter und der Dame, was du mir erzählt hast. Dieser Bursche hier ist Pferdehirt im Dienste der Burg, er hat die jungen Pferde vor einer Woche ausgetrieben.«

»Gemeinsam mit meinem Sohn, Herr«, erklärte der Mann. »Der ist jetzt auch bei ihnen, wir lassen die Herde nicht im Stich.«

Es schien ihm wichtig, das klarzustellen. Pferdehirten nahmen einen der untersten Ränge in der Hierarchie einer Burg ein. Ihnen oblag die Aufsicht über die Jungpferde, die sie im Sommer in Gruppen in die Wälder trieben, und sie galten als wilde Gesellen.

Floris wirkte ungeduldig, nickte aber anerkennend.

»Nun hörten wir gestern Hundegebell und die Rufe der Treiber – und mein Junge ritt hin und meldete, da sei wohl wer auf Wildschweinjagd.«

»Man hat euch nicht von der Treibjagd in Kenntnis gesetzt?«, fragte Floris verwundert.

Der Pferdehirt schüttelte den Kopf. »Nein. Der Herr Dietrich sagte mir später, es hätte sich plötzlich ergeben, irgendwelche Bauern hätten sich beklagt, dass Wildschweine in ihren Feldern hockten, und da sind die feinen Herren wohl drauf angesprungen ...« Kaspars Wortwahl drückte aus, was er davon hielt. »Ich hab dann meinen Jungen mit der Herde aus dem Kessel geschickt – hörte man ja, wo sie die Viecher hintreiben wollten. Aber ein Hengst blieb zurück, und ich bin dann noch mal rein, um ihn zu suchen. Mit der Streitaxt, falls mir ein Schwein begegnet ... Tja, und dann hörte ich ein Pferd, und das rannte ohne Reiter an mir vorbei, und ich dachte, ich such mal den Reiter, aber da braucht ich nicht weit zu gehen. Ein paar Schritte entfernt stand der Junge mit seinem Holzschwert, den Rücken an einer Buche, und der Keiler rannte auf ihn zu. Der Knabe war auch ganz tapfer, schmiss erst mal einen Ast nach dem Biest, aber das kann ja so einen Keiler nicht aufhalten ... Jedenfalls hab ich das Vieh erschlagen.« Kaspar bemerkte das so beiläufig, als habe er nur eben einem Huhn den Hals umgedreht.

»Mit der Axt?«, fragte Gerlin beeindruckt.

Der Mann nickte. »Ja, Herrin. Ich bin ganz geschickt darin, das Ding zu werfen. Hab dem Schwein damit den Schädel gespalten. Heute Abend habt Ihr Wildschwein auf der gräflichen Tafel.«

»Der Festschmaus sollte eher dir und deinem Sohn zufallen«, bemerkte Salomon.

Kaspar zuckte die Schultern. Es war höchst unwahrscheinlich, dass sein Sohn und er sich an die Jagdverbote im gräflichen Forst hielten. Wahrscheinlich aßen sie öfter Wild als die Ritter auf der Burg.

Gerlin nahm spontan eine fein ziselierte silberne Fibel von ihrem Gewand und gab sie dem Hirten. »Dies ist für dich, Kaspar, als Dank von deiner künftigen Gräfin. Ich bin dem Herrn Dietrich versprochen – wie es aussieht, verdankt mein künftiger Gatte dir sein Leben, und ich verdanke dir damit auch das meine. Wir sind dir auf ewig verpflichtet. Solltest du jemals eine Gunst erbitten wollen, so ist sie jetzt schon gewährt.«

Kaspar errötete und drehte die Fibel ungläubig in seinen großen, klobigen Händen. »Nicht nötig, Herrin, hab ich gern getan. Und ich wollt jetzt auch nur das Pferd zurückbringen. Gestern hat's stark gelahmt, da hab ich's lieber unten behalten. Aber jetzt geht's schon, der Herr kann's in ein paar Tagen wieder reiten. Nur ... mein Junge hat da halt diesen Pfeil gefunden ... und da dachte ich, ich melde das.«

»Du hast äußerst umsichtig gehandelt!«, lobte auch Florís.

»Also ist Dietrich das Pferd gar nicht durchgegangen«, meinte Gerlin aufgebracht. »Was für ein infamer Streich! Er grämt sich bis jetzt darüber, und die anderen lachen ihn aus ...«

Gleich darauf biss sie sich auf die Lippen. Herr Salomon und Herr Florís maßen sie mit gleichermaßen erstaunten Blicken. Woher sollte sie schließlich wissen, worum Dietrich sich grämte? Aber das war jetzt egal – auch die Männer fragten nicht nach.

»Ein Streich?«, erregte sich Florís stattdessen. »Seid nicht naiv, Fräulein Gerlin, das war kein Streich, das war ein Mordversuch! Denkt doch mal nach: Da organisiert man von einem Moment zum anderen eine Wildschweinjagd. Mit ein paar Knappen – das ist schon Leichtsinn genug –, außerhalb der Jagdzeit und ohne bekannt zu geben, dass der Wald zu räumen ist. Und dann schießt man einen Pfeil auf Dietrichs Pferd ab und treibt es damit in den Kessel. Wer das tat, hat zumindest billigend in Kauf genommen, dass er sich erst das Genick bricht und dann von den Hauern der Wildschweine aufgespießt wird! Und wenn Ihr mich fragt: Er hat drauf gehofft!«

Florís verzichtete für Gerlin erstmalig auf jede höfische Rede.

Salomon nickte. »Man muss es genau so sehen«, bestätigte er. »Auch wenn der Plan mir nicht sehr ausgereift zu sein schien. Aber unzweifelhaft nutzte jemand die Gunst der Stunde! Lasst unseren jungen Freund in Zukunft nicht unbeobachtet, Florís! Er wird erst sicher sein, wenn er seine Schwertleite gefeiert hat.«

Florís legte die linke Hand auf sein Herz und die rechte auf den Knauf seines Schwertes. Er würde tun, was er konnte. Aber Gerlin wusste es besser. Nicht die Schwertleite garantierte Dietrichs Leben. Sicher war die Position des Erben erst, wenn er sie geheiratet hatte. Und geschwängert.

Kapitel 6

Um die Mittagszeit erreichte Gerlin überraschend eine Nachricht der Herrin Luitgart. Sie bat die Herrin von Falkenberg und ihren Bruder Rüdiger an diesem Abend zum festlichen Bankett im Rittersaal. Die Dienerin erklärte, es würden alle Knappen und Ritter anwesend sein – Gerlin sollte Dietrich also offiziell kennenlernen.

Eigentlich gelüstete es Gerlin nicht mehr, Luitgart vorher noch einmal zu sehen, aber sie mochte auch nicht den ganzen Nachmittag in ihrer Kemenate verbringen. Selbst ein Bad und intensive Schönheitspflege würden sie nicht die ganze Zeit beschäftigen. Also beschloss sie, die Burg noch ein wenig zu erkunden. Dietrich hatte gesagt, dass die Frauen vom Söller aus dem Ritterspiel zusehen konnten, und so suchte sie den Turm oberhalb der Frauengemächer auf. Er bot eine grandiose Aussicht über das Dorf unterhalb der Burg und die weitläufigen Wälder, in denen Dietrich am Tag zuvor fast den Tod gefunden hatte. Gerlin schauderte.

Aber dann schaute sie in den Burghof hinunter und sah die Knappen beim Ballspiel. Dietrich war an seinem blonden Haar und seiner hohen Gestalt leicht zu erkennen. Gerlin befand ihn als den schönsten der Knaben. Allerdings schien er leicht zu ermüden. Schon nach kurzer Zeit räumte er seine Position und schob Rüdiger an seine Stelle. Gerlin überlegte, ob sie ihn irgendwie auf sich aufmerksam machen sollte, doch Luitgarts Stimme riss sie jäh aus ihrer Versunkenheit.

»Versteht Ihr jetzt, was ich meine, Edle von Falkenberg? Mein Stiefsohn ist ein hübscher Junge, aber nicht sehr belastbar.«

»Heute Morgen wurde ich Zeugin, wie er seinen Gegner vom Pferd tjostete«, bemerkte Gerlin gelassen, ohne sich zu ihr umzuwenden.

Luitgart lachte. »Den ersten vielleicht. Und täuscht Euch nicht – die Knappen lassen ihn gewinnen. Wenn es ehrlich zugeht ...«

Gerlin zuckte die Schultern. »Sei's drum, dann wird er das Turnier zur Feier seiner Schwertleite eben nicht gewinnen. Vielleicht beschränkt er sich sogar nur auf einen Schaukampf. Ihr sagt es ja selbst: Die Ritter messen sich ungern in fairem Kampf mit dem Herrn einer Burg, und ein Sieg im eigenen Turnier hinterlässt immer einen faden Nachgeschmack.«

»Er hat auch gestern auf der Jagd sein Ungeschick bewiesen«, sagte Luitgart. »Zumindest hörte ich so etwas.«

Gerlin fuhr herum und maß ihre zierliche, aufrechte Gestalt mit scharfen Blicken. »So, das hörtet Ihr! Zweifellos vom Waffenmeister der Knappen, der die Jungen doch gerade vor ihrem Ungeschick bewahren sollte. Ich hörte jedoch anderes, Frau Luitgart. Nach dem, was man mir erzählte, stand Herr Dietrich mit gezücktem Schwert vor einem wilden Eber und trieb ihn damit einem erfahrenen Jäger vor die Waffe. Und wenn dieser Hof einen Sänger aufzuweisen hat – Edle von Ornemünde –, so werde ich ihn bis heute Abend finden, und er wird ein Lied über diese erste Heldentat vortragen, mit der ein Jüngling seine Minnedame ehrte!«

Mir diesen Worten warf Gerlin sich herum und verließ den Söller. Ein zumindest mittelmäßiger Troubadour sollte sich auftreiben lassen. Und die Verse würde sie ihm im Notfall selbst schreiben!

Am Abend trat Gerlin von Falkenberg dann in vollem Feststaat vor den Hof von Lauenstein. Sie trug das Gewand, das sie für ihr erstes Treffen mit Dietrich genäht hatte, und natürlich seine Armreife. Ihr Haar hielt ein breites, goldbesticktes Stirnband aus dem Gesicht, das sie jedoch zunächst hinter einem durchscheinenden lichtblauen Schleier verborgen hielt. Roland von Ornemünde machte allerdings ihre Absicht zunichte, es an diesem Abend nur ihrem versprochenen Gatten zu enthüllen.

Er empfing die Gäste an der Seite der Frau Luitgart, die zu diesem Anlass ein golddurchwirktes Obergewand aus Brokat über einem apfelgrünen Unterkleid trug. Nur das züchtige Gebende um ihr Haupt, gekrönt von einem Goldreif, verwies auf ihren Witwenstand.

Roland von Ornemünde war hochgewachsen wie sein Verwandter, aber natürlich erheblich kräftiger. Gerlin war eigentlich entschlossen, ihn nicht zu mögen, aber sie konnte nicht umhin zuzugeben, dass er ein gut aussehender Mann war. Er trug sein goldbraunes Haar nach Ritterart lang, den Bart kurz. Sein Gesicht war kantig und leicht gebräunt, die blauen Augen weit auseinanderstehend, aber vielleicht etwas klein und stechend.

Frau Luitgart betrachtete Roland mit unverhohlener Zuneigung, und Gerlin konnte das durchaus nachvollziehen. Gerade nachdem die junge Frau einen alten Gatten zu Grabe getragen hatte, musste ihr dieser schöne Ritter als Geschenk des Schicksals erscheinen. Allerdings war dies kein Grund, auf gewaltsame Art in Dietrichs Schicksal einzugreifen. Sollte sich Roland von Ornemünde doch sein eigenes Lehen erwerben!

»Nun, da haben wir ja die Bewerberin um die Hand unseres kleinen Dietrich!«, begrüßte er Gerlin launig. »Lasst Euch küssen, Verwandte!« Ohne großes Federlesen hob der Ritter Gerlins Schleier an und erbot ihr den Bruderkuss.

Gerlin war unangenehm berührt. Von Luitgarts Seite aus wäre das schicklich gewesen, aber bei Herrn Roland … Nun, man konnte darüber streiten, und von den umstehenden Rittern schien es niemand anstößig zu finden. Gerlin ergab sich also in ihr Schicksal, erwiderte den Gruß höflich und ging auf Rolands Worte nicht weiter ein. Ihr war es gleichgültig, wie er sie nannte. Solange er ihren künftigen Gatten nur möglichst bald zum Ritter schlug.

Luitgart küsste Gerlin diesmal ebenfalls und reichte ihr den Begrüßungsschluck. Dietrich war nicht zugegen.

Nachdem die Gräfin und ihr angeheirateter Verwandter auch Rüdiger, Herrn Leon und Herrn Adalbert förmlich auf der Burg willkommen geheißen hatten, folgte ihnen Gerlin in die große Halle. Auf Burg Lauenstein war sie beeindruckend, wesentlich weitläufiger als der Rittersaal der Falkenberger. Gerlin betrachtete bewundernd das gemauerte Kreuzgewölbe und vor allem die vielen, an den Wänden ausgestellten Schilde und Helmzieren: Viel besungene Ritter hatten den Ornemündern gedient oder waren sogar unter Dietrichs Vorfahren. Schild und Schwert seines verstorbenen Vaters nahmen einen Ehrenplatz ein.

Gerlin schaute nach ihrem Verlobten aus, fand ihn aber zuerst nicht in dem Gewimmel von Rittern und Knappen, die sich ihren Platz suchten. Wie es der Brauch war, hatte man an den Wänden rund um die Halle Tische und Bänke platziert, an diesem Abend zum Teil in zwei Reihen, um für alle Gäste Platz zu schaffen. Die Knappen aßen sonst nicht mit den Rittern, aber zu diesem Mahl hatte man sie dazugeladen – wohl um Dietrich keine Sonderstellung einzuräumen. Gerlin entdeckte ihn schließlich bei den anderen Jungen. Ob Luitgart und Roland ihn unter den Knappen verstecken wollten?

Gerlin konnte sich das nicht vorstellen, aber jetzt wurde sie auch schon an den Ehrentisch gebeten, der am Kopfende der Tafel, leicht erhöht, aufgebaut war. Es war ein langer Tisch – genau genommen zwei Tafeln mit einmal drei und einmal sechs Plätzen, und wirklich nur etwas oberhalb der gemeinen Ritter platziert. Gerlin lächelte. Auch so konnte man Gästen subtil klarmachen, dass sie zwar dem Brauch entsprechend willkommen geheißen wurden, aber nach Ansicht der Gastgeber auch gern gleich am kommenden Tag wieder gehen konnten.

»So will ich Euch denn meinen jungen Verwandten Dietrich vorstellen«, nahm Roland von Ornemünde ganz selbstverständlich das Wort, während er Gerlin zur Tafel führte. »Dietrich, du solltest unsere Gäste ehren, indem du dich zu uns gesellst«, rief er, an den Knappen gewandt. Es klang, als hielte der Junge sich unhöflicherweise aus eigenem Entschluss zurück.

Dietrich hatte nur auf die Einladung gewartet. Er trat sofort näher und winkte Florís de Trillon und Herrn Salomon von Kronach mit sich an die erhöhte Tafel. Gerlin hätte gern Luitgarts und Rolands Reaktion darauf beobachtet, aber sie wandte sich jetzt ihrem künftigen Gatten zu. Dietrich verbeugte sich tief vor ihr. Im Gegensatz zum heutigen Morgen, an dem er nur ein schlichtes ledernes Beinkleid und das leichte Hemd getragen hatte, das die Ritter unter ihrem Kettenhemd anlegten, war er jetzt kostbar gekleidet. Er trug helle Beinlinge, Schuhe aus feinem Leder mit einer silbernen Schnalle und eine lange dunkelblaue Tunika, reich mit Edelsteinen geschmückt. Die Aquamarine betonten seine lichtgrauen Augen, fast schien sein sanfter Blick ihr leuchtendes Blau widerzuspiegeln. Über der Tunika trug Dietrich einen Mantel in dunklem Rot. Der junge Knappe kleidete sich bunt wie ein Mann seines Standes, aber nicht grell wie ein Stutzer.

»Seid willkommen an meiner Seite, Edle von Falkenberg!«, sagte Dietrich mit fester Stimme.

Ein vieldeutiger Satz – Gerlin fragte sich, ob er ihn selbst formuliert hatte. Sie nickte ihm zu, verbeugte sich ebenfalls und hob diesmal selbst ihren Schleier. Dietrich schien von ihrem Anblick in vollem Feststaat geradezu gelähmt zu sein, aber Gerlin trat ruhig auf ihn zu und küsste ihn vertraut auf den Mund. Seine Lippen waren trocken und weich – aber sie öffneten sich zu einem glücklichen Lächeln, als sie sich von ihm trennte.

Dietrich schien einen Augenblick zu brauchen, um zurück in die Wirklichkeit zu finden. Eine leichte Röte überzog sein blasses Gesicht, aber dann fasste er sich. Der Kuss war durchaus schicklich und angebracht gewesen. Gerlin fragte sich, ob er wirklich nicht damit gerechnet hatte. Nun hieß er jedoch formvollendet auch Rüdiger und die Ritter auf der Burg willkommen.

»Ihr kennt bereits Herrn Florís, den noch mein Vater mit dem Amt des Marschalls betraute, und Herrn Salomon von Kronach, meinen Lehrer und guten Freund. Ich habe mir erlaubt, sie an meine Tafel zu bitten.«

In Dietrichs Stimme war ein Anflug von Trotz und Angst zu vernehmen, aber Luitgart und Roland konnten kaum etwas einwenden, ohne einen Eklat zu verursachen. Und Gerlin konnte auch nicht umhin, den Jungen – oder seine Berater – für diesen diplomatischen Schachzug zu bewundern. Ergab sich daraus doch auch gleich die von ihm gewünschte Sitzordnung. Herr Leon, der den Juden Salomon demonstrativ mied, nahm den Platz neben Roland und Luitgart ein, den der Ritter zweifellos ursprünglich Dietrich zugedacht hatte.

Dietrich übernahm wie selbstverständlich den Vorsitz der zweiten Tafel – und teilte den Teller mit Gerlin. Auf seine andere Seite bat er Herrn Adalbert. Neben Salomon und Florís blieb noch Platz für den etwas verlegenen Rüdiger. Er war bislang noch nie an einen Ehrentisch gebeten worden.

Der Mundschenk brachte dann Wein, und nachdem der Hofkaplan das Benedictus gesprochen hatte, wurden erlesene Speisen aufgetragen. Dietrich verhielt sich dabei wie ein perfekter Gastgeber und zeigte, was er in Sachen Frauendienst gelernt hatte. Er suchte die besten Stücke aus und schob sie Gerlin zu, reichte ihr Wein und bemühte sich, sie mit schönen Worten zu unterhalten. Mehr hatte er allerdings mit Herrn Adalbert zu plaudern. Der Knappe und der alte Ritter hatten wohl Gefallen aneinander gefunden.

»Herr Adalbert hat mich heute Morgen im Reiten unterwiesen, und ich verdanke ihm wertvolle Ratschläge!«, erklärte er Gerlin und lächelte dem Ritter zu. »Und vorhin erzählte er mir und den anderen Knappen von seinen Kämpfen im Heiligen Land. Ist es wirklich wahr, Herr Adalbert, dass die Sultane der Sarazenen durchaus keine Barbaren sind, sondern sich auch in höfischen Künsten üben?«

Mit dieser Frage zog er Herrn Salomon und Herrn Florís geschickt mit ein. Der Medikus hatte den Orient bereist, wenn auch in weniger kriegerischer Absicht als Herr Adalbert seinerzeit in König Konrads Heer. Florís de Trillon war als Fahrender Ritter weit herumgekommen und hatte unter anderem am Hof zu Sizilien gedient. Auch dort schätzte man die Lebensart der »edlen Heiden«. Bald waren lebhafte Erzählungen im Gange, die Gerlin aufs Beste unterhielten – allerdings schienen sich auch Luitgart und Roland mit dem eigentlich ungebetenen Gast an ihrer Seite ausgesöhnt zu haben. Wie es aussah, verstanden Herr Roland und Herr Leon sich prächtig, sie plauderten eifrig miteinander.

Nach dem reichhaltigen Essen – auch das Wildschwein wurde aufgetragen, auf das Herr Salomon aus religiösen, Dietrich aus offensichtlichen Gründen verzichtete – räumten Knechte die in der Mitte des Raumes aufgestellten Speisen ab und machten damit Platz für Sänger und Gaukler.

Florís de Trillon zwinkerte Gerlin zu, als nach einem Stelzengänger und einem Feuerschlucker ein Troubadour aus seiner Heimat Aquitanien zur Laute griff. Herr Marius de Matthieu war nicht mehr ganz jung, aber angesehen, und dem Haus Ornemünde zu Lauenstein treu ergeben. Er hatte zu den engsten Freunden des verstorbenen Ornemünder Grafen gehört und keinen Augenblick gezögert, als Gerlin sich auf Florís' Ratschlag hin mit ihrer Bitte an ihn wandte, Dietrichs Wildschweinabenteuer zu vertonen. Florís hatte darauf bestanden, auch die Geschichte mit dem Pfeil einzubeziehen, von der Dietrich bislang nichts wusste. Sowohl der Ritter als auch Gerlin und Herr Salomon beobachteten aufmerksam die Reaktion Roland von Ornemündes, als Herr Marius seine Ballade vortrug.

»So hört das Lied eines alten Ritters über die Macht der Hohen Minne, die den Jüngling beflügelt, große Taten zu vollbringen.«

In kunstvollen Versen erzählte Herr Marius die scheinbar fiktive Geschichte eines jungen Ritters, der die Liebe der schönsten Frau erlangt und die Vereinigung mit ihr erstrebt. Im ehrlichen Kampf kann ihn niemand besiegen, denn Frau Venus hält die Hand über ihn. Dann jedoch verbündet sich ein Neider mit den Mächten des Bösen, ein Pfeil trifft das Pferd des jungen Ritters, und als er es wieder zügeln kann, sieht er sich unbewaffnet einer wilden Bestie gegenüber. Aber zum Glück hütet eben in diesem Wald ein Riese die Pferde der Göttin. Der todesmutige Ritter treibt ihm die Bestie vor die Streitaxt, seine Waffe tötet das Tier, und der Ritter kann unbeschadet heimkehren zu seiner Dame. Der Riese schenkt ihm ein Einhorn, das er ihr zuführt.

»Und es hüte sich der Schütze aus dem Hinterhalt, dass er nicht unversehens trete an die Tafel des Herrn. Denn das Schutztier der Göttin wacht über ihn und wird seiner Dame den Namen des Bösen und Neiders enthüllen, auf dass er ausgestoßen werde aus dem heiligen Ritterstand.«

Gerlin registrierte, dass Herr Roland erbleichte und Dietrich errötete, als von dem Schuss auf das Pferd die Rede war.

»Ihr solltet Euch die Kruppe des Hengstes, den der Knecht Euch heute Morgen zurückgebracht hat, näher ansehen, Herr Dietrich«, raunte Gerlin. Dietrich warf ihr daraufhin einen ungläubigen Blick zu.

»Ihr wollt sagen . . .«

Gerlin lächelte. »Nehmt dieses Lied als ein erstes Geschenk der Dame an ihren Minneherrn.«

Das Leuchten in Dietrichs Augen würde sie nie vergessen.

Aber der Überraschungen, die dieser Abend für alle Mitglieder des Hauses Ornemünde bieten sollte, waren noch nicht genug.

Nachdem Gerlin dem Troubadour demonstrativ eine goldene Kette als Dank für sein Lied überreicht hatte, erhob sich Herr Florís.

»Da wir denn schon vom heiligen Ritterstand sprechen ...«, begann er seine Rede, »... so möchte ich diesen festlichen Abend nutzen, all den Knappen, die ich in den letzten Monaten an den Umgang mit den ritterlichen Waffen heranführen durfte, meine Hochachtung zu erweisen. Ich bin sicher, meine jungen Herren, dass Euch Herr Roland heute Abend nicht zufällig in diesen Saal geladen hat ...« Florís lächelte gewinnend in Richtung des Ornemünders, der die Lippen zusammenpresste. »Unzweifelhaft ist auch er zu dem Schluss gekommen, dass es Zeit ist, einen Tag für die nächste Schwertleite zu bestimmen, die dieser Hof ausrichten darf. Ich rufe dazu auf: den Herrn Gérôme de Mironde, den Herrn Niclas von Flandern ...« Florís zählte nacheinander die Namen der Knappen auf, und Rüdiger errötete vor Glückseligkeit, als auch der seine fiel. »Und natürlich den Herrn Dietrich von Ornemünde zu Lauenstein«, endete Florís. »Es wird mir eine Ehre sein, die Herren zum Ritter zu schlagen, sofern sie keinen anderen Herrn um diesen besonderen Dienst bitten wollen. Herr Dietrich wird ja zweifellos seinen Verwandten darum angehen, der ...«

Roland von Ornemünde, der während der langwierigen Aufzählung der Namen Zeit gehabt hatte, sich zu fassen, hob zu einer Bemerkung an, aber Dietrich kam ihm zuvor – und schaffte es, seine Zuhörer mit seinen Worten vollständig zu verblüffen. »Nein, Herr Florís, wenn ich Euch unterbrechen darf. Ich ... ich weiß, dass ich Herrn Roland damit vielleicht brüskiere, aber dieser Dienst ist ein heiliger Dienst, und eigentlich gebührt er dem ranghöchsten Ritter, dem Herrn der Burg. Ich hätte mich gern von meinem Vater zum Ritter schlagen lassen, doch das war uns beiden nicht mehr vergönnt. Und da sonst nur ranggleiche Ritter unter uns weilen, denke ich, dass die Ehre doch vor allem dem Ältesten zukommt. Schon in der kurzen Zeit seiner Anwesenheit auf der Burg meiner Väter habe ich große Achtung vor und großes Zutrauen zu Herrn Adalbert von Uslar gefasst. Herr Adalbert – bitte gewährt mir die Gunst, mich an einem noch zu bestimmenden Tag zum Ritter zu schlagen!«

Dietrich trat förmlich vor den Platz des alten Ritters und beugte das Knie. Herr Adalbert wurde abwechselnd rot und blass, während ein Raunen durch den Saal ging. Zweifellos hatte er noch nie einen Knappen zum Ritter geschlagen. Aber das Privileg stand ihm selbstverständlich zu, und auch sonst waren Dietrichs Argumente nicht anzufechten: Adalbert war ein tapferer Krieger, hatte sich mehr Ruhm im Kampf erworben als alle anderen anwesenden Ritter – und auch wenn er weniger hochgeboren war: Im Rang stand er Roland nicht nach.

»Brillant!« Gerlin vernahm seitlich von sich die leise Stimme Salomons von Kronach. »Habe ich es Euch nicht immer gesagt, Florís? Der Junge ist zwar etwas schwächlich, aber was Takt und Verstand angeht, schlägt er uns alle! Oder ist Euch das eingefallen?«

Dietrich lächelte sowohl Gerlin als auch seinen Ratgebern verstohlen zu, als Herr Adalbert ihm aufhalf. Der alte Ritter hatte Tränen in den Augen.

»Es wird der Höhepunkt meines Wirkens auf Erden sein, Euch in den Ritterstand zu erheben! Nennt mir einen Tag, Herr Dietrich, und ich stehe zur Verfügung. Warum wählen wir nicht gleich das Pfingstfest in der Tradition des Königs Artus und seiner Tafelrunde?«

Kapitel 7

Natürlich sah jeder ein, dass die Herrin Luitgart den Pfingsttag für die Feier der Schwertleite ablehnte. Schließlich war bereits April, und es war unmöglich, ein solch großes Fest in derart kurzer Zeit vorzubereiten. Unter anderem mussten das Turnier ausgeschrieben, die Gäste geladen, die Ausstattung der Knappen mit neuer Kleidung, Streitrossen und Waffen organisiert werden. Aber immerhin einigte man sich bald auf das Michaelisfest. Zu Erntedank im frühen Herbst war das Wetter immer noch schön, und so blieb genügend Zeit für die Planung und die weitere Vorbereitung der jungen Ritter. Dietrich und seine Ratgeber waren damit zufrieden – Florís hätte es auch als Erfolg verbucht, hätte man an diesem Abend noch gar keinen Tag für die Schwertleite festgesetzt. Wichtig war die Ankündigung – alle Knappen würden ihre Familien von der bevorstehenden Feier in Kenntnis setzen, ein Zurück gab es nicht mehr. Zumal Roland von Ornemünde ohnehin keine Möglichkeiten mehr hatte, sein Veto einzulegen – Adalbert von Uslar konnte Dietrich zum Ritter schlagen, wann immer er es für angemessen hielt. Danach war für Dietrich der Weg frei. Er konnte sein Erbe antreten und Gerlin Eide schwören.

Für Gerlin aber gestaltete sich die Zeit bis zum Herbst als Geduldsprobe. Sie wusste nicht recht, was sie mit sich anfangen sollte – auch deshalb, weil ihre Stellung auf Burg Lauenstein so unklar war. Gewöhnlich gab es keine lange Wartezeit vor Hochzeiten: Eine Braut, erst mal auf die Burg ihres Zukünftigen gebracht, wurde bald verheiratet und nahm dann ihre Pflichten als Hausherrin wahr. Auf Burg Lauenstein obwaltete jedoch nach wie vor Frau Luitgart – und schien absolut nicht die Absicht zu haben, sich die Arbeit mit Gerlin zu teilen. Die Beziehung der beiden Frauen gestaltete sich nach wie vor höflich, aber frostig. Gerlin hasste es, mit Luitgart und ihren Mägden zusammenzusitzen und zu nähen oder zu sticken, wie die Frauen es normalerweise taten.

Natürlich beteiligte sie sich gern an der vor dem großen Fest anfallenden Handarbeit: Es war Brauch, dass ein Burgherr die Knappen, die zusammen mit seinem Sohn die Schwertleite feierten, neu einkleidete, und das bedeutete in diesem Fall das Zuschneiden und Nähen von Beinkleidern, Hemden, Tuniken und Mänteln. Aber Gerlin floh der Gesellschaft von Frau Luitgart, wo eben sie konnte. Auch die üblichen Vergnügungen der Frauen auf einer Burg – so etwa die Beobachtung und Ermutigung der Ritter bei ihren Wehrübungen – verwehrte sie sich meist, da sie den Söller nicht mit Luitgart von Ornemünde teilen und sich ihre schneidenden Bemerkungen zu Dietrichs mangelnder Wehrfähigkeit anhören wollte.

Was Letztere anging, so verbesserte sich der Junge allerdings sehr in den Monaten bis zur Schwertleite. Herr Adalbert, der vor Glück über die ihm bevorstehende Ehre wie auf Wolken zu schweben schien, hatte sich Dietrichs weiterer Ausbildung angenommen, und der alte Ritter erwies sich als weitaus besserer Waffenmeister als die Herren Florís und Leon. Adalbert kannte alle Finten und Tricks, die auch schwächeren und ermüdeten Kämpfern zum Sieg verhelfen konnten. Dazu war er von unendlicher Langmut und stets willig und freundlich, die Nöte der Knappen anzuhören.

Florís trat ihm die Arbeit als Waffenmeister bereitwillig ab. Er konzentrierte sich seinerseits vor allem darauf, Dietrich so unauffällig wie möglich vor eventuellen weiteren Anschlägen zu schützen. Florís überprüfte persönlich die Übungsschwerter und die Lederüberzüge der Lanzen, die beim Training und im Turnier über die scharfen Waffen gezogen wurden. Er hielt Dietrich an, sein Pferd möglichst immer selbst zu satteln, und wenn das nicht ging, so überwachte er den Knecht oder Knappen, der das für ihn tat. Wenn die Ritter auf die Jagd ritten, hielt er sich in Dietrichs Rücken und hatte ein scharfes Auge auf alle Reiter um ihn herum. Natürlich konnte er trotzdem nicht verhindern, dass sein Schützling immer mal wieder vom Pferd getjostet wurde oder blaue Flecken vom Kampf mit den Übungsschwertern davontrug.

»Aber wenn einer ausholt, um ihm das Schwert ins Auge zu stechen, dann sehe ich das rechtzeitig!«, behauptete er der ebenfalls besorgten Gerlin gegenüber.

Florís de Trillon verbrachte in diesen Wochen so viel Zeit mit Gerlin, wie er eben ermöglichen konnte. Er wusste, dass sie sich langweilte und lud sie gern zu Ausritten in die Umgebung ein. Anfänglich tändelte er dabei mit ihr nach höfischer Sitte, aber irgendwann wurden beide die Wortspiele leid und begannen, sich ernsthaft miteinander zu unterhalten. Florís erzählte von seiner Kindheit im goldenen Aquitanien und nahm Gerlin dabei mit in eine Traumwelt aus Sonne und blauem Himmel, Weinfeldern und weißen Schlössern und Burgen. Gerlin kannte diese Landschaft bereits aus den Erinnerungen der Herrin Aliénor. Sie berichtete von Eleonore von Aquitaniens Exil und ihren Jahren auf der oft regnerischen, nebelverhangenen Insel Oléron, die nur durch den grenzenlosen Mut und Optimismus der Königin Glanz gewann. Wo Aliénor war, da schien auch die Sonne von Aquitanien, und die Mädchen wärmten sich an ihren Strahlen.

Besonders begierig lauschte Florís Gerlins Berichten von den seltenen Besuchen des heutigen Königs Richard. Der glänzende Ritter, dem man jetzt schon den Beinamen Löwenherz gab, war sein Held und Vorbild.

Beide, Florís und Gerlin, erinnerten sich gern an die Spiele und Vergnügungen der Minnehöfe und versuchten sie auf Burg Lauenstein aufleben zu lassen. Dietrich freute sich wie ein Kind über Gerlins Einladungen zu Tanz und Tändelei – wobei das Zusammensein mit ihm immer einen Balanceakt der Schicklichkeit darstellte. Die Dame mochte einen Minneherrn empfangen, um ihn zu loben oder zu maßregeln. Aber der Umgang von Verlobten miteinander war im höfischen Zeremoniell kaum geregelt. So bat Gerlin ihren versprochenen Gatten nur selten in ihr Gemach und achtete darauf, dass sie, wenn sie es tat, stets Herrn Florís und andere Ritter dazurief. Es war leicht, sich einzureden, dass sie dies nur machte, um die Schicklichkeit zu wahren, und dass sie Dietrichs Gesellschaft ebenso genoss wie die des jungen Ritters aus Aquitanien.

Gerlin brauchte sich nicht einzugestehen, wie glücklich es sie machte, Florís' Lächeln zu sehen und seinem weichen aquitanischen Akzent zu lauschen. Auch Florís hätte vor sich selbst niemals zugegeben, dass er mehr Gefühle für Gerlin hegte, als dem väterlichen Freund ihres künftigen Gatten anstanden. Für beide stand fest, dass die Dame den Ritter nur aus Gründen der Schicklichkeit zu ihren kleinen Festen lud. Und wenn sie einander dabei vertraut zulächelten, so nur ob der überaus kurzweiligen Unterhaltung, die der junge Dietrich bot, wenn er sich ernsthaft in der höfischen Rede und dem Frauendienst übte.

»Es war vielleicht nicht ganz im Sinne der ritterlichen Tugend, Fräulein Gerlin, dass ich für den Schwertkampf auf dem Pferd geblieben bin, nachdem ich Herrn Theobald heruntergetjostet hatte. Aber der Herr Adalbert meint, das sei durchaus statthaft, wenn der eine Ritter doppelt so viel wiegt wie der andere ... Verachtet Ihr mich deshalb?«

Gerlin verbiss sich tapfer das Lächeln und beschwichtigte ihren kleinen Kämpfer. »Natürlich verachte ich Euch nicht, Herr Dietrich, schließlich habt Ihr den Kampf siegreich bestanden und mein Zeichen ehrenhaft in den Streit geführt. Aber ich gebe Euch den Auftrag, mehr zu essen, um möglichst bald ein Gleichgewicht zwischen Euch und dem Herrn Theobald herzustellen.«

Die Belustigung über den Jüngling verging ihr allerdings, sobald sie sich mit Dietrich auf eine Schachpartie einließ. Die ersten Male ließ er sie gewinnen, aber als sie ihn daraufhin tadelte, schlug er sie mit schöner Regelmäßigkeit, ebenso wie Rüdiger und alle anderen Knappen und Ritter. Lediglich Herr Salomon vermochte manchmal noch gegen ihn zu gewinnen, wie Florís Gerlin verriet.

»Die Stärken Eures künftigen Gatten liegen nun mal mehr im Kopf als im Schwertarm«, meinte er schulterzuckend. »Darauf müssen wir uns alle einstellen. Gäbe es doch nur eine Möglichkeit, das Turnier nach der Schwertleite durch einen Schachwettkampf zu ersetzen! Es graut mir davor, Dietrich dieser Gefahr auszusetzen.«

»Ist es denn solch ein Risiko?«, wunderte sich Gerlin. Sie hatte schon viele Turniere zum Anlass von Schwertleiten gesehen, und eigentlich konnte sie sich an keinen schweren Unfall erinnern. Die Knappen hatten meist noch gar nicht die Kraft und verfügten erst recht nicht über die Techniken, die vonnöten waren, einem Gegner mit Übungswaffen wirklich Schaden zuzufügen. Dafür waren sie daran gewöhnt, vom Pferd zu fallen, und brachen sich dabei seltener das Genick als gesetzte Ritter, die plötzlich auf die Idee kamen, doch noch mal ein Turnier zu bestreiten – oder junge Fahrende, die todesmutig ritten, um einem Burgherrn zu imponieren.

Florís zuckte die Schultern. »Es kommt darauf an, wie viel Böswilligkeit im Spiel ist. Schaut, Fräulein Gerlin, während der Übungskämpfe schicken wir Herrn Dietrich meist nur gegen Knappen in die Schranken, die ihm körperlich nicht allzu sehr überlegen sind. Dieser Kampf gegen Herrn Theobald neulich war eine Ausnahme – und provoziert von diesem impertinenten kleinen Schnösel! Es gab einen Streit zwischen den beiden, und sie waren schneller auf dem Pferd, als ich einschreiten konnte. Und glaubt mir, es gehört einiges dazu, einen Jungen wie Dietrich so wütend zu machen, dass er den Kerl zuerst beherzt vom Pferd wirft und dann nicht mal ritterlich zum Schwertkampf absteigt!«

Im Krieg blieb der Ritter natürlich auf dem Pferd, wenn er seinen Gegner zu Boden geworfen hatte und bekämpfte ihn von der erhöhten Position aus weiter. Im Turnier galt das jedoch als unfein. Der Sieger im Tjost stieg gewöhnlich großmütig ab und stellte sich dem anderen im Schwertkampf zu Fuß.

»Aber im Turnier haben wir nicht in der Hand, wer gegen wen antritt«, sprach Florís weiter. »Wobei hinzukommt, dass Herr Dietrich unter den Knappen nur wenige Feinde hat – im Gegenteil, die meisten Jungen sind ihm herzlich zugetan.«

Gerlin nickte. Zu ihrer großen Freude hatte sich auch Rüdiger weniger dem angeberischen Theobald als dem Kreis um Dietrich angeschlossen. Neuerdings übte er sich genauso eifrig im Schach wie im Schwertkampf.

Floris sah dies aber nicht nur positiv. »Es besteht also die Gefahr, dass sie ihn aus falsch verstandener Freundlichkeit gewinnen lassen. Und dann steht er auf einmal einem Rüpel wie Theobald und seinen Kumpanen gegenüber. Ist Euch aufgefallen, dass Herr Roland die Kerle rund um diesen Bengel oft zu speziellen Waffenübungen einlädt? Letzte Woche sah ich ihn selbst mit Theobald kämpfen. Da braut sich doch etwas zusammen! Und im Turnier werde ich nicht neben den Kämpfenden stehen. Ich werde auf der Tribüne mitfiebern wie Ihr auch. Dietrich ist auf sich allein gestellt. Und ich habe Angst um ihn.«

»Lässt sich denn diese Turnierteilnahme auf gar keinen Fall umgehen?«, erkundigte sich Herr Salomon.

Ihr Ausritt hatte Florís und Gerlin auf das Landgut des Medikus geführt, eine Rittstunde von der Burg entfernt. Herr Salomon hielt sich zurzeit dort auf, erschien jedoch fast jeden Tag auf der Burg, um Dietrich und andere Knappen in den Künsten rund um Sternkunde, Philosophie und Strategie zu unterweisen. Dietrich lernte auch voller Eifer Latein und Griechisch, um die Schriften der Klassiker lesen zu können. Herr Leon und Herr Roland erklärten dies zwar für »nicht ritterlich« und boten alternativ weitere Kampfübungen an, und der Hofkaplan befürchtete, der Jude würde die Knappen gegen die Kirche beeinflussen, aber Dietrich bestand auf den Unterricht bei seinem jüdischen Meister. Sein Vater hatte den Medikus vor seinem Tod damit betraut, und lediglich sein Vormund hätte eine Handhabe gehabt, die Stunden zu verbieten.

Florís und Gerlin sah der Medikus dabei aber selten, und erst recht hatten sie keine Möglichkeit zu konspirativen Beratungen. Das Landgut bot da eine Ausweichmöglichkeit. Herr Salomon ließ besten Wein auftischen und bewirtete seine Gäste mit Brot, Früchten und Käse aus eigener Herstellung.

»Ist es nicht durchaus statthaft, dass ein Burgherr dem Turnier nur vorsteht, statt selbst mitzukämpfen?« Der Medikus äußerte seine Überlegungen, während er Gerlin Wein nachschenkte. Sie lächelte ihm zu. Wie immer fühlte sie sich getröstet in seiner Gegenwart.

»Am Tag seiner Schwertleite?« Florís schüttelte den Kopf und biss auf seine Unterlippe, eine Geste, die den Ritter jungenhaft wirken ließ. Aber es ziemte sich nicht, darüber zu lächeln, Florís' Verhalten nach erörterten sie hier wirklich todernste Probleme. Gerlin bemerkte das schon an seiner mangelnden Aufmerksamkeit ihr gegenüber. Während Salomon bei ihrem Eintreffen nicht mit Komplimenten zu ihrem rosigen Aussehen nach dem Ritt durch den Sommertag gespart hatte, fand Florís an diesem Tag keine Zeit für Schmeicheleien. Zu sehr sorgte er sich um Dietrich. »Also üblich ist das nicht. Aber dies ist natürlich eine Ausnahmesituation. Man müsste herausfinden, wie es sonst gehandhabt wird, wenn der Sohn eines Edelherrn durch die Schwertleite zum Herrn seiner Burg aufsteigt.«

Gerlin überschlug ihr Wissen über höfische Etikette. »In dem Fall steht dem Turnier in der Regel seine Mutter vor, die vorher die Regentschaft innehatte«, gab sie Auskunft. »Und die wird ihrem Sohn kaum gedungene Mörder auf den Hals schicken, während er ein paar Waffengänge absolviert. Davon abgesehen hat Herr Salomon Recht: Es spricht eher für einen König oder Burgherrn, wenn er bei seinem eigenen Turnier nicht in die Schranken reitet. Es ist ja sonst immer eine unglückliche Situation: Gewinnt er, so heißt es, das Turnier sei manipuliert worden. Gewinnt er nicht, gibt er sich eine Blöße auf eigenem Platz.«

Herr Salomon lauschte ihren Ausführungen gebannt. »Ihr scheint Euch auszukennen«, bemerkte er. »Und Ihr hattet ja auch die allerbeste Lehrmeisterin. Also, Fräulein Gerlin, denkt nach! Wie hätte Eleonore von Aquitanien die Sache gehandhabt? Lasst uns an Eurer Erziehung zur ›Macht der Frau Venus hinter dem Thron‹ teilhaben!«

Gerlin überlegte, während sie eine Traube aß. »Vielleicht kann sich Herr Dietrich in einem Schaukampf beweisen, der unentschieden endet!«, sagte sie dann. »Er weiß das Schwert durchaus zu führen. Wobei man ruhig sehen darf, dass der Gegner nicht mit voller Wucht gegen ihn vorgeht. Es muss ja kein Knappe sein, sondern eher ein verdienter Ritter wie Ihr, Herr Florís.«

Florís de Trillon strahlte. »Genau das ist es, Fräulein Gerlin! Eine hervorragende Lösung!«

Auch Salomon nickte anerkennend, und Gerlin freute sich wieder einmal an der Wärme in seinen grünbraunen Augen und dem Lachen, das sein sonst oft so strenges Gesicht in unzählige Falten legte. »Respekt, Fräulein Gerlin, Ihr seid Eurem künftigen Gatten in Sachen Diplomatie durchaus ebenbürtig! Lauenstein wird aufblühen unter Eurer Herrschaft! Lasst es uns so machen, Herr Florís! Wobei sich nur fragt, wie wir es Dietrich erklären. Der schreibt zurzeit nämlich nur noch Gedichte über Ritter, die sich mit dem Zeichen ihrer Minneherrin in die aussichtslosesten Kämpfe stürzen ... Sicher wird er zu Tode enttäuscht sein.«

Gerlin lächelte. »Das überlasst nur getrost seiner Minneherrin«, sagte sie mit sanfter Stimme. »Die Herrin Guinevere ließ Herrn Lancelot noch ganz andere Frösche schlucken ...«

Etwa einen Monat vor der Schwertleite verkündete Florís den Knappen vor der morgendlichen Übungsstunde das Programm für das Turnier. Von einem leichten Feixen des Herrn Theobald und seiner Freunde einmal abgesehen nahmen alle es freundlich und wie selbstverständlich auf, dass Dietrich sich am Wettstreit nicht beteiligen würde, nur an einem Schaukampf. So manchen der ärmeren Knappen – viele von ihnen waren jüngere Söhne aus weniger wichtigen Familien, denen ein Leben als Fahrender Ritter bevorstand – mochte es sogar Freude und Erleichterung sein. Jeder Gegner weniger vergrößerte ihre Chance auf eine gute Platzierung, eine Belohnung von Frau Luitgart oder Gerlin und damit einen besseren Einstieg in ihr aufregendes, aber hartes Erwachsenenleben.

Dietrich selbst verbeugte sich gelassen und schenkte Florís dabei ein warmes Lächeln. »Ich freue mich besonders, weil mir dabei auch ein paar Hiebe von Euch vergönnt sein werden, wenn Ihr es schon nicht sein werdet, der mich zum Ritter schlägt! Schont mich nur nicht, es wird mir eine Freude sein, gegen Euch zu unterliegen.«

Dieses Mal jedoch war es Roland, der den Spieß der Gegenseite umdrehte. Am Abend jenes Tages lud er wieder einmal alle Ritter, Knappen und Frauen der Burg zum Bankett, und Gerlin schwante nichts Gutes, als er anschließend aufstand und sich an die Versammlung wandte.

»Ich hörte heute davon, dass mein geliebter Neffe, Dietrich von Ornemünde, dem Turnier am Tag seiner Schwertleite nur vorstehen wird, statt sich mit den anderen Rittern seines Jahrgangs zu messen. Zu dieser Entscheidung aus Demut und Maße heraus kann ich ihn nur beglückwünschen, ich weiß, wie schwer es einem jungen Ritter fällt, auf den Wettkampf zu verzichten. Und um Herrn Dietrich meine größte Hochachtung zu erweisen, biete ich mich ihm selbst als Gegner in dem Schaukampf an, in dem er sich stattdessen als Ritter präsentieren will. Herr Dietrich verdient einen ebenbürtigen Gegner von gleichem Rang und von gleichem edlem Blut!«

In Gerlins Gesicht stand bei dieser Ankündigung blankes Entsetzen, sie schaffte es nicht sofort, sich wieder unter Kontrolle zu bringen. Florís, der links neben ihr saß, ballte die Fäuste. Schmähte Roland mit seiner Rede doch auch seinen eigenen Rang und setzte die Familie Trillon herab! Gerlin hoffte, dass er den Ritter daraufhin nicht gleich fordern würde.

»Untersteht Euch, den Kerl zu fordern!«, zischte in dem Moment Herr Salomon – ihn hatte Roland ebenfalls geladen, ausdrücklich und zweifellos, um sich auch an seinem Entsetzen zu weiden. »Das Letzte, was wir hier brauchen, ist eine offene Fehde!«

»Wenn ich den Kerl zum Kampf mit scharfen Waffen fordere, hat sich die Fehde bald erledigt!«, wütete Florís, ebenfalls mit gedämpfter Stimme. »Dann ist der Herr Roland auf Lauenstein Vergangenheit.«

»Oder der Herr Florís!«, fuhr Gerlin ihn an. Ihre Stimme klang ungewollt schrill. Die Angst um Florís überlagerte fast die Sorge um Dietrich. »Ihr seid ihm zwar ebenbürtig im Rang, aber er ist es Euch auch in der Kampfkunst. Ihr könntet unterliegen. Und dann?«

Florís rang um Fassung.

Inzwischen erhob sich Dietrich. »Ich danke Euch über die Maßen für die Ehre, Herr Roland«, sagte er ruhig, »und ich hoffe, mich ihrer würdig zu erweisen.« Der Knappe verbeugte sich artig. Wieder einmal bewies er Haltung.

Gerlin dagegen zog sich bald zurück. Sie war zutiefst beunruhigt – und erfüllt von Schuldgefühlen. Der Schaukampf war ihr Einfall gewesen. Wenn Roland den Jungen jetzt tötete …

»Ach was, er kann es sich doch gar nicht leisten, seinen Neffen vor dem versammelten Hof und hunderten von Gästen umzubringen!« Salomon wanderte erregt in Gerlins Kemenate auf und ab. An diesem Abend scherten sich die Männer nicht um höfisches Zeremoniell, sondern hatten sich dort eingefunden, um die neue Lage zu besprechen. Dietrich war nicht bei ihnen, dafür drückte sich Rüdiger im Gemach seiner Schwester herum und folgte fasziniert den Überlegungen von Dietrichs Ratgebern. »Wie sieht denn das aus, wenn Herr Roland seinem Verwandten in einem Schaukampf den Garaus macht?«

»Wie ein Unfall!«, bemerkte Florís und raufte sein blondes Haar. Wenn er ratlos war, wirkte er jünger und knabenhafter. Gerlin fand diese zur Schau getragene Hilflosigkeit oft entzückend, aber jetzt hätte sie ihn lieber selbstsicher und wehrhaft gesehen. Ebenso wie sie sich Herrn Salomon wieder ruhig und gelassen gewünscht hätte und nicht derart aufgebracht wie an diesem Abend. »Der gute Herr Roland wird untröstlich sein, die Sache umgehend dem Kaiser vortragen, nachdem er sich ein paar Tage in einem Kloster ausgeweint hat, und sich dann als ›Wergeld‹ anbieten: Er hat Lauenstein den Erben genommen, aber er stellt sich selbst als Ersatz. Er wird die Witwe des alten Burgherrn freien – oder gern auch Euch, Gerlin, das ist ihm wahrscheinlich ganz gleichgültig! – und das Lehen in seligem Angedenken an Dietrich von Lauenstein weiterführen. Aus seiner Sicht die ideale Lösung.«

»Und der Kaiser würde das mitmachen?«, fragte Gerlin entsetzt.

»Der Kaiser ist vorerst auf dem Weg ins Heilige Land«, meinte Florís. »Da hat er andere Sorgen ...«

»Und ansonsten interessieren einen Herrscher vor allem zwei Dinge«, fügte Salomon hinzu. »Erstens: Wird das Lehen gut verwaltet und verteidigt? Zweitens: Kommt der Lehnsmann seinen Lehnspflichten nach? Beides ist bei Lauenstein gegeben, egal unter welchem Herrn. Roland und Luitgart müssten schon sehr verschwenderisch wirtschaften, um das Lehen zugrunde zu richten, und als so dumm schätze ich sie nicht ein. Der Kaiser hat den Namen Dietrich von Lauenstein wahrscheinlich nie gehört, und ob der dort herrschende Ornemünder Roland oder Karl oder Friedrich heißt, ist ihm völlig gleichgültig.«

Gerlin seufzte. »Also, was können wir tun?«, fragte sie leise.

Florís rang die Hände. »Nichts. Außer Dietrich so gut wie möglich vorbereiten. Von jetzt an keine Lateinstunden mehr, Herr Salomon, sondern Unterricht im Schwertkampf. Mit dem Schwerpunkt auf Verteidigung. Ewig kann so ein Schaukampf ja nicht dauern. Wenn Dietrich eine Viertelstunde standhält, kann der Herold den Streit abbrechen. Fragt sich nur, ob ich Dietrich dafür gewinnen kann – er will doch sicher auch Angriffsversuche zeigen.«

»Könnt Ihr ihn nicht dazu gewinnen, schon beim Abreiten vom Pferd zu fallen, Fräulein Gerlin?«, fragte Salomon müde. »Vielleicht ein kleiner Schlagabtausch mit einem anderen Knappen, zum Warmwerden, und dann trifft ihn ein unglücklicher Schlag, und er hat sich leider, leider den Schwertarm verstaucht?«

Gerlin schüttelte den Kopf. »Das wird er nicht mal mir zuliebe tun«, sagte sie leise. »Dafür, meine Herren, habt Ihr ihm die ritterlichen Tugenden zu sehr nahegebracht!«

Die drei trennten sich in gedrückter Stimmung, und niemand achtete auf Rüdiger, der dem Gespräch schweigend gefolgt war.

Ritterliche Tugenden ... Der junge Knappe fasste in dieser Nacht einen Entschluss, der seiner Schwester in den nächsten Wochen großes Kopfzerbrechen bereitete.

Kapitel 8

Ich weiß nicht, was mit Rüdiger los ist ...« Gerlin klagte Florís ihr Leid, als die beiden, wenige Tage vor der Schwertleite, den Knappen bei ihren Wehrübungen zusahen.

Rüdiger war eben gegen Dietrich angeritten und hatte ihn gleich beim ersten Versuch schonungslos vom Pferd getjostet. Jetzt schlug er ebenso ernsthaft mit dem Holzschwert auf ihn ein. Es stand völlig außer Frage, wer diesen Schlagabtausch gewinnen würde.

Florís schüttelte den Kopf. »Es ist ganz in Ordnung, dass die Knappen Dietrich ernsthaft angehen. Ich habe sie ausdrücklich dazu angehalten – wenngleich nach langer Überlegung. Es ist mir schon klar, dass wir Dietrichs Selbstvertrauen beeinträchtigen, bislang hielt er sich für stärker, als er wirklich ist. Aber besser, er lernt jetzt, damit umzugehen, als dass er sich vor Roland die Blöße gibt. Er ...«

»Es geht nicht um Dietrich, es geht um Rüdiger!«, unterbrach ihn Gerlin. »Er hat sich verändert, vollständig. Bislang dachte ich, er sei Dietrichs Freund. Er gehörte zu seinem Kreis, sie beschäftigten sich miteinander – da war keine Rivalität. Aber jetzt: Seit Neuestem gesellt sich Rüdiger immer öfter zu den Jungen um Herrn Theobald. Er macht ihre derben Späße mit. Er beteiligt sich an den Waffenübungen mit Herrn Roland. Mit Dietrich wechselt er kaum noch ein Wort, und mich scheint er auch zu meiden. Ich mache mir Sorgen um ihn.«

Florís zuckte die Schultern. »Um ehrlich zu sein, kann ich mir darüber nicht auch noch Gedanken machen«, bemerkte er.

»Wahrscheinlich ist es ohnehin nur eine Laune. Auf jeden Fall können wir uns darum kümmern, wenn die Schwertleite gefeiert ist – sofern Dietrich sie überlebt. Dann wird Theobald von Thurgau sowieso heimkehren. Denn in einem hat er Recht: Er ist wirklich von edlem Blut, und ihn erwartet ein großes Lehen. Rüdiger ist ebenfalls ein Erbe.«

»Und wenn die beiden auf die Idee kommen, erst mal als Fahrende Ritter durch die Welt zu ziehen?«, fragte Gerlin verzweifelt.

Florís seufzte. »Dann können wir sie daran auch nicht hindern. Aber das traue ich Rüdiger eher zu als Theobald. Der ist ein boshafter Schläger, aber nicht wirklich tapfer. Wenn es tatsächlich hart auf hart kommt, verkriecht er sich auf der Burg seines Vaters, um dort Fahrende Ritter zu terrorisieren und Bauern zu schinden. Für Euren Bruder geht von ihm auf Dauer keine Gefahr aus. Und Roland von Ornemünde wird sich auch irgendwann verziehen – wenn er zu Erntedank nicht ganz unverhofft und durch tragische Umstände ein Lehen erwirbt. Um das zu verhindern, muss ich jetzt meine Arbeit tun. Es tut mir leid, Fräulein Gerlin, wenn ich es zurzeit an höfischer Rede und Aufmerksamkeit missen lasse ...«

Gerlin nickte versonnen, während der Ritter jetzt in den Kampf der Knappen eingriff und Dietrich Verhaltensanweisungen gab. Der Junge griff das Schwert daraufhin geringfügig anders und wehrte Rüdigers Schläge geschickter ab. Aber Gerlin machte sich keine Illusionen. Den anderen Knappen mochte die neue Technik verwirren – Roland von Ornemünde dagegen würde sie lächelnd unterlaufen. Im Grunde konnte nur ein Wunder Dietrich retten – oder ein Akt der Feigheit, der eines Ritters unwürdig wäre. Dietrich würde sich nie so weit erniedrigen.

Gerlin bereitete sich auf seinen Tod vor.

Rüdiger von Falkenberg holte tief Luft, bevor er sich den Rittern näherte, die vor dem Stall standen und die Eignung eines Streithengstes diskutierten. Leon von Gingst und Roland von Ornemünde redeten sich die Köpfe darüber heiß, ob Herr Roland das Tier beim Schaukampf mit Dietrich erproben sollte oder doch lieber mit einem älteren, bewährten Pferd in die Schranken ritt. Die Schwertleite sollte am übernächsten Tag stattfinden. Rüdiger zögerte. Ob er warten sollte, bis Herr Roland allein war? Aber nein, es brachte nichts, die Sache aufzuschieben.

Rüdiger räusperte sich, bevor er sich vor Roland verbeugte. »Darf ich ein paar Worte mit Euch reden, Herr Roland?«, fragte er ehrerbietig. »Ich trage eine Last auf dem Herzen ...«

»Und die müsst Ihr bei mir abladen, Herr Rüdiger?«, fragte der Ritter lachend. »Oder eher bei Eurem alten Waffenmeister? Herr Leon hat Euch doch auf Falkenberg betreut, nicht wahr?«

Rüdiger nickte. »Es macht mir nichts aus, wenn Herr Leon dabei ist«, sagte er, obwohl er nicht so fühlte. Aber im Grunde war es egal, in ein paar Stunden würde sowieso die ganze Burg darüber reden. »Und Herr Leon weiß ja auch, dass ... Seht, Herr Roland, ich hadere mit meiner Ehre als Ritter. Ich soll übermorgen meine Schwertleite feiern, aber ich weiß, es ist zu früh!«

Die beiden Ritter runzelten die Stirn. Rüdiger hatte plötzlich ihre volle Aufmerksamkeit. Bestimmt hatten sie nie gehört, dass ein Knappe den Zeitpunkt seiner Schwertleite für zu früh hielt, im Allgemeinen brannten die Knaben darauf, endlich zum Ritter geschlagen zu werden.

»Du willst nicht geweiht werden?«, fragte Leon verwirrt.

Rüdiger senkte den Kopf. »Ihr wisst doch nur zu gut, Herr Leon, dass ich von der Vollkommenheit weit entfernt bin. Es gibt so viel, was ich noch lernen muss, um wirklich im Kampf zu bestehen.«

»Du hast Sorge, dass du als Fahrender nicht lange überlebst?«, fasste Roland kurz zusammen. Tatsächlich ließen viele junge Ritter schon ihr Leben in den ersten Kämpfen, denen sie sich stellten. Im Umgang mit echten Waffen hatten sie wenig Erfahrung, und wenn sie nicht erst im Turnier kämpften, sondern sich zum Beispiel gleich als Eskorte für eine Wagenkolonne anheuern ließen ... Mitunter fielen sie mit der verwirrenden Erkenntnis, dass Wegelagerer sich nicht an ritterliche Kampftechniken hielten. »Aber du bist doch der Erbe von Falkenberg, nicht? Warum gehst du nicht einfach nach Hause und übernimmst deine Burg?« Roland duzte den Jungen jetzt ganz ungeniert.

Rüdiger blickte weiter zu Boden. »Herr Roland, viele vertreten die Meinung, dass ... also, dass es bei einem künftigen Lehnsherrn nicht zählt, ob er sich im Kampf auszeichnet oder nicht. Ich habe sogar Ritter sagen hören, es sei wichtiger, sich im Lesen und Schreiben und anderen Künsten zu vervollkommnen, die eher Pfaffen und Weibern geläufig sind. Aber ich dachte, dass gerade Ihr, Herr Roland, anderer Ansicht seid ...«

Leon von Gingst nickte. »Du zeigst wahren, ritterlichen Geist!«, lobte er. »Meine Erziehung war also nicht verschwendet!«

»Und was gedenkst du nun zu tun?«, fragte Roland von Ornemünde ungeduldig. »Wenn Herr Florís deine Ausbildung als abgeschlossen erklärt, aber du lehnst die Schwertleite ab?«

Rüdiger zwang sich, dem Ritter in die Augen zu sehen. »Herr, in alter Zeit ... in alter Zeit vervollkommneten sich Knappen im Dienst bei einem großen Ritter. Von seinem Beispiel lernten sie, ihm eiferten sie nach. Wenn ich Euch, Herr Roland, ein Jahr dienen dürfte ...«

»Du willst mein Pferd satteln, meine Rüstung polieren, mir meine Waffen hinterhertragen?«, fragte Roland verblüfft.

Rüdiger nickte. »Wenn Ihr mich nicht für würdig erachtet ...« Er tat, als wollte er sich abwenden.

Roland warf Leon einen anerkennenden Blick zu. »Potz Blitz,

Herr Leon, diesen Knappen habt Ihr trefflich erzogen! Aber was wird Eure Schwester dazu sagen, Herr Rüdiger? Habt Ihr dem Fräulein Gerlin diesen Plan schon unterbreitet?«

Rüdiger warf hochmütig den Kopf zurück. »Ich stehe nicht unter der Munt meiner Schwester, Herr Ritter! Fräulein Gerlin ist nicht meine Herrin, und sie ist nicht Hüterin meines Gewissens. Also werdet Ihr mich als Schüler annehmen, Herr Roland?«

Bei den letzten Worten ließ er sich auf ein Knie nieder.

Roland von Ornemünde warf seinem strahlenden Freund Leon noch einen verwirrten Blick zu. Dann half er Rüdiger auf.

»Es ist mir eine Ehre, Knappe. Und von mir aus kannst du gleich anfangen. Fang den Hengst ein und sattle ihn auf. Und mach auch ein Pferd für dich fertig, wir werden sehen, was du bislang im Tjost leistest. Kein fauler Lenz mehr, Herr Rüdiger! Mein Knappe wird in einem Jahr das Turnier gewinnen, das zu seiner Schwertleite veranstaltet wird!«

Rüdiger hielt sich an diesem und dem letzten Tag vor Dietrichs Fest vor Gerlin verborgen und verschwand auch rechtzeitig, als die Knappen sich am Abend vor der Schwertleite weiß gekleidet in die Kirche begaben, um dort mit ihren Schwertern zu wachen.

Gerlin vermisste ihn beim Gottesdienst, nahm allerdings an, ihn in der Menge der weiß gewandeten Jungen einfach nicht zu finden. Schließlich saß sie bei den Frauen und bemühte sich um Freundlichkeit Frau Luitgart gegenüber, während die Knappen sich vor dem Altar drängten. Und im Grunde hatte sie sowieso nur Augen für Dietrich, der an diesem Abend so schön und edel wirkte, wie ein junger Ritter es nur sein konnte. Hoch aufgeschossen und blass, aber wie von innen leuchtend stand er der Gruppe der Knappen vor. Die Schwertleite war für die meisten von ihnen etwas Heiliges; besonders für die Jungen aus französischen und normannischen Landen war der Ritterstand fest mit dem Gottesdienst verknüpft. Aus ihren Kreisen rekrutierten sich auch die meisten Mönchsorden wie Johanniter und Templer.

Für die Knappen aus deutschem Geblüt spielte die Weihe des Schwertes keine so große Rolle, aber auch sie empfanden die Ernsthaftigkeit und Festlichkeit der Stunde. Allerdings wandte sich so mancher von ihnen rasch noch zu seinen Verwandten und Freunden um, bevor diese die Kirche verließen, während Dietrich und andere, sehr ernsthafte junge Ritter bereits im Gebet versunken schienen. Trotz seiner weltoffenen Erziehung und seiner Freundschaft zu dem Juden Salomon war Gerlins versprochener Gatte tiefgläubig. Er würde zweifellos inbrünstig beten, sein Gewissen noch einmal erforschen und den Segen des Herrn für sein Schwert und seine ritterliche Laufbahn erflehen. Gerlin hoffte, dass Dietrich trotzdem noch etwas Schlaf vor dem morgendlichen Kampf finden würde. Die meisten Knappen wurden irgendwann in der Nacht von ihrer Müdigkeit übermannt.

Sie selbst fand vorerst keine Ruhe. Während Frau Luitgart und Herr Roland dem Bankett vorstanden, zu dem bereits viele der geladenen Gäste und Teilnehmer des in den folgenden Tagen angesetzten Turniers angereist waren, strich sie unruhig durch die Gänge der Burg und fand sich schließlich auf dem jetzt verwaisten Söller wieder. Zu ihrer Überraschung stieß sie dort auf Florís de Trillon. Der junger Ritter lehnte an der Brüstung und blickte auf die mit bunten Wimpeln geschmückte Kampfbahn, die Ehrentribüne unter dem seidenen Pavillon und all die kleinen und großen Zelte der Fahrenden Ritter hinab, die auf dem Gelände vor der Burg aufgebaut waren.

Im letzten Tageslicht wirkte alles sehr fröhlich und friedlich, fast als habe ein Kind die Zeltstadt aufgestellt, um am kommenden Tag mit Rittern und Knappen aus Holz zu spielen. Jetzt loderten Feuer auf – schließlich feierten auch da unten Knappen und Knechte –, und selbst im Dorf wurden Ochsen am Spieß gebraten. Die Burgherren würden ihre Leute noch tagelang zur Feier der Schwertleite beköstigen ... es sei denn, man müsste das Fest abbrechen, weil es von einem bedauerlichen Unfall überschattet wurde.

Gerlin las Florís' Gedanken. Vorsichtig, fast tastend, legte sie ihm die Hand auf den Arm.

»Vielleicht passiert ja gar nichts«, sagte sie leise.

Er stieß spöttisch die Luft durch die Nase aus. »Vielleicht wird es niemals Morgen«, bemerkte er.

Gerlin versuchte zu lächeln. »Im Ernst, Florís, es ist doch gut möglich, dass wir uns ganz grundlos sorgen. Natürlich könnte Herr Roland versuchen, durch Mord und Totschlag an ein Lehen zu kommen. Aber auch er ist ein Ritter ... und Dietrich ist sein Fleisch und Blut.«

Florís rieb sich die Stirn. »Ich bitte Euch, Gerlin, der Junge ist über sieben Ecken mit ihm verwandt! Wahrscheinlich kann kein Mensch mehr genau nachhalten, über welche Linie. Ornemünder gibt es wie Sand am Meer. Und was die ritterlichen Tugenden angeht ...« Er seufzte. Aber dann sah er Gerlin ins Gesicht, und seine sorgenvolle Miene wich einem bewundernden, zärtlichen Blick. Auch Gerlin hatte sich an diesem Abend hell gewandet. Sie trug ein langärmeliges Kleid aus leichter, ungefärbter Wolle, dazu einen seidenen, juwelenbesetzten Gürtel aus Salomon von Kronachs Truhe und darüber einen Mantel in lichtem Blau. Ihr Haar hielt sie mit einem breiten hellblauen Schapel zurück. Es fiel lang und üppig über ihren Rücken. Über ihr Gesicht zog leichte Röte, als sie in die Augen des Ritters blickte. »Aber Ihr sorgt Euch doch auch wirklich, Fräulein Gerlin, nicht wahr?«, sagte Florís leise, fast tonlos. »Euch liegt etwas an Dietrich.«

Gerlin nickte. »Ebenso wie Euch. Natürlich kenne ich ihn noch nicht so lange. Aber er ... er ist ein guter Junge.«

»Er soll Euer Eheherr werden«, flüsterte Florís, »vielleicht schon morgen. Denkt Ihr … manchmal daran?«

Gerlin versuchte zu lachen und seine seltsame Frage spöttisch abzutun, aber nicht einmal ein Lächeln gelang ihr. Verstand sie doch zu gut, wie die wirkliche Frage lautete.

»Ich denke vieles, Herr Ritter.« Sie wollte ihre Stimme fest klingen lassen, aber die Worte kamen heiser heraus. »An das, was sein wird, sein könnte – und nicht sein darf. Wenn Dietrich den morgigen Tag überlebt, so werde ich ihm Eide schwören. Und ich werde es gern tun, denn wie ich schon sagte … er ist ein guter Junge. Wir beide lieben ihn. Ob ich ihn so liebe, wie Guinevere Lancelot liebte und Isolde Tristan – danach werde ich nicht gefragt. Und darüber sollten wir auch nicht nachdenken. Aber Ihr … Ihr werdet mir doch ein Freund sein?«

Florís griff verstohlen nach ihrer Hand. »Ich bin Euer verschworener Ritter, Herrin, das wisst Ihr.«

Gerlin nickte. Und dann meinte sie, es nicht länger auszuhalten. Ihr Herz raste, sie bebte vor innerer Unrast, vor Angst, Sorge … und auch vor etwas Unnennbarem und Undenkbarem.

»So küsst mich, mein verschworener Ritter!«, sagte sie ruhig, und jetzt klang ihre Stimme so fest, wie sie es sich eben noch gewünscht hatte. »Küsst mich ein einziges Mal, bevor …«

Sie wusste nicht, wie sie den Satz vollenden sollte. Aber sie wusste, dass am nächsten Tag etwas endete und etwas Neues begann.

Florís fragte nicht. Er zog sie an sich, und seine Lippen verschmolzen mit den ihren. Vielleicht schickte er sie mit diesem Kuss in die Ehe mit Dietrich, vielleicht schickte sie ihn in den Tod – denn Florís de Trillon würde nicht tatenlos zusehen, wie Roland Dietrich tötete und das Lehen okkupierte. Bevor das geschah, würde er den Ritter fordern. Und niemand wusste, was dann geschah.

Florís und Gerlin wechselten kein Wort mehr, nachdem sie sich trennten. Es war dunkel geworden, der Zauber dieser Stunde auf dem Söller war vorbei. Das Lager der Ritter wurde von Feuern erhellt, ebenso das Dorf, aus der Kirche leuchtete das sanfte Licht der Kerzen, die den Knappen ihre Wache erleichterten. Aus dem Festsaal der Burg drangen Stimmen und Gesang.

Gerlin wollte sich zwingen, in den Saal zu gehen und dem Bankett beizuwohnen, aber sie war nicht hungrig, und sie wollte an diesem Abend keine fragenden Blicke mehr auf sich spüren. Die Eltern und Verwandten der anderen Knappen, die Gäste und Ritter hatten schon gemunkelt, als sie Gerlin in der Kirche sahen, und Luitgart hatte ihre Verwunderung geschürt. Eine versprochene Gattin, die auf die Schwertleite ihres noch kindlichen Verlobten wartete ... die Frauen im Saal würden über sie herziehen. Gerlin zwang sich, nicht darüber nachzudenken, was Luitgart den Müttern und Schwestern der Knappen erzählte, die mit den Rittern tafelten. Sollte die alte Herrin der Burg ihren letzten Triumph genießen. Wenn alles gut ging, war der kommende Tag ihr Tag.

Dietrich sprach seit Wochen davon, wie er mit ihr in den Kreis der Ritter treten und dann gemeinsam mit seiner jungen Gattin dem Bankett zu Ehren seiner Schwertleite und seiner Hochzeit vorstehen würde. Gerlin wandte sich schließlich kurz vor Betreten des Festsaals entschlossen ab und begab sich in ihre Räume. Sie konnte nicht in die Kirche gehen, aber an ihrem Pult in ihrer Kemenate betete sie inbrünstig in dieser Nacht.

Kapitel 9

Du hast was?«

Gerlins Angst und Unruhe wich wilder Wut, als sie ihren Bruder Rüdiger am nächsten Morgen vor der Kirche traf. Eigentlich hätte er darin sein sollen, übermüdet von der Nachtwache und aufgeregt vor dem Ritterschlag. Aber stattdessen folgte er Roland von Ornemünde, ausgeschlafen und bunt in die Festkleidung der Knappen gehüllt. Der Ritter lächelte nur leicht, als sie den Jungen energisch von ihm wegzog und in einer Nische vor dem Gotteshaus zur Rede stellte.

Rüdiger sah ihr nicht in die Augen, während er die gleiche Geschichte erzählte, die er auch seinem neuen Herrn vorgetragen hatte. Allerdings glaubte ihm Gerlin kein Wort.

»Du fühlst dich noch nicht bereit für den Ritterschlag? Also, vor ein paar Wochen klang das aber noch ganz anders – wolltest du nicht schon vor einem Jahr zum Ritter geschlagen werden und gleich noch die halbe Artus-Runde fordern?«

Rüdigers Stiefel scharrte auf dem Boden. »Damals war ich ein Kind ...«, murmelte er.

»Und was bist du jetzt?«, fuhr Gerlin ihn an. »Ein Verräter? Was hat dir Dietrich getan, dass du seine Feinde unterstützt?«

»Herr Dietrich hat keine Feinde«, behauptete Rüdiger. »Ich diene seinem Verwandten – was soll daran schlecht sein? Und im nächsten Jahr ...«

»Im nächsten Jahr bist du dann vielleicht genauso ein Banause und Gauner wie die Herren Roland von Ornemünde und Leon von Gingst!« Gerlin spuckte das Wort »Herren« förmlich aus.

Rüdiger warf ihr einen gequälten Blick zu. »Gerlin ... ich ... ich habe mich entschieden!«, sagte er dann stolz. »Ich mag nicht mehr darüber reden, aber wisse, dass der Dienst bei Roland von Ornemünde mich genau zu dem Ritter macht, der zu werden ich mir geschworen habe. Und nun lass mich in Ruhe, Schwester. Geh und bete. Bete für deinen Dietrich, er mag es nötig haben.« Damit ließ er Gerlin stehen und folgte seinem Herrn.

Gerlin blieb fassungslos zurück. Sie meinte, ihren Bruder nicht mehr zu kennen. Aber jetzt hatte sie keine Zeit, sich damit zu befassen. Ein Diener hatte ihr eben gemeldet, dass ihr Vater eingetroffen war, und sie musste überlegen, wie sie ihm die Sache mit Rüdiger beibringen konnte. Bald schon begann die Messe und anschließend die Schwertleite.

Wie betäubt betrat Gerlin schließlich die Kirche und suchte ihren Platz neben Frau Luitgart, während ihr Vater zu den Männern ging, aber keinen Platz mehr neben Roland und seinem Sohn fand. Florís winkte ihn schließlich zu sich, und Gerlin sah, dass er mit ihm tuschelte. Er wies auf Dietrich – anscheinend zeigte der Aquitanier ihm seinen künftigen Schwiegersohn.

Die Knappen hatten die vordersten Bankreihen vor dem Altar bereits eingenommen, und die ersten Choräle erklangen.

Dietrich trug an diesem Tag eine Tunika aus Goldstoff über seinem weißen Unterkleid und einen purpurnen Mantel. Auch die anderen Knappen waren reich gekleidet. Der Bischof von Bamberg, Otto II. von Andechs, war gekommen und las die Messe, Herr Adalbert und Florís hielten sich bereit, den Ritterschlag zu vollziehen, nachdem er das Schwert eines jeden Knappen gesegnet hatte. Dietrich würde in der Mitte der Schar an der Reihe sein, es war sein ausdrücklicher Wunsch gewesen, keine Vorzugsbehandlung zu erfahren, und so weihte man die Knappen in der Reihenfolge ihres Alters. Florís begann mit dem ältesten.

Ein aufgeregter Knabe namens Burghardt von Cleve trat als Erster vor den Bischof und errötete, während der ihn mit seinem Schwert gürtete und die rituellen Worte sprach: »Herr, segne dieses Schwert, sodass es ein Schutz für die Kirchen, Witwen und Waisen und alle Diener Gottes sei vor der Raserei der Heiden!«

Burghard war schwärmerisch veranlagt, und Florís überlegte, dass er dem Jungen am kommenden Morgen sicher würde ausreden müssen, dem König und Kaiser auf den Kreuzzug zu folgen. Vorerst versetzte er dem erregten Knaben mit ernster Miene die Collée, einen leichten Schlag mit der Hand. Herr Leon von Gingst legte dem frischgebackenen Ritter die Sporen um, dann war der nächste an der Reihe.

Als Dietrich schließlich vortrat, übernahm Florís den Dienst mit den Sporen, während Adalbert von Uslar feierlich den Ritterschlag vollzog. Aber der alte Ritter war nicht bereit, gleich wieder abzutreten. Er genoss diesen Augenblick ebenso wie sein Schützling und mochte nicht darauf verzichten, Dietrich ein paar feierliche Worte mit auf den Weg zu geben: »Von heute an seid Ihr ein Ritter, und es geziemt sich, dass ich Euch erzähle, was zur Ritterlichkeit gehört. Ein Ritter muss kühn, höfisch, großzügig, treu und von angenehmer Rede sein, unerbittlich seinen Feinden gegenüber, offen und freundlich zu seinen Freunden. Der hat ein Anrecht auf den Ehrennamen Ritter, der sich mit Waffen bewährt und damit die Anerkennung der Leute erlangt. Trachtet deswegen danach, an diesem Tag und an allen folgenden Tagen Eures Lebens, Taten zu vollbringen, die der Erinnerung wert sind, denn jeder neue Ritter sollte einen guten Anfang machen!«

Dietrichs Augen leuchteten auf, als der alte Ritter ihn anschließend umarmte – nicht unbedingt dem Brauch entsprechend, aber freundlich und ermutigend. Er schien beflügelt, als Florís ihm die

Sporen anlegte – goldene Sporen in seinem Fall, hier konnte er sich der Bevorzugung nicht entziehen.

Gerlin lächelte ihrem versprochenen Gatten zu, und Dietrich strahlte so glücklich zurück, als habe er seinen schicksalhaften Kampf bereits bestanden und als stünde sein Name bereits in goldenen Lettern im großen Buch der Ritterschaft.

Gerlin fragte sich flüchtig, ob der Junge den Kampf mit Roland ebenso fürchtete wie seine Freunde und Berater. War ihm klar, dass dieser »Verwandte« womöglich seinen Tod wollte? Dietrich hatte in den letzten Wochen kein Wort davon erwähnt, aber er war nicht dumm und auch nicht mehr derart gutgläubig wie vielleicht noch vor ein paar Wochen. Dazu mochte unter anderem Salomon beigetragen haben. In der letzten Zeit hatten sehr viele Vorträge über Strategie, Heerführung, aber auch Hinterhalt und Verrat auf dem klassischen Lehrplan des Medikus gestanden.

Jetzt jedenfalls trat der Junge zurück in die Reihe der anderen Knappen, und Florís führte die Schwertleite fort. Allerdings gesellte sich auch Roland von Ornemünde zu den Rittern am Altar. Herr Theobald und ein paar andere Knappen aus seinem Umfeld hatten ihn um den Ritterschlag gebeten. Florís machte ihm gern Platz, wobei sich Herr Roland leider nicht auf ein paar kurze Worte beschränkte wie Herr Adalbert, sondern jedem seiner Ritter eine kleine Predigt hielt. Gerlin hielt es darüber kaum noch an ihrem Platz. Bis der letzte Ritter geweiht war, dauerte es Stunden.

Florís, der die Abschiedsworte sprach und sie damit all den von ihm eingeführten Rittern mit auf den Weg gab, fasste sich gottlob kurz: »Ihr guten Herren, der Orden der Ritterschaft ist zu angesehen und edel, als dass ein Ritter jemals mit etwas Niedrigem zu tun haben sollte, mit etwas Nichtwürdigem oder mit Feigheit.«

Erschien es Gerlin nur so, oder streifte der Blick des Aquitaniers dabei wie nebenbei Herrn Roland, der auf sein Schwert gestützt neben dem Altar stand und wohl auch nicht abwarten konnte, dass die Zeremonie endlich vorbeiging.

»Und deshalb ist es mein Wunsch, dass Ihr heute und morgen, wenn Ihr zum ersten Mal als Ritter in die Schranken reitet und einem Gegner ins Auge seht, so viel Tapferkeit zeigt, wie es sich für Euch geziemt! Trachtet danach, Ehre zu gewinnen, sonst sind Euch die Sporen zu Unrecht angeheftet worden.«

Die Knappen in den Bänken vor dem Altar nickten ernsthaft. Allerdings reichte es jetzt auch ihnen mit der Feierlichkeit, und zu den Klängen des letzten Chorals stürmten sie fast heraus. Nun erwartete sie draußen aber auch das fürstlichste Geschenk zur Schwertleite: Das Haus Ornemünde stattete jeden mit einer Rüstung und einem Streitross aus. Gerlin wusste, dass dies die größte Ausgabe darstellte, wenn eine Familie einen Jüngling in den Ritterstand einführte. Die Großzügigkeit des Burgherrn wurde an den Geschenken für die Knappen gemessen, und kleine Häuser wie das der Falkenbergs konnten sich hier auf Jahre verschulden. Auch das war ein Grund, weshalb man zumindest jüngere Söhne fast immer zur Ausbildung auf die Burgen reicherer Herren schickte.

Nun konnte sich Peregrin von Falkenberg aber durchaus eine gute Rüstung und ein Pferd für seinen Sohn leisten, und auch die meisten anderen Väter der hier frisch geweihten Ritter waren dazu imstande. Florís hatte deshalb sorgsam ausgewählt: Die besten Pferde und Rüstungen teilte er den Bedürftigsten unter den Knappen zu. Schließlich konnte ihr Leben davon abhängen, wenn sie demnächst um Ruhm und Ehre kämpften.

Gerlin, die seine Überlegungen verfolgt hatte, betrachtete nun lächelnd die Freude der jungen Ritter. Aber auch Dietrich erwartete eine Überraschung. Der Pferdehirt Kaspar hatte sich ein paar Wochen zuvor an Florís gewandt und ihm einen jungen

Schimmelhengst empfohlen. Der Ritter bildete das Pferd seitdem aus, und Dietrich hatte sich nicht daran sattsehen können. Florís gestattete ihm auch immer wieder huldreich, den Schimmel trockenzureiten und einmal sogar, mit ihm zu tjosten. Das hochbeinige Pferd und der groß gewachsene Junge passten gut zusammen – und heute erhielt Dietrich das Tier zum Geschenk. Der junge Ritter konnte sich vor Glück kaum fassen.

»Wie soll ich ihn nennen, meine Dame?«, fragte er Gerlin eifrig. »Kommt, gebt ihm einen Namen!«

Gerlin lächelte. »Da er von Florís kommt – warum nennt Ihr ihn nicht Florestan?«, fragte sie freundlich.

»Er kommt genau genommen von Herrn Salomon«, stellte Florís richtig. »Das Pferd stammt aus seiner Zucht, und er schenkt es Euch, Herr Dietrich.«

Dietrich überlegte kurz. Dann blitzten seine Augen auf. »Also Floremon!«, entschied er und streichelte das Pferd. »Gefällt dir der Name?« Der Schimmel rieb den Kopf an seiner Schulter. »Wo ist übrigens Herr Salomon? Er versprach mir, zu meiner Schwertleite zu kommen.«

»Aber doch nicht in die Kirche!« Gerlin schüttelte den Kopf. »Der Bischof hätte vor Schreck das Weihwasser fallen lassen! Fasst Euch in Geduld, Dietrich, wenn es darauf ankommt, wird er da sein.«

Wenn es darauf ankommt ... Der Schaukampf zwischen Dietrich und Roland war für die Mitte des Nachmittags angesetzt. Vorher und nachher würden die ersten Ausscheidungskämpfe für das Turnier stattfinden – wobei Florís auch dies klug gestaltet hatte. Er hatte das Losglück ein wenig manipuliert, indem er in diesen ersten Tagen die schwächsten der jungen Ritter miteinander kämpfen ließ. Wenn es am nächsten Tag weiterging, würden sie unweigerlich unterliegen, aber an diesem Nachmittag errang einer den Preis des Tagessiegers, und mit etwas Glück begann ein

Fahrender Ritter seine Laufbahn mit ein bisschen Gold als Preis im Gepäck. Gerlin jedenfalls hatte vor, die Jungen fürstlich zu beschenken ... wenn es so weit kam.

Vorerst musste sie sich bezwingen, ihre Unruhe und Angst nicht mit zu viel Wein zu bekämpfen. Im großen Saal, aber auch unten bei den Kampfbahnen wurden Erfrischungen gereicht. Gerlin strich ruhelos von einem Stand zum anderen, lehnte aber das meiste Essen ab und verdünnte den Wein mit sehr viel Wasser. Kurz vor Beginn der Kämpfe traf sie dann auch Herrn Salomon. Er stand neben einem Verkaufsstand. Ein Fernhändler hielt Leinwand und Seidenstoffe feil – geeignet sowohl für die Zelte der Ritter als auch um edle Kleidung daraus zu schneidern. Salomon unterhielt sich mit dem Kaufmann, und beide betrachteten missmutig einen jüngeren Mann, der in ein vertrautes Gespräch mit einem Ritter vertieft zu sein schien.

Salomon winkte Gerlin zu sich und verbeugte sich tief vor ihr. »Edle Gerlin – mein Bruder Jakob. Und der Nichtsnutz da drüben ist mein Neffe Abram.«

Er wies auf den jungen Mann. Jakob von Kronach war ein dunkler Menschentyp, deutlich untersetzter und fleischiger als Salomon, aber mit ebenso üppigem Haar gesegnet – die Jarmulke wollte darauf kaum halten. Der Neffe dagegen war strohblond, hatte runde blaue Augen, und sein Gesicht wirkte zwar nicht hager, wie das seines Onkels, aber es war etwas lang geraten. Das gab ihm einen komischen Ausdruck, wenn er den Mund verzog oder die Stirn runzelte. Er zeigte ein lebhaftes Mienenspiel und schien den Ritter von etwas überzeugen zu wollen.

»Jakob, willst du ihn nicht zurückpfeifen?«, fragte Salomon jetzt unwillig. »Wer weiß, was er dem Ritter da gerade verkauft!«

Jakob hob unglücklich die Schultern. »Allgemein ist das nicht schwer zu erraten. Irgendeinen Glücksbringer. Aber ob das jetzt eine Schuppe des Drachen ist, den der heilige Michael einst erlegte, oder ein Hufeisen vom Pferd des heiligen Georg ... da würde ich mich nicht festlegen ...«

Gerlin runzelte die Stirn. »Was verkauft er?«, fragte sie verwirrt.

»Reliquien«, seufzte Herr Jakob. »Der Junge hat die beste Erziehung genossen, und er ist zweifellos nicht dumm.«

»Aber du hättest den Schwerpunkt auf die Klassiker legen sollen und nicht auf christliche Heiligenlegenden«, bemerkte Salomon. »Wie ist er nur darauf gekommen?«

Herr Jakob räumte unwillig seine Ware von links nach rechts. »Ich sage es ungern, aber mein Sohn ist weder fleißig noch wagemutig. Weder die Arbeit im Kontor schmeckt ihm noch das Leben eines Handelsreisenden. Dem Ewigen sei Dank, dass er nicht mein Ältester ist, der schlägt gut ein und wird mein Lebenswerk weiterführen. Abram ... er lebt von der Hand in den Mund und betrügt die Christen, wo er kann.«

»Aber, aber, Vater, ich betrüge doch niemanden!«

Abram hatte sich unvermittelt genähert und die letzten Worte gehört. Jetzt verbeugte er sich vor Gerlin – ehrerbietig, aber nicht so unterwürfig und zurückhaltend wie viele seiner Glaubensgenossen. Er schaute ihr frech in die Augen, es schien ihm ziemlich egal zu sein, ob er eine Adlige vor sich hatte oder ein Mädchen aus dem Volk.

»Welch Glanz erleuchtet die Waren meines Vaters!«, sagte er galant. »Was müssen wir Euch bieten, Edle, dass Ihr den ganzen dunklen und feuchten Nachmittag hier bei uns verbringt und die Sonne Eurer Schönheit über unsere Seidenstoffe scheinen lasst?«

Was das Wetter an diesem Tag anging, hatte er Recht. Es war ein trüber Frühherbsttag. Gerlin sorgte sich, dass der Kampf zwischen Dietrich und Roland womöglich bei Fackelschein ausgefochten werden musste.

»Und so, wie es mit der Anmut und dem Strahlen dieser Dame ist, die unser Gemüt erhellt und unser Herz erfreut, steht es auch mit den kleinen Dingen, die ich unseren Herren Rittern verkaufe – oder besser zum Geschenk mache. Ihr Wert für den jeweiligen Streiter überschreitet den Kaufpreis bei Weitem! Dieser Kämpe dort, der mich eben verließ, zieht heute Nachmittag mit einem Zipfel des Banners in den Kampf, den der Erzengel Michael den Kindern Israels durchs Rote Meer voraustrug. Ganz in unserem persönlichen Sinne übrigens – vielleicht erinnert er sich ja mal daran, unter wessen Banner er seinen ersten Kampf gewann, wenn er gerade mal wieder einen Juden erschlagen will! Jedenfalls macht der Besitz des Stofffetzens ihm Mut. Was meint Ihr, wie der zuhaut, wenn er glaubt, dass ihm der Erzengel die Hand führt! Am Ende des Tages wird er mir dankbar sein.«

»Und wenn nicht, bist du längst auf und davon!«, meinte sein Vater missbilligend.

»Bescheiden wie ich bin, warte ich die Dankesbezeigungen meiner Kunden nicht immer ab«, gab Abram bereitwillig zu, wobei ein Grinsen über sein Gesicht zog. »Aber ich sehe schon, ich störe hier. Wenn Ihr mir gerade noch die sperrigeren meiner Waren mitgebt, überlasse ich Euch Eurer ehrlichen Arbeit – und dem Dienst an dieser Blüte des Hofes, diesem Stern am Firmament der Ritterschaft ...«

Er verbeugte sich nochmals vor Gerlin, griff in den Wagen seines Vaters und förderte ein paar in Leinen gebundene Stöcke oder Lanzen heraus. Damit machte er sich winkend auf den Weg zu den Stallzelten. Augenblicke später war er im Turniergetümmel verschwunden.

»Das schwarze Schaf unserer Familie«, bemerkte Salomon bekümmert. »Aber Ihr müsst gehen, Fräulein Gerlin, die ersten Ritter reiten in die Schranken, und die Knappen wären zu Tode enttäuscht, wenn Ihr auf den Tribünen fehltet. Ich werde von hier aus zusehen. Euch ist ... weiter nichts eingefallen, um Herrn Dietrich ...« Er sprach nicht weiter.

Gerlin schüttelte den Kopf. »Wir können nur hoffen und beten«, sagte sie leise. »Vielleicht irren wir uns ja.«

Herr Salomon zuckte die Schultern. »Das gebe der Ewige«, murmelte er. »Hat den Jungen das Pferd gefreut?«

Gerlin dankte ihm im Namen ihres versprochenen Gatten, aber jetzt formierten sich die ersten Ritter wirklich auf dem Turnierplatz, der Herold kündigte sie an. Gerlin lief zu den Tribünen, nahm ihren Platz bei den Frauen ein und gönnte sich jetzt einen Pokal unverdünnten Weines. Sie brauchte Stärkung, um die folgenden Kämpfe zu überstehen und die Blicke der Frauen zu ertragen. Um sie herum saßen die Schwestern der anderen jungen Ritter – und zweifellos wäre jede gern die Frau des Grafen Dietrich von Ornemünde zu Lauenstein geworden. Vielleicht nicht gleich, aber in angemessener Zeit – wenn Dietrich sein Lehen behielt.

Gerlin lächelte in die Runde und konzentrierte sich dann auf das Geschehen in der Kampfbahn. Dort gab es keine Überraschungen. All die jungen Ritter waren ungeschickte Kämpfer, und Gerlin ertappte sich mitunter bei der Überlegung, dass es reines Glück war, wenn überhaupt einer von ihnen beim Tjost im Sattel blieb.

Dann aber wurde es Nachmittag, und schließlich erhob sich Roland, der dem Turnier bislang vorgestanden hatte, um sich für den Schaukampf zu bewaffnen. Gerlin sah auch Dietrich auf dem Abreiteplatz. Er ritt seinen neuen Schimmel warm und sprach mit Florís und Herrn Salomon – wohl um sich letzte Instruktionen zu holen. Zu Gerlins Verwunderung verstand sich der jüdische Gelehrte durchaus auf die Kampfkunst, seine Erklärungen kamen bei dem aufgeweckten Jungen mitunter besser an als die Ausführungen von Florís und Adalbert. Der Medikus sprach von »Hebelarm« und »Aufprallwinkeln« und Dietrich folgte aufmerksam seinen Berechnungen. Auch jetzt erklärte er dem Jungen noch einmal geduldig, wie er den Schwung des angaloppierenden

Streithengstes nutzen konnte, um mehr Kraft in den Stoß mit der Lanze zu legen.

»Seht zu, dass Ihr gerade Strecken reitet, Herr Dietrich, und legt die Lanze so ein, dass Euer ganzer Körper sie stützt und führt, nicht nur Euer Arm!«

Dietrich allerdings hatte nur Augen für Gerlin, als sie nun zu ihm und seinen Ratgebern trat. Auch die anderen Frauen hatten die Tribüne verlassen. Im Saal wurden erneut Erfrischungen gereicht, während die Kampfbahn für Roland und Dietrich geglättet wurde.

Gerlin lächelte dem Jungen zu. Dietrich trug eine glänzende neue Rüstung, die kaum Verzierungen aufwies, sondern schlicht gehalten war. Stolz führte er den Schild seines Vaters.

»Ich bin gekommen, um Euch mein Zeichen zu bringen, mein Herr Ritter«, sagte Gerlin freundlich. »Ab heute dürft Ihr es offiziell tragen!«

Dietrich nickte eifrig und wies auf das Band, das sie ihm bei ihrem ersten Treffen geschenkt hatte. Er hatte es bereits um seine Lanze gewunden.

»Ich werde es zu Eurer Ehre tragen!«, erklärte er fest. »Es wird meinen Mut beflügeln und meine Schwerthand stärken.«

Dietrichs nebelgraue Augen leuchteten, als Gerlin ihm ein neues, besser sichtbares Tuch reichte. Es hatte die Farbe ihres Mantels und ihrer Augen, jeder würde sofort erkennen, für welche Dame Dietrich kämpfte. Der Junge konnte den Blick kaum von ihr wenden.

»Vielleicht würde es Eurer Kampfkraft aber noch mehr zugutekommen, wenn Ihr jetzt Euer Pferd aufwärmen und Euch noch ein bisschen besser mit ihm vertraut machen würdet!«, dämpfte Florís seine Begeisterung. Gerlin hoffte, dass wirklich die Sorge und keine kleinliche Eifersucht aus ihm sprach. »Reitet diesen Holzkrieger dort einmal an und zeigt uns die Technik, über die wir eben gesprochen haben – oder nein, zeigt sie Eurer Dame! Aber zeigen, nicht erklären! Mit einem Vortrag über Hebelwirkung und Beschleunigungsmomente ist Herr Roland nicht zu besiegen!«

Dietrich, der schon zu begeisterten Erläuterungen angesetzt hatte, ritt ernüchtert an. Er absolvierte die Übung mit dem Trainingsgerät tadellos – aber ob das reichen würde, um einen erfahrenen Ritter aus dem Sattel zu tjosten?

Am anderen Ende des Abreiteplatzes half Rüdiger gerade Herrn Roland in den Sattel und reichte ihm die Lanze. Gerlin würdigte ihren Bruder keines Blickes.

»Es wird Zeit, ich muss gehen«, sagte sie, als Dietrich sein Pferd triumphierend vor ihr anhielt. »Wollt Ihr noch einen Kuss vor dem Kampf, mein Ritter?«

Dietrich lüftete das Visier und schaute sie glücklich und erwartungsvoll an wie ein Kind, dem man Zuckerzeug versprochen hat. Ein bisschen mühsam in der schweren Rüstung beugte er sich zu ihr herab, und sie küsste ihn sanft auf die Wange.

»Das nächste Mal werde ich einen Sieger küssen!«, flüsterte sie ihm ins Ohr, während sie im Stillen die Finger kreuzte. Sie brauchte keinen Sieger. Sie wollte nur, dass ihr kleiner Verlobter lebend und möglichst gesund zu ihr zurückkam.

Gerlin kehrte zurück auf ihren Platz neben Frau Luitgart. Dietrichs Stiefmutter lächelte triumphierend. Roland ritt an diesem Tag ganz offen mit ihrem Zeichen in die Schranken. Gerlin biss sich auf die Lippen. Die beiden mussten sich sehr sicher fühlen. Aus dem Augenwinkel sah sie, dass auch ihr Vater die Stirn runzelte. Peregrin von Falkenberg war ein guter Beobachter. Schon nach wenigen Stunden auf der Burg musste ihm klar geworden sein, in welches Intrigenspiel seine Tochter da geraten war.

Der Herold kündigte jetzt den Schaukampf zwischen den Verwandten an, und Gerlin sah, wie Dietrich sich straffte, als man ihn als »Ritter« bezeichnete. Sie erkannte auch Rüdiger am Ende der Kampfbahn. Der Knappe wirkte nervös und sehr blass.

Schuldbewusst.

Gerlin fragte sich, ob er an Rolands bösem Spiel beteiligt war, aber das konnte und wollte sie nicht glauben. Florís schob sich im letzten Moment vor dem Kampf neben sie. Unten konnte er nichts mehr tun, und von der Ehrentribüne aus hatte er den besten Blick auf die Reiter.

Der Herold rief nun zum ersten Tjost, und die Ritter schauten erwartungsvoll zu ihnen hinauf. Frau Luitgart sollte das Zeichen zum Anreiten geben, das erst erfolgen konnte, wenn beide Pferde mit allen vier Beinen auf dem Boden standen. Der Schimmel Floremon schaffte das bald, aber Rolands riesiger Rappe tänzelte. Dietrich hatte seine Lanze genau so eingelegt, wie Salomon und Florís ihm geraten hatten. Es war die klassische Position, sie zielte darauf, den Unterleib des Gegners zu treffen und den Mann damit aus dem Sattel zu heben. Meistens gelang das nicht, da sich die Ritter mit dem Schild schützten, aber dabei kamen sie oft aus dem Gleichgewicht und fielen dann auch vom Pferd. Einem erfahrenen Kämpfer wie Roland würde das zwar kaum passieren, aber wenn Dietrich gut traf, wäre ihm der Beifall der Zuschauer sicher, und nur darum sollte es bei einem Schaukampf ja eigentlich gehen.

»Dieses Schwein!«

Gerlin hatte solche Ausdrücke nie von Florís gehört, aber jetzt zischte er die Worte, als er sah, wie Roland die Lanze einlegte. Er zielte sehr viel höher als Dietrich, dazu brauchte man mehr Technik und mehr Kraft. Es war ungleich schwieriger – aber bei einem Treffer auch sehr viel effektiver. Roland von Ornemünde zielte auf den Hals seines jungen Verwandten. Wenn er traf – und es Dietrich nicht gelang, den Stoß mit dem Schild abzuwehren –, konnte eine scharfe Lanze zwischen Helm und Brustpanzer eindringen, das Kettenhemd durchstoßen und den Hals des Gegners durchbohren. Eine durch Lederüberzug stumpf gemachte Lanze, wie sie auf Turnieren vorgeschrieben war, würde nicht ganz so viel Schaden anrichten. Aber ein gut gezielter Stoß konnte Dietrich den Kehlkopf zerschmettern.

»Höher! Höher den Schild!« Florís stöhnte die Worte. Sie zu rufen war nutzlos. Dietrichs Pferd galoppierte bereits an, er würde die Warnung nicht hören.

Und dann prallten die Ritter aufeinander. Dietrichs Lanze traf, aber Roland wehrte den Stoß mühelos ab. Und auch Rolands Lanze traf. Genau wie berechnet prallte sie in Schulterhöhe auf den Panzer des Jungen, und die Spitze suchte sich ihren Weg zwischen den Eisenplatten. Plötzlich ging ein Raunen durch die Menge. Die Lanze des Ornemünders hielt dem Aufprall nicht stand! Das Holz des Schaftes zerbarst krachend, als der Stahl auf Dietrichs Rüstung traf.

Dietrich fiel trotzdem herunter. Gerlin fragte sich, ob dies Kalkül war, weil der Junge die Gefahr eines zweiten Stoßes erkannte, oder ob immer noch genug Kraft hinter dem Angriff gesteckt hatte, um ihn zu Fall zu bringen. Florís schien Letzteres anzunehmen. Er beugte sich besorgt vor und wollte aufstehen und hinuntereilen, aber Dietrichs Knappen halfen ihm bereits auf. Die Regeln verlangten, dass der Kampf nun mit Schwertern weitergeführt wurde. Herr Roland stieg dazu ebenfalls ab. Wie Dietrich zog auch er ein Holzschwert. Scharfe Waffen fanden auf Turnieren nur selten Verwendung.

»Hoffentlich versucht er jetzt keine Mätzchen«, murmelte Florís.

Er hatte seinem Schützling eingeschärft, sich auf reine Verteidigung zu beschränken. Ein »Unfall« ließ sich sehr viel leichter arrangieren, wenn der Gegner angriff und sich dabei die Blöße gab. Aus der Defensive heraus stieß man leichter zu hart zu.

Aber Dietrich musste spätestens nach dem Tjost klar sein, dass dies hier kein Spiel war. Außerdem schien es ihm schwerzufallen, den linken Arm zu heben. Nach dem Aufprall der Lanze war seine Schulter vermutlich voller Blutergüsse.

Der Kampf zog sich jetzt hin, wobei gegen Herrn Rolands Vorgehen nichts zu sagen war. Er griff Dietrich an, versuchte immer andere Winkel und Techniken und gab dem jungen Ritter Gelegenheit, zu zeigen, was er gelernt hatte. Allerdings ermüdete er ihn auch, und seine Schläge waren hart.

»Er zielt auf die Ermüdung der Schildhand«, flüsterte Florís Gerlin zu. »Mit dem Schwert lässt er Dietrich kaum an sich heran, aber er zwingt ihn, den Schild ständig herauf- und herunterzubewegen.«

Gerlin nickte. Und sie verstand auch, wohin das führte. Roland griff längst nicht im gleichen Tempo an, in dem er mit Florís oder Leon kämpfte. Er hatte erhebliche Reserven – und irgendwann, wenn Dietrichs Abwehr erlahmt war, würde er sie einsetzen, den Schild unterlaufen und ihm das Schwert ins Auge, in den Hals oder in den Unterleib rammen. Die Schwachstellen der Rüstungen kannte jeder Ritter – und ein Holzschwert, geführt mit der Kraft eines Roland von Ornemünde, würde reichen, sie zu nutzen. Aber Dietrich wehrte sich tapfer.

Und dann geschah das zweite Wunder dieses Tages: Mittlerweile ziemlich verzweifelt, da fast völlig erschöpft, verlegte sich Dietrich auf einen Angriffsversuch. Er konnte nicht wirklich hoffen, damit erfolgreich zu sein, aber zweifellos wollte er diesen Kampf beenden. Wenn er in sehr langsamem Tempo angriff, würde ihn Roland treffen, er konnte sich fallen lassen, und der Herold würde seinen Verwandten zum Sieger erklären. Der Herold schien darauf nur zu warten. Man erkannte an seinem Gesichtsausdruck, dass er den

Ablauf des Schaukampfes nicht billigte. Ein wirklich wohlmeinender Verwandter hätte sich im Streit mit dem Jüngling auch mal eine Blöße gegeben, hätte den Kleineren ab und zu punkten lassen und es schließlich darauf angelegt, den Kampf unentschieden zu beenden.

Aber nun attackierte Dietrich Roland, der Ritter wehrte sich schwungvoll, sein Schwert prallte gegen den Brustpanzer des Jungen und – es zerbrach in tausend Stücke! Ungläubig starrte Roland auf den zersplitterten hölzernen Schwertschaft in seiner Hand. Dietrich nutzte die Chance, um den Schild seines Verwandten zur Seite zu stoßen. Er zwang ihn nicht zu Boden, sondern setzte ihm das Schwert nur an den Hals. Dann schob er sein Visier hoch und lachte Roland an.

Der Herold trat bereits zwischen die beiden – wohl instinktiv, denn es gab Ritter, die im Rausch des Kampfes auch noch mit einem zersplitterten Schwert zustießen. »Hiermit erkläre ich Herrn Dietrich von Ornemünde zu Lauenstein zum Sieger dieses Kampfes!«

Gerlin ertappte sich dabei, vor Begeisterung wie ein Bauernmädchen zu klatschen und zu schreien. Ihr Jubel ging aber in dem der anderen Ritter, Knechte und Knappen unter, die Beifall spendeten, indem sie auf ihre Schilde schlugen. Die jungen Ritter, die am Morgen erst geweiht worden waren, gönnten dem Knaben den Sieg. Zeigte er doch, dass auch einer der ihren, und nicht einmal der Beste, im Kampf gegen ältere und stärkere Ritter bestehen konnte. Freilich nur mit ein bisschen Glück. Aber das war bei Turnieren immer so. Nahezu bei jedem Wettkampf wurden ein oder zwei Zweikämpfe nur durch das Bersten der Übungswaffen entschieden. Außergewöhnlich war an diesem Tag nur, dass es Herrn Roland gleich zweimal getroffen hatte.

Die Ritter waren inzwischen vor die Ehrentribüne getreten, und Dietrich bot seinem Verwandten die Hand. Sein Gesicht war blass und schweißüberströmt, er strahlte aber vor Glück und Stolz, als er sich Roland zuwandte.

»Das beweist nur, dass Ihr einfach zu stark seid für diese Spielzeugwaffen!«, erklärte er mit lauter, weit tragender Stimme. »Wohl jedem Burgherrn, der Ritter wie Euch an seiner Seite hat! Keine lauen Turnierkämpfer, aber unbesiegbar im echten Streit mit scharfen Waffen!«

Gerlin küsste die Lippen ihres versprochenen Gatten und schmeckte das Salz seines Schweißes. Sie belohnte ihn förmlich mit einer Kette, während Luitgart Roland mit weitaus wertvollerem Goldschmuck ehrte. Zweifellos aus dem Goldschatz derer von Lauenstein und schon in der Überlegung, ihren Liebsten demnächst wieder als Fahrenden Ritter scheiden zu sehen. Er würde das Gold dann brauchen. Aber jetzt wandten sich beide unter dem Jubel der Zuschauer ab. Den letzten noch folgenden jungen Turnierkämpfern würde es schwerfallen, die Aufmerksamkeit des Publikums auf sich zu ziehen.

Die Ehrentribüne leerte sich jetzt erst mal, und viele Frauen und Mädchen würden sicher nicht zurückkommen. Auch Gerlin dachte gar nicht daran, sich noch weitere Kämpfe anzusehen. Sie musste sich für ihre Hochzeit schmücken.

Kapitel 10

Ihre Hochzeit.

Gerlin wanderte vom Turnierplatz hinauf zu ihrem Quartier beim Palas.

Denkt Ihr … manchmal daran? – Florís' Frage.

Im Grunde musste Gerlin sich eingestehen, dass sie sich bislang nicht alle Einzelheiten der Zeremonie und vor allem der Stunden danach vor Augen geführt hatte. Das Fest war noch so weit weg gewesen, von so vielen möglichen Gefahren überschattet. Aber jetzt musste sie daran denken – ein Bad nehmen, die Mägde bitten, ihr mit der Kleidung, dem Frisieren und dem Haarschmuck zu helfen. Dabei war sie weit davon entfernt, sich zu freuen. Gerlin fühlte sich müde, ausgelaugt, als hätte sie den Kampf mit Roland selbst bestanden. Sie wünschte sich ihre Freundinnen vom Minnehof herbei. Oder eigentlich … noch sehnlicher wünschte sie sich Florís … Entschlossen wechselte Gerlin die Richtung.

Florís de Trillon hatte die Tribüne gleich nach dem Kampf verlassen und kümmerte sich nun um Dietrich und seinen Hengst. Gerlin würde nicht allzu viel Zeit verlieren, wenn sie noch kurz im Stallzelt vorbeiging, um ihren jungen Ritter ein weiteres Mal zu beglückwünschen. Sie würde dann zumindest ein aufmunterndes Lächeln jenes anderen Ritters mit in ihre Kemenate nehmen … Gerlin redete sich ein, dass dies ganz legitim war. Sie wollte sich einfach mit Dietrich und seinen Ratgebern freuen.

Auf dem Weg zu den Pferden kam sie am Stand des jüdischen Händlers vorbei und schaute nach Herrn Salomon aus. Obwohl sie beim Gedanken an ihn und ihr Vorhaben ein etwas schlechtes Gewissen hatte – ohne dass ihr ein wirklicher Grund dafür einfiel.

Der Medikus war jedoch nicht da. Nur Herr Jakob stritt sich mit seinem ungeratenen Sohn Abram herum. Er war so sehr in die Auseinandersetzung vertieft, dass er Gerlins freundlichen Gruß gar nicht bemerkte. Herr Jakob wirkte wütend, Abram eher besorgt und gehetzt.

»Wenn wir klug sind, suchen wir beide das Weite! Aber zumindest ich muss weg, ich bitte Euch, Vater, gebt mir eins von den Maultieren!«

Jakob brummte etwas Unverständliches, und Abram raufte sich die Haare.

»Vater, ich konnte doch nicht ahnen, dass der Dummkopf damit kämpft! Meine Güte, die Lanze des heiligen Georg! Noch mit den Spuren getrockneten Drachenblutes ... da muss doch jeder davon ausgehen, dass der Schaft ein bisschen marode ist! Letzte Woche habe ich einem die Pfeile verhökert, mit denen man weiland den heiligen Sebastian gemartert hat. Aber damit veranstaltet der doch kein Wettschießen!«

Gerlin lächelte, während sie weiterging. Abram fürchtete wohl, einer der frischgebackenen Ritter könnte ihm die Niederlage im Tjost anhängen. Kein Wunder, dass er auf der Flucht war.

Sie selbst erreichte jetzt die Ställe und fand dort Floremon. Dietrich und Florís waren nicht mehr zugegen. Gerlin seufzte. Also kein Lächeln – aber auch kein weiterer Kuss für Dietrich, keine weiteren Glückwünsche. Beim nächsten Kuss wurde es ernst.

Die junge Frau stieg nun endgültig zu ihrer Kemenate hinauf. Am kommenden Morgen würde sie Dietrich um andere Räume in einem ruhigeren Flügel der Burg bitten. Aber jetzt eilte sie an den geschäftigen Rittern, Knappen und Knechten vorbei – und stieß auf dem Wehrgang auf ihren Bruder. Der Junge trug ein Festgewand über dem Arm.

»Dienst du deinem Herrn nun auch als Kämmerer?«, fragte ihn Gerlin spöttisch.

Rüdiger senkte den Blick, hob ihn dann aber wieder. Er schien entschlossen, Gerlin in die Augen zu sehen. »Es scheint mir geraten, ihn an diesem Abend milde zu stimmen«, bemerkte er.

Gerlin lachte böse. »Das hast du trefflich gesagt! Wo der Herr doch heute wirklich vom Pech verfolgt war. Es scheint fast, mein kleiner Knappe, als sei Gott nicht auf Seiten der Gauner und Meuchelmörder. Vielleicht solltest du darüber einmal nachdenken!«

Rüdiger biss sich auf die Lippen. »Gott ...«, murmelte er, »... hatte damit eigentlich nicht so viel zu tun ...«

Gerlin merkte auf. Wieder sah sie diesen Anflug von Schuldbewusstsein auf Rüdigers Gesicht, diesmal allerdings vermischt mit Schalk.

»Wenn überhaupt ... dann höchstens der ... hm ... heilige Georg.«

Alarmiert zog Gerlin den Jungen in ihre Kemenate und schloss die Tür hinter sich. »Hör auf, in Rätseln zu sprechen!«, fuhr sie ihn an. »Was ist passiert? Was hast du gemacht?«

»Na ja ...« Rüdiger kaute auf seiner Unterlippe herum wie ein kleiner Junge. »Als ihr neulich darüber gesprochen habt, was der Herr Roland vielleicht vorhat mit dem Herrn Dietrich ... also du und der Herr Florís und der Jude ... also da hab ich gedacht ... Der Dietrich würde keine krummen Sachen machen, Gerlin, da gab's keine Chance! Und von euch konnte auch keiner eingreifen.

Wenn überhaupt jemand was für Dietrich tun konnte, dann nur einer, dem Herr Roland vertraute. Tja, und da … wem vertraut ein Ritter mehr als seinem Knappen?«

»Du hast das eingefädelt?«, fragte Gerlin entsetzt. »Du hast Roland die defekten Waffen untergeschoben?«

Rüdiger nickte mit gesenktem Kopf. Aber dann blitzte er sie doch wieder trotzig an. »Was ist schon dabei?«, fragte er. »Bei einem ehrlichen Kampf – bei einem ehrlichen Schaukampf, wo alles nur angedeutet wird – hätte das Schwert gehalten. Ich hab's nicht angesägt oder so was. Nur einige Zeit in die Sonne oder neben das Feuer gelegt, damit das Holz spröde wird. Und die Lanze …« Über Rüdigers Gesicht huschte ein bubenhaftes Strahlen wie nach einem gelungenen Streich.

Gerlin schwante etwas. »Du hast diesem jüdischen Gauner die ›Lanze des heiligen Georg‹ abgekauft! Aber das Ding war doch sicher völlig marode! Wie konnte Roland das nicht merken?«

Rüdiger zuckte die Schultern. »Ich hab sie erst im letzten Moment gegen die andere eingetauscht. Und mit dem Lederschutz drüber …«

»Der Kerl lässt dich vierteilen!«, entsetzte sich Gerlin.

Rüdiger grinste. »Ach was! Erstens kriegt der die Sache gar nicht mehr mit. Ich glaub nicht, dass er sich gleich nach dem Kampf noch die Splitter angeguckt hat. Und inzwischen …« Der Junge wies vielsagend auf den Kamin. Anscheinend hatte er sich der Spuren seiner Taten gleich entledigt. »Na ja, und falls er doch was rausbekommt: Ich hab im guten Glauben gehandelt! Ich wollt ihm nichts Böses, im Gegenteil – es ist doch ein Privileg, die Lanze des heiligen Georg zu führen! Und in einem Schaukampf, wo nichts passieren kann.«

Gerlin konnte sich nicht helfen, ihr Gesicht verzog sich ebenfalls zu einem Lächeln. »Besagte Reliquie hat ja auch segensreich gewirkt«, bemerkte sie. »Der versehentlich nach oben abgerutschte Stoß von Herrn Roland hätte Dietrich sonst den Hals zerschmettern können.«

»Eben!«, sagte Rüdiger ernst. »Alles Gottes Fügung. Ich gehe dem heiligen Georg nachher noch eine Kerze anzünden.«

Gerlin lachte. »Das reicht nicht, dafür müssen wir ihm mindestens ein Altartuch sticken. Aber ich tu's mit Freuden.« Sie schluckte. »Es tut mir leid, Rüdiger. Ich ... ich habe dich falsch beurteilt.«

Rüdiger winkte ab. »Ach, nichts für ungut! Wenn ich dich nicht hätte täuschen können, wär's wohl auch bei Roland nicht geglückt. Es tut mir nur leid, dass Dietrich von mir enttäuscht ist. Aber den können wir nicht einweihen!«

Gerlin schüttelte den Kopf. »Nein. Ganz gewiss nicht. Und mir tut es leid, dass ich dich heute Abend nicht in den Kreis der Ritter bitten kann, wenn Dietrich und ich uns Eide schwören. Du hättest es verdient – nicht nur, weil du mein Bruder bist.«

Rüdiger lachte. »Man kann's nicht ändern. Aber ich werde den Bund auch von außen bezeugen. Und du ... vielleicht könntest du mit Vater sprechen ... Ich möchte nicht, dass er enttäuscht von mir ist.« Er ging auf Gerlin zu und nahm sie in die Arme. »Ich hoffe, du wirst glücklich, Schwester.«

Gerlin erwiderte seine Umarmung und seinen Kuss. »Ich bin bereits glücklich, Bruder. Ich werde die Frau eines Grafen, und ich bin die Schwester eines großen Ritters!«

Kapitel 11

Dietrich verbrachte die Zeit bis zum abendlichen Bankett in seinen Räumen. Er war euphorisch nach seinem Sieg, aber auch sehr mitgenommen. Nach dem Aufprall der Lanze und dem Sturz vom Pferd war seine ganze linke Seite zerschlagen, und auch Rolands pausenlose Schwertattacken hatten ein paar Blessuren hinterlassen.

Salomon von Kronach kümmerte sich um seinen jungen Schützling. »Schließlich will er ja heute noch das Ehegelübde sprechen«, bemerkte er Florís gegenüber, als die beiden schließlich den Festsaal betraten.

Es war diesmal Dietrich, der die Ritter an der Seite seiner Stiefmutter willkommen hieß – ein für ihn charakteristischer, sehr subtiler Hinweis auf die veränderten Machtverhältnisse. Ab heute war Dietrich von Ornemünde Herr zu Lauenstein. Die Schwertleite machte ihn volljährig, er übernahm sein Erbe. Frau Luitgart schaute dabei mehr als säuerlich, und Roland, der im zweiten Glied hinter den beiden stand, musste sich zum Lächeln zwingen. Aber Dietrich strahlte über das ganze Gesicht, auch wenn er sich etwas ungeschickt bewegte und den linken Arm kaum heben konnte. Bescheiden nahm er die Glückwünsche der Gäste entgegen, immer mit dem Hinweis, dass er seinen Sieg im Schaukampf nur seinem Glück und nicht tatsächlicher Überlegenheit verdankte.

»Vielleicht hat mich der Herr Roland auch absichtlich gewinnen lassen«, sagte er zu Laurent von Neuenwalde, einem altgedienten, sehr erfahrenen Ritter, dessen Sohn an diesem Tag ebenfalls die Schwertleite gefeiert hatte. Herr Roland lief unter dessen Blick rot an. Der alte Kämpe musste bemerkt haben, welch ungleichen Kampf er seinem Verwandten geliefert hatte.

»Ihr habt den Sieg verdient!«, sagte der Ritter zu Dietrich. »Und auch Euer Erbe. Wisset, dass Ihr meine Söhne und mich stets an Eurer Seite haben werdet, wenn es Lauenstein zu verteidigen gilt!« Damit warf er Roland von Ornemünde einen weiteren warnenden Blick zu und erwiderte dann Dietrichs herzliche Umarmung, um den Treueschwur zu besiegeln.

Jetzt fehlte nur noch Gerlin. Dietrich sah ungeduldig nach ihr aus, und auch Peregrin von Falkenberg wirkte etwas beunruhigt. Florís blieb jedoch gelassen. Der umsichtige junge Ritter hatte seine ehemaligen Knappen gebeten, der Braut ihre Schwestern zu schicken, damit sie vor der Hochzeit nicht gar so allein war. Natürlich waren die Mädchen Gerlin nicht alle freundlich gesinnt, aber sie würden doch Vergnügen daran finden, ihr beim Ankleiden und beim Bürsten ihrer Haarpracht behilflich zu sein.

Florís' Rechnung ging tatsächlich auf. Schon nach kurzer Zeit in Gerlins Gemächern kicherten die Edelfräulein und machten schlüpfrige Scherze und launige Bemerkungen. Gerlin fühlte sich fast so wie am Hof der Herrin Aliénor, wenn eins der Mädchen seinem Ritter zugeführt werden sollte. Sie war Florís von Herzen dankbar, aber auch Salomon von Kronach hatte ihr an diesem Abend ein besonderes Geschenk gemacht – ein langärmliges Kleid, tief ausgeschnitten und eng am Körper anliegend, wie es an den großen Höfen gerade Mode wurde. Es war von hellem Blau, am Ausschnitt und an den Ärmeln mit Goldstickerei geschmückt und mit Rubinen besetzt. Dazu gehörten ein breiter goldener Gürtel, ebenfalls mit roten Steinen versehen, und ein passender Kopfschmuck, rot lederne Schuhe mit goldenen Schnallen, eine goldene Kette und Ohrgehänge mit Rubinen. Eine solche Ausstattung war unschätzbar wertvoll, und Gerlin hatte sich zunächst gescheut, sie anzunehmen. Dann aber jubelten die Mädchen vor Begeisterung über diesen edlen Brautschmuck und brannten darauf, ihn der jungen Frau anzulegen. Auch Gerlin selbst konnte sich nicht zurückhalten. Sie musste sehen, wie das Kleid ihr stand, und als sie es erst trug, wollte sie sich nie mehr davon trennen. Sie bewunderte den erlesenen Geschmack des jüdischen Gelehrten zutiefst. In Adelskreisen brüsteten sich die Ritter mit ihrem Feinsinn – sofern sie denn darüber verfügten – und führten die kostbarsten Kleider vor.

Salomon von Kronach dagegen kleidete sich stets unauffällig und dunkel und hielt mit seiner Freude an schönen Stoffen und Juwelen ebenso hinter dem Berg wie mit seiner Pferdezucht und dem Weinbau auf seinem Gut. Gerlin wusste inzwischen, dass dies offiziell von einem christlichen Ehepaar geführt wurde. Zwar war Juden der Landbesitz in Lauenstein nicht verboten, aber Salomon war vorsichtig und hütete sich davor, die Blicke christlicher Neider auf sich zu lenken. Manchmal kam ihn das sicher hart an. Er hatte Gerlin gestanden, dass die Winzerei sein Steckenpferd war, dem er viel Zeit widmete. Aber niemals würde sein Name mit einem seiner Weine verknüpft sein, ebenso wie er niemals den Stolz auf die außerordentlich schönen Pferde zeigte, die seinem Gestüt entsprangen.

Gerlin fühlte Salomons wohlgefällige Blicke auf sich ruhen, als sie nun – flankiert von ihren Brautjungfern und leicht verschleiert – in den Festsaal schritt. Wie immer schien sein freundlicher Ausdruck ihr Kraft zu geben – mehr noch als der bewundernde Blick ihres Vaters. Sie trat auf Dietrich und Luitgart zu und versank in einem Hofknicks.

Dietrich hob sie sofort auf und hielt dabei ihre beiden Hände. »Ich habe das Privileg, vor Euch zu knien, meine Dame, nicht umgekehrt!«, sagte er mit bubenhaftem Lächeln, voller Freude über sein Bonmot. »Mein Glück, Euch zu sehen, kennt keine Worte!«

Gerlin erwiderte sein Lächeln hinter ihrem Schleier. »So geht es auch mir, mein Ritter. Und ich warte auf Euren Ruf!«

Damit ging sie, diesmal ohne ihn zu küssen. Ein Spiel, wie sie es am Minnehof gespielt hatten – Gerlin würde an diesem Abend so tun, als sähe sie ihren künftigen Gatten in dieser Nacht zum ersten Mal. Und sie war dabei von tiefer Dankbarkeit erfüllt. Schließlich war die Hochzeit für viele Mädchen ihres Standes alles andere als ein Spiel. Sie konnte sich glücklich schätzen, einem freundlichen, klugen Edelmann angetraut zu werden, den sie bereits kannte und vor dem sie sich nicht ängstigte. Was machte es da, dass Dietrich noch ein wenig jung war und dass sie einen brennenden Schmerz in der Brust empfand, wenn sie sich erlaubte, Florís de Trillon einen Blick zu schenken?

Gerlin fand einen Platz am Tisch der unverheirateten Mädchen und kämpfte sich lustlos durch die unzähligen Gänge des Banketts. Sie klatschte den prunkvoll angerichteten Pfauen, Fasanen und Schwänen Beifall, die der Koch stolz auftrug, und den geschmückten Pagen, die ihm mit versilberten und vergoldeten Fischen folgten. Es gab Hirsch- und Wildschweinbraten, und die Mädchen nötigten ihr lachend Wachteln und Täubchen auf, deren Verzehr angeblich die Lust fördern sollte.

Auch Dietrich aß wenig – er fieberte dem Ende der Mahlzeit wohl noch mehr entgegen als seine Braut. Beide tauschten Blicke, als endlich auch Käse und Honig abgeräumt waren und die Pagen die Tische hinaustrugen. Dietrich nickte dem Bischof zu, der die Gäste aufrief, sich zu erheben, um das Dankgebet zu sprechen. Der neue Burgherr blieb stehen, als sie sich danach wieder niederließen.

»Es gibt heute so vieles, für das ich dem Herrn danken möchte …«, begann Dietrich von Ornemünde, »… dass ich eigentlich eine weitere Nacht betend in der Kirche verbringen sollte.« Gelächter von Seiten der Ritter. Dann fuhr Dietrich fort. » Aber

Gott dem Herrn wäre das sicher nicht recht, denn damit würde ich das größte Geschenk zurückweisen, das er mir jemals gemacht hat! Seit Monaten bin ich der schönsten, minniglichsten Frau dieser Erde in Liebe zugetan, und heute kann ich Gerlin von Falkenberg endlich in den Kreis der Ritter bitten, um mir Eide zu schwören. Sie hat mir versichert, dass sie meinem Ruf folgen wird, obwohl ich es immer noch nicht glauben kann. Gott hat mich gesegnet, und er segne auch meine geliebte Frau! Gerlin …«

Dietrich hatte mit klarer Stimme gesprochen, aber als er dann den Namen seiner Braut aussprach, klang sie doch noch ein wenig wie die eines Jungen, der ängstlich nachfragt, ob das erhoffte Geschenk denn tatsächlich eingetroffen ist.

Gerlin erhob sich, errötend unter ihrem Schleier, während die Ritter einen Kreis in der Mitte des Saales bildeten. Einen großen Kreis – all die aufgeregten, frisch zum Ritter geschlagenen Knappen drängten hinein. Dietrich lächelte ihnen zu. Gerlin dachte mal wieder daran, wie groß seine Gabe war, sich Freunde zu schaffen, aber dann hatte er nur noch Augen für sie. Feierlich hob er ihren Schleier und sah ihr ins Gesicht. Gerlins Lächeln war ehrlich. Sie liebte diesen Jungen, auch wenn sie ihn nicht begehrte – sie würde ihn niemals enttäuschen!

Florís de Trillon stand in der zweiten Reihe. Er sah das Mädchen nicht an, sondern konzentrierte sich nur auf Dietrich und das reine Glück, das aus seinem Blick sprach.

»Mit diesem Kuss«, sagte Dietrich heiser und legte Gerlin schüchtern die Hände auf die Schultern, »nehme ich dich zur Frau.« Er küsste ihre Lippen, scheu und etwas ungeschickt.

Gerlin konnte sich nicht bezähmen. Sie strich über sein Haar, wie um ein Kind zu beruhigen. »Mit diesem Kuss«, wiederholte sie dann, »nehme ich dich zum Mann!« Damit küsste sie ihn noch einmal – weniger unschuldig, entschlossen und ein bisschen fordernd. Über Dietrichs Gesicht zog eine leichte Röte, als sie sich voneinander lösten.

Schließlich applaudierten die Ritter und geleiteten das Paar zu den erhöhten Sitzen, die Dietrich bei dem Festessen mit Luitgart geteilt hatte. Luitgart räumte ihren Sessel mit gezwungenem Lächeln für Gerlin. Sie entbot ihr den Kuss der Mutter oder Schwester, und Gerlin wies ihr huldvoll den Platz an ihrer Seite zu. Nicht ganz ohne Hintergedanken. Wenn Luitgart dort saß, konnte Dietrich Florís nicht neben ihr platzieren. Und neben Florís zu sitzen, hätte sie in dieser Nacht nicht ausgehalten.

Dietrich lud dann Herrn Salomon an seine Linke – ein kleiner Regelverstoß, er hätte seinen Verwandten Roland bitten sollen, aber hier setzte er sich ausnahmsweise über den Brauch hinweg. Neben Salomon und Gerlins Vater nahm Florís Platz – weit entfernt von Gerlin und unmöglich, ihr in die Augen zu sehen.

Nun präsentierten sich Gaukler und Troubadoure vor den Rittern, die dem Wein in Mengen zusprachen. Gerlin und Dietrich nippten nur an ihren Bechern, während sowohl Florís als auch Salomon sich die Gläser immer wieder füllen ließen. Gerlin bemerkte das und fühlte sich unwohl dabei – aber andererseits hatten die beiden wichtigsten Ratgeber des jungen Grafen an diesem Abend ja wirklich etwas zu feiern.

»Ist es Euch ... ist es dir recht, wenn wir uns bald zurückziehen?«, fragte Dietrich leise, als Gerlin den dritten Sänger mit einem kleinen Schmuckstück belohnt hatte. Sie führte dafür extra eine Schatulle mit sich und sorgte sich etwas, ob die Mitgift ihres Vaters für all die Geschenke reichen würde, die das Volk und die Ritterschaft von der neuen Gräfin zu Lauenstein erwarteten. Aber vielleicht würde ja Dietrich wieder aushelfen.

Gerlin nickte. »Es war ein langer Tag ...«, murmelte sie, aber dann zwang sie sich zu einem Lächeln, »... dem wir eine noch längere Nacht folgen lassen werden. Ich freue mich auf Euch … auf dich, mein Geliebter.«

Die meisten Ritter waren noch nicht zu betrunken, als man Gerlin und Dietrich schließlich in ihr Schlafgemach geleitete. Es waren große, neu eingerichtete Räume, für Gerlin eine Überraschung.

»Gefällt es dir?«, fragte Dietrich begierig, als die Tür sich hinter den johlenden Gästen und Musikanten schloss. »Ich habe alles selbst ausgesucht … Na ja, mit ein bisschen Hilfe von Herrn Salomon …«

Dessen erlesener und ein wenig orientalisch geprägter Geschmack war deutlich erkennbar. Die Sessel, Tische und Truhen waren schlicht und mit nur wenigen Schnitzereien versehen, aber das Holz war edel und kostbar. Auf dem Boden lagen dicke Teppiche, und jede Sitzgelegenheit war mit Kissen gepolstert, was die Räume behaglich machte. Nichts wirkte schwer und überladen, alles war voller Anmut. Gerlin bewunderte die fein ziselierten Öllämpchen, die goldenen Schalen und Becher und die zierlichen Leuchter, mit denen die Räume geschmückt waren.

»Dies alles kommt aus Al Andalus!«, erklärte Dietrich eifrig. »So nennt Herr Salomon die Länder der Mauren im Süden. Sie sind …«

Gerlin lächelte, entzündete die Kerzen und spielte mit dem Öllämpchen, bis sie herausfand, wie man es zum Leuchten brachte. Sie war überrascht über das helle Licht, das es warf.

»Es ist zweifellos faszinierend, von fremden Ländern zu hören«, sagte sie dann leise mit samtener Stimme. »Aber heute Nacht sind wir hier, um ein ganz neues Land zu erforschen. Unsere persönlichen Gestade der Liebe, Dietrich. Komm, lass mich dich führen.«

Dietrich errötete, als Gerlin die Fibeln ihres Kleides löste und es langsam zu Boden gleiten ließ. »Willst du mir nicht helfen, Geliebter?«

Der Junge tastete mit unsicheren Händen nach den Bändern ihres Seidenhemdes und schluckte, als sie dann nackt vor ihm stand. Gerlin half ihm aus der rauchblauen Tunika, die er an diesem Abend über dunkelblauen Beinkleidern und weichen Lederstiefeln getragen hatte. Dietrich war das peinlich. Schnell entkleidete er sich selbst und stand dann schüchtern vor ihr. Ein hagerer, knochiger Junge, übersät mit blauen Flecken und Hautabschürfungen. Gerlin musste an ein Kind denken, das sich beim Spielen verletzt hatte, aber sie wusste nur zu gut, dass sich ihr kleiner Gatte heute einem tödlichen Spiel gestellt hatte. Er verdiente seine Belohnung.

»Komm mit!«, sagte sie zärtlich, nahm ihn an die Hand und führte ihn zu ihrer Schlafstatt.

Jemand hatte einen Krug Wein bereitgestellt, und Gerlin füllte einen Becher. Sie gab Dietrich zu trinken und nahm dann selbst einen großen Schluck. Am Minnehof hatten die Mädchen davon geträumt, verführt zu werden. Aber Gerlin musste ihren Nachen selbst an die Gestade der Minne rudern. Sanft nötigte sie den Jungen, sich niederzulegen, und begann, ihn zu küssen. Sie liebkoste seine lädierte Schulter, streichelte seine Blutergüsse und küsste seine Wunden. Aber Dietrich lernte schnell – irgendjemand musste ihm die Grundlagen der Verführung erklärt haben. Gerlin genoss seine Küsse, seine Hände auf ihrem Körper – sie schloss dabei die Augen und versuchte, sich nur auf die Liebkosungen zu konzentrieren – nicht auf das Gesicht eines anderen, von dem sie all diese Zärtlichkeiten lieber empfangen hätte. Und erst recht wollte sie nicht an Salomon von Kronach denken, der diese Schlafstatt für sie ausgesucht und dafür gesorgt hatte, dass ihr Liebesspiel vom tanzenden Docht der Öllämpchen erhellt wurde …

Gerlin dankte Gott, dass Dietrich sie nicht so schnell und übereifrig nahm, wie sie befürchtet hatte. Der Knabe war viel zu ängstlich und nervös, als dass sein Geschlecht rasch erstarken konnte. Er genoss das Zusammensein mit Gerlin zweifellos, aber es wirkte ein bisschen so, als erfülle er eine Aufgabe und hake gewissenhaft einen Punkt nach dem anderen ab. Gerlin musste fast darüber lachen. Dietrich betrieb den Minnedienst genauso ernsthaft wie seine Kampfübungen und seine Studien. Schließlich erregte ihn Gerlin mit Streicheln und Küssen, als sie meinte, bereit für ihn zu sein, und endlich vergaß er die Unterweisungen seiner wohl etwas übereifrigen Lehrer.

Dietrich ließ der Natur ihren Lauf, er liebte seine Frau ungestüm mit jubelnder Begeisterung. Gerlin unterdrückte einen Schmerzensschrei, als er in sie eindrang, aber dann nahm sie ihn freudig in sich auf, hielt ihn in ihren Armen und bettete seinen Kopf an ihre Schulter, als er glückselig, aber ermattet über ihr zusammensank.

»Das war wundervoll!«, flüsterte er. »Hast du … hast du es auch so empfunden? Habe ich dich glücklich gemacht?«

Gerlin nickte. »Ich könnte mir keinen sanfteren und rücksichtsvolleren Gemahl wünschen!«, sagte sie. Es war die Wahrheit.

Dietrich schlief selig neben ihr ein. Gerlin schmiegte sich an ihn und sprach wieder mal ein Dankgebet. Auch dafür, dass Dietrich sich mit ihrer freundlichen Antwort zufriedengegeben hatte. Und dass sie über ihr »Glück« nicht weiter sprechen musste.

Am nächsten Morgen traten Dietrich und Gerlin vor die Kirche, um ihre Ehe segnen zu lassen. Dieser Brauch war neu, nicht jedes Paar unterwarf sich diesem Ritual der Geistlichkeit, das für die Gültigkeit einer Ehe noch nicht notwendig war. Gerlin fand, dass

Gott sie in den letzten Tagen wirklich mit Wohlwollen überhäuft hatte, sie sah die Segnung als Dankesgeste an. Und Dietrich bestand darauf – es war ihm wichtig, dass der Bischof von Bamberg die Zeremonie vollzog.

Der ließ an diesem kühlen, feuchten Frühherbstmorgen allerdings auf sich warten. Der Hofkaplan und der Abt des Klosters Saalfeld warteten längst in der Kirche – beide hätten die Eheleute sofort geweiht, aber der Bischof schien verschnupft. Gerlin ärgerte sich darüber ein wenig. Sie fror in dem leichten Mantel, den sie für den Kirchgang übergeworfen hatte. Die Segnung, zu der die Eheleute auf den Kirchenstufen niederknieten, dauerte schließlich nur ein paar Augenblicke. Auf längere Wartezeiten waren weder Gerlin noch der erst recht fröstelnde Dietrich eingerichtet.

Florís gab Dietrich seinen Mantel, und Helene von Abenberg, eine der wohlmeinenden von Gerlins Ehrendamen, half ihr mit einem Umhang aus. »Der Bischof hat es übelgenommen, dass Euer Gemahl Euch ein Geschenk Gottes nannte«, verriet das Mädchen. »Und dann hat er ja gewissermaßen die fleischliche Liebe als von Gott gesegnet und gebilligt hingestellt ...«

»Ist sie das nicht?«, fragte Gerlin verdutzt. »Wie glaubt der Herr Bischof, dass die Kinder entstehen?«

Helene hob die Hände. »Wenn Gott gerade nicht hinguckt und das Feld Frau Venus überlässt?«, fragte sie frech. Auch sie war am Minnehof erzogen, sie kam direkt aus Toulouse und sollte demnächst in Thüringen vermählt werden.

Gerlin musste lachen. »Ich denke jedenfalls nicht, dass Gott es übelnimmt, wenn Eheleute Gefallen aneinander finden. Aber ich würde gern in diese Kirche eintreten. Wenn der Wind weiter so weht, ist mein Haar gleich offen.«

Gerlin hatte ihre schweren Flechten an diesem Tag zum ersten Mal aufgesteckt, wie es einer verheirateten Frau gebührte. Sehr geschickt hatte sie sich dabei nicht angestellt.

»Wartet noch ein wenig, der Bischof wird schon kommen!«, meinte Helene. »Ich glaube nicht, dass er Herrn Dietrich brüskieren will – auch wenn oder gerade weil da eine Fehde schwelen soll zwischen Lauenstein und dem Bistum Bamberg. Es wäre nicht sehr diplomatisch, wenn ... Ach, seht, da kommt er ja!«

Der Bischof näherte sich in vollem Ornat, gefolgt von einigen Rittern, die ebenso übernächtigt und verkatert wirkten wie er. Allen voran Roland von Ornemünde und Leon von Gingst. Gerlin fürchtete bis zuletzt, dass der Kirchenfürst seine Verstimmung zur Sprache bringen würde, aber dafür fehlte es dem Bischof wohl an Energie. Als Gerlin und Dietrich demütig vor ihm niederknieten, segnete er mit knappen, barschen Worten ihre Verbindung. Die Lesung der Messe überließ er dem Abt von Saalfeld.

»Er hatte wohl ein bisschen zu viel Wein gestern«, meinte Dietrich nachsichtig und zwinkerte Gerlin zu.

Florís wirkte schon wieder besorgt, aber Gerlin versuchte nicht, herauszufinden, was ihn bekümmerte. Sie mochte ihn immer noch nicht ansehen. Als sein Blick sie traf, empfand sie vage Scham.

In den nächsten Tagen ging das Fest weiter. Schon für Schwertleite und Turnier waren drei Tage anberaumt gewesen, und nun feierte man ja obendrein Dietrichs Hochzeit. Gerlin zitterte sich durch zahllose Turnierkämpfe – das Wetter blieb unbeständig, und die Damen froren jämmerlich in den Pavillons neben der Kampfbahn. Immerhin hielt der Zeltstoff die Nässe ab.

»Er stammt schließlich aus dem Handelshaus meines Bruders!«, meinte Herr Salomon beleidigt, als Gerlin eine diesbezügliche Bemerkung machte. Der jüdische Medikus war offiziell geladen, und Dietrich hätte es gern gesehen, wenn er sich anstelle der anwesenden Bader um die Blessuren der Turnierkämpfer gekümmert hätte. Die meisten Ritter lehnten das jedoch ab, und Salomon drückte sich auch ums Zuschauen bei den Kämpfen, wenn es eben möglich war, ohne Dietrich zu enttäuschen. Er machte sich nichts aus den Spielen der Ritter und blickte Gerlin ernst an, als sie ihn damit neckte. »Frau Gerlin, mein Volk hat nicht so viel zu lachen«, bemerkte er bitter. »Wir leben ständig in der Gefahr, unserer Güter beraubt, ausgewiesen oder gar getötet zu werden. Oder zwangsgetauft, das gab es schon mal vor hundert Jahren in Bamberg. Später kehrten die meisten der ›Bekehrten‹ zum Judentum zurück, aber auch das wurde ihnen schwer gemacht.«

Gerlin rieb sich verlegen die Stirn. »Aber hier in Lauenstein …«

»Hier in Lauenstein ist es friedlich – dank Herrn Dietrichs Vater, der uns immer wohlgesinnt war. Und der Abt von Saalfeld hat auch anderes zu tun, als gegen uns zu geifern. Der Bischof von Mainz redet viel davon, dass wir unter seinem Schutz stehen, aber …«

»Der Erzbischof von Mainz?«, fragte Gerlin verwirrt. »Gehört Lauenstein denn nicht zum Bistum Bamberg?«

Herr Salomon schüttelte den Kopf. »Nein«, sagte er. »Obwohl der Bischof von Bamberg und die Thüringer Ornemünder das gern hätten. Bischof Otto II. würde sein Herrschaftsgebiet mit Freuden ausweiten, und bei ein paar Besitztümern ist es auch immer noch strittig, wem sie denn nun gehören. In den letzten Jahrzehnten wurde im Frankenwald sehr viel gerodet, tief in den Wald, der Bischof behauptet, bis in sein Herrschaftsgebiet hinein. Nun wurde das allerdings nie vermessen, und bislang ist bei den Neusiedlern auch in Sachen Abgaben noch nicht viel zu holen. Es schwelt aber auf jeden Fall ein Konflikt – und es ist überaus klug von Herrn Dietrich, den hohen Herrn möglichst friedlich zu stimmen.«

Daher also die Einladung an den Bischof, die Schwertleite vorzunehmen und Dietrichs Ehe zu segnen. Offenbar hofften die

Ratgeber des jungen Grafen, dass die damit geschlossenen Bande ausreichten, den Bischof zu besänftigen. Das war durchaus notwendig. Geistliche Herren waren im Allgemeinen kaum zimperlicher in der Durchsetzung ihrer Gebietsansprüche als Rittergeschlechter.

Gerlin seufzte. Das alles klang nicht so, als wäre Dietrichs Stellung wirklich auf Dauer gefestigt. Herr Salomon bestätigte es mit klaren Worten, wobei er es allerdings vermied, ihr in die Augen zu sehen.

»Euer Gemahl, Frau Gerlin, ist jetzt zwar der Herr über Lauenstein, aber er bleibt doch sehr jung und verletzlich. Dazu ist jeder angreifbar, der keinen Erben hat. Wenn Ihr ihm einen Sohn schenkt, wird ihn das weiter absichern. Und ansonsten muss er einfach die nächsten Jahre überstehen, sich einen Ruf als weiser, vorausschauender Landesherr schaffen, den König und Kaiser bei all seinen Kreuzzugsbemühungen oder was ihm sonst an kostspieligen Abenteuern einfällt, mit möglichst viel Geld unterstützen – und sich mit den Kirchenfürsten gutstellen. Mit dem Abt von Saalfeld gibt es da zum Glück keine Schwierigkeiten, und der Erzbischof von Mainz ... ich glaube, der weiß kaum, dass es uns gibt, so riesig wie das Bistum ist. Allerdings ist er davon überzeugt, dass ihm auch das gesamte Bistum Bamberg untersteht. Da könnte es ebenfalls Ärger geben. Lauenstein sollte nicht zwischen die Fronten geraten. Aber nun schaut nicht so vergrämt, Frau Gerlin!« Der Medikus bemühte sich um ein Lächeln. »Zunächst sind wir durch Schwertleite und Eheschließung einen großen Schritt vorwärtsgekommen. Und heute Nachmittag will Dietrich doch Turnier Turnier sein lassen und mit Euch in die Ortschaft reiten, nicht wahr? Passt auf, Ihr werdet die Herzen der Menschen im Sturm erobern – zumal Herr Dietrich angeordnet hat, dass die Garküchen und kostenlosen Schenken im Dorf noch drei weitere Tage geöffnet bleiben sollen!« Er nickte ihr aufmunternd zu. »Liebe geht beim einfachen Volk immer durch den Magen. Und auch Ihr solltet bei den Banketten etwas herzhafter zugreifen, Frau Gerlin! Ihr seid blass, all die Ängste in der letzten Zeit haben Euch zu viel abgefordert.«

Hätte Florís diese Feststellung getroffen, hätte Gerlin sich peinlich berührt gefühlt – und sich zweifellos gleich auf die Suche nach dem nächsten Spiegel gemacht, um ihr Aussehen zu überprüfen. Salomons Sorge um sie wirkte dagegen eher tröstlich. Sie nickte tapfer.

»Man sagt«, bemerkte sie, »Gott der Herr bürde einem nie mehr auf, als man tragen könnte.«

Salomon lächelte. »Und unser Volk versucht sich über seine Leiden hinwegzutrösten, indem es sich ›auserwählt‹ fühlt ... aber ich denke, es sind viel öfter Menschen, die einander Bürden schaffen, als der Ewige, und ich fürchte, für viele der Euren bin ich verantwortlich. Schließlich war es meine Idee, für Dietrich um Euch zu werben.«

Gerlin sah den Medikus offen an. »Ihr habt nichts zu bereuen«, sagte sie ruhig – und erschauderte erschrocken, aber wohlig, als sich Salomons Hand leicht und tröstend, wenn auch nur für einen Wimpernschlag, auf die ihre legte.

Am Nachmittag röteten sich Gerlins Wangen dann von ganz allein durch den Ritt durch die Kälte. Ihre kleine Stute tänzelte vergnügt neben Dietrichs Floremon her, und der frischgebackene Graf tat alles dazu, seiner jungen Frau die Bauern und Handwerker von Lauenstein und Lauenhain, Steinbach und Ludewichsdorf geneigt zu machen. An seiner Seite verteilte Gerlin nicht nur das aus Falkenberg mitgebrachte Gold und die Geschenke für Frauen und Kinder, sondern leerte auch eine Schatulle aus der Schatzkammer der Burg. Die Leute rühmten folglich ihre Freigebigkeit, und ihr Ritt durch die Pfalz gestaltete sich als Triumphzug. Frau Luitgart, so munkelte man, war bei ihrem Einzug nicht halb so großzügig gewesen. Gerlin konnte sich das gut vorstellen. Auch Luitgart kam aus keiner allzu reichen Familie, und bei seiner dritten Frau hielt Dietrichs Vater es wohl auch nicht mehr für nötig, sie großartig einzuführen.

Gerlin und Dietrich sonnten sich in den Glück- und Segenswünschen der Dörfler, wobei die junge Frau sich zusätzlich Freunde machte, indem sie die Arbeit der Leute kundig kommentierte.

»Dies Bier hast du trefflich gebraut!«, erklärte sie einer Bäuerin und nippte an dem Getränk. »Vielleicht etwas stark, pass auf, dass dein Mann und deine Söhne nicht zu viel davon genießen! Aber das Gewürz, das du zufügst ... du musst es unserem Braumeister auf der Burg verraten. Oder ist es ein Geheimnis?«

Die Bäuerin lachte geschmeichelt, betete gleich ihr Familienrezept vor der neuen Gräfin herunter und war hingerissen, als diese mit den Geheimnissen der Falkenberger Braukunst konterte.

»Woher weißt du all das?«, fragte Dietrich verwundert, als sie weiterritten. »Ich hätte kaum gewusst, dass man zum Bierbrauen Hefe braucht, geschweige denn was man noch hinzufügt!«

Gerlin lachte. »Ich hab schon mal einen Haushalt geführt, Liebster. Aber keinen so hochherrschaftlichen wie den auf Lauenstein – in Falkenberg packte die Herrin mit an. Wenn es nötig ist, mein Herr Ritter, braue ich dir dein Bier selbst!«

Nun trank Dietrich kaum Bier und sprach auch dem Wein nur mäßig zu. Insofern zeigte er sich erleichtert, als das Fest auf Lauenstein sich nach Tagen endlich seinem Ende zuneigte. Der Junge wirkte völlig übernächtigt. Schließlich nahm er nicht nur seine Pflichten als Vorsteher des Turniers wahr, sondern bemühte sich nachts auch nach Kräften um die Zeugung eines Erben. Letzteres mit wesentlich mehr Begeisterung.

Dietrich lernte schnell unter Gerlins sanfter Führung, und auch sie fand durchaus Gefallen an seinen erst schüchternen, dann immer einfallsreicheren Zärtlichkeitsbezeigungen. Ihrem Ritter Florís kam die junge Gräfin in diesen ersten Tagen kaum unter die Augen, und langsam erschien ihr der Kuss auf dem Söller auch nur noch wie ein seltsamer Traum. Gerlin kämpfte sich durch den scheinbar nie endenden Wirbel aus Banketten und Turnieren, Gratulationen und Gesprächen, Ehrungen für die Ritter und Auftritten vor geistlichen Würdenträgern. Sie konnte es kaum glauben, als dann endlich Normalität eintrat.

Gerlin und Dietrich verabschiedeten Peregrin von Falkenberg und die anderen Gäste – als einer der Letzten ging der trinkfreudige Bischof von Bamberg. Zu Gerlins Verwunderung und Freude schloss sich ihm Roland von Ornemünde an. Luitgart verabschiedete ihn huldreich und versuchte, sich nichts anmerken zu lassen, aber Gerlin konnte sie nicht täuschen. Tatsächlich erstickte die junge Frau fast an ihrem Hass. Er loderte in ihrem Blick auf wie eine verzehrende Schlange, wenn sie gezwungen war, mit ihrem Stiefsohn oder seiner Gattin artige Reden zu tauschen.

»Ich wünschte, diese Luitgart würde auch verschwinden!«, schimpfte Gerlin lauthals, als sie am Nachmittag nach dem Ende der Festlichkeiten in die Räume kam, die sie mit Dietrich teilte.

Ihr Gemahl saß mit Salomon und Florís am Kamin, und Gerlin erzählte ihnen, was eben vorgefallen war. Sie hatte die frühere Burgherrin aufgesucht, um sie um die Schlüssel zu den Vorratskammern und Weinkellern zu bitten. Luitgart mochte sie zunächst nicht herausrücken, und Gerlin hatte ihre bitteren Worte noch im Ohr: Sie habe nicht gedacht, eines Tages als arme Verwandte in der Burg zu enden, die man ihr und ihren Kindern versprochen habe. Ihr Vater würde sich im Grabe herumdrehen, wüsste er, dass sie nun um jeden Bissen Brot würde betteln müssen.

»Dabei hat sie die Wirtschaftsräume bisher kaum je betreten, in der Haushaltsführung hat sie sich nun wirklich nicht ausgezeichnet«, giftete Gerlin. »Und Hunger muss sie auch nicht leiden, in der Küche wird den ganzen Tag gewerkelt. Viel zu viel, wenn Ihr mich fragt – ich werde da einige Einsparungen vornehmen! Jedenfalls kann sich Frau Luitgart jederzeit bedienen.«

Floris lächelte, versuchte dabei aber wieder mal, Gerlin nicht zu intensiv anzusehen. Ihr zorniger Ausbruch, die Röte auf ihren Wangen und ihr wirres Haar entzückten ihn. »Der Dame geht es wohl mehr ums Prinzip«, bemerkte er.

»Ich wünschte jedenfalls, ihr Roland hätte sie gleich mitgenommen!«, wütete Gerlin.

Salomon seufzte. »Wenn es mal so einfach wäre. Aber solange der Ritter kein Lehen hat, kann er sie nicht zur Frau nehmen. Und mir wäre es, ehrlich gesagt, lieber gewesen, er wäre geblieben. Hier hatten wir ihn unter Aufsicht. Wer weiß, was er jetzt anstellt. Es gefällt mir nicht, dass er mit dem Bischof abgezogen ist.«

»Ihr meint, er bleibt in Bamberg?«, fragte Floris. »Da kommt er doch nie an ein Lehen! Wenn er klug ist, hält er sich eher südwärts. Im Heiligen Land wird noch gekämpft, oder? Und in den hispanischen Landen eigentlich immer, die kriegen ihre Mauren nicht raus aus Al Andalus. Da kann sich schnell was ergeben, wenn ein Ritter tapfer kämpft.«

»Im tapferen Kämpfen ist der Kerl ja eher nicht so bewandert«, Gerlin hatte wirklich ihren bissigen Tag, »jedenfalls wenn's nicht gegen Jünglinge und Knappen geht ...«

Herr Salomon zuckte die Schultern. »Ich vermag die Tapferkeit des Mannes nicht einzuschätzen«, meinte er begütigend. »Aber das Lehen von Lauenstein wäre ihm zweifellos lieber als ein Landgut irgendwo im Grenzland zu Kastilien. Und er war so nahe dran ... Unwahrscheinlich, dass er gleich aufgibt. Wo er doch in Frau Luitgart über eine eifrige Spionin direkt an unserer Seite verfügt.«

»Da stehen wir ihm in nichts nach!«, rutschte es Gerlin heraus. »Also, ich meine, wir haben auch einen Kuckuck in seinem Nest. Mein Bruder Rüdiger zieht schließlich mit Roland.«

Rüdigers Manipulationen beim Turnier waren tatsächlich niemandem aufgefallen. Roland misstraute seinem Knappen nicht, er hielt die Vorkommnisse für ein Missgeschick. Nun folgte ihm der Junge, ganz begierig auf neue Abenteuer, im Tross eines Fahrenden Ritters. Gerlin war nicht so begeistert davon gewesen, aber Rüdigers Argument, er berichte ihr von allem, was Roland täte und plane, hatte sie überzeugt.

Salomon zog die Augenbrauen hoch. »Was Euren Bruder und seine Geschäftsbeziehungen zu meinem Neffen angeht, wollte ich ohnehin noch ein Wörtchen mit Euch reden. Aber es ist gut, dass der Junge auf unserer Seite ist. Viel ausrichten wird er allerdings kaum. Die Zeit der Kämpfe ist vorerst vorbei, Freunde. Jetzt ist die Zeit des Ränkeschmiedens angebrochen.«

Hauch des Glücks

Burg Lauenstein – Kloster Saalfeld
September 1192 bis April 1194

Kapitel 1

Vorsichtig und behutsam, wie es seine Art war, übernahm Dietrich die Verwaltung seines Lehens. Er ritt mit Florís und Salomon über Land, solange der Winter noch nicht zu streng war, überwachte die Herbsteinsaat und hielt Gericht. Die Ritterschaft murrte ein wenig – für sie war er den Einflüsterungen des Juden zu zugänglich, aber die Bauern wussten seine klugen Entscheidungen zu schätzen. Dietrich bestimmte nicht über die Köpfe der Dorfvorsteher und Pfarrer hinweg, sondern hörte auch ihre Meinung zu den Fällen und dem Ruf der beteiligten Parteien. Vor allzu strengen Urteilen zögerte er zunächst – aber als er schließlich merkte, dass manche Gauner unbelehrbar waren, begann er, drastischere Strafen auszusprechen.

Nach wie vor aber sah der junge Graf ungern zu, wenn jemand ausgepeitscht wurde. Und dann stand obendrein das erste Todesurteil an. Kurt Brandner, ein Bauernsohn aus Steinbach, hatte sich von klein auf als rebellisch und wenig arbeitswillig gezeigt. Als Jüngling verließ er die Kate seines Vaters, freite ein ebenso nichtsnutziges Mädchen und suchte sich im Wald unterhalb des Rittergutes Steinbach eine Räuberbande. Bei Odebert von Steinbach, dem Gutsherrn, häuften sich seitdem die Beschwerden. Der Brandner-Kurt und seine Spießgesellen lauerten Reisenden auf, brachen in Bauernhöfe ein und stahlen Pferde von der Weide. Dabei ging die Bande recht geschickt vor, wechselte alle paar Tage das Versteck und erwies sich über zwei Jahre lang als nicht zu fangen.

Odebert von Steinbach und seine Söhne, allesamt ohnehin

Choleriker, entwickelten dabei eine heilige Wut auf den Gauner, der sie so unverschämt vorführte. Aber alle Patrouillen, alle ausgesprochenen Belohnungen für eine Ergreifung der Wegelagerer brachten nichts. Dabei fand der Brandner-Kurt keinesfalls Unterstützung bei den Bauern, schließlich wurden ja auch sie Opfer seiner Diebereien. Tatsächlich wünschte ihm selbst seine eigene Familie die Pest an den Hals, seine Eltern, Brüder und Schwestern waren durchweg ordentliche Leute und kamen durch ihn nur in Verruf.

Nach Jahren des aufgestauten Ärgers war es dann ein Zufall, der den Steinbacher Rittern den Brandner-Kurt ins Netz trieb. Die Wegelagerer hatten eben eine Händlerkarawane überfallen, machten die Kaufleute nieder und teilten die Waren auf, als ein dem Überfall knapp entkommener Reiter auf eine Jagdgesellschaft der Steinbacher stieß. Die Ritter folgten ihm sofort zum Schauplatz des Geschehens und erwischten die Bande in flagranti.

Hätte sich Dietrich von Lauenstein nicht sowieso für den kommenden Morgen zum Gerichthalten angesagt, hätten die Steinbacher die Wegelagerer wohl gleich am nächsten Baum gehenkt. So aber wagten sie keine Selbstjustiz. Sie führten Dietrich die Gauner in der Halle ihrer Burg gebunden vor, wobei der gesamte Landstrich zum Zuschauen erschien. Neben dem Brandner-Kurt, der seinem Richter höhnisch und scheinbar unbeeindruckt entgegentrat, bestand die Bande aus acht meist sehr jungen Burschen, deren Mütter schluchzend um ihr Leben bettelten. Die Söhne des Räuberhauptmanns, noch Kinder, erwarteten mit riesigen ängstlichen Augen den Urteilsspruch.

Dietrich, der diesmal in Gerlins Begleitung unterwegs war, stand hilflos vor dem Ansinnen der Steinbacher, die Gauner gleich allesamt zum Teufel zu schicken. Schließlich beriet er sich mit seiner jungen Frau, der es ebenso wenig geheuer schien, gleich elf Menschen henken zu lassen.

»Der Brandner muss gehenkt werden, das geht nicht anders«, bestimmte sie allerdings. »Den kannst du nicht begnadigen. Es heißt ja, er habe von der Wegelagerei gelebt und wohl auch so manchen umgebracht. Aber die anderen – vielleicht lässt du sie einfach nur auspeitschen und schickst sie dann zurück in ihre Dörfer. Da werden sie's schwer genug haben. Schließlich haben sie auch die eigenen Leute beraubt.«

»Aber der Steinbacher will sie alle gehenkt sehen«, gab Dietrich zu Bedenken. »Auch ... auch die Kinder ...« Der junge Ritter schaute verzagt.

»Der Steinbacher hat nichts zu wollen!«, gab Gerlin hochmütig zurück. »Du bist sein Lehnsherr, die Gerichtsbarkeit liegt bei dir, und es steht dir durchaus gut an, mal Gnade walten zu lassen. Also, schick den Brandner-Kurt zur Hölle, aber die Kinder nehmen wir mit auf die Burg und in strenge Zucht. Als Küchenjungen und Stallburschen können sie nicht viel anstellen – zumindest der Jüngste sollte wohl noch ehrlich werden.«

Dietrich stimmte schließlich zu, obwohl er ziemlich unsicher wirkte, als er dem cholerischen Gutsherrn das Urteil vorlegte. Der Steinbacher und seine Söhne empörten sich denn auch lautstark, wobei der jüngste, Odemar, ein vierschrötiger, bärenstarker Ritter, das Wort führte. Bei den Bauern traf Dietrichs Entscheidung jedoch auf Zustimmung. Er konnte sich der Dankesbezeigungen der Mütter der begnadigten Bauernburschen kaum erwehren.

Gerlin war es peinlich, dass die Frauen sie am nächsten Tag vor dem Abritt mit kleinen Geschenken wie Eingemachtem oder einfachen Websachen überhäuften. Widerwillig wohnten die Lauensteiner der Hinrichtung des Brandner-Kurts noch bei, ersparten seinen Kindern aber das Zuschauen. Dietrich nahm die Knaben persönlich mit in die Ställe, übergab sie einem älteren Ritter zur Beaufsichtigung und betraute den aufgeweckt wirkenden jüngsten gleich mit der Wartung seines Hengstes.

»Und wieder mal schießt er übers Ziel hinaus«, seufzte Floris und machte sich erneut zur Aufgabe, den Streithengst unter Beobachtung zu halten. Der Kleine schien zwar mit Feuereifer bei der Sache, aber wer wusste, ob er nicht noch Rachegefühle hegte. »Herr Dietrich muss härter werden, wenn er sein Lehen halten will!«

Dietrichs nächster Schachzug zum Erhalt seines Lehens hatte allerdings mehr mit Zärtlichkeit zu tun als mit Härte. Schon drei Monate nach der Hochzeit blieb Gerlins Monatsblutung aus. Etwas verschämt wandte sie sich an die Hebamme im Dorf – nach wie vor gab es zu wenige Frauen auf Burg Lauenstein –, die ihre Hoffnung bestätigte. Übers Jahr würde der Erbe von Lauenstein geboren werden.

»Dann bin ich gerade mal fünfzehn«, sagte Dietrich mit einem Anflug von Erschrecken. »Es geht … irgendwie geht alles zu schnell …«

Gerlin beruhigte ihn lachend. Eigentlich hatte sie gehofft, dass die Nachricht ihn aufheitern würde, ihrem jungen Gemahl ging es nicht gut in diesen nasskalten Dezembertagen. Auf den Überlandritten oder bei den Waffenübungen mit den Knappen – Florís bestand darauf, dass der junge Ritter weiter daran teilnahm – hatte sich Dietrich einen hartnäckigen Husten geholt und langweilte sich jetzt vor der Feuerstelle in Gerlins Kemenate. Es drängte ihn, am Leben in der Burg teilzuhaben, aber Salomon riet dazu, die Erkältung ausheilen zu lassen.

Gerlin erschrak etwas darüber, wie ernst der Medikus die für ihre Verhältnisse recht harmlose Erkrankung nahm. Schließlich hustete und schniefte im Winter fast jeder in einer Burg. Lauenstein war zwar komfortabler und wesentlich besser beheizbar als Falkenberg oder die Räume der Herrin Aliénor auf Oléron. Aber die Korridore und Wehrgänge waren doch zugig, und das Pergament vor den Fenstern schloss die kalte Luft nicht vollständig aus. Auch die offenkundige »Teilnahme« der Herrin Luitgart überzeugte Gerlin von Dietrichs vermehrter Empfindsamkeit.

»Geht es Eurem Gemahl denn noch so gar nicht besser? Ach ja, ich erinnere mich, wie wir auch in früheren Jahren um sein Leben bangten. Er ist so anfällig ... immer schon gewesen ...«

Gerlin versicherte Luitgart mit zusammengebissenen Zähnen, dass zumindest diesmal keine Lebensgefahr für ihren Gatten bestand. Sie war wieder mal nicht allzu gut auf ihre Vorgängerin zu sprechen, nutzte sie doch die kalten Tage, um an der Feuerstelle ihrer Kemenate in Ruhe die Bücher durchzugehen, in denen Einnahmen und Ausgaben, Vorratshaltung und Almosengebung der Burg verzeichnet waren. Seit dem Tod des alten Grafen war die Misswirtschaft unverkennbar. Luitgart hatte sich reichlich aus den Schatzkammern bedient, aber fällige Abgaben der Bauern nicht eingetrieben und sogar die Zahlung des Kirchenzehnten an den Bischof von Mainz schleifen lassen.

»Wenn sie das mal nicht absichtlich gemacht hat!«, wütete Gerlin. »Schließlich überzeugt einen Lehnsherrn nichts nachdrücklicher davon, dass eine Herrschaft nicht ordentlich geführt wird, als ausbleibende Abgaben! Aber was konnten die Herren denn auch erwarten von einem minderjährigen Erben und seiner unwissenden kleinen Stiefmutter? Ein Roland von Ornemünde wüsste da schnell Abhilfe zu schaffen. Gott sei Dank hatte der Kaiser gerade anderes zu tun, als sich um unsere Angelegenheiten zu kümmern!«

Kaiser Heinrich VI. war eben auf dem Weg nach Italien, um das von seiner Gemahlin Konstanze geerbte Königreich Sizilien in einem grausamen Feldzug zu erobern.

Dietrich lächelte müde, aber auch zärtlich bewundernd. »Und nun schafft der junge Graf von Ornemünde Abhilfe!«, erklärte er.

»Dank des weisen Rates seiner Dame. Wir werden den Zehnten sofort auf den Weg schicken. Mit einer Entschuldigung und der Versicherung, dass das Lehen nun in guten Händen ist.«

Gerlin hatte inzwischen auch in Küche und Keller die Herrschaft übernommen und verblüffte die Köche, Kellermeister und Mägde immer wieder, indem sie beherzt mit anpackte. Dietrich und Florís rügten sie mitunter, wenn sie wieder einmal in alten Hauskleidern beim Backen und Brauen half, statt die Arbeiten nur zu überwachen.

»Ihr seht zwar reizend aus mit Eurer Schürze und dem Tuch im Haar, aber Ihr untergrabt Eure Autorität!«, erklärte Florís. »Ja, ich weiß, Ihr tut das gern. Aber könnt Ihr nicht eine Aufgabe finden, die einer Burgherrin eher angemessen wäre? Findet sich nicht ein Frauenkonvent, den Ihr unterstützen könntet, oder was adlige Damen sonst so tun?«

Gerlin lachte ihn aus. »Da müsste erst mal was zum Unterstützen übrig sein! Aber nach den aufwändigen Festlichkeiten zur Schwertleite und den Nachzahlungen an den Bischof haben wir nicht mehr viel zu verschenken. Ganz allein Altartücher zu besticken macht mir keinen Spaß. Lasst mich noch ein bisschen Hausfrau spielen, Herr Florís, solange der Winter dauert. Im nächsten Sommer kommen dann wieder junge Ritter auf die Burg, und ich werde Dichter und Sänger willkommen heißen. Die fördere ich lieber als einen Nonnenkonvent, Gott möge mir verzeihen! Vielleicht schickt man uns dann ja auch bald ein paar Mädchen zur Erziehung – die neuen Knappen können ihre Schwestern mitbringen. Wenn die mir dann beim Sticken helfen …«

Frau Luitgart beobachtete Gerlins eigenwillige Burgverwaltung ebenfalls missmutig. Sie langweilte sich offensichtlich, und Gerlin hoffte inständig, sie würde Dietrich um Geleit zurück auf die Burg ihrer Eltern bitten. Luitgart war so jung, es musste leicht sein, zum zweiten Mal eine Ehe zu arrangieren. Aber sie trauerte wohl immer noch Roland nach.

»Und spioniert für ihn!«, bemerkte Herr Salomon, der wieder einmal zu Besuch kam, sich diesmal aber über Dietrichs fortschreitende Genesung freute. »Was hört Ihr von Herrn Rüdiger, Frau Gerlin?«

Viel Neues gab es da nicht zu berichten. Wie erwartet überwinterte Roland von Ornemünde in Bamberg – vor dem Frühjahr hätte es sich auch kaum gelohnt, auf Abenteuer auszuziehen. Selbst in Al Andalus ruhten die Kämpfe in den kalten Monaten. Natürlich hätte der junge Ritter sich auf die Besitzungen seiner Familie in Thüringen zurückziehen können, aber der Dienst beim Bischof schien ihm besser zu behagen. Der Ritter war wohl auch beliebt – der Kirchenfürst bat ihn oft um Begleitschutz, wenn er reiste, und Rüdiger kam als sein Knappe im Bistum herum. Von irgendwelchen Intrigen wusste er jedoch nichts.

So verging Gerlins erster Winter in Lauenstein, und im Frühjahr rundete sich ihr Leib so deutlich, dass zumindest Luitgart ihrem Komplizen Neuigkeiten zu melden hatte, sofern sie denn wirklich mit Roland in Verbindung stand.

Dietrich ritt wieder über Land, hielt ein Auge auf die Heuernte und sprach Recht – wobei er es nun meist mit Wilderern zu tun hatte, in der Regel Bauern, denen gegen Ende des Winters die Vorräte ausgegangen waren. Nach wie vor waren seine Urteile milde – mitunter rügte er eher die Dorfvorsteher, die ihre Leute nicht zu ordentlicher Vorratshaltung anhielten, als die meist geständigen und reuigen Sünder.

»Wenn ihr hungert, kommt auf die Burg und bittet um Almosen!«, forderte er die Bauern auf. »Dann erspart ihr mir den Schaden im Wald und euch die Stockschläge!«

Gerlin konnte bald nicht mehr ausreiten, aber sie vernachlässigte keineswegs die Hauswirtschaft. Die junge Gräfin überwachte darüber hinaus die Buchführung und sprach mit den Bauern, die ihre Abgaben und den Kirchenzehnten ablieferten. So erfuhr sie zumindest aus der nächsten Umgebung der Burg, wer verhältnismäßig reich war und wem das Wirtschaften schwerfiel, wo eine Frau verwitwet war oder zum fünften Mal in vier Jahren schwanger. Dietrich wies seine Verwalter an, den Leuten den Zins zu stunden oder gar zu erlassen und erteilte dem werdenden Vater Sondererlaubnis zu Fischfang und Jagd – während er mehr Druck auf reiche, aber säumige Pächter ausübte.

Alles in allem waren die Menschen in Lauenstein mehr als zufrieden mit ihrem jungen Herrn. Und auch Gerlin konnte über ihren Gemahl nicht klagen. Wann immer er Zeit fand, verwandelte sich der ernsthafte Lehnsherr Dietrich von Lauenstein in einen so heißblütigen, heftig verliebten jungen Ritter, wie ihn sich jedes Mädchen am Minnehof erträumte. Dann lotste er Gerlin weg aus Küche und Keller, zog sie in die Gärten oder lief mit ihr über die Felder. Er wand ihr Kränze aus Wiesenblumen und Apfelblüten, lagerte mit ihr auf duftenden Heuwiesen und küsste sie unter dem Sommerhimmel.

Gerlin mochte es, wenn er schließlich einschlief, den Kopf auf ihrem Schoß, während der Wind mit seinem hellen Haar spielte. Er wirkte dann noch kindlich süß, sie freute sich an seiner Jugend und seiner offensichtlichen Dankbarkeit für ihre Liebe und das Kind, das sie unter dem Herzen trug. Dietrich wurde nicht müde, seine Hand oder noch lieber seine Wange an ihren Leib zu legen und das Kleine zu spüren und seinem Herzschlag zu lauschen.

»Den kannst du gar nicht hören!«, neckte sie ihn, aber Dietrich bestand darauf, das Herz seines Sohnes schlage im Gleichklang mit dem seinen.

Gerlins Kind wurde an einem sonnigen Tag im August geboren, in dem ein Erntewagen nach dem anderen das Burgtor durchfuhr und die junge Frau sich gar nicht gern dabei stören ließ, die Eingänge zu notieren. Nur unwillig überließ sie ihre Aufgabe dem wenig begeisterten, aber schreibkundigen Hofkaplan, als die ersten Wehen einsetzten. Die Hebammen traten sich dann in ihrer Kemenate fast gegenseitig auf die Füße. Jeder Bauer, der von der bevorstehenden Geburt erfuhr, hatte umgehend die Kräuterfrau seines Dorfes oder gleich die eigene Gattin zu Hilfe geschickt.

Dietrich sah das mit Sorge. »Willst du dich wirklich diesen Weibern überantworten?«, fragte er nervös. »Soll ich nicht den Medikus …?«

Gerlin lächelte unter Schmerzen. »Warum nicht? Ich bevorzuge es, sie als Feen zu sehen. Schau, es sind sieben, nicht wahr? Sie werden unserem Kind sieben Gaben in die Wiege legen.«

Schließlich war es eine noch ganz junge Frau mit langen braunen Zöpfen, die Gerlin ihren Sohn in die Arme legte. Die Tochter der Hebamme von Ludewichsdorf hatte nichts Mystisches an sich und wünschte dem ersten Kind ihrer Herrin unzweifelhaft nur das Beste. Für eine Erstgebärende war die Geburt zügig verlaufen, obwohl das Baby keineswegs klein war. Es boxte und trat lebhaft um sich, als die Frauen es in ein Steckkissen banden, dabei schrie es wie am Spieß. Erst als Gerlin es an die Brust legte, beruhigte es sich, und der immer noch ängstliche Dietrich – »Warum muss es so schreien? Fehlt ihm was?« – traf seinen Sohn schlafend an. Er war hingerissen von dem winzigen, rotgesichtigen Geschöpf, spürte seinem Herzschlag nun wirklich nach und war erst ganz beruhigt, als Herr Salomon das Kind am nächsten Tag untersuchte und es ebenfalls untadelig fand.

»Ein ganz gesunder, starker kleiner Junge, Frau Gerlin!«, sagte er freundlich und überreichte der jungen Mutter eine fein gearbeitete Kette und für das Kind eine silberne Rassel, ein kleines Wunderwerk aus maurischen Landen. »Er wird zu einem trefflichen Ritter heranwachsen. Ihr solltet den Frauen nur nicht erlauben, ihn gar so eng einzuschnüren. So kann er ja kaum atmen und erst recht nicht strampeln. Kein Wunder, wenn er protestiert.«

Dietrich ließ zur Feier der Geburt des kleinen Dietmar erneut Geschenke unter seinen Untertanen verteilen. In den Ortschaften wurden Wein und Bier ausgeschenkt, Grütze in riesigen Töpfen gekocht und Ochsen am Spieß gebraten. So freuten die Bauern und Handwerker sich mit ihrem Grafen und seinem Weib – nur Luitgarts Glückwünsche fielen ein wenig frostig aus.

Gleich am ersten Gerichtstag nach der Ernte, als Dietrich im großen Saal der Burg Hof hielt, Streitfälle schlichtete und sich Sorgen und Nöte seiner Bauern und Ritter anhörte, erschienen ein paar junge Burschen vor dem Grafen und baten um Gehör.

»Herr, wir wollten Euch bitten, uns die Rodung einer neuen Gemarkung zu erlauben …«, Loisl, der Sprecher, ein schlanker, aber sehniger junger Mann mit üppigem blondem Haar, hielt sich nicht lange mit Vorreden auf, »… die wir … die wir … Dietmarsdorf nennen wollen, nach Eurem Sohn!«

Der letzte Satz kam fast triumphierend heraus, anscheinend hatten die Männer sich diesen Schachzug lange überlegt, um den Grafen gnädig zu stimmen. Sie verbeugten sich nicht nur vor Dietrich, sondern auch vor Gerlin, die dem Gerichtstag beiwohnte.

Beide quittierten die Schmeichelei mit nachsichtigem Nicken. Meist wurden neue Ortschaften erst nach ihrer Gründung benannt, wobei sich häufig recht fantasielose Namen wie »Neudorf« einbürgerten.

»Wir sind fünfzehn Männer aus Lauenstein und Umgebung«, sprach der junge Mann ermutigt weiter. »Wir stammen alle aus Bauernfamilien und wissen, wie man Land bestellt. Aber wir sind durchweg jüngere Söhne, für uns gibt's nichts zu erben, keine Familien zu gründen – und wir kennen ebenso viele Mädchen, die aus genau diesen Gründen unvermählt bleiben werden ...«

Dietrich lächelte den Bittstellern zu. »Ja, meine Bauern haben große Familien«, bestätigte er freundlich. »Gott hat uns mit fruchtbarem Land gesegnet, sodass alle satt werden in unseren Dörfern.«

»Satt allein reicht uns nicht!«, erklärte der junge Mann. »Wir möchten nicht als Knechte und Mägde auf den Höfen unserer Brüder leben, lieber stoßen wir in den Wald vor und erschließen neues Land. Aber dafür brauchen wir Eure Erlaubnis.«

Dietrich nickte. »Wo wollt ihr denn im Frankenwald roden?«, erkundigte er sich. »Ich würde die Vieh- und Pferdehirten ungern verdrängen lassen, und das Jagdgebiet ...«

Die Burg ernährte ihre Bewohner in hohem Maße durch die Jagd in den umliegenden Wäldern, und es gehörte auch zu Dietrichs gesellschaftlichen Verpflichtungen, benachbarte Adlige und geistliche Würdenträger im Herbst zur Treibjagd zu laden.

»Das Jagdgebiet bleibt ungeschoren«, versicherte der Jüngling. »Wir wollen das Dorf ja nicht ausweiten, sondern ein neues gründen, sofern Ihr die Schirmherrschaft übernehmt. Wir dachten an eine Lichtung, einen Tagesritt nach Osten, nahe dem Weg nach Kronach. Der würde dadurch auch sicherer, wir möchten Reisenden gern Obdach bieten. Das erste Gewann dort wäre leicht zu roden, wir könnten noch diesen Herbst die ersten Hütten aufstellen, im Frühjahr das zweite Gewann angehen und

Häuser bauen. Dann könnten die Frauen bereits im Herbst nachkommen!«

Das war das übliche Vorgehen bei der Erschließung neuer Ortschaften – wobei diese Jungen es sehr eilig hatten. Sicher trugen zumindest einige von ihnen die Flügel der Liebe zu irgendeinem Dorfmädchen.

Dietrich wusste das und lächelte verständnisvoll. »So scheint ihr die Sache bereits gut durchdacht zu haben – ich denke, ich kann eurem Begehren nachgeben. Kommt doch morgen noch einmal zu mir. Dann werden wir Näheres besprechen, auch bezüglich der Werkzeuge und Gespanne, die ihr braucht. Ich will euch gern helfen, und jetzt nach der Ernte sind Pferde und Fuhrwerke verfügbar ...«

»Bekommst du keinen Ärger mit dem Bischof von Bamberg?«, erkundigte sich Gerlin am nächsten Tag. Die jungen Siedler waren eben beglückt mit der Zusage für vier schwere Gespanne und Rückepferde, Werkzeug und Zeltmaterial für die ersten Wochen im Wald abgezogen. Dabei hüteten sie besonders ein kleines Stück Pergament, auf dem Dietrich ihre künftige Siedlung verzeichnet hatte, wie einen Schatz. »Verläuft da nicht irgendwo die Grenze zu seinem Bistum?«

Dietrich zuckte die Achseln. »Irgendwo, zweifellos. Aber solange der Bischof nicht Rodungstrupps ausschickt, die an der gleichen Stelle siedeln wollen, sehe ich da keinen Interessenkonflikt. Der Wald ist riesig und unzugänglich, Gerlin, niemand wagt sich gern hinein. Diese Männer haben Kraft und Mut, und was der Loisl sagt, ist richtig: Die Straße nach Kronach – sofern man den immer wieder zuwachsenden Pfad als solche bezeichnen kann – wird sicherer, wenn dort ein Dorf liegt. Gerade der Bischof beschwert sich immer wieder darüber, dass die Strecke unwegsam ist und durch Wegelagerer gefährdet.«

»Wirst du es ihm denn wenigstens mitteilen?«, fragte Gerlin, immer noch nicht überzeugt.

Dietrich lächelte verschmitzt. »Ich denk gar nicht dran, schlafende Kirchenmänner zu wecken! Der Bischof von Bamberg ist nicht mein Lehnsherr, ich muss ihn nicht von einer Erweiterung meiner Dörfer in Kenntnis setzen.«

Herr Salomon, den Gerlin besorgt informierte, bestätigte das.

»Wenn man den Herrn um Erlaubnis fragt, räumt man ihm zu große Wichtigkeit ein«, meinte auch er. »Aber ich hätte Herrn Dietrich dennoch geraten, den Siedlern anderes Land zuzuweisen.« Er seufzte. »Ach, die jungen Ritter ... unser Graf Dietrich ist zwar besonnener als die meisten, aber so ganz können sie es doch nicht lassen, ihre Spielchen zu treiben. Dabei ist der Wald im Westen genauso dicht.«

Florís dagegen war ganz auf Dietrichs Seite. Seit Dietmars Geburt sah der Ritter die Stellung des jungen Grafen als gefestigt an, er machte sich auch keine großen Sorgen mehr wegen Roland. Gerlins Vorschlag, die Herrin Luitgart endlich hinauszukomplimentieren, hielt er für eine sehr gute Idee, und den Bischof von Bamberg fürchtete er erst recht nicht. Nach der neuen Ernte hatte Lauenstein dessen Amtsbruder in Mainz großzügige Zahlungen geleistet und der nächstliegenden Benediktinerabtei hochherzige Geschenke gemacht. Der Abt hatte kurz zuvor auch Dietmar getauft. Eine kleine Provokation Ottos II. empfand Florís folglich nicht als gefährlich, sondern freute sich ebenso diebisch wie der junge Dietrich an dem Streich, den er ihm damit spielte. Die beiden Ritter hatten nicht vergessen, wie der Bischof Gerlin und Dietrich vor der Kirche hatte warten lassen. Dietrich war geduldig, aber sein Stand hielt auf seine Ehre. Kränkungen vergab der Adel nicht so leicht, und Florís verstieg sich sogar dazu, Gerlin ihre »jüdische Furcht« vorzuwerfen, als sie eher Herrn Salomons Meinung vertrat.

Die junge Frau zuckte darüber allerdings nur die Achseln. Herr Salomon hatte sie in den Wochen nach der Geburt, als sie noch viel ans Haus gefesselt war, oft besucht. Sie wusste längst mehr über die Geschichte der Juden in Bamberg und Mainz als die Ritter, und sie konnte deren Vorsicht und Kalkül verstehen. Fast meinte sie, sich für Dietrichs und Floris' Ansichten entschuldigen zu müssen, aber der Medikus winkte ab.

»Es ist sowieso nichts mehr zu ändern, Herr Dietrich hat den Plänen der Bauernburschen ja bereits zugestimmt. Und viel kann auch wirklich kaum passieren. Wenn die Herren nur nicht gänzlich vergessen, dass das Wohl dieser Grafschaft noch nicht mit eisernen Ketten gesichert ist! Der Lebensfaden eines Kindes oder eines Jünglings mag solider sein als ein Seidengespinst, aber auch ein starker Faden kann von einem Schwert zerschlagen werden.«

Kapitel 2

Der Bauernbursche Loisl und seine Freunde zogen noch vor Winterbeginn in den Wald, und in den nächsten Monaten hörten die Menschen auf Burg Lauenstein nichts von ihnen. Gerlin dachte manchmal mit Schaudern an die fünfzehn jungen Männer, die bei Eis und Schnee in ihrer neuen Siedlung ausharrten. Sie hoffte, dass die Zeit gereicht hatte, um wenigstens ein paar Hütten zu bauen, und hätte ihnen um die Weihnachtszeit gern einen Wagen mit Vorräten geschickt. Die Wege im Frankenwald waren jetzt allerdings höchstens für Reiter passierbar, und ein Ritter hätte den Besuch bei den Bauern für unter seiner Würde befunden. Auch den Leuten im Dorf lagen ihre neu siedelnden Angehörigen nicht so sehr am Herzen, dass sie Lust verspürten, ihre halbwegs warmen Häuser für einen Besuch zu verlassen. Die wenigsten Bauern waren besonders abenteuerlustig, nicht einmal dann, wenn Geschenke lockten.

Gerlin gab ihren Wunsch also auf und widmete sich eigenen Angelegenheiten – wobei ihr die Zeit mitunter lang wurde. Dietrich nutzte die Wintertage, um mit Herrn Salomon weiter zu studieren. Der jüdische Medikus brachte immer mehr Bücher und Schriftrollen auf die Burg und hielt den jungen Ritter damit erfolgreich davon ab, sich allzu oft Wind und Wetter auszusetzen. Florís murrte darüber – wie seine Laune ohnehin oft getrübt war. Der früher so gelassene Aquitanier wirkte in den letzten Monaten oft gereizt und unausgeglichen, was besonders sein Verhältnis zu Gerlin belastete. Er schien ihre Nähe zu suchen, um sie dann wieder zu brüskieren und einfach an ihr vorbeizusehen, wenn er mit

Dietrich sprach. Das Alleinsein mit ihr mied er – es gab ja auch nichts mehr, was vertraulich zu bereden war. Allenfalls beschwerte er sich darüber, dass Dietrich sich um den Waffendienst drückte.

»Er wird alles verlernen, was wir ihm mühsam beigebracht haben!«, argumentierte er verärgert. Wieder einmal sah er Gerlin nicht ins Gesicht.

Die junge Gräfin zuckte die Achseln und wies den Ritter darauf hin, dass ihr Gatte wahrscheinlich nie wieder ein Turnier zu bestreiten habe und erst recht nicht gleich in diesem Frühjahr. Floris fasste sich an die Stirn – ein Mangel an Höflichkeit, der ihm früher nie untergekommen wäre.

»Es geht nicht um Kampfspiel und Pokale, Frau Gerlin! Es geht darum, dass ein Ritter fähig sein muss, sich zu verteidigen!«

Gerlin ließ sowohl Florís' Rede wie auch sein schlechtes Benehmen unkommentiert. Sie hatte nie einen Kampf oder eine Belagerung erlebt und sah Lauenstein als völlig ungefährdet an. Viel wichtiger war ihr, dass Dietrich die kalte Jahreszeit diesmal ohne Husten und Fieber überstand, und wenn Herrn Salomons Unterricht dazu beitrug, so hieß sie den Medikus gern willkommen. Sie selbst konnte seinen Vorträgen über Arithmetik und Bautechnik allerdings wenig abgewinnen. Gerlin war nicht dumm, aber ihr Wissensdurst war längst nicht so unerschöpflich wie der ihres jungen Gemahls. Salomon versuchte zwar immer wieder, sie einzubeziehen, indem er ihr zum Beispiel die Wunder moderner Baukunst plastisch mithilfe von Modellen schilderte, die er mit Dietrich baute. Gerlin jedoch konnte eine Kathedrale auch bewundern, ohne sich zu fragen, wie ihr Dach konstruiert war und warum das Licht so oder so durch die Fenster brach. Also saß sie nur still dabei, nähte oder wiegte ihr Kind und hörte auf Salomons schöne, tragende Stimme, ohne sich groß um die Inhalte zu kümmern.

Auf die Dauer genügte Gerlin das allerdings nicht. Sie begann, sich nach dem kurzweiligen Geplauder zu sehnen, mit dem Florís sie früher unterhalten hatte, und sie träumte von der Musik der Troubadoure am Hof der Herrin Aliénor. Wenn sie sich allzu sehr nach den Späßen und dem Tanz mit den anderen Mädchen sehnte, gesellte sie sich mitunter sogar zu Luitgart, um ein wenig weibliche Unterhaltung zu haben. Aber von ihr hörte man nichts als Klagen, und Gerlin hatte stets ein ungutes Gefühl, wenn sie den kleinen Dietmar mit in ihr Gemach nahm. Luitgart war eigentlich immer freundlich zu dem Kind, aber Gerlin misstraute ihr. Sie ließ Dietmar nie mit Dietrichs Stiefmutter allein, und wenn sie ihm Zuckerzeug anbot, so nahm Gerlin es ihm sofort weg. Nun war das jetzt noch ohne Schwierigkeiten möglich, der Junge war ja noch klein. Gerlin konnte argumentieren, dass feste Nahrung ihm nicht guttat. Wie sie Dietmar aber später von seiner »Stiefgroßmutter« fernhalten sollte, machte ihr zu schaffen. Auch der Fall Luitgart war eine Sache, der sie sich im Sommer annehmen musste. Es war in niemandes Interesse, die junge Frau weiter auf Lauenstein zu beherbergen.

Dann begann endlich der Schnee zu schmelzen, erste Blüten stahlen sich ans Licht der noch fahlen Sonne. Gerlin freute sich aufs Oster- und Pfingstfest. Im Rittersaal war es nicht mehr gar so eisig kalt wie in den letzten Wochen, und Dietrich hielt aufs Neue Gericht. Auch erste Nachrichten von der Außenwelt kamen wieder nach Lauenstein. Fahrende Ritter berichteten von Richard Löwenherz' Eskapaden. Er war Ende 1192 von Leopold von Österreich gefangen genommen und im Frühjahr des folgenden Jahres an Kaiser Heinrich ausgeliefert worden. Seitdem sprachen alle von exorbitanten Lösegeldforderungen. Im Februar war er für hundertfünfzigtausend Silbermark freigekommen – es gab wieder Dinge, über die es sich zu reden lohnte.

Mittlerweile war März, und Gerlin erinnerte sich an die Neusiedler im Wald und wollte nun wirklich einen Lebensmitteltransport für sie zusammenstellen – als die Angelegenheit sie unversehens einholte. Gerlin beobachtete gerade die Übungen der Ritter vom Söller aus. Dietrich kämpfte mal wieder mit, und Florís stauchte ihn zusammen, wie er es mit den jüngsten Knappen tat. Herr Adalbert hörte unglücklich zu, er hätte den Tadel sicher höflicher formuliert. Allerdings entging es selbst Gerlin nicht, wie eingerostet Dietrichs Rüstung, besonders jedoch seine Kampftechnik war. Widerwillig musste sie Florís Recht geben. Selbst Herr Salomon schlug sich couragierter als ihr junger Gemahl.

Dietrich kämpfte zusätzlich mit entwicklungsbedingten Schwierigkeiten. Er war noch weiter gewachsen und hatte an Gewicht zugelegt. Nun musste er seine Kampftechnik darauf einstellen und Muskeln trainieren, von denen er als Knabe kaum gewusst hatte, dass es sie gab. Abends schmerzte ihn sein ganzer Körper, aber Gerlin machte ihm immer Mut, indem sie seine Schönheit pries. Tatsächlich entwickelte er sich zu einem gut gebauten muskulösen Ritter. Eines Tages würde er dem Traumbild gleichen, das sich Gerlin stets von ihrem Minneherrn gemacht hatte – wäre es im letzten Jahr nur nicht durch das Bild des jungen Aquitaniers ersetzt worden, das nach wie vor ihre Sehnsüchte bestimmte. Egal, wie oft Florís sie brüskierte und wie sehr er versuchte, sich in Gedanken und Taten von ihr fernzuhalten.

Gerlin verdrängte ihn entschlossen aus ihren Träumen und versuchte, sich auf Dietrich zu konzentrieren. Der ritt eben über den noch etwas schlüpfrigen Boden an. In den letzten Tagen hatten heftige Regengüsse Schnee und Eis schmelzen lassen, die Erde war nicht mehr gefroren, aber schlammig. Sie erschrak, als Floremon ins Rutschen geriet, aber der Hengst fing sich gleich wieder. Gerlin spürte, dass jemand schüchtern an ihren Röcken zupfte.

»Herrin Gerlin …« Hinter ihr stand ein kleiner Stallbursche

und sah ängstlich zu ihr auf. »Frau Gerlin, der Stallmeister hat gsagt, i sollat Euch holen. A Bua aus'm Wald is do, der mechat mit'm Herrn Dietrich sprechen. Aber a Saubär is des. Und ganz dreckat und wuid … vielleicht is besser, wann Ihr erst amoi mit eahm redt …«

»Einer der Pferdehirten?«, fragte Gerlin und schickte sich an, dem Kleinen zu folgen.

Der Junge schüttelte den Kopf. »Na, Herrin, die kenn i. Aba den Deifi hab i nie gsehn. Er sagt, er wär Herrn Dietrichs Eigenhold.«

Der Knabe führte Gerlin nicht, wie sie erwartet hatte, in den Stall, sondern in die Küche – einen riesigen, immer warmen Raum mit drei Kochstellen. Vor der größten davon hockte ein großer, blonder junger Mann in schmutziger, zerrissener Kleidung. Sein Kittel wies an der Schulter einen Riss auf, darunter wurde eine Schwertwunde sichtbar. Das Gesicht des Jünglings war im Halbdunkel der Küche kaum erkennbar, zumal er auch ein ums andere Mal eine irdene Suppenschüssel oder große Brocken Brot zum Mund führte. Der Mann schien völlig ausgehungert.

»Gott zum Gruße und willkommen auf der Burg«, grüßte Gerlin höflich. »Du … willst deinen Herrn sprechen?« Der Mann wandte sich um, als sie ihn ansprach, und jetzt erkannte sie ihn. »Loisl! Wie um Himmels willen siehst du aus? Und was ist dir geschehen? Was ist mit der Siedlung? Den anderen?«

Der junge Mann schaute sie aus seinen riesigen blauen Augen an, in denen noch das Entsetzen stand. »Die Siedlung … ist zerstört … Sie kamen gestern … ich bin die ganze Nacht gelaufen … wollte Hilfe holen. Wir haben gekämpft, aber …«

»Langsam, Loisl … Kann dem Jungen mal jemand etwas Wein bringen? Ich denke, er braucht eine Stärkung.« An möglichen Weinholern fehlte es nicht, die halbe Küchenbelegschaft scharte sich neugierig um den Ankömmling. Schließlich schob ein Koch einen Küchenjungen in Richtung Keller.

»Wer ist gekommen?«, fragte Gerlin.

Sie dachte sofort an Wegelagerer und Gauner, aber im Grunde war das nicht sehr wahrscheinlich. Die Diebe wussten doch, dass bei den Neusiedlern nichts zu holen war. Allenfalls hätten sie es auf ihre Pferde abgesehen gehabt. Aber auch das würden sich Gauner gut überlegen. Schließlich war allgemein bekannt, dass die Gespanne geliehen waren, und mit dem Herrn auf Lauenstein legten sich Wegelagerer ungern an.

»Ritter ... ein ganzer Trupp Ritter. Sie ... sie sagten, wir rodeten widerrechtlich Land, und als wir sie auf Herrn Dietrich verwiesen, lachten sie nur. Unser Waldstück gehöre dem Bistum Bamberg, der Herr Dietrich habe da gar nichts zu bestimmen, und wir sollten uns packen und nach Hause zurückkehren. Herrin, wir hatten das erste Gewann bereits fertig gerodet! Wir begannen mit dem zweiten, im Sommer wollten wir Häuser bauen. Und jetzt ...«

Gerlin entschied, dass sie Dietrich zur Lösung dieser Angelegenheit dringend zuziehen musste. Und möglichst auch Herrn Salomon, hier war ein kühler Kopf vonnöten. Aber erst mal musste sie wissen, wie viel Schaden angerichtet worden war.

»Loisl – du sagst, ihr habet gekämpft. Wurde ... wurde jemand getötet?«

Gerlin atmete auf, als der Junge den Kopf schüttelte.

»Sie haben die Hütten eingerissen und verbrannt ... und uns bös verprügelt, als wir uns wehrten.« Er wies auf die Wunde an seiner Schulter. Gerlin erkannte, dass sie mit einem flachen Schwert geschlagen worden war. Die Haut war aufgeplatzt und um die Wunde herum grün und blau, ein scharfer Schwerthieb mit der gleichen Wucht hätte den jungen Bauern in Stücke geschlagen. »Aber gestorben ist keiner.«

»Und bei den anderen?«, erkundigte sich Gerlin.

Loisl zuckte die Schultern. »Wie soll unsereins einen Ritter erschlagen?«, fragte er dann. »Auch wenn sie nicht voll gerüstet waren. Der Petrus hat einem ein Messer nachgeworfen, das hat sein Kettenhemd wohl durchschlagen. Aber als sie abrückten, saßen sie alle noch auf ihren Pferden.«

»Umso besser«, meinte Gerlin. »Pass auf, Loisl, du stärkst dich jetzt ...«, der Küchenjunge hatte inzwischen einen Krug Wein gebracht, und der junge Bauer trank in vollen Zügen, »... und dann reinigst du dich ein wenig am Brunnen und lässt dir saubere Kleidung geben. Ich verständige derweil den Herrn, und wir lassen dich dann rufen. Und sei guten Mutes! Diese Angelegenheit wird sich klären lassen, da bin ich sicher.«

Trotz der tröstenden Worte mehr als aufgebracht lief Gerlin zuerst zur Übungsbahn der Ritter und informierte Dietrich und Florís. Außerdem sandte sie einen Boten zum Landgut Herrn Salomons – hoffte allerdings, dass der Medikus ohnehin auf dem Weg zur Burg war. Gerlin hatte ihn für den Abend eingeladen. In den letzten Tagen waren einige Fahrende Ritter eingetroffen, bestimmt gab es Neuigkeiten zu berichten, und vielleicht war ja auch ein Sänger darunter. Gerlin jedenfalls hatte Lust auf ein wenig Zerstreuung gehabt und zu einem großen Mahl in den Rittersaal geladen. Jetzt allerdings war ihr die Freude daran verdorben.

Dietrich wirkte kaum weniger schmutzig und verschwitzt als der junge Bauer, als er gleich darauf in seine und Gerlins Gemächer kam. Gerlin ließ eben den Ofen anfeuern. Draußen hatte an diesem Tag zwar die Sonne geschienen, aber in den Mauern der Burg stand noch die Kälte. Sie durfte nicht vergessen, auch im großen Saal Kohlenbecken aufstellen zu lassen. Jetzt schickte sie Dietrich jedoch erst einmal genauso energisch zum Waschen wie eben Loisl.

»So viel Zeit muss sein, du musst dem Bauernjungen mit

Würde entgegentreten!«, erklärte sie. »Möglichst prunkvoll, er soll ja Vertrauen zu seinem Herrn fassen!«

Dietrich reinigte sich schließlich flüchtig mit dem Waschgeschirr in ihrer Kemenate. Für das Badehaus war es zu spät, und er zeigte wenig Lust, in das eiskalte Wasser aus dem Brunnen oder in die Pferdeschwemme zu steigen. Gerlin hoffte, dass Florís ihn dafür nicht rügen würde – aber die launische Gereiztheit des Aquitaniers war der Sorge des kundigen Ratgebers gewichen.

Florís wartete mit Gerlin auf deren Gemahl. Der Ritter schien froh zu sein, als gleich nach ihm Herr Salomon eintraf – und das nicht nur, um nicht mehr mit Gerlin allein zu sein. Dietrich trug ein sauberes wollenes Unterkleid und eine lange Tunika aus dunklem Brokat, als er den Bauernjungen Loisl schließlich empfing. Mit gerunzelter Stirn lauschte er seinem Bericht.

»Werdet Ihr beim Bischof von Bamberg Beschwerde führen?«, erkundigte sich Loisl.

Dietrich nickte und kaute auf seiner Unterlippe. Er wirkte damit kindlich, was er auf keinen Fall sein wollte.

Herr Salomon hob die Stimme. »Dein Herr wird die Sache sicher bereinigen«, beschied er den Siedler. »Allerdings ... wenn der Bischof nun nicht mit sich reden lässt – wäret ihr damit einverstanden, auf einem anderen Stück Land zu siedeln?«

Loisl machte ein Gesicht, als wollte er gleich in Tränen ausbrechen. »Herr«, flüsterte er, »die ganze Arbeit ... wir hatten die Plätze für unsere Häuser schon ausgesucht, das Holz geschlagen. Das meiste konnten wir retten, es lag noch im Wald, da ist es nicht verbrannt. Und nun ... natürlich unterwerfen wir uns dem Willen des Herrn ...«

»Woanders zu siedeln kommt überhaupt nicht infrage!«, ließ sich Florís vernehmen. »Herr Dietrich kann so einen Übergriff nicht dulden. Wenn der Bischof etwas zu bemängeln hat, so muss er hier auf Lauenstein Klage führen. Oder im Kloster Saalfeld oder gleich beim Erzbischof in Mainz. Aber solch ein Angriff ... Wir werden euch Panzerreiter stellen, und ...«

Dietrich wehrte ab. »Nicht, Herr Florís, macht keine voreiligen Versprechungen.« Gerlin war stolz auf ihren jungen Gemahl, als Dietrich jetzt schluckte und sich straffte. »Wir werden in Ruhe über die Sache nachdenken und das Missverständnis mit dem Bischof klären. Dieser Angriff war zweifellos nicht von ihm befohlen, wir sollten da nicht den Wurf eines Fehdehandschuhs sehen, wo vielleicht nur ein paar Ritter übers Ziel hinausgeschossen sind. Geh vorerst zurück zu deinen Leuten, Junge, und das Beste wäre, ihr räumtet bis auf Weiteres die Lichtung. Ob ihr die Rodung ein paar Tage früher oder später weiterführt, ist nicht entscheidend, aber wenn diese Ritter wiederkehren, gibt es womöglich Tote. Verliert jedoch nicht den Mut und betrachtet dies nicht als Absage an euer Vorhaben! Ich glaube fest, dass sich die Sache gütlich regeln lässt.«

Damit entließ der junge Graf den Bauernjungen. Gerlin hielt ihn noch kurz auf und nahm ein paar einfache, aber hübsche Armreife und Broschen aus einer ihrer Truhen. »Hier, damit ihr nicht mit leeren Händen zu den Mädchen zurückkehrt, denen ihr doch schon neue Häuser versprochen habt!«, sagte sie freundlich. »Sie sollen die Geschenke als Pfand eurer Liebe nehmen und unserer Liebe zu unseren Leuten. Um ein Jahr werdet ihr sie freien! Ob ihr dann hier siedeln werdet oder dort ...«

Loisl zog mit hochrotem Gesicht und unter tausend Dankesworten ab. Herr Salomon warf sowohl seinem Schüler als auch dessen junger Gemahlin anerkennende Blicke zu.

»Das habt Ihr sehr weise gehandhabt«, lobte er – aber bevor noch jemand etwas sagen konnte, klopfte es erneut an die Tür. Verwundert begrüßte Gerlin Herrn Adalbert.

Der alte Ritter verbeugte sich. »Frau Gerlin, Herr Dietrich ... Eben ist eine Abordnung von Rittern in den Farben des Bischofs von Bamberg eingetroffen. Hochoffiziell, mit der Fahne des Unterhändlers im Streit. Der Truchsess heißt sie im Burghof willkommen, aber es wäre sicher besser, Ihr trätet ihnen gleich selbst entgegen. Es soll um irgendwelches Land gehen, das Ihr angeblich annektiert habt.«

»Das wir was?«, erregte sich Florís.

Dietrich erhob erneut beschwichtigend die Hand. »Die Abordnung ist mir sehr willkommen«, erklärte er. »So brauche ich selbst niemanden zu schicken, und wir können die Sache gleich klären. Nur seltsam, dass der Bischof Ritter schickt und niemanden vom Klerus ... Aber wir werden kommen, die Herren zu begrüßen. Dank Euch, Herr Adalbert, dass Ihr Euch selbst heraufbemüht habt ...« Im Allgemeinen leisteten Ritter keine Botendienste.

Herr Adalbert rieb sich die Stirn. »Ich hielt das für ratsam, Herr Dietrich, denn ... der Anführer der Abordnung, meine Herren, ist nicht irgendein Ritter. Der Bischof sendet Herrn Roland von Ornemünde.«

Kapitel 3

Dietrich empfing Roland von Ornemünde förmlich und in allen Ehren in seiner Halle. Er ließ ihn vor seinem erhöhten Stuhl antreten wie einen Bittsteller vor Gericht, stand dann aber auf, bevor der Ritter sich zähneknirschend zum Beugen der Knie entschloss, um ihn verwandtschaftlich in die Arme zu schließen.

»Welche Freude, Euch bei guter Gesundheit wiederzusehen, Onkel!«, sagte er herzlich. »Wenn auch in einer etwas leidigen Angelegenheit …«

»Einer leidigen Angelegenheit?« Roland von Ornemünde warf sich in die Brust und baute sich in voller Größe vor Dietrich auf. Der konterte, indem er seinen Platz als Vorstand seiner Halle wieder einnahm. Roland wirkte darüber gereizt. Kein Wunder, war dies doch monatelang sein Platz gewesen.

Gerlin, die unauffällig an der Seite saß – Frauen wurden bei solchen Anlässen nur ungern geduldet –, fühlte wieder ein Zupfen an ihrem Gewand.

»Frau Gerlin …« Erneut stand der kleine Stallbursche da. »Der Loisl, der Bauernbua von grad … der sagt, i sollat Euch sagen … der Ritter da, des is sell, der sei Hüttn niederbrennt hat …«

Gerlin hatte sich fast so etwas gedacht. Aber jetzt lauschte sie erst mal, wie Roland von Ornemünde in flammenden Worten ausführte, wie empört der Bischof darüber gewesen sei, die Neusiedler auf seinem Grund vorzufinden.

»So hatte der Bischof selbst vor, dieses Waldstück zu besiedeln?«, erkundigte sich Florís.

Dietrich lächelte. »Und der Bischof persönlich hat die Siedler darauf vorgefunden?«, fragte er. »Dann plante er sicher eine Klostergründung und war zugegen, um den Boden zu weihen. Sehr umsichtig von ihm, wenn auch etwas ungewöhnlich – meist weiht man Kirchen ja erst, wenn sie fertig sind. Aber dennoch, wenn da ein neuer Konvent entstehen soll, zweifellos unter der Schirmherrschaft des Erzbischofs von Mainz, der ja sowohl mein als auch Herrn Ottos Lehnsherr ist.«

»Bischof Otto II. betrachtet sich nicht als Lehnsmann von Bischof Konrad!«, erklärte Roland scharf.

Dietrich zuckte die Schultern. »Nicht? Nun, das sollten die Herren unter sich klären. Aber eine Klostergründung ist bestimmt gottwohlgefällig, und ich stelle mein Land gern dafür zur Verfügung. Auch die Neusiedler dürften sich darüber freuen, mit geistlichen Nachbarn wird ihr Dorf rasch wachsen und gedeihen …«

»Es ist nicht Euer Land!«, begehrte Roland scharf. »Und es geht nicht um irgendwelche Klöster. Es geht um Landesgrenzen, die Ihr überschritten habt! Um Euch zu bereichern, denn diese Bauern wollen doch wohl Euch Grund- und Leibzins entrichten und nicht dem Bischof.«

Dietrich wandte die Augen gen Himmel. »Herr Roland, Ihr wisst so gut wie ich, dass Jahre vergehen werden, bevor diese Siedler irgendjemandem Abgaben entrichten können! Erst recht, wenn der Bischof ihre Siedlung noch ein paarmal niederbrennen lässt. Hat er das übrigens befohlen, oder sind da ein paar Ritter übers Ziel hinausgeschossen? Ihr solltet die Schäden eigentlich gesehen haben, man kommt doch an der Lichtung vorbei, wenn man aus Bamberg anreist.«

Gerlin fragte sich inzwischen, ob der Bischof überhaupt etwas von Rolands Intervention auf Lauenstein wusste, ganz zu schweigen von seinem Angriff auf die Siedlung. Sie überschlug kurz die Entfernung nach Bamberg – es war auf keinen Fall möglich, innerhalb eines Tages hin- und zurückzureiten und zwischendurch auch noch Entscheidungen von einer solchen Tragweite zu treffen. Rolands Auftreten grenzte an eine Kriegserklärung. Das sah dem zwar missgünstigen, aber auch trinkfreudigen und stets etwas zaudernden Bischof kaum ähnlich.

»Der Bischof weiß, was er wissen muss!«, sagte Roland ausweichend. »Er vertraut mir ... ich ...« Der Ritter schien nicht recht weiterzuwissen und nestelte an seinem schweren Handschuh.

Gerlin überlegte, mit welchem Auftrag Bischof Otto Roland wirklich nach Lauenstein geschickt hatte. Zweifellos irgendeine Beschwerde, aber sicher eine Kleinigkeit der Sache mit den Siedlern gegenüber, der Dietrichs ungeliebter Verwandter zufällig auf die Spur gekommen war.

Dietrich runzelte die Stirn. »Herr Otto hat Euch beauftragt, in seinem Namen Verhandlungen zu führen, Bauern zusammenzuschlagen und einem friedlichen Nachbarn den Fehdehandschuh hinzuwerfen?«, fragte der junge Graf gelassen. »Das glaube ich nicht. Nein, Herr Roland, zieht Euren Handschuh also besser wieder an, sonst wird er noch von den Köchen und Pagen in den Staub getreten, die gleich das Essen auftragen. Ich jedenfalls werde ihn nicht aufheben, ich hege dem Bischof gegenüber keinerlei feindliche Absichten. Also setzt Euch jetzt, und esst mit uns. Würde es Euch freuen, wenn wir Frau Luitgart dazubäten? Sicher habt Ihr einander viel zu erzählen!«

»Nicht, bevor die Sache geklärt ist!«, sagte Roland steif.

Dietrich hob die Hände. »Dann werdet Ihr wohl eine Zeitlang fasten müssen. Denn ich gedenke, die Angelegenheit selbst mit dem Bischof zu besprechen. Wir werden uns morgen für die Reise nach Bamberg rüsten ... meine Gemahlin, mein Sohn und ich. In Frieden und Freundschaft werden wir das Osterfest gemeinsam mit Herrn Otto begehen. Ihr werdet sicher vorausreiten und uns ankündigen wollen. Wenn Ihr also nicht mit uns speisen wollt, so sehe ich Euch in den nächsten Tagen.«

Der junge Graf verabschiedete den Ritter mit einer Handbewegung. Roland war offensichtlich verblüfft.

Salomon von Kronach jedoch lächelte wieder sein anerkennendes, gütiges Lächeln.

»Sendet sicherheitshalber ein paar Ritter hinaus zu den Siedlern!«, wies Dietrich Florís später an, nachdem das Essen beendet war. Gerlin hatte auf weitere Unterhaltung verzichtet, ohnehin hatte keiner der Lauensteiner Ritter an diesem Abend Muße, dem Gesang der Troubadoure zu lauschen. Stattdessen beredeten sie lautstark und kontrovers die Beinahefehde mit dem Bischof. Ein Teil der Ritter war dafür, den unverschämten Herrn Roland sofort abzustrafen, andere fanden Dietrichs Lösung vernünftig, gerade da es um einen Kirchenmann ging. Der Adel unter sich zerstritt sich schnell – aber mit der Kirche legte man sich doch nicht so bereitwillig an.

»Euer Vorschlag, die Angelegenheit persönlich zu klären, ist äußerst klug!«, urteilte denn auch Herr Salomon. Dietrichs wichtigste Ratgeber waren Gerlin und dem jungen Grafen in seine Räume gefolgt und besprachen sich jetzt in kleinem Kreis. Gerlin hatte einen Krug besten Weines abfüllen lassen und schenkte den Herren ein. »Es hat Herrn Roland weidlich den Wind aus den Segeln genommen! Aber warum muss es gleich Ostern sein? Das Fest liegt dieses Jahr so früh, die Reise wird mehr als beschwerlich werden. Gerade für Frau Gerlin und Euren Sohn. Die Straßen sind doch kaum passierbar nach dem Regen, und man muss mit einem erneuten Wintereinbruch rechnen. Pfingsten wäre ein besserer Zeitpunkt, wenngleich auch noch sehr früh. Sendet dem Bischof doch ein freundliches Schreiben und sagt Euer Kommen für Mittsommer an. Wenn er nachfragt, könnt Ihr immer noch sagen, Euer Sohn sei unpässlich oder wichtige Angelegenheiten verzögerten die Reise.«

Dietrich schüttelte den Kopf. Er trank seinen ersten großen Schluck Wein an diesem Abend, beim Bankett war er viel zu aufgeregt und angespannt gewesen, um Essen und Trinken würdigen zu können. »Das kann ich nicht, Herr Salomon. Die Siedler warten auf eine Entscheidung. Sie haben das erste Gewann gerodet – das wächst ihnen doch wieder zu, wenn sie jetzt nicht weitermachen. Und wer weiß, was dem Bischof und Herrn Roland einfällt, wenn wir die Sache verzögern. Womöglich schicken sie selbst Siedler, und dann haben wir wirklich einen Konflikt. Zumal unsere Bauern das auch nicht ohne Widerspruch hinnähmen – die Kerle würden sich gegenseitig die Köpfe einschlagen.«

»Und wenn Ihr erst mal einen Boten schicktet?«, fragte Florís. Auch ihm schien die Sache mit der Reise nicht zu gefallen.

Gerlin behagte sie ebenso wenig. Sie war bereits viel gereist und wusste genau, wie beschwerlich der Weg durch dichte Wälder selbst bei schönem Wetter und zur warmen Jahreszeit war. Jetzt, im Frühjahr, waren die Wege aufgeweicht, die Bäche und Flüsse überschwemmt, Brücken und Straßen noch nicht ausgebessert. Die Wegelagerer waren hungrig nach dem Winter, und ihre genaue Kenntnis des Straßenzustands bot ihnen Vorteile – wenn ein Wagen sich in einer Furt festgefahren hatte, waren ein schnelles Zurückschlagen der Gauner und eine Flucht kaum möglich. Schlüpfriger, sumpfiger Waldboten behinderte die Panzerreiter, die man zum Schutz mitführte. Wer es eben vermeiden konnte, blieb den Fernstraßen vor Pfingsten fern.

»Einen Boten zu schicken ist das falsche Signal«, gab Salomon zu bedenken. »Das wäre ja wieder ein Verhandeln – während Herrn Dietrichs glänzender Einfall einfach einen familiären Besuch vortäuscht, in dessen Rahmen man ganz nebenbei ein kleines nachbarschaftliches Missverständnis klärt. Natürlich werden viele Geschenke ausgetauscht, Frau Gerlin wird sich in mütterlicher Fürsorge für die Siedler einsetzen. Der Bischof kann letztlich gar nicht anders, als die Neusiedlung anzuerkennen. Wenn's nicht anders geht, Herr Dietrich, müsst Ihr ein kleines Kloster finanzieren.«

Florís grinste. »Euer Nonnenkonvent, Frau Gerlin!«, neckte er sie.

Gerlin seufzte. Das Ganze würde Lauenstein auch ohne Klostergründung genug kosten. Bei solchen Besuchen fielen die Mitbringsel der Gäste traditionell fürstlich aus. Ihre Hoffnung, endlich Rücklagen bilden zu können – schließlich würde irgendwann Dietmars Schwertleite anstehen, und sie hoffte ja auch noch auf weitere Kinder –, zerschlug sich auch für dieses Jahr.

Und dann klopfte es wieder zaghaft an der Tür. Gerlin stand zum dritten Mal an diesem Tag dem kleinen Stallburschen Hansi gegenüber.

»Frau Gerlin, da is a Knappe für Euch. Er meint, er wär Euer Bruder, aber er kam mit dera Herren vo… vo… weiß der Deifi…«

Gerlin lächelte dem Jungen zu. »Es freut mich, dass du nicht allzu gutgläubig bist, Hansi. Aber der Herr Rüdiger ist wirklich mein Bruder. Schick ihn nur her, und dann holst du dir ein Stück Honigkuchen aus der Küche, ein großes – der Koch soll nicht geizig sein! Sag ihm, es ist ein Befehl der Herrin.«

Der kleine Stallbursche strahlte – wahrscheinlich hatte er in seinem ganzen Leben noch keinen Honigkuchen gekostet. So dauerte es auch nur wenige Augenblicke, bis Rüdiger sich behände in den Raum schob. Eine Fackel hatte er nicht mitgebracht, obwohl es auf den Korridoren der Burg dunkel war. Sicher hatte er sich unbemerkt von seinem Herrn fortgeschlichen. Gerlin umarmte ihn, und auch Dietrich begrüßte ihn herzlicher, als man nach seinem Scheiden mit Roland vermutet hätte.

Die vergangenen Monate hatten dem Knappen anscheinend gutgetan. Rüdiger war gewachsen und kräftiger geworden. Als Waffenmeister schien sich Herr Roland durchaus auszuzeichnen – keiner der Knappen auf Lauenstein war so gut genährt und so muskulös. Florís machte eine dementsprechende Bemerkung, und Rüdiger wurde rot – vor Stolz, aber vielleicht auch ein bisschen vor Scham. Schließlich verrichtete er doch hauptsächlich Spitzeldienste und war gerade unterwegs, seinen Ritter zu verraten. Herr Salomon, der den Zwiespalt spürte, sagte dem Jungen ein paar freundliche Worte und füllte ihm einen Becher mit Wein. Seit dem Zwischenfall während des Schaukampfes brachte er Rüdiger einen gewissen Respekt entgegen. »Eines Tages«, so bemerkte er einmal Gerlin gegenüber, »muss Herr Dietrich ihm erlauben, die Lanze des heiligen Georg in sein Wappen aufzunehmen.«

Rüdiger trank durstig, wirkte aber rastlos. Dabei konnte Herr Roland eigentlich nichts dagegenhaben, wenn er seine Schwester besuchte.

Dennoch beschloss Gerlin, schnell zur Sache zu kommen. »Was führt sie denn nun wirklich her, deinen untadeligen Herrn Ritter und die seinen?«, erkundigte sie sich. »Die Sache mit den Siedlern ist doch ein Vorwand!«

Rüdiger nickte. »Aber ein hochwillkommener!«, erklärte er in die Runde. »Es ist schon so, dass der Bischof uns hergeschickt hat. Wenngleich er von den Siedlern im Frankenwald nichts wusste. Allerdings klagen die Leute bei Sonneberg und Pressig in den letzten Wochen immer wieder über Überfälle – und der Bischof meint … genau genommen hat Herr Roland ihm … eingeredet, dass es Euer Land ist, auf dem diese Vorkommnisse stattfinden.«

»Plötzlich ist es unser Land?«, fragte Florís belustigt.

»Was für Überfälle?«, wollte Dietrich wissen.

Rüdiger rieb sich die Nase, und Gerlin lächelte. Eben noch war ihr der Bruder so erwachsen und männlich erschienen, aber jetzt zeigte er doch wieder seine altbekannte kindliche Lieblingsgeste.

»Seltsame«, meinte er dann. »Es sind Dörfer betroffen, kleine Ansiedlungen, in denen eigentlich nichts zu holen ist. Und die

Angreifer sind beritten. Angeblich tragen sie Helme und zumindest leichte Rüstungen, und sie kämpfen mit Schwertern. Herr Roland meint, es seien Raubritter.«

Florís runzelte die Stirn. »Weiß man von Raubritternestern im Frankenwald, Herr Salomon?«

Zur jüdischen Gemeinde von Kronach gehörten viele Fernhändler, die bevorzugt Opfer räuberischer Adliger wurden. Salomon schüttelte den Kopf. »Ich habe nichts gehört, wenngleich die Strecke nach Bamberg natürlich Wegelagerer anzieht, das bleibt ja kaum aus.«

»Aber die greifen doch keine Bauerndörfer an!«, überlegte Dietrich. »Und Raubritter erst recht nicht. Was stehlen die da überhaupt?«

Rüdiger zuckte die Schultern. »Wenig. Aber sie schlagen alles zusammen, vergewaltigen die Frauen, treiben auch etwas Vieh weg. Das kommt mitunter später zurück – bis auf ein paar Ochsen oder Schweine, die den Gaunern das Festmahl nach dem Angriff stellen. Die Bauern finden Knochen und Fleischreste und erkaltete Feuerstellen, wenn sie sich wieder in den Wald trauen. Alles weist darauf hin, dass die Gauner in Richtung Lauenstein reiten. Jedenfalls sandte uns der Bischof hierher, um dem Herrn Dietrich die Sache zu schildern und ihn in die Pflicht zu nehmen, Raubritter und Gauner auf seinem Land zu bekämpfen.«

Dietrich nickte. »Das würden wir gern tun, aber uns sind keine Übergriffe gemeldet worden. Die Kerle, wer immer sie auch sind, wüten nicht auf Lauensteiner Land.«

»Das macht Euch in den Augen des Bischofs nur verdächtiger«, meinte Rüdiger.

Gerlin verdrehte die Augen. »Mach dich nicht lächerlich, was sollten wir denn davon haben, Brandschatzer und Mörder in die Gemarkung des Bischofs von Bamberg zu senden? Das einzige Rittergut, das mir da einfällt, gehört Laurent von Neuenwalde –

und der wird doch nicht auf seine alten Tage zum Raubritter geworden sein!«

Laurent von Neuenwalde besaß nur ein kleines Lehen, vergeben von Dietrichs Vater. Seine Söhne waren Knappen in Lauenstein, die Familie war nicht reich, aber absolut verlässlich und ehrbar.

»Solche Dinge macht man, wenn man eine Fehde will!«, bemerkte Florís und leerte seinen Becher Wein, um ihn gleich neu zu füllen. »Man lässt die eigenen Ritter auf dem Land des Gegners rauben und plündern – aber selbstverständlich ohne Helmzier und Wappen. Klagt der andere das an, so weiß man von nichts. Man leugnet so lange, bis er wütend ist und seinerseits angreift. Und schon hat er die Fehde begonnen, und man selbst steht sehr viel besser da, wenn der König oder Fürstbischof oder wer auch immer versucht, zu schlichten.«

Dietrich richtete sich auf und blitzte seinen Freund und Lehrer an. »Das ist nicht ritterlich!«, bemerkte er erbost.

Gerlin rieb sich die Stirn. »Das hat auch keiner behauptet«, seufzte sie. »Allerdings offenbar eine bekannte Taktik. Nur – wir haben sie nicht angewandt, wir wollen keine Fehde. Also wer ...«

»Man kann seine Dörfer auch gleich selbst überfallen«, meinte Florís. »Und das dann dem anderen zur Last legen ... Noch perfider, Herr Dietrich, ich weiß. Aber die Welt ist kein Artus-Roman.«

Gerlin hatte den kleinen dicken Bamberger Bischof vor Augen. »Das trau ich Herrn Otto nicht zu!«, sagte sie fest.

»Aber Herrn Roland!«, seufzte Salomon. »Ich fürchte, ich muss Euch jetzt doch in jeder Hinsicht Recht geben, Herr Dietrich. Ihr müsst nach Bamberg reiten, so bald wie möglich und egal bei welchem Wetter. Die Einflüsterungen dieses Ritters gegen Lauenstein müssen aufgedeckt und beendet werden. Bevor der Bischof einen ernstlichen Groll gegen Euch entwickelt. Also rüstet Euch zur Reise.«

Kapitel 4

Gerlin und Dietrich brachen schon eine Woche später auf – begleitet von sechs Panzerreitern unter dem Befehl des Herrn Florís de Trillon. Zuerst war von zehn die Rede gewesen, aber Dietrich wollte die Burg nicht gern ungeschützt lassen. Es hatte auch lange Diskussionen darüber gegeben, ob Florís mitreiten oder den Befehl über die Burgwache übernehmen sollte. Den hatte man schließlich Herrn Adalbert übertragen – woraufhin Herr Leon schmollte. Gerlin stellte den Ritter ruhig, indem sie ihn um persönlichen Schutz auf der Reise bat, und er folgte nun penetrant jedem Schritt ihres Pferdes.

»Wenn ich nur wüsste, ob er es wirklich gut meint«, seufzte Gerlin. »Aber ich kann mir nicht helfen, er ist mir genauso unheimlich wie Frau Luitgart. Schließlich steckte er früher dauernd mit Roland zusammen. Weiß der Himmel, warum er den nicht begleitet hat! Ich jedenfalls hätte ihn mit Freuden ziehen lassen!«

Die anderen Ritter waren jedoch zweifellos loyal – zur Hälfte Männer, die auch schon Gerlins Brautfahrt begleitet hatten, und zur anderen Hälfte junge Ritter, die ihre Schwertleite mit Dietrich gefeiert hatten. Vor allem Letztere brannten auf den Ritt und möglichst eine Begegnung mit Wegelagerern. Florís schien sich da weniger Sorgen zu machen, sonst hätte er die Knaben kaum mitgenommen.

Die Reise nach Bamberg gestaltete sich genau so, wie Gerlin es befürchtet hatte. Die Geschenke für den Bischof nahmen viel Raum ein, allein dafür musste ein Wagen mitgeführt werden. Herr Salomon riet, einen zusätzlichen Planwagen für den kleinen

Dietmar mitzunehmen, damit er nicht in einem Zelt übernachten musste. Eigentlich gab es Wehrhöfe und Burgen am Weg, in denen die Reisenden unterkommen konnten, aber jeder wusste, wie unwägbar sich die Streckenplanung in dieser Jahreszeit gestaltete. Tatsächlich mussten die Lauensteiner schon in der ersten Nacht ein Lager im Frankenwald aufbauen, da der Weg wieder mal zugewachsen war. Die murrenden Ritter – die Rodung des Waldes gehörte eigentlich nicht zu ihren Aufgaben, und sie zeigten sich ebenso wenig geschickt im Umgang mit der Axt wie ihre Streithengste im Holzrücken – brauchten fast den ganzen nächsten Tag, um die Wagen über eine einzige Meile durch den dichten Buchenwald zu bringen. Zu allem Überfluss begann es gegen Abend auch noch zu regnen. Gerlin war durchnässt und am Boden zerstört, als sie die Burg Neuenwalde erreichten.

Eigentlich war dies ihr erstes Übernachtungsziel gewesen. Die kleine Burg – ein Rittersitz mit Bergfried – lag malerisch auf einem Hügel mitten im Wald. Sie hätte schon ein Raubritternest beherbergen können, aber die Bewohner dachten gar nicht daran, Reisende zu überfallen, wenngleich sie von Fernhändlern durchaus etwas Wegezoll kassierten. Für die Lauensteiner entfiel das natürlich, aber Gerlin hätte es gern gezahlt: Rund um die Burg waren die Wege gut ausgebaut und ordentlich gerodet. Man wäre ohne Aufenthalt durchgekommen, wenn es nicht geregnet hätte – so verwandelten sich alle Straßen in Schlammpisten. Gerlin mochte gar nicht daran denken, wie es am nächsten Tag weitergehen sollte.

Glücklicherweise bereitete die Burgherrin den Besuchern erst mal ein Bad, und Herr Laurent lud zum Festmahl – wobei Gerlin dem Himmel dankte, dass es auf der kleinen Burg nicht üblich schien, Frauen mit in den Palas zu bitten. Während Dietrich und Florís in der großen Halle weiter froren und sich allenfalls warmtrinken konnten, aß sie selbst bescheidener, aber ruhiger und vor allem behaglicher mit Frau Linde in ihrer Kemenate. Dietmar lag in der Wiege der Neuenwalder und nuckelte Honigmilch. Nachdem sie den kleinen Lauensteiner gebührend bewundert hatte, berichtete die Burgherrin vom Besuch des Herrn Roland einige Tage zuvor. Sie war immer noch erzürnt.

»Mein Gatte ist ein langmütiger Mann«, erklärte sie, »aber es fehlte nicht viel, dass er dem Herrn den Fehdehandschuh hingeworfen hätte! Beschuldigt der uns doch ohne jeden Grund der Raubritterei! Um gleich danach umzuschwenken und unseren Bauern zu unterstellen, sie deckten Halunken und Wegelagerer! Dabei gibt es hier nichts dergleichen, seit der Herr Dietrich den Brandner-Kurt vor gut einem Jahr hat henken lassen! Und auch der hat sich hier kaum hergetraut, unsere Straßen sind sicher, sonst ließen wir uns nicht dafür bezahlen. Mein Laurent ist ein Ritter ohne Tadel! Der zieht keinen übern Tisch, der nimmt nicht mal den Juden mehr Geld ab als anständigen Christenmenschen, wenn sie hier durchziehen!«

Frau Lindes Kleidung und die Ausstattung ihrer Kemenate mit brokatenen Kissen und feinen Stoffen ließen darauf schließen, dass die jüdischen Händler Herrn Laurents Großmut zu schätzen wussten und sich durch großzügige Geschenke revanchierten.

Gerlin beschwichtigte die Herrin und sprach ihr und ihrem Gatten das vollständige Vertrauen des Hauses Lauenstein aus. Die Missverständnisse mit dem Bischof würden sich bald ausräumen lassen, die Reisenden hofften, Bamberg in zwei bis drei Tagen zu erreichen.

Das allerdings erwies sich als Illusion. Der Regen hielt auch am nächsten Tag an, und die erste Etappe der Tagesstrecke war »höllisch«, wie Dietrich anmerkte, als Gerlin sich beschwerte. »Vielleicht auch das Gegenteil – in der Hölle ist es doch nicht nass und schlammig, eher heiß und trocken.«

Gegen Mittag wünschte sich Gerlin die Zustände im Hades

dann fast schon herbei. Die Pferde bekamen die Wagen kaum vorwärts, zeitweise mussten alle absteigen und schieben. Gerlin schloss sich da nicht aus, obwohl Dietrich und Florís sie gleichermaßen aufforderten, im Wagen zu bleiben.

»Damit die Gäule es noch schwerer haben?«, fragte Gerlin unwillig. »Nein, nein, ich will nicht komfortabel reisen, ich will ankommen. Und das schaffen wir nie, wenn nicht jeder das seine dazutut.«

Teils voller Bewunderung, teils missmutig beäugt von den Rittern, stapfte sie stundenlang durch den Morast und verdarb sich ihre Röcke, die sich schnell vollsaugten und von der Nässe so schwer wurden, dass Gerlin sich nur noch mühsam dahinschleppen konnte. Obendrein ging es jetzt bergauf. Die Männer hofften, am Nachmittag einen Höhenweg zu erreichen, auf dem das Vorwärtskommen einfacher würde. Als sie fast oben waren, polterte der Wagen mit den Geschenken dann über einen dicken Ast, woraufhin die Achse brach.

Gerlin wäre am liebsten in Tränen ausgebrochen, aber das hätte natürlich auch nichts genutzt. Die Ritter und Knappen bauten schließlich die Zelte auf, während die Knechte den Schaden reparierten. Zum Glück beherrschten sie die nötigen Techniken – man hatte die besten Fuhrleute und Pferdeknechte der Burg ausgesucht, um die Reise zu begleiten. Dietrich sprach noch mit den Leuten, während Florís Gerlin in ihr Zelt begleitete.

»Es tut mir leid, Euch so wenig standesgemäße Unterbringung gewähren zu können«, sagte er förmlich.

Gerlin verdrehte die Augen. »Ach lasst das jetzt doch, Florís, ich bin zu müde, um Euch artig zu antworten und für Eure Umsicht zu danken und vielleicht noch ein paar Scherze zu machen. Dieses Lager ist das Beste, was ich heute erwarten kann, und ob es standesgemäß ist oder nicht, kümmert mich wenig. Hauptsache es ist trocken und …«

Sie biss sich auf die Lippen. Hätte sie doch fast zugegeben, dass sie sich gleich besser und getröstet fühlte, wenn Florís bei ihr war und freundlich mit ihr sprach. In den letzten Monaten hatte sie das so oft vermisst. Und nun ... Gerlin wagte kaum, zu ihm aufzusehen, fürchtete sie doch einerseits, die vertraute Zärtlichkeit und Bewunderung in seinen Augen nicht mehr zu sehen – schließlich glich sie an diesem Tag kaum der höfischen Schönheit, als die er sie kannte – und andererseits gerade, dieses Leuchten erneut zu entdecken und darüber die Fassung zu verlieren. Am liebsten hätte sie sich an Florís' Schulter gelehnt und geweint – aus Erschöpfung oder um ihre verbotene Liebe oder warum auch immer. Gerlin war am Ende ihrer Kräfte – aber draußen vor dem Zelt wachte Leon von Gingst. Womöglich Rolands Spion. Undenkbar, wenn man ihr eine Liebelei mit dem ersten Ritter ihres Mannes andichtete! Florís schien ähnlich zu empfinden. Auch er mied Gerlins Blick.

Kurz darauf schmiegte sich die junge Frau dann an Dietrich, der bis zum Dunkelwerden bei der Reparatur des Wagens geholfen hatte. Jetzt zitterte er am ganzen Körper, und Gerlin versuchte vergeblich, ihn zu wärmen. Noch ein Grund, sich Sorgen zu machen. Gerlin erinnerte sich nur zu genau an seine Krankheit im letzten Winter. Und egal, was sie für Florís empfand – auf eine andere, aber kaum weniger zärtliche Weise liebte sie ihren jungen Gemahl und wollte ihn nicht verlieren.

Immerhin blieb der kleine Dietmar trocken. Er war warm eingepackt, die Plane über seinem Wagen hielt wirklich fast den gesamten Regen ab. Das Kind war auch wie stets guter Dinge. Gerlin dachte oft, dass es wohl das freundliche Naturell seines Vaters geerbt hatte, auf jeden Fall heiterte der Kleine seine Mutter immer wieder auf, wenn er bei jedem Schlagloch fröhlich krähte.

Davon gab es auch am nächsten Tag reichlich. Der Höhenweg war zwar besser befahrbar als die Straßen in den Tälern, aber besonders gut instand gehalten wurde er auch nicht. Wo die Pfade im Wald bei Nässe zum Sumpf wurden, schwemmte der Regen hier die Fahrwege aus. Er hinterließ zum Teil klotzige Steine, über die der notdürftig reparierte Wagen vorsichtig gehoben werden musste, damit die Achse nicht erneut brach. Wieder Schwerstarbeit für die schlecht gelaunten Ritter, die sich sonst nur im Waffendienst übten und entsprechend ungeschickt waren.

Die Reisenden erreichten am Abend einen Ort, schliefen in einem Bauernhaus und kämpften am nächsten Tag mit Flöhen und Wanzen. Erst die vierte Nacht verbrachten sie wieder im sauberen Gästehaus eines Klosters.

Als sie am nächsten Morgen aufbrachen, regnete es erfreulicherweise nicht mehr, und der Wald zwischen den Ansiedlungen wurde lichter. Gerlin atmete erleichtert auf. Doch plötzlich stürzte eine Horde Männer aus dem Unterholz seitlich des Hohlwegs hervor. Andere ließen sich von den Ästen der nächststehenden Bäume fallen und stießen dabei wilde Schreie aus. Wegelagerer! Sie mussten sehr gut bewaffnet oder sehr verzweifelt sein, denn gewöhnlich wurde eine so gut gesicherte Reisegesellschaft nicht angegriffen. Das Überraschungsmoment verschaffte den Wegelagerern allerdings nur einen kurzen Vorteil. Die Panzerreiter bildeten innerhalb weniger Augenblicke einen Ring um die Wagen und Packpferde und verteidigten sie heftig. Auch Gerlin und ihre kleine Stute fanden sich darin wieder. Instinktiv lenkte die junge Frau ihr Pferd zwischen die Gauner und den Wagen mit dem Kind. Gerlin war bereit, Dietmar mit allen Mitteln zu verteidigen – zur Not mit dem kleinen Messer, das sie als Essbesteck immer am Gürtel trug.

Während sie unter höchster Anspannung den Kampf verfolgte, verstand Gerlin endlich, warum Florís so strikt darauf bestand, dass Dietrich auch nach der Schwertleite an Waffenübungen teilnahm. Im Ernstfall fragte niemand nach dem Rang eines Ritters, die Wegelagerer stürzten sich auf jeden Mann, dessen sie habhaft werden konnten. Hilflos sah Gerlin, wie einer der Panzerreiter zu

Fall kam. Aber sofort kam ihm ein zweiter zu Hilfe. Er schlug dem Gauner, der gerade mit dem erbeuteten Pferd abziehen wollte, mit einem gekonnten Hieb den Kopf ab.

Gerlin erschrak, erkannte aber dennoch, dass die Gefahr nicht so groß war, wie sie im ersten Moment vermutet hatte. Die Wegelagerer schienen nicht viel vom Kampf zu verstehen und besaßen auch keine brauchbaren Waffen. Einige griffen mit Zimmermannsäxten an, andere mit Hacken und Sicheln. Den Schwertern der Ritter hatten sie nichts entgegenzusetzen, und sie wirkten auch nicht, als hätten sie schon viel Gold bei Überfällen erbeutet. Die Männer trugen verschlissene Bauernkittel aus gebleichtem Leinen.

Florís und Dietrich befahlen den Rittern Einhalt, als die Verteidigung in reines Abstechen der Gegner auszuarten drohte. Schließlich blieben drei Tote zurück, ein paar Gauner entkamen, und ein kleinlautes Häufchen vor Angst zitternder Kerle wurde von den Rittern um Dietrich zusammengetrieben. Als Florís sich vor den Männern aufbaute, fielen einige von ihnen betend auf die Knie, andere verlegten sich aufs Bitten – die Männer waren der Überzeugung, gleich gehenkt zu werden.

Dietrich setzte sein Pferd neben Florís' und schaute fassungslos auf die verängstigten Bauern. »Wie dumm muss jemand sein, um mit Hacken und Sicheln eine Gruppe Panzerreiter anzugreifen?«, fragte er verwirrt.

Einer der Männer – er hatte vorher stoisch dagestanden und sein Urteil erwartet – sah zu ihm auf. Er wirkte nicht wie ein typischer Wegelagerer, weder verschlagen noch wagemutig und jung. Mit seinem kurzen, über den Ohren abgeschnittenen Haar hätte er ein Bauer aus jedem der Lauensteiner Dörfer sein können.

»Verzeiht, Herr, ich werde sterben, aber ich will nicht ›dumm‹ genannt werden!«, sagte er ruhig.

Gerlin musste an sich halten, um nicht zu lachen, aber dann rührte sie die Würde des älteren Mannes.

»Was uns treibt, ist nicht Wagemut, sondern pure Verzweiflung. Vor ein paar Wochen überfielen und brandschatzten ein paar Lanzenreiter unser Dorf. Sie haben uns nichts an Vorräten gelassen, unser Vieh weggetrieben, die Felder zertrampelt. Unsere Häuser sind zerstört, unsere Frauen geschändet. Sollen wir sie jetzt auch noch verhungern lassen? Wir wollten Euch nicht töten, aber wir dachten … wenn Ihr flüchtet, könnten wir die Waren behalten, die in Euren Wagen sind.«

Dietrich rieb sich die Stirn. Wie hatten die Bauern denken können, dass ein Trupp Panzerreiter vor ihnen flüchtete? Aber er mochte den Mann nicht noch einmal der Dummheit bezichtigen. Stattdessen wandte er sich ihm eher huldvoll zu.

»Was sagt denn Euer Landesherr zu alldem?«, fragte er. »Ihr untersteht doch dem Bischof von Bamberg?«

Der Mann nickte. »Der kümmert sich bloß nicht groß um uns«, sagte er bitter. »Er hat uns ein paar Ritter geschickt, um uns zu befragen … aber die meisten von uns Männern waren während des Überfalls im Wald – wir sind Köhler, wisst Ihr … Und die Frauen – die rannten schon schreiend weg, als sie die Ritter nur sahen. Viel haben sie denen nicht erzählt. Und vom Erzählen wird man sowieso nicht satt.«

Gerlin war inzwischen abgestiegen, hatte nach dem Kind gesehen, das seelenruhig schlief, und suchte nun nach ein paar Goldstücken und Silbergeschirr, das sich leicht zu Geld machen ließ. Gastgeschenke für das Bistum – es gab wohl kaum Untertanen des Herrn Otto, die sie nötiger brauchten. Sie füllte all die Kostbarkeiten in einen Beutel, ritt zu Dietrich und flüsterte ihm etwas zu.

Florís erkannte Gerlins Absicht. »Wir sollten uns das Dorf erst mal ansehen, bevor Ihr Almosen gebt. Ich will wissen, ob die Geschichte stimmt, ehe ich darauf verzichte, die Kerle zu henken«, bemerkte er grimmig. Die Bauern fuhren erneut zusammen.

Gerlin lächelte. Florís von Trillon würde ganz sicher niemanden henken, ebenso wenig wie die anderen Ritter. Der Adel hatte zwar keine Hemmungen, jemanden im Kampf in Stücke zu schlagen, aber Henkersdienste verrichtete er nicht.

Der alte Bauer verbeugte sich ehrfürchtig vor dem Ritter. »Ihr seid uns willkommen!«, sagte er ruhig.

Florís formierte den Zug nichtsdestotrotz wehrhaft und hieß die Ritter sich für weitere Hinterhalte zu rüsten. Tatsächlich geschah ihnen nichts mehr. Die Bauern führten die Reisenden auf recht ausgetretenen Wegen zu einer Häuseransammlung auf einer Lichtung. Die übliche Anordnung eines Köhlerdorfes – irgendwann waren ein paar Leute in den Wald gezogen, hatten etwas Land gerodet und ihre Frauen nachgeholt. In einigen Jahren würde es in Loisls Siedlung ähnlich aussehen wie hier, nur dass die Bauern größere Landstücke roden würden, um Ackerbau zu betreiben, während diese Menschen hier hauptsächlich Holzkohle herstellten und verkauften. Der Überfall der Ritter hatte sie insofern besonders hart getroffen. Die gesamte Ausbeute des Winters und Frühlings, welche die Männer zu Ostern absetzen wollten, war verbrannt. Auch die Häuser – kaum mehr als Hütten – waren arg zerstört, nur noch wenige bewohnbar. Jetzt duckten sich die Menschen verängstigt unter provisorischen Holzverschlägen. Die Frauen und Kinder machten auch gleich Anstalten zur Flucht, als sie die Ritter sahen – schließlich ritt Gerlin dem Zug voran, um sie zu beruhigen.

Kurz darauf saß sie zwischen den Menschen – verteilte ihren Reiseproviant an eine Horde dreckiger, verlumpter und völlig ausgehungerter Kinder und lauschte den Berichten der Frauen. Sie bestätigten im Wesentlichen das, was Rüdiger erzählt hatte. Es ging den Angreifern nicht um Beute, sondern nur um Zerstörung und Tyrannei.

Die Menschen warfen sich dankbar vor den Lauensteinern auf die Knie, als Dietrich schließlich verkündete, man werde ganz sicher niemanden henken oder sonst wie für die Wegelagerei zur Rechenschaft ziehen. Er bedauerte den Tod der drei Männer. Gerlin gab reichlich Almosen. Zumindest bis das nächste Holz verkohlt war, sollten die Dörfler überleben können.

»Wenn das wirklich Roland anzettelt, weiß er gar nicht, was er da anrichtet!«, ereiferte sich Gerlin, als die Lauensteiner endlich weiterritten. »Und was für Läuse er dem Bischof damit in den Pelz setzt! Brave Bauern und Köhler, die sich durch pure Not in Wegelagerer verwandeln!«

»Und dabei umkommen«, ergänzte Dietrich.

Florís schnaubte. »Aber nicht alle!«, meinte er. »Ein paar werden zweifellos lernen, wie man Reisende niedermacht, an welche Gesellschaft man sich ranwagt, und an welche nicht, und wie man raubt und plündert. Die bilden dann erfolgreiche Banden. Und damit werden unsere Straßen dank Herrn Roland wieder ein bisschen unsicherer. Den Kerl sollte man henken!«

In den letzten zwei Tagen der Reise verließen die Lauensteiner die dichten Wälder. Nur noch kleine Waldstücke fanden sich zwischen den Feldern und Wiesen. Gerlin atmete auf, als zwischendurch auch mal die Sonne herauskam und ihre Sachen ein wenig trocknete. Schließlich erreichten sie Bamberg nach einer einwöchigen, strapaziösen Reise – gewöhnlich war es ein Drei- bis Viertageritt.

Dietrich, der sein Pferd an Gerlins Seite durch das Stadttor lenkte, wirkte ausgezehrt und erschöpft, und Gerlin selbst meinte, sich kaum noch im Sattel halten zu können. Allerdings fand sie den Ritt immer noch angenehmer als die Fahrt im Wagen. Nach den Regentagen, die sie teilweise mit Dietmar unter der Plane verbracht hatte, schmerzten ihr jetzt noch alle Knochen vom Gerüttel des ungefederten Karrens. Zu guter Letzt erwiesen sich dann auch noch die überschwemmten Straßen Bambergs als kaum befahrbar – die

Regnitz war über die Ufer getreten wie in fast jedem Jahr, den Pferden reichte das Wasser bis zu den Sprunggelenken. Das Domviertel war zwar nicht überflutet, zeigte dafür aber noch deutliche Spuren einer wenige Jahre zuvor stattgefundenen Brandkatastrophe. Bischof Otto ließ die Gebäude wieder aufbauen, aber bevor der Dom in neuem Glanz dastehen würde, konnten noch Jahre vergehen.

Auch die Domburg, eigentlich der Bischofssitz, war größtenteils verbrannt. Herr Otto residierte auf der Altenburg, einer trutzigen und wehrhaften, allerdings nicht sehr komfortablen Burganlage. Sein Haushofmeister jammerte denn auch über den Platzmangel und das Halbdunkel, als er Gerlin und Dietrich ihre Räume anwies. Gerlin winkte allerdings nur müde ab.

»Mir kann's gar nicht klein genug sein«, murmelte sie, während sie sich ans Feuer setzte. »Umso leichter lassen die Räume sich heizen.«

Tatsächlich wurde es schnell warm, allerdings zogen die Kamine nur ungenügend. Der Rauch waberte also durch die Kemenaten, und der kleine Dietmar hustete. Gerlin entfernte seufzend das Pergament vor den Fensterlöchern. Jetzt zog es.

»Vielleicht sollten wir doch besser im Zelt schlafen«, überlegte Gerlin. »Oder gleich auf einem Boot ... das erscheint mir zurzeit fast die trockenste Lösung. Sieh bloß zu, dass wir hier schnell fertig werden, Dietrich! Sonst holt sich das Kind noch den Tod! Werden wir hier übrigens eine Kinderfrau für ihn finden, oder dienen im Haus des Bischofs nur Mönche?«

Dietrich lachte, aber Gerlin brauchte doch einige Zeit, bis sie in der Küche ein Mädchen fand, das sich gern um den Kleinen kümmern wollte.

»Ist ja nur für ein paar Tage«, beruhigte Gerlin den Haushofmeister, der das weibliche Personal in den Kemenaten der Bischofsgäste argwöhnisch musterte.

Ganz so schnell würde sich der Aufenthalt allerdings nicht beenden lassen. Schließlich wollte man das Osterfest mit dem Bischof begehen, und bis zur Karwoche waren es noch zwei Tage. Gerlin langweilte sich weidlich in dieser Zeit. Der Bischof war altmodisch und lud die Frauen seiner Gäste nicht zu seinen Festen und Banketten. Dementsprechend unwillig waren die Damen denn auch, ihre Gatten zum Besuch in Bamberg zu begleiten, Gerlin war tagelang die einzige adlige Frau auf der Burg. Während Dietrich und die Ritter mit dem Bischof tafelten oder zur Jagd ausritten – ein Vergnügen, das Dietrich schon bei trockenem Wetter zweifelhaft fand, bei Regen jedoch hasste –, besuchte sie Nonnenklöster und Spitäler, zeigte sich huldvoll und verteilte Almosen. Die mitgebrachten Schätze waren bald aufgebraucht, aber immerhin lohnte sich der Einsatz. Die Verhandlungen mit dem Bischof erwiesen sich nicht als schwierig.

»Dem geht's eigentlich nur um die Unabhängigkeit vom Erzbistum Mainz«, fasste Dietrich am dritten Abend ihres Aufenthalts zusammen. Er hatte endlich Gelegenheit gehabt, den Bischof allein zu sprechen und das Thema »Siedler« gleich zur Sprache gebracht. »Er möchte möglichst frei von Mainz sein, und das am liebsten schriftlich bestätigt haben. Dabei kann ich ihm natürlich nicht helfen. Allerdings habe ich ihn unserer vollsten Unterstützung versichert – hoffentlich kommt er nicht irgendwann auf die Idee, mit Erzbischof Konrad Krieg zu führen und von Lauenstein Ritter zu fordern.«

Gerlin lachte. Es gab zwar Rivalitäten, aber eigentlich keine Kämpfe zwischen einzelnen Bistümern. Und Lauenstein gehörte unbestritten zum Erzbistum Mainz, egal, was Dietrich Herrn Otto versicherte und was der Bischof gern hätte.

»Natürlich möchte er kein Land abtreten, und die Überfälle auf seine Dörfer gefallen ihm auch nicht. Aber auf ein paar Gewanne undurchdringlichen Buchenwaldes erhebt er keinen Anspruch. Im Gegenteil, er sieht das ähnlich wie ich: Die Siedler halten die Straßen frei und sicher – und das Erzbistum kostet's nichts. Danach hat er dreimal gefragt. Und schon deshalb besteht er nicht darauf, dass die Wälder zu seinem Territorium gehören: Wir könnten ihn darauf festlegen, die Straßen zu erhalten.«

Dietrich machte Anstalten, seine festliche Tunika auszuziehen, überlegte es sich dann aber anders. Es war wieder empfindlich kalt in ihren Räumen. Gerlin legte ihm ein wollenes Gewand heraus und wärmte es an der Feuerstelle an.

»Und was ist mit den Überfällen?«, fragte Gerlin.

Dietrich machte eine wegwerfende Handbewegung. »Wie gesagt, auch die interessieren ihn nur am Rande. Keine Rede davon, uns zu verdächtigen. Wenn man Herrn Otto hört, war Roland eher gesandt, uns zu warnen, als uns Vorwürfe zu machen. Herr Otto jedenfalls wird weder Strafexpeditionen aussenden noch sonst etwas unternehmen, um die Übergriffe zu beenden. Bleibt zu hoffen, dass Roland das möglichst bald begreift. Ich denke mehr und mehr, er steckt dahinter. Aber der Bischof unterstützt ihn nicht wirklich. Uns mag er allerdings auch nicht besonders. Ich musste mir schon ein paar böse Bemerkungen darüber anhören, dass ich meine Juden zu gut behandle und dass du nach über einem Jahr Herrschaft noch immer kein Kloster gegründet hast. Mein Vater hat es wohl gründlich mit ihm verdorben. Aber er zweifelt die Erbfolge nicht an, hat uns zur Geburt des Kindes gratuliert und will Dietmar am liebsten gleich noch mal taufen. Von mir aus können wir ihm da Ostern den Willen lassen, ein Kind kann ja kaum oft genug gesegnet werden.«

»Nun«, lächelte Gerlin, »meines Erachtens hat der Kleine auf dieser Reise schon genug Feuchtigkeit mitgekriegt, da ist jeder Tropfen Weihwasser zu viel. Aber ich scherze natürlich, Liebster. Selbstverständlich kann der Bischof das Kind noch mal taufen, auch zweimal. Wenn ich danach nur wieder nach Hause darf!«

Kapitel 5

Die Kirche pflegte Minnehöfen vorzuwerfen, ihre Betreiber seien nicht sehr gläubig. Das stimmte natürlich nicht, selbst berühmte Minnedamen wie Eleonore von Aquitanien waren kirchentreue Christinnen, stifteten ein Vermögen an Konvente und beschlossen ihre Tage oft in Nonnenklöstern. Mitunter wurden sie von ihren Gatten dorthin verbannt – ein weiterer Grund, mit den Äbtissinnen der Umgebung freundschaftlichen Umgang zu pflegen. Selbstverständlich besuchten die Damen die Gottesdienste, keine Kemenate blieb ohne Gebetspult, und für verstorbene Adlige wurden endlose Totenmessen gelesen, für die die Nonnen nächtelang wachten.

Allerdings spielte die Kirche im Leben der Minnehöfe nicht die Hauptrolle, dafür war man viel zu sehr mit der Organisation vielfältiger Zerstreuungen, der Spiele, Tänze und Sängerwettstreite, beschäftigt. Man rief auch gern spielerisch Frau Venus und den kleinen Gott Amor an – zum Besticken von Altartüchern kam man höchstens im Winter.

So betrachteten denn auch Gerlin und der sinnenfrohe Aquitanier Florís etwas unwillig das umfangreiche Programm des Bischofs für die Ostertage. »Müsst Ihr da wirklich überall mitmachen?«, fragte Florís, während Dietrich in heiligem Eifer die schlichten Gewänder des Altardieners anlegte. »Prozessionen, Nachtwachen ... Ihr werdet Tag und Nacht beschäftigt sein und sollt dabei obendrein fasten! Das tut Euch nicht gut, Herr Dietrich, Ihr seid jetzt schon Haut und Knochen nach den Strapazen der Reise!«

Gerlin konnte dem nur zustimmen. Auch die Verpflegung bei den allabendlichen Banketten des Bischofs half nicht, denn es war Fastenzeit, und es wurde spärlicher aufgetischt als sonst. Dietrich fror ständig, und er lauschte den Gesprächen der anderen Gäste zu konzentriert, um dem ohnehin nicht sehr reichhaltigen Essen genügend zusprechen zu können. Der Junge versuchte, so viel von den politischen Machenschaften und Ränkeschmieden rund um Lehnsvergaben, Bischofssitze, Reichstage und Königskrönungen mitzubekommen und zu verstehen wie möglich. Aufgeregt berichtete er Gerlin von den Racheplänen König Richards gegenüber dem französischen König. Richard Löwenherz bereitete einen Angriff auf die Normandie vor. Gerlin interessierte das weniger. Sie selbst beschäftigte sich eher damit, wie sie ihren jungen Gatten aus den Fängen des Bischofs befreien konnte. Der tiefgläubige Dietrich ließ sich ihrer Ansicht nach zu gern und zu intensiv für die Osterfestlichkeiten einspannen.

»Wenn du wenigstens auf diese Fußwaschung verzichten würdest«, redete sie auf ihn ein. »Ich verstehe gar nicht, warum du das machen musst, es ist doch eigentlich dem Priester vorbehalten, der die Messe hält – in unserem Fall dem Bischof.«

Der Brauch der Fußwaschung erinnerte an Jesu Wirken beim letzten Abendmahl, sollte Priester und geistliche Würdenträger Demut lehren und daran erinnern, dass sie dienende Ämter ausübten. Der Bischof von Bamberg holte dazu Bettler von der Straße – und Gerlin konnte sich vorstellen, dass er sich auf den Dienst an ihnen nicht gerade freute.

»Der schiebt die Schweißfüße der Aussätzigen aber gern an andere ab!«, fasste Floris ihre Gedanken in Worte. »Herr Salomon wäre entsetzt, wenn er wüsste, wie nahe Ihr da dem Abschaum der Straße kommt. Wenn es stimmt, dass man sich Krankheiten holen kann, indem man Sieche anfasst ...«

Der jüdische Medikus war von dieser Vorstellung überzeugt,

die Erfahrungen bei Epidemien sowie bei der Verbreitung von Aussatz sprachen dafür. Gerlin hatte auch vorher schon gehört, dass orientalische Ärzte diese Ansicht vertraten. Sie gab Almosen deshalb lieber auf Abstand – zumindest wenn die Bettler husteten, schnieften oder Geschwüre aufwiesen.

»Ihr denkt nicht christlich!«, rügte Dietrich sowohl seine Gattin als auch seinen ersten Ritter. »Selbst wenn es eine Ansteckungsgefahr gibt, so wird Gott nicht zulassen, dass sich der Aussatz in der Kirche verbreitet! Unter dem heiligen Kreuz am Altar sind wir geschützt! Und es ist eine schöne Idee des Bischofs, weltliche Würdenträger bei der Fußwaschung hinzuzuziehen. Auch wir sollten uns als Diener verstehen ...«

»Es wäre eine noch schönere Idee, würde Herr Otto mal einen Wagen mit Hilfsgütern in die zerstörten Dörfer an seiner Landesgrenze bringen lassen!«, schnaubte Gerlin. »Aber Füße zu waschen ist natürlich billiger. Beteiligt sich denn sonst noch jemand?«

Tatsächlich war der Landgraf von Thüringen zugegen, aber wie sich in der Messe zeigte, beschränkte der sich darauf, Dietrich und dem Bischof die Schale mit dem Waschwasser zu halten und die Handtücher zu reichen. Immerhin wirkten die vor der Kirche aufgelesenen Bettler nicht bedrohlich. Floris, der überall Gefahren für seinen jungen Herrn witterte – obwohl Roland von Ornemünde nicht zugegen, sondern zu einem Turnier nach Thüringen geritten war –, hätte sie am liebsten auf versteckte Messer oder andere Mordwaffen untersucht. Da es durchweg alte, gebrechliche Männer waren, verzichtete er schließlich darauf. Gerlin dagegen wären jüngere, gesündere Männer lieber gewesen. Drei der Bettler wirkten nicht nur abgerissen und ausgehungert, sondern obendrein krank.

Dietrich ließ es sich dennoch nicht nehmen, sie liebevoll zu umsorgen und brüderlich zu küssen. Geduldig assistierte er bei der Segnung der heiligen Öle durch den Bischof, und Gerlin biss sich auf die Lippen, als er dabei hustete. Nun rochen die Tauf- und Krankenöle zum Teil durchdringend, Dietrichs Ausbruch musste nichts zu bedeuten haben. Dennoch bestand sie darauf, dass er nach der Messe ein Bad nahm, und empfing ihn dann mit heißem Würzwein. Noch musste niemand fasten, aber der Bischof ließ doch ein eher schlichtes Mahl servieren und lud seine Gäste anschließend noch zu einer stillen Andacht in die Kirche. Gerlin fror dabei zum zweiten Mal an diesem Tag bis ins Mark. Der Frühling in Bamberg ließ auf sich warten. Es war kalt und vor allem nass, die Straßen nach wie vor überschwemmt. Die Feuchtigkeit schien auch ungehindert durch die Burg- und Kirchenmauern zu dringen – die wenigen Kohlenbecken, die man im Palas und in der Kirche aufstellte, wärmten die Ritter und Gläubigen kaum. Gerlin ließ das Feuer im Kamin ihrer Kemenate den ganzen Tag lang brennen, obwohl sie manchmal meinte, im Rauch ersticken zu müssen.

Die Feierlichkeiten am Karfreitag begannen eigentlich erst am Nachmittag – zur überlieferten Todesstunde des Herrn. Mit all den Gebeten und Lesungen, den Prozessionen und der Ehrung des Kreuzes, schließlich der feierlichen Grablegung und der damit verbundenen Fürbitten und Gesänge würde der Gottesdienst bis in die Nacht dauern. Gerlin sah nicht ein, weshalb Dietrich sich schon morgens zu den ersten Kreuzwegsandachten in der Kirche einfinden musste.

»Aber es macht einen guten Eindruck beim Bischof«, meinte Florís resignierend. Auch er hatte zugunsten eines guten Frühstücks auf die Morgengebete verzichtet und brach jetzt, wie Gerlin, erst in letzter Minute zum Gottesdienst auf. Beide hüllten sich dazu in die wärmsten Kleider und Pelze – während Dietrich wieder nur den Rock des Ministranten trug. »Und er sagt, das Beten hielte ihn warm.«

Gerlin verdrehte die Augen. »Davon spüre ich nichts, wenn er anschließend kalt wie ein Eisblock auf meine Schlafstatt kommt!«, rutschte es ihr heraus, und sie senkte gleich darauf den Kopf, damit Florís die Röte in ihren Wangen nicht aufsteigen sah. Solche, etwas anzügliche Reden waren an Minnehöfen zwar durchaus gebräuchlich, aber im Umgang mit Florís mied Gerlin jede Anspielung auf ihr Eheleben.

Florís antwortete denn auch nicht – auch er pflegte so zu tun, als existiere keine fleischliche Beziehung zwischen der jungen Frau und seinem jugendlichen Herrn. Galant bot er Gerlin den Arm und führte sie in die Kirche, wo sich Männer und Frauen natürlich trennten. Gerlin kniete sich lustlos und frierend auf der linken Seite des Kirchenschiffs durch Evangelien und Lesungen, Predigten und Fürbitten. Sie folgte der Prozession durch die Kirche, bei der Dietrich stolz dabei half, das Kreuz zu tragen, und schaute besorgt zu, wie ihr Gatte sich im Gebet flach auf den Steinboden der Kirche warf. Schließlich küsste sie das Kreuz, wohnte der Grablegung bei und kam inzwischen fast um vor Hunger. Sie würde bis zum Ostersonntag auf keinen Fall fasten, aber natürlich auf Fleisch, weißes Brot und andere Leckereien verzichten. Ohne einen Anflug schlechten Gewissens teilte sie am Abend einen Krug heißen Wein mit Florís, aber Dietrich lehnte auch das ab. Er war völlig erschöpft und fiel sofort auf sein Lager.

Gerlin hasste es, ihn zum ersten Stundengebet am Samstag bereits wieder wecken zu müssen. »Herrgott, Dietrich, wir sind doch nicht im Kloster!«, stöhnte sie, als er um die zweite Stunde des neuen Tages zur Prim in die Kirche hastete. »Kein Mensch wird dir übelnehmen, wenn du erst nach dem Frühstück mit dem Beten beginnst!«

Dietrich nahm die Fastenzeit allerdings weiterhin ernst und erwarb damit wirklich die Hochachtung des Bischofs. Als er auch noch die Samstagnacht mit Lichtfeier und Nachtwache in stiller Versenkung überstand – während Gerlin und Florís wie die meisten anderen Bamberger nur schichtweise daran teilnahmen –, lud er ihn ein, beim Osterfrühstück zu seiner Rechten zu sitzen. Dietrich nahm diese lange vor Morgengrauen ausgesprochene Ehrung allerdings kaum wahr. Er kniete zusammengesunken in seiner Bank, und Gerlin meinte zu registrieren, dass er ab und zu ein Husten unterdrückte. Sie selbst brauchte nach alldem Weihrauch und den endlosen Gebeten einen klaren Kopf, bevor es an die wieder stundenlange morgendliche Osterfeier ging. Eigentlich hätte sie noch ein oder zwei Stunden schlafen können, aber sie fühlte sich schuldig, wenn sie Dietrich allein in der Kirche wachen ließ.

Gerlin verließ das Gotteshaus, stieg auf den Söller der Burg hinauf und freute sich an dem ausnahmsweise sternklaren Nachthimmel. Es war eiskalt, sicher würde es noch einmal Frost geben. Aber Gerlin zog dieses Wetter dem Dauerregen vor. Sie wickelte sich bibbernd in ihren Mantel – und erschrak, als sie sich nicht allein fand.

An die Brustwehr gelehnt stand Florís de Trillon.

Gerlin sah ihn verwundert an. »Woher wusstet Ihr, dass ich komme?«, fragte sie leise.

Florís lächelte. »Das wusste ich nicht. Ich bin hergekommen, um frische Luft zu schnappen. Aber vielleicht hört Ihr ja lieber, dass Frau Venus mir den Weg gewiesen hat.«

Gerlin zog die Kapuze ihres Mantels über ihr Haar, wie um sich darunter zu verstecken. Gegen die Kälte brauchte sie keinen Schutz mehr, ihr wurde ganz heiß unter dem Blick des Ritters. »In der Osternacht hat Frau Venus auf einem Bischofssitz keinen Zutritt«, gab sie zurück.

Florís lachte. »Ich glaube, sie kann sich unsichtbar machen«, sagte er. »Das tut sie oft, wisst Ihr. Weil sie nur zu häufig nicht erwünscht ist. Hier wie dort, bei diesem und jener. Aber manchmal lüftet sie doch ihren Mantel … oder der Wind bläst ihren

Duft herüber.« Er trat näher an Gerlin heran. »Oder empfindet Ihr das nicht?«

Gerlin musste sich zwingen, sich nicht an ihn zu lehnen. »Ich hab andere Sorgen«, beschied sie ihn. »Florís, wann können wir abreisen? Ich möchte es einmal wieder warm haben. Und Dietrich ...«

Florís legte die Arme um sie. »Vergiss einmal Dietrich. Nur einen Herzschlag lang. Lass mich dich wärmen ...«

Gerlin überließ sich ihm für einen Augenblick. Es wäre zu schön, sich in seinem Arm zu verlieren, Dietrich und den Bischof zu vergessen, Roland, Lauenstein ... Dafür warme Lippen zu spüren, einmal loslassen zu können, keine Verantwortung mehr zu tragen für Lehen und Erbe.

Aber dann straffte sie sich. »Ich kann Dietrich nicht vergessen, ebenso wenig, wie ich dich vergessen kann«, sagte sie. »Und das hier tut ihm nicht gut. Ich verstehe, dass er gläubig ist ...«

Florís nickte. »Wenn sein Vater noch einen Sohn gehabt hätte, hätte man ihn vielleicht ins Kloster geschickt. Seine Wissbegier, die schwächliche Konstitution ... seine diplomatischen Fähigkeiten hätten ihm höchste Ämter geöffnet. Sicher wäre er glücklich geworden. Aber so hat er nun Lauenstein ... und dich ...«

Gerlin lächelte, aber ihre Worte klangen ein wenig bitter. »Bislang hat er sich nicht beschwert!«

Florís schaffte es nicht, so schnell wieder zum leichten Ton höfischer Konversation überzugehen.

»Wenn du nun aber für mich bestimmt wärest«, flüsterte er.

Gerlin zuckte die Schultern. »Dann wären wir besser in einer Zeit geboren, als Frau Venus noch die Welt beherrschte – falls es sie jemals gegeben hat. Jetzt jedenfalls herrscht der Herr Jesus Christus ...«

»Nicht in dieser Nacht«, bemerkte Florís. Seit Donnerstagabend schwiegen die Glocken, bis zum Ostermorgen galt die Welt der Christen als dunkel und verwaist. »Platz für ein bisschen Heidentum ... schau, da ist Amor und zwinkert uns zu!« Er wies spitzbübisch lächelnd auf einen Dachfirst.

Gerlin erwiderte das Lächeln. Sie schien tatsächlich bereit, nachzugeben und sich in seine Arme zu schmiegen. Aber dann setzte der Klang der Glocken wieder ein. Die Bischofskirche begann, und alle anderen Gotteshäuser Bambergs und seiner Umgebung folgten.

»Christus ist eben auferstanden«, sagte Gerlin trocken. »Wir müssen zurück in die Kirche ...«

Florís hielt sie zurück. »Schulden wir Frau Venus nicht wenigstens einen Kuss?«, flüsterte er. »Wo sie uns nun schon hergeführt hat? Unter Ängsten und Gefahren, kurz vor dem Glockengeläut? Schau, der kleine Amor versteckt sich schon wieder ganz furchtsam hinter diesem Stern da! Wir können ihn nicht enttäuschen!«

Gerlin musste lachen. »Zu Ostern darf man sich umarmen«, murmelte sie.

Tatsächlich war das Brauch im Gottesdienst. Aber natürlich umarmten sich da nur die Menschen, die nebeneinander- oder hintereinandersaßen. Also Frauen und Frauen, Männer und Männer – oder allenfalls Familien in den Kirchenstühlen der Reichen. Gerlin schmiegte sich in Florís' Umarmung und fühlte sich behütet und getröstet. Das Osterfest würde am kommenden Tag vorbei sein, sicher würde alles gut ... Verrückt, dass sie an Dietrich und ihre Sorge um ihn dachte, während sie einen anderen umarmte, aber diese Liebe war etwas anderes ... Gerlin musste sich eingestehen, dass sie Dietrich liebte wie eine Mutter ihr Kind – während sie ganz Frau war in der Umarmung Florís'. Und dann, als der Ritter seine Lippen auf die ihren drückte, dachte sie gar nichts mehr. In Gerlin waren nur noch Freude und ein seliges Gefühl des Neubeginns.

»Frohe Ostern! Christ ist erstanden, ein frohes Osterfest Euch allen!«

Gerlin und Florís eilten fröhlich durch die Gänge der Burg und grüßten jeden, der ihnen entgegenkam. Keiner von ihnen registrierte, dass Leon von Gingst der Erste war, der ihnen begegnete – gleich auf der Treppe zum Söller. Keiner von ihnen dachte daran, was der Ritter vielleicht gesehen hatte. Weder Gerlin noch Florís fühlten sich schuldig.

Am Dienstag nach Ostern machten sich die Lauensteiner dann endlich auf den Heimweg – bei anhaltend schlechtem Wetter. Es war üblich, dass man ähnlich reich beschenkt ging, wie man gekommen war, und Gerlin befürchtete schon, erneut den Fuhrwagen mit sich führen zu müssen. Dietrich lehnte jedoch alle Geschenke des Bischofs ab oder spendete sie den örtlichen Klöstern – er selbst, so verkündete er dem Kirchenmann, sei durch die Gnade des Osterfestes in der Bischofskirche ausreichend beschenkt. Auch Gerlin gab alle Preziosen dem nächsten Nonnenkonvent und behielt nur ein mit Edelsteinen besetztes Kreuz. Dem Bischof war das mehr als recht, er behielt sein Gold lieber für sich. Beide Parteien schieden in bester Freundschaft, und Herr Otto sagte zu, die Pferde und einen Fuhrmann der Lauensteiner so lange auf der Burg zu beköstigen, bis die Wege wieder besser befahrbar waren.

Aber natürlich blieb da noch der Planwagen für Dietmar, der die Reisenden aufhielt – auf ihn mochte Gerlin nicht verzichten. Allerdings hatte man sich auf ein zweirädriges Gefährt beschränkt, das im Zweifelsfall leichter über Bodenunebenheiten hinwegzuheben war. Diese Umsicht zahlte sich aus, denn tatsächlich waren die Wege jetzt noch schlechter beschaffen als vor Ostern, und das fortschreitende Frühjahr hatte auch keine Erwärmung gebracht. Im

Gegenteil, am zweiten Tag der Reise kam es zu einem erneuten Wintereinbruch, die Reiter kämpften sich durch Eisregen und Schneesturm. Natürlich erreichten sie ihr Etappenziel nicht und fanden auch kein Bauerndorf, wo sie wenigstens in primitiven Hütten hätten unterkommen können. Ritter, Fuhrleute und Knappen kämpften ohne Rücksicht auf ihren Stand mit Zeltplanen, Stangen und Heringen.

Gerlin verschanzte sich mit Dietmar auf dem Karren und hätte Dietrich am liebsten dazugeholt. Ihr junger Gatte wirkte schon den ganzen Tag entkräftet und konnte vor Heiserkeit kaum sprechen. Er fiel halb tot vor Erschöpfung neben sie ins Zelt, als die mobile Unterkunft endlich stand. Wirklich trocken war es darin aber auch nicht – nach zwei Tagen Regen, Eisregen, Schnee und Sturm waren auch die Zeltbahnen feucht. Lediglich der kleine Dietmar rekelte sich noch ganz behaglich in Unmengen von Decken und Tüchern. Gerlin legte ihn zur Nacht zwischen sich und Dietrich, was sie später bereute. Dietrich hustete sich die Seele aus dem Leib, Gerlin und das Kind kamen kaum zur Ruhe.

»Vielleicht bleibt Ihr einfach ein paar Tage da?«, fragte die Herrin des Rittergutes, in dem sie in der folgenden Nacht endlich Quartier machten. Sie ließ das Badehaus heizen, und Dietrich war endlich mal warm und trocken, als er sich zum Schlafen niederlegte. Allerdings meinte Gerlin, auch fiebrige Wärme zu spüren. Der junge Graf war eindeutig krank, und Gerlin dankte der Gutsherrin, als sie am nächsten Morgen zunächst einen Bader kommen ließ, um nach ihm zu sehen. Der Mann schlug einen Aderlass vor, was Dietrich allerdings entsetzt ablehnte.

»Herr Salomon macht das nur selten«, erklärte er Gerlin mit erstickter Stimme. »Und nie, wenn ... Es ist auf jeden Fall besser, wenn wir bald nach Hause reiten. Ich würde mich lieber unter seine Obhut begeben.«

Gerlin nickte, zumal sie wusste, wie der Satz eigentlich weiterging. Herr Salomon machte niemals Aderlässe, wenn der Kranke geschwächt war. Und Dietrich wusste, wie es um ihn stand, egal wie laut er sonst behauptete, selbstverständlich noch ein paar Tage durchhalten zu können.

Schließlich kamen sie überein, wenigstens noch einen Tag zu rasten, bis es weiterging, und dann hörte es auch endlich auf zu regnen. Bei bedecktem, aber trockenem Wetter machten die Lauensteiner sich wieder auf den Weg, erneut durch dichte, noch regenschwere Wälder, aber diesmal wenigstens unbehelligt von Wegelagerern. Anscheinend war es selbst denen zu feucht.

An diesem Tag kamen sie recht gut voran. Florís regte früh an, das Nachtlager aufzuschlagen. Eine Burg lag nicht am Weg, aber wenigstens fand sich ein Bauerndorf. »Ich weiß, Ihr schlaft lieber im Zelt als in den Katen, so freundlich die Leute uns auch aufnehmen, aber ich sorge mich um Dietrich. Er braucht ein Dach über dem Kopf und mehr Wärme, als das Zelt ihm spendet.«

»Geht es ihm denn schlechter?«, fragte Gerlin.

Dietrich war den ganzen Tag lang mit Florís an der Spitze des Trupps geritten, während sie sich eher hinter dem Wagen hielt, gefolgt von dem schweigsamen Leon von Gingst. Allerdings wechselten auch die anderen Ritter kaum ein Wort miteinander. Für Geplauder während des Rittes hatte niemand mehr Lust und Kraft.

Florís zuckte die Schultern. »Er hält sich tapfer, Gerlin, aber ich kenne ihn. Und ich wüsste ihn lieber heute als morgen in den Händen unseres Medikus.«

In dieser Nacht nahm sich erst mal die Kräuterfrau des Weilers des Kranken an. Die Dörfler waren schüchtern, aber freundlich, wie fast immer. Der Lauensteiner, womit die Bauern dieser Außenwerke wohl noch Dietrichs Vater meinten oder die Familie schlechthin, galt als guter Herr. Als Dietrich den angebotenen Speisen kaum zusprach und anhaltend hustete, brachte der Ortsvorsteher unter vielen Verbeugungen und Entschuldigungen die örtliche Hebamme an.

»Die Trude ist sicher vertrauenswürdig!«, erklärte er und schob ein runzliges Weiblein zur Tür herein, das seine christliche Gesinnung gleich damit bewies, dass es Dietrich ein Gründonnerstagsei auf sein Schlaflager legte.

Es war Brauch, die an diesem vorösterlichen Tag gelegten Eier in der Kirche segnen zu lassen, woraufhin sie dann gegen alle möglichen Krankheiten helfen sollten. Darüber hinaus braute die Alte Tee und legte Brustwickel an. Dietrich war ihre Fürsorge unangenehm, aber am nächsten Tag fühlte er sich deutlich besser. Gerlin beschenkte die Hebamme reich.

»Passt aber weiter gut auf ihn auf!«, gab die Frau ihr mit auf den Weg. »Hier habt Ihr Tee, den müsst Ihr ihm aufbrühen. Und warm halten müsst Ihr ihn, er hat einen bösen Husten! Das kann einen Kerl ins Grab bringen. Der Teufel macht da keinen Unterschied zwischen Bauernbursch und Edelmann!«

Gerlin nickte besorgt, aber bei aller Fürsorge: Dietrich musste noch zwei Tage im Sattel überstehen, bevor sie Lauenstein endlich erreichten. Florís ließ schon von unterwegs aus nach Salomon schicken. Dietrich fiel mehr vom Pferd als abzusteigen, als sie in die Burg einritten. Der Kämmerer musste ihn stützen und ihm beim Ausziehen helfen, während Gerlin erneut Tee aufbrühte und seine Schlafstatt mit heißen Steinen wärmte. Sie sorgte sich darum, wie der Medikus die Therapie der Kräuterfrau einschätzen würde, aber unterwegs hatte das Gebräu zumindest ein bisschen geholfen.

Herr Salomon hatte denn auch kaum Einwände. »Salbei und Lungenkraut«, sagte er, nachdem er kurz an der Mischung gerochen hatte. »Das gebt ihm nur weiter, diese Dorfalten wissen oft mehr als die Bader auf den Jahrmärkten, vor allem liegt ihnen im eigenen Interesse daran zu heilen. Zu viele Misserfolge bringen sie schnell in Teufels Küche – im wahrsten Sinne des Wortes!«

Gerlin lächelte schwach. Sie wollte wissen, wie es um Dietrich stand, aber der Medikus äußerte sich nur ähnlich wie die alte Trude. »Er ist erschöpft und krank, das Fieber ist hoch ... Ihr habt Recht, Euch Sorgen zu machen, Frau Gerlin. Ich gebe ihm einen Sud aus Weidenrinde gegen das Fieber, zusätzlich zum Tee können wir aromatische Kräuter verbrennen, das soll ihm das Atmen erleichtern. Vor allem halten wir ihn ruhig und warm. Auch Wickel und Umschläge helfen. Aber letztlich liegt es in Gottes Hand ... Diese Reise war einfach zu viel für ihn.«

Gerlin fragte erstickt, ob Dietrichs Fürsorge für die Bettler am Ostertag vielleicht zu den schlimmen Folgen geführt habe, und Salomon rieb sich die Stirn. »Was für ein seltsamer Brauch«, seufzte er. »Das ganze Jahr kümmert sich solch ein Bischof nicht um die Bedürftigen, und dann macht er sich derart mit ihnen gemein. Nun wird sich Herr Dietrich da kaum den Aussatz geholt haben, das würde man auch noch gar nicht erkennen. Was aber den Husten angeht, das Lungenfieber ... Ausgeschlossen ist es nicht, es ändert jedoch nichts an der Behandlung. Lasst mich jetzt rasch noch nach dem Kind sehen – nicht auszudenken, dass uns der Kleine auch noch erkrankt.«

Dietmar war zum Glück wohlauf, er krähte schon wieder ganz vergnügt in seinem Körbchen herum, obwohl er gerade wieder einen Zahn bekam. Dem kleinen Sonnenschein verdarb jedoch auch das nicht die Laune, er kaute auf seiner silbernen Rassel.

Gerlin nahm sie ihm gereizt aus der Hand. »Tut mir leid, Herr Salomon, aber nach diesem Osterfest kann ich den Klang von Rasseln und Ratschen nicht mehr hören.« Während der Feiertage wurden die Kirchenglocken in Bamberg durch Ratschen und andere, eher unmelodische Instrumente ersetzt, um die Gläubigen zur Messe zu rufen.

Dietrich schien sich in der ersten Nacht auf der eigenen Schlafstatt etwas zu erholen, aber dann stieg das Fieber wieder, und der Husten wurde zur Qual. Gerlin wich nicht von seinem Lager und klammerte sich an Herrn Salomons bemüht aufmunternde Bemerkungen, aber im Grunde blieb ihr nicht verborgen, dass Florís und der Medikus auf den Korridoren miteinander beratschlagten. Sie hofften auf Besserung, aber sie trafen auch Vorkehrungen für Dietrichs Tod.

Die Herrin Luitgart bekundete in scheinbar schwer besorgtem Ton ihre Anteilnahme, aber Gerlin erlaubte ihr keinen Besuch. Nach drei Tagen war Dietrich kaum noch ansprechbar. Er glühte vor Fieber, fantasierte und stöhnte im Schlaf, wenn der Husten ihm kurze Zeit Ruhe ließ. Gerlin wachte an seinem Lager, obwohl Salomon auch sie zur Ruhe mahnte, bis Florís sie fast gewaltsam dazu drängte, die Wache wenigstens stundenweise dem Medikus oder einer Magd zu überlassen. Der Ritter begleitete sie entschlossen in ihre frühere Kemenate – weit weg von Dietrichs Krankenlager. Sie brauchte Abstand, wenn sie schlafen sollte. Auf dem Weg begegneten sie Leon von Gingst, der ihnen düstere Blicke zuwarf.

»Mal wieder gemeinsam unterwegs, die Herrin und der erste Ritter?«, fragte er mit verächtlichem Unterton. »Sagt, fühlt Ihr Euch so gar nicht schuldig, wenn Ihr hier so minniglich einhergeht, wo der Knabe dort oben im Sterben liegt?«

Florís nahm verwundert den Arm weg, den er um Gerlins Schulter gelegt hatte. Gerlin hatte darauf bestanden, auf dem Weg in ihr Gemach noch in der Burgkapelle vorbeizusehen. Der Kaplan las dort eine Messe nach der anderen für Dietrichs Genesung. Gerlin war kalt geworden, und Florís hatte ihr daraufhin fürsorglich seinen Mantel um die Schulter gelegt. Jetzt stützte er sie beim Aufstieg über die engen und steilen Wehrgänge. Gewöhnlich hätte sich niemand etwas dabei gedacht.

Florís wollte schon eine beschwichtigende Bemerkung machen, aber Gerlin reagierte gereizt. »Was kümmert's Euch, mit wem ich unterwegs bin?«, fragte sie scharf. »Und zudem liegt mein Gemahl nicht im Sterben! In ein paar Tagen wird er wieder wohlauf sein, und dann ...«

Leon zog die Augenbrauen hoch. »So kann man ihm doch sicher schon mal einen Besuch machen, oder?«, fragte er.

Florís wollte abwehren, aber Gerlin kam ihm wieder zuvor.

»Sofern Ihr Euch kurz fasst«, sagte sie spitz. »Aber viel habt Ihr ja wohl ohnehin nicht zur Zerstreuung meines Gatten beizutragen!« Leon von Gingst verzog das Gesicht ob ihrer Anspielung. Er war ein starker Ritter, aber nicht sehr klug. Seit Dietrich auf der Burg herrschte und gern Dichter und Sänger einlud, den Frauendienst förderte und sich bevorzugt mit Rittern umgab, die wenigstens lesen und schreiben konnten, war Leon mehrmals unangenehm aufgefallen.

Gerlin wandte sich hoheitsvoll ab und betrat ihre Kemenate. Herrn Leon ließ sie stehen, ohne seiner spürbaren Wut weiter Beachtung zu schenken. Florís folgte ihr und schickte die Magd weg, die das Kind und das Feuer gehütet hatte. Während Gerlin nach Dietmar sah, bediente er sich mit dem heißen Wein, der für Gerlin bereitstand. Dabei lächelte er müde.

»Was für eine Abfuhr, Frau Gerlin! Aber grundsätzlich klug, den Ritter zu einem kurzen Krankenbesuch vorzulassen. Dann erzählt er wenigstens keine Schauermärchen herum.«

Gerlin erwiderte Florís' Blick mehr als ernst. »Es sind wohl keine Schauermärchen«, sagte sie bitter. »Ihr wisst selbst, wie es um Dietrich steht. Und die Ritter ... sind sie alle der Meinung, mein Gatte läge im Sterben?«

Florís zuckte die Schultern. »Die jungen sicher nicht. Aber die älteren. Zum Teil kennen sie ihn, seit er ein kränkliches Kind war. Er lag oft auf Leben und Tod, und jeder weiß, dass Gottes Gnade und Langmut nicht unendlich sind.«

»Ihr versündigt Euch, Florís«, sagte Gerlin, aber es klang nicht sehr überzeugt. »Was werden sie tun, Florís, wenn er wirklich stirbt?« Sie trat voller Angst an die Wiege Dietmars.

Florís rieb sich das Kinn und blickte ebenfalls in das Körbchen des winzigen Erben der Grafschaft. »Unsere Ritter?«, fragte er. »Nichts. Sie werden ihren Eid leisten auf Euch und den Kleinen, und dann werden sie Euch weiterhin treu dienen. Wobei sie keine sehr schlagkräftige Streitmacht darstellen.«

»Eine Streitmacht?«, fragte Gerlin entsetzt. »Rechnet Ihr ... mit einer Belagerung?«

»Ich rechne vorerst damit, dass Dietrich sich bald erholt und sein Kind aufwachsen sieht!«, sagte Florís fest. »Und Ihr solltet jetzt schlafen, Gerlin. Er braucht Euch. Wir ... wir alle brauchen Euch ...«

Er strich kurz und unbeholfen über ihr Haar, nicht wie der elegante Ritter vom Minnehof. Gerlin hob auch nicht den Blick zu ihm auf.

Keine Küsse in dieser Nacht.

Kapitel 6

Florís dachte sich nicht viel dabei, als er Leon von Gingst auf dem Weg in Dietrichs Räume erneut begegnete. Der Ritter grüßte nur kurz und mit süffisantem Lächeln. In anderen Zeiten hätte sich Florís darüber vielleicht geärgert, aber in diesen Tagen hatte er andere Sorgen. Sie verstärkten sich gleich, als die junge Magd, die Herr Salomon mitunter mit kurzen Wachen an Dietrichs Krankenlager betraute, aus den Räumen des jungen Grafen hastete.

»Herr Florís! Oh, Herr Florís, dem Herrn sei Dank, dass ich Euch treffe ... könnt Ihr wohl den Medikus suchen? Herr Dietrich ist so unruhig, er keucht und stöhnt ... seit der Ritter da war!«

Die Kleine sprach nicht weiter, sondern eilte schnell wieder ans Bett ihres Pfleglings. Florís erinnerte sich, sie mit einer der Hebammen aus den Dörfern gesehen zu haben, vielleicht eine Tochter der Kräuterfrau, was ihre Pflegekenntnisse erklärte. Von Dietrichs Krankenlager drang tatsächlich Husten und Stöhnen. Florís eilte, Salomon zu holen. Woanders als in der Küche konnte der Medikus kaum sein, er verließ Dietrichs Lager eigentlich nur, um zu essen oder kurz zu schlafen. Letzteres im Nebenraum. Während der Ritter die Stufen zu den Wirtschaftsgebäuden hinabeilte, dachte er über die letzten Worte der Magd nach. Welcher Ritter mochte da gewesen sein? Etwa Leon? Hatte er seinen Besuch gleich vorgenommen? Und was um Himmels willen hatte er dem Kranken erzählt?

Herr Salomon trank eben einen Becher Suppe und spülte seinen Kanten Brot damit schnell herunter, als Florís ihn aufsuchte.

Kurze Zeit später standen beide am Bett des jungen Grafen. Dietrich war etwas ruhiger geworden.

»Ich habe ihm von dem Tee gegeben, der ihn schläfrig macht«, sagte die Magd ängstlich.

Der Medikus nickte und legte sein Ohr an Dietrichs Brust. Das Rasseln seines Atmens war auch für Florís nur zu deutlich zu vernehmen. Salomon deckte den Kranken fürsorglich wieder zu. »Du hast das richtig gemacht, Agnes«, sagte er sanft und suchte in seiner Tasche noch nach einer weiteren Tinktur. »Gib ihm auch das, wenn er wieder solche Schmerzen hat. Es wird ihn schlafen lassen.«

Die Kleine nickte. »Meine Mutter sagt, er muss sich gesundschlafen!«, erklärte sie wichtig.

Salomon nickte müde. Dann zog er Florís in den Nebenraum. »Es tut mir leid, Herr Florís, aber es geht zu Ende. Seine Lunge füllt sich mit Wasser, ich glaube nicht, dass er sich erholt.«

»Aber …« Florís warf einen hilflosen Blick auf das Kruzifix an der Wand.

Salomon winkte ab. »Selbstverständlich, Herr Florís, kann Gott immer noch ein Wunder wirken. Aber ich glaube, Herr Dietrich wäre froh über eine Krankensalbung.« Der jüdische Heiler war verpflichtet, auf diese Dinge hinzuweisen, auch wenn er selbst nicht daran glaubte. Vom Tode bedrohte Neugeborene hatte er auch zu taufen.

Florís nickte. »Er hat sie gestern schon erhalten. Bei vollem Bewusstsein und sehr ernsthaft. Wenn er jetzt noch mal zu sich kommt … vielleicht hat er Wichtiges zu sagen. Ich würde zum Beispiel gern hören …« Er berichtete Salomon von seiner und Gerlins Begegnung mit Leon von Gingst.

Salomon runzelte die Stirn und befeuchtete sich die Lippen. »Vielleicht solltet Ihr Eure Vertrautheit mit Frau Gerlin nicht allzu deutlich zeigen«, sagte er ruhig.

Florís blitzte den Medikus an. »Was soll das heißen?«, fragte er aufgebracht. »Zwischen mir und Frau Gerlin ist nichts, was ...«

Salomon schüttelte den Kopf. »Beruhigt Euch, Ritter, ich bezichtige Euch ja nicht der Untreue. Aber Ihr könnt das Glitzern in Eurem Blick nicht verbergen, wenn Ihr sie anseht.«

Florís schaute bestürzt. »Ist ... ist das so? Ihr meint, es wüssten auch andere? Weiß ... er es?« Er wies mit der Schulter in Richtung Krankenlager.

Salomon verneinte wieder. »Er weiß es sicher nicht«, beruhigte er den Ritter. »Die anderen ... nun, man muss schon ein scharfer Beobachter sein – der ... der Herrin vielleicht selbst sehr zugetan.«

Bei den letzten Worten flog eine leichte Röte über das ernste Gesicht des Juden. »Seid auf jeden Fall vorsichtig.« Der Medikus wandte sich ab, er strebte zurück zu seinem Patienten.

»Soll ich ... Frau Gerlin wecken?«, fragte Florís heiser. »Ich meine, wenn er stirbt ...«

»In dieser Nacht wird er nicht sterben, er schläft jetzt, und das Mittel, das ich ihm verabreicht habe, ist stark. Ich hoffe, dass er dadurch etwas Ruhe findet und dann morgen die Kraft hat, noch einmal mit ihr zu sprechen. Er ... er liebt sie sehr.« Salomons Stimme wurde heiser.

Florís suchte seinen ausweichenden Blick. »Und die Herrin ...«, sagte er fest, »... liebt ihn von ganzem Herzen! Sollte irgendjemand etwas anderes behaupten, dann ...«

Salomon lächelte milde, als hätte er ein Kind vor sich. »... dann werdet Ihr ihn fordern wie Artus einst Herrn Lancelot? Oder war das umgekehrt? Und teilten die sich dann nicht doch die Dame? Ich bin nicht so belesen, was die Gralserzählungen betrifft. Aber denkt daran, dass dies hier die Wirklichkeit ist, Herr Florís. Frau Venus hat auf Lauenstein keine Macht!«

Gerlin hatte sich eben angekleidet und ein paar Löffel Brei zu sich genommen, als die kleine Magd Agnes an ihre Tür klopfte. Die junge Frau fühlte sich durch den Schlaf erfrischt, aber auch schuldig. Eigentlich hatte sie Florís das Versprechen abgenommen, sie spätestens zur Frühmesse zu wecken, der Ritter schien es jedoch versäumt zu haben. Und nun knickste Agnes mit kummervollem Antlitz vor ihr und linste dabei neugierig in ihren wertvollen Spiegel. Gerlin hatte ein schlichtes, aber schönes Kleid angelegt und ihr Haar sorgsam aufgesteckt. Dietrich sollte sich an ihrer Schönheit erfreuen.

»Der Herr Salomon lässt Euch zu Eurem Gatten bitten«, meldete die Magd. »Ihr sollt Euch eilen, sagt er. Es ... es geht zu Ende.«

Gerlin hielt sich nicht mit weiteren Reden auf, sondern sprang auf und eilte zunächst hinab in den Burghof und dann die andere Stiege zum Söller und zu den Kemenaten wieder hinauf.

Frau Luitgart kam ihr auf dem Korridor entgegen. »Frau Gerlin ... ich hörte ...«

Gerlin schaffte keine Höflichkeitsgesten. Sie schob die Herrin mit einer Handbewegung aus dem Weg. »Nicht jetzt, Frau Luitgart!« Dann lief sie weiter. Unmittelbar vor der Kemenate traf sie auf Florís.

»Du weißt ... ?«, fragte sie heiser.

Er nickte. »Dietrich lässt uns beide rufen«, sagte er. »Er ist wach und will mit uns sprechen. Wir müssen jetzt stark sein, Gerlin ...«

Die junge Frau tastete nach Florís' Hand, als sie eintraten. Herr Salomon öffnete ihnen gleich die Tür zum Schlafgemach.

»Es ist sehr ernst«, sagte er leise. »Strengt ihn nicht an ...«

Zu Gerlins Verwunderung saß Dietrich aufrecht im Bett, von Kissen gestützt. In dieser Haltung fiel ihm das Atmen leichter, aber bislang hatte Salomon stets darauf bestanden, dass er liegen blieb. Nun kam es nicht mehr darauf an. Der junge Ritter rang hörbar und angestrengt nach Luft, jeder Atemzug schien ihm

Schmerzen zu bereiten. Gerlin wollte zu ihm eilen und ihn in den Arm nehmen. Aber er wies sie zurück.

»Nicht … wartet … du … Ihr müsst mir erst antworten!«

Florís kniete am Lager nieder. »Was immer Ihr zu fragen habt, mein Herr!«, sagte er sanft.

Dietrichs fiebrig heller Blick wanderte zwischen ihm und Gerlin hin und her. »Ist es wahr, dass Ihr … dass du, Gerlin … dass du diesem Ritter in Liebe zugetan bist? Dass du ihm womöglich gewährt hast …«

»Wer sagt das?« Florís griff nach seinem Schwert. Er hatte sich gar nicht damit gegürtet, aber die Geste kam so rasch und selbstverständlich, dass sie sicher ohne Falsch war.

»Herr Leon von Gingst … hat etwas gesehen … er hat … ist es wahr, Herr Florís, dass Ihr meine Dame geküsst habt?«

Dietrich richtete sich erregt auf, fiel dann aber hustend in die Kissen zurück. Gerlin nahm ein Tuch aus ihrem Ausschnitt und tupfte ihm den Schweiß von der Stirn. Sie erinnerte sich an eine ähnliche Geste bei ihrem ersten Zusammentreffen. Damals hatte sie ihm den Schal als Liebespfand überreicht. Auch Dietrich schien sich zu erinnern. Sein strenger Blick wich einem sanften Lächeln.

»Ein weiteres Zeichen?«, flüsterte er.

Gerlin versuchte, das Lächeln zu erwidern, obwohl ihr eher nach Weinen zumute war. Oder danach, Herrn Leon von Gingst mit ihrem Schal zu erdrosseln. War es nötig gewesen, den Sterbenden noch mit seinen unsinnigen Vorwürfen zu beunruhigen?

»Ja!«, sagte sie dann. »Ein Zeichen meiner Liebe und Großmut – da Ihr krank seid, verzeihe ich Euch, dass Ihr an mir gezweifelt habt! Aber sobald es Euch besser geht, denke ich mir vielleicht noch eine Strafe für Euch aus …«

Dietrich wehrte schwach ab. Er nahm das Spiel nicht auf. Es war keine Zeit mehr für Spiele. »Lasst das jetzt!«, sagte er kurz und hustete erneut. »Herr Florís, ich habe Euch etwas gefragt!«

Florís legte die Hand auf sein Herz. »Natürlich habe ich Eure Dame geküsst, Herr Dietrich. In Eurer Gegenwart – und ein oder zweimal auch …« Er wusste nicht, wie er das näher erklären sollte, und brach ab. »Aber darüber hinaus habe ich sie nie berührt, das schwöre ich Euch bei meiner Ehre als Ritter! Niemals haben wir uns einander unzüchtig genähert, niemals gab es auch nur den Gedanken daran, Euch zu betrügen! Sagt mir, worauf ich schwören soll, ich will es mit Freuden tun. Und diesen Leon von Gingst werde ich in die Hölle tjosten, ich werde …«

»Lasst das jetzt«, wiederholte Dietrich. »Ich glaube es ja. Aber ich … ich will es noch einmal hören. Von Euch und von dir, Gerlin. Gibt es irgendwelche Zweifel an der Vaterschaft an meinem Sohn?«

»Was?« Gerlin schrie auf. »Was hat dieser Mistkerl gesagt? Dietrich, gab es eine einzige Nacht, in der ich vor Dietmars Zeugung nicht dein Lager teilte?«

»Man kann der Minne auch an anderen Orten frönen!« Das war Salomon. Er hatte vor der Tür gewartet, aber Gerlins Schrei hatte ihn davon überzeugt, gebraucht zu werden. »Versteht mich nicht falsch, Dietrich, mein Freund und Herr. Und Ihr lasst Euer Schwert stecken, Herr Florís! Selbstverständlich sind Eure Ehre und die der Frau Gerlin über jeden Zweifel erhaben. Aber dies ist eine ernste Sache. Wenn Herr Roland die Vaterschaft anzweifelt …«

»… werde ich ihn ebenso fordern wie Herrn von Gingst!«, donnerte Florís.

Dietrich hustete, dann fiel er zitternd in die Kissen zurück. »Was schlagt Ihr also vor … Salomon?«, fragte er schwach, ohne auf Florís' Ausbruch näher einzugehen.

Gerlin nahm ihn jetzt doch in den Arm. »Dietrich, beruhige dich. Du brauchst Ruhe …«

»Ich habe gleich Ruhe genug …«, flüsterte Dietrich. »Salomon …«

»Ihr solltet den Jungen anerkennen. Noch einmal, förmlich,

Ihr solltet schriftlich niederlegen, dass Ihr allen Anschuldigungen gegen Eure Dame und Herrn Florís auf den Grund gegangen und sie als sicher falsch erkannt habt.«

Dietrich gebot ihm mit einer schwachen Handbewegung Schweigen, ebenso wie Gerlin und Florís, die sich erneut empören wollten. »Setzt ein solches Schriftstück auf, Salomon«, flüsterte er. »Und holt Herrn Adalbert und Herrn ... Herrn Leon! Sie sollen es bezeugen.«

Herr Adalbert erschien binnen kürzester Zeit, Herr Leon war allerdings nicht aufzufinden.

»Diese menschliche Ratte weiß genau, was ihn erwartet«, erregte sich Florís.

»Wobei er allerdings nicht mit Herrn Dietrichs Großmut gerechnet hat«, meinte Adalbert gelassen. Salomon hatte ihn kurz von den Vorfällen in Kenntnis gesetzt. »Als Unterzeichner des Schriftstücks hättet Ihr ihn kaum noch fordern können. Ich hole jetzt Herrn Laurent, der ist gerade gekommen, um einen Krankenbesuch zu machen. Er gilt wohl als über jeden Zweifel erhaben und kann mit unterzeichnen!«

Salomon setzte das Dokument in Windeseile auf. Dietrich ruhte derweil in Gerlins Armen. Er fragte nicht weiter, er vertraute ihr. Und er hatte niemals Grund gehabt, es nicht zu tun. Gerlin streichelte sein Haar und tupfte ihm den Schweiß vom Gesicht. Sie küsste seine Lippen und gab ihm Wasser. Schließlich reichte sie ihm die Feder, damit auch er feierlich seine Unterschrift unter die Anerkennung seines Sohnes setzen konnte.

»Herr Florís!«, sagte er dann mit letzter Stimme. »Ich versichere Euch meiner Liebe und Wertschätzung, und ich vertraue

Euch hiermit meine Dame und meinen Sohn an. Werdet Ihr sie beschützen bis zum Tod?«

Florís de Trillon schwor den innigsten Schwur seines Lebens. »Solange ich lebe, Herr. Seid Euch gewiss!«

Dietrich lächelte. »Und Ihr«, flüsterte er, »Herr Salomon …?«

Der Medikus kniete gerührt neben dem Ritter nieder. »Auch ich, mein Herr. Ich werde alles für sie tun, was immer ich kann. Bis … bis zu meinem Ende.«

Der junge Graf lächelte, dann schloss er kurz die Augen.

»So lasst uns jetzt allein, meine Dame und mich …« Seine Stimme klang schwach. »Du wirst mir … von König Richard erzählen, meine Liebste, nicht wahr? Vom Hof der Herrin Aliénor … Von den Taten der großen Ritter, von ihren Siegen … und ihrer Liebe …«

Eine Stunde später starb Dietrich von Ornemünde zu Lauenstein in Gerlins Armen. Noch bevor die erste Totenmesse für ihn gelesen wurde, rief Laurent von Neuenwalde die Ritter von Burg Lauenstein zusammen und verschwor sie auf Dietmar von Ornemünde und seine Mutter Gerlin als Regentin für ihren unmündigen Sohn.

Gerlin und ihre Ratgeber kamen überein, Roland von Ornemünde nicht zu den Begräbnisfeierlichkeiten zuzulassen.

»Der Ritter hat Herrn Dietrich beim letzten Besuch der Raubritterei beschuldigt, damit könnt Ihr argumentieren«, sagte Herr Salomon. »Natürlich wird er das als Vorwand erkennen. Aber es ist auf alle Fälle besser, Ihr lasst diesen Herrn nicht noch einmal in Eure Burg.«

Leon von Gingst blieb verschwunden. Die Ritter hörten später, er habe den Weg nach Bamberg eingeschlagen.

Kapitel 7

Die Überfälle begannen schon, bevor die letzte Totenmesse für Dietrich gelesen worden war. Gerlin hatte Dutzenden von Messfeiern beigewohnt und zuvor drei Tage Totenwache gehalten. Die Mönche von Saalfeld hatten ihr das zwar abnehmen wollen, aber sie harrte an Dietrichs Bahre aus, bis sie zusammenbrach. Ihre Tränen waren ehrlich, obwohl Luitgart sie stets mit einem spöttischen Lächeln bedachte, wenn sie in die Burgkapelle kam und die junge Frau tief verschleiert und gebeugt in ihrem Kirchenstuhl knien sah.

Gerlin betrauerte ihren jungen Gemahl zutiefst. Florís war nicht in ihren Gedanken, sie konnte ihm ja auch jetzt nicht gehören. Gerlin machte sich keine Illusionen – sie gehörte für die nächsten dreizehn Jahre Lauenstein und ihrem Sohn.

Die Trauerfeier, die Beisetzung in der Schlosskapelle und die Beileidsbekundungen der Ritter ließ sie stoisch über sich ergehen. Florís hatte die Lehnsmannen Dietrichs benachrichtigen lassen, und viele kamen, um dem kleinen Erben den Treueid zu leisten. Einige blieben jedoch auch weg.

»Die Anhänger Rolands«, meinte Florís verbittert. »Die versprechen sich einfach mehr von einem starken Herrn auf der Burg.«

»Oder sie wollen nicht in Händel verwickelt werden, und vielleicht wurden sie auch schlicht gekauft«, bemerkte Salomon. »Im ersten Fall halten sie sich dann hoffentlich aus einer Fehde heraus, im letzten gnade uns Gott.«

Gerlin mochte über all das nicht nachdenken. Aber sie wurde

früher damit konfrontiert, als sie sich vorgestellt hatte. Sie kam eben aus der Kapelle und wollte sich gerade hinlegen, als Floris sie in den Palas rufen ließ. Seine Nachricht klang dringlich.

Der Ritter erwartete sie gemeinsam mit Salomon, Herrn Laurent und Herrn Adalbert. Gerlin lüftete ihren Schleier und zeigte den Männern ihr müdes, verweintes Gesicht. Floris schenkte ihr einen Blick voller Liebe, aber Salomons hilflos mitleidige Miene rührte sie fast noch mehr.

»Es tut mir leid, Euch um diese Stunde stören zu müssen«, begann Floris, »aber der Bote hat uns erst vor kurzem erreicht. Ich hoffte, ich müsste Euch nicht damit behelligen ... zumal der Mann wohl auch in erster Linie Herrn Laurent suchte – sein Dorf gehört zur Gemarkung von Neuenwalde. Aber letztlich sollten wir uns da nichts vormachen – es geht gegen Lauenstein!«

Tatsächlich war das Dorf des Boten überfallen und gebrandschatzt worden, in der gleichen Manier wie einige Wochen zuvor die Dörfer des Bistums Bamberg. Die Schilderungen des Boten glichen denen der erfolglosen Wegelagerer ein paar Meilen weiter östlich bis aufs Haar.

»Ich möchte wetten, dass auch da unser Herr Roland dahintersteckt!«, meinte Floris. »Und ich fürchte, dieses Dorf bleibt nicht das einzige.«

»Aber das ist skandalös!«, erregte sich Gerlin. »Wir müssen etwas tun ... diese Dinge anzeigen ... einen Boten zum Kaiser schicken!«

Salomon schüttelte den Kopf. »Nicht, Frau Gerlin, Ihr seid übermüdet. Sonst kämet Ihr nicht auf diesen Gedanken ...«

Floris drückte sich weniger schonend aus. »Unsinn, Gerlin, damit spielen wir dem Kerl doch in die Hände! Er wird Euch der Verleumdung anklagen, wobei er natürlich volles Verständnis für Eure geistige Verwirrung infolge des Ablebens Eures Gatten aufbringt. Dann wird er dem Kaiser oder dessen Gesandten klarmachen, dass die Burg eine feste Hand braucht und der kleine Dietmar einen Vormund!«

Gerlin rieb sich die Stirn. »Ja«, seufzte sie. »Und er wird hier einziehen und Frau Luitgart ehelichen und glücklich leben bis …«

Die Ritter schüttelten gemeinschaftlich den Kopf, wobei ihre Mienen zwischen Wut und Mitleid schwankten. Nur Herr Salomon hielt sich zurück, es schien jedoch so, als bisse er sich auf die Lippen.

»Nein, Frau Gerlin«, sprach es Herr Laurent schließlich aus. »An Frau Luitgart hat Herr Roland heute nicht mehr das geringste Interesse … es sei denn, es wären die Schwingen der Minne, die ihn tragen …«

Die Ritter lachten, aber es war ein hässliches Lachen. Herr Laurent warf ihnen einen strafenden Blick zu, bevor er weitersprach. »Wenn er jemanden zu ehelichen gedenkt, Frau Gerlin – dann nur Euch!«

Gerlin hatte das Gefühl, der Kopf müsse ihr platzen.

»Wir sollten morgen weiter darüber beraten«, sagte Herr Salomon mitfühlend. »Frau Gerlin braucht Ruhe, und heute Nacht können wir ohnehin nichts mehr ausrichten …«

Gerlin zwang sich zu denken. »Wir können Ritter schicken, die an der Grenze im Wald patrouillieren«, regte sie an.

Florís seufzte. »Und damit die Verteidigung der Burg und ihres Erben weiter schwächen«, sagte er müde. »Aber ich stimme Euch zu, wir müssen wenigstens guten Willen zeigen. Übernehmt Ihr das, Herr Laurent? Eure Burg wäre ein guter Stützpunkt. Nehmt Euch vier unserer Ritter – na ja, und ein paar eigene habt Ihr ja auch …«

Gerlin verließ die Männer, die noch Einzelheiten besprachen. Sie war des Redens und des Planens müde – und sogar des Betens. Die junge Witwe wünschte sich nur noch eine Schlafstatt. Auf der

Treppe zum Palas traf sie Frau Luitgart. Ob Dietrichs Stiefmutter gelauscht hatte? Gerlin war auch das gleichgültig. Umso besser, wenn Luitgart gehört hatte, dass sie ihre Hoffnungen auf Roland von Ornemünde begraben musste. Sie wollte mit einem kurzen Gruß an ihr vorbeigehen, aber Frau Luitgart baute sich vor ihr auf. Sie war nach wie vor schön, aber sie wirkte vernachlässigt. Ihr Kleid war fleckig, ihr Gebende so nachlässig angelegt, dass ihr Haar unordentlich hervorlugte.

»Das habt Ihr nun davon!«, geiferte sie, »dass Ihr unbedingt einen großen Namen tragen wolltet und dafür einen schwächlichen Knaben ins Bett nahmt. Obwohl Euch doch ein großer blonder Ritter so viel besser gefiel ... Und jetzt müsst Ihr den Thron warm halten für das nächste Balg! Und keine schönen Ritter ansehen, auf dass nicht noch mehr geredet wird, ob das gehätschelte Kind nicht doch ein Bankert ist ...«

Gerlin roch den Wein in Luitgarts Atem – die frühere Burggräfin sprach ihm immer mehr und häufiger zu, sie war sicher nicht vollständig Herrin ihrer Sinne. Es wäre am besten, sie einfach stehen zu lassen. Aber Gerlin konnte die Beleidigungen und Verleumdungen auch nicht auf sich und Dietrich sitzen lassen. Die junge Frau setzte zu einer Entgegnung an, aber ihr fehlten die Worte. Gerlin von Ornemünde konnte ihre Widersacherin nur ansehen.

Und dann hob sie die Hand und schlug ihr ins Gesicht.

Am nächsten Tag verabschiedete sich Herr Laurent, um die Verteidigung der Grenzdörfer zu organisieren, aber schon gegen Abend brachte ein Bote neue Kunde von Verheerungen durch unbekannte Panzerreiter. Die Bauern waren bei der Heuernte, ihre Häuser ungeschützt. Diesmal hatten die Angreifer die Menschen auf dem Feld gestellt, niedergemacht und die Ernte vernichtet, nachdem das Dorf bereits brannte.

Gerlin beschenkte den Boten und versprach Hilfe beim Wiederaufbau, aber sie konnte die Toten nicht wiedererwecken, und sie konnte auch keine Garantien dafür übernehmen, dass so etwas nicht erneut geschah. Das Gebiet von Lauenstein war einfach zu groß, die Dörfer lagen vereinzelt, oft mitten im Wald oder weit von der nächsten Burg entfernt. Die Bauern waren zudem hilflos gegenüber schwer bewaffneten Reitern. Drei oder vier von ihnen genügten, um eine Ansiedlung zu zerstören.

»Und wenn es wirklich Ritter sind, können sie sich auch ganz frei in der Grafschaft bewegen«, meinte Floris bitter. »Niemand behelligt sie, wenn sie ihre Wappen offen zeigen, und ein Ziel werden sie den Patrouillen schon nennen können. Dann reiten sie das nächste Dorf an, nehmen Helmzier und Schilde ab und verrichten ihr böses Werk.«

Gerlin und Salomon nickten entmutigt. Es gab tatsächlich nichts, was sie tun konnten. Auch die Idee, zumindest Frauen und Kindern den Schutz der Wehrhöfe und Burgen anzubieten, wurde schweren Herzens verworfen.

»Wie lange wolltet Ihr sie denn dabehalten?«, fragte Salomon unglücklich. »Für Jahre? Dies ist ja kein Krieg, der begonnen und beendet wird, während man den Bauern Unterschlupf bietet. Hier haben wir nicht mal eine erklärte Fehde ...«

Die Patrouillen konnten natürlich nichts gegen die Überfälle bewirken, wobei die Angreifer sich bald nicht mehr auf Dörfer beschränkten, sondern auch Fernhandelskarawanen überfielen. Das war nicht ganz so einfach, brachte Rolands Sache aber erheblichen Vorteil. Schließlich konnten sich die Bauern nur bei ihren Lehnsherren beklagen, während die Händler oft großen Einfluss hatten.

Als Erstes beschwerte sich der Bischof, weil Bamberger Bürger zu Schaden gekommen waren, und sicher würden bald andere Fürsten und Städte folgen – schnell hätte Lauenstein den Ruf, unsichere Straßen zu haben. Niemand würde mehr Wegezölle entrichten wollen, und wenn die Überfälle auf die Dörfer weitergingen, mussten die Bauern hungern und konnten auch für die Burg keine Abgaben mehr leisten.

»Wie lange können wir uns denn halten?«, fragte Gerlin ihren Schatzmeister, aber im Grunde kannte sie die Zahlen so gut wie er.

»Ein Jahr sicher, vielleicht zwei«, meinte der Mann. »Aber dann findet sich auch kein Kupferpfennig mehr in den Schatzkammern. Und Ihr müsstet äußerst sparsam wirtschaften. Keine Almosen mehr für die Bettler – keine Zuwendungen mehr an die Klöster.«

Ersteres träfe wieder nur die Ärmsten der Armen, und Letzteres trüge weiter dazu bei, Lauensteins Ruf zu verschlechtern.

»Herr Roland muss also nur weitermachen und abwarten«, folgerte Gerlin. »Gibt es absolut nichts, was wir tun können?«

Salomon von Kronach sah sie tieftraurig an. »Nur eins, Frau Gerlin«, sagte er leise. »auch wenn es uns allen nicht gefällt. Ihr müsst die Burg verlassen. Mit dem Erben. Setzt hier einen starken Statthalter ein – am besten Herrn Laurent. Der ist von hohem Rang, hat im Heiligen Land gekämpft ... Man kann ihm keine Unfähigkeit und Schwäche vorwerfen. Wenn er den Kaiser um Hilfe bittet, wird man das nicht abtun, sondern seine Vorwürfe ernst nehmen. Auf jeden Fall besteht für den Kaiser nicht der geringste Grund, einen Statthalter auf Lauenstein gegen den anderen auszutauschen. Roland hätte erst wieder eine Chance, wenn Dietmar sein Erbe als sehr junger Ritter übernimmt wie sein Vater ...«

»Oder wenn er stirbt!«, warf Florís ein.

Salomon warf ihm einen tadelnden Blick zu. »Habt Ihr nicht geschworen, sein Leben zu schützen? Ihr könnt mit unseren paar

Rittern keinen Krieg führen. Aber Euer Schwert zwischen Roland und den kleinen Dietmar halten – das schafft Ihr doch wohl!«

Florís sollte sie also begleiten. Gerlin wurde gleich leichter ums Herz. »Aber dann wird es wieder Gerüchte geben ...«, sagte sie mit leiser Stimme.

Salomon hob die Hände. »Ihr werdet Euch ja nicht in einer Einsiedelei verstecken! Im Gegenteil, wir machen das ganz offiziell. Dietmar soll an einem großen Hof erzogen werden, und da er noch so jung ist, geht Ihr erst mal mit ihm.«

Gerlin fühlte sich zusehends besser. »Wir können nach Falkenberg gehen«, sagte sie glücklich. Sie hatte sich selten mehr nach ihrem Vater und ihrem jüngeren Bruder gesehnt.

Salomon schüttelte jedoch den Kopf. »Nein. Man würde Euch vorwerfen, Ihr verstecktet Euren Bastard unter den Rockschößen Eurer Familie. Dazu ist Falkenberg zu klein, zu unbedeutend. Dietmar muss an einem mächtigen Hof aufwachsen! Er muss ihm mehr Schutz bieten als die Stärke seiner Mauern!«

Es würde allerdings nicht einfach sein, einen solchen Hof zu finden. Nachdem Gerlin zugestimmt hatte, streckte Salomon von Kronach seine Fühler aus, wie auch Herr Laurent. Gerlin selbst schrieb an die Herrin Aliénor, obwohl sie natürlich wusste, dass Eleonore von Aquitanien zurzeit andere Sorgen hatte. König Richard sann immer noch auf Rache, wobei seine Mutter eifrig am Intrigenspiel teilnahm. Allerdings zog man am englischen Königshof zweifellos Knappen auf, und eine weitere Hofdame konnten Eleonore oder die junge Königin Berengaria sicher ebenfalls brauchen.

Gerlin rechnete fest mit einer Einladung, aber Roland von Ornemünde sollte ihr zuvorkommen. Abwarten lag ihm nicht. Geduld war allgemein keine ritterliche Tugend, und Roland kämpfte lange genug um das Lehen der Lauensteiner. Dazu hatte er natürlich kein Interesse an einem finanziell ausgebluteten und zerstörten Land. Florís von Trillon war es, der schließlich Rolands Fehdebrief entgegennahm.

»Er begründet die Sache mit Eurer Feindseligkeit ihm gegenüber«, seufzte der Ritter, als er Gerlin das Schreiben überreichte.

Er hatte den Boten bewirten und in allen Ehren ziehen lassen – mit dem zumindest musste Gerlin sich nicht abgeben. Und auch sonst war Florís nicht untätig gewesen: Boten ritten zu Salomons Gut und in die umliegenden Dörfer. Sie boten den Bauern Asyl auf der Burg, und die Leute würden auch sicher kommen. Ein möglicherweise heranziehendes Heer fiel schließlich als Erstes über ihre Höfe und Stallungen her.

»Ihr verweigert ihm das Betreten einer Burg, die immerhin seiner Familie gehört, und ein Treffen mit seinem … Der Kerl wagt es, Dietmar sein Mündel zu nennen!« Florís tastete nach seinem Schwert.

»Das ist aber doch alles kein Grund für eine Fehde!«, meinte Herr Adalbert tadelnd.

Florís zuckte die Achseln. »Wir können ja dagegen Klage führen«, sagte er resigniert.

Gerlin rieb sich die Stirn. »Was ist denn mit Dietmars wirklichem Onkel?«, fragte sie dann verzweifelt. »Dieser Linhardt, der im Heiligen Land gekämpft hat? Inzwischen müsste er doch wieder auf seinem Lehen bei Tours sein. Könnte der nicht intervenieren?«

»Wenn er Interesse zeigt.« Florís klang mutlos. »Aber bis den ein Bote erreicht … Hinzu kommt die Lage in der Normandie. Da steht doch ein Krieg bevor, Richard Löwenherz wird versuchen, sich seine französischen Besitztümer wiederzuholen. Herr Linhardt ist ihm lehnspflichtig.«

»Kurz und gut, er hat anderes zu tun«, bemerkte Gerlin. »Das höre ich in der letzten Zeit zu oft. Was also tun wir? Fliehen? Uns bleiben doch drei Tage Zeit, nicht wahr?«

Der Brauch sah vor, die Kämpfe frühestens drei Tage nach Überreichen des Fehdebriefes zu beginnen. Aber Roland von Ornemünde setzte sich auch hier wieder über Recht und Gesetz hinweg. Als Gerlin am nächsten Tag erwachte, meldete man ihr, der Ritter habe mit einem Aufgebot an Panzerreitern vor der Burg Posten bezogen.

»Der Herr Florís hat die Zugbrücken natürlich schließen lassen!«, meldete der Knecht, der Gerlin die Nachricht brachte. Sämtliche Ritter waren bereits auf den Zinnen. »Und nun redet er mit den Belagerern – von der Burgmauer aus.«

Gerlin warf sich schnell etwas über und beeilte sich, hinzuzustoßen. Sie mussten es schaffen, dass Roland einen Aufschub gewährte. Wenn er den Ring um die Burg schloss, war sie gefangen. Gerlin warf einen kurzen Blick auf das Bündel, das sie am Abend zuvor noch voller Hast gepackt hatte. Herr Salomon hatte sie gleich mitnehmen wollen, nach Kronach oder Bamberg, irgendwohin, wo sie zumindest kurzfristig mit Dietmar Unterschlupf finden konnte. Aber dann hatte man den Plan doch verworfen – wobei Salomon und Florís sich heftige Wortgefechte geliefert hatten.

Florís beharrte darauf, dass Roland die Regeln der Fehde unter Rittern einhielt. Salomon von Kronach traute dem Ornemünder dagegen so ziemlich jede Schandtat zu. Schließlich hatte Gerlin den Streit entschieden. Auch sie konnte sich nicht vorstellen, dass ein Ritter vollkommen ehrlos handelte, und eine Flucht in der Nacht entsprach nicht dem geordneten Aufbruch, den sie immer noch zu inszenieren hoffte. So hatte man nur einen Boten zu Herrn Laurent gesandt. Gerlin wollte ihm die Burg förmlich übergeben, bevor sie ging.

Wie es nun aussah, hatte der Medikus Recht behalten. Eine

schnelle Flucht wäre die beste Reaktion auf Rolands Kriegserklärung gewesen. Gerlin fragte sich, wann sie endlich alle aufhören würden, Roland von Ornemünde zu unterschätzen.

Immerhin war Salomon auf der Burg geblieben. Gerlin traf ihn im Burghof, wo rege Geschäftigkeit herrschte. Die Männer schärften ihre Waffen, füllten ihre Köcher mit Pfeilen und erhitzten Teer, um Belagerer auf Abstand zu halten. Gerlin wurde allerdings schmerzlich bewusst, wie klein ihr Aufgebot an Rittern und Armbrustschützen war. Wenn Roland den Belagerungsring wirklich schloss, würden sie nicht mal genug Leute haben, um die gesamte Anlage zu bemannen.

Der jüdische Medikus hatte sich an diesem Tag offen mit einem Schwert gegürtet. Das war Juden zwar verboten – offiziell brauchten sie sich nicht zu verteidigen, da sie unter dem erklärten Schutz des Kaisers standen. Wie die meisten Söhne von Fernhändlern hatten aber auch Salomon und Jakob von Kronach schon im Elternhaus eine gründliche Unterweisung im Schwertkampf erhalten. Auf Reisen führten sie stets eine Waffe mit sich, wenn auch versteckt. Hier auf Lauenstein unter Dietrichs Rittern fühlte Salomon sich wohl vertraut genug, um keine Strafe wegen verbotenen Waffenbesitzes zu befürchten. Oder er ging davon aus, dass keiner der Verteidiger Zeit haben würde, auch nur darüber nachzudenken. Für Gerlin ein Beweis, dass auch Salomon das Schlimmste befürchtete.

Eben schaute er skeptisch zu Floris empor, der sich im Wehrgang auf der Burgmauer aufgebaut hatte und Roland Rede und Antwort stand. »Bislang sind es mehr rüde Beschimpfungen«, bemerkte Salomon, als Gerlin nach dem Stand der Verhandlungen fragte. »Sie werfen sich gegenseitig Ehrlosigkeit vor und diskutieren lang und breit, ob Herrn Rolands Gründe für eine Fehde ausreichen. Als ob das irgendeinen Unterschied machte. Er ist hier, und er will diese Burg. Es wäre besser, den Kerl gezielt vom Pferd zu schießen, als die Sache zum hundertsten Mal zu erörtern. Aber das ist ja wieder nicht ritterlich!«

Der Medikus schüttelte den Kopf, und Gerlin musste beinahe lachen. Die kriegerische Attitüde lag dem jüdischen Gelehrten so gar nicht, aber ansonsten war ihr schon lange klar, dass Herr Salomon nicht viel von den Tugenden und Werten des Ritterstandes hielt. Das alles war schön zu hören und zu lesen, aber im wirklichen Leben herrschte doch meist das Recht des Stärkeren.

»Hat er denn überhaupt genügend Leute für eine Belagerung?«, erkundigte sich Gerlin und machte Anstalten, den Wehrgang hinaufzusteigen.

Salomon hielt sie zurück. »Bleibt bloß unten, Ihr macht es nur noch schlimmer! Bisher zählen wir hier knapp zwanzig Ritter, damit kann man den Ring kaum schließen. Und keine Fußsoldaten, keine Armbrustschützen ... das alles ist etwas seltsam, das ...«

Gerlin richtete sich auf. Ihr schoss plötzlich ein Gedanke durch den Kopf, der ihr das Blut in den Adern gefrieren ließ. »Herr Salomon, haben wir denn alle Mauern bewacht? Nicht unbedingt so, dass wir sie verteidigen können, aber doch so, dass alles eingesehen wird?«

Salomon sah sie verständnislos an. »Ich weiß nicht ...«

»Herr Salomon!« Erregt griff Gerlin nach seinem Arm. »Herr Salomon, was, wenn dies hier ein Ablenkungsmanöver ist? Wenn uns Rolands Ritter von hinten angreifen, während die Herren sich hier vorn Schmähungen an den Kopf werfen?«

»Aber man kann uns nicht von hinten angreifen! Die Burg ... Oh, nein, Ihr meint die Kücheneingänge? Den Kräutergarten? Natürlich, Herr Roland kennt die Burg!«

Wie in vielen großen Wehranlagen gab es auch auf Lauenstein kleine, fast geheime Zugänge, die zum Beispiel das Küchenpersonal nutzte und an denen Bettler um Almosen anstanden. Auch Abfall wurde hier hinausgetragen, die kleinen Tore waren für die Mägde und Knechte eine Arbeitserleichterung. Im Kriegsfall mauerte man sie zu. Aber ob Florís daran am Tag zuvor schon gedacht hatte? Gerlin bezweifelte es.

Salomon von Kronach griff nach seinem Schwert und rannte in Richtung der Wirtschaftsgebäude. Gerlin wollte ihm folgen, ließ sich dann aber von einem anderen, ebenso entsetzlichen Gedanken leiten. Was war, wenn ein heimlicher Anschlag auf Dietmar erfolgte? Sie musste wissen, ob das Kind in Sicherheit war.

Florís stritt immer noch lauthals mit Roland, während Gerlin die Treppen zu den Wohnräumen hinaufhastete. In den Korridoren gab es kleine Fensteröffnungen, an denen sich auch Armbrustschützen postieren konnten, wenn man denn ausreichend davon zur Verfügung hatte. Jetzt boten sie Gerlin Ausblick auf den Platz vor der Burg.

Roland saß auf seinem Streithengst, voll gerüstet, wobei seine Rüstung und sein Schild glänzten, als wollte er eher zu einem Turnier als in die Schlacht. Hinter ihm gruppierten sich ein paar Ritter in ähnlicher Aufmachung. Keine Bogenschützen, keine Fußsoldaten ... Gerlin fühlte sich in ihrer Ahnung bestätigt. Was sie hier sah, diente der Helmschau, der Protzerei mit Waffen und Ehrenzeichen. Man versuchte, den Gegner einzuschüchtern. Mit einem kurz bevorstehenden Gefecht rechneten Roland und seine Mannen offensichtlich nicht.

Gerlin war außer Atem, als sie die Tür zu ihrer Kemenate aufstieß. Die junge Magd Agnes legte gerade frisch gewaschene Windeln und Kinderkleidchen für Dietmar ordentlich in eine Truhe. Gerlin warf einen Blick auf die Wiege. Sie war leer!

»Wo ist der Junge?« Gerlin stürzte sich auf das Mädchen.

Agnes schaute sie verwundert an. So aufgelöst und erhitzt vom raschen Lauf sah sie ihre Herrin selten. »Die Herrin Luitgart hat ihn geholt«, gab Agnes freundlich Auskunft. »Sie sagte, Ihr schicktet sie, es seien weitere Ritter gekommen, die ihm den Treueid leisten wollten.«

Das war in letzter Zeit sehr häufig geschehen – Agnes hatte keinen Grund, an Luitgarts Aussage zu zweifeln. Natürlich hätte Gerlin der früheren Burgherrin nie erlaubt, das Kind abzuholen, aber das konnte die Magd nicht wissen.

Gerlin zwang sich zur Ruhe. »Wann war das, Agnes? Und weißt du, wo sie hin ist?« Vor ihrem inneren Auge entfalteten sich erschreckende Szenarien. Wenn Luitgart verrückt geworden war, sich in einen Liebesdienst für Roland hineinsteigerte ... sie konnte das Kind vom Söller stürzen!

Agnes schaute verständnislos. »Runter, denk ich. In den Palas ...« Dort fanden die Treuegelöbnisse in der Regel statt.

»Sie ist nicht auf den Turm?«

Gerlin hätte zu gern eine Entwarnung gehört, aber dann sagte sie sich doch, dass ein weiteres Verhör des Mädchens sinnlos wäre. Agnes hatte wahrscheinlich gar nicht mitbekommen, wohin Luitgart mit dem Knaben gegangen war.

Verzweifelt ließ sie das Mädchen stehen und traf eine Entscheidung. Sie würde hinunter zu den Kücheneingängen laufen, hoffen, dass Luitgart das Kind nicht gleich töten, sondern dem Liebsten eher als Morgengabe übergeben wollte. Dietmar war zweifellos ein Trumpf im Kampf um das Lehen. Gerlin hastete durch den Küchentrakt, ein paar Abstellkammern und Geräteschuppen. Der Weg führte zum Küchen- und Kräutergarten – hier gab es ein Türchen hinaus. Gerlin hörte allerdings schon Stimmen, als sie im Halbdunkel über ein Gartengerät stolperte.

»Herrin, wohin wollt Ihr mit dem Kind?« Herr Adalbert. Gerlin fiel ein Stein vom Herzen.

»Habt Ihr nichts anderes zu tun, Herr Ritter, als Euch um Frauenangelegenheiten zu kümmern?« Luitgarts Stimme klang schrill, der Tonfall machte die herrischen Worte zunichte. »Gibt es nicht eine Burg zu verteidigen?«

Herr Adalbert blieb ruhig. »Ihr habt meine Frage noch nicht beantwortet«, sagte er gelassen. »Wohin wollt Ihr mit dem Kind?«

Luitgart schien dazu zunächst keine Entgegnung einzufallen. Gerlin kam jetzt näher und sah die beiden im Durchgang nach draußen. Luitgart hatte Dietmar an sich gedrückt und schien auf dem Weg in den Garten, Adalbert jedoch versperrte ihr den Weg.

Gerlin rannte zu ihnen. »Gebt mir mein Kind!«, rief sie Luitgart an.

Die Frau schien unschlüssig. Aber es gab keinen Ausweg für sie, sie konnte weder an Gerlin noch an Adalbert vorbei. Beide fixierten sie unnachgiebig – und hatten keinen Blick für die Männer, die eben durch den Garten stürmten.

»Ich schlage vor, Ihr gebt es eher mir!«, erklang eine herrische, spöttische Stimme.

Herr Adalbert fuhr herum und zog sein Schwert, aber die Ritter im Garten parierten sofort. Gerlin zählte zwei weitere hinter dem Sprecher. Adalbert wehrte sich tapfer, und Gerlin stürzte sich voller Zorn auf Luitgart.

»Gebt mir mein Kind, oder ich kratz Euch die Augen aus!« Sie zückte ihr winziges Messer, aber Luitgart hielt Dietmar wie einen Schild vor sich.

Völlig von Sinnen trat Gerlin nach ihrer Widersacherin und brachte sie aus dem Gleichgewicht. Luitgart stolperte, aber in diesem Moment sah Gerlin auch schon Herrn Adalbert fallen. Der Ritter hatte sich mit aller Kraft verteidigt, konnte sich der Übermacht allerdings nicht erwehren.

Gerlin warf sich erneut auf Luitgart und versuchte, ihr das Kind zu entreißen. Sie zerkratzte ihr schönes Gesicht, aber Luitgart gab nicht auf. Und sie musste nicht lange durchhalten. In wenigen Augenblicken würden ihr Rolands Ritter zu Hilfe eilen ... Gerlin hatte keine Chance, aber Angst und Wut verliehen ihr Bärenkräfte. Sie hielt Luitgart nieder, bildete ein kämpfendes Knäuel mit ihr, das für die angreifenden Ritter auf den ersten Blick zu unübersichtlich schien, um einzugreifen.

Und dann, sicher nur ein paar Herzschläge später, aber für Gerlin eine gefühlte Ewigkeit, hörte sie Schritte hinter sich. Ein anderer Ritter näherte sich aus der Burg – oder nein, der hochgewachsene Mann, der mit gezücktem Schwert auf sie zuhastete, trug keine Rüstung, sondern die dunklen Gewänder eines Gelehrten. Mit Erleichterung erkannte Gerlin Herrn Salomon. Und dieser zögerte keinen Lidschlag lang. Mit kräftigen Hieben erwehrte er sich der Feinde und schlug gleich den ersten nieder. Die anderen kämpften umso verbissener. Jetzt nahte auch Florís, und hinter ihm keuchte Hansi, der kleine Stallbursche, heran. Ob aus eigenem Antrieb oder geschickt von Salomon: Der Junge musste den Ritter von den Zinnen geholt haben.

Florís und Salomon stellten sich gemeinsam den verbleibenden zwei Rittern, während Hansi beherzt Gerlin zu Hilfe kam. Von jeglicher ritterlicher Kampftechnik unbelastet biss er der Burgherrin kurzerhand in den Arm. Luitgart schrie auf, und als das Baby empört zu brüllen begann, gelang es Gerlin, den kleinen Dietmar aus der Umklammerung seiner Stiefgroßmutter zu befreien. Heftig stieß sie Luitgart von sich, die mit dem Kopf gegen einen Mauervorsprung stieß und auf der Stelle das Bewusstsein verlor.

Keuchend warf Gerlin einen Blick auf den Kampf der Ritter. Herr Salomon schien seinem Gegenüber gewachsen, aber Floris' Gegner kämpfte mit allen Raffinessen. Der Mann war eher klein, er musste gelernt haben, sich größerer Männer mittels Finten zu erwehren – er war auch durch die leichtere Rüstung im Vorteil.

Die Angreifer trugen nur Kettenhemden – Brustpanzer, Arm- und Beinschienen hätten sie beim Überklettern der Gartenpforte behindert.

Florís allerdings war voll gerüstet – auch er kannte die Regeln der Heerschau. Hier, auf engem Raum, wurde ihm das zum Verhängnis. Gerlin schrie auf, als das Schwert des Gegners zwischen Brustpanzer und Armschiene eindrang, eine Schwachstelle – aber es war auf der linken Seite. Florís fing sich trotz der Verletzung rasch. Er nutzte eine kleine Irritation seines Gegners und stieß ihm sein Schwert in die Brust. Das Kettenhemd war leicht zu durchschlagen.

Der Mann sank zu Boden, fast gleichzeitig mit Herrn Salomons Widersacher. Der Medikus hatte ihm in einer raschen Bewegung den Kopf vom Rumpf getrennt. Gerlin mochte es kaum glauben, so viel Schlagkraft und Härte hätte sie dem sanften Mann nicht zugetraut. Salomon wandte sich triumphierend Florís zu, aber dann entfuhr ihm ein Schrei. Sein erster Gegner, der gefallene Ritter, der Herrn Adalbert getötet hatte, regte sich eben wieder. Salomons Schlag hatte ihn nicht ernsthaft verletzt, er musste wieder zu sich gekommen sein und stieß nun mit seinem Schwert nach Florís. Die Waffe traf ein Scharnier der Beinschiene, durchstieß es und bohrte sich in Florís Oberschenkel. Salomon stoppte den Angriff mit einem gekonnten Schwerthieb. Ein weiteres Mal würde der Ritter nicht wieder zu sich kommen.

Florís schwankte. Seine beiden Wunden bluteten stark.

»Legt Euch hin!« In Salomon erwachte wieder der Medikus.

Gerlin eilte zu ihrem Ritter, um ihn zu stützen. Sie half Florís, sich auf den Boden zu legen. Salomon löste seine Arm- und Beinschienen und sah sich die Wunden an. Besonders die Oberschenkelverletzung schien ihm Sorge zu bereiten, aber dann atmete er auf.

»Nicht lebensbedrohlich«, beruhigte er Gerlin und Florís. »Ich hatte befürchtet ... nun, hier verläuft eine wichtige Vene ... aber sie ist nicht durchtrennt. Mit ein wenig Ruhe werdet Ihr bald auskuriert sein.«

»Ruhe?«, fragte Florís mit zusammengebissenen Zähnen. »Ihr scherzt! Gerlin, habt Ihr das Kind, geht es ihm gut?«

Gerlin nickte und warf einen wütenden Blick auf Luitgart, die immer noch bewusstlos dalag.

»Ist sie tot?«, fragte der Ritter.

Salomon fühlte der Frau kurz den Puls. »Nein«, sagte er knapp.

»Was machen wir jetzt?«, erkundigte sich Gerlin. »Ich meine, natürlich müssen wir Herrn Florís zunächst in sein Gemach bringen, aber dann ...«

Florís wehrte mit einer Handbewegung ab. »Dafür ist keine Zeit! Herr Salomon, bandagiert diese Wunden, wie auch immer Ihr das anstellt, aber ich muss reiten können. Wir werden diese Kerle jetzt mit eigenen Waffen schlagen, den Hinterhalt nutzen, um mit dem Erben zu fliehen. Gerlin, zieht dem Ritter da die Kleider aus, er war klein, Ihr solltet hineinpassen, auch wenn Herr Salomon das Kettenhemd ein bisschen zerstückelt hat. Und Ihr, Salomon, nehmt die Sachen des großen. Ich bin überzeugt, auf der anderen Seite der Mauer finden wir ihre Rüstungen und Pferde, damit können wir weg. Und Herr Roland wird uns nicht mal nachsetzen, falls er unserer ansichtig wird ...«

»Herr Florís, Ihr könnt nicht reiten!«, sagte der Medikus besorgt.

Gerlin beunruhigte noch etwas anderes. »Was macht Roland jetzt überhaupt? Steht er immer noch vor dem Burgtor?«

Eigentlich gab es dafür keinen Grund mehr. Eher wahrscheinlich war, dass der Ritter mit dem Aufbau des Belagerungsrings beginnen würde.

Florís lächelte grimmig. Er litt kaum Schmerzen, die Aufregung des Kampfes wirkte besser als jede Betäubung. »Herr Roland streitet sich mit Herrn Laurent. Der ist gerade vor der Burg eingetroffen und beharrt darauf, dass man ihn als Statthalter einsetzt. Ich hoffe, es gibt da keinen Zweikampf. Laurents Sohn steht auf den Zinnen und unterstützt seinen Vater wortreich. Er wird zweifellos versuchen, die Burg zu halten, auch wenn wir weg sind.«

»Ein so junger Ritter?«, fragte Gerlin zweifelnd. Er hatte mit Dietrich die Schwertleite gefeiert.

Floris ging nicht auf ihren Einwand ein, sondern versuchte, sich aufzurichten. Er wandte sich wieder an den Medikus. »Was ist nun, Herr Salomon? Helft mir! Wenn Ihr diese Wunden nicht verbindet, muss Gerlin es tun! Ich will den Kerlen doch keine Blutspur hinterlassen. Wir müssen fliehen, Medikus, eine andere Möglichkeit gibt es nicht!«

»Du könntest hierbleiben ...«, flüsterte Gerlin.

Floris schüttelte den Kopf. »Dieser Roland schickt mich seinen Freunden doch gleich hinterher, wenn er mich verletzt hier findet.«

Der Medikus konterte mit einem schiefen Grinsen. »Ach? Ihr meint, der edle Herr von Ornemünde würde auf jegliches ritterliche Gebaren und die Einhaltung jeder Regel pfeifen?« Salomon hatte der Kampf offensichtlich sehr erregt, er konnte sich nicht bezähmen, dem Ritter seine Fehleinschätzung vom Vortag vorzuhalten. »Sagt nicht, Ihr wolltet dem Herrn Roland die Tugenden der Maße und Demut und Gerechtigkeit absprechen!« Der Arzt begann widerwillig, Floris' Verletzungen zu untersuchen. »Wenn Ihr darauf früher gekommen wärt, Herr Ritter, läget Ihr jetzt nicht hier, und wir hätten Gerlin und Dietmar seit gestern Nacht hier raus!«

Gerlin fühlte sich schuldig, und eigentlich hätte sie das jetzt Salomon erklären müssen, aber sie war zu müde, und die bevorstehende Flucht würde noch mehr Kraft erfordern.

»Streitet Euch nicht«, befahl sie deshalb nur erschöpft und zerriss ihr Unterkleid als Verbandsmaterial. Sie würde es ohnehin nicht brauchen, wenn sie tatsächlich die Kleider des Ritters nahm.

Mit Schaudern zog sie der Leiche das Kettenhemd aus. Die Leinenkleidung darunter war blutgetränkt. Gerlin mochte sie nicht anziehen, sie improvisierte Unterkleidung aus ihrem Hemd und ihrer Surkotte. Zum Glück ein schlichtes Kleid aus Leinen, so kurz nach Dietrichs Tod mochte Gerlin nicht mit Seidenkleidern protzen. Schnell zog sie das Kettenhemd über. Während Salomon Florís feste Verbände anlegte, entkleidete sie auch den anderen toten Ritter und legte seine Rüstung für Salomon bereit. Der kleine Hansi ging ihr dabei tatkräftig zur Hand. Er fürchtete sich nicht vor den Toten, im Gegenteil, es schien fast, als habe er Übung darin, leblose Leiber ihrer Rüstung zu berauben.

Der Medikus seufzte, als er seine Arbeit beendete. Florís, mehr als zufrieden mit den Verbänden, kämpfte sich gleich auf die Beine. Der Arzt dämpfte seine Euphorie jedoch sofort.

»Mit den Bandagen werdet Ihr ein bisschen laufen und reiten können«, meinte er unwillig. »Aber die Wunden werden weiterbluten und können nicht heilen, wenn Ihr Euch nicht schont. Ihr riskiert Euer Leben, Florís! Weiterer Blutverlust wird Euch schwächen, und auch Wundbrand kann eintreten, wenn die Verletzungen nicht ordentlich versorgt werden.«

Gerlin reichte dem Medikus das Kettenhemd. »Zieht das über, Herr Salomon, es ist ohnehin jede Rede müßig. Florís' Wunden werden versorgt werden. Wenn wir wirklich hier herauskommen, reiten wir zum Kloster Saalfeld. Da kommen wir unter, und man wird sich um ihn kümmern ...«

Der Jude verzichtete darauf, anzumerken, dass er selbst dort allerdings kaum willkommen sein würde. Aber andererseits vertraute er auf die Vernunft und das Eigeninteresse des Abtes, der als realistisch denkender Mann bekannt war. Zweifellos würde Saalfeld Gerlin und Dietmar Asyl gewähren, wenn auch ungern für längere Zeit. Kein Kloster begab sich bereitwillig zwischen die Fronten eines Streits unter Adligen. Und die einzige Chance, Gerlin und Dietmar von Ornemünde möglichst schnell wieder loszuwerden, lag darin, sie im Geleit des Medikus ziehen zu lassen. Ob der nun Jude war oder nicht.

Kapitel 8

Florís schaffte es nur mühsam, sich durch die Mauerpforte zu zwängen, Gerlin beobachtete besorgt, dass seine Verbände schon durchbluteten. Allerdings warteten draußen keine weiteren Bewaffneten, wie sie befürchtet hatte. Ein erneuter Kampf blieb ihnen wenigstens erspart. Das schien auch den kleinen Hansi zu beruhigen, der Gerlin fürsorglich geholfen hatte, das Gartentor zu überklettern.

»I geh dann«, sagte er wichtig. »Ihr braucht's mich ja net mehr. Und i richt dem Herrn Conrad aus, wo er Euch finden tät …« Herr Conrad war der Sohn von Herrn Laurent.

Gerlin schüttelte den Kopf. »Lass das mal lieber!«, meinte sie. »Es reicht, wenn er weiß, dass wir fort sind. Es gibt zu viele Mittel und Wege, Männern ihr Wissen zu entreißen …«

Hansi nickte ernst. »I woas!«, sagte er fast vergnügt. »Rösten wie an Schweinsbraten oda Rausziehn von de Fuaßnägel oda …«

»Schon gut«, brachte ihn Gerlin zum Schweigen. »Du brauchst uns das nicht alles vorzuhalten. Geh jetzt einfach und berichte dem Herrn Conrad. Ach ja, Hansi, und vielen Dank! Wenn der Herr Dietmar groß ist, wird er dich zum Ritter schlagen.«

Hansi blickte traurig. »Des glaub i net«, sagte er leise, aber dann verzog er sich wirklich.

Gerlin und die Männer sahen sich um. Die Mauerpforte war umgeben von dichtem Gestrüpp, das die Burg zusätzlich sicherte. Nur ein Pattweg führte durch den Wald, Gerlin und Salomon folgten ihm. Der Medikus wollte Florís stützen, aber der Ritter wehrte ihn ab.

»Ich kann allein gehen ... es ist nicht schlimm ...« Tatsächlich begann er jetzt zwar Schmerzen zu empfinden, aber noch war es gut auszuhalten. »Zieht besser Euer Schwert, Herr Salomon. Falls doch ein Hinterhalt auf uns wartet. Und Ihr, Frau Gerlin, haltet das Kind still, wenn es denn möglich ist ...«

Dietmar hatte erneut zu weinen begonnen. Als Gerlin ihn nicht beruhigte, sondern weiter im Laufschritt durchs Unterholz trug, wurde das Greinen zu empörtem Schreien. Der Kleine musste jetzt auch Hunger haben, es war eigentlich Zeit, ihn zu füttern.

Gerlin drückte ihren Sohn an sich und versuchte, das Gebrüll durch die Decke zu dämpfen, in die er eingewickelt war. Natürlich gelang das nur ungenügend. Aber die Flüchtenden hatten wieder Glück: Auch die Pferde der Ritter waren unbewacht. Sie warteten auf der nächsten Lichtung, an Bäume gebunden. Rüstungen und Schilde lagen daneben.

»Die haben sich nicht mal die Mühe gemacht, das Zeug zu verstecken!«, wunderte sich Florís und verteilte die Brustharnische und Helme an seine Freunde. Um die Tarnung aufrechtzuerhalten, falls Rolands Ritter sie vorbeisprengen sahen, war es ratsam, sie anzulegen.

Gerlin zuckte die Schultern und kämpfte mit den schweren Beinschienen. »Warum auch? Das Ganze war doch als ein Vorstoß von wenigen Augenblicken geplant. Frau Luitgart hätte das Kind übergeben – sich dem Trupp vielleicht auch angeschlossen –, und keinen Stundenschlag später hätten die sauberen Herren Ritter mit ihrer Beute abziehen können.«

Salomon band eines der Pferde los und machte Anstalten, Florís beim Aufsteigen zu helfen. »Nun ziert Euch nicht, Herr Ritter, Euren Knappen erlaubt Ihr doch auch, Euch aufs Pferd zu heben. Und über Stolz und Rangordnungen müssen wir nun wirklich nicht streiten!«

Wenn ein Ritter dem anderen den Steigbügeldienst leistete, bekannte er sich damit als dessen Lehnsmann. Diesen Dienst allerdings von einem Juden anzunehmen ... Gerlin hatte nie davon gehört, dass so etwas jemals geschehen war, es musste einen Ritter entehren. Florís schien jetzt aber entschlossen, die Sache einfach zu übersehen. Er sah niemanden an, während Herr Salomon ihm in den Sattel half, und wechselte dann rasch das Thema.

»Die Ritter hatten sicher nicht die Absicht, Frau Luitgart mitzunehmen«, bemerkte er. »Hier sind jedenfalls nur drei Pferde, und keins davon ist ein Zelter.«

Salomon seufzte. »Ja, leider! Auf einem Pferd mit weicherem Gang säßet Ihr heute sicherer und besser, Herr Florís. Aber es ist nicht zu ändern. Schafft Ihr es, das dritte Pferd zu reiten, Frau Gerlin?«

Gerlin hatte sich schon eine Baumwurzel gesucht, von der aus sie den riesigen Streithengst ohne große Anstrengung erklettern konnte. Mit einer Hand hielt sie die Zügel des tänzelnden Pferdes, mit der anderen drückte sie den immer noch schreienden Dietmar an sich.

»Ich sollte Euch wenigstens das Kind abnehmen ...«, meinte der Medikus.

Florís erregte sich derweil wortreich über den Gedanken, einen Zelter zu reiten. Als Ritter hätte er das als Erniedrigung empfunden. Leichtrittige, sanfte Pferde blieben Frauen und Klerikern vorbehalten, ein Mann von Adel zügelte einen Streithengst.

Gerlin merkte, dass die Aufregungen langsam an ihren Nerven zerrten – das brüllende Kind, das unruhige Pferd ... Florís' Tapferkeit, aber auch Unvernunft.

»Ich komme schon zurecht!«, beschied sie Salomon. »Lasst uns nur endlich weg von hier!«

Gerlin war eine recht geübte Reiterin, aber der Weg nach Saalfeld wurde ihr trotzdem lang. Vor allem der erste Teil erschien kaum erträglich. Sie bekam schlecht Luft unter dem Helm, die Rüstung lastete schwer auf ihren Schultern und ihren Gliedern. Unglaublich, dass die Männer es schafften, darin auch noch zu kämpfen, aber natürlich übten sie das von Kindheit an. Gerlin nahm an, dass sie dabei auch an all den Körperstellen Hornhaut entwickelten, an denen die Rüstung scheuerte. Sie selbst rieb sich die Beine dagegen gleich auf, als Florís sein Pferd in Trab und dann Galopp setzte. Vor allem der Trab auf dem Streitross war für sie kaum zu sitzen – Damenpferde pflegten ihre Reiterinnen in weicheren Viertaktgangarten über Land zu tragen. Die Streithengste hatten dagegen riesige Bewegungen. Selbst die Ritter trabten sie kaum, sondern bevorzugten einen ruhigen, gesetzten Galopp.

Gerlin kontrollierte ihr Pferd zudem nur ungenügend. Der Hengst war zwar freundlich, aber er lief so hinter den anderen Pferden her, wie es ihm passte. Die Gangarten konnte Gerlin nicht bestimmen. Nach der ersten Viertelmeile hätte sie vor Schmerzen schreien mögen, die Rüstung scheuerte an ihren Beinen und Armen und vor allem im Schritt. Gerlin wusste nicht, wie sie das stundenlang durchhalten sollte. Immerhin kamen die Flüchtenden gut an Roland und seinen Mannen vorbei. Der Belagerungsring war nach wie vor nicht geschlossen, und falls jemand die Reiter sah, hielt er sie zumindest nicht an.

Nachdem sie auch das Dorf Lauenstein passiert hatten, parierte Florís endlich durch. Ein Blick in sein schweißüberströmtes Gesicht verriet Gerlin, dass der Ritt ihn kaum weniger mitgenommen hatte als sie. Sein verletzter Arm hing schlaff herunter, das Bein nahm er jetzt aus dem Steigbügel, als sein Pferd Schritt ging. Er verlor auch wieder Blut, Spuren davon zeigten sich auf der Beinschiene.

Salomon musterte die Mienen seiner Mitreiter und verzog den Mund. In seinem Blick stand Mitleid, aber er musste die Gruppe jetzt weitertreiben. »Wir können später rasten, Florís, aber jetzt ist es zu früh. Und wir können auch nicht so langsam weiterreiten. Dieser Roland hat bestimmt irgendwo einen Treffpunkt mit seinen Schergen ausgemacht, und Herr Laurent wird ihn nicht ewig aufhalten. Wenn die Männer nicht kommen, wird er argwöhnisch werden.«

Florís nickte mit zusammengebissenen Zähnen. »Ich weiß«, sagte er entschlossen. »Wie ... wie geht es dem Kind, Frau Gerlin? Sehr ... sehr schlecht?«

Dietmar brüllte wieder, nachdem er sich für eine kleine Weile beruhigt hatte, und Gerlin hätte beinahe gelacht. Ihr Sohn war zwar zweifellos empört über das Ausbleiben seines Mittagessens, aber ansonsten ging es ihm sicher besser als ihr und Florís zusammen.

»Macht Euch keine Sorgen, das Kind hat keine Blessuren davongetragen«, beruhigte sie den Ritter. »Aber wenn Ihr mir jetzt vorwerft, dass ich ihn nicht zum Schweigen bringen kann, dann schreie ich! Sagt mir lieber, wie Ihr diese Pferde in Galopp setzt. Im Trab schläft der Kleine nie ein!«

Salomon setzte sein Pferd schließlich neben sie und nahm es an den Führzügel, damit Gerlin beide Hände für das Kind frei hatte – oder wenigstens eine dazu nutzen konnte, sich anzuklammern. Nach zwei Stunden Ritt schaffte sie es einfach nicht mehr, halbwegs korrekt und gerade zu sitzen, ihre Haut war bis aufs rohe Fleisch aufgescheuert. Florís litt ebenso, aber sein Gleichgewichtssinn war besser geschult. Irgendwann war es jedoch auch ihm nicht mehr möglich, sich aufrechtzuhalten. Er lehnte sich vor und klammerte sich an die Mähne des Hengstes. An Traben und Galoppieren war nicht mehr zu denken.

»Wir machen jetzt Rast hier und versuchen, einen Wagen aufzutreiben!«, entschied Salomon schließlich, als sie ein kleines Dorf passierten.

Es gehörte bereits zum Kloster, sie hätten die Pferde hier unterstellen und dafür ein Gespann leihen können. Gerlin tat das allerdings nur ungern. Wenn Roland die von seinen Rittern erbeuteten Pferde in dem Flecken entdeckte, würde er die Bauern blutig strafen.

Florís rutschte vom Pferd in Gerlins Arme. Er war völlig erschöpft, und die Verbände gänzlich durchgeblutet. Die Dörfler standen dem verwundeten Ritter hilflos gegenüber und wirkten verblüfft, als Salomon seine Rüstung ablegte und sich um ihn kümmerte. Auch Gerlin betrachteten sie voller Skepsis – eine Frau in einer Rüstung hatten sie noch nie gesehen. Immerhin nahmen sich die Bäuerinnen gleich des kleinen Dietmar an. Freundlich boten sie sowohl Milch an als auch Ammendienste. Dietmar knabberte glücklich an dem Brotkanten, den eine der Frauen ihm reichte, und war endlich still.

Gerlin atmete auf. Sie versuchte, den Leuten halbwegs verständlich zu machen, was sie herführte, erntete aber nur verwirrte Gesichter. Der Herr dieser Bauern war der Abt von Saalfeld. Mit den Lauensteinern hatten sie nichts zu tun, und Erbstreitigkeiten waren ihnen fremd. Allerdings waren sie gastfreundlich, selbst diesen skurrilen Besuchern gegenüber. Gerlin sehnte sich nach einem stärkenden Becher Wein, Florís und Salomon ging es nicht anders. Die Bauern hatten allerdings nur Brot und Milch. Die drei schlangen die einfache Kost trotzdem heißhungrig herunter. Gerlin hätte das nicht gedacht, bevor sie die Mahlzeit vor sich hatte, aber sie mussten neue Kraft schöpfen.

Die junge Frau sehnte sich nach Ruhe, Florís, der bleich wie der Tod auf dem Strohsack eines der Bauern ruhte, schien überhaupt nicht mehr fähig, sich noch einmal zu erheben. Dennoch drängte er auf raschen Aufbruch.

»Herr Salomon fragt nach einem Fuhrwerk …«, meinte er unwillig. »Das ist … natürlich wäre es sehr viel bequemer für Euch und das Kind …«

Gerlin nickte lächelnd. Es war sicher besser für den Stolz des Ritters, wenn man seine eigene Schwäche nicht erwähnte.

Leider wurden Salomons Hoffnungen enttäuscht. »In diesem ganzen verlorenen Flecken Erde gibt es kein Fuhrwerk!«, ärgerte sich der Medikus, als er zu den anderen zurückkam. »Zumindest zurzeit nicht, sie haben ihre zwei Gespanne mit der Ernte nach Saalfeld geschickt. Vor morgen sind die nicht zurück.«

»Und wenn wir hier übernachten?«, fragte Gerlin hoffnungsvoll.

Salomon wehrte ab. »Frau Gerlin, wir sind jetzt schon zu langsam! Morgen früh, darauf wette ich, werden Rolands Schergen vor dem Kloster stehen, womöglich schon heute Abend. Er kann sich doch denken, wo Ihr Zuflucht sucht, und das Allerbeste wäre, wir wären dann schon wieder weg. Aber gut, ein paar Nächte wird der Abt Euch beherbergen, und irgendwie kommen wir da auch wieder raus – Herr Roland kann ja schlecht ein Kloster belagern. Wenn er uns allerdings vorher erwischt – in den Rüstungen seiner Leute …«

Gerlin stand seufzend auf und begann, die Rüstung wieder um ihre wunden, schmerzenden Glieder zu schnallen. Sie wusste genau, was Salomon dachte. Ihn, den Juden, der sich Ritterwürde anmaßte, würde Roland sofort töten. Und was sie selbst anging – nun, man würde den zierlichen Panzerreiter erst umbringen, und dann entsetzt feststellen, dass man da eine Frau erstochen hatte. Ein schreckliches Unglück, das fanden zweifellos auch Bischof und Kaiser. Aber warum hatte die edle Frau Gerlin auch in einer Ritterrüstung reiten müssen?

Florís bewies ungeheure Selbstbeherrschung, indem er sich trotz seiner Verwundungen erneut aufs Pferd schwang. Es waren nur noch ein paar Meilen nach Saalfeld, sie konnten das Kloster leicht vor dem Dunkelwerden erreichen. Aber der Weg wurde zum endlosen Martyrium. Mehr als einmal beneidete Gerlin Dietmar. Der Kleine war gesättigt und schlief nun friedlich in ihren Armen. Der Gang des Streitrosses schien ihm nichts auszumachen.

»Mein kleiner Ritter!«, flüsterte Gerlin ihm zu.

Und dann endlich sahen sie das Kloster Saalfeld inmitten fruchtbarer Felder und Wiesen vor sich aufragen. Die Pferde schienen den Stall zu wittern, sie trabten ungefragt an, als sie den Rand des Wäldchens erreichten, das die Flüchtlinge eben durchquert hatten.

Plötzlich schoben sich ihnen zwei kräftige Pferde in den Weg. Die Ritter in ihren Sätteln wirkten ausgeruht und sicher.

»Hab ich's mir doch gedacht!« Als Leon von Gingst gewahr wurde, dass keines seiner überrumpelten Opfer sofort das Schwert zog und angriff, senkte er hämisch lachend das Visier. »Ein bisschen Asyl im Kloster ... bietet sich ja auch an für eine fromme Edelfrau und ihr unschuldiges Kind. Wenn die Frau mal nicht bloß eine Hure wäre, die dem besseren Erben im Weg steht, und das Kind ihr Bankert ... aber wie sollen so ein frommer Mönch oder eine unbedarfte Nonne das herausfinden?«

Florís riss sein Schwert aus der Scheide und galoppierte auf ihn zu. Die Wut schien ihm neue Kraft zu geben – der Angriff kam für Herrn Leon völlig überraschend.

»Ja, wen haben wir denn da bei uns?«, grinste er, nachdem er den ersten Schlag pariert hatte. Florís schwankte im Sattel, aber er wehrte sich mit dem Mut der Verzweiflung.

Salomon griff den anderen Ritter an. Auch er musste müde sein, aber seine Schläge erfolgten ungeheuer präzise und mit viel mehr Kraft, als Gerlin dem Medikus je zugetraut hatte. Hier stritt ein Mann um sein Leben ... Gerlin fuhr durch den Kopf, dass sie nie wieder verächtlich über die Schwäche der Juden denken würde. Salomon hatte Recht, auch sein Volk konnte kämpfen, wenn man es ihm nur erlaubte.

Allerdings war der Arzt zweifellos im Nachteil. Salomon mochte ebenso intensiv im Schwertkampf unterrichtet worden sein wie jeder Ritter – er trug jedoch nie eine Rüstung. Nun hatte er sich zum Glück schon im Dorf der gewichtigsten Teile entledigt. Er ritt nur noch im Kettenhemd, aber auch das war schwer genug. Wenn der Kampf länger dauerte, würde er dem Gegner durch pure Erschöpfung unterliegen. Gerlin überlegte, was sie tun konnte. Und plötzlich fiel ihr ein, dass auch sie ein Schwert trug. Und dass keine Eide sie zu fairem Kampf verpflichteten!

Schweren Herzens legte sie ihr Kind in einer Astgabel ab. Wenn Dietmar aufwachte und strampelte, würde er vom Baum fallen, aber Gerlin konnte unmöglich noch einmal ab- und wieder aufsteigen, bevor sie sich in ihren ersten Kampf stürzte. Und wenn es gelingen sollte, musste es schnell gehen. Die junge Frau nahm die Zügel entschlossen in die linke Hand, zückte das Schwert und ritt so schnell sie konnte seitlich auf Herr Salomons Gegner zu. Der Hengst blieb im Trab, und Gerlin schwankte gefährlich im Sattel, aber sie war fest entschlossen. Das Schwert war schwer, sie konnte es halten, wenn auch kaum gezielt führen. Aber das war jetzt egal, sie würde es machen wie die Ritter mit der Lanze. Sie musste die Waffe nur gerade halten und in genau dem Moment auf den Ritter treffen, in dem er den Schildarm hob, um einen von Salomons Schlägen abzuwehren!

Gerlin ritt an und betete – und dann erreichte sie den Ritter wirklich genau im richtigen Augenblick. Der Ritter gab seine Seite frei, und der Schwung des Reithengstes trieb Gerlins Schwert unter der Achsel in seinen Leib. Hier schützte ihn keine Rüstung, die Waffe durchbohrte ihn, ohne Widerstand zu finden.

Gerlin wäre bei dem Aufprall fast heruntergefallen. Sie ließ das Schwert los und klammerte sich an Zügel und Mähne des Pferdes.

Aus dem Augenwinkel sah sie Florís, der einen fast aussichtslosen Kampf kämpfte. Aber sie musste zurück zu Dietmar, das Kind brauchte sie.

Salomon preschte zu Leon von Gingst und dem im Sattel schwankenden Florís. Er hatte sein Pferd gewendet, kaum dass sein eigener Gegner fiel. Aber der Ritter hatte Florís längst weit zurückgedrängt. Den Aquitanier verließ in diesem Augenblick endgültig die Kraft. Das Schwert entglitt ihm, und er griff reflexartig nach dem Sattelknauf, um sich zu halten. Sein Kopf fiel vornüber, sein Nacken war ungeschützt. Leon von Gingst holte zum tödlichen Schlag aus.

Gerlin schrie, aber es war zu spät. Leon hob das Schwert, und Gerlin meinte es schon niedersausen zu sehen. Aber dann vernahm sie den schweren Hufschlag eines herangaloppierenden Pferdes. Etwas flog durch die Luft – und Leons Schwerthand erstarrte im Schlag. Die Waffe fiel ihm aus der Hand, er fasste an seine Kehle – und schien völlig verblüfft, die Spitze einer Lanze zu fühlen, die seinen Hals durchschlagen hatte. Der Ritter gab noch einen gurgelnden Laut von sich, dann fiel er zu Boden.

Florís blickte ungläubig auf den Leichnam zu seinen Füßen, und Gerlin schluchzte auf. Salomon verhielt sein Pferd. Er sah dem herankommenden Reiter fassungslos entgegen.

»Ihr braucht dem heiligen Georg nicht zu danken, Herr Florís!«, grinste Rüdiger von Falkenberg und grüßte mit einer lässigen Bewegung. »Streng genommen gehörte die Kampftechnik, die den Ritter fällte, in den Bereich der Ungläubigen. Herr Adalbert hat mir erklärt, dass die Sarazenen ihre Lanzen werfen. Wir haben's geübt, als er die Knappen trainierte, und ich war immer der Beste!« Selbstgefällig zog der junge Ritter seine Lanze aus dem Hals des Toten.

Gerlin riss sich den Helm vom Kopf und lenkte ihr Pferd zu dem luftigen Zufluchtsort ihres Sohnes. Dietmar zeigte ihr ein lachendes Gesichtchen. Er war wach, hatte sich aber nicht gerührt.

»Ich werde dir jetzt deinen Onkel vorstellen«, sagte sie zärtlich, als sie den Kleinen aufnahm. »Einen großen Ritter!«

Während Salomon Florís vom Pferd half und sich um seine Wunden kümmerte, umarmte Gerlin ihren Bruder, gleichzeitig lachend und weinend. »Wo kommst du denn jetzt her?«, fragte sie schluchzend. »Wie wusstest du ...?«

»Herr Roland hat mich heute Morgen mit Herrn Leon und Herrn Ludewig losgeschickt«, gab Rüdiger Auskunft. Er löste sich von Gerlin und ging zu Florís und Salomon hinüber.

»Seid Ihr schwer verwundet?«, fragte er seinen früheren Waffenmeister.

Florís wehrte mit einer schwachen Handbewegung ab. Er konnte noch nicht sprechen. Salomon gab ihm Wasser zu trinken.

»Er wird es überleben«, gab der Medikus Auskunft. »Dank Eurer Hilfe, Herr Rüdiger. Aber sprecht weiter. Was bringt Euch hierher?«

Rüdiger setzte sich neben die Männer ins Gras. Auch Gerlin ließ sich vorsichtig nieder. Sie konnte sich in der Rüstung kaum bewegen, aber jetzt würden sie ja bald die Abtei erreichen. Dietmar spielte mit ihrer Schwertscheide.

»Wie gesagt: Herr Roland sandte mich heute Morgen mit den anderen Rittern fort – wohin sagte er nicht, ich erfahre immer als Letzter, was er vorhat, so ganz traut er mir wohl nicht. Ansonsten hätte ich Euch rechtzeitig wissen lassen, dass er eine Belagerung plante. Es tut mir leid, Herr Florís.«

Florís winkte wieder ab. Er trank gierig und schien langsam wieder zu Atem zu kommen.

»Wir warteten auf einer Lichtung, vielleicht eine Meile von der Burg entfernt – und irgendwann wurden die Ritter unruhig. Sie verrieten dann auch, weshalb wir dort waren. Wir sollten meinen

Neffen in Empfang nehmen und zu Roland bringen. Die Ritter sprachen von ›Herrn Rolands Mündel‹ – so sollte das wohl dargestellt werden ...«

»Und wieso schickten sie da gerade dich?«, fragte Gerlin. »Wo du doch sagst, dass Roland dir nicht vollständig vertraut?«

»Aber Rüdiger ist wirklich Dietmars Onkel«, bemerkte Salomon. »Das relativiert die Sache mit der Entführung. Seht es mal so, wie man es dem Kaiser vortragen würde: Da die Mutter offensichtlich nicht bei Sinnen war, übergab die Stiefgroßmutter das Kind seinen liebenden Verwandten. Und da der eine ein Ritter ist und der andere ein Knappe, dazu der eine mütterlicherseits, der andere väterlicherseits mit dem Knaben verwandt, übernimmt natürlich Herr Roland die Vormundschaft. Das ist ausgeklügelt bis ins kleinste Detail! Dumm ist er nicht, unser Herr Roland!«

»Jedenfalls erschien schließlich Frau Luitgart – voller Blut, mit zerrissener Kleidung und völlig außer sich. Sie sagte, dass ihr mit dem Kind fort seiet. Und sie wollte zu Herrn Roland. Sie war völlig durcheinander, hatte sich wohl den Kopf angeschlagen.«

»Wir hätten ihn ihr abschlagen sollen!«, wütete Gerlin.

»Das wäre deiner Sache zweifellos dienlich gewesen«, bemerkte Rüdiger. »Jetzt öffnet sie nämlich gerade Herrn Roland die Burg. Nehme ich zumindest an, Herr Leon hat ihr das befohlen. Ich musste sie zurück zu dieser Küchenpforte geleiten, und anschließend sollte ich Herrn Roland benachrichtigen. Das habe ich allerdings nicht getan. Nachdem ich die Dame abgeliefert hatte ... tut mir leid, Gerlin, aber ich hab's nicht übers Herz gebracht, sie umzubringen.«

Salomon verdrehte die Augen. »Wir sprachen bereits öfter darüber, dass man es mit den ritterlichen Tugenden auch übertreiben kann.«

Florís schüttelte den Kopf. »Eine wehrlose Frau ...«, murmelte er. »Herr Rüdiger hat selbstverständlich richtig gehandelt.«

Gerlin atmete auf. Wenn Florís' Galanterie schon wieder durchbrach, konnte es nicht allzu schlecht um ihren Ritter stehen.

»Ich bin dann jedenfalls hinter Herrn Leon und Herrn Ludewig her«, beendete Rüdiger seine Erzählung. »Herr Leon nahm an, dass Ihr zur Abtei flüchten würdet, das ist ja das Naheliegendste, und anschließend wahrscheinlich nach Mainz, um beim Bischof Beschwerde zu führen. Tja, und wie Ihr seht, kam ich gerade im rechten Augenblick.« Der Junge grinste selbstgefällig.

Florís nickte. »Herr Rüdiger«, sagte er dann etwas mühsam, aber voller Würde. »Ihr ... habt Eure Schwertleite noch nicht gefeiert?«

Rüdiger zuckte die Schultern. »Wann denn? Ich ziehe seit eineinhalb Jahren hinter Roland her.«

Florís richtete sich auf. »Liegt Euch viel an einer großen Feier?«, fragte er ernst.

Rüdiger sah ihn an – und verstand. Über sein immer noch etwas kindlich rundes Gesicht ging ein Strahlen.

»Ich hatte gerade meine Feier!«, grinste er. »Dieser Leon von Gingst war ein solcher Hund! Unser Vater hatte ihn auf dich eingeschworen, Gerlin! Er sollte dich mit seinem Leben beschützen! Und was tat er? Nichts als Ränke schmieden!«

»Er hinterlässt Euch immerhin seine Rüstung und sein Streitross«, bemerkte Florís. »Gerlin ... wir brauchen ein paar Sporen für die Zeremonie ...«

Gerlin lächelte. Auch sie begriff nun, was Florís plante. Ungeschickt löste sie die Sporen des Herrn Leon.

»Ihr helft mir auf, bitte, Herr Salomon, und gebt mir mein Schwert. Und du, Knappe, knie nieder!«

Florís de Trillon versetzte Rüdiger von Falkenberg einen leichten Schlag auf die Wange, berührte dann seine Schultern mit seinem Schwert und gürtete ihn anschließend mit den erbeuteten Waffen.

»Goldene Sporen kann ich Euch leider nicht bieten«, lächelte er. »Aber sonst ... Ihr seid nun ein Ritter, Herr Rüdiger! Verhaltet Euch danach, pflegt die ritterlichen Tugenden besser als Euer letzter Lehrmeister – und fahrt fort, solche Gauner zur Hölle zu schicken wie den da.« Er wies auf Leon von Gingst. »Wollt Ihr uns jetzt in die Abtei begleiten? Nein, bitte, Herr Salomon, ich will mich nicht erneut niederlegen, ich fürchte, ich schaffe es sonst nicht mehr, aufzustehen. Bitte helft mir aufs Pferd.«

Florís schwankte bedenklich, als er wieder im Sattel saß, aber er hielt sich bewundernswert. Helm und Brustpanzer hatte er allerdings abgenommen, nur Salomon behielt die gesamte Rüstung an. Die Frage, wie er sich als Jude in der Abtei verhalten sollte, wurde jetzt dringlich.

»Ihr müsst mit hineinkommen, Florís braucht Euch!«, flehte Gerlin. Wahrscheinlich hatte die Abtei einen Bruder Apotheker, aber sie traute der Klostermedizin wenig zu.

»Aber ich habe nicht einmal passende Kleidung«, wandte Salomon ein. »Glaubt mir, ich würde nur zu gern auf einem sauberen Strohsack im Gästehaus schlafen, ein Feuer haben und einen Schluck Wein, statt mich irgendwo im Wald zu verstecken. Aber ein Jude in der Rüstung eines Ritters – die Mönche würden mich melden!«

»Dann bleibt doch einfach ein Ritter«, schlug Rüdiger gelassen vor. »Denkt Euch einen netten Namen aus ... der Kerl, der Eure Rüstung vorher trug, hieß Armin de Caresse ...«

»Der Abt kennt mich«, sagte Salomon.

Rüdiger winkte ab. »Dann zeigt Ihr Euch eben nicht. Lasst das Visier unten – und für später leihe ich Euch einen langen Mantel mit Kapuze, darunter könnt Ihr Euch verbergen.«

»Mit welcher Begründung?«, fragte der Arzt.

Über Rüdigers Gesicht huschte ein spitzbübisches Grinsen. »Ihr habt ein Gelübde getan!«, verkündete er. »Beim letzten Turnier habt Ihr beim Buhurt versehentlich einen befreundeten Ritter getötet. Darüber seid Ihr untröstlich, vor Scham wagt Ihr nicht mehr, der Welt Euer Gesicht zu zeigen. Zurzeit seid Ihr auf dem Weg in ein Kloster bei ... bei ... Na, da fällt uns schon noch was ein, wo Ihr sieben Jahre lang zur Sühne fasten wollt oder so was.«

Gerlin musste lachen. »Es reicht, wenn er betet«, bemerkte sie. »Er braucht nicht gleich zu verhungern.«

»Eben daran wird es scheitern«, erklärte Salomon. »Ich müsste die Messe besuchen. Und ich kenne die Liturgie nicht.«

Rüdiger schüttelte den Kopf. »Ach, Ihr müsst ja nicht mitsprechen!«, meinte er leichthin. »Ihr weint einfach. Letzte Bank, hinterste Ecke – und schluchzen. Man wird Mitleid für Euch empfinden und Euch in Ruhe lassen. Natürlich müsst Ihr ein bisschen was spenden. Habt Ihr Geld bei Euch?«

Gerlin musterte ihren Bruder mit neuem Respekt. »Du bist so erwachsen geworden!«, sagte sie.

Salomon lächelte. »Nehmt es mir nicht übel, Herr Rüdiger, aber mitunter erinnert Ihr mich ein wenig an Abram, meinen missratenen Neffen.«

Florís schaffte es, auf dem Pferd zu bleiben, bis sie die Abtei erreichten. Der Pförtner stellte keine großen Fragen, das Gespräch mit dem Abt übernahm Rüdiger. Er erklärte dem Kirchenmann Gerlins seltsame Aufmachung, bat für sie und Dietmar um Asyl und machte glaubhaft, beide stünden unter seiner Munt. Gerlin überlegte überrascht, dass sie ihren Bruder jetzt tatsächlich bitten konnte, sie zu vertreten. Mit dem Ritterschlag war er volljährig und durfte die Vormundschaft über seine Schwester und seinen Neffen übernehmen.

Salomon stellte zu seiner großen Erleichterung fest, dass der

Mönch, dem die Krankenpflege oblag, sein Fach verstand. Er reinigte Florís' Wunden mit verdünntem Wein, legte Calendula-Salbe auf und verband den Ritter fachgerecht.

»Aber Ihr werdet ein paar Wochen liegen müssen, Herr Ritter«, sagte er freundlich. »Ihr könnt auf keinen Fall morgen weiterreiten!«

»Und ob ich kann!«, begehrte Florís auf, aber auch Salomon schüttelte den Kopf, als die Flüchtenden später allein waren.

»Seid doch vernünftig, Florís, Ihr könnt Euch heute schon kaum rühren. Und morgen wird das noch schlimmer werden. Ihr habt Blut verloren und seid völlig erschöpft. Der lange Ritt, der zweite Kampf – einen weiteren würdet Ihr nicht überstehen. In Eurem Zustand seid Ihr der Frau Gerlin mehr Last als Hilfe!«

»Ich werde meiner Dame niemals eine Last sein!«, sagte Florís würdevoll.

Er wollte sich aufsetzen, aber er schaffte es nicht. Florís verzweifelte beinahe an seinem Zustand, aber er begann, den Tatsachen ins Auge zu sehen.

»Was wollt Ihr denn jetzt überhaupt tun?«, fragte Rüdiger.

Die Flüchtenden konnten offen sprechen, die Mönche befanden sich zur Komplet in der Kirche, zwangen die Gäste aber nicht, an jedem ihrer Gebete teilzunehmen. Der Vesper hatten Rüdiger, Gerlin und Salomon beigewohnt, »Herr Armin« wie geplant in seinen Mantel gehüllt und in Tränen aufgelöst. Der Medikus erwies sich als guter Schauspieler.

»Am liebsten bliebe ich auch ein paar Tage hier«, seufzte Gerlin.

Sie hatte die Rüstung endlich ausziehen können und trug vorerst eine Mönchskutte über einem Untergewand von Rüdiger. Der junge Ritter hatte einiges an Kleidung bei sich. Er plante wohl schon seit geraumer Zeit, sich bei günstiger Gelegenheit von Roland abzusetzen.

»Kommt nicht infrage!« Die Ritter und der Medikus sprachen wie aus einem Munde. »Roland wird Euch hier suchen und finden! Ihr müsst so bald wie möglich fort.«

»Aber wohin?«, fragte Gerlin.

Salomon rieb sich die Stirn. »Ich habe darüber nachgedacht, Herrin«, sagte er förmlich. »Die Karte, die Roland gegen Euch ausspielen will, ist die der Verwandtschaft. Der Kaiser soll ihn als Dietmars Vormund anerkennen, weil er den gleichen Namen trägt. Dagegen hilft nur, es mit gleicher Münze heimzuzahlen. Dietmars wahrer Verwandter muss die Hand auf das Kind und das Erbe legen. Wendet Euch an Linhardt von Ornemünde, Frau Gerlin. Bringt Dietmar nach Tours!«

»Sprachen wir nicht schon davon, dass dieser Herr vermutlich eigene Sorgen hat?«, wandte Gerlin ein. »Mit diesem König Philipp, der ihm womöglich sein Lehen streitig macht, und Richard Löwenherz, der nur darauf wartet, die Normandie in ein Schlachtfeld zu verwandeln?«

Salomon nickte und rieb sich die Schläfe. »Eben in dieser Situation könnte Lauenstein für Herrn Linhardt interessant werden«, setzte er Gerlin seine Überlegungen auseinander. »Falls König Richard die Rückeroberung seiner Ländereien nicht gelingt – aber Linhardt unterstützt ihn –, dann muss er vielleicht irgendwann fliehen. Lauenstein wäre da eine Ausweichmöglichkeit. Nun, und wenn dieser Fall nicht eintritt – der Mann hat auch so eine Verpflichtung gegenüber seines Bruders Enkelsohn! Der bislang nebenbei bemerkt auch sein Erbe ist. Die Festung Loches wäre bei seinem Tod an Dietrich gefallen, Herr Linhardt ist unvermählt.«

»Das wäre dann doch auch für dich eine willkommene Aussicht!«, wandte sich Rüdiger an Gerlin. »Wenn du Herrn Linhardt gefällst, kannst du vielleicht eine zweite Ehe eingehen ...«

Über Herrn Salomons Gesicht zog ein fast schmerzlicher Ausdruck, aber der Medikus stimmte dem jungen Ritter zu. »Euer Sohn und seine Brüder könnten an Herrn Linhardts Hof ohne Rivalitäten aufwachsen. Wartet doch auf jeden ein Erbe, Lauenstein auf Dietmar, Loches für ...«

»Es ja rührend, dass Ihr Euch schon Gedanken um meine ungeborenen Kinder von einem mir noch unbekannten Ritter macht!«, entfuhr es Gerlin gereizt.

Florís hatte sich an den Spekulationen nicht beteiligt. Nur sein bleiches, ausgezehrtes Gesicht verriet seinen Schmerz bei dem Gedanken, Gerlin könnte sich neu vermählen. »So wirst du nach Loches gehen, und ich werde dich verlieren«, flüsterte er – so leise, Gerlin musste es von seinen Lippen ablesen. Sie antwortete nicht, aber ihr Blick spiegelte seine hilflose Trauer wider.

»Werdet Ihr Eure Schwester begleiten?«, fragte Salomon Rüdiger. Der Medikus machte Anstalten, sich zu erheben. Die Mönche mussten bald zurückkommen, es wurde Zeit, Florís' Krankenlager zu verlassen.

Rüdiger schuttelte den Kopf. »Ich habe es erwogen, Herr Salomon, aber ich täte ihr damit keinen Gefallen. Wenn Ihr es nüchtern betrachtet, Medikus, dann gibt es für Gerlin nur zwei Möglichkeiten, sicher zu reisen. Die eine ist die offizielle, umgeben von einer Eskorte von mindestens zwanzig Rittern. Wenn Roland herausbekommt, dass sie Dietmar zu Linhardt bringt – und das wird er, wenn sie offen auf den Fernstraßen reist und nach Art des Adels in Burgen am Weg Quartier macht –, wird es zum Kampf kommen. Ich allein kann sie dann nicht beschützen und auch wir beide nicht. Nicht einmal wir drei, wenn Ihr wohlauf wäret, Herr Florís. Herr Roland wird uns eine Streitmacht hinterherschicken ...«

»Und die zweite Möglichkeit?«, fragte Gerlin mutlos.

»Schließ dich mit Herrn Salomon einer Fernhandelskarawane an«, sagte Rüdiger ruhig. »Reise inkognito mit den Juden!«

Der Weg der Sterne

Kronach – Bamberg – Mainz – Reims – Paris
Mai bis Juni 1194

Kapitel 1

Gerlin nahm Abschied von ihrem Ritter, während sich Salomon und Rüdiger um ihre Weiterreise kümmerten – oder es wenigstens versuchten. Es würde nicht einfach sein, einen Zelter für die Dame aufzutreiben. Rüdiger vermutete, dass der Abt ein entsprechendes Pferd besaß, aber ob er es sich abhandeln lassen würde? Gerlin graute es vor dem Gedanken, den Streithengst weiterreiten zu müssen. Auch wenn es ohne Rüstung sicher nicht so unbequem und schmerzhaft sein würde wie am Tag zuvor. Zudem fielen eine Dame mit einem Kind auf einem Ritterpferd auf – was ebenfalls nicht in ihrem und Salomons Interesse lag.

Gerlin wäre am liebsten geblieben – sie beneidete Florís auf seinem Krankenlager, wogegen der Ritter seine Schwäche verfluchte. »Ihr glaubt nicht, wie sehnlich ich mir wünschte, Euch weiter begleiten zu können!« Florís hielt ihre Hand, was der Bruder Krankenpfleger, der die beiden misstrauisch bewachte, wohl schon als Grenze zur Unkeuschheit wertete. »Wenn Ihr nur ein Wort sagt ...«

Florís wäre imstande gewesen, sich erneut auf ein Pferd zu quälen, aber selbst er musste einsehen, dass damit niemandem gedient wäre. Jetzt, da der Ritter zur Ruhe gekommen war, schmerzten die Wunden heftig, und die Beinverletzung war entzündet. Zudem hing ihm der Blutverlust nach, ihn schwindelte, wenn er sich nur aufsetzte. Gerlin hätte Florís gern gestützt, aber die Anwesenheit des Mönches verbot jede innigere Berührung.

»Wir werden uns wiedersehen!«, sagte Gerlin und hoffte, dass ihre Stimme fest klang. »Irgendwo ... in Tours ...«

Florís nickte. »Ich werde Euch finden, meine Dame. Wohin es Euch auch immer verschlägt. Ich werde Euch mein Leben lang dienen – Euch und Eurem Sohn.«

»Ihr werdet ihn einst zum Ritter schlagen.«

Gerlin kämpfte mit den Tränen. Egal, was sie sagte und was Florís versprach: Es war keineswegs sicher, dass sie Tours jemals erreichte, und erst recht nicht, dass Dietmar lange genug lebte, um seine Schwertleite zu feiern. Bislang wusste sie ja nicht einmal, wie sie nach Kronach kommen sollten. Dort lebten Salomons Verwandte. Er hoffte, dass sie im Judenviertel Unterkunft finden würden, bis sich eine Möglichkeit zur Weiterreise bot.

Florís zog Gerlins Hand an seine Lippen und küsste sie rasch, als der Mönch sich kurz abwandte. »Verliert nicht den Mut, meine Dame! Herr ... Armin ... ist ein ... hm ... Ritter ohne Tadel. Er wird Euch sicher geleiten.«

Nach allem, was Gerlin bislang gehört hatte, war man als Jude selten irgendwo wirklich sicher, aber sie wusste, dass Florís sich darüber keine Gedanken machte. Als Ritter blickte er auf alle anderen Stände herab – er verachtete die Juden, aber nicht viel mehr als christliche Kaufleute oder Handwerker. Wenn er sie nicht gerade brauchte, um etwas zu kaufen oder zu versetzen – die meisten Fahrenden Ritter waren häufige Kunden bei Pfandleihern –, übersah er sie einfach. Herr Salomon war da eine Ausnahme. Es wäre ihm nie in den Sinn gekommen, dass der Medikus die Sorgen und Ängste seiner Glaubensgenossen teilte – und dass der Schutzbrief des Kaisers für »seine« Juden weniger wert war als das Pergament, auf dem die Worte geschrieben waren.

Gerlin lag es nun allerdings fern, ihren Ritter zu beunruhigen. »Ich erwarte Euch in Tours!«, sagte sie tapfer. »Oder Loches – oder wie die Festung heißt, die Dietmars Großonkel gehört.«

Dann stand sie auf und küsste Florís zum Abschied auf die Stirn. Sollte der Mönch doch denken, was er wollte!

Gerlin verließ den Raum hoch aufgerichtet, ihren Sohn an sich gedrückt, als könnte sie sich an ihm festhalten.

In den Ställen des Klosters erwartete sie eine Enttäuschung. Der Abt besaß keinen Zelter, nur ein Eselchen, und das gedachte er Gerlin auf keinen Fall abzutreten. Rüdiger legte eben eine Decke als Polster über den Sattel des kleinsten Hengstes. Auswahl hatten sie immerhin genug: die drei Pferde, mit denen sie gekommen waren, dazu Rüdigers Rappe und die Pferde des Herrn Leon und des Herrn Armin. Rüdiger hatte sie als Kriegsbeute in Sicherheit gebracht. Er würde Salomon und Gerlin nach Kronach begleiten und sie dort verkaufen. Ein willkommener Einstieg in sein Leben als Fahrender Ritter und eine Aufbesserung der Reisekasse von Gerlin und Dietmar. Aufsehen würde der junge Ritter damit sicher nicht erregen, es kam durchaus vor, dass ein guter Kämpfer mehrere Tiere auf einem Turnier erbeutete. Das Pferd des Verlierers im Tjost erhielt traditionell der Sieger.

»Es sind ja gerade mal vierzig Meilen nach Kronach«, tröstete er seine Schwester, die unglücklich zu dem Hengst aufsah. »Das schaffst du schon!«

Salomon wählte derweil das beste der Pferde aus, um es für Florís zurückzulassen. Aber als sie die Abtei verließen und sich wieder dem Wald zuwandten, erwartete die Reiter erneut eine Überraschung – und dieses Mal eine angenehme. Versteckt im Buschwerk wartete Hansi, der kleine Stallbursche. An zwei Bäumen angebunden standen Dietrichs Schimmelhengst Floremon und Salomons Maultierstute Sirene. Der Medikus konnte sich vor Freude kaum fassen, die Stute war ihm ans Herz gewachsen. Sie begrüßte ihn auch gleich mit ihrem charakteristischen »Gesang«.

Gerlin wandte sich Hansi zu. »Was machst du denn hier? Mit

den Tieren? Sag bloß, du hast den großen Hengst hergeritten? Herr Roland wird dir vorwerfen, du hättest ihn gestohlen!«

Hansi warf trotzig den Kopf zurück. »I reit sehr guat!«, informierte er sie. »Au sell Pferdele vo dene Rittersleut. Die hat mei Vater ja auch … hm …« Der Junge errötete.

Gerlin fiel schlagartig wieder ein, woher die Burg Lauenstein den Knaben hatte. Hansi war einer der Söhne des Wegelagerers Brandner, den Dietrich hatte hinrichten lassen. Umso erstaunlicher war die Treue des Kleinen.

»Was geht denn vor auf der Burg, Hansi?«, fragte sie. »Weißt du da etwas? Und warum bist du weggelaufen? Du musstest uns die Pferde nicht bringen!«

»Die Frau Luitgart hot dem Herrn Roland die Festung aufg'macht«, bestätigte der Kleine. »Der Herr Conrad wollt sich mit ihm schlag'n, aber etza, da Ihr weg seid, is die Frau Luitgart ja die Herrin, und so gab's eigentlich kei Grund. Der Herr Laurent wollt des a net, weil der Herr Conrad doch sei Bua is. Der Roland, der grausliche, hätt den a glatt in Stücke g'hauen!«

Das war nicht zu leugnen. Conrad von Neuenwalde zählte fünfzehn Lenze und war eben zum Ritter geschlagen, er hätte Roland von Ornemünde niemals besiegt.

»Herr Laurent mechat etza Klage führen vor dem Kaiser, oder so … jedenfalls is er abg'zogen. Und der Herr Roland hält die Burg.«

Schlechte, aber nicht überraschende Nachrichten. Gerlin seufzte. »Aber was geht dich das alles an, Hansi? Du warst doch ganz glücklich bei den Pferden.«

Der Stallmeister hatte Hansi wie seinen Sohn behandelt, der Kleine hatte sich stets anstellig gezeigt. Auf die Dauer hätte Hansi in der Burghierarchie aufsteigen und selbst einen der begehrten Ministerialenposten ergattern können.

Hansi versuchte, gleichzeitig zu nicken und mit dem Kopf zu

schütteln. Außerdem traten jetzt Tränen in seine runden braunen Augen.

»Den Stallmeister ham's g'tauscht«, gab er Auskunft. »Und dann ... beim Herrn Roland ist der Herr Odemar von Steinbach. Da, wo's mein Vater letztlich g'fangen ham ...«

Gerlin warf Salomon einen vielsagenden Blick zu. Deshalb waren die Steinbacher also nicht erschienen, um Dietmar den Treueid zu leisten ...

»Der Herr Odemar wollt uns damals alle aufknüpf'n. Aber der Herr Dietrich, der hot nur dem Vater a Strick geben und den andern die Peitsche. Und mei Bruder und mi ...« Hansi blickte geradezu verklärt. Die Brüder – oder zumindest der jüngere von ihnen – hatten Dietrich also nicht als Feind empfunden, sondern als Retter. »Mei Bruder und mi hat er auf die Burg g'holt, und seitdem hatte ma immer den Bauch voll und 'n Strohsack zum Schlof'n!«

Offensichtlich ein ungeheurer Luxus für die Kinder des Wegelagerers.

»Und jetzt wollte euch der Herr Roland wieder herauswerfen?«, wunderte sich Gerlin.

»Der Herr Odemar! Der hat aufg'mercht und den Franz erkannt, wie der in der Küche g'holfen hat ...« Der ältere Sohn des »Galgen-Brandners«, wie alle ihn seit damals nannten, war als Küchenjunge eingesetzt worden. »Und er hot ...«, Hansi kämpfte jetzt wirklich mit den Tränen – in seinen Augen stand blankes Entsetzen, »... g'henkt hat er ihn!«, flüsterte das Kind.

Gerlin konnte es nicht fassen. »Er hat ... ein Ritter? Ein Ritter hat einen Küchenjungen vom Herd gezerrt und ...«

»Er und seine Knappen. Sie war'n b'suffa ... sie hatten schon g'feiert, Herrin, mit sehr viel Wein ...«

Gerlin fuhr sich durchs Haar und rieb sich den Nacken. Das

war unglaublich, unverzeihlich, nicht vereinbar mit der Ehre eines Ritters.

»Frau Gerlin«, bemerkte Salomon. »Wir reden von dem Raubgesindel, das die Dörfer des Bischofs verwüstet hat und unsere Ernten angesteckt. Wenn die zum Vergnügen Bauern massakrieren, dann schrecken sie auch nicht davor zurück, ein Kind zu henken, mit dessen Vater sie Händel hatten. Der Galgen-Brandner hat in Steinbach einigen Schaden angerichtet. Die Steinbacher waren verärgert und unzufrieden mit Herrn Dietrichs Urteilsspruch. Und diese Blüte ihres Geschlechts, die sich da Roland angeschlossen hat, die nimmt das Recht halt gern in die eigene Hand. Es tut mir leid um deinen Bruder, Hansi!«

»Wir werden in Kronach eine Messe für ihn lesen lassen!«, versprach Gerlin.

Salomon warf ihr einen scharfen Blick zu und schüttelte unmerklich den Kopf. »In Kronach, Frau Gerlin, werdet Ihr eine Jüdin sein!«

Aber ob als Juden oder Christen – vorerst gab es keine Möglichkeit für Gerlin, den kleinen Hansi wieder loszuwerden. Sie würden das Kind zumindest bis Kronach im Schlepptau haben, es war völlig unmöglich, es zurückzuschicken. Hansi war im Übrigen auch nicht aus eigenem Antrieb geflohen. Er hatte sich, wie er später erzählte, verwirrt und wimmernd im Stall versteckt, wo der alte Stallmeister ihn fand und kurzerhand auf den Weg schickte. Hansi legte auf diesen Teil der Geschichte großen Wert. Er hatte das Pferd und das Maultier nicht gestohlen!

Während Rüdiger und Salomon den kleinen Zuwachs eher als lästig betrachteten, freute sich Gerlin zumindest über die Reiseerleichterung, die sein Kommen mit sich brachte. Sie konnte den Sattel des Streithengstes räumen und dafür die sanfte Zelterin

Sirene reiten. Rüdiger übernahm Floremon und versprach, Dietrichs Pferd in Ehren zu halten.

Hansi selbst hielt die Reisegesellschaft zumindest nicht auf. Er hatte nicht gelogen, als er seine Reitkenntnisse rühmte. Tatsächlich hatte sein Vater immer wieder Streithengste erbeutet, der Brandner-Kurt und seine Bande hatten es durchaus auch mit Panzerreitern aufgenommen. Hansi musste die Tiere dann geritten haben – und zu Rüdigers Verblüffung war der Junge mehr als hilfreich, als er die Hengste schließlich auf dem Markt in Kronach anbot. Hansi führte den Kunden die Pferde vor, dass es eine Lust war, und feilschte wie ein gewiefter Pferdehändler.

»Es war unglaublich!«, berichtete Rüdiger Salomon und Gerlin, die im Wald vor Kronach gewartet hatten.

Der als Ritter verkleidete Jude und die Frau in der Mönchskutte hätten in Kronach zu viel Aufsehen erregt. Gerlin hatte Rüdigers Rückkehr sehnlich erwartet. Das improvisierte Lager war mehr als unbequem. Die junge Frau schlief schlecht bei all den nächtlichen Geräuschen im Wald, vor denen sie nicht einmal ein Zelt abschirmte, und sie fror sich halb tot, obwohl nun endlich Frühling war.

»Der Kleine reitet besser als die halbe Ritterschaft! Ihr hättet sehen sollen, wie er diesen hölzernen Ritter traktiert hat, unter dessen Schwertarm man zur Übung durchreiten muss. Das hätte ich in dem Alter nicht gekonnt!«

»Und deshalb habt Ihr ihm nun gleich ein Pferd geschenkt?«, fragte Salomon gallig. Einer der Hengste trabte noch neben Floremon her, Hansi im Sattel. »Wolltet Ihr nicht alle zu Geld machen?«

Rüdiger grinste. »Ich hab's mir anders überlegt«, sagte er gelassen. »Da ich doch nun ein Ritter bin ... ich denke, ich brauche einen Knappen!«

Der so beförderte kleine Knecht strahlte wie ein Honigkuchenpferd. Rüdiger hatte ihn vom Ertrag der Pferde ganz neu einkleiden lassen – keine Bauernkittel mehr. In den neuen bunten Kleidern und festen Lederstiefeln wirkte Hansi wie ein Junge von zumindest niederem Adel.

Gerlin lächelte ihm zu, worauf er gleich diensteifrig ein Bündel hervorkramte, das er ihr überreichte. »Hier, zwei Kleider für Euch, meine Dame!«, begann er, ganz ernst und um korrekte Sprache bemüht. Es galt als unfein, wenn ein Ritter Dialekt sprach, aber es gelang ihm natürlich nicht vollkommen. »I hab's ausg'wählt, weil ... also Euer Bruder hätte viel schön're Kleider gekauft, aber Ihr braucht's jetzt doch schlicht ...«

Der Kleine hatte also gut zugehört, pfiffig wie er war, und er wusste offensichtlich sehr viel besser als Rüdiger, welche Kleidung einer jüdischen Bürgersfrau angemessen war.

Auch Salomon wusste das zu schätzen. Er nickte Rüdiger zu. »Ein Knappe also ... Wie wollt Ihr ihn nennen? Johann vom Galgenhügel? Aber was soll's, der Name macht den Mann nicht aus. Wahrscheinlich wird er ein besserer Ritter als ein gewisser Herr Roland ... Wo wollt Ihr denn jetzt hin mit Eurem Knappen, Herr Rüdiger? Heim nach Falkenberg?«

Rüdiger schüttelte den Kopf. »Nicht gleich. Den Verwalter auf dem Gut meines Vaters geb ich noch lang genug! Jetzt will ich erst mal die Welt sehen! Ich denke, ich reite nach Süden. Sizilien oder Aquitanien ...« Er grinste. »Und da üb ich mich ein bisschen im Frauendienst!«

Salomon verdrehte die Augen. Gerlin wollte eher schimpfen. Sie hätte Rüdiger sehr viel lieber in der sicheren Burg ihres Vaters gesehen, denn als Fahrenden Ritter auf den Straßen des Abendlandes. Aber er würde sich ohnehin nichts befehlen lassen. Also schnitt sie das Thema erst gar nicht an, sondern vertauschte endlich ihre Mönchskutte mit der neuen Kleidung und präsentierte sich den Männern in ihrem neuen Staat als Bürgerin.

Hansi hatte ihr ein Leinenhemd ausgesucht – schlicht, aber fein gewebt –, dazu eine Surkotte aus dunkelblauem Tuch und ein leinenes Gebende. Gerlin schlang es geschickt um Ohren und Kinn, der leichte Schleier verdeckte ihr aufgestecktes Haar.

Weiterhin enthielt das Bündel einen Mantel mit Kapuze, Letzterer aus grobem braunem Loden, der Schutz vor Kälte und Regen bot.

»Damit geht Ihr gut als Bürgerin durch«, lobte Salomon, »auch als jüdische.«

»Gibt's in Kronach überhaupt Juden?«, fragte Rüdiger. »Es gehört zu Bamberg, nicht?«

Salomon nickte. »Ja. Und der allergnädigste Herr Bischof beherbergt dort auch ein paar seiner ›Schutzjuden‹. Das bedeutet, die jüdische Gemeinde zahlt ihm horrende Summen dafür, dass er verhindert, dass die Christen Juden töten. Oder es zumindest missbilligt, wenn sie es doch tun – schon weil dann natürlich die Steuer wegfällt. Ich denke, Frau Gerlin wird bei meinem Bruder Unterschlupf finden, bis wir weiterreisen können. Hoffentlich bald. Aber nun lasst uns einmal unsere Barschaft sehen, Herr Rüdiger. Wenn Ihr mich schon an mein Judentum erinnert, muss ich wohl auch etwas Geiz zeigen.«

Salomon lächelte. Er war sonst eher als großzügig bekannt, seine gesamte Familie war wohlhabend. Jetzt würde er sich allerdings Geld von seinem Bruder leihen müssen. Roland hatte seine Besitztümer in Lauenstein sicher konfisziert.

Mit Gerlins Barschaft sah es noch schlechter aus. Der überstürzte Aufbruch hatte sie ohne einen Pfennig aus der Burg geführt, und sie hatte auch kaum Schmuck getragen. Tatsächlich besaß sie nur noch das Medaillon der Herrin Aliénor, die Armreife, die Dietrich ihr bei ihrer ersten Begegnung geschenkt hatte, und das edelsteinbesetzte Kreuz des Bischofs. Von Letzterem würde sie sich ohne Bedauern trennen können, wenn sie Geld brauchte, aber das Medaillon und die Reife waren ihr teuer. Salomon machte denn auch keine dementsprechende Bemerkung und schätzte allein das Kreuz.

»Ich hoffe, es gibt einen Pfandleiher in Kronach – oder besser, wir verkaufen es später irgendwo auf der Reise«, meinte Salomon. »Wenn meine jüdische Begleiterin ein Kreuz versetzte, würde man Fragen stellen.«

Kapitel 2

Die jüdische Gemeinde von Kronach bestand nur aus wenigen Familien, die zwar nicht in einem abgegrenzten Judenviertel lebten, aber natürlich alle im gleichen Stadtteil. Überhaupt war die Stadt sehr klein, die Häuser drängten sich zwischen den Flüssen Kronach, Haslach und Rodach zusammen, die sich hier vereinigten. Beherrscht wurde der Ort von einer trutzigen Feste, erbaut vom Vorgänger des heutigen Bischofs. Der Wehrbau bildete die nördlichste Grenze des Bistums Bamberg und kontrollierte die Zugänge nach Thüringen und in den Frankenwald. Der kleinen Stadt bot er Schutz und den Bürgern ein Auskommen. Es gab viele Schmiede und Harnischfeger – auch für den Verkauf der Ritterpferde war der Ort eine gute Wahl gewesen. Geheimnisse hatten die Bürger allerdings kaum voreinander. Zuwanderer gab es eher selten, und umso neugieriger wurden sie beäugt. Es würde schwer sein, die Juden von Kronach daran zu hindern, Fragen zu stellen.

Nun war der jüdische Medikus Salomon im Ort natürlich bestens bekannt – bei den Christen kaum minder als bei seinen Glaubensgenossen. Salomons Vater war hier mit einem Fernhandelsunternehmen ansässig gewesen, sein Bruder Jakob hatte es übernommen, und Salomon selbst hatte nach seinen Reisen ins Morgenland eine Zeitlang hier gearbeitet. So war es ein ziemliches Wagnis für den Heiler, in seiner seltsamen Aufmachung als Ritter mit Streithengst in Kronachs Mauern zu gelangen. Wenn ihn die Stadtwache aufhielt und befragte, konnte man ihn erkennen.

Salomon machte also einen aufwändigen Plan für seinen und

Gerlins Einzug in die Stadt, der unter anderem vorsah, bis zum nächsten Markttag zu warten. Gerlin ärgerte das, sie hätte ihr Lager im Wald lieber heute als morgen verlassen. Nachts war es trotz der Jahreszeit kalt und ungemütlich, und sie war einer Panik nahe, als Dietmar zu schniefen und husten begann. Salomon hielt das zwar für eine harmlose Erkältung, aber Gerlin wollte ihren Sohn endlich wieder im Warmen und unter einem sicheren Dach wissen.

»Warum lasst Ihr Rüdiger nicht einfach auch Euer Pferd verkaufen?«, schlug sie gereizt vor. »Er kann Euch ein Maultier besorgen und ein paar Kleider, und Ihr zieht ganz offen als Ihr selbst in Kronach ein!«

Salomon schüttelte den Kopf. »Und morgen fragt ein Bote des Ornemünders nach dem Juden Salomon, und die Stadtwächter geben bereitwillig Auskunft! Seid nicht naiv, Frau Gerlin, Roland wird uns suchen! Wenn er Lauenstein behalten will, braucht er Dietmar – tot oder lebendig. Vorerst wohl lieber Letzteres, um ihn umzubringen hat er dann ja dreizehn Jahre lang Zeit. Wir sollten also besser unerkannt in die Stadt kommen. Schlimm genug, dass ich im Judenviertel meinen eigenen Namen tragen muss.«

Gerlin fügte sich also unwillig und verbrachte zwei weitere Tage im Wald, wobei ihr jetzt aber wenigstens ein Zelt zur Verfügung stand. Rüdiger hatte eines für sich und Hansi erworben und verschob seinen Aufbruch ins Abenteuer, bis Gerlin und Salomon sicher in der Stadt waren.

Letztlich wählte Salomon die erste Stunde am nächsten Markttag für sein Vorhaben. So frühmorgens waren die Torwächter noch nicht ganz wach und mussten dann auch viele Bauern und Händler auf einmal abfertigen, die mit ihren Waren in die Stadt drängten. Gerlin mischte sich mit Dietmar im Arm unbemerkt unter die Frauen, und Rüdiger begleitete den grimmigen Ritter Armin de Caresse, der niemandem sein Gesicht zeigte. Die Stadtwächter interessierten sich für keinen von ihnen. Die Verschwörer trafen auf dem Marktplatz aufatmend wieder zusammen.

Während Rüdiger den letzten Streithengst verkaufte, sandte Salomon Hansi ins Haus seines Bruders. Einige Zeit später erschien sein missratener Neffe Abram – ein Lachen auf dem Gesicht und ein schlichtes, aber feines Gewand für seinen Onkel über dem Arm.

»Dass ich das noch erleben darf!«, grinste er. »Mein würdiger Onkel Salomon in geheimer Mission! Verkleidet als Kreuzritter! Wart Ihr gar im Heiligen Land, Herr Armin? Habt Ihr Euch geschlagen für unseren hochheiligen Herrn Jesus?« Abram deutete einen Kniefall vor dem Ritter an und wollte sich dabei ausschütten vor Heiterkeit.

»Das ist nicht komisch!«, fuhr Salomon ihn an. »Und lästere hier nicht den Gott der Christen, dafür könnten sie dich henken oder Schlimmeres! Denk dir lieber eine gute Geschichte aus für Frau Gerlin und ihren Sohn. Wir müssen sie als Jüdin ausgeben, aber sie weiß nichts von unseren Sitten.«

Abram legte sein Gesicht in Falten. »Hm …«, murmelte er. »Am besten führt man sie wohl als Witwe ein … und sonst … Also den ganzen Tag lässt sich das natürlich nicht durchhalten. Aber so in der Synagoge … Ich schlage vor, Ihr weint, Frau Gerlin …«

Es war schwer, eine Geschichte zu finden, die in einer Gesellschaft von Händlern und Reisenden haltbar war. Die meisten Christen in kleinen Städten waren Handwerker, die ihren Ort fast nie verließen, aber die Juden kamen weit herum, verheirateten ihre Töchter auch in entfernte Orte und hörten von allen wichtigen Ereignissen früher als ihre christlichen Nachbarn. So wusste Abram auch von einem Vorfall in Neuss im Rheinland, bei dem eine ganze jüdische Familie ausgelöscht worden war. Der Mob hatte sie grausam getötet, und Gerlin weinte wirklich, als Abram ihr die Gräueltat schilderte.

»Ihr, Frau Gerlin, und Euer Sohn, seid als Einzige entkommen. Ihr stammt aus einer Nebenlinie unserer Familie und wart mit einem der getöteten Männer verheiratet. Als Christin getarnt habt Ihr Euch hierher durchgeschlagen. Also merkt Euch die Geschichte – wir werden Eurer Familie in der Synagoge gedenken, in den nächsten Tagen wird auch keiner Eure Trauer stören. Mit ein bisschen Glück seid Ihr bis dahin schon weg. Nur meine Eltern müssen natürlich noch mitspielen ... und das wird nicht einfach ...«

Tatsächlich fanden sich Salomons Bruder und vor allem seine Gattin Rachel nur ungern mit der christlichen Einquartierung ab. Jakob ertrug es schweigend, er war seinem Bruder schließlich verpflichtet, Rachel schimpfte allerdings lauthals über die Risiken, die sie für eine wildfremde Frau eingehen sollte. Das Zusammenleben von Juden und Christen war verboten, selbst christliche Hausangestellte mussten über Nacht aus den Häusern der Juden verschwinden. Und nun sollten sie auch noch eine junge Frau beherbergen, die mit einem jüdischen Mann zusammen in Kronach eingetroffen war. Wenn die christlichen Autoritäten eine Liebesbeziehung vermuteten, konnten Salomon und alle, die ihn unterstützt hatten, im Extremfall gehenkt werden.

Die jüdische Nachbarschaft klatschte natürlich gleich nach Salomons und Gerlins Einzug über das »zufällige« Treffen des Medikus und der jungen Witwe in Jakobs Haus. Hier ging es zwar nicht um die Aufdeckung einer Verschwörung, sondern allenfalls um einen amourösen Skandal, aber auch das war Frau Rachel mehr als unangenehm, und Gerlin natürlich nicht minder.

»Wir müssen schleunigst hier weg!«, klagte die junge Gräfin schon am dritten Tag gegenüber Salomon. »Das Gezeter dieser Frau Rachel ist nicht auszuhalten! Ich hab mich immer gefragt, warum Ihr noch keine Frau habt, Herr Salomon, aber wenn ich Eure Schwägerin so sehe … kein Wunder, dass Ihr vor der Ehe zurückschreckt!«

Salomon lachte darüber, aber natürlich litt auch er unter der zänkischen Frau seines Bruders. Jakob war nicht unbegütert, aber wie die meisten Juden zeigte er das nicht gern in der Öffentlichkeit. Sein Haus war deshalb klein, ein schmaler Bau aus Stein mit Fachwerkaufbau, das sich bescheiden zwischen seinem Warenlager und dem Wohnhaus eines Nachbarn versteckte. Innen war es zwar sehr schön – behaglicher und kostbarer eingerichtet als die meisten Kemenaten in den Burgen der Ritter –, aber es blieb beengt. Zur Beherbergung von Besuch gab es nur eine einzige Kammer.

Salomon trat den Raum natürlich an Gerlin und Dietmar ab und quartierte sich selbst im Kontor seines Bruders ein, aber dort wurde tagsüber gearbeitet. Und da sich der Medikus so wenig wie möglich in der Stadt zeigen wollte, verbrachte er die meiste Zeit in Jakobs Wohnung. Die gezwungene Untätigkeit dort und dazu Frau Rachels beständig schlechte Laune zerrten an seinen Nerven. Abrams beständig gute Stimmung hatte beinahe den gleichen Effekt. Salomons missratener Neffe ließ das Gezeter seiner Mutter an sich ablaufen wie Wasser an Bienenwachs. Er amüsierte sich über Salomons Ausbrüche, wenn er ihn immer wieder mit seiner Vergangenheit als christlicher Ritter neckte, nachdem Rüdiger es sich nicht hatte nehmen lassen, ihm von der »jämmerlichen Reue des gramgebeugten Herrn Armin« zu erzählen, der sich in gleicher Manier durch den christlichen Gottesdienst geschluchzt hatte, wie Gerlin es jetzt in der Synagoge tun sollte.

Während Salomon grummelte, fühlte sich Gerlin von dem

jungen Tunichtgut eher aufgeheitert. Abram scherzte mit ihr, und für Dietmar stibitzte er Spielzeug aus der Pfandleihe eines Verwandten, in der ihm sein Vater gerade Arbeit besorgt hatte.

»Wer hat da bloß dieses niedliche kleine Ding aus purem Gold versetzt?«, fragte er sich munter, indem er Dietmar einen winzigen orientalischen Palast in die Hand drückte. »Ist was Maurisches, nicht? Oder stammt es von den Sarazenen? Guck, Dietmar, da drin wohnt der Sultan mit seinen tausend Frauen.«

»Das Ding ist ein Vermögen wert!«, schimpfte Salomon. »Bring es zurück, bevor das Kind es womöglich zerbricht! Und hör auf mit diesen Geschichten von tausend Frauen. Selbst den Arabern erlaubt ihr Glaube nur vier! Und wer will das schon?«

Aus dem Erdgeschoss keifte wieder die Stimme Frau Rachels. Gerlin hielt sich die Ohren zu. »Wann können wir endlich hier weg, Herr Salomon?«

Salomon zuckte die Schultern, bemühte sich aber dann um aufmunternde Worte. »Jakob tut, was er kann, um eine Reisegelegenheit für uns zu finden. Es liegt ja in seinem eigenen Interesse. Ich möchte nicht wissen, was er sich bei Nacht von seiner Frau anhören muss. Und in ein paar Tagen ist Eure ›Trauerzeit‹ auch vorüber, dann werden die ganzen jüdischen Matronen der Stadt Euch kennenlernen wollen – und als Erstes fragen, warum Ihr Gerlin heißt und nicht Sarah oder Lea. Denkt Euch schon mal einen schönen jüdischen Namen für Dietmar aus, den müssen wir ein paar Wochen lang umtaufen, so leid es mir tut …«

Gerlin nahm das unwidersprochen hin, sie musste sich jetzt schon mit so vielen Widrigkeiten abfinden, dass eine Namensänderung sie nicht mehr schreckte. Wenn sie allerdings an das Schicksal der Familie in Neuss dachte, fragte sie sich, ob ihr Sohn als »Baruch« oder »David von Kronach« wirklich sicherer reiste denn als »Dietmar von Ornemünde zu Lauenstein«.

»Aber Euer Bruder ist doch Fernhändler«, hakte sie nochmals

nach. »Ich dachte, die schicken ständig Waren nach Frankreich oder Anjou oder Aquitanien ...«

Salomon seufzte. »Grundsätzlich habt Ihr da nicht Unrecht. Aber die Zeit ist schlecht gewählt. Richard Plantagenet ist in der Normandie angekommen. Er plant die Rückeroberung seiner Besitzungen auf dem Festland. Philipp, der französische König, macht natürlich mobil – die Herren der Burgen in den umstrittenen Gebieten pflegen wechselnde Gefolgschaften. In dem Land geht es drunter und drüber, Frau Gerlin. Da reist man nicht sicher. Wenn ein Kaufmann nur eben kann, macht er seine Geschäfte woanders. Nach Genua oder Sizilien könnten wir in einer Woche reisen.«

Gerlin sollte noch anfangen, sich nach Genua oder Sizilien zu sehnen. Wie Salomon vorausgesagt hatte, wurde sie von den anderen Frauen besucht. Alle zeigten sich sehr freundlich und mitfühlend, aber Gerlin fühlte sich natürlich ständig unsicher. Sie wagte kaum, etwas zu sagen, um sich nicht womöglich durch Worte wie »Mein Gott!« oder »Um des Himmels willen!« zu verraten. Juden gebrauchten solche Wendungen nicht, allenfalls spielten sie auf den »Ewigen« an.

Nun wäre das alles gar nicht so schwierig gewesen, hätten sich die Gespräche um Küche oder Kleidung gedreht – obwohl es auch bei diesen Themen ein paar Dinge zu beachten gab. Von koscherer Küche wusste Gerlin zum Beispiel nur von Herrn Salomon, dass die Juden kein Schweinefleisch aßen. Aber die Frauen befragten Gerlin natürlich über ihr Schicksal, den Mord an ihrer Familie, ihre Flucht ... Dabei blieb es nicht aus, dass man den Ratschluss des Ewigen erwähnte oder Gebete einfließen ließ – in letztem Fall konnte Gerlin dann nur wieder weinen. Am Anfang fiel ihr das nicht allzu schwer, auch ihre wirkliche Geschichte war ja traurig, aber nach dem fünften Tränenausbruch an einem Tag konnte sie einfach nicht mehr und hielt es auch für unwahrscheinlich, dass die Frauen ihr die ständigen Weinkrämpfe abnahmen. Das Ganze war anstrengend und gefährlich. Gerlin hätte den Schwindel lieber heute als morgen beendet. Allerdings fand sie nicht einmal Ruhe, wenn die Besucherinnen wieder gingen – sobald sich die Tür geschlossen hatte, begann Frau Rachel mit ihren Tiraden. Sie listete Gerlin all ihre Fehler im Gespräch mit den Frauen auf und schloss daraus, dass ihre Einquartierung sie noch alle ins Grab bringen würde.

Am Samstag, dem Sabbat, wie man bei den Juden sagte, stand dann obendrein der Besuch in der Synagoge an. Gerlin drückte sich, indem sie eine Krankheit ihres Sohnes vortäuschte, aber das hatte nur zur Folge, dass sie gleich wieder mit Besuchen überhäuft wurde. Die Jüdinnen nahmen mitfühlend Anteil.

»Sie sind sehr freundlich und wollen mir bestimmt nichts Böses«, klagte Gerlin verzweifelt Salomon ihr Leid. »Aber ich halte es einfach nicht aus. Wenn das über Wochen so weitergehen soll – auch während der Reise –, werdet Ihr mir Unterricht im jüdischen Leben geben müssen.«

Vorerst übernahm das Abram – er war gerade mal wieder herausgeworfen worden, nachdem er der Pfandleihe drei außergewöhnliche Reliquien mit Echtheitszertifikaten, ausgestellt vom Oberrabbiner in Jerusalem, einem Sultan und einem christlichen Bischof, untergeschoben hatte.

»Ich hab mir wirklich nur ein ganz kleines bisschen Geld dafür aus der Kasse genommen!«, erklärte er seinem erbosten Vater und dem Onkel. »Man hätte die Dinger leicht für das Dreifache weiterverkaufen können. Hätte ich auch gemacht, aber …«

Abram hatte wie so oft dringend Geld gebraucht. Er spielte gern ein bisschen, und obendrein hatte ihn jeder im Verdacht, immer wieder einer christlichen Hübschlerin nachzusteigen.

Natürlich leugnete er das, und auch die Dirnen würden nie zugeben, Geschäfte mit einem Juden gemacht zu haben. Aber Abram war lustig und jung – wahrscheinlich ließ er die Mädchen die Härte ihres Daseins für ein paar Stunden vergessen, wenn er mit ihnen turtelte und sie neckte. Da mochten sie ihre Luden wohl mal hintergehen und ein bisschen Geld auf eigene Rechnung machen. Die Gefahr, dass Abram sie verriet, bestand schließlich nicht. Ein Jude konnte für die Schändung eines christlichen Mädchens gehenkt werden.

Vorerst jedenfalls hatte Abram viel Zeit und verbrachte sie gern mit Gerlin. Sie lernte dabei nicht wirklich, wie man sich als züchtige jüdische Witwe zu benehmen hatte, aber sie konnte endlich wieder lachen, wenn Abram die Matronen der Stadt täuschend ähnlich nachmachte und selbst über den örtlichen Rabbiner witzelte.

Auch Salomon versuchte verzweifelt, Gerlin eine Stütze zu sein und sie aufzuheitern. Gerlin hatte ihn immer geschätzt, und jetzt wuchs ihre Hochachtung noch. Der Medikus hatte sich bewundernswert in der Hand, war gleichbleibend freundlich und höflich zu Frau Rachel und unterhielt Gerlin, indem er von seinen Reisen und Abenteuern in der Fremde erzählte. Sie lauschte seinen Berichten über seine Freundschaft mit Dietrichs Vater, über Lauenstein und über Dietrichs Mutter, die sehr schön und liebenswert gewesen sein sollte.

Gerlin merkte sich all das möglichst genau, sie würde es Dietmar erzählen müssen, wenn der Junge tatsächlich fern von seinem Erbe aufwuchs. Der Gedanke an Lauenstein, an seine Familie und ihre Tradition musste in ihm erhalten werden.

Die junge Frau kämpfte sich auch tapfer durch Schriftrollen zur Politik – Jakob hütete eine kleine, sehr wertvolle, gut bestückte Bibliothek. Gerlin war nicht wirklich interessiert, aber sie war fest entschlossen, Dietmar zu führen und zu erziehen wie die Herrin Aliénor ihren Lieblingssohn Richard. Dietmar sollte schön und klug werden – ein wahrer Kämpfer für das Recht, ein vorbildlicher Ritter.

»Auf jeden Fall der Einzige, der auf den Namen ›Baruch‹ hört«, grinste Abram und kitzelte das Kind am Bauch.

Seine Mutter hatte dem Kleinen den jüdischen Namen gegeben, aber ihr selbst fiel es am schwersten, sich daran zu gewöhnen. Nach wie vor fühlte Gerlin sich unter den Juden unsicher und bat deshalb Salomon, ihr die wichtigsten Gebete auf Hebräisch beizubringen. Das schlechte Gewissen dabei brachte sie fast um – sie mochte keine so gute Christin sein, wie Dietrich es gewesen war, aber sie glaubte doch fest an Jesus und seine Mutter Maria. Wenn diese ihr die Besuche in der Synagoge nun übelnahmen ... Gerlin betete nächtelang um Vergebung.

Hinzu kam, dass ihr die Sprache sehr schwerfiel. Gerlin war keine Gelehrte, sie hatte immer lieber Falken gezähmt oder Haushaltsbücher studiert, als Schriftrollen zu lesen. Natürlich sprach sie französisch – schließlich war sie schon als Kind an Eleonore von Aquitaniens Hof gekommen. Aber sie konnte nur wenig Latein, obwohl man sie darin unterrichtet hatte. Und Hebräisch hob sich in Aussprache und Schrift sehr von allen anderen Sprachen ab ... Gerlin begriff nicht mehr als ein paar Worte und sprach sie überdies falsch aus.

»Das wird nie etwas mit Frau Gerlin und dem Judentum«, fasste Abram mitleidlos zusammen, als er wieder einmal zuhörte, wie Salomon mit fast missionarischem Eifer Schriftzeichen erklärte. »Bis sie auch nur die einfachsten Sachen fehlerfrei mitsingen oder mitbeten lernt, vergehen Jahre – war bei uns doch auch nicht anders, Onkel! Ich habe mit sechs Jahren angefangen, Hebräisch zu lernen, aber ich kann's immer noch nicht!«

»Schlimm genug!«, bemerkte Salomon.

Abram zuckte die Achseln. »Warum reist ihr nicht als Christen?«, fragte er dann. »Du solltest dich viel leichter verstellen können als Frau Gerlin. Die paar Kirchenlieder lernst du schnell, und ansonsten sprichst du doch besser Latein als die meisten Pfaffen.«

»Du sollst nicht über die Christen lästern«, rüffelte ihn Salomon zum wiederholten Mal. »Ich würde mittlerweile auch als Sarazene reisen, wenn ich könnte! Eine christliche Handelskarawane zu finden ist allerdings noch schwieriger, wenn sich nicht mal die Juden in die Gegend wagen!«

Abram verzog das Gesicht. »Stimmt, die Christen reisen nicht als Händler«, murmelte er. Aber dann schien ihm etwas einzufallen, und seine Züge hellten sich auf. »Die Christen reisen als Pilger! Genau das ist es, Frau Gerlin! Wir haben es nur falsch angefangen!«

Kapitel 3

Nur drei Tage später betrat Abram eifrig und über das ganze Gesicht grinsend Gerlins winziges Kämmerchen. Salomon, der ihr eben aus einer Schriftrolle vorlas, während sie Dietmar wiegte, warf ihm einen missbilligenden Blick zu. Nicht nur, dass um diese Zeit jeder anständige Bürger arbeitete, statt Besuche zu machen, war Abram für einen jüdischen Kaufmann auch recht unkonventionell gekleidet. Statt der langen, würdigen Tunika trug er einen kaum knielangen Rock zu festen braunen Beinlingen und Lederstiefeln. Sein Filzhut wirkte fast etwas stutzerhaft – er hätte gut als Knappe oder Handwerksbursche durchgehen können.

»Ich hab's, Frau Gerlin, Onkel ... Morgen können wir reisen!« Beifall heischend blickte er die beiden an. »Ach ja, einen guten Tag wünsche ich Euch natürlich noch. Oder sollten wir uns gleich an ein ordentliches ›Grüß Euch Gott!‹ gewöhnen?« Abram grinste und verneigte sich.

Gerlin wagte es kaum zu glauben, Salomon jedoch war skeptisch. »Was hast du vor, Abram?«, fragte er streng. »Und hör auf, dich über die Christen lustig zu machen, du machst dich noch unglücklich und deine Familie und dein Volk dazu!«

Abram schüttelte gelassen den Kopf. »Ach, meine Familie ist mich bald los, ich werde mir nämlich die Freiheit nehmen, Euch nach Tours zu begleiten! Ein bisschen was von der Welt sehen, dem heiligen Martin eine Kerze spenden ... wer weiß, was sich von dem noch alles an Reliquien findet, wenn man nur die Augen offen hält.«

»Ihr habt eine Händlerkarawane gefunden, der wir uns anschließen können?«, fragte Gerlin glücklich. »Es zieht wirklich jemand in Richtung Anjou?«

Abram nickte. »Richtig«, erklärte er. »Nur keine Händler. Wir werden uns einer Pilgergruppe anschließen. Pilger sind willig zu leiden – je schwieriger die Wallfahrt, desto besser. Was für Kämpfe da unten gerade toben, ist ihnen egal, womöglich wissen sie das gar nicht. Und wahrscheinlich gelten sie ja auch als sakrosankt. Es bringt Kriegern bestimmt kein Glück, irgendwelche frommen Tröpfe umzubringen, die wochenlang reisen, um an einem Grab zu beten.«

»An wessen Grab in diesem Fall?«, erkundigte sich Salomon. »Meines Wissens liegt in der Touraine kein bekannteres christliches Heiligtum. Kein Pilger zieht nach Loches!«

Abram schüttelte missbilligend den Kopf. »Nun glaubt mir doch einfach mal, Onkel! Diese Gesellschaft hier will nach Tours, auf dem direkten Wege. Ein reicher Sonderling aus Köln und seine Gefolgschaft. Zwei Wagen, fünf Männer, zwei Frauen und vier Panzerreiter als Begleitung. Der Mann ist ein bisschen wunderlich ... ein Sterndeuter ...«

»Ein Gaukler, der sich eine solch aufwändige Pilgerfahrt leisten kann?«, fragte Gerlin zweifelnd.

»Ein Astronom«, präzisierte Abram. »Und Astrologe. Sieht sich in der Tradition der Heiligen Drei Könige ... Das hat er mir jedenfalls erzählt. Und er redet die Sterne vom Himmel herunter!«

»Ihr habt mit ihm gesprochen?«, erkundigte sich Gerlin aufgeregt.

Abram nickte und zeigte erneut sein verschmitztes Grinsen. »Aber ja. Ich hab ihm ein paar Zehennägel des heiligen Christophorus verkauft. Schutzpatron der Wanderer, versteht Ihr? Bietet dem Pilger sicheren Schutz vor Blasen und Fußpilz! Und der Kerl ist jedenfalls gut zu seinen Leuten. Er hat gleich jedem ein Amulett spendiert. Obwohl sie gar nicht laufen, sondern reiten oder fahren. Vielleicht versuche ich es morgen noch mal mit den Hufnägeln des Maultiers des heiligen Paulus. Oder dieser Eselin, mit der Jesus angeblich in Jerusalem einritt. Hat man die damals beschlagen?«

»Lass das jetzt mal mit deinen Gaunereien!«, unterbrach Salomon Abrams geschäftliche Überlegungen. »Der Mann ist also Gelehrter und stellt nebenbei Horoskope, das erklärt seinen Reichtum. Aber was will er in Tours?«

»In Tours liegt der heilige Martin begraben«, erinnerte sich Gerlin. »Ein Ritter, Bischof und Wundertäter. Er hat Jesus in Gestalt eines Bettlers getroffen und beschenkt – und später hat er Tote aufgeweckt und ...«

»Da siehst du's!«, hielt Abram seinem Onkel vor. »Da kann man doch mal ein paar Tage reiten, um dem Mann eine Kerze zu spenden!«

Salomon rieb sich die Stirn. »Abram, dieser Sterndeuter kommt aus Köln, der Stadt, die sie ›heilig‹ nennen. Damit verglichen ist Tours doch ein völlig unbedeutender Wallfahrtsort. Wieso reist er überhaupt von Köln über Bayern nach Tours?«

»Er kommt gerade aus Wien«, gab Abram Auskunft. »Und sonst ... Schau, unser sternkundiger Reisender ist auf den Namen ›Martinus‹ getauft. Und obendrein fühlt er sich seinem Namenspatron besonders verpflichtet, weil der ihm angeblich seine ungesunde Neigung zum Weingenuss ausgetrieben hat. Die hat ihm wohl in früheren Jahren manch Ungemach bereitet.« Abrams langes Gesicht verzog sich gespielt leidend. »Es heißt, aus so manchem seiner Horoskope habe eher der Wein gesprochen als die Sterne ...«

Salomon musste wider Willen lachen. »Sagt man nicht, im Wein läge die Wahrheit?«, bemerkte er.

Abram zuckte die Schultern. »Womöglich hat er ein bisschen zu viel davon in die Horoskope zahlender Kunden einfließen lassen ... Ich weiß nicht, was genau vorgefallen ist, aber sowohl seine Schüler als auch einige der unsrigen, die weit herumgekommen sind, bestätigen seine Geschichte: Martinus Magentius hat zunächst in Leiden gelehrt und war sehr anerkannt. Aber dann fiel er irgendwie in Ungnade – womöglich hat er mit ein paar Frauen zu lange in die Sterne geguckt. Jedenfalls flüchtete er nach Wien, und da erschien ihm dann eines Tages der heilige Martin. Daraufhin schwor er dem Genuss berauschender Trünke ab ...«

»Der heilige Martin gilt als Schutzpatron der Enthaltsamen«, erinnerte sich Gerlin an die frommen Lehren des Hofkaplans der Eleonore von Aquitanien. »Seine Fürbitte stärkt uns in der Fastenzeit.« Nach Ansicht des Geistlichen hatte der sinnenfrohe Minnehof dies dringend nötig gehabt.

Salomon schlug die Augen gen Himmel. »Wenn es denn nützt ...«

Abram grinste. »Jedenfalls gedenkt Herr Martinus am Grabe seines Namenspatrons Kraft zu schöpfen. Vielleicht will er die Abstinenz ja ausbauen ... Fleisch ... körperliche Liebe ... mir fällt da so einiges ein.«

»Aber wenn wir uns seinem Zug anschließen, müssten wir als Christen reisen«, überlegte Salomon, »als Kaufleute oder Bader ...«

»Bader«, nickte Abram. »Als solche habe ich uns angekündigt.«

»Was hast du?« Salomon fuhr auf. »Ohne vorherige Absprache?«

Abram beachtete den Einwand nicht, verbeugte sich aber ehrfürchtig vor seinem Onkel. »Meinen Verwandten und Lehrmeister Friderikus von Askalon, weitgereister Heilkundiger und Adept des großen Mediziners und Alchemisten Avicenna ...« Er wies auf Salomon.

»Ist Avicenna nicht schon lange tot?«, fragte Gerlin.

Abram ging auch darauf nicht weiter ein. »... seine Gattin Gerlindis, seinen Sohn Dietmar ...«, er deutete eine Verneigung Richtung Gerlin an, »... und seinen unbedeutenden Schüler, meine Wenigkeit, Konstantin von Bracht.« Abram warf sich in die Brust. »Herr Martinus ist begierig, den Medikus kennenzulernen. Ihr müsst wissen, dass er an einer Vielzahl von Krankheiten leidet, die Hälfte sicher eingebildet. Wir werden also die Möglichkeit haben, uns unterwegs ein Zubrot zu verdienen. Geht's noch besser, Onkel Salomon – oder besser Meister Friderikus? Ansprechende Reisegesellschaft, vier Panzerreiter, Verpflegung inbegriffen. Worauf wartest du noch?«

Gerlin war auf jeden Fall dafür, die Gelegenheit zu nutzen. Allein bei dem Gedanken, wieder unter Christen zu leben, fiel ihr ein Stein vom Herzen. Abram hatte Recht: Es würde für Salomon sehr viel leichter sein, sich zu verstellen. Und was Abrams Mitreise anging, so störte Gerlin sich auch daran nicht. Der Junge mochte ein Gauner sein, aber er war ein liebenswerter Schelm. Dem kleinen Dietmar schien er ehrlich zugetan, und dass er die Gelegenheit nutzte, seinem feindseligen Elternhaus zu entfliehen, verstand sie auch sehr gut.

Salomon bestand allerdings darauf, den Magister Martinus zunächst einmal kennenzulernen, bevor er eine Entscheidung traf. Abram sah hier offensichtlich keine Schwierigkeit. Er geleitete seinen Onkel gleich am Nachmittag in die Mauern der Feste oberhalb der Stadt, wo die Reisegesellschaft Aufnahme gefunden hatte. Der Wechsel in die Rolle des Christen schien ihm nichts auszumachen – Salomon stellte zu seinem Entsetzen fest, dass sein Neffe hier wohl seit jeher als Konstantin von Bracht bekannt war. Die Soldaten der Festung grüßten ihn ehrerbietig – anscheinend hatte er schon jedem von ihnen einen Glücksbringer verkauft, der angeblich auf einen christlichen Heiligen zurückzuführen war. Sie schienen damit recht zufrieden zu sein, aber das Bistum Bamberg wurde auch selten in Kriege verwickelt. Die Wahrscheinlichkeit, auf dem Schlachtfeld zu sterben oder auf einem Feldzug einer Seuche zu erliegen, hielt sich folglich mit und ohne Amulett in Grenzen.

Insgesamt betrachtete die Garnison die Reisegesellschaft des Herrn Martinus mit weit größerer Skepsis als den Reliquienhändler »Konstantin« und seinen Onkel, den er gleich als Bader vorstellte. Der Kommandant der Festung ließ sich zwar fasziniert von Meister Martinus die Sterne deuten, aber die einfachen Soldaten fanden den Magister und seinen Anhang befremdlich. Und tatsächlich berichtete Herr Salomon Gerlin am Abend im Haus seines Bruders von einer recht skurrilen Truppe.

»Grundsätzlich würde ich mir eher einen etwas ... hm ... konventionelleren Reisebegleiter wünschen«, seufzte der Medikus, »aber zu befürchten haben wir in Gesellschaft des Herrn Martinus und seiner ... hm ... Freunde ... sicher nichts. Die Reise ist gut geplant, die begleitenden Ritter stammen aus ehrenwerten Geschlechtern – es bleibt nur zu hoffen, dass es ihnen nicht irgendwann zu bunt wird, diese seltsame Gesellschaft zu bewachen. Andererseits: Herr Martinus kann offensichtlich zahlen, und das ist ja wohl das Wichtigste.«

»Was ist denn so seltsam an ihm?«, erkundigte sich Gerlin.

Frau Rachel warf das Geschirr fürs Abendessen auf den Tisch, dass es nur so schepperte. »Gaukler und Hurenpack, nach allem, was man hört!«, erregte sie sich mit verkniffenem Gesicht. »Abschaum, christliches Gesindel!«

Ihr Gatte zog die Augenbrauen hoch. »Nun mach der Frau Gerlin keine Angst, Rachel!«, begütigte er. »Die Hauptsache ist doch, dass sich hier überhaupt eine Reisemöglichkeit bietet, und wenn der Mann denn schon als Pilger ...«

»Pilger!«, höhnte Frau Rachel. »Das sind die Allerschlimmsten! Erst fröhlich allen Lastern frönen, und dann beichten sie, und ihre Seele ist wieder rein wie die eines neugeborenen Kindes!«

Gerlin fand still für sich, dass auch Frau Rachels Seele eine Reinigung ganz gutgetan hätte. Klatsch und üble Nachrede waren im Judentum sicher genauso verpönt. Aber sie schwieg, wie fast immer zu den Tiraden ihrer Gastgeberin. Schlimmer als Frau Rachel konnten Meister Martinus und sein Anhang gar nicht sein.

Früh am nächsten Morgen zogen Salomon und Abram zum Markt und zum Stellmacher, um die nötige Ausrüstung für ihre Reise zusammenzustellen. Mit wehem Herzen trennte sich Salomon von seiner Maultierstute Sirene, aber ein solch edles Tier würde ein Bader einfach nicht mitführen. Er würde fahren, nicht reiten. Eine Zelterin anzuspannen wäre unsinnig gewesen und dem wertvollen, zierlichen Tier nicht gut bekommen. Salomon plante den Tausch gegen ein grobes Maultiergespann, aber Abram handelte blitzschnell zwei kräftige braune Pferde gegen die Zelterin ein.

»Ein Christ, Herr Friderikus, noch dazu ein Gaukler, fährt selten mit Maultieren!«, beschied er seinen Onkel und erstand dann zu dessen Entsetzen auch noch ein buntes, mit Schellen besetztes Geschirr für die Pferde. »So ein Bader will doch einen bewunderten Auftritt haben, wenn er in ein Dorf einfährt! Gewöhn dir die Zurückhaltung ab, du wirst kein Jude mehr sein! Als Christ gehört die Straße dir!«

Salomon schaute unglücklich drein, aber Abram ging ganz in seiner neuen Rolle auf. Er kaufte auch farbige Gewänder für sich und seinen »Meister« und Bälle zum Jonglieren. Damit übte er in der nächsten Zeit beharrlich. Salomon trieb das zur Weißglut.

Der Medikus setzte aber immerhin durch, zwar einen wertvollen und stabilen, aber schlichten Planwagen zu erstehen. Über Abrams Anregung, das Gefährt bunt anzustreichen und vielleicht mit einer Aufschrift zu versehen, wie Gaukler es zu tun pflegten, ging er mit so bösem Gesicht hinweg, dass der junge Mann sie tatsächlich nicht wiederholte. Gerlin versicherte sich, dass Jakob seinem Bruder wirklich das Geld für die Reise vorstreckte, und wählte dann gediegene Küchenutensilien aus. Zudem gestaltete sie den Wagen wohnlich mit Decken, Fellen und Matten.

»Werden wir ... alle darin schlafen?«, fragte sie scheu.

»Ich krieche drunter!«, erklärte Abram bereitwillig.

Salomon senkte den Blick. »Es wird sich nicht vermeiden lassen, wir reisen als Ehepaar«, sagte er dann bedächtig. »Aber Ihr habt natürlich nichts zu befürchten ...«

Gerlin fragte sich, warum sich seine Hände, während er sprach, um die Plane des Wagens krampften, als läge ihm etwas auf der Seele, das er nie zu sagen wagte. Aber natürlich vertraute sie ihm, und auch sie selbst hegte ihm gegenüber keine schamlosen Gedanken. Sie mochte ihn, er war auch ein durchaus gut aussehender Mann, aber bei dem Gedanken an Liebe hatte sie nur Florís vor Augen. Salomon war obendrein kein Ritter – als Gatte für Dietrichs Witwe kam er nicht infrage, und er war Dietrichs Brautwerber gewesen. Schon das verbot eine innigere Beziehung, egal was man füreinander empfinden mochte.

Salomon von Kronach schien das ebenso zu sehen und hatte obendrein die Absicht, Gerlin zu beruhigen. Als es endlich losging, entdeckte die junge Frau, dass der Medikus seinem Bruder einen schweren Brokatvorhang abgekauft oder abgeschwatzt und ein Schlafabteil für Gerlin und Dietmar im Wagen abgetrennt hatte. Sie nickte ihm dankbar zu – und sah endlich mal wieder das warme, freundliche Lächeln in seinem Gesicht aufleuchten, das sie so lange vermisst hatte. Auch Salomon hatte sich Sorgen gemacht und dankte nun seinem Gott, dass sie schließlich auf den Weg kamen.

Abram betrachtete befriedigt den Vorrat an Tees und Kräutern, Essenzen und Ölen, mit dem der Medikus den Wagen beladen hatte. »Man glaubt Euch fast den Bader, Meister Friderikus!«, lachte er. »Allerdings sollten wir noch eine Wunderemulsion zusammenmischen. Damit macht man doch immer das beste Geschäft. Was haltet Ihr von drei Teilen Wein, ein paar beliebigen bitteren Kräutern, und das Ganze aufgefüllt mit Wasser, garantiert aus dem heiligen Jordan?«

Salomon würdigte Abram keiner Antwort.

Auf dem Gelände der Festung machten sich eben auch die Panzerreiter und der Tross des Magister Martinus reisefertig. Eine hagere ältere Frau und ein junger dürrer, geisterhaft bleicher Mann saßen auf dem Bock seines Planwagens. Ein Mädchen, unter dessen Schleier ein schmales, hellhäutiges Gesicht hervorschimmerte, erstieg eine weiße Maultierstute.

»Aber das ist Sirene!«, rief Gerlin aufgeregt. »Wo mag sie die herhaben?«

Salomon zuckte die Achseln und bedachte sein früheres Reittier mit einem bedauernden Blick. »Woher wohl? Vom Markt. Die Kleine hatte offensichtlich keine Lust, sich mit dem Meister Martinus, seinem Schüler und seiner … hm … Frau? … einen Wagen zu teilen. Und Abram sagte ja, Herr Martinus sei spendabel.«

»Wer ist denn überhaupt das Mädchen?«, fragte Gerlin neugierig.

Der Medikus hob in einer Geste der Hilflosigkeit oder Unwissenheit die Hände. »Seine Tochter? Sein Mündel? Oder ...« Salomon ließ die Überlegung unausgesprochen.

Abram war inzwischen vom Wagen gesprungen und begrüßte Meister Martinus. Der Sterndeuter war ein eher kleiner, zierlicher Mann, der allerdings in einer aufwändigen, mit Monden und Sternen bestickten Robe steckte. Er kombinierte sie mit einem breitkrempigen Pilgerhut, den er jetzt auf seinen runden Kopf mit dem schon recht schütteren Haar setzte. Der Magister war rotnasig, hatte volle Lippen und wache kleine Augen von klarem Blau. Lebhaft gestikulierte er im Gespräch mit dem Kommandanten der Festung.

»Wenn ich's Euch doch sage, Herr Ottokar: Bei Eurer Geburt stand Mars im siebten Haus – Ihr seid zum Krieger geboren! Eure Zukunft mag im Heiligen Land liegen oder auch in den hispanischen Landen – ich sehe Euch als strahlenden Ritter im Licht der Sonne! Hier verkümmern Eure Anlagen, Herr Ottokar! Ihr könnt mehr im Leben erreichen!«

»Oder schnell den Kopf verlieren«, bemerkte Salomon trocken, als der Ritter mit glücklichem Gesicht abgezogen war. Er begrüßte Herrn Martinus mit einer angedeuteten Verbeugung.

Der Magister kicherte und musterte Salomons bunte Gauklerkleidung ebenso belustigt wie der Medikus seinerseits den Prunkmantel seines Gegenübers. »Da mögt Ihr Recht haben!«, gab er freundlich zu. »Aber sein Stellvertreter ist im Zeichen der Waage geboren – ein verträglicher Mann, während Herr Ottokar immer nach Höherem strebt. Die halbe Garnison zittert vor ihm. Da wäre es doch besser, beide würden ihrer Bestimmung folgen, der eine im Heiligen Land, der andere an die Spitze dieser Feste. Wie sich die zwei dann jeweils schlagen ... Die Sterne, mein Freund, bestimmen unsere seelische und geistige Eigenart – nicht die Stunden, die wir bei der Übung im ritterlichen Zweikampf verbringen.«

Salomon schmunzelte. »Aber Ihr sagt den Leuten doch die Zukunft voraus!«

Martinus hob entsetzt die Arme. »Meister Friderikus! Ihr stellt meine Berechnungen ja dar wie Wahrsagerei! Das wäre fast, als würfe ich Euch vor, nur Wein und bittere Kräuter zu mischen und den Menschen den Glauben an Wunder zu verkaufen! Nein, glaubt mir, Astrologie ist eine sehr ernst zu nehmende Lehre. Ich errechne aus dem Stand der Gestirne, welcher Zeitpunkt zum Beispiel für eine Unternehmung günstig ist – der heutige Tag etwa, ist ein exzellenter Tag zum Reisen, sowohl für mich als auch für meine liebe Maria.« Er wies vage in Richtung des Mädchens auf dem Maultier. Das Glück der restlichen Reisegesellschaft schien ihm nicht so wichtig zu sein. »Ihr wolltet mir ja Euer Geburtsdatum nicht verraten ... aber ... oh, da haben wir Eure entzückende Frau!«

Die lebhaften Augen des Magisters erforschten Gerlins Gesicht und ihre Figur. Gerlin fühlte sich nackt unter seinem Blick. Sie war es nicht gewohnt, sich gänzlich unverschleiert und mit nur vom Gebende bedeckten Haar in der Öffentlichkeit zu zeigen. Gauklerfrauen waren allerdings nicht allzu prüde. Und vor den anderen Mitgliedern der Reisegesellschaft würde Gerlin sich auf Dauer sowieso nicht verbergen können.

»Und Euer kleiner Sohn ... Ihr müsst mir erlauben, ein Horoskop für ihn zu stellen!«, sagte der Magister, jetzt wieder an Salomon gewandt.

Gerlin schluckte bei dieser Aussicht. Wenn der Mann wirklich so gut war, wie er behauptete, sah er womöglich Dietmars vornehme Herkunft in seinen Sternen.

Salomon zuckte jedoch nachgiebig mit den Schultern. »Wenn es Euch Freude macht, Herr Martinus. Mein Sohn ist am vierzehnten Tag des achten Monats geboren ...«

Gerlin drückte Dietmar nervös an sich.

»Also im Zeichen des Löwen. Das bedeutet, er wird …«

»Aber berücksichtigt Ihr auch die Präzession der Weltenachse?«, fragte Salomon streng. »Ihr wisst schon, wie von Hipparchos beschrieben? Folgt man den Berechnungen des siderischen Jahres, so wäre Dietmar im Sternbild des Krebses zur Welt gekommen, und …«

»Aber nein, aber nein, das müsst Ihr anders sehen! Die Siderische Periode …« Der Magister nahm die Kritik offenbar nicht persönlich, sondern stürzte sich mit Elan in eine wissenschaftliche Diskussion.

»Könnt Ihr das nicht zu einer anderen Zeit bereden?«, meldete sich die Frau vom Bock des Planwagens mit fast so zänkischer Stimme wie Frau Rachel. »Herrgott, Ihr redet und redet, Herr Martinus. Derweil steht die Sonne schon im Mittag, und wir haben noch keine Meile zurückgelegt …«

Gerlin musste der Frau Recht geben. Es war Zeit zum Aufbruch, und Herrn Martinus' Berechnungen schienen zumindest so weit zu stimmen, dass dies ein herrlicher Tag zum Reisen war. Die Sonne schien warm, aber nicht zu heiß auf die Wagen herab, die Wege waren trocken und griffig genug für die Gespanne, und es galt die Zeit bis zum nächsten Regen zu nutzen, um rasch vorwärtszukommen.

Auch Abram murmelte etwas Zustimmendes – und Meister Martinus riss sich jetzt wirklich los. »Ich freue mich auf regen Gedankenaustausch während der Reise!«, beschied er Salomon, rief der Frau auf dem Bock ein »Ich komme, Martha!« zu und kletterte – recht behände trotz seiner eher kurzen Beine, hinten auf den Wagen. Er konnte Maria auf ihrem Maultier von da aus gut im Blick behalten. Seine Tochter? Gerlin glaubte es nicht.

Abram lenkte den Planwagen geschickt durch das Tor der Festung und dann zügig durch den Wald in Richtung Bamberg. Dort würden sie bestimmt Quartier machen, aber es war unwahrscheinlich, dass der Weg sie in die Residenz des Bischofs führte. Die Kirche stand Sterndeutern eher skeptisch gegenüber, der Bischof würde Herrn Martinus kaum als Gast empfangen. Danach würde es über Würzburg nach Mainz gehen, schließlich über Metz und Reims nach Paris. Salomon wäre lieber über Nancy, Troyes und Orléans gereist, aber der Magister bestand darauf, die Kathedralschulen von Paris zu besuchen und dort wohl ebenfalls sternkundige Freunde zu treffen.

Während der Wagen durch den dichten Wald nach Bamberg schaukelte – irgendwo in der Nähe musste die neue Siedlung des Bauern Loisl sein, und Gerlin wünschte den Siedlern im Stillen alles Gute –, dachte Gerlin über ihre Reisegefährten nach. Der Magister schien auf die zänkische Martha zu hören. Warum erlaubte sie ihm wohl die Mitnahme der stillen Maria? Der junge Mann auf dem Bock, der Leopold gerufen wurde, hatte wenig zu sagen. Er wirkte sauertöpfisch und eher wie ein Diener als wie ein Schüler des Herrn Martinus. Als solcher war er Salomon und Abram allerdings vorgestellt worden. Ob er den Leuten je so leutselig und geschickt die Sterne deuten würde wie sein Meister? Dabei fiel Gerlin das Angebot desselben wieder ein, und schließlich äußerte sie Salomon gegenüber ihre Bedenken bezüglich eines Horoskops für Dietmar.

Der Medikus lachte. »Ach, Frau Gerlin, was das angeht, muss ich der christlichen Kirche zur Abwechslung mal Recht geben: alles Aberglaube und Hokuspokus. Seht, das fängt damit an, dass sich infolge der Rotation der Erdachse Sternbilder und Tierkreiszeichen gegeneinander verschieben – relativ zum Frühlingspunkt, müsst Ihr wissen. Die Sternzeichen besetzen nur im Süden jeweils dreißig Grad des Zodiak. Das heißt, dort beherrschte während

Dietmars Geburt vielleicht der Löwe den Himmel. Über Lauenstein war es eher der Krebs. Also sind schon die Grundannahmen irrig.«

Salomon redete sich warm, und Gerlin lauschte seiner schönen dunklen Stimme. Wie immer fühlte sie sich gewärmt und getröstet – ohne wirklich etwas von dem zu verstehen, was der Medikus da erläuterte. Abram schien es ähnlich zu gehen, er langweilte sich sichtlich. Gerlin dachte mit wehem Herzen an Dietrich. Ihr junger Gemahl hätte den Vortrag genossen. Gerlin hörte zu und streichelte dabei das Köpfchen ihres Sohnes. Vielleicht würde ja auch aus ihm einmal ein Gelehrter werden.

Vorerst ließ sich das Kind allerdings lieber von Abram unterhalten. Es krähte fröhlich, als der junge Mann die Zügel an seinen Onkel weitergab und für den Kleinen jonglierte.

»Ihr seht also, Frau Gerlin«, endete Salomon schließlich, »dass ein Horoskop, erstellt von Magister Martinus, Euren Stand und Eure Herkunft sicher nicht verraten wird. Allerdings auch nicht Euer Schicksal ...« Der Medikus schenkte ihr wieder sein sanftes Lächeln. »Das liegt wohl weiterhin in der Hand des Ewigen ... und in unserer eigenen.«

Kapitel 4

Das Schicksal mochte in der Hand Gottes liegen, aber zumindest, was Gerlin anging, hatte der Ewige nicht viel Nachsicht. Zu diesem Ergebnis kam sie jedenfalls bei der ersten Rast. Während sie Brot und Käse aufschnitt und Quellwasser holte, schlenderte der Anführer der Panzerreiter zu Salomon hinüber. Der Mann hatte Gerlin zuvor schon seltsame Blicke zugeworfen, nun wurde ihr bewusst, dass er ihr bekannt vorkam.

Salomon nickte ihm freundlich zu. »Darf ich Euch und Euren Reitern etwas anbieten?«, fragte er höflich. »Oder gibt es vielleicht eine gesundheitliche Störung, bei der Ihr mich zu Rate ziehen möchtet? Wie war noch gleich Euer Name ... Herr ... ach ja, Herr Berthold von Bingen.«

Martinus hatte ihm und Abram die Ritter kurz vorgestellt, aber die Männer hatten den »Bader« und seinen Gehilfen kaum eines Blickes gewürdigt. Keiner von ihnen liebte die Aufgabe, für die man sie angeheuert hatte, allgemein empfanden es die Angehörigen des Ritterstandes als unwürdig, sich von Händlern und Pilgern als Wachmannschaft bezahlen zu lassen. Einem Fahrenden blieb allerdings kaum etwas anderes übrig, wenn er kein überragender Turnierkämpfer war. Nur wenige Ritter ohne Lehen hielten sich mit Preisgeldern über Wasser, wobei sie zudem bei jedem Turnier nicht nur Leib und Leben, sondern auch Rüstung und Reitpferd und damit ihre gesamte irdische Habe riskierten. Wachdienste waren weitaus weniger gefährlich. Die Ritter wurden nur selten in Kämpfe verwickelt, gewöhnlich reichte ihre Anwesenheit als Abschreckung aus. Allerdings erwarb man sich damit weder Ruhm noch Ansehen und erst recht kein Lehen. Die Ritter waren also in der Regel übel gelaunt und ließen das ihre Schützlinge spüren.

Herr von Bingen antwortete denn auch nicht direkt auf Salomons höfliche Ansprache.

»Ihr seid Bader?«, fragte er nur knapp.

Salomon nickte und verbeugte sich. »Zu Euren Diensten!«

»Irgendwo hab ich Euch schon mal gesehen!«, brummte der Ritter.

Salomon zuckte die Achseln. Nur wer ihn gut kannte, sah Wachsamkeit und Sorge in seinem Blick aufblitzen. »Unsereins kommt viel herum«, bemerkte er beiläufig. »Vielleicht auf einem Jahrmarkt ...«

»Auf welchen Jahrmärkten treibt Ihr Euch denn so herum?«, fragte von Bingen.

Salomon überlegte fieberhaft. »Nun, auf der Dult in Regensburg ...«

»... der Hofdult in Altötting, dem Mittelfastenmarkt in Bamberg, dem Jakobimarkt in Cham, dem Katharinenmarkt in Nürnberg ...«

Salomon atmete auf, als Abram sich einmischte. Der Sohn des Händlers wusste natürlich, wo und wann die bekanntesten Märkte stattfanden. Salomon hoffte bloß, dass der Schaden nicht schon angerichtet war. Berthold musste zumindest argwöhnen, dass der »Bader« keine Ahnung hatte.

»Wir sind ständig unterwegs«, fügte Salomon eilig hinzu. »Wobei mein Gehilfe den Wagen lenkt. Ich weiß oft kaum, wo ich die Kranken gerade heile.« Die Ausrede war nicht sehr überzeugend, aber vielleicht würde der Ritter ja nicht nachhaken.

»So«, meinte von Bingen. »Und Eure Gattin ...«, wieder streifte sein Blick Gerlin, »... Eure Gattin begleitet Euch?«

Salomon nickte. »Natürlich, Herr Berthold, wie sollte sie

nicht? ›Wo du hingehst‹, sagt die Heilige Schrift, ›da will auch ich hingehen‹.«

»Und dies ist Euer Sohn?« Der Ritter wies auf Dietmar.

Gerlin hätte ihr Gesicht am liebsten im weichen Haar ihres Kindes vergraben. Und dann fiel ihr tatsächlich ein, wo sie Berthold von Bingen schon einmal gesehen hatte. Die Erinnerung ließ ihr das Blut ins Gesicht schießen.

Salomon sah dem Ritter fest in die Augen. »Das ist mein Sohn Dietmar!«, sagte er ruhig.

Berthold schnaubte. »Dann will ich nicht weiter stören«, bemerkte er und wandte sich wieder seinen Männern zu.

Salomon setzte sich zu Gerlin. »Ruhig bleiben!«, wisperte er. »Der Mann kann nichts wissen. Dem geht's nur darum, uns ein bisschen Angst einzujagen. Das macht er wahrscheinlich mit jedem. Herr Martinus mag ihm auch nicht in die Augen schauen.«

Gerlin schüttelte den Kopf. »Das ist es nicht, Herr Salomon«, sagte sie leise. »Er hat mich tatsächlich schon einmal gesehen. Bei Dietrichs Schwertleite. Er ... er stand im Kreis der Ritter, als ich Dietrich Eide schwor ...«

Abram pfiff durch die Zähne. »Und in christlichen Kreisen ist die Braut dabei nicht verschleiert?«, fragte er ohne große Hoffnung.

Gerlin schüttelte den Kopf. »Nicht zwangsläufig. Aber ich habe an diesem Turniertag fast die ganze Zeit einen Schleier getragen. Schon um Roland und Luitgart meine Sorge nicht zu zeigen. Sehr genau kann mich Herr Berthold nicht angesehen haben ...«

Salomon seufzte. »Frau Gerlin ... das mag jetzt wie Schmeichelei klingen, aber ... Es ist nicht leicht, Euer Gesicht zu vergessen, wenn man es einmal gesehen hat.«

Gerlin errötete. »Herr Salomon ...«

»Jetzt hört vor allem auf mit dem ›Herrn Salomon‹!«, bemerkte Abram. »Wenn das jemand hört, sind wir gleich verraten. Ihr seid mit meinem Meister Friderikus verheiratet, Frau Gerlin. Also könnt Ihr ihn duzen. Und nennt ihn ... von mir aus nennt ihn ›Fritz‹.«

Gerlin musste bei aller Sorge beinahe lachen. Der Gedanke, den würdigen jüdischen Medikus »Fritz« zu rufen wie einen Stallburschen, war denn doch zu komisch.

»Und macht Euch nicht zu große Sorgen. Freilich seid Ihr schön wie die Sonne, aber dennoch würde man die Einzelheiten vergessen im Laufe der Zeit. Zudem wart Ihr damals völlig anders gekleidet, Ihr trugt Euer Haar anders – und ich schlage vor, dass wir Euch jetzt auch anders nennen. Schade, dass mir das nicht früher eingefallen ist, aber Gerlindis lässt sich ja auch anders abkürzen als Gerlin. Also: Frau Lindis und Herr Friderikus – sprecht einander richtig an und spielt das liebende Ehepaar. Dann kann die Frau des Baders Herrn Berthold zehnmal an die Braut des Grafen erinnern, Beweise gibt es nicht.«

Gerlin nickte, deutlich beruhigt, aber Salomon blickte mehr als sorgenvoll. »Solange der Bader den Ritter nicht an einen gewissen jüdischen Medikus erinnert«, sagte er leise. »Auch ich war auf jenem Turnier, und ich saß neben dem jungen Grafen. Und soweit ich mich erinnere, Herr Konstantin, warst auch du auf diesem Turnier. Bist du sicher, dass du damals nicht versucht hast, Herrn Berthold eine Speerspitze des heiligen Irgendwer als Glücksbringer aufzunötigen?«

Vorerst verfolgte Herr Berthold die Sache jedoch nicht weiter. Der erste Tag der Reise verging ereignislos, sowohl Herr Martinus und sein Anhang wie auch der Tross des »Baders« und die Ritter blieben meist unter sich. Gerlin entspannte ein wenig, während die Wagen in gleichmäßigem Tempo dahinrollten.

Jetzt, im späten Frühjahr, war das Reisen sehr viel angenehmer als noch einige Wochen zuvor – wobei Gerlin kaum glauben konnte, wie wenig Zeit vergangen war, seit sie den Weg nach Bamberg gemeinsam mit Dietrich geritten war. Damals war kaum jemand auf den Straßen gewesen, während sie fast stündlich auf Wanderer oder Reiter trafen. Rittergruppen passierten im Galopp, ohne auf Fußgänger und Gespanne zu achten, die ihnen im Weg waren. Natürlich stellten die schweren Pferde der Pilger ein veritables Hindernis dar, Wanderburschen und Mönche, die meist auf Schusters Rappen unterwegs waren, konnten sich dagegen oft nur durch einen beherzten Sprung ins Gebüsch retten. Andere Pilgergruppen reisten langsamer, zeigten sich freundlich und teilten gern ihr Brot mit den Reisenden nach Tours. »Meister Friderikus« verdiente so manchen Kupferpfennig, indem er ihre kleinen Maläsen behandelte – wobei er manchmal auch auf traurige Fälle stieß.

»Die Frau wäre besser zu Hause gestorben, als sich diese Fahrt noch anzutun.«

Salomon hatte einer Pilgerin mit schmerzlindernder Tinktur geholfen. Sie hatte Geschwüre am ganzen Körper, einen aufgeblähten Leib und schrie vor Schmerz, wenn der Wagen über eine Wegunebenheit rumpelte. Ihre Kinder versorgten sie voller Liebe – ihr Sohn war Kaufmann und hatte die Reise organisiert –, aber nach Salomons Meinung würde sie ihr Ziel kaum lebend erreichen. Der Magister deutete ihr dennoch sehr wohlwollend die Sterne und brachte damit ihr abgezehrtes Gesicht zum Leuchten. Gerlin konnte seinen Vorhersagen zwar nicht mehr glauben, aber Böses tat er sicherlich nicht.

Herrn Friderikus' Hilfeleistungen für andere Reisende sollten auch Herrn Berthold davon überzeugen, dass sein Schützling wirklich den Beruf des Baders ausübte. Auf Abrams nachdrückliche Aufforderung hin zog der Medikus sogar ein paar Zähne, um seine Rolle glaubhafter zu machen.

Abram selbst perfektionierte sich im Jonglieren und pries die Dienste seines Meisters wie ein Marktschreier an. Salomon war das äußerst peinlich, aber natürlich sah er ein, wie wichtig es war, seine Rolle gut zu spielen. Gerlin versteckte sich am liebsten im Wagen, wenn sie andere Reisende trafen. Die Begegnung mit Herrn Berthold hatte sie erschreckt, und ein Vorkommnis wie dieses konnte sich täglich wiederholen. Nahezu jede Reisegruppe wurde von Panzerreitern begleitet, Lauenstein war unter Dietrich ein offenes Haus gewesen. Auch andere Ritter konnten Gerlin erkennen, und sie mochten sie nicht nur als junge Braut, sondern auch als Gattin und Mutter erlebt haben.

Wäre es nach Salomon gegangen, so hätte er sich gern genauso oft wie möglich zurückgezogen. Er hatte auf einem Markt in Kronach ein billiges Schachbrett erstanden, und es gefiel sowohl ihm als auch Gerlin, am Abend eine Partie zu spielen, wenn Dietmar schlief. Gerlin genoss die Ruhe und friedliche Atmosphäre. Gerade jetzt, da sie sehr unter Spannung stand, empfand sie die freundliche Art des Medikus als wohltuend. Manchmal verglich sie ihn sogar mit Florís, befand jedoch, dass der Ritter mehr in ihr bewegt hatte. Wenn sie mit Florís allein war, hatte ihr Herz rascher geschlagen, sie war von Aufregung, Spannung und Glück erfüllt gewesen.

Salomon löste diese Regungen nicht so unmittelbar in ihr aus, aber je mehr Zeit Gerlin mit ihm verbrachte, desto stärker wurde sie sich doch seines kräftigen, geschmeidigen Körpers bewusst. Sie mochte es, wenn ihre Hand unversehens die seine streifte, wenn er die Zügel von ihr übernahm oder wenn sie ihm Brot oder eine Schale mit Brei reichte. Während sie das Alleinsein mit Florís zwar herbeigesehnt, aber oft auch etwas gefürchtet hatte, fand sie im Gespräch oder beim Schachspiel mit Salomon Erholung und Entspannung. Am liebsten hätte sie sich völlig mit ihm zurückgezogen, aber Abram beharrte darauf, dass es ihrer aller Tarnung dienlich war, mit Meister Martinus und den seinen Kontakte zu pflegen.

»Wir sollten uns nicht absondern!«, mahnte er. »Das ist jüdische Art, die Ritter könnten misstrauisch werden, und Herr Martinus ebenfalls. Also lasst uns am Abend ein Feuer teilen – wobei du doch zweifellos nur darauf brennst, Meister Fritz, dem Magister seine Sterndeuterei um die Ohren zu schlagen ...«

Abram zwinkerte seinem Onkel zu, der nachgiebig lächelte. Seine Meinungsverschiedenheiten mit dem Magister waren offensichtlich, und tatsächlich stritten sich »Meister Friderikus« und Magister Martinus stundenlang über Sinn und Unsinn der Sterndeuterei. Gerlin und Abram wurden bald müde, ihren Diskursen zuzuhören, aber Martinus' Schüler lauschte gebannt und versuchte immer wieder einmal, ein Wort dazwischenzuwerfen. Sein Meister fuhr ihm stets beim zweiten Satz über den Mund. Viel schien er nicht von seinem Adepten zu halten. Dahingegen tat er nie etwas, das Mädchen Maria zu disziplinieren, das sich ebenfalls gleich zu den Männern gesellte, wenn ein Streitgespräch aufkam. Nun störte sie auch nicht und mischte sich niemals ein, obwohl sie manchmal vor Anspannung zu platzen schien. Offensichtlich verstand sie, worum es ging, und sie hatte eine Meinung dazu. Statt sie aber zu äußern, saß sie scheu und immer verschleiert ein Stück hinter dem Magister. Ihre Zustimmung oder Missbilligung einer These verriet sie höchstens durch leichtes Nicken oder nervöses Zupfen an ihrer Kleidung.

Salomon gab es natürlich nicht zu, aber er genoss die Dispute mit Martinus, und der Magister schien die Gelehrsamkeit des »Baders« ebenfalls zu schätzen zu wissen. Auch seine medizinischen Kenntnisse waren gefragt. Martinus konsultierte ihn schon am ersten Morgen der Reise wegen irgendwelcher Beschwerden, wobei er die Diagnose direkt mitlieferte.

»Gelbgalle!«, erklärte er besorgt und hielt Salomon und der angewiderten Gerlin einen Nachttopf, gefüllt mit goldgelbem Urin entgegen. »Seht Ihr's? Meine Haut ist gelblich verfärbt, meine Zunge belegt und mein Mund ... es ist, als schmeckte ich bittere Kräuter! Ein deutlicher Beweis für einen Überfluss an Gelbgalle! Mir ist auch ganz schwindlig ... Ich muss mich hinlegen ... Könnt Ihr mir helfen, Meister?«

Salomon untersuchte seinen Reisegefährten etwas irritiert und riet ihm dann zu einem Tee, den die murrende Martha sofort aufbrühte. Dabei zeterte sie etwas von »zu viel Wein« und »zu viel Weib«. Gerlin warf Maria einen Blick zu, aber das Mädchen saß abgeschieden wie immer von den anderen am Feuer, den Schleier über Gesicht und Haar gezogen. An Meister Martinus' Schicksal nahm sie keinen Anteil, aber die Sorge um ihn hielt sich auch bei Martha und Leopold in Grenzen. Tatsächlich erholte sich der kleine Mann rasch – um am zweiten Tag über Aufstoßen und Blähbauch zu klagen, Schleim zu spucken und vor sich hin zu röcheln.

»Schwarzgalle, Meister Friderikus, der haben wir wohl gestern gleich mit einem Kräuteraufguss den Garaus gemacht, und nun liegen Darm und Magen still. Weh, o weh, wenn ich nur Tours noch lebend erreiche ...«

»Was gebt Ihr ihm?«, wisperte Gerlin Salomon zu, der gelassen nach seinem Kräutervorrat griff. »Ist es wirklich so ernst?«

Der Medikus lächelte, und Gerlin erkannte Schalk in seinen ruhigen grünbraunen Augen. »Schaut einmal nach dem Weinfässchen, das der Meister hinten in seinem Wagen mit sich führt. Gestern Abend bot er mir ein wenig davon an, nachdem er einen Schlauch daraus gefüllt hatte. Nun, ich ließ mir einmal den Becher füllen, einmal unser ›Herr Konstantin‹ – und der gute Leopold durfte wohl auch mal nippen. Aber heute Morgen ist der Schlauch leer ... Kein Wunder, dass es unserem Freund sauer aufstößt. In ein paar Stunden geht's ihm besser – ob mit, ob ohne Tee. Etwas frische Luft sollte ihm bekommen.« Der Medikus wandte sich von seinem Wagen ab und seinem Patienten zu. »Herr Martinus, es wird der Produktion von Schwarzgalle in Eurem Gedärm nützlich sein, wenn Ihr die ersten Meilen hinter dem Wagen zu Fuß geht!«

Die Reisegesellschaft näherte sich Bamberg, und Gerlin hatte wieder mal ein ungutes Gefühl. Berthold von Bingen warf ihr prüfende Blicke zu, sobald sie dem Ritter vor Augen kam, und nun sollte sie auch noch den Bischofssitz wieder besuchen. Gerlins Herz klopfte heftig, als Abram den Wagen durchs Stadttor lenkte. Wider alle Vernunft nahm sie an, die Stadtwächter könnten in der Frau des »Baders« die junge Adlige wiedererkennen, die einige Wochen zuvor hoch zu Ross an der Seite ihres Gatten die Stadt besucht hatte. Schließlich verkroch sie sich im Wagen und spähte nur zwischen den Planen hindurch auf die Stadt, die um diese Jahreszeit viel einladender wirkte. Die Regnitz floss ruhig in ihrem Bett dahin, die Straßen und Märkte der von zwei Flussarmen umschlossenen »Inselstadt« waren voller fröhlicher Menschen, und es wurde hart gearbeitet, um den Dom und die zugehörigen Gebäude wieder aufzurichten.

Meister Martinus wollte einen Gottesdienst besuchen und entschied sich für die Kirche St. Michael, um am Grab von Bischof Otto I. zu beten. In der angeschlossenen Benediktinerabtei fanden die Reisenden Aufnahme für die Nacht. Gerlin machte sich natürlich größte Sorgen um ihre jüdischen Begleiter, aber Abram schien sich überall wohl zu fühlen, und auch Salomon lächelte über ihre Bedenken.

»Lästert Ihr nicht Euren Gott, wenn Ihr in einem christlichen Kloster übernachtet?«, frage Gerlin den Medikus.

Salomon schüttelte den Kopf. »Solange ich mich nicht taufen lasse ... Und selbst das wäre mir erlaubt, wenn es die einzige Möglichkeit wäre, mein Leben zu retten. Der Gott Israels – im Übrigen auch der Eure, Frau Gerlin, nur, dass Ihr ihn ›Gott Vater‹ nennt und ihm einen Sohn beigesellt! – ist ein strenger Gott, aber er giert nicht nach Märtyrern. Wir Juden sterben oft für unseren Glauben, aber das verschafft den Betroffenen keine privilegierte Stellung im Jenseits. Eigentlich nehmen wir an, dass Gott uns lieber lebend sieht, warum hätte er uns die Erde sonst geschenkt? Zumindest wird er es mir nicht übelnehmen, ein paar Gebeten und Liedern zu lauschen, und ich brauche auch keine Zaubersprüche zu sprechen, um mich abzusichern. Auf meinen Reisen verschlug es mich einmal mit einem maurischen Freund in eine christliche Kirche. Der arme Kerl brabbelte pausenlos die erste Sure seines heiligen Buches vor sich hin, damit sein Prophet ja nicht dächte, er würde abtrünnig. Juden werden nicht so schnell abtrünnig – das weiß mein Gott.«

»Meister Friderikus« brachte die Messe in der Tat mit Anstand hinter sich, auch wenn er bei den Gebeten nur Unverständliches murmelte und bei den Liedern nicht mitsang. Es war für ihn tatsächlich sehr viel einfacher, in einer christlichen Kirche zu bestehen als für Gerlin in der Synagoge. Die Michaelskirche war zum Abendgottesdienst voller Menschen, und Fremde fielen nicht auf.

In der Nacht im Kloster teilte Gerlin die Gästekammer für Frauen mit Martha und Maria und lernte ihre beiden Reisegefährtinnen dabei zwangsläufig näher kennen. Bislang hatten die Frauen kaum ein Wort miteinander gewechselt, was Gerlin befremdlich fand. Aber Martha schien ohnehin ständig schlechter Laune zu sein – sie redete auch mit den Männern nur in rauen Tönen – und

Maria sprach eigentlich mit niemandem. Das Mädchen war Gerlin ein Rätsel, aber jetzt sah sie es zumindest erstmalig ohne Schleier und Mantel. Dabei blieben dann auch ihr die Worte im Halse stecken!

Ihre junge Reisegefährtin war das schönste Mädchen, das Gerlin je gesehen hatte. Fasziniert blickte sie auf ihr langes dunkelblondes Haar, das wie warmer Honig über ihre runden Schultern floss. Sie trug es in der Mitte gescheitelt, offen wie ein adliges Mädchen, und auch die Anmut ihrer Bewegungen, ihre zierlichen Schritte, ihre Reitkenntnisse, die Gerlin während ihrer bisherigen Reise schon bewundert hatte, sprachen für eine höfische Erziehung. Marias Augen waren von einem satten Nussbraun, groß und ein wenig schräg gestellt. Ihre Lippen waren voll, herzförmig und von dunklem Rot, ihr Teint zart und ihre Wangen rosig. Unter ihrem Leinenhemd zeichneten sich hohe, feste Brüste ab, ihre Hüften waren schlank, nur leicht gerundet. Das Mädchen musste noch sehr jung sein – Gerlin schätzte es auf höchstens sechzehn Sommer. Was um Himmels willen machte es hier? Sollte es wirklich Herrn Martinus' Tochter sein?

Die Tochter der Frau Martha war es ganz offensichtlich nicht. Die ältere Frau betrachtete die jüngere mit offener Feindschaft, aber Maria schien das egal zu sein. Überhaupt wirkte das Mädchen fast zu gleichmütig. Lediglich Dietmar gegenüber zeigte Maria unerwartete Gefühle. Sie lächelte ihm zu – ein unwiderstehliches Lächeln – und neckte ihn, indem sie nach seiner Rassel griff und tat, als wollte sie ihm das Spielzeug wegnehmen. Als Gerlin ihr das Kind zum Halten gab, nahm sie es erfreut in den Arm und wiegte es liebevoll.

»Ich seid geschickt mit Kindern, Maria!«, lobte Gerlin, etwas befangen. Sie wusste nicht recht, wie sie das Mädchen ansprechen sollte. »Wo habt Ihr das gelernt, Ihr selbst habt doch noch kein Kind, oder?«

Maria wehrte ab, während Martha etwas brummelte wie »Nur eine Frage der Zeit ...«.

»Ich hatte kleine Geschwister«, antwortete das Mädchen schließlich, aber das war auch schon alles, was es von sich preisgab. Als Gerlin weiterfragte, schwieg Maria. Gerlins Neugier war geweckt.

In der Stunde der Vigil, als die Glocke die Mönche zur ersten Gebetshore rief, merkte Gerlin zu ihrer Verblüffung, dass Maria aufstand und sich wegschlich. Sie folgte ihr unauffällig. Martha schien zu wissen, dass Maria das Lager mit Herrn Martinus teilte. Dafür sprach vieles. Aber das Mädchen würde dem Mann doch nicht jetzt und hier, im Kloster, während der Gebete der Mönche, beiliegen wollen!

Tatsächlich schlich Maria sich nicht in die Gästekammern der Männer, sondern hinaus in den Klostergarten. Hier war zu dieser Zeit niemand – Gerlin verstand nicht, was das Mädchen dort wollte. Sie schob sich näher heran, als die junge Frau ein seltsames Instrument aus ihrem Ärmel zog.

»Was ist das?« Gerlins neugierige Frage durchbrach jäh die Stille.

Maria fuhr zusammen – und atmete auf, als sie Gerlin erkannte. »Habt Ihr mich erschreckt!«, sagte sie vorwurfsvoll, widmete sich dann aber wieder ganz dem glänzenden, scheibenförmigen Ding, auf dem Gerlin im Mondlicht Kreise und Zahlen und eine Art Zeiger erkannte. Der Mond schien hell in dieser außerordentlich sternklaren Nacht.

»Das ist ein Astrolabium«, erklärte Maria dann mit sanfterer, fast ehrfurchtsvoller Stimme – ohne weiter nachzufragen, was Gerlin wollte und warum sie ihr nachgelaufen war. Gerlin war zwar froh, dass sie Maria nicht Rede und Antwort stehen musste, fand es aber dennoch befremdlich. Jeder andere wäre argwöhnisch geworden, wenn ihm jemand heimlich gefolgt wäre. »Damit misst man die

Winkel am Himmel.« Maria blickte konzentriert hinauf zu den Sternen und stellte etwas an ihrem Gerät ein.

»Mitten in der Nacht?«, fragte Gerlin.

Maria lachte. Es klang hell, gelöst, fast kindlich fröhlich. »Wann denn sonst?«, gab sie zurück. »Die heutige Nacht ist überaus geeignet, ich konnte sie nicht einfach verstreichen lassen. Seht Ihr die Sterne? Sind sie nicht wunderschön? Mit dem Astrolabium kann ich errechnen, wie hoch sie stehen, in welchem Winkel zueinander, und wie sie wandern.«

»So seid Ihr auch Astrologin?«, wunderte sich Gerlin.

Maria schüttelte heftig den Kopf. »Nein! Das ist Unsinn. Ernsthafte Gelehrte lehnen Sterndeutung ab. Schon Ibn Sina, der große arabische Gelehrte forderte ihre Abschaffung! Aber ich ... nun, ich liebe die Sterne ... schon als ganz kleines Mädchen konnte ich mich nicht daran sattsehen und wollte alles über sie wissen. Die Sterne geben das Wissen zurück, versteht Ihr? Wenn man ihre Wege studiert, lernt man, die eigenen Wege zu finden. Auch auf dem Meer zum Beispiel, wenn nirgends Land zu sehen ist. Kommt her! Kennt Ihr die Sternbilder? Seht, da ist der große Wagen! Und dort der kleine ... die sind immer zu sehen. Aber manche Sterne sieht man nur zu bestimmten Jahreszeiten.«

Maria erklärte mit der gleichen unbändigen Freude am Lehren wie Salomon. Ihre Stimme – sonst eher leise und erstickt – klang voll und singend, fast betörend. Gerlin ließ sich von ihr tragen und folgte ihr eine glückliche Stunde lang durch den Nachthimmel. Maria stellte ihr Sterne vor, als seien es alte Freunde, und erklärte ihr das Astrolabium, das unschätzbar wertvoll war und aus maurischen Landen stammte.

»Man kann damit auch die Zeit bestimmen.«

Maria konnte sich kaum losreißen, als Gerlin den Schlussgesang der Mönche in der Kirche vernahm. Die Hore war so gut wie vorüber – wie konnte Maria nur darüber weghören?

»Zur Zeitbestimmung brauche ich das Ding nicht«, bemerkte Gerlin, »da genügen mir die Kirchenglocken. Packt Euer Spielzeug jetzt weg, Maria, wir müssen zurück in die Gästekammer! Nicht auszudenken, wenn wir den Mönchen in die Arme laufen. Die glauben uns nie, dass wir uns nachts in einem Kloster herumtreiben, nur um in die Sterne zu schauen.«

»Es ist tatsächlich spät.« Maria ließ ihr Astrolabium unwillig wieder im Ärmel ihres Untergewands verschwinden. Sie seufzte. »Wenn ich nur einmal ... einmal machen könnte, was ich will ...«

Gerlin lachte. »Das geht nicht nur Euch so.« Sie nahm das verträumte Mädchen am Arm und zog es rasch durch die recht weitläufigen Klosteranlagen zurück in den Frauentrakt. »Wo habt Ihr das eigentlich gelernt?«, fragte sie, während sie sich durch dunkle Bogengänge tasteten. »Ich meine den Umgang mit diesem ... Astro...«

»Mit dem Astrolabium?«, wunderte sich Maria. »Na, wo schon? Natürlich bei Meister Martinus. Er versteht sich nicht nur auf die Sterndeuterei, tatsächlich ist er ein bedeutender Astronom. Horoskope erstellt er mehr zum Zeitvertreib – oder Gelderwerb. Dafür, dass man die Bahnen der Sterne exakt errechnet, gibt einem nämlich keiner einen Kupferpfennig. Na ja, vielleicht, wenn man so weit ist, dass man Sternkarten zeichnen kann oder so. Ich würde gern einen Atlas zusammenstellen, vielleicht einen Sternkatalog wie Ptolemäus. Der sagt, es gäbe tausendzweiundzwanzig Sterne ... aber ich habe neulich einen entdeckt, den er nicht beschrieben hat! Meister Martinus meint, ich müsste mich da irren, aber ich werde es beweisen! Deshalb war ich heute eigentlich draußen ...«

Gerlin fragte sich, wie ein solcher Beweis aussehen sollte. Maria konnte ihren Stern ja nicht im Klostergarten in die Tasche stecken und Herrn Martinus dann triumphierend vor die Nase halten.

Aber sie wollte nun auf keinen Fall einen weiteren Vortrag riskieren. Wenn Maria weiter dozierte, weckte sie womöglich Frau Martha oder – noch schlimmer, Dietmar. Der Kleine war eigentlich ein umgängliches Kind, aber wenn man ihn nachts aus dem Schlaf riss, protestierte er mit anhaltendem Gebrüll. Gerlin legte also nur sanft die Finger auf die Lippen und bedeutete Maria, leise zu sein. Die Frauen beugten sich noch einmal mit zärtlichem Lächeln über Dietmars Körbchen und warfen einen Blick auf das schlafende Kind. Gerlin fiel wieder Marthas spitze Bemerkung ein. Falls Maria wirklich Herrn Martinus' Lager teilte, würde sie irgendwann schwanger werden. Vielleicht wünschte sie sich das sogar.

Aber wie passte ein Kind zu ihrem Traum von den Sternen?

Kapitel 5

Salomon und Abram waren verwundert, als Gerlin ihnen am nächsten Tag von der nächtlichen Begegnung mit ihrer sonderbaren Reisegefährtin erzählte.

»Ein Astrolabium!«, begeisterte sich Salomon. »Die sind hierzulande selten, es tat mir leid, meines in Lauenstein zurücklassen zu müssen. Es heißt übrigens, es sei von einer Frau erfunden worden! Hypatia von Alexandria ... sie war ...« Salomon hob zu längeren Erklärungen an.

»Die Kleine ist also Martinus' Schülerin, nicht seine Hure.« Abram hegte andere Überlegungen. Abschätzend blickte er zu Maria hinüber, die wie immer still und verschleiert ihr Maultier ritt. Wie an den beiden vorangegangenen Tagen wechselte sie mit niemandem ein Wort, obwohl ihre Begrüßung für Gerlin an diesem Morgen etwas freundlicher ausgefallen war. »Oder beides?«, fügte Abram gedankenverloren an.

»Ein Mädchen als Schülerin ...« Gerlin konnte sich gut vorstellen, dass Abram ihre Überlegungen teilte. Natürlich war es möglich, dass Herr Martinus ein Freigeist war, der auch Frauen die Fähigkeit zu denken und zu forschen zuerkannte. Oder zahlte Maria auf sehr spezielle Art für das Wissen, an dem sie teilhaben durfte?

»Ich würd gern mal wissen, ob sie hübsch ist!«, bemerkte Abram.

Salomon warf ihm einen missbilligenden Blick zu. Seiner Ansicht nach interessierte sich sein Neffe schon jetzt ein bisschen zu sehr für das Mädchen, das den Namen der christlichen Gottesmutter trug.

Die Reisenden lenkten ihre Gespanne nun wieder durch dichten Wald in Richtung Würzburg. Gerlin hätte eigentlich entspannen können – Roland musste die Verfolgung des wahren Erben von Lauenstein längst aufgegeben haben –, dafür suchte Herr Berthold aber immer häufiger ihre Nähe. Mit Salomon hatte er seit dem ersten Tag kein Wort mehr gewechselt, nun stellte er Gerlin erneut, als sie bei einer Rast Quellwasser für ihre Pilgergruppe holte.

»Ihr seid sehr schön, Frau Lindis«, bemerkte er, während sie ihren Schlauch füllte.

Gerlin gab keine Antwort. Für einen Ritter war diese Annäherung ziemlich plump, Herr Berthold schien im Frauendienst nicht sonderlich geübt.

»So recht scheint ihr mir nicht auf den Jahrmarkt zu passen.«

»Ich bin ja auch nicht auf dem Jahrmarkt«, gab Gerlin gelassen zurück.

»Schönheiten wie Euch findet man eher auf Burgen«, fuhr Berthold fort.

»Schönheiten, Herr Berthold, werden überall geboren«, sagte Gerlin spitz. »Ihr Ritter solltet das wissen. Oft genug klagen Bauernmädchen, dass sie von Panzerreitern geschändet wurden.«

»Dumme Gerüchte, Frau Lindis.« Der Ritter grinste.

Gerlin verdrehte die Augen. »Natürlich, Ihr schwört ja schon bei Eurer Schwertleite, die Witwen und Waisen in Ehren zu halten und Frauen und Mädchen zu schützen und zu schonen!«

»Für die Frau eines Baders wisst Ihr erstaunlich genau, was wir Ritter bei der Schwertleite schwören«, meinte Berthold.

»Die Frau eines Baders«, erklärte Gerlin, »ist nicht zwangsläufig dumm, erst recht nicht blind und taub. Wie mein Gatte Euch schon einmal gesagt hat, kommen wir viel herum. Da hört man so manches.«

»Wo habt Ihr ihn denn kennengelernt, Euren Bader?«, fragte

Berthold anzüglich. »Und ließ Euer Vater so ein braves Bürgermädchen einfach mit einem Gaukler ziehen?«

Gerlin sah sich in die Ecke gedrängt. Sie hatte nicht die geringste Lust, sich jetzt eine ganz neue Biografie auszudenken, zumal sie nicht über Abrams unerschöpfliche Fantasie verfügte. Gerlin schalt sich, nicht früher mit den Männern über diese Dinge gesprochen zu haben. Sie brauchte eine Geschichte, die jeder von ihnen kannte und bestätigen konnte. Vorerst antwortete sie einfach nicht. Was ging es den Ritter schließlich an, woher sie ihren Gatten kannte?

»Ihr scheint mir auch nicht sehr minniglich miteinander umzugehen«, fuhr der Ritter fort. »Oft meint man, Ihr kenntet einander kaum ...«

Gerlin versuchte, gleichmütig zu bleiben. »Wir einfaches Volk«, beschied sie den Ritter, »haben keine Zeit für minniglichen Umgang – und gehen damit vor allem nicht hausieren, wie Eure Dichter und Troubadoure! Mein Gatte und ich teilen das Lager, den Beweis sieht man hier!« Sie wies auf Dietmar, mit dem Maria am Lagerfeuer schäkerte. Gerlin strebte auf die anderen Frauen zu, bemühte sich aber, nicht den Eindruck zu erwecken, dass sie floh. »Und Euch«, sagte sie schließlich scharf, als sie nah genug bei den anderen war, um sich sicherer zu fühlen, »geht all das nichts an!«

Maria und Martha hatten ihre letzten Worte gehört. Das junge Mädchen warf Gerlin einen besorgten Blick zu.

Martha dagegen lachte. »Hui, da gelüstet es wohl noch jemanden nach verbotenen Früchten! Und unsere Frau Lindis zeigt sich tugendhaft. Artig, artig, Frau Lindis, da sollte sich manche ein Beispiel nehmen. Oder gerade nicht ... Was ist, Miechen? Magst dich nicht nützlich machen und den Herren Rittern auch mal ein wenig gefällig sein? Das sparte dem Herrn Martinus bestimmt ein wenig Sold ...«

Maria errötete zutiefst, aber Gerlin achtete nicht auf Marthas Bosheiten. Berthold von Bingen interessierte sich nicht für Maria, egal, ob die nun eine Hure war oder nicht. Herrn Berthold ging es um Gerlin. Und war es wirklich nur Lüsternheit, die ihn antrieb? Gerlin sehnte das Ende der Reise herbei, aber tatsächlich würden sie noch wochenlang unterwegs sein.

In den Nächten nach dem Aufbruch aus Bamberg schliefen die Pilger wieder in ihren Wagen. Meist schlugen sie ihr Lager auf irgendeiner Lichtung auf und entzündeten ein Feuer zwischen den Planwagen und Marias Zelt. Die Ritter kampierten in drei Zelten um sie herum und hatten ihr eigenes Feuer. Allerdings kam Herr Berthold gleich am ersten Abend zum Lager der Pilger. Es war wieder eine sehr klare Nacht, und Herr Martinus holte sichtlich widerstrebend sein Astrolabium hervor.

Gerlin fragte sich, ob Leopold oder Maria darauf gedrängt hatten – der kleine Astronom hätte bestimmt lieber nur dem Wein zugesprochen und dabei tiefgründige Gespräche mit Salomon geführt. So aber bot er dem Ritter eine hervorragende Ausrede dafür, sich zu ihnen zu gesellen. Berthold tat, als interessiere er sich für das Instrument und den Sternenhimmel. Fast andächtig lauschte er den Ausführungen des Magisters, die sich allerdings auf das Nötigste beschränkten. Herr Martinus mochte ein hervorragender Astronom sein, ein guter Lehrer war er nicht. Leopolds und Marias Fragen blieben meist unbeantwortet, der Magister machte ihnen lediglich vor, wie man mit dem Astrolabium Berechnungen anstellte.

Gerlin sah Salomon an, dass er sich kaum zurückhalten konnte. Der Medikus hatte immer gern erklärt und unterrichtet, und als Martinus schließlich nur noch trank, griff Salomon nach dem astronomischen Gerät und erläuterte mit Feuereifer das darauf verzeichnete Gradnetz aus Höhen- und Azimutlinien. Dabei wandte er sich zunächst nur an Herrn Leopold, aber dann erwies sich Maria als viel geschickter im Umgang mit den Skalen und Zeigern. Voller Eifer berechnete sie Winkel und Höhenunterschiede – und achtete dabei gar nicht darauf, dass ihr Schleier verrutschte. Ihr Gesicht geriet in Abrams Blickfeld, und der junge Jude war wie verzaubert. Abram von Kronach blickte fasziniert in Marias strahlendes Antlitz und verfolgte hingerissen die anmutigen Bewegungen, mit denen sie ihr offenes Haar aus der Stirn schob.

Salomon bemerkte das lebhafte Interesse seines Neffen sehr bald und machte alarmiert Anstalten, die Stunde zu beenden. Gerlin dagegen sorgte sich um ganz andere Dinge. Herr Berthold saß immer noch mit ihnen am Feuer, trank gelassen Wein und teilte seine Aufmerksamkeit zwischen Gerlin und Salomon. Allerdings lauschte er dem Unterricht offensichtlich nur mit halbem Ohr, während er Gerlin anhaltend anstarrte. Die junge Frau wusste bald nicht mehr, wo sie hinschauen sollte, um dem Blick des Ritters nicht zu begegnen.

Und dann fing er sie auch noch ab, als sie vor dem Schlafengehen in die Büsche ging, um sich zu erleichtern.

»Eine gute Nacht wünsche ich Euch, Frau Lindis«, sagte der Ritter lächelnd. »Mit Eurem Bader. Sehr gelehrt der Herr für einen Gaukler, nicht wahr? Vielleicht passt er doch zu Euch …«

»Der Mann ist mir unheimlich!«, klagte Gerlin. Sie war in den Wagen geflohen, nachdem sie ihre Notdurft verrichtet hatte, und hockte nun zitternd auf ihrem Lager. »Ich verstehe einfach nicht, was er will. Ist er nun an meinem Körper interessiert oder an meinem Geheimnis?«

Salomon zuckte die Schultern. »Wer würde Euch … dich … nicht bewundern? Aber ich gebe zu, er geht darüber hinaus. Es scheint ihm zu gefallen, mit Euch zu spielen. Oder mit uns ...« Der Medikus strich nervös über seinen Bart, den er sich hatte wachsen lassen, seit Herr Berthold neugierige Fragen stellte. »Er ahnt zumindest, dass da ein Geheimnis ist.«

Gerlin löste ihr Haar und vergaß diesmal, den Vorhang vorher vor ihrem Schlafplatz zuzuziehen. »Könnt Ihr ... kannst du ihm nicht verbieten, dein Weib lüstern anzuschauen?«

Salomon lachte bitter. »Ich? Einen Ritter in die Schranken weisen? Gerlin ... Lindis ...« Es fiel sowohl Gerlin als auch Salomon schwer, ihre Rollen zu spielen, wenn niemand anders dabei war. Beide wussten allerdings, dass sie sich vorsehen mussten. Spätestens Bertholds Hinweis auf ihr wenig minnigliches Verhältnis hatte Gerlin davon überzeugt. »Soll ich ihn fordern?« In Salomons Augen blitzte es auf, als hätte er nicht übel Lust dazu.

Gerlin nickte heftig. Offenbar hielt sie das wirklich für möglich. »Warum nicht? Du bist doch ein Christ!«, erinnerte sie ihn. »Du darfst ein Schwert führen! Und du führst das Schwert nicht minder gut denn ein Ritter!«

Salomon lächelte – geschmeichelt? Oder zärtlich und mitfühlend? »Dein Vertrauen ehrt mich«, sagte er sanft. »Aber was meinst du, was sie mit mir machen, wenn ich dem Kerl den Kopf abschlage? Natürlich gesteht man einem Mann aus dem Fahrenden Volk wohl zu, sich seiner Haut zu wehren. Aber wenn ich einen Ritter besiege ... im Schwertkampf ... Das macht uns erst recht verdächtig, Ger ... Lindis. Der Rest der Panzerreiter würde sich auf mich stürzen. Und wenn sie herausfänden, dass ein Jude einen Ritter erschlagen hat – dann würde uns nichts mehr retten, dann hinge ich am nächsten Baum!«

»Was machen wir also?«, fragte Gerlin angespannt.

Salomon zuckte die Schultern. Er sah sie nicht an, sondern ballte seine Hände zu Fäusten. »Nichts«, antwortete er dann bitter. »Es tut mir unendlich leid, aber ohne uns noch verdächtiger zu machen, kann ich nichts tun, um dich zu schützen. Und das Einzige, was du tun kannst, ist, dich den anderen Frauen noch mehr anzuschließen. Lass nicht zu, dass der Mann irgendwo allein auf dich trifft. Bleib nah bei dieser Martha. Was ist sie wohl für Herrn Martinus? Sein Weib oder seine Magd? Wenn es gar nicht anders geht, halte dich in der Nähe dieser seltsamen Maria. Ein kluges Kind übrigens – wenn auch eine Hure. Wo mag der alte Lüstling sie wohl aufgetrieben haben? Sie macht nicht den Eindruck, als sei sie auf der Straße geboren.«

Gerlin äußerte ein paar vage Vermutungen. Es war auf jeden Fall angenehmer, sich über Maria Gedanken zu machen als über den zwielichtigen Herrn Berthold. Als Salomon sich längst zur Ruhe begeben hatte, grübelte Gerlin immer noch darüber nach, woher das Mädchen kommen mochte. Maria bewegte sich nicht wie eine Magd oder ein Bauernmädchen. Auch die Art, ihr Haar zu tragen, und ihre wertvolle Kleidung sprachen für eine Adelsfamilie. Und dann das eigene Astrolabium … Herr Leopold besaß keines. Während Gerlin sich noch schlaflos auf ihrem Lager wälzte, hörte sie draußen plötzlich Schritte.

Erschrocken linste sie unter der Plane ihres Wagens hervor. Herr Berthold? Hatte der Ritter sich womöglich Mut angetrunken und wollte nun doch die Frau des Baders? In dem Fall würde sich ihm Salomon mit dem Schwert stellen müssen, ob er wollte oder nicht!

Aber dann erkannte sie zu ihrer Erleichterung nur Herrn Martinus, der – leicht schwankend vom Wein – aus seinem Planwagen in den Wald spazierte. Gerlin fragte sich, was er da vorhatte, aber dann verließ auch Maria ihr Zelt. Unschlüssig blieb sie an der noch glimmenden Feuerstelle stehen – und griff nach dem Weinschlauch, der dort noch lag. Herr Martinus hatte ihn fast geleert, aber ein tiefer Schluck für Maria war wohl noch darin. Das Mädchen trank gierig. Dann straffte es sich und ging mit gesenktem

Kopf und hinter dem Schleier verborgenen Gesicht zwischen den Zelten der Ritter hindurch.

Gerlin kannte diese Haltung. Oft genug hatte sie gesehen, wie man Mädchen vom Hof der Herrin Aliénor mit fremden Männern und häufig gegen ihren Willen verheiratet hatte. Adlige, starke Mädchen, die genauso verzweifelt, aber gefasst in den Kreis der Ritter getreten waren wie Maria jetzt in den Wald. Die junge Frau hatte einen sichtlich schweren Gang, aber sie bewegte sich mit Würde – obwohl das Gelächter und die Schmährufe der Wachhabenden, denen der Aufbruch nicht entgangen war, ihr folgten.

Ein kluges Kind übrigens – wenn auch eine Hure … Gerlin konnte sich nicht helfen, aber sie vermochte nicht, auf Maria herabzusehen. Warum auch immer sie sich Martinus hingab, sie würde ihre Gründe haben.

Gerlin fühlte nichts als Mitleid.

Herr Martinus klagte am nächsten Tag über Erschöpfungszustände, was Frau Martha mit eindeutigen Bemerkungen quittierte. Gerlin sah nicht, ob Maria hinter ihrem Schleier errötete. Abram bedachte die ältere Frau allerdings mit bösen Blicken. Nachdem er Marias Gesicht einmal in voller Schönheit gesehen hatte, bemühte er sich auffällig um das Mädchen. Er bot Maria immer wieder an, ihr Maultier über schlechten Boden hinwegzuführen, und versuchte – vorerst vergeblich – eine Unterhaltung mit ihr zu beginnen. Gerlin hätte ihm verraten können, wie er das anstellen konnte. Seit den letzten Nächten wusste sie schließlich, dass man nur den Namen von ein paar Sternen erwähnen musste, um das Mädchen zum Reden zu bringen. Aber sie wollte die ohnehin angespannte Situation zwischen Salomon und Abram nicht noch verschärfen. Salomon beobachtete seinen Neffen und dessen neuen Schwarm mit Argusaugen.

»Nun lasst ihn doch!«, versuchte Gerlin zu begütigen, als der Medikus zum dritten Mal eine Frage unbeantwortet ließ, weil er die Augen nicht von Abram und Maria lassen konnte. »Was ist so Schlimmes daran, wenn er das Mädchen ein wenig hofiert? Er wird früh genug merken, dass sie ...« Sie sprach nicht weiter. Es erschien ihr wie ein Verrat an Maria, die Wahrheit auszusprechen.

»Und wenn es ihn nicht schert?«, fragte Salomon böse. »Was, wenn es meinen missratenen Verwandten nicht schert, dass die Kleine Herrn Martinus gehört?«

Gerlin zuckte die Achseln. »Na ja, dann schert es ihn eben nicht. Der Magister wird ihn kaum zum Duell fordern.«

Salomon sah sie von der Seite an. Wieder erkannte sie diesen seltsamen, warmen, aber auch wehmütigen Ausdruck in seinen Augen, der so oft darin stand, seit Dietrich gestorben war. Vielleicht hatte er diesen Blick ja vorher schon auf sie gerichtet ... damals, als er für Dietrich um sie warb und vor ihrer Hochzeit auf Lauenstein, in den Monaten, in denen sie auf Dietrich wartete, und sie hatte es nur nie bemerkt.

»Ihr versteht es nicht, Frau Gerlin ...«, sagte er bedauernd. »Obwohl Ihr doch nun schon unter uns Juden gelebt habt. Schaut, wir ... wir könnten unter Umständen darüber hinwegsehen, dass die Kleine eine Hure ist. Es müsste keiner erfahren, sie verkauft sich schließlich nicht an jeden Beliebigen. Das Kind ist hochbegabt, es will lernen – aber es kann keine Universität betreten, weil es ein Mädchen ist. Wenn es sich nun dieses Wissen mit den Reizen einer Frau erkauft ... wer bin ich, um zu richten?«

»Ihr seid ein verständiger Mann«, bemerkte Gerlin voller Wärme. Sie hatte dem Medikus immer Achtung entgegengebracht, aber sein Verständnis für Maria berührte sie mehr als all seine Gelehrsamkeit. »Also – was macht es dann so furchtbar, dass Abram um Maria wirbt?«

Salomon wandte sich Gerlin zu – und sie meinte fast etwas wie Qual in seinen Augen zu erkennen. »Gerlin, sie ist Christin! Würde Abram sie freien … nun, zunächst einmal wäre es verboten, er müsste vorher zum Christentum übertreten. Und das … wenn einer von uns abtrünnig wird, Gerlin, so betrauern wir ihn wie einen Toten. Abram würde seine Familie nie wiedersehen. Kein Jude würde ihn beschäftigen oder bei sich aufnehmen. Er wäre ganz allein.«

»Mit Maria!«, bemerkte Gerlin.

Salomon schnaubte. »Und sie würde sein Schicksal als Verfemte teilen? Ein reiches, verwöhntes Mädchen, zweifellos von Adel? Sie würde ihr kostbares Astrolabium versetzen, wenn er kein Geld mehr hätte, um ihren Kindern Brot zu kaufen. Wenn es noch eine andere wäre … wenn sie stärker wäre …« Salomons seltsamer Blick streifte Gerlin, scheu, forschend, schuldbewusst – und nicht länger als einen Wimpernschlag. Dann blickte er wieder vor sich auf die Straße.

Gerlin sah zu Boden. Der Wagen ruckelte wieder mal über holprige Waldwege, sie waren seit Stunden keinem Wanderer begegnet. Moos und Gras wuchsen am Wegrand wie ein Teppich, es war seltsam unwirklich, es vorbeiziehen zu sehen, statt in den Wald oder in den Himmel zu schauen.

»Was würde sich für Maria ändern?«, fragte sie leise. »Sie ist doch schon verfemt. Und vielleicht ist sie stärker als wir alle …«

Kapitel 6

Kurz vor der Übernachtung im Zisterzienserkloster Eberbach bei Mainz lagerte die Reisegesellschaft an einem Weiher im Wald, und die Ritter nutzten die Gelegenheit zu einem ausgiebigen Bad. Verstohlen beobachteten Gerlin und Martha die vergnügten jungen Männer. Einige von ihnen hatten schöne, kampfgestählte Körper. Gerlin fühlte sich schmerzlich an Florís erinnert, und die ältere Martha gestattete sich fast etwas wie Lüsternheit – sie plauderte mit dem peinlich berührten Leopold über die Vorzüge des einen oder des anderen Panzerreiters. Gerlin hielt sich zurück, und Maria tat, als nähme sie die Männer gar nicht wahr.

Dafür schlich sie sich später an eine etwas versteckter gelegene Badestelle. Gerlin gesellte sich mit Dietmar zu ihr, und beide achteten darauf, von den Männern nicht gesehen zu werden, als sie sich entkleideten, das Kind badeten und dann ebenfalls ins Wasser tauchten. Es war wunderbar kühl und erfrischend – und wusch vor allem Schweiß und Reisestaub von ihren Körpern. Gerlin hatte das während der Fahrt schmerzlich vermisst. Es war warm und meist trocken, in den Planwagen lebte man eng zusammen, und der Geruch ungewaschener Körper war da nicht willkommen. Aber Badehäuser am Rand der Fernstraßen gab es nicht, und auch das Kloster in Bamberg hatte den Besuchern kein Wasser zum Waschen zur Verfügung gestellt. Herr Martinus hatte ein Badehaus besucht, aber Salomon und Abram hatten das Kloster nicht verlassen.

Auch jetzt folgte keiner von ihnen den Rittern in den Weiher. Im Gegenteil: Als Gerlin nach ihrem Bad ins Lager zurückkehrte, fand sie Salomon und Meister Martinus wieder in einem hochgelehrten Disput, wobei es diesmal um Wert und Unwert der Körperreinigung ging. Zu ihrer Verblüffung gab Salomon dem Magister Recht, dass ein zu häufiger Gebrauch von Wasser und Seife eher ungesund sei! Auf keinen Fall würde er als Heilkundiger zu Vollbädern raten.

»Was sollten denn diese Worte vorhin?«, beschwerte sich Gerlin, als sie am Abend mit Salomon den Planwagen betrat. Abram schlief wieder darunter, aber als »Ehepaar« musste sie mit Salomon den Wagen teilen, und sein strenger Geruch fiel ihr nun weit mehr auf als in den letzten Tagen. »Seit wann gilt Körperreinigung als ungesund? Mir jedenfalls ist nichts darüber bekannt, im Gegenteil: Ich würde Eure Reinigung begrüßen, Herr Salomon! Ihr stinkt!«

Salomons Miene schwankte zwischen Belustigung und Scham. Schließlich senkte er den Blick. »Es ist mir äußerst unangenehm, Frau Gerlin, Euch mit den … hm … Ausdünstungen eines ungewaschenen Körpers belästigen zu müssen. Aber ich … Schaut, Abram und ich können nicht mit den anderen Männern baden. Man würde sonst sehen, dass wir … nun, man würde uns als Juden enttarnen.«

Gerlin runzelte die Stirn. Die letzten Wochen hatten sie eigentlich zu der Einsicht geführt, dass sich Juden nur in Fragen der Religion von den ihr bekannten Menschen unterschieden. Im jüdischen Badehaus in Kronach hatte sie auch mehrere Frauen nackt gesehen und keinen körperlichen Unterschied entdeckt.

»Ihr meint, Juden und Christen … sind … hm …« Gerlin errötete zutiefst. Ob das der Grund war, weshalb Abram auf keinen Fall um Maria werben sollte?

Salomon kämpfte schon wieder mit seiner Belustigung, brachte es aber nicht über sich, das Rätsel aufzuklären. »Ich möchte hier nicht in Einzelheiten gehen«, redete er sich schließlich heraus.

»Aber ja ... es bestehen ... hm ... gewisse Unterschiede. Wenn auch nicht von Geburt an ... Wenn ... wir mit Dietmar in einer jüdischen Gesellschaft gereist wären, hättet Ihr ihn auch nicht so unbeschwert zeigen können. Also bitte – ertragt mich noch ein wenig. Vielleicht gelingt es mir ja heute Nacht, mich ungesehen herauszuschleichen. Ich könnte Herrn Martinus einen Schlaftrunk in den Wein mischen, damit ich nicht versehentlich über ihn und Maria stolpere.

Maria würde das sicher zu schätzen wissen. Gerlin hatte inzwischen mehrmals gesehen, wie sich das Mädchen mit Meister Martinus hinausschlich. Glücklich hatte es dabei nicht gewirkt.

Aber heute führte Gerlins Neugier sie auf andere Pfade. Wieder einmal konnte sie sich nicht bezähmen, sie musste diesem mysteriösen Unterschied auf die Spur kommen. Als sie hörte, dass Salomon aufstand, frische Kleidung heraussuchte und sich auf den Weg zum Weiher machte, wartete sie nur noch kurze Zeit und tastete sich dann ebenfalls aus dem Planwagen. Im Lager schlief alles außer den beiden Rittern, die Wache hielten, aber die waren nicht am Wasser postiert, sondern saßen an einem kleinen Feuer nahe der Straße. Zwischen ihnen und der Badestelle standen die Pferde, ganz sicher würden sie nichts sehen, selbst wenn sie bemerkten, dass jemand ins Wasser ging. Nächtliche Ausflüge ihrer Schützlinge waren sie schließlich gewöhnt.

Gerlin schlich sich um die Badestelle herum und versteckte sich im Gebüsch. Der Wald war hier dicht wie fast überall entlang der Fernstraßen. Allerdings war sie nicht sehr geschickt. Sie merkte, dass Salomon und Abram innehielten, sich auszuziehen, als ihr Kleid an einem Brombeerstrauch hängen blieb. Gerlin hielt den Atem an und bewegte sich nicht, bis die Männer sich beruhigten. Onkel und Neffe entkleideten sich schweigend im Mondschein. Wieder eine sternklare Nacht.

Maria hatte endlos Berechnungen mit ihrem Astrolabium

angestellt, während Meister Martinus schon schlief. Dafür half ihr Abram – erstaunlich sachkundig. Salomons Neffe war hochgebildet, auch wenn er davon im Alltag nichts merken ließ. Gerlin fragte sich, ob Juden generell klüger waren als christliche Ritter oder ob sie einfach mehr Wert darauf legten, ihre Kinder zu unterrichten. Abram jedenfalls hatte erstmalig ein richtiges Gespräch mit Maria geführt, ihre spröde Stimme zum Singen gebracht und ihre nussbraunen Augen zum Leuchten. Er verbuchte das zweifellos als Erfolg, während Salomon ihm wütende Blicke zuwarf.

Jetzt warf der Mond silbriges Licht auf die nackten Körper der Männer. Gerlin spähte nach Besonderheiten aus, aber zumindest auf den ersten Blick erkannte sie nichts Befremdliches. Vielleicht abgesehen davon, dass Salomon einen außerordentlich schönen Körper entblößte. Sie hatte natürlich gewusst, dass der Medikus schlank und muskulös war – das musste so sein, schließlich übte er sich im Reiten und im Schwertkampf. Allerdings versteckte er seine Kraft meist unter den langen, weiten Gewändern des Gelehrten. Im Mondlicht enthüllte er jetzt den vollkommenen Körper des Athleten, breite Schultern, einen muskulösen Oberkörper, lange, kräftige Beine. Das halblange dunkelbraune Haar hätte auch zu einem Ritter gehören können.

Gerlin ertappte sich dabei, den väterlichen Freund ihres jungen Gatten mit einem Gefühl des Verlangens zu betrachten. Der Mann, der voller Genuss in den kühlen Weiher stieg, wirkte sehr viel jünger und gelöster als sonst. Abram, ebenfalls ein gut gebauter Mann, folgte seinem Onkel ins Wasser und alberte mit ihm herum, wie die Ritter es am Nachmittag getan hatten. Zu Gerlins Überraschung machte Salomon mit, obwohl er den Jüngeren immer wieder ermahnte, nicht so laut zu sein. Die Männer waren gute Schwimmer. Sie kraulten zur Mitte des Weihers, und Gerlin verlor sie aus den Augen, während sie sich eine bessere Position in den dornigen Brombeerbüschen suchte. Sie musste näher heran, um den geheimnisvollen Unterschied erkennen zu können. Vorsichtig schob sie sich in Richtung Ufer, vom Gebüsch perfekt getarnt. Aber wo waren die Männer? Gerlin spähte übers Wasser und brach dabei einen Zweig ab. Von Salomon und Abram war nichts zu erkennen …

»Keinen Schritt weiter, wer immer Ihr seid!« Die leise Stimme kam aus dem Unterholz, seitlich der jungen Frau. Gerlin fuhr erschrocken herum – und sah sich unversehens zwei Schwertern gegenüber, geführt von zwei Männern, nackt wie Gott sie erschaffen hatte. Oder zumindest fast so, wie Gott sie erschaffen hatte. Die junge Frau errötete, als sie den winzigen Unterschied registrierte.

Abram von Kronach erkannte Gerlin als Erster. Er senkte sein Schwert und versuchte schnell, seine Blöße mit dem Knauf zu verdecken. Dann brach er in heiseres Lachen aus.

»Meine Güte, Frau … Lindis! Was habt Ihr uns für einen Schrecken eingejagt! Wir dachten doch, dieser Berthold von Bingen wäre hinter uns her!«

Salomon schien vor Scham zu erstarren, als auch er Gerlin erkannte. Er musste den Plan ausgeheckt haben, den heimlichen Beobachter zunächst in Sicherheit zu wiegen, den Teich dann an einer anderen Stelle zu verlassen und den Spion zu stellen. Die Waffen hatten für eine solche Situation wohl schon bereitgelegen, der Medikus war vorsichtig. Aber anscheinend hatte er nicht im Traum daran gedacht, dass Gerlin es war, die ihnen folgte!

»Tja, Frau Gerlin, da hättet Ihr uns«, kicherte Abram. »Sozusagen mit blanker Waffe. Was macht Ihr hier?«

Gerlin blickte ihn nicht an. Sie konnte nur Salomon ansehen, sein erschrockenes Gesicht – und das Lächeln, das sich dann doch wieder in seine Augen stahl.

»Es … es war nicht … nicht wegen …« Gerlin suchte nach einer Ausrede, aber sie konnte nicht umhin, den Blick über seinen vollkommenen Körper wandern zu lassen.

Salomon griff nach einer der dornigen Brombeerranken, um sie vor seine Blöße zu ziehen, und stöhnte auf, als er sich daran prompt stach. Gerlins Anspannung entlud sich in einem Lachen. Sie löste den Schal, den sie über ihr Untergewand geworfen hatte, und reichte ihn dem Medikus.

»Mein ... mein Zeichen, Herr Ritter ...«

Eigentlich erwartete sie einen Tadel, aber Salomon nahm das Tuch mit einem Lächeln. Sehr warm, sehr ... zärtlich?

»Ihr habt mich zu Tode erschreckt, aber Ihr seid entzückend«, sagte er mit weicher Stimme und schien die Augen nicht von ihr wenden zu können. »Wenn die Welt eine andere wäre ...«

Die letzten Worte kamen sehr leise, heiser, mehr an ihn selbst denn an Gerlin gerichtet. Aber sie bewirkten, dass die junge Frau sich wieder befangen fühlte.

»Ich ... ich gehe dann jetzt«, flüsterte sie und floh durch das Gebüsch.

Gerlin warf keinen Blick zurück, und es fiel auch kein Wort, als Salomon kurze Zeit nach ihr in den Wagen schlich. Sie konnte allerdings lange nicht schlafen – schalt sie sich doch für ihre Neugier. Was sollte Salomon jetzt von ihr denken? Ob er am Morgen darauf zurückkommen würde?

Erst als es schon hell wurde, fiel Gerlin in einen unruhigen Schlaf, und am Morgen gesellte sie sich gleich zu Martha, um ihr zu helfen, den Brei zum Frühstück zu bereiten. Herr Martinus klagte zur Abwechslung über kein Wehwehchen – nach Salomons heimlich verabreichtem Trunk hatte er tief und fest geschlafen. Abram schien gut gelaunt – und Salomon war freundlich, wagte Gerlin allerdings kaum anzusehen. Er richtete erst wieder das Wort an sie, als sie zwangsläufig gemeinsam auf dem Bock des Wagens Platz nahmen.

»Ich hoffe, meine Ausdünstungen beleidigen Euren Geruchssinn jetzt nicht mehr«, bemerkte er, starr nach vorn sehend.

Gerlin lächelte scheu. »Ich fand Euch niemals wirklich abstoßend«, sagte sie leise.

Salomon warf ihr einen forschenden Seitenblick zu. Dann kramte er ihr Tuch aus einer Tasche und schob es zu ihr hinüber.

»Hier ist … Euer Zeichen.« Seine Stimme klang heiser. »Ich gebe es Euch zurück, bevor … bevor ich mich in Eurem Duft verliere.«

Gerlin nahm den Schal zurück und legte ihn um ihren Hals. Er war noch warm von seiner Haut.

»Ich werde …«, flüsterte sie, »… ich werde ihn als Euer Zeichen tragen.«

Als Gerlin bei der Mittagsrast mit Dietmar spielte und das Kind in der Sonne entkleidet hatte, gesellte sich Abram zu ihr. Gelassen plauderte er mit ihr über den jüdischen Brauch der Beschneidung. Gerlin wurde flammend rot, aber Abram tat, als merke er das gar nicht. Erst zuletzt stahl sich das charakteristische Grinsen auf sein Gesicht. »Aber wie Ihr gesehen habt«, bemerkte er, »hindert es uns nicht daran, das Schwert blankzuziehen.«

Das Zisterzienserkloster Eberbach war fast sechzig Jahre zuvor vom Ordensgründer Bernhard von Clairvaux gegründet worden. Als Hauskloster der Familie von Katzenelnbogen, die unter anderem den Münsteraner Bischof stellte, verfügte es bereits über einen großen Namen. Es lag in einem bewaldeten Tal in der Nähe des Rheins und wies einige sehr vorzeigbare Gebäude und Gärten auf. Vor allem die Klosterkirche war neu und stattlich. Allerdings besaß die Gemeinschaft der Mönche noch kein Gästehaus – was sie nicht hinderte, die Reisegesellschaft des Magister Martinus gastlich aufzunehmen.

»Ihr könnt gern im Garwehaus schlafen«, schlug Abt Gerhard vor, »... und für Eure Frauen machen wir ein Gelass bei den Gärten wohnlich.«

Das Garwehaus war die Sakristei der erst kurz zuvor geweihten Klosterkirche, und Salomon war nicht begeistert von der Unterkunft. Die Mönche erhoben sich um die zweite Stunde des Tages zur Vigil, und dann ging es gleich bei Sonnenaufgang weiter mit den Stundengebeten. Mit der Nachtruhe neben dem Gebetsraum würde es also nicht weit her sein.

Gerlin, Maria und Martha hatten es besser getroffen. Ihre Unterkunft war zwar ein besserer Geräteschuppen, lag aber ruhig neben dem Kräutergarten, von dem aus würzige Düfte hinüberwehten. Salomon sprach kundig mit dem Bruder Apotheker über den Einsatz der Pflanzen zu Heilzwecken, aber Herrn Martinus brachte das Aroma von Thymian und Rosmarin zu Marias Entsetzen auf dumme Gedanken.

Gerlin hörte die beiden vor der Abendmesse miteinander wispern.

»Komm, dir muss es doch auch fehlen, Miechen! Gestern bin ich eingeschlafen ... aber heute Nacht ... ich werde dich in einer Wolke aus Wohlgerüchen küssen ... die Düfte werden uns berauschen ... ich werde ...«

»Meister ... bitte ... dies ist ein Kloster!« Maria drehte erschrocken den Kopf weg, als er schon jetzt ihren Schleier lüften wollte. »Wenn man uns sieht ... Herr ... Meister... sie lassen doch nicht mal den Herrn Friderikus und sein angetrautes Weib zusammen nächtigen ...«

Meister Martinus lachte. »Ach, Miechen, was soll schon passieren! Gut, es wäre etwas peinlich, es ...«

»Es wäre Hurerei!«, rief Maria gequält und horchte entsetzt um sich, ob jemand die Worte gehört hatte. »Und weiß Gott, was sie dann mit mir täten!«

Gerlin konnte ihre Sorge nachvollziehen. Herrn Martinus würde ganz sicher nichts geschehen, außer dass man ihn mit Schimpf und Schande aus dem Kloster jagte. Aber mit Maria war es eine andere Sache, erst recht, wenn der Magister nicht zu ihr stand oder gar andeutete, sie habe ihn verführt. Eine Hübschlerin, die ihrem Gewerbe in einem Kloster nachging, wurde sicher bestraft – vom Abt oder gar von weltlichen Gerichten. Gerlin wusste nicht, wer über Eberbach herrschte, ob es zu einer Stadt oder einer Grafschaft gehörte. Im letzten Fall mochte der Herr sich als gnädig erweisen, aber in ersterem ... Gerlin hatte nicht viel Ahnung von der Organisation der noch recht neuen Städte, sie hatte jedoch gehört, dass dort nahezu alles reglementiert war. Sicher durften Hübschlerinnen ihre Dienste nur an bestimmten Orten anbieten, vielleicht auch nur dann, wenn sie in der Stadt bekannt waren und irgendwem einen Obolus entrichteten. Maria konnte am Pranger enden oder ausgepeitscht werden. Ihrem Buhlen im Klostergarten beizuliegen hieße, Gott zu versuchen!

»Bitte, Meister, ich will Euch morgen für alles entschädigen!« Maria flehte, aber der Magister kannte kein Mitleid. Gerlin schüttelte zum wiederholten Mal den Kopf über seine Selbstsucht und seinen Eigensinn. Der kleine Mann tat stets das, was ihm gerade in den Sinn kam – an die Folgen für sich und andere dachte er nicht.

Maria schluchzte sich hinter ihrem Schleier durch die Abendmesse und konnte danach nichts essen, trotz des langen Tages im Sattel, der hinter ihr lag. Gerlin dauerte das Mädchen, zumal Martha es auch diesmal nicht mit Häme verschonte. Die ältere Frau hatte mitbekommen, was Martinus plante, und warf Maria jetzt vor, aus lauter Verliebtheit und Wollust keinen Bissen herunterzubringen. Schließlich konnte Gerlin den Jammer der jungen Frau nicht mehr mit ansehen. Sie folgte ihr auf den Abtritt und stellte sie zur Rede.

»Es ist Wahnsinn, und Ihr wisst es!«, erklärte sie dem erschrockenen und vor Scham errötenden Mädchen. »Ihr müsst Euch widersetzen!«

Maria schüttelte verzweifelt den Kopf. Sie wagte es nicht, Gerlin anzusehen. »Wenn ich mich ihm verweigere, schickt er mich weg«, sagte sie mit erstickter Stimme. »Und wo sollte ich dann hin? Er hat es schon einmal gemacht, in Linz. Ich bin dann auf den Kirchplatz, um zu betteln, da hat er mich wieder aufgegriffen. Er kann ... sehr grausam sein.«

»Warum seid Ihr überhaupt bei ihm?«, fragte Gerlin hart. »Herrgott, Ihr könnt doch nicht in ihn verliebt sein! Ein so alter Mann!«

Maria wandte sich ihr jetzt zu, und Gerlin wunderte sich über den weicheren Ausdruck in ihren Augen.

»Er erklärt mir die Sterne«, flüsterte sie. »Er traf meinen Vater am Hof des Herzogs. Er deutete die Sterne. Und ich hörte, dass er Schüler annimmt. Da ging ich zu ihm. Erst lachte er nur über mich. Aber dann ... ich gefiel ihm. Er sagte natürlich, mein Wissensdurst gefalle ihm. Er würde mir Unterricht geben, aber ... aber er wollte etwas dafür ...«

»Aber warum um Himmels willen habt Ihr Euch darauf eingelassen?«, erkundigte sich Gerlin. »Ihr seid doch offenbar ein Mädchen von Adel.«

Maria ließ dies unkommentiert. »Ich wollte die Sterne«, sagte sie stattdessen. »Es war mir ... es war mir wichtiger als alles andere.«

»Wichtiger als Eure Familie?«, examinierte Gerlin. »Als Eure Ehre? Als Eure Zukunft als Gattin eines guten Mannes?«

Maria zuckte die Achseln. »Auch ein guter Mann hätte mich in ein Haus gesperrt. Wann sieht eine brave Ehefrau die Sterne? Zuerst hielt ich auch noch alles geheim. Aber dann, als Martinus weiterzog, bin ich fortgelaufen ... und jetzt kann ich nicht mehr zurück.« Sie biss sich auf die Lippen, und es sah aus, als wollte sie weinen, aber dann warf sie stolz den Kopf zurück.

»Ich will es auch nicht!«, behauptete sie. »Es gibt noch so viel zu lernen!«

»Aber Ihr habt jede Nacht Angst«, wandte Gerlin ein, wobei sie einen wachsamen Blick über ihre Umgebung schweifen ließ. Die Frauen durchschritten auf dem Rückweg vom Abtritt die Klostergärten. »Und Ihr liegt einem alten, betrunkenen Mann bei. Ihr müsst das abstoßend finden!«

Maria zuckte die Achseln. »Wenn ich in den Armen meines Buhlen liege«, bemerkte sie mit ihrer singenden Stimme, »dann schließe ich die Augen und sehe die Sterne. Alle tausendzweiundzwanzig ... oder ... dreiundzwanzig.« Sie lächelte. »Erlebt Ihr ähnliche Wunder im Bett Eures Gatten?«

Gerlin versprach Maria, den Eingang zum Klostergarten zumindest von ihrem Schlafschuppen aus im Auge zu behalten. Wenn jemand käme, wäre es zwar wahrscheinlich zu spät, das Mädchen zu warnen, aber allein das Versprechen schien Maria zu beruhigen.

Meister Martinus passierte das Gartenhaus um die mitternächtliche Stunde, und Maria folgte ihm seufzend. Gerlin wartete ungeduldig auf ihre Rückkehr und registrierte besorgt, dass die Nacht für ihre Freundin kein Ende zu nehmen schien. Der gestrige, lange Schlaf musste Herrn Martinus besonders erquickt haben, oder vielleicht stärkte auch irgendein Kraut aus diesem Garten seine Manneskraft. Auf jeden Fall rief die Glocke die Mönche bereits zur Vigil, als Maria immer noch nicht zurück war.

Gerlin lauschte dem fernen Widerhall der Hymnen und Gebete – aber dann erschrak sie. Der Gesang der Mönche kam näher. Bisher hatte sie nie von nächtlichen Prozessionen gehört, aber womöglich feierte dieses Kloster an diesem Tag irgendeinen

Heiligen ... Gerlin warf sich einen dunklen Mantel über und hastete nach draußen. Sie warf einen Blick in Richtung Kirche, und tatsächlich näherte sich von dort aus der Zug der Mönche. Einige trugen Fackeln, einer ein Kreuz. Die Klosterbrüder schickten sich offensichtlich an, die Abtei zu umrunden. Und Martinus vergnügte sich mit Maria irgendwo im Schutz der Mauern!

Gerlin überlegte fieberhaft, was sie tun könnte. Sollte sie Maria und Martinus suchen? Unversehens würde sie auf die Prozession stoßen. Man würde vermuten, dass sie auf dem Weg zu den Männerunterkünften war, aber ihren Gatten zu besuchen war zweifellos eine lässliche Sünde. Andererseits konnte sie es sich nicht leisten, die Aufmerksamkeit auf sich und Salomon zu lenken. Bisher hatte noch niemand ihre Identität hinterfragt, aber wenn es Ärger gab ...

Gerlin kämpfte mit sich und ihrer Angst – aber da stellte sich der Prozession auch schon ein anderer entgegen.

Gerlin sah einen Mann im dunklen Mantel aus dem Schatten einer Mauer treten ...

»Verzeiht, verzeiht, Ihr guten Brüder, aber bitte, haltet ein mit Eurer löblichen Prozession! Mein Meister ...«

Gerlin runzelte die Stirn. Leopold? Hatte Martinus ihn als Wache abgestellt? Aber nein, das beschwörende, weiche Timbre dieser Stimme passte nicht zu dem eher spröden Adepten der Sternkunde. Dies war die Schmeichlerstimme Abrams – der Tonfall, in dem er Rittern Reliquien verkaufte.

»Mein Meister hält im Klostergarten Zwiesprache mit seinem Schutzheiligen«, behauptete Abram.

Der Abt schien verwundert. »Herr Martinus?«, fragte er. »Bei Nacht?«

»Seht«, erklärte Abram. »Mein Meister hat Euch von der Gnade berichtet, die ihm in Wien zuteilwurde. Sankt Martin erschien ihm unter den Sternen. Seitdem verbringt er jede Nacht Stunden und Stunden im Gebet, mein armer Herr. Er findet kaum Schlaf, seine Gesundheit hat bereits empfindlich gelitten, aber seine Seele schreit nach einer neuen Begegnung mit dem seligen Bischof von Tours. Eben noch hörte ich ihn zum Himmel hinauf flehen – er ist ja schon nicht mehr bei sich in seiner Sehnsucht nach einer neuen Erleuchtung. Also bitte, erschreckt ihn nicht! Gebt mir einen Augenblick, ihn aus seiner Versenkung zu reißen, anschließend wird er sicher an Eurer ...«

»Wir gedenken der Gründung unseres Klosters durch unseren Bernhard von Clairvaux, die sich heute zum achtundfünfzigsten Male jährt«, bemerkte der Abt. »Wir haben im Garten einen Gedenkstein dafür aufgestellt.«

»... an Eurer Feier teilnehmen!«, vollendete Abram rasch seinen Satz. »Gestattet, dass ich nach ihm sehe.«

Abram wandte sich um und hastete in den Garten. Gerlin betete, dass Martinus und Maria die Prozession inzwischen bemerkt und sich wenigstens angekleidet hatten, aber ihre Befürchtungen erwiesen sich als grundlos. Nur Augenblicke nach Abrams Verschwinden erschien Magister Martinus. Er wirkte abgehetzt und verwirrt, als der Abt ihn auf seine Gebete ansprach, reihte sich dann aber auf Einladung des Mönches in die Prozession ein. Für ihn zumindest schien die Gefahr damit gebannt. Aber wo war Maria?

Gerlin stahl sich zurück zum Gartenhaus, während die Prozession vorbeizog – und wäre am Eingang fast in Abram und Maria hineingelaufen. Der junge Mann hatte sich die Kapuze seines weiten Mantels übergeworfen, wodurch sein helles Haar verdeckt wurde. Und die kleine, zierliche Maria in ihrem hellen Hemd verschwand gleich ganz unter dem Stoff. Abram hatte sie an sich gezogen, sie zitterte am ganzen Körper.

Gerlin zog die beiden ins Haus, wo sich Martha eben auf ihrem Lager aufrichtete. »Na, das ist ja was ganz Neues!«, höhnte sie, als sie Abram erkannte. »Hast du einen anderen gefunden, kleine Hure, der mit dir in die Sterne guckt?«

Abram würdigte sie keines Blickes. Er legte seinen Mantel ab und grinste Gerlin an. »Das war knapp!«, bemerkte er. »Aber verdankt nicht auch der heilige Martin seinen Ruhm dem geschickten Umgang mit einem Mantel?«

Gerlin fasste sich an die Stirn und suchte dann nach einem Schluck Wein für das verschreckte Mädchen. Maria trank durstig und schien dabei wenigstens ihre Sprache wiederzufinden.

»Herr Martinus hat geschlafen«, wimmerte sie. »Er lag auf meinen Kleidern, und ich konnte ihn zuerst nicht wachbekommen, ich hab die Gesänge auch so spät gehört. Und dann lief er weg, als er der Prozession gewahr wurde. Ich wollte ... ich wollte mich irgendwo ins Dunkel kauern, aber in diesem weißen Hemd ... es gab keinen Platz, wo ich mich verstecken konnte, sie hätten mich fast gefunden, ich ...«

»Ist ja schon gut«, besänftigte sie Abram mit zärtlicher Stimme. »Ihr seid ja jetzt bei mir ... Frau Lindis, wir kamen nicht mehr weg, bevor die Mönche vorbeizogen, Ich konnte Maria nur unter dem Mantel verbergen und uns beide nah an die Mauer drücken. Da haben sie uns nicht gesehen ... Dem Ewigen sei Dank, dass sie den Gedenkstein für ihre Klostergründung nicht gerade in die Petersilie gestellt haben!«

Gerlin musste schon wieder lachen, aber gleichzeitig wurde ihr heiß und kalt. Gott den ›Ewigen‹ zu nennen war ein jüdischer Brauch! Hoffentlich wussten die anderen Frauen das nicht. Martha schien die Bemerkung allerdings nicht registriert zu haben – nur Maria sah ihren Retter irritiert an.

Die junge Frau hatte sich inzwischen gefasst. Sie wandte Abram ihr schönes Gesicht zu. »Ich danke Euch von ganzem Herzen, Herr Konstantin!«, sagte sie mit erstickter Stimme. »Und ich ... ich kann schon erklären ... warum ...« Maria brach mutlos ab.

Es gab nur eine Erklärung für ihre Anwesenheit im Kräutergarten. Sie konnte niemandem mehr etwas vormachen.

Abram schüttelte den Kopf. »Das müsst Ihr nicht, Maria. Zweifellos hattet Ihr die ehrenwertesten Gründe. Hat der Herr Martinus vielleicht beim Gebet im Kräutergarten einen Schwächeanfall erlitten?«

Martha schnaubte.

»Und Ihr fandet ihn, auf dem Weg zum Abtritt?«

Gerlin bewunderte wieder mal Abrams Einfallsreichtum.

Maria errötete zutiefst. »So ... ähnlich«, flüsterte sie.

Abram hob wie segnend die Hände. »Da haben wir es. Wunderlich sind die Wege des Herrn. Aber nun muss ich gehen, Frau Lindis ... Frau Martha ... Maria ...« Abrams Stimme wurde heiser, als er Marias Namen aussprach. »Ich sehe Euch morgen.«

Damit hüllte Abram sich wieder in seinen Mantel und schob sich vorsichtig nach draußen. Er musste aufpassen, die Mönche würden gleich auseinandergehen. Aber vielleicht traf er die Prozession ja noch am Gedenkstein für Bernhard von Clairvaux. Dann würde er sein plötzliches Verschwinden nicht zu erklären haben...

Kapitel 7

Das war bodenloser Leichtsinn!«, erregte sich Salomon von Kronach auf dem Bock seines Planwagens. Sie waren endlich wieder unterwegs, und Abram und Gerlin beichteten die Episode im Klostergarten. In der Nacht waren Abram und der Magister gemeinsam in die Sakristei zurückgekommen, aber seine Erklärung, er habe wie Herr Martinus aus Gläubigkeit an der Prozession der Mönche teilnehmen wollen, hatte Salomon seinem Neffen natürlich nicht abgenommen. Jetzt, da sie unter sich waren, sagte er Abram auf den Kopf zu, dass seine nächtlichen Eskapaden wohl irgendetwas mit Maria zu tun haben mussten. Abram konnte es nicht leugnen.

»Ich fasse es nicht, Neffe!«, schimpfte Salomon. »Du setzt alles aufs Spiel um dieser kleinen Hure willen! Beim Ewigen, Abram …«

»Bei Jesus Christus, Konstantin«, verbesserte Gerlin. Salomon warf ihr einen wütenden Blick zu.

»Dies ist Herr Martinus' Reisegesellschaft«, schimpfte er dann weiter. »Er bezahlt die Ritter, er bestimmt, wer dabei ist. Wenn er uns morgen wegschickt, sind wir wieder ganz auf uns allein gestellt. Und diesmal ohne Rückhalt der Gemeinde.«

»Wäre das denn so schrecklich?«, erkundigte sich Gerlin.

Berthold von Bingen war ihr an diesem Morgen schon wieder gefolgt, als sie ihr Bündel vom Kloster in den Wagen brachte. Gerlin hasste seine lüsternen Blicke. Anschließend bat er Salomon um eine Medizin gegen die angelaufenen Sehnen seines Pferdes. Salomon händigte ihm gutwillig eine Salbe aus, woraufhin der Ritter wieder hinterhältige Fragen stellte. Diesmal darüber, dass Meister Friderikus schon ein sehr seltsamer Bader sei, da er keine Einheitsmedizin verordne wie die meisten seines Standes. Salomon hatte sich erfolgreich damit herausgeredet, dass er einst im Gefolge des kaiserlichen Heeres ins Heilige Land gereist sei und dabei weitgehendere medizinische Kenntnisse erworben habe als die meisten anderen Bader. Gerlin war jedoch verunsichert. Sie hätte gar nicht so viel dagegen gehabt, die Gesellschaft des Magisters Martinus und seiner argwöhnischen Ritter baldmöglichst zu verlassen.

Salomon schüttelte den Kopf. »Es wäre unmöglich, Lindis! Wir haben noch etliche Meilen vor uns. Wälder, Berge ... Die nächsten Wegelagerer würden über uns herfallen. Wobei bei uns natürlich nicht viel zu stehlen ist, aber du bist eine schöne Frau, die Gauner würden Abram ... Konstantin und mich töten und sich dann an dir schadlos halten für entgangene Beute. Und selbst wenn es uns gelänge, das abzuwenden: Sobald wir in französischen Landen sind, werden wir auf Heerlager und Soldaten stoßen. König Philipp sammelt seine Truppen gegen Richard Löwenherz. Der letzte Teil der Reise mag durch Kriegsgebiet führen. Ohne den Schutz der Ritter wären wir verloren. Sieh das ein!«

Gerlin nickte resigniert und schwieg. Sie sehnte sich nach dem Ende dieser Reise – aber sie fürchtete sich auch davor. Was würden sie in der Touraine vorfinden? Ein wohnliches Schloss, in dem ein freundlicher Verwandter sie gastlich aufnahm? Oder womöglich eine belagerte Burg, in der kein weiterer Esser willkommen war oder in die man gar nicht erst vordrang? Wo genau lag überhaupt dieses Loches? Und würde Salomon dort bei ihr und Dietmar bleiben, oder wäre sie ganz allein bei den fremden Verwandten? Was sie bisher von der Sippe derer von Ornemünde wusste, war nicht sehr ermutigend. Wenn dieser Linhardt nun war wie Roland? Manchmal träumte Gerlin davon, den Plan aufzugeben, Dietmar nach Loches zu bringen. Was, wenn sie einfach bei Salomon blieb, wenn er sich weiter als Bader durchschlug und Gerlin und Dietmar als seine Familie ausgab? Wenn sie von Stadt zu Stadt zögen, könnten sie zweifellos überleben. Aber dazu wäre Salomon sicher nicht bereit. Er hatte sich schließlich deutlich genug zum Zusammenleben von Juden und Christinnen geäußert. Gerlin verbot sich diese müßigen Gedanken, egal, wie sanft sein Blick mitunter auf ihr ruhte und wie sicher und geborgen sie sich fühlte, wenn er auf dem Bock des Planwagens neben ihr saß.

Die Reisenden hatten nun Wiesbaden hinter sich gelassen und durchquerten erneut dichte Wälder auf dem Weg nach Frankreich. Leider endete ihr Glück mit dem Wetter. Die Nächte wurden kühl und regnerisch – es gab keine Sternstunden mehr für Maria. Nichtsdestotrotz beharrte Herr Martinus auf seinem Recht, sie zu besitzen. Gerlin beobachtete mehrmals, wie er nachts in ihr Zelt schlich. Abram bedachte das Mädchen immer noch mit liebevollen Blicken und wechselte auch mal ein paar Worte mit ihm, aber sein zartes Werben kam doch ins Stocken, als es auch tagsüber anhaltend zu regnen begann. Jetzt war keine Plauderei mehr möglich. Die Reisenden in den Wagen versteckten sich unter den Planen, und Maria ritt stoisch mit gesenktem Kopf ihr Maultier, unter Abrams weitem Mantel verborgen. Sie hatte das Geschenk widerstrebend angenommen, nachdem sie am ersten Regentag bis auf die Haut durchnässt worden war. Abram vernahm ihren schüchternen Dank und war darüber so glücklich, dass er trotz des dunklen, kalten und nassen Tages unermüdlich vor sich hin pfiff.

Auf die Dauer konnte allerdings auch der dicke Lodenmantel die Feuchtigkeit nicht von Maria fernhalten, ebenso wenig wie die Planen über den Wagen die Passagiere trocken hielten. Abram, der als Sohn eines Fernhändlers schon in jungen Jahren weit gereist war, ertrug das Wetter, ohne zu klagen. Wenn ihm doch einmal eine Bemerkung dazu herausrutschte, so sang er gleich darauf Loblieder auf den Reliquienhandel, der keine Reisen im Regen erforderte. Irgendein Tand, den man mit erfundenen Geschichten und Zertifikaten zu einem »heiligen« Gedenkstück aufwerten konnte, fand sich schließlich überall. Abram verriet Gerlin, dass ihm die Idee zu diesen Geschäften auf einer völlig verregneten Reise nach Gent gekommen war.

Gerlin selbst sorgte sich vor allem um Dietmar, und obwohl Salomon nicht darüber sprach, erkannte sie doch, dass auch der Medikus das Kind im Auge behielt. Gerlins Sohn schien die Anfälligkeit seines Vaters allerdings nicht geerbt zu haben – der Kleine schniefte kaum und war immer guter Dinge. Am dritten Regentag verlor er jedoch seine gute Laune. Er wurde in ein paar Wochen ein Jahr alt, begann, laufen zu lernen, und zeigte absolut keine Lust, den ganzen Tag in einem rumpelnden Wagen, in dicke Decken eingepackt, zu verbringen. Gerlin versuchte, ihn mit Liedern und Geschichten ruhig zu halten, aber eigentlich war er für all das noch zu klein. Seine Mutter gab den Gedanken an ein Leben mit dem Fahrenden Volk in diesen Tagen endgültig auf. Gerlin sehnte sich nach einer Burg, nach trockenen Wohnräumen und einem Feuer, an dem das Kind spielen konnte.

Während die Stimmung im Wagen des Baders zwar gedrückt war, das Zusammenleben aber dennoch halbwegs harmonisch blieb, schienen die Streitereien im Umfeld des Magisters zu eskalieren. Martha schimpfte den ganzen Tag über den Regen, und Meister Martinus schien sich dagegen wappnen zu wollen, indem er schon morgens Wein in sich hineinschüttete. Gegen Mittag war er dann betrunken und gab die Bosheiten der älteren Frau mit gleicher

Münze zurück. Gerlin meinte, den Streitereien entnehmen zu können, dass diese beiden zwar miteinander verbandelt, aber nicht verheiratet waren. Anscheinend war Martha in jungen Jahren als Magd in Martinus' Haus gekommen, und er hatte sich ihrer ähnlich bedient wie Marias. Die Sterne, so dachte Gerlin, hatten zweifellos etwas Anziehendes – auch wenn Martha wohl eher mit süßen Worten und glückverheißenden Horoskopen geködert worden war als mit gelehrten Vorträgen wie Maria. Die Magd war jedenfalls in allen Fährnissen des Lebens bei ihrem Meister geblieben, die beiden zankten und liebten sich wie ein altes Ehepaar.

Zumindest musste Martha Letzteres geglaubt haben, bis Maria kam. Aber jetzt gab es für sie kaum noch eine Alternative zu ihrem Leben mit Martinus. Kein Mensch würde eine so alte Frau als Hilfe einstellen, noch dazu ein derart zänkisches Weib. Martha duldete also Maria – wenn auch nicht schweigend. Leopold verstummte bei alldem Gezänk vollkommen. Gerlin fragte sich, was ihn wohl in dieser Gruppe hielt. Abram kam dann irgendwann hinter das Geheimnis, indem er wieder mal einen heftigen Streit zwischen Martha und Martinus belauschte. Der betrunkene kleine Magister warf ihr vor, ihrem Sohn ihre Tumbheit und ihr Desinteresse an den Lehren vererbt zu haben.

»Wir hätten auch mal früher drauf kommen können«, bemerkte Abram vergnügt, als er Gerlin und Salomon diesen neuesten Klatsch erzählte. »Wenn man ein bisschen genauer hinsieht, haben Vater und Sohn das gleiche runde Gesicht, auch wenn der eine klein und zierlich ist und der andere ein langer Kerl. Das hat er von der Mutter, die überragt ihren Buhlen ja auch um fast zwei Köpfe ...«

Letzteres war natürlich übertrieben, aber es stimmte schon, dass Martha eine große, knochige Frau war. Und die ganze Geschichte erklärte, warum Leopold sich keinen anderen Meister suchte, sondern verzweifelte Anstrengungen machte, den missgelaunten Magister zufrieden zu stimmen.

»Wer mag den Jungen aufgezogen haben?«, fragte sich Gerlin, aber Martinus und Martha waren natürlich viel herumgezogen. Womöglich war das Kind die ganze Zeit bei ihnen geblieben – erst als Küchenjunge, dann als Schüler. So mancher Gelehrte nahm schon sehr junge Adepten an.

»Im Astrologiegeschäft hat unser Herr Leopold jedenfalls keine glänzende Zukunft«, bemerkte Abram. »Ich hab ihn gestern mal gebeten, zu errechnen, wann dieser Regen aufhört, aber er hat nur herumgedruckst ...«

»Und was hätte er deiner Ansicht nach sagen sollen?«, erkundigte sich Salomon, nicht eben bester Laune.

Den letzten Guss hatte der provisorische Regenschutz auf dem Bock des Wagens nicht abhalten können. Der Medikus war durchnässt, fror und machte sich zudem Sorgen um die Straße. Der Weg nach Saarbrücken war eigentlich gut ausgebaut, aber ein solcher Regen verwandelte auf Dauer jede Straße in eine Schlammwüste.

Abram hob in großer Geste die Arme. »Nun ...«, sagte er mit düsterer, getragener Stimme, »... wir stehen im Sternbild der Jungfrau, ein verheißungsvolles Bild, etwas Wundervolles kündigt sich an. Ein Mädchen wird zur Frau ... aber noch liegt die Zukunft unter einem dichten Schleier. Seht diesen Regen als einen Vorhang, Herr, der die Schönheit der Welt vor uns verborgen hält. Aber sehr bald wird die Jungfrau ihren Schleier lüften ... frisches Grün, klare, kühle Luft werden uns erwarten und die Erfüllung unserer Sehnsüchte. Also habt Geduld, nehmt das Wetter als Zeichen der Veränderung, der Reinigung ...«

»Unsinn!«, unterbrach ihn Salomon. »Außerdem stehen wir im Sternbild der Zwillinge.«

Abram überlegte kurz. »Na, dann eben: Wir stehen im Sternbild der Zwillinge, Himmel und Erde, einst vereint, nun grausam getrennt. Ist es ein Wunder, dass der Himmel darüber Tränen vergießt? Aber bald wird die leuchtende Sonne wieder scheinen, und ihre Strahlen werden das Geschwisterpaar mit goldenen Ketten erneut verbinden.«

»Unfug!«, grollte Salomon.

Abram grinste. »Aber klingt doch gut, oder? Und seid sicher, Onkel, ob Jungfrau oder Zwillinge: Die Regenschleier werden in Kürze auseinanderreißen, und die goldene Sonne wird uns leuchten.«

»Es kann ja auch kaum noch zwanzig Tage weiterregnen!«, meinte Gerlin entsetzt.

»Eben!«, strahlte Abram. »Also beste Chancen darauf, dass sich meine Voraussagen bewahrheiten. Herr Leopold müsste sich nur etwas ausdenken, und schon hätte er sein Horoskop. Aber der kriegt ja kein Wort raus. Ein wahres Wunder, bei der Beredsamkeit des Vaters und der Geschwätzigkeit der Mutter! Nun mag er ja wenigstens rechnen können. Herr Martinus hofft wohl, dass er in Paris bleibt und dort studiert.«

»Deshalb also dieser Umweg«, seufzte Salomon. »Mir gefällt das gar nicht, ich zöge lieber direkt in die Touraine. Die Umgebung der Hauptstadt wird voller Ritter und ihren Fußsoldaten sein – und alle schlecht gelaunt, die haben schließlich gerade einen Kreuzzug hinter sich. Sie blieben sicher lieber daheim, als Richard Löwenherz entgegenzuziehen. Bei dem ist ja auch keine Beute zu machen. Nach der Zahlung des Lösegeldes muss der arm wie eine Kirchenmaus sein und all seine Lehnsleute gleich mit.«

»Und wenn dann noch so ein Wetter ist!« Abram seufzte. »Zum Kriegführen genauso ungeeignet wie zum Reisen. Aber das wird sich ja bald geben, wie die Sterne verraten.« Er grinste schon wieder und winkte Maria aufmunternd zu. Deren Maultier näherte sich gerade, weil sie wohl hoffte, im Windschatten des Planwagens etwas weniger Regen abzubekommen.

Nach dem anhaltenden Regen war wirklich auch die letzte Decke in den Wagen durchnässt – und obendrein leerte sich das Weinfass des Herrn Martinus. Gerlin und die ihren wussten nicht, ob der Magister das eine oder das andere zum Anlass nahm, in dieser Nacht das nächste Gasthaus anzusteuern, statt ein Lager im Wald aufzuschlagen. Sein Anhang schien darüber erfreut zu sein, ebenso die Panzerreiter. Auch Gerlin atmete auf und freute sich auf eine trockene Schlafstatt. Lediglich Salomon und Abram wirkten nicht ganz so begeistert.

»Habt Ihr diese Gasthäuser mal von innen gesehen, Frau Lindis?«, fragte Abram, als die junge Frau von einem Kaminfeuer und einem warmen Lager schwärmte. »Also ich bin bislang ja nur als Jude gereist und fand in der Regel keinen Einlass, aber mir wurde stets glaubhaft berichtet, ich hätte nicht viel verpasst.«

»In südlichen Ländern gibt es durchaus gute Gasthäuser«, bemerkte Salomon. »Aber ich fürchte, hier wird uns nur das Übliche erwarten. Irgendeine Möglichkeit, auch als Christ im Stall zu schlafen?« Er wandte sich an Abram.

Sein Neffe konnte jedoch nur den Kopf schütteln. »Nein, wir werden nehmen müssen, was wir bekommen.«

Die Gaststube im Erdgeschoss des Goldenen Hirschen war recht anheimelnd. Auf jeden Fall brannte ein Feuer, über dem ein Eintopf schmorte. Es duftete nach Fleisch und Gemüse, der Wirt stellte gleich Wein auf den Tisch, als die Gäste eintraten. Das Gasthaus war nicht sehr gut besucht, bei diesem Regen waren wohl wenig Reisende unterwegs. Die paar anderen Gäste sprachen französisch. Wieder etwas, über das Frau Martha murrte, es gefiel ihr gar nicht, demnächst durch ein Land zu reisen, dessen

Sprache sie nicht verstand. Maria schien der Unterhaltung der Männer dagegen folgen zu können. Sie errötete ebenso wie Gerlin, als zwei von ihnen anzügliche Bemerkungen den Frauen gegenüber machten.

»Was sagte denn der da eben von heute Nacht?«, fragte Maria Gerlin eingeschüchtert – sie schien sich über die Sprachkenntnisse ihrer Freundin nicht zu wundern oder war einfach nur derart erschöpft, dass sie sich keine Gedanken mehr darüber machte.

Herr Berthold dachte dagegen scheinbar umso mehr. Er starrte die junge Frau wieder einmal an.

»Irgendwas darüber, dass er sich an unserem Anblick im Schlafgewand weiden will, aber ... Wahrscheinlich haben wir etwas falsch verstanden ...«

Gerlin mochte sich jetzt nicht mit Sprachproblemen aufhalten. Sie war müde und schlang den Eintopf hungrig herunter. Er schmeckte recht gut, wenn man das bisschen Schinkenspeck darin auch mit sehr viel Rüben und anderem Gemüse gestreckt hatte. Salomon legte den Löffel allerdings gleich nach dem ersten Bissen wieder hin und wirkte angeekelt, desgleichen Abram. Natürlich, ihre Religion verbot ihnen Schweinefleisch. Gerlin verspürte Bedauern. Die beiden mussten ebenso hungrig sein wie sie, und um kein Aufsehen zu erregen, wagten sie auch nicht, um etwas anderes zu bitten. Stattdessen beschränkten sie sich auf Brot und Wein. Letzterem sprach natürlich auch Herr Martinus gut zu, und zu Gerlins Überraschung füllte Salomon ihr selbst immer wieder freigebig nach.

»Trinkt, Gerlin, Ihr werdet es brauchen«, flüsterte er ihr zu, als sie abwehrend die Hand über den Becher hielt. »Diese Gasthöfe ...«

Gerlin begriff, was er meinte, als der Wirt seinen Gästen schließlich den Weg in die Schlafräume wies. Zum Entsetzen der

Frauen – nur Martha schien solche Bedingungen gewöhnt zu sein – gab es eigentlich nur einen einzigen Schlafraum. Auf Strohsäcken, die man sich obendrein zu zweit oder zu dritt teilen musste, lagerten sowohl Männer als auch Frauen. Einige zogen sich dazu aus, andere bevorzugten, in ihren am Feuer in der Gaststube halbwegs getrockneten Kleidern zu nächtigen. Gerlin blickte schamhaft beiseite, als sich der Mann neben ihr grinsend seiner Beinlinge entledigte. Herr Martinus, der völlig betrunken war, zog ganz selbstverständlich seine beiden Frauen auf den Strohsack neben sich – Maria rechts, Martha links. Maria schien vor Scham fast im Boden versinken zu wollen, und Abram platzte fast vor Wut und Mitgefühl für das Mädchen, verhielt sich aber bewundernswert ruhig. Herr Berthold verzog sich mit seinen Rittern grinsend in eine Ecke, Herr Leopold machte Anstalten, seinen Strohsack bereitwillig mit Abram zu teilen. Salomon breitete seinen Mantel über eine Schlafstatt an der Wand, nachdem er geprüft hatte, ob das Dach hier nicht durchlässig war. Auf manche Strohsäcke tropfte der Regen. Dann winkte er Gerlin.

»Komm, Lindis, meine Liebste«, sagte er ruhig.

Gerlin blickte ihn ungläubig an. »Ich soll …?«

Salomon nickte und hielt eine Ecke des Mantels einladend hoch. Gerlin sollte sich darunter betten. Sie spürte, wie ihr die Röte ins Gesicht trat.

Salomon griff lächelnd nach ihrer Hand. In seinen Augen erkannte sie Verständnis, aber er schien auf ein gemeinsames Lager bestehen zu wollen.

»Ich kann nicht mit Euch das Lager teilen«, flüsterte Gerlin, als er sie mit sanfter Gewalt heranzog. »Ich kann nicht!« Sie hoffte, dass er das nicht falsch auslegte. Es war nicht, weil er Jude war. Es war nur …

»Gerlin …« Salomon zwang sich, sehr leise und ruhig zu sprechen und das Zittern in seiner Stimme zu beherrschen. Es würde ihn übermenschliche Anstrengung abfordern, neben Gerlin zu ruhen, ohne sie zu berühren. Zumal es ihr offensichtlich zuwider war. »... es geht nicht anders. Wir würden auffallen, wir sind schließlich ein Ehepaar. Und werft einmal einen unauffälligen Blick auf diesen Berthold von Bingen. Der Kerl beobachtet uns. Er ahnt etwas. Ich weiß nicht was, aber sein Argwohn verpestet die Luft wie der Gestank einer Kloake. Ständig diese Fragen, und Ihr habt heute auch noch deutlich zu verstehen gegeben, dass Ihr französisch versteht. Gut, das wäre in Frankreich auf Dauer kaum zu verbergen gewesen, aber es ist ungewöhnlich für die Frau eines Baders. Dazu die Sache mit dem Schweinefleisch, er hat mich gefragt, ob ich nicht hungrig sei. Nach dem Tag auf der Straße war das schwer zu leugnen, ich habe mich mit einer Magenverstimmung herausgeredet. Aber wenn wir uns jetzt nicht gebärden wie Mann und Frau, so wird er noch mehr Fragen stellen. Also bitte, macht keine Schwierigkeiten. Kriecht unter meine Decke und versucht zu schlafen. Und denkt daran, dass ich Fritz bin, Euer Mann, nicht ›Herr Salomon‹ und nicht ›Meister‹ ...«

»Dein Mann!«, verbesserte Gerlin und versuchte zu lächeln, aber sie schaffte es nicht.

Gerlin bürstete ihr Haar ausgiebig und versteckte es dann aufwändig unter einer Nachthaube. Sie entledigte sich ihres Obergewandes im Schutz der endlich einbrechenden Dunkelheit, und dann half ihr Dietmar aus der verzwickten Lage, indem er zu schreien begann. Das Kind war schon unten am Feuer eingeschlafen, aber nun war es erwacht und anscheinend erschrocken von all den Schnarch- und Stöhnlauten, die den großen Raum erfüllten. Dietmar war ein ruhiges Kind, das selten schrie, aber wenn er einmal anfing, so äußerte er sich laut und durchdringend. Die anderen Schläfer beschwerten sich denn auch prompt in zum Teil rüden Worten, woraufhin Gerlin den kleinen Jungen aus seinem Weidenkorb nahm, wiegte und mit auf ihr eigenes Lager nahm.

Zwischen seiner Mutter und Salomon schlief der Kleine umgehend ein. Gerlin hielt ihn an sich gepresst wie einen Schutzschild – obwohl sie doch wusste, dass sie von Salomon nichts zu befürchten hatte. Es waren auch mehr ihre eigenen Gefühle, die sie schreckten. Sie sehnte sich danach, Salomons Wärme zu spüren, wollte seine dunkle, beruhigende Stimme zärtliche Worte sprechen hören. Ihr Atem ging schneller, wenn er sich bewegte – und sie meinte zu wissen, dass er sich genauso schlafend stellte, wie sie es tat.

Letztlich fanden beide nur wenige kurze Stunden der Ruhe – sie erhoben sich erschöpfter, als sie sich niedergelegt hatten. Nur Dietmar krähte vergnügt.

»Wir müssen etwas Milch für ihn auftreiben«, meinte Gerlin und nutzte die Gelegenheit, aus der Schlafkammer zu fliehen. Salomon folgte ihr bald. Auch er wirkte erleichtert.

Abram erwartete die beiden in der Gaststube, anscheinend hatte er neben Herrn Leopold noch weniger Schlaf gefunden. Jetzt jedenfalls tat er sich bereits an Haferbrei und verdünntem Wein gütlich. Etwas abseits von ihm schmauste einer der Ritter.

»Na, gut geschlafen?« Abram grinste. »Wie habt ihr das nur ausgehalten in dieser Gesellschaft?«

»Wie meinst du das?«, frage Salomon böse. »In der Gesellschaft meiner lieben Frau …«

Abram lachte und kratzte sich. »Meister, in dieser Nacht haben wir die Strohsäcke nicht nur mit Zweibeinern geteilt! Ich möchte nicht wissen, wie viele Flöhe und Wanzen sich in dem meinen herumtrieben.«

Gerlin und Salomon sahen sich an. Keiner von ihnen hatte bei Nacht auch nur einen Stich der Plagegeister gespürt. Jetzt, da Abram die Sache ansprach, verspürten sie jedoch ersten Juckreiz.

»Ich werde Dietmar baden müssen«, meinte Gerlin unglücklich.

Abram grinste. »Sobald wir wieder unterwegs sind und einen Fluss oder Weiher finden. Wir sollten entlang der Saar reisen, wenn ich mich nicht irre. Und erkälten wird sich der Kleine nicht: Draußen geht eben die Sonne auf. Der Regen scheint vorbei zu sein.«

Gerlin und Dietmar badeten gleich zur Mittagszeit, aber Salomon und Abram brauchten noch drei Tage, bis sie sich endgültig von Flöhen und anderem Ungeziefer befreien konnten. Erst dann bot sich eine nächtliche Waschgelegenheit. Martha, die jedem Bad abhold war, zeterte noch tagelang über die Folgen der obendrein recht teuren Nacht im Gasthaus. Gerlin unterstützte sie – das Ungeziefer war ein hinreichender und glaubwürdiger Grund, die eigenen Wagen fürderhin der Übernachtung in Gasthäusern vorzuziehen.

Kapitel 8

Seitdem sie sich dem französischen Königreich näherten, trieben Salomon schwerer wiegende Bedenken um als etwas Ungeziefer. Bislang war die Hauptsorge der Lauensteiner stets die Aufdeckung von Gerlins und Dietmars Identität gewesen, aber hier in Frankreich kam eine neue Gefahr dazu. König Philipp hatte im Jahr 1181, kurz nach seiner Krönung, und wahrscheinlich um die Staatskasse mit konfiszierten Geldern aufzubessern, alle Juden des Landes verweisen lassen. Offiziell durfte kein Hebräer in Frankreich leben, und auch wenn jüdische Händler meist widerwillig geduldet wurden, so würde es doch größten Ärger geben, wenn Abram und Salomon hier bloßgestellt würden. Wenn Ritter Berthold sie meldete, mussten sie zumindest mit sofortiger Ausweisung rechnen, was Gerlin und Dietmar ungeschützt zurückließe.

Während er Gerlin dies auseinanderlegte – und dabei nicht wagte, in ihre von neuem schreckgeweiteten Augen zu sehen –, blickte er zu Abram und Maria hinüber, die wieder mal miteinander schäkerten. Neben den Bedenken bezüglich Bertholds sah Salomon auch in der Beziehung zwischen seinem Neffen und Herrn Martinus' Geliebter eine Bedrohung. Abram war schließlich auf dem besten Weg, sein Ziel zu erreichen. Maria trat ihm immer offener entgegen, lachte und scherzte mit ihm. Am Abend, wenn die Ritter ihre eigenen Feuer entzündeten und die Pilger unter sich waren, ließ sie sogar ihren Schleier sinken. Abram starrte dann fasziniert auf ihre Schönheit.

Wann immer das Wetter es erlaubte, beobachteten die beiden gemeinsam den Sternenhimmel. Der junge Mann konnte Marias

Ausführungen stundenlang lauschen, entwickelte sich langsam selbst zu einem kleinen Experten mit dem Astrolabium und unterstützte sie, als sie Herrn Martinus schließlich triumphierend die Berechnungen präsentierte, die die Existenz des von ihr entdeckten Sterns bewiesen. Martinus nahm Marias Ausführungen brummend auf, konnte sie aber ebenso wenig widerlegen wie Salomon.

»Du musst einen Namen für den Stern finden«, sagte Abram zärtlich zu dem Mädchen, als er es anschließend zum Zelt führte.

Maria lächelte. »Oh, er hat schon einen Namen ... einen geheimen Namen. Niemand darf ihn wissen.«

Abram lachte. »Aber dann steht er doch auch in keiner Sternenkarte. Komm, Maria, verrate ihn wenigstens mir.«

Maria schüttelte den Kopf. »Nein. Und du darfst mich auch nicht Maria nennen! Weil ich ebenso einen geheimen Namen habe. Ich ...« Sie schien weitersprechen zu wollen, aber dann biss sie sich auf die Lippen.

»Gute Nacht, Konstantin!«, sagte sie förmlich.

»Gute Nacht, mein Stern!«, flüsterte Abram.

Er hätte sie gern geküsst, aber er wusste, sie würde den Kopf wegdrehen. Martinus beobachtete Maria von seinem Wagen aus, gleich würde er seine Rechte erneut einfordern. Abram war den beiden ein paarmal gefolgt und hatte scharfe Auseinandersetzungen mitangehört. Der Magister drohte dem Mädchen, und Maria fürchtete sich zu Tode davor, von ihm ausgesetzt und verlassen zu werden. Abram hatte so seine Vermutungen, aber er wagte nicht, Maria darauf anzusprechen. Wenn er einen Fehler machte, war das vielleicht schlimmer als all die Nachstellungen des Herrn Martinus.

Die Reisenden durchquerten jetzt dichte Wälder zwischen Metz und Reims. Als sie in das Gebiet des Königs von Frankreich hineinkamen, stießen sie auf ganze Einheiten von Rittern und Fußsoldaten, die sich zum Heerzug gegen Richard Löwenherz sammelten. Sie waren schlechter Stimmung – so kurz nach dem Kreuzzug war kaum ein Bauer, selbst die Panzerreiter nicht, zu erneuten Kämpfen zu bewegen. Die kleine Pilgergruppe musste ständig auf der Hut sein.

Eines Abends entzündeten Leopold und Abram wie immer kurz vor Einbruch der Nacht die Feuer. Maria baute ihr Zelt auf, die beiden anderen Frauen schnitten Gemüse für einen Eintopf. Die Ritter versorgten die Pferde, und der Magister stritt sich lautstark mit Salomon. Der Wein wurde wieder mal knapp, und Herr Martinus wollte einen Umweg fahren, um die Vorräte zu ergänzen. Salomon dagegen meinte, dies habe Zeit bis Reims.

Die beiden argumentierten wortreich, als plötzlich eine Horde Banditen schreiend aus dem Wald stürmte und Anstalten machte, sich der Wagen und Pferde zu bemächtigen. Sie waren mit Schwertern und Speeren, mit Sensen und Hacken bewaffnet.

Zwei der Ritter und Salomon zogen direkt blank. Die anderen trugen ihre Waffen nicht bei sich. Abram und Leopold mussten die ersten Angreifer, sichtlich ausgemergelt und zerlumpt, mit bloßen Händen abwehren, aber der junge Jude kämpfte sich rasch zum Planwagen des »Baders« durch. Mit einer Handbewegung beförderte er sein Schwert unter dem Bock hervor und stellte sich den Gaunern ebenso mutig entgegen wie sein Onkel.

Gerlin und Martha waren zu erschrocken, um sich zu rühren. Die Angreifer, wie immer bei solchen Attacken, verschafften sich einen Vorteil, indem sie innerhalb kürzester Zeit ein Chaos anrichteten. Einer von ihnen galoppierte auf einem knochigen Pferd durch die Feuer, entzündete eine Fackel und legte Brand an Marias Zelt. Herr Martinus, der sich darin verkrochen hatte, floh schreiend mit brennender Tunika.

»Zum Wagen!«, rief Salomon Gerlin zu, die wie erstarrt dastand.

Er sah, dass Abram sein Schwert geholt hatte. Eben schlug er seinen ersten bewaffneten Gegner nieder, jetzt attackierte er die Männer, die versuchten, den Wagen zu entern. Unter dem Schutz von Salomons Klinge flüchteten sich die Frauen unter die Plane. Die beiden Juden und zwei der inzwischen ebenfalls voll bewaffneten Ritter bildeten einen Ring um den Wagen der Lauensteiner, Herr Berthold verteidigte den anderen mit den restlichen Rittern. Seine Männer waren schnell wieder auf dem Rücken ihrer Streithengste gewesen. Die Abwehr dieser Gauner schafften sie auch auf ungesattelten Pferden. Dazu hatten sie die Geistesgegenwart bewiesen, die Zugpferde und das Maultier loszumachen. Die galoppierten nun aufgeschreckt durch das Lager, waren von den Straßenräubern aber kaum einzufangen.

Innerhalb kürzester Zeit erwiesen sich die Ritter und Reisenden den Strauchdieben als überlegen. Zwar bildeten die Gauner eine Übermacht, aber kaum einer von ihnen wusste sein Schwert so gut zu führen, dass er Bertholds Männern, Salomon und Abram einen Zweikampf zu liefern vermochte. Die Ritter fällten ihre Angreifer wie Schnitter das Korn und setzten den Männern noch nach, als die ihr Heil schließlich nur noch in der Flucht suchten.

Salomon und Abram verzichteten auf eine Verfolgung. Der Medikus rieb aufatmend das Blut von der Schneide seiner Klinge, während Abram sich den Schaden besah. Der war gering. Zwar waren ein paar Töpfe und Schalen zu Bruch gegangen, und Marias Zelt war vernichtet, aber gestohlen war nichts. Gerlin und Martha kletterten aus dem Wagen, desgleichen der nur leicht mitgenommene Herr Martinus, der sich ebenfalls unter die Plane geflüchtet hatte, nachdem er seine brennende Tunika hatte abwerfen können. Leopold kroch unter dem anderen Wagen hervor und machte sich nützlich, indem er die noch lodernden Reste von Marias Zelt löschte.

»Aber wo ist Maria?«, fragte Abram.

Gerlin sah sich suchend um.

Abram wurde von Panik ergriffen. »Sie ist weg!«, rief der junge Jude fassungslos. »Sie müssen ... sie müssen sie entführt haben!«

Gerlin wollte nicht gleich das Schlimmste annehmen, aber die eben zurückkehrenden Ritter hatten das Mädchen auch nicht gesehen.

»Sie haben sie mitgenommen! Diese Mistkerle! Diese ...« Abram sprach zu niemandem im Besonderen, er brüllte seinen Zorn heraus – und griff sich dann das nächstbeste Reittier, die Maultierstute Sirene. Die Schimmelstute war sanft, Abram machte sich nicht die Mühe, sie zu zäumen oder gar zu satteln, sondern schlang nur den Anbindestrick, den die Ritter mit einem Schwertstreich durchschlagen hatten, als Zügel um ihren Hals. Dann schwang er sich auf ihren Rücken und trieb sie an. Sirene setzte sich gehorsam in Galopp, aber Abram musste sich erst orientieren. Wohin waren die Männer geflohen? Sie mussten ein Lager in der Gegend haben. Gab es einen Weg dorthin? Schließlich hatten die Kerle ja Anstalten gemacht, die Wagen mit Muskelkraft fortzubewegen. Das ging nicht, wenn man den dichten Wald durchqueren musste.

Abram folgte zunächst den Spuren der Angreifer, die leicht zu verfolgen waren. Eine knappe Pfeilwurflänge weiter fand er dann auch die ersten Leichen der flüchtigen Diebe – und eine Blutspur. Einer der Kerle schien noch genug Leben in sich gehabt zu haben, um sich weiterzuschleppen. Abram folgte der Spur jetzt im Schritt, obwohl er es vor Aufregung kaum aushielt. Es wäre nichts gewonnen, wenn er die Fährte verlor. Kurze Zeit später endete sie leider ohnehin – noch ein Mann, der seinen Wunden erlegen war. Er hatte sich bis auf einen Weg geschleppt. Wenn man nur noch hätte erkennen können, in welche Richtung er ihm hatte folgen wollen ...

Abram hielt die Stute unschlüssig an – und hörte Stimmen aus Richtung Norden. Männer schienen sich zu streiten, ein Mädchen schrie. Abrams Herz klopfte rasend, er zitterte vor Anspannung, empfand aber auch Erleichterung. Zumindest schien Maria am Leben zu sein. Und ein so schönes Mädchen würden die Gauner auch nicht umbringen – das ließ sich zu leicht zu Geld machen. Abram bereute jetzt, den Dieben allein nachgesetzt zu sein. Schon auf diese Entfernung unterschied er drei Männerstimmen, und es mochten noch sehr viel mehr der Gauner am Leben sein. Wenn Abram es sich recht überlegte, waren die weniger gut bewaffneten sehr schnell geflohen – wohl in ihr Lager. Einzeln alle keine schweren Gegner, aber gemeinsam ... Abram trug nicht einmal eine Rüstung, und Sirene war kein Streitross.

Immerhin bewegte sich die zierliche Stute leichtfüßig und ohne besonderen Lärm zu machen näher an das Räuberlager heran. Auch die jetzt endgültig einbrechende Dunkelheit kam Abram zugute. Die Nacht bot ihm Deckung, als er Einblick in die Lichtung gewann, in deren Mitte die Diebe ein Feuer entzündet hatten. Auch ein paar Hütten standen darum herum – zumindest ein paar der armen Teufel hatten Frauen und Kinder bei sich.

Abram empfand fast etwas wie Mitleid mit den ursprünglich sicher ehrbaren Bauern – aber er registrierte auch kühl die schlechte Organisation der Bande. Die Diebe hatten nicht mal Wachen aufgestellt, mit drei oder vier Reitern hätte man ihre jämmerliche Siedlung mit Leichtigkeit überrumpeln und alle Bewohner niedermachen können. Obendrein schien es keinen Anführer zu geben – oder der war im Gefecht mit den Pilgern und Rittern zu Tode gekommen.

Es herrschte Aufruhr, unter den Gaunern und ihren Familien war ein heftiger Streit im Gange. Erleichtert entdeckte Abram Maria. Offensichtlich ging es um sie. Zwei der jüngeren Männer hatten das Mädchen in der Nähe des Feuers zu Boden geworfen und ihr den Schleier abgenommen. Einer der Kerle machte jetzt Anstalten, ihr auch noch das Kleid vom Leibe zu reißen. Das Mädchen wehrte sich heftig, aber auch ein paar besonnenere Männer und zwei zänkische Frauen versuchten, die Vergewaltigung zu verhindern.

Abram konnte die Worte nicht verstehen, ahnte jedoch, worum es ging. Die Männer wussten nichts von Marias besonderer Beziehung zu Martinus – das Mädchen konnte leicht noch unberührt und damit unschätzbar wertvoll sein. Sicher gab es in einem der nächstgrößeren Orte Sklavenhändler, und eine Schönheit wie Maria vermochten diese bis in die sarazenischen oder maurischen Lande zu verschleppen.

Die Frauen und verständigeren Männer der Gruppe drängten auf Flucht. Sie mussten annehmen, dass die Pilger Maria suchen würden, und stimmten dafür, mit ihrem Fang möglichst tief in den Wald zu flüchten.

Die beiden jüngeren Gauner mochten davon jedoch nichts annehmen. Sie waren berauscht vom Kampf, wütend über ihre Verluste, aber auch in Hochstimmung, weil sie zu denen gehörten, die den Überfall überlebt hatten. Maria zu besitzen, sahen sie da als verdiente Belohnung an. Dann eskalierte der Streit. Einer der beiden hielt die Gruppe mit dem Schwert in Schach, während sich der zweite auf das Mädchen stürzte. Maria, der man die Hände zusammengebunden hatte, versuchte, zu entkommen, es gelang ihr jedoch nicht, aufzustehen.

Abram biss sich auf die Lippen. Er musste etwas tun, es war unmöglich zu warten, bis Hilfe kam, oder gar zurückzureiten und die Ritter zu holen. Schließlich konnte er sich nur zu gut vorstellen, was in Martinus' Lager vor sich ging: Martha machte wahrscheinlich drei Kreuze hinter dem Mädchen, ebenso Leopold. Gerlin sorgte sich, war aber machtlos, Salomon würde sich allenfalls halbherzig für weitere Nachforschungen einsetzen. Und Herr

Martinus, dem letztlich die Entscheidung oblag? Hing der tatsächlich genug an Maria, um die Ritter auf ihre Spur zu setzen? In der letzten Zeit hatten die beiden fast nur noch gestritten, womöglich war er froh, das Mädchen los zu sein.

Abram dachte fieberhaft nach. Es half nichts, er musste etwas tun. Warum zum Teufel war er nur ohne jede Überlegung aus dem Lager gestürmt? Der junge Mann überprüfte seine Ausrüstung. Ein Schwert und ein kleines Messer, das er wie jeder andere am Gürtel trug, um Brot und Fleisch zu schneiden, waren seine einzigen Waffen. Dann spürte er aber auch noch das Gewicht seines Feuereisens und der zugehörigen Steine. Natürlich, er hatte eben das Lagerfeuer entzündet, als sie überfallen wurden. Und in den letzten Tagen hatte es nicht geregnet ...

Abram sah sich im letzten Dämmerlicht nach Zunderschwämmen um. Die meisten Bäume waren Rotbuchen, und gleich an der nächsten entdeckte er ein paar der muschelförmigen Pilze. Auch trockene Zweige gab es reichlich.

Abram sprang vom Maultier und schlug seinen Feuerstein blitzschnell gegen das schlaufenförmige, stählerne Instrument, das man Feuereisen nannte. Die Funken fing er mit dem Zunderschwamm auf, und rasch entzündete sich ein kleines Feuer. Ein trockener Ast diente Abram als Fackel. Im Unterholz vergrößerte sich das Feuer rasch – Abram hoffte zwar, keinen allzu großflächigen Waldbrand zu entfachen, aber ihn trieben andere Sorgen. Der Wind stand günstig, er würde das Feuer nicht in Richtung ihres eigenen Lagers treiben.

Der junge Mann schwang sich auf Sirene, ritt um das Lager der Wegelagerer herum und setzte jeden Reisighaufen in Brand, den er finden konnte. In diesem Moment bemerkten die Leute auf der Lichtung die Feuer und erschraken. Sie mussten annehmen, dass sich mehrere Reiter mit Fackeln näherten. Abram hielt es jetzt nicht mehr aus. Er sprengte auf die Lichtung, schlug dem ersten, der Maria bedrängte, die Fackel ins Gesicht und stieß dem zweiten das Schwert in die Brust. Aus dem Augenwinkel sah er, dass die anderen panisch in den Wald flohen.

Maria hatte ihre Gegenwehr aufgegeben. Sie lag zusammengekrümmt im Staub und – betete. Abram hatte selten etwas gehört, das ihn glücklicher machte als ihr heiseres, verzweifeltes Flehen zu ihrem Gott. Aber er konnte ihr keine Zeit mehr lassen, dem Ewigen für ihre Rettung zu danken.

»Kommt!«, rief er ihr gebieterisch zu und durchtrennte ihre Handfesseln mit dem Schwert, als sie sich aufrichtete.

Hilflos sah Maria zu ihm auf. Ohne Steigbügel konnte sie nicht zu ihm aufs Pferd – um Schwung zu holen und sich vom Reiter hinaufziehen zu lassen, war sie zu geschwächt. Aber dann entdeckte sie einen Hauklotz neben dem Feuer. Abram nickte ihr zu, als sie hinaufstieg, und fasste sie um die Hüfte. Sie erschien ihm leicht wie eine Feder, als er sie vor sich aufs Pferd hob.

»Hab keine Angst, ich halte dich«, flüsterte er.

Maria schmiegte sich an ihn. Sie saß im Seitsitz vor ihm, gehalten von seinen starken Armen. Abram hätte sie ewig so an sich pressen mögen, aber sie mussten die Lichtung so schnell wie möglich verlassen. Noch einmal setzte er Sirene in Galopp. Die Stute floh bereitwillig. Sie war brav und hätte nicht gescheut, aber die vielen Feuer und die rennenden, schreienden Menschen um sie herum machten ihr Angst.

Abram ließ sie laufen und parierte erst zum Schritt durch, nachdem sie in die Dunkelheit und Stille des Waldes eingetaucht waren.

Maria zitterte in seinen Armen. Sie schien am Ende ihrer Kraft. Dennoch versuchte sie, sich von Abram zurückzuziehen.

»Du hast mich gehört . . .«, flüsterte sie. ». . . du wirst mich verraten . . .«

Sie fühlte, dass Abram den Kopf schüttelte. »Aber nein, meine

Schöne, mein Süße, meine Teure. Ich werde dich nicht verraten. Aber ich werde dich auch nicht mehr diesem alten Lustmolch überlassen. Von jetzt an erkläre ich dir die Sterne ... oder nein, ich hole sie dir gleich vom Himmel! Zunächst den deinen – wie willst du ihn noch nennen?«

»Konstantin«, sagte Maria mit leiser, matter Stimme, »Konstantin, wir können nicht ...«

Abram verschloss ihr die Lippen mit einem Kuss. »Erst sagst du mir den Namen deines Sterns«, forderte er, »und dann nenne ich dir den meinen ...«

Das Mädchen flüsterte einen Namen, und es klang wie ein Schluchzen. »Orli ... das ist ... das heißt ...«

Abram küsste sie wieder. »Das heißt ›Ein Licht für mich‹«, sagte er sanft und strich ihr das Haar aus dem Gesicht. »Und der meine bedeutet ›Vater vieler Söhne‹. Ich hoffe, du hilfst mir, meiner Bestimmung gerecht zu werden.«

Das Mädchen sah ungläubig zu ihm auf. Der Mond hatte sich inzwischen erhoben und regierte eine weitere sternklare Nacht.

»Abraham?«, fragte sie verwirrt.

Kapitel 9

»Und wie, denkst du, soll das nun weitergehen?«, examinierte Salomon seinen Neffen. Die beiden saßen am Morgen nach dem Überfall auf dem Bock ihres Wagens – Gerlin als eine Art Streitschlichter zwischen sich. Abram wirkte jedoch trotz Salomons gestrenger Worte auffallend fröhlich.

Am Abend vorher war nicht mehr viel gesprochen worden. Maria war völlig erschöpft, als Abram sie ins Lager zurückbrachte. Der Empfang entsprach seinen schlimmsten Befürchtungen. Martha empfing das Mädchen gleich mit Schmähungen, Martinus beachtete es kaum. Salomon beherrschte sich eisern, hätte seinem Neffen aber einiges zu sagen gehabt. Abram hielt Maria im Arm, das Mädchen kuschelte sich vertrauensvoll an ihn und schien fast zu schlafen. Abram küsste ganz offen ihr Haar, als er sie vom Pferd gleiten ließ. Salomons Blick wich er nicht aus, er erwiderte ihn sogar fast spöttisch. Der Medikus war sichtlich entrüstet.

Gerlin nahm Maria mit in ihren Wagen und gab ihr heißen Würzwein zu trinken – aus Salomons eigenem Fundus. Den letzten Rest seiner Vorräte hatte der Magister auf das glücklich überstandene Abenteuer geleert, und auch um sich über die Schmerzen seiner leichten Verbrennung am rechten Bein hinwegzutrösten. Er machte großes Aufheben um den Verband, den Salomon ihm anlegte, und musste dann von Martha in seinem Planwagen zur Ruhe gebettet und getröstet werden. Die ältere Frau zeterte zwar wie immer, kümmerte sich aber ganz offensichtlich gern um ihn. Auch sie schien zu hoffen, dass er Maria nicht mehr begehrte.

Salomon zog sich schließlich mit Abram unter den Wagen zurück und überließ sein Lager dem Mädchen. Zu Martha und Martinus konnte man es ja kaum zurückschicken, während Gerlin sich gern um ihre kleine Freundin kümmerte. Sie war sehr erleichtert, dass Maria nichts weiter geschehen war, und sprach ihr freundlich zu, bis sie schließlich einschlief. Unter dem Wagen herrschte derweil angespanntes Schweigen. Salomon begnügte sich in Bezug auf Marias Befreiung mit den Informationen, die Abram den Rittern lieferte. Während die Einzelheiten seiner Aktion Martinus und die seinen kaum zu interessieren schienen, konnten Berthold und seine Leute nicht genug davon hören. Dabei war das Interesse der meisten Ritter wohl völlig unschuldig, sie schienen bereit, den »Badergehilfen« für seine Kampfkraft zu feiern.

Nur Berthold konnte nicht umhin, wieder zu sticheln – seine Bemerkungen wurden zusehends beunruhigender. »Da kann man doch mal sehen, Herr Friderikus und Herr Konstantin ... die ganze Zeit von fast jüdischer Zurückhaltung, und dann auf einmal entpuppen sie sich als kundige Schwertkämpfer und Retter der Unschuld ...«

Auf die letzten Worte hin lachten die Ritter natürlich hämisch auf. Abram verspürte das Bedürfnis, sich auf sie zu stürzen, aber er beherrschte sich.

»Nicht, dass sich da Ritter unter dem Gewand des Baders und seines Gehilfen verstecken?«, stichelte Berthold weiter.

Die Ritter lachten noch lauter – kaum ein Angehöriger ihres Standes hätte sich zu einer solchen Verkleidung erniedrigt. Allenfalls in den modernen Ritterromanen bewies ein Herr seine Ergebenheit gegenüber seiner Dame, indem er in die Rolle eines Bettlers schlüpfte.

»Ihr seid nicht womöglich Sir Lancelot und in den Diensten der Lady Guinevere?«

Salomon und Abram ließen das unkommentiert. Es war sicher

besser, so zu tun, als sei ihnen die Artus-Dichtung gar nicht geläufig. Aber Bertholds Anmerkungen waren gefährlich. Und nun ließ sich auch noch Abram auf die riskante Liebelei mit Magister Martinus' Hure ein.

»Wie soll das schon weitergehen?«, fragte Abram gelassen zurück und fügte mit seinem charakteristischen Grinsen triumphierend hinzu: »Ich werde sie natürlich freien.«

Salomon zog so abrupt die Zügel an, dass die Pferde erschrocken die Beine in den Boden rammten und stehen blieben. Gerlin nahm sie ihm kopfschüttelnd aus der Hand und schnalzte den Tieren begütigend zu.

»Das kannst du nicht! Abram ...«

»Konstantin«, berichtigte Gerlin.

»Abram, wir haben dir vieles nachgesehen. Dein Vater hat so manche schlaflose Nacht deinetwegen verbracht, aber er war immer geduldig. Wir haben immer gehofft, aus dir würde noch einmal ... na ja, wir hofften, dass du ruhiger würdest, eine Frau fändest ...«

Abram grinste noch breiter. »Habe ich doch!«, meinte er vergnügt. »Mein Vater wird entzückt sein ... wobei ich natürlich davon ausgehe, dass du ihm ein paar kleine unwesentliche Einzelheiten aus ihrem Vorleben verschweigst ...«

»Wie zum Beispiel, dass sie Christin ist?«, fragte Salomon scharf.

Abrams Gesicht wurde ernst. »Also wirklich, Onkel Fritz ...« Er kicherte. »Da nennst du dich einen Gelehrten und weist ein unbestritten großes Wissen auf. Aber das Offensichtliche übersiehst du. Christin! Wie kommst du nur auf diesen Gedanken? Mein Vater wird natürlich entzückt sein, Miriam von Wien kennenzulernen, Tochter von Schlom, Münzmeister des Herzogs Friedrich von Österreich!«

»Sie ist Jüdin?« Salomon konnte die Lautstärke seines Ausrufs gerade noch dämpfen.

Abram nickte. »Natürlich. Was sollte sie denn sonst sein? Denk doch mal nach ... Onkel Fritz!« Erneut musste er grinsen.

»Abram!« Salomons Stimme klang drohend.

Gerlin legte ihm beschwichtigend die Hand auf den Arm und wunderte sich selbst über ihre selbstverständliche Geste.

»Und sieh sie vor allen Dingen mal an«, setzte Abram ein weiteres Mal an, diesmal wieder ernst und mit deutlich gedämpfterer Stimme. »Sie stammt offensichtlich aus reichem Haus ... aber aus keiner Burg. Ein Burgfräulein könnte die Sterne noch so sehr lieben. Es würde kaum mit einem Mann wie dem Magister in Berührung kommen. Wenn es doch so gewesen wäre, hätte der Kerl Maria niemals ermutigt, mit ihm zu fliehen. Ihr Vater hätte ihr schließlich ein Aufgebot an Rittern hinterhergeschickt und ihren Entführer gevierteilt. Du glaubst doch nicht, dass unser feiger kleiner Herr Martinus das riskiert hätte?«

Gerlin nickte. Abram hatte Recht. Sie hätten selbst darauf kommen können, dass Maria – Miriam – aus einem Stadthaus geflohen sein musste.

»Es kam also nur eine Kaufmannsfamilie infrage«, führte Abram weiter aus. »Dafür sprach auch das Astrolabium, das sie mit sich führt. Das kauft man schließlich nicht auf dem Wochenmarkt. Dazu ist Miriam hochgebildet – weit mehr als die meisten Kinder christlicher Kaufleute. Bei denen lernen zwar auch die Mädchen lesen und schreiben, aber Fremdsprachen ... Sternkunde ... schon um da die wichtigsten Bücher lesen zu können, muss man Latein können. Miriam versteht sogar etwas Arabisch – das kann dir eigentlich auch kaum entgangen sein, Onkel ...« Abram verkniff sich den »Fritz«.

Salomon schwieg verstockt, aber Gerlin erschloss sich die Logik der Geschichte immer deutlicher. »Und aus einem jüdischen Haus eines jüdischen Viertels kam das Mädchen auch leichter ungeschoren heraus«, überlegte sie, »jedenfalls in einer Stadt, in der es nachts nicht eingeschlossen wird. Wobei der gute Meister Martinus kaum ein Risiko einging, indem er sie versteckte. Was konnten ihm die Juden schon tun? Die dürfen ja nicht mal ein Schwert führen.«

Salomon nickte bitter.

»Wobei der Kerl im Folgenden nichts ausließ, um die Kleine zu demütigen!«, erregte sich Gerlin weiter. »Allein dieser Name! Maria und Martha – die Schöne und die Magd aus der Bibel! Ein Schlag ins Gesicht beider Frauen. Kein Wunder, dass Martha so gereizt war!« In Gerlin regte sich fast so etwas wie Bewunderung. Wie sehr musste sich die sicher stolze Tochter des jüdischen Münzmeisters nach Wissen gesehnt haben, um nicht nur Martinus' Annäherungen, sondern auch seine Schmähungen auf sich zu nehmen! »Kompliment, Meister Abram, mir wäre das alles nie aufgefallen.«

»Euch sind noch ganz andere Dinge entgangen!«, bemerkte Abram. »Und dir auch, Onkel ...« Abram lachte schon wieder, wobei sein Spott wohl eher Salomon galt als Gerlin. »Habt ihr wirklich beide nicht bemerkt, dass Miriam nicht weiß, wie man sich richtig bekreuzigt? Mir blieb jedes Mal fast das Herz stehen, wenn sie das Kreuz nicht von links nach rechts, sondern von rechts nach links schlug. Zum Glück immer halb unter ihrem Schleier, und die Mönche im Kloster würden sich strafbar machen, wenn sie so einem Mädchen auf den Busen schauten. Aber bei mir war das natürlich ... na ja, dahin fiel mein Blick einfach zuerst.«

Gerlin konnte nicht anders. Sie lachte mit. »Und wie denkst du dir das jetzt weiter?«, fragte diesmal sie, allerdings in deutlich freundlicherem Tonfall als Salomon zuvor. »Willst du sie als Christ oder als Jude zur Frau nehmen?«

»Natürlich als Jude!«, sagten Salomon und Abram wie aus einem Mund. Eine christliche Ehe schien beiden undenkbar.

»Das gälte ja sonst auch gar nicht!«, fügte Abram hinzu. »Nein,

nein, das habe ich mir schon genau überlegt. Wir verraten noch niemandem etwas und ... lieben uns nur heimlich ...«

Salomon schnaubte.

»Bis wir nach Paris kommen«, endete Abram gelassen. »Von da aus senden wir Nachricht an meine Familie und an Miriams – ein paar jüdische Kaufleute soll es ja wohl noch geben, die sie mitnehmen können. Mein Vater kann dann ganz offiziell um sie werben. So lange wie das dauert, suchen wir irgendeine Unterkunft für sie, bei einer Witwe oder in einer Familie ... da findet sich schon etwas für ein ehrbares Mädchen ...«

»Und wie soll das ›ehrbare Mädchen‹ da hingekommen sein?«, fragte Salomon streng. Das interessierte auch Gerlin.

Abram legte seine Stirn in Falten. »Hm ... Verschleppt!«, strahlte er dann. »Von Sklavenhändlern. Ich konnte sie befreien, als die Gauner auch unsere Reisegruppe angriffen – dem Ewigen sei Dank wurde sie nicht missbraucht.«

Salomon verdrehte die Augen.

»Während die Brautwerbung vonstatten geht – bei der Geschichte muss ihr Vater einfach Ja sagen! –, begleite ich euch nach Loches, und auf dem Rückweg wird Miriam ganz ehrenhaft mit uns reisen. Wir müssen nur irgendeine Gesellschaft finden, bei der Frauen dabei sind ... Das schaffen wir schon! Oder ich bleibe mit ihr in Paris – falls König Philipp die Juden wirklich zurückruft. Das soll im Gespräch sein, er braucht Pfandleiher, um sein Heer zu finanzieren.«

Abram schien auch eine Ansiedlung in Paris eine gute Idee. So begeistert davon, künftig mit seiner Frau unter den Fittichen seiner zänkischen Mutter leben zu müssen, war er offensichtlich nicht. Gerlin konnte das nachvollziehen. Nach Martha wäre Frau Rachel für Miriam nur die Fortsetzung des Martyriums.

»Und was würdest du in Paris machen?«, fragte Salomon misstrauisch. »Vom Reliquienhandel leben?«

Abram schürzte die Lippen. »Warum nicht? Oder vom Fernhandel wie mein Vater. Aber Reliquienhandel … ist lohnender. Man braucht nicht viel zu reisen … na ja, und vielleicht stellt Miriam ja auch mal das eine oder andere Horoskop …«

Gerlin lachte. Um das Überleben dieses Paares brauchte man sich wohl keine großen Gedanken zu machen. Vielleicht weniger als um ihre eigene Zukunft. Abrams beiläufige Bemerkung über den Rückweg hatte Gerlin wie ein Messer getroffen. Salomon hatte seinem Neffen nicht widersprochen. Auch er wollte also zurück nach Kronach. Dietmar gegenüber mochte er eine gewisse Verpflichtung empfinden, aber wenn das Kind in Sicherheit war, würde er abreisen. Gerlin bedeutete ihm nichts.

Die Reisenden erreichten nun Reims, die letzte größere Stadt vor ihrem ersten Ziel – Paris. Reims bildete den städtischen Mittelpunkt der Champagne. Die Pilger fuhren tagelang durch die Weinberge und übernachteten in umfriedeten Dörfern. Magister Martinus schwelgte in den örtlichen Winzererzeugnissen und bat seinen Schutzheiligen dann pflichtschuldig in den Kirchen von Reims um Verzeihung. Gerlin erfreute sich eher an den Badehäusern der Stadt. Sie nahm die ängstliche Miriam mit sich in ein christliches Bad, während Salomon und Abram sich mit nächtlichem Schwimmen in den Fluten der Vesle begnügen mussten. Jüdische Bäder gab es in Frankreich nicht. Jüdische Mädchen unterschieden sich aber zum Glück in keiner Hinsicht von Christinnen, sodass Miriam sich ihren Sauberkeitsbedürfnissen unbeschränkt hingeben konnte. Aufatmend wusch sie sich den Reisestaub – und auch die letzten Schweißgerüche des Herrn Martinus – vom Leib. Seit dem Überfall bei Metz hatte sie sich ihm nicht mehr hingegeben, und er suchte ihre Nähe auch nicht mehr. Dafür lebte Martha auf. Das alte Paar hatte einander wiedergefunden.

Der Ritter Berthold von Bingen ließ Salomon und Gerlin weitgehend in Ruhe. Je näher die Gruppe Paris kam, desto häufiger traf sie auf Einheiten der Streitmacht des französischen Königs, und immer öfter auch auf Söldner und Fahrende Ritter. Der König schien jeden in sein Heer aufzunehmen, der behauptete, kämpfen zu können, und natürlich mochte ein Feldzug erheblich lohnender sein als die Bewachung einer Pilgergruppe. Berthold und seine Männer diskutierten mehr oder weniger offen die Möglichkeit, Magister Martinus in Paris zu verlassen und sich Philipp II. anzuschließen.

»Im Grunde kann uns gar nichts Besseres passieren«, frohlockte Abram, der ständig blendender Laune war. »In Paris finden wir schon eine neue Eskorte oder auch die Möglichkeit, mit Kaufleuten weiterzureisen.«

Letzteres war sicher richtig, denn auch die umstrittenen Gebiete mussten schließlich mit Waren versorgt werden. Zudem war Paris ein Zentrum des Nah- und Fernhandels. In der Hauptstadt Frankreichs kreuzten sich Fluss- und Landwege, und es war sicher möglich, etwa mit Flussschiffern auf der Seine Richtung Orléans weiterzukommen.

»Aber bestimmt nicht gleich«, dämpfte Salomon den Optimismus seines Neffen. »Schlimmstenfalls könnte es sein, dass wir dort überwintern müssen – was schwierig würde. Wir müssten uns die ganze Zeit als Christen ausgeben, aber christliche Ärzte sind selten und arbeiten ganz anders als ich. Ich könnte Probleme mit ihrer Standesordnung bekommen, wenn ich hier als Medikus aufträte.«

Gerlins Herz klopfte heftig bei dem Gedanken an einen Winter mit Salomon. Sie würden weiterhin als Mann und Frau leben – sich sogar eine Wohnung oder ein Haus teilen müssen. Natürlich konnte man sich dort leichter aus dem Weg gehen als in einem Planwagen. Aber würden sie das wirklich wollen? Je weiter die

Reise führte, desto mehr fühlte Gerlin sich dem Medikus verbunden. Nicht nur, dass seine Freundlichkeit und sein starker Körper sie anzogen, sie fanden auch mehr und mehr gemeinsame Interessen. Gerlin waren Politik, Strategie und Sternkunde ziemlich egal, aber die Medizin faszinierte sie. Voller Spannung verfolgte sie, wie der »Bader« andere Reisende heilte, und bald half sie ihm auch beim Sammeln von Kräutern am Wegrand und bei der Zubereitung seiner Tinkturen und Essenzen. Wenn sie wirklich den Winter in Paris verbrachten, konnte sie Salomon bei der Arbeit zur Seite stehen, seinen Haushalt führen …

Gerlin gefiel es, mit den Händen zu arbeiten, sie wusch und kochte gern. Zwar hatte ihr auch das Leben als Burgherrin gefallen, in dem Haushaltungsführung hauptsächlich darin bestand, Befehle zu erteilen und ihre Befolgung zu überwachen. Aber es erschien ihr immer unwirklicher, eines Tages wieder so zu leben, je länger sie die Rolle der Frau des »Baders« spielte. Salomons Bedenken bezüglich einer Aufdeckung seines Judentums teilte sie nicht. Sie selbst war Christin, sie konnte beschwören, er habe vor ihrer Eheschließung konvertiert.

Vorerst lagen allerdings noch einige Dutzend Meilen zwischen Martinus' Gruppe und Paris, und nach etlichen schönen Tagen war das Wetter mal wieder gegen sie. Erneut kam es zu sintflutartigen Regenfällen, und Gerlin brauchte alle Decken und Planen, um sich und ihren Sohn halbwegs trocken zu halten. Bei Nacht stellte sich auch wieder die Frage der Unterbringung. Die Männer hatten bislang draußen übernachtet, aber jetzt war der Schlafplatz unter dem Wagen unzumutbar und Miriams Zelt verbrannt.

Abram rollte sich also in einer Ecke des Planwagens zusammen, und Gerlin lud Miriam ein, die kleine Schlafstatt hinter dem Vorhang mit ihr zu teilen. Salomon grummelte darüber – einmal deshalb, weil es sich für Paare vor dem Eheversprechen natürlich nicht schickte, in einem Wagen miteinander zu nächtigen, und zum Zweiten, weil Miriam nun das seltsame Verhältnis zwischen ihm und Gerlin bewusst werden musste.

Salomon und Gerlin hatten dem Mädchen ihre Geschichte noch nicht offenbart. Bislang wusste Miriam nur, dass Salomon in dringenden geschäftlichen Angelegenheiten nach Tours musste. Warum er Frau und Sohn dabei mitnahm, fragte sie nicht. Allerdings hatte sie sich bei Gerlin schon nach ihrem und Dietmars »richtigen« Namen erkundigt, und in Reims war sie verwundert gewesen, wie selbstverständlich die Jüdin ein christliches Badehaus betrat. Nun blickte sie ebenso verwirrt auf Gerlins abgeschiedene Bettstatt.

Salomon seufzte. »Erzählt es ihr schon, Frau Gerlin«, meinte er schließlich. »Sie hat selbst genug Geheimnisse, sie wird das unsere nicht verraten.«

Gerlin, Miriam und der kleine Dietmar teilten also das Lager und tuschelten die halbe Nacht. Miriam fand Gerlins Geschichte sehr aufregend – sie wollte alles über den Minnehof, über Herrn Dietrich und Herrn Floris wissen.

»Du hast einen Ritter?«, fragte sie verblüfft. »Mit dem du ... also ... hm ... – wie nennt man das? – ... in Minne verbunden bist? Dann musst du eine Meisterin der Verstellung sein. Lernt man das an Minnehöfen? Ich hab jedenfalls ganz sicher angenommen, du seiest verliebt in Herrn Salomon.«

Gerlin errötete.

»Und er in dich!«, fügte Miriam hinzu.

»Er in mich?«, fragte Gerlin, zu verblüfft, um irgendetwas zu leugnen. »Er ist sehr freundlich zu mir, das war er immer. Aber verliebt ...«

Miriam kicherte, und Gerlin fühlte sich an längst vergangene Zeiten am Minnehof der Herrin Aliénor zurückversetzt. Wie unbeschwert hatte sie damals mit Freundinnen über die jungen Ritter geplaudert!

»Aber sicher! Siehst du das denn nicht? Allein seine Augen, wenn er dich anschaut! Er verzehrt dich doch mit seinen Blicken!«

Miriam schüttelte den Kopf über Gerlins Unverstand, lächelte aber, als sie nun auch die Augen der Freundin aufblitzen sah. Also hatte sie sich nicht getäuscht. Ritter wie Ritter, da war auf jeden Fall etwas zwischen dem Medikus und der Gräfin!

»Sicher würde es schwierig mit einer Heirat«, führte sie dann bedauernd aus. »Du bist von Adel und er …«

»Er hat mir gesagt, es ginge gar nicht«, brach es aus Gerlin heraus. »Ein Jude könne keine Christin freien. Aber ich denke … wenn ich Jüdin würde …«

Miriam schüttelte den Kopf. »Das geht nun wirklich nicht!«, erklärte sie kategorisch. »Nur der ist Jude, den eine Jüdin geboren hat. Konvertieren wie bei den Christen oder den Muselmanen ist bei uns nicht möglich. Ein Zusammenleben ginge überhaupt nur, wenn … also wenn ihr es einfach niemandem erzähltet … Das prüft doch keiner nach, wenn Salomon von Kronach sich mit seinem Weib Esther von Kronach … was weiß ich, vielleicht in Linz ansiedelt! Freilich müsstest du lernen, wie man sich als Jüdin verhält, aber das bringe ich dir bei, keine Sorge!«

Miriam war da ziemlich unbekümmert – sie passte zweifellos zu dem Heißsporn Abram. Gerlin dachte allerdings besorgt an das falsch geschlagene Kreuzzeichen. Miriam hatte es auch »ganz einfach« gefunden, sich als Christin auszugeben, und dabei außerordentliches Glück gehabt. Wenn Gerlin ähnliche Fehler in der Synagoge passierten, würde es den jüdischen Matronen um sie herum sicher nicht entgehen. Und überhaupt war das Ganze ja nur ein Traum. Weder würde Salomon eine christliche Frau nehmen, noch konnte Dietmar als der Sohn eines jüdischen Medikus aufwachsen – mal ganz abgesehen von möglichen gemeinsamen Kindern. Miriams Ausführungen zufolge wären auch sie keine Juden, aber taufen konnte Gerlin sie genauso wenig.

Die junge Frau schüttelte energisch den Kopf. Das alles war hoffnungslos. Gerlins Bestimmung war es, ihre eigene Familie wiederzufinden und den Erben von Lauenstein zu erziehen. Nicht zum Gelehrten oder Händler, sondern zu einem schlagkräftigen Ritter. Der Junge würde um sein Lehen kämpfen müssen, und das Rüstzeug dazu erhielt er am besten am Hof des Herrn Linhardt von Ornemünde zu Loches.

Es regnete auch die ganze Nacht hindurch, und am Morgen war die Straße unpassierbar. Etwa drei Tagesfahrten vor Paris starrten die Reisenden hilflos auf ihre Wagen, die hoffnungslos im Schlamm feststeckten. Herr Martinus lamentierte, man würde sich in der Nässe und Kälte den Tod holen, während Leopold und Salomon sich mithilfe von Martha und Miriam aufs Schieben verlegten. Abram und Gerlin versuchten, die Ritter dazu zu bewegen, ihre Streithengste vor die Wagen zu spannen. Die mächtigen Tiere mussten in der Lage sein, die Gefährte aus dem Schlamm zu ziehen. Berthold von Bingen empfand das allerdings als unter seiner Würde.

Verzweifelt schaute Gerlin auf die immer tiefer einsinkenden Wagen. Es war mehr als unangenehm, festzustecken, aber wenn die nächsten Reisenden vorbeiwollten, würde es obendrein Ärger geben. Herr Martinus' Reisegesellschaft blockierte den gesamten Weg. Wenn sie Pech hatten, und die Passanten waren schlecht gelaunte Ritter, die vielleicht Belagerungsmaschinen oder schweres Geschütz auf Wagen mit sich führten, konnte ihre Habe zerschlagen werden, die Trümmer würden rücksichtslos aus dem Weg geräumt.

Die Reisenden, die ihnen dann auf der Fernhandelsstraße entgegenkamen, erwiesen sich allerdings als unverhoffter Glücksfall. Gerlin erschrak zuerst, als sich ein ganzer Trupp Ritter in so forschem Trab näherte, wie man ihn bei diesem Wetter gerade so reiten konnte. Wenn die Männer in Plünderlaune waren, konnten die Pilger ihnen kaum entkommen. Tatsächlich stand der Trupp jedoch unter dem Kommando eines vergnügten blonden jungen Mannes, der Gerlin sofort an Florís de Trillon erinnerte. Völlig durchnässt, aber eingeschworen auf ritterliche Tugenden, zeigte er, dass er im Frauendienst geübt war. Förmlich verbeugte er sich, als er Gerlin und erst recht die bildschöne Miriam hilflos neben dem Wagen stehen sah.

»Charles de Sainte-Menehould, zu Euren Diensten, meine Damen. Können wir irgendetwas tun, Euch aus dieser misslichen Lage zu befreien?«

Miriam errötete unter seinem interessierten Blick, aber Gerlin sah ihre Chance. »Ihr könnt«, erklärte sie gelassen in dem fließenden Französisch, das man am Hof der Herrin Aliénor kultivierte. »Sofern Ihr Euren Stolz dem Dienst an Eurer Dame unterordnet. Wer ist Eure Minneherrin, Monseigneur de Sainte-Menehould?«

Herr Charles legte feurig die Hand auf sein Herz. »Ich trage das Zeichen der Adrienne de Troyes. Und ich trage es in Ehren. Ich konnte schon viele Kämpfe in ihrem Namen bestehen.«

Gerlin lächelte. »War Adrienne de Troyes nicht einmal Hofdame der Königin Eleonore?«

Sie selbst kannte die Dame nur vom Hörensagen, Adrienne hatte den Hof der Herrin längst verlassen, bevor Gerlin dorthin geschickt wurde. Herr Charles hatte sich, wie viele ernsthafte junge Ritter, eine sehr viel ältere Frau als Minneherrin gewählt.

Jetzt leuchteten die Augen des jungen Ritters auf. »Woher wisst Ihr?«, fragte er erstaunt.

Gerlin biss sich auf die Lippen. Sie hatte sich tatsächlich verplappert, aber es war so angenehm, mit diesem wohlerzogenen jungen Chevalier über höfische Dinge zu reden. »Ich ... hm ... diente als Magd an einem Minnehof, bevor ich meinen Gemahl kennenlernte«, improvisierte Gerlin. »Aber nun, bitte ... vergesst Euren ritterlichen Stolz für kurze Zeit zugunsten des Minnedienstes und zieht uns diese Wagen aus dem Dreck.«

»Wie es die Dame ... und das Fräulein«, Herr Charles verneigte sich lächelnd vor der verwirrten Miriam, »befehlen.«

Der junge Ritter verriet mit keinem Wimpernschlag, ob er Gerlins Ausrede glaubte. Wahrscheinlich würde das Ganze seine Fantasie zu Höhenflügen anregen, sicher träumte er in der Nacht, er habe einer verfolgten Prinzessin beigestanden.

»Du solltest ihn hinterher küssen«, bemerkte Gerlin gegenüber Miriam, die daraufhin noch viel tiefer errötete. Die höfische Sitte, einen Ritter ganz unschuldig mit einem Kuss zu belohnen, war der Jüdin völlig fremd.

Herr Charles und seine Männer befreiten die Wagen der Pilger in kürzester Zeit und tranken gern von dem Wein, den ihnen der dankbare Magister anbot. Danach verstärkten sie ganz selbstverständlich die Eskorte der Reisegesellschaft, was Berthold von Bingen nicht passte. Er nannte die Männer Abram gegenüber verächtlich »Stutzer«, während Herr Charles mit den Damen plauderte und auch für Salomon freundliche und respektvolle Worte fand. Im Laufe des Tages halfen die Ritter den Reisenden noch über so manches Hindernis am Wege hinweg – die Straße war teilweise wie eine Furt ausgewaschen –, und am Abend schlugen sie ein gemeinsames Lager auf. Es hörte endlich auf zu regnen, und alle setzten sich ans Feuer, um ihre Kleider zu trocknen. Miriam schob sich ängstlich an Abram heran und zog ihren nassen Schleier um sich, aber von Herrn Charles und seiner Truppe hatten die Frauen nichts zu befürchten.

»Mein Vater hat eine Burg und ein mittelgroßes Lehen bei

Chalon«, erzählte der Ritter, »aber ich bin der drittjüngste Sohn, zu erben gibt es für mich nichts. Ich wäre denn auch gern mit dem König ins Heilige Land gezogen, aber das wollte mein Vater partout nicht. Er hat einen Kreuzzug mitgemacht, und es hat ihm ... hm ... nicht sehr gefallen ...«

Salomon, offensichtlich ebenso angetan von der Skepsis des alten Ritters wie vom Gehorsam seines Sohnes, füllte den Becher des jungen Ritters ein weiteres Mal mit Wein.

»Unser Bader hier hat auch im Heiligen Land gedient!«, warf Herr Berthold spöttisch ein. »Ihm hat's besser gefallen, oder?«

Salomon zuckte die Achseln. »Auch das schönste und heiligste Land verliert an Reiz, wenn es mit Blut getränkt wird«, sagte er leise.

Herr Charles nickte eifrig. »So etwas hat mein Vater auch gesagt. Na ja, und er ist alt und krank ... ich wollte ihn nicht verärgern ... Aber jetzt, da der König Männer sucht, um die Ländereien der Plantagenets zu verteidigen ... hm ... ich meine natürlich seine Ländereien gegen die räuberischen Plantagenets ...«

»Sind diese Ländereien nicht seit Generationen in der Familie des Königs Richard und der Herrin Aliénor?«, fragte Gerlin streng und setzte zu einem Vortrag an. »Meines Wissens stammt Richard Plantagenet in direkter Linie von Gottfried von Anjou ab, zu dessen Stammlanden Tours und Le Mans gehörten. Durch seine Ehe mit der Erbin des anglo-normannischen Reiches erhielt er obendrein die Normandie, und sein Sohn Heinrich freite die Erbin von Aquitanien – Eleonore, oder Aliénor, wie sie in ihrer Heimat genannt wurde.«

Gerlin hielt inne, als Salomon sie leicht, aber entschlossen in den Arm kniff. Sie biss sich auf die Lippen. Diesmal hatte Herr Berthold ihre Ausführungen sicher gehört.

Herr Charles zuckte die Schultern. »Herrin, ich weiß davon nichts!«, erklärte er freimütig. »Aber der König ruft seine Ritter zu den Waffen, und ich brenne darauf, mir ein Lehen zu erwerben. Ob das Land nun verteidigt oder erobert oder rückerobert wird, ist mir ziemlich gleichgültig. Ich werde meine Kämpfe ehrenhaft bestreiten. Was der König tut …«

Er sprach nicht weiter. Womöglich hatte ihm auch schon sein offensichtlich sehr verständiger Vater entsprechende Vorhaltungen gemacht.

Gerlin sah Herrn Charles ungnädig an, aber dann leuchtete das Gesicht des jungen Ritters auf. »Ich könnte meine Kampfkraft natürlich auch dem König Richard zur Verfügung stellen. Wenn Ihr denn meint … also wenn ich denn befinde, dass sein Anspruch auf die umstrittenen Gebiete eher berechtigt ist … Wir sollten das wirklich noch einmal überlegen!«

Charles wandte sich an die Ritter in seinem Gefolge, die nicht alle so begeistert von dem Feldzug wirkten wie der Jüngling. Die älteren von ihnen hatten sicher eine recht feste Stellung auf der Burg bei Chalon und waren schon mit Charles' Vater in den Krieg gezogen. Sie zeigten wenig Lust, das jetzt gleich wieder zu tun, aber sie standen offensichtlich loyal zu ihrem Herrn und schienen den Auftrag erhalten zu haben, dessen Sohn im Zweifelsfall vor sich selbst zu beschützen. Gerlin erinnerten einige von ihnen an Herrn Adalbert, und sie dachte voller Herzenswärme und Wehmut an den alten Ritter.

Einige andere Kämpfer aus Charles' Tross waren allerdings ähnlich junge Heißsporne wie ihr Anführer und freuten sich auf die Kämpfe – zumal sie auch weniger mit Blut und Tod, Dauerregen, Nässe und Schlamm rechneten denn mit einem turnierähnlichen Schlagabtausch in freundschaftlicher Atmosphäre. Auch ihnen schien ziemlich egal zu sein, auf wessen Seite sie kämpften – im Turnier war es schließlich auch nicht so wichtig, wem man sich anschloss. Bei ihrer anschließenden, sehr ernsthaften Diskussion der Frage »Richard« oder »Philipp« ging es denn auch weniger um die Rechte der Fürsten an den umstrittenen Ländern als um ihre Siegchancen – und damit die Möglichkeit für ihre Anhänger, ein Lehen zu erhalten.

Salomon und die älteren Ritter tauschten wissende Blicke, als die jungen mit glänzenden Augen vom ritterlichen Streit schwärmten. Sie würden schnell genug herausfinden, wie blutig ein Kampf war und wie endgültig der Tod.

Am nächsten Tag verarztete Salomon als Erstes etliche Wehwehchen der jungen und alten Ritter und ihrer Pferde. Er wusste Rat gegen den hartnäckigen Husten eines der erfahrenen Streiter und das schmerzende Knie eines anderen, rieb die Sehne eines Schlachtrosses mit Kampfer ein und empfahl, die entzündete Fesselbeuge eines anderen mit altem Wein zu waschen und dann möglichst trocken zu halten.

Aber auch Abram gelang an diesem Tag ein Beitrag zum Auffüllen der Reisekasse, was bitter nötig war. Das Geld, das Salomon von seinem Bruder geliehen hatte, war längst aufgebraucht, und auch Gerlin hatte inzwischen alle Schmuckstücke versetzt – außer einem der Armreife von Dietrich und dem Medaillon der Herrin Aliénor.

Abram seinerseits verkaufte lieber nachwachsende Kostbarkeiten. »Das Geschäft läuft glänzend!«, strahlte der junge Mann und hielt Gerlin und Miriam eine reich gefüllte Börse entgegen. »Allein heute Vormittag habe ich zehn Amulette mit einem Fingerabdruck des Heiligen Eligius losgeschlagen. Schutzpatron der Hufschmiede, falls er euch nicht geläufig ist. Bewahrt vor dem vorzeitigen Verlust von Hufeisen …« Der Schlamm auf den Pfaden sog den Pferden die Eisen von den Hufen. »Dazu kamen sieben der geschätzten Fußnägel des heiligen Christophorus. Das Geschäft wird in Paris noch besser laufen. Schließlich ist der

Fußnagel ja mehr ein Handelsgut für den gemeinen Soldaten ...«

Miriam musste lachen. »Und wo schaffst du die Dinger so zahlreich her?«, erkundigte sie sich. »Ich meine ... die Leute werden ihre Amulette doch vergleichen. Irgendwann kommt raus, dass du mehr als zehn verkauft hast!«

Abrams langes Gesicht nahm einen verklärten Ausdruck an, seine Augen schienen Wunder in der Ferne zu erblicken.

»So lasst mich Euch das Geheimnis verraten, Herrin, das nur wenige Mönche irgendwo im hintersten Kleinasien eifersüchtig hüten. In einer Grotte dort, geschützt von Felsen und Meer, steht eine Statue des heiligen Christophorus, deren Zehennägel beständig wachsen. Drei Mönche sind nur mit der Pflege seiner Füße beschäftigt, die ...« Abram sprach ernst, mit verschwörerischem Tonfall.

»Wirklich?«, fragte Gerlin verwirrt.

Abram grinste und schob sich sein wirres strohblondes Haar aus dem Gesicht. »Eher nicht. Aber kennen wir die Geheimnisse eines jeden kleinasiatischen Klosters? Jedenfalls kassiere ich für jeden Fußnagel drei Groschen. So schnell können meine gar nicht nachwachsen.«

Abrams Geschäfte mit Herrn Charles' Tross waren tatsächlich nur der Anfang einer erfolgreichen Handelsperiode. Kurz vor Paris gerieten die Pilger in ein regelrechtes Heer von Rittern und Fußsoldaten, das vor der Stadt gesammelt und dann später von König Philipp gegen Richard Plantagenet geführt werden sollte.

Salomon hatte morgens und abends Patienten, er kam kaum nach mit dem Mischen der Medizin. Gerlin half ihm, Umschläge mit Wein und Einreibungen mit Kampfer vorzunehmen, kochte Tees gegen Erkältungen und erstellte Kräuterpflaster gegen Blasen.

Abram kürzte derweil seine Fußnägel und half sich schließlich mit Erde aus Lykien, über die der heilige Christophorus angeblich gewandert war.

»Ist auch besser so«, bemerkte Salomon schließlich trocken. »Sonst muss ich dir noch ein Mittel gegen deine blutenden Zehen anrühren!«

Kapitel 10

Obwohl es weiter regnete und Dietmar sogar nieste und hustete – laut Salomon nicht bedenklich –, fühlte sich Gerlin in den letzten Tagen der Reise nach Paris wohler und sicherer als in den Wochen zuvor. Die Bedrohung durch Berthold von Bingen schien ausgestanden, der Ritter hatte anderes zu tun, als Gerlin und Salomon aufzulauern. Zwar hielt sich die ursprünglich angeheuerte Eskorte noch in der Umgebung von Martinus und seiner Reisegesellschaft – schließlich war ihr Sold noch nicht ausgezahlt –, aber sie gesellten sich auch oft zu anderen Rittern und schienen fest entschlossen, in Paris zu den Truppen des Königs zu stoßen. Dabei plagten sie keine moralischen Bedenken wie den jungen Charles, der jetzt doch eher dazu tendierte, sich König Richard anzuschließen. Gerlin hoffte, mit ihm und seinen Leuten in Richtung Tours weiterreisen zu können. Dazu musste es Abram allerdings gelingen, Miriam in Paris unterzubringen, schließlich wollte der Ritter bald weiter.

Herr Martinus dagegen plante einen längeren Aufenthalt in Paris – an Miriam zeigte er kein Interesse mehr. Er musste schließlich Beziehungen spielen lassen, um Herrn Leopold in einer der Schulen im Bereich des Petit Pont oder der Montagne Sainte-Geneviève unterzubringen. Falls er dazu Geld brauchte, so sollte es daran nicht mangeln. Der Magister war zurzeit noch intensiver beschäftigt als Salomon mit seiner Heilkunst und Abram mit der Erstellung von »Echtheitszertifikaten« für seine Reliquien. Jeder Ritter wünschte zu erfahren, ob das Glück ihm in den bevorstehenden Kämpfen hold sein würde, und für die Sterndeutung zahlten sie erheblich besser als für medizinische Versorgung.

»In Paris gab es früher große jüdische Herbergen«, tröstete Salomon Gerlin, die sich wegen Dietmars Husten sorgte. »Es ist unwahrscheinlich, dass deren Besitzer sie der Raffgier des Königs überlassen haben. Bestimmt stehen die meisten weiterhin unter jüdischer beziehungsweise ehemals jüdischer Leitung. Wenn wir gut zahlen, findet sich dort auch eine Kammer für uns allein. Trocken, warm und sauber. Da wird sich der Kleine schnell erholen.«

Gerlin sehnte die Ankunft in der französischen Metropole herbei.

Die Stadt Paris erstreckte sich zu beiden Ufern der Seine und war Schnittpunkt vieler, wichtiger Handelsstraßen. Sie wuchs ständig und dehnte sich jetzt schon über die neue Stadtmauer hinaus, die König Philipp erst vor wenigen Jahren hatte errichten lassen. Der König baute die Stadt seit einigen Jahren systematisch zur Residenz und Hauptstadt seines Reiches aus. Er residierte auf der Île de la Cité, einer Binneninsel inmitten des Flusses. Dem dortigen Stadtpalast fehlte es zwar an Komfort und Weitläufigkeit, aber andererseits lebte man hier im Zentrum der Metropole. Der Kleinhandel, die Schulen und das kulturelle Leben der Stadt konzentrierten sich auf die Insel. Der König liebäugelte denn auch mit dem Gedanken, den Palast dort auszubauen, aber an größere Bauwerke war aus Platzgründen nicht zu denken. Hier half sich Philipp mit dem Bau des Louvre am rechten Seine-Ufer, einer Gegend, die sich immer mehr zum Geschäfts- und Handelszentrum auswuchs. Der trutzige Rundturm der Festung, die sowohl als Verwaltungssitz wie als Gefängnis diente, würde einmal die Stadt beherrschen, und in den schon erstellten Mauern sammelte der König jetzt die Truppen, die sich nicht gleich in Vermandois und Valois, den Verwaltungsbezirken der von Richard bedrohten Landesteile, einfinden konnten.

Herr Berthold und seine Ritter verabschiedeten sich endgültig von der »Pilgergruppe« um Herrn Martinus, wobei der Ritter Gerlin und Salomon noch einmal prüfende Blicke zuwarf. »Nun bleibt doch offen, woher ich unseren seltsamen Bader und seine ›Gattin‹ kenne«, höhnte er, als Gerlin artig vor ihm knickste. »Und dabei hoffte ich so sehr, dass sich unsere Frau Lindis als ein Weib von Adel entpuppen würde, das mir zum Abschied einen minniglichen Kuss schenkte.«

»Hört auf, meine Gemahlin zu belästigen!« Salomon schob sich energisch vor Gerlin und legte die Hand auf seinen Schwertknauf. Es waren genug Ritter und Soldaten um sie herum, Berthold würde keine offene Konfrontation suchen, zumal es als unter der Würde eines Ritters galt, die Frau eines Baders zu umgarnen.

Von Bingen zog sich denn auch lachend und mit einer abwehrenden Handbewegung zurück.

»Friede, Bader, ich will nichts von Eurer Gattin ... wenn ich nur sicher wüsste, wo ich dieses Haar und diese Augen vorher schon gesehen habe ...«

Gerlin hatte nun genug. Sie zog sich nach einem weiteren nur angedeuteten Knicks in ihren Wagen zurück. Salomon und Abram wollten gleich zur Île de la Cité weiterfahren, während Martinus noch unschlüssig war. Er musste ins Zentrum, sein Ziel war Notre-Dame. Rund um den Louvre boten sich zurzeit allerdings so gute Verdienstmöglichkeiten, dass er durchaus darüber nachdachte, noch ein paar Tage hier zu lagern. Martha sprach sich dafür aus, sie war recht geldgierig.

Leopold dagegen hatte genug von der Reise mit seinen schwierigen, streitsüchtigen Eltern. Er mochte nicht zum Scholaren geboren sein, aber sicher würde er sich anstrengen, in einer der Kathedralschulen aufgenommen zu werden. Schon, um den ständigen Zänkereien Marthas zu entgehen. Gerlin wünschte dem jungen Mann viel Glück und dankte dem Himmel, als sie Martinus und seinen Anhang hinter sich ließ. Miriam ging es ähnlich. Sie freute sich unbändig auf die jüdische oder ehemals jüdische Herberge, wozu Gerlin nur den Kopf schüttelte.

»Was habe ich denn eigentlich unter ›ehemals jüdisch‹ zu verstehen?«, erkundigte sie sich. »Ihr tut alle so, als wären wir bald wieder unter Freunden, aber die jüdische Gemeinde soll doch ausgelöscht sein, oder habe ich da etwas nicht begriffen?«

Abram grinste mal wieder vielsagend, aber Salomon wandte sich ihr verständnisvoll zu. »Erinnerst du dich nicht, was ich dir in Bamberg erklärt habe?«, fragte er freundlich. »Als du mich fragtest, ob ich in eine christliche Kirche gehen könnte, ohne meinen Gott zu lästern? Ich habe dir schon damals gesagt, dass uns im Notfall sogar erlaubt ist, uns zum Schein taufen zu lassen – solange wir uns nur weiter an Gottes Gebote halten. Wie der Einzelne diese Freiheit auslegt, ist sehr unterschiedlich. Manche sehen sie nur gegeben, wenn es um Leib und Leben geht, andere auch, wenn Stellung und Beruf gefährdet sind. In vielen Gegenden dürfen Juden zum Beispiel ausschließlich im Finanzgewerbe tätig sein. Wenn so ein Edikt ausgesprochen wird, sollen alle Handwerker, Gelehrten, Ärzte plötzlich Banken gründen oder Pfandleihen eröffnen! Das bedeutet nicht nur für diese Menschen den Ruin, sondern auch für die Gemeinden. Wie viele Pfandleihen verträgt ein Ort? Und soll der Arzt wirklich seinen Eid brechen und keine Kranken mehr behandeln, nur weil es ihm ein König verbietet? Die Betroffenen können in einem solchen Fall nur auswandern – oder sich zum Schein taufen lassen. Sie gehen dann jeden Sonntag brav in eine christliche Kirche und sind am Sabbat und an anderen jüdischen Feiertagen auf der Hut, damit niemand ihre wahren Gebete hört. Das ist natürlich riskant, aber oft geht es nicht anders, und in Paris wird es ebenso sein.

Ganz sicher gibt es eine jüdische Gemeinde, die im Verborgenen agiert.«

»So gibt es auch eine Mikwe, Herr Salomon?«, fragte Miriam schüchtern. Noch immer richtete sie das Wort nur leise und scheu an den Medikus, wenn es nicht gerade um die Berechnung von Sternenbahnen ging.

Salomon lächelte ihr gütig zu. »Da bin ich mir sicher, Miriam. Wir müssen die Frage danach nur unter größter Vorsicht stellen.«

Auf der Fahrt zur nächsten Seine-Brücke schwärmte das Mädchen Gerlin von der Mikwe vor – offensichtlich einer Art rituellem Bad für Frauen, das sie von allen Sünden und Fährnissen der Reise und ihrer Beziehung zu Martinus reinwaschen würde. Die junge Frau schien bereit, auch Gerlin dorthin mitzunehmen, aber der hätte schon ein ganz normales Bad gereicht. Sünden hatte sie auf der Reise nicht angesammelt – dafür aber wieder mal Flöhe und Läuse.

Herr Salomon und Abram tauschten die bunten Reisekleider der Bader vor dem Überschreiten der Seine mit den würdigeren Roben erfolgreicher Händler und Gelehrter. Salomon wirkte in der langen Tunika des Arztes älter und ernster, aber der Blick, mit dem er Gerlin musterte, war liebevoll bewundernd und fast begehrend.

»Du darfst dich auch wieder verschleiern und dein Haar verbergen, Gerlin. Dann brauchst du keine Angst mehr zu haben, dass jemand dich erkennt.« Salomon nannte die junge Frau wieder bei ihrem richtigen Namen, aber er behielt das vertrauliche Du bei, und Gerlin freute sich darüber. Sie freute sich auch über die beruhigenden Worte, zeigten sie doch, dass Salomon wusste, unter welcher Spannung sie in den letzten Wochen gestanden hatte. Allerdings machte er sich wohl keinen Begriff davon, wie sehr ein Leben als Jüdin oder Scheinchristin in der mosaischen Gemeinde von Paris die junge Frau belasten würde. Das fing schon damit an, dass sie aufpassen musste, ihren kleinen Sohn nicht im Beisein anderer Frauen auszuziehen. Dietmar war inzwischen ein lebhafter Junge, der fast allein laufen konnte. Gerlin würde darauf achten müssen, ihn mit einer Brouche zu bekleiden, obwohl das für so kleine Knaben nicht üblich war. Ein jüdisches Kind in seinem Alter wäre längst beschnitten, auch wenn man es zum Schein christlich getauft hätte.

Die Île de la Cité erwies sich als das lebhafteste Geschäfts- und Wohnviertel, in dem Gerlin je gewesen war. Alle Straßen waren eng und vollgestopft mit Läden, Märkten, Schenken und Garküchen. Die Leute sprachen so schnell, dass es selbst Gerlin mitunter schwerfiel, zu folgen – dabei war sie die französische Sprache vom Hof der Herrin Aliénor gewöhnt und sprach sie so gut wie ihre Muttersprache. Salomon, Miriam und Abram taten sich hier noch viel schwerer, wobei Letzterer allerdings blitzschnell lernte. Schließlich musste er den Soldaten des Königs die Zehennägel des heiligen Christophorus in der eigenen Sprache schmackhaft machen, und auch die Zertifikate lasen sie lieber in ihrem gewohnten Idiom.

Ein regelrechtes Judenviertel hatte es in Paris nie gegeben. Vor der Vertreibung lebten Salomons Glaubensgenossen über die ganze Stadt verteilt. Das machte es nun schwierig, den Rest der Gemeinde aufzuspüren, und Gerlin hätte absolut nicht gewusst, wie sie das anfangen sollte. Salomon und Abram schienen ihre Glaubensbrüder aber instinktiv zu erkennen. Schon beim Schlendern über den ersten Markt zogen sie vorsichtige Erkundungen ein, und zu Gerlins Erstaunen fanden sich sehr rasch Fernhändler, die Abrams Vater kannten. Sie verwiesen den Medikus und seinen Neffen diskret weiter an andere, die über Kontakte nach Wien zu Miriams Verwandten verfügten. Briefe zu befördern würde also keine größere Schwierigkeit sein, und auch mit der Herberge erfüllten sich Salomons Hoffnungen sofort. Sie fanden ein sauberes Quartier mit angeschlossenem Badehaus, geführt von einem »ehemals jüdischen« Ehepaar. Die ältere Wirtin war entzückt von Dietmar – sie lächelte Gerlin verschwörerisch zu, als sie ihr seinen Namen nannte – und Miriam. Das schöne Mädchen mit den auffallend guten Umgangsformen gewann sofort ihr Herz, da es sie angeblich an ihre Tochter erinnerte.

»Unsere Sarah ist mit einem Tuchhändler in Al Andalus verheiratet!«, erzählte sie mit strahlendem Lächeln. »Seit bald fünfzehn Jahren, also vor ...«

Vor dem Edikt zur Ausweisung der Juden und vor der Scheintaufe ihrer Eltern. Gerlin nickte verständnisvoll.

Abram war weniger diskret und grinste übers ganze Gesicht. »Es betrübt Euch aber sicher zutiefst, dass die beiden immer noch dem mosaischen Irrglauben anhängen, oder?«, bemerkte er.

Die Frau senkte den Blick, um ihr Lachen zu verbergen. »Ich zünde jede Woche in der Kirche eine Kerze für sie an«, behauptete sie.

Miriam erkundigte sich schließlich diskret nach der Mikwe und freute sich, dass es tatsächlich eine gab.

»Ein ... Badehaus für Frauen ...«, meinte die Wirtin vorsichtig. »Es ist den ganzen Tag für alle geöffnet. Wenn Ihr allerdings vor Morgengrauen erscheint ...«

Miriam nickte. Bevor sie reguläre Badegäste annahm, empfing die Wirtin wohl Frauen für die rituellen Waschungen. Sie musste dafür spezielle Becken zur Verfügung stellen – die Mikwe durfte nur von natürlich fließendem Wasser gespeist werden.

Das »ehemals jüdische« Badehaus befand sich allerdings in einer ganz anderen Ecke der Île de la Cité. Miriam würde nicht allein hingehen können, aber natürlich erbot sich Abram, sie gleich in der nächsten Nacht zu begleiten.

Vorerst genossen alle das Dampfbad und die Badezuber in der Herberge und danach ein gutes Essen – die Juden speisten zum ersten Mal seit Beginn der Reise koscher, und besonders Miriam freute sich wie ein Kind an den bekannten Speisen. Sie war glücklich, wieder unter den ihren zu sein und verabschiedete sich strahlend schon am späten Abend, um mit Abram zur Mikwe zu laufen.

»Viel zu früh, und dem Brauch entsprechend ist das auch nicht«, grummelte Salomon.

Jüdische Paare sahen sich oft bei der Hochzeit zum ersten Mal, und auch wenn sie einander schon vorher kannten, erlaubte man ihnen auf keinen Fall, vor der Eheschließung allein miteinander zu sein oder gar verliebt durch die Straßen einer Stadt zu schlendern.

Gerlin zuckte die Schultern. »In dieser Verbindung ist wohl vieles nicht dem Brauch entsprechend«, begütigte sie dann. »Ob sie noch ein paar Stunden mit Abram allein ist oder nicht – Miriam wird sowieso nicht mehr zur Jungfrau. Und eine Ehe mit ihr bedeutet nun mal, bei jeder Gelegenheit unter Sternen zu wandeln. Abram hofft wahrscheinlich schon, demnächst mit Staub von ihren neu entdeckten Himmelskörpern zu handeln. Die beiden sind einfach anders, Gott wird sich schon etwas dabei gedacht haben, sie zusammenzubringen.«

Salomon lächelte liebevoll und legte Holz im Kamin nach. Gerlin erwärmte Wasser, um Dietmar endlich mal wieder zu baden.

»So denkst du, Gott stiftet die Ehen?«, fragte der Medikus mit weicher Stimme und hielt das Kind fest, während sie das Wasser in einen improvisierten Zuber füllte. »Also bei uns Juden machen das gewöhnlich Heiratsvermittler ...«

Gerlin blinzelte ihm zu. »Ich weiß, ich erinnere mich noch gut daran, dass meinem Vater einer ins Haus gesandt wurde ...«, neckte sie ihn. »Aber doch ... ich denke, Gott weist uns die

Wege … manchmal auch Umwege.« Sie sah zu Salomon auf und schaute ihm in die Augen. »Ich bin dem Heiratsvermittler gern gefolgt.«

Der Medikus wich ihrem Blick aus und wandte sich Dietmar zu. Der Kleine plantschte inzwischen vergnügt in dem größten Kochtopf aus dem Planwagen, den Gerlin kurzerhand zum Badezuber umfunktioniert hatte.

»Du bereust deine Ehe also nicht?«, fragte er leise.

Gerlin schüttelte heftig den Kopf. »Wie könnte ich? Ich … ich mochte Dietrich … ich liebte ihn. Wenn auch nicht so wie …«

»Wie Florís de Trillon?«

Der Schmerz in Salomons Stimme traf Gerlin bis ins Mark. Sie wollte etwas sagen, aber dann gab sie doch ihrem ersten Impuls nach, hob die Hand und fuhr leicht über seine Wange und seine Lippen.

»Nicht so, wie ich Florís liebte und nicht so wie ich dich liebe«, flüsterte sie – und erschrak über die Heftigkeit, mit der er sie in die Arme zog.

All die Zuneigung und all das Begehren, das während der Reise gewachsen war, brach sich Bahn in seinem Kuss. Gerlin erwiderte ihn mit weiter erwachender Leidenschaft. Sie hätte nichts dagegen gehabt, sich ihm hinzugeben. Was hatten sie zu verlieren? Aber Salomon zog sich von ihr zurück, als sie Anstalten machte, die Fibeln seines Mantels zu lösen.

»Gerlin, wir dürfen das nicht … glaub nicht, dass ich nicht will – der Ewige weiß, dass ich dich liebe, seit ich dich zum ersten Mal sah, dass ich mich nach dir verzehrte, als du mit Dietrich lebtest … Ich habe dagegen angekämpft mit aller Kraft, Gerlin, so wie du gegen deine Leidenschaft für Trillon kämpftest, solange Dietrich lebte. Ich will jetzt nicht schwach werden.«

»Aber warum nicht?«, drängte Gerlin. »Es wäre … es wäre doch nur … es brauchte nur heute Nacht zu sein. Abram und

Miriam werden bis morgen früh wegbleiben. Niemand braucht es je zu erfahren!«

In Salomons tiefen grünbraunen Augen stand alle Qual, aber auch alle Begierde der Welt. »Nicht, Gerlin ... wenn es nur für eine einzige Nacht wäre ... ich würde sterben ...«

Gerlin lächelte und löste nun wirklich die Verschlüsse seiner Tunika. »So schnell stirbt man nicht. Komm ... mein Salomon ... oder mein Friderikus ... vergiss einmal deine Würde, vergiss die Regeln, vergiss, was uns trennt. Wandle einmal mit mir auf der Straße der Sterne ...« Gerlin löste ihr Haar mit einer Handbewegung, dann hob sie Dietmar aus seinem Bad, trocknete ihn ab und legte ihn in sein Bettchen.

»Du kannst darüber nachdenken, bis er schläft«, sagte sie freundlich. »Aber du brauchst nicht mit deinem Gott zu hadern. Ich bin sicher, er hat uns hergeführt ... und er lächelt gerade jetzt auf uns herab.«

Salomon streifte sein Obergewand ab. »Ich brauche nicht mehr nachzudenken«, flüsterte er. »Niemand denkt allzu viel im Licht der Sterne. Sie werden uns heute Nacht wärmen. Auch wenn uns die Sonne morgen verbrennt – oder Gott uns straft ...«

Von höchster Geburt

Paris – Vendôme – Fréteval – Loches
Ende Juni bis Juli 1194

Kapitel 1

Abram und Miriam ließen sich durch die Straßen der Île de la Cité treiben. Sie hatten es nicht eilig, die frühen Morgenstunden waren weit entfernt, aber diese Stadt schien niemals wirklich zu schlafen. Aus den Schenken klang Musik, in den Garküchen wurden immer noch Speisen, in den kleinen Ladengeschäften Waren angeboten. Allerdings waren sowohl Abram als auch Miriam weltgewandt, die Vielfalt der angebotenen Stoffe und Waffen, Garne und Schmuckstücke beeindruckte sie nicht. Sie hätten lieber einen ruhigen Platz für sich allein gehabt, Mond und Sterne standen leuchtend über der aufstrebenden Stadt. Miriam sehnte sich danach, in den Himmel zu sehen und sich in den Sternen zu verlieren, statt auf den Unrat in den Straßen zu achten und dem Gestank der Gassen zu trotzen. Gegen den allgegenwärtigen Geruch nach Urin und Fäulnis kamen auch die Düfte der arabischen Seifen und Parfüms nicht an, die vielerorts an marktähnlichen Ständen feilgeboten wurden.

Auf der Suche nach ruhigeren Stadtvierteln landeten die Liebenden schließlich an der Ostspitze der Seine-Insel, am Bauplatz der neuen Kathedrale. Der Chor stand bereits, am Hauptschiff wurde noch gebaut, aber es ragte schon beeindruckend hoch in den Himmel. Durch die noch leeren Fensteröffnungen brach sich das Mondlicht Bahn.

»Wie schön«, sagte Miriam fast andächtig.

»Wahrscheinlich mit dem eingezogenen Geld der zwangsausgebürgerten Juden finanziert«, meinte Abram nüchtern. »Hm, insofern ist der Bau eigentlich unser! Komm, sehen wir ihn uns mal an!«

Er wies auf eine der Leitern, die auf ein Baugerüst führten. Die Stiege war ein wenig wacklig, aber der Aufbau als solcher bot Maurern und Zimmerleuten bei der Arbeit sicheren Halt.

Miriam schüttelte den Kopf. »Du bist tollkühn!«, lachte sie.

Abram runzelte die Stirn. »Du hast doch keine Angst, oder? Von dort oben haben wir einen wunderbaren Blick auf Paris, und …«

»Und auf die Sterne!«, vollendete das Mädchen. »Natürlich habe ich keine Angst! Ich strebe zu den Sternen, seit ich denken kann. Hast du das vergessen?«

Dennoch sah Miriam sich furchtsam um, bevor sie den ersten Fuß auf die Leiter setzte. Nicht die Höhe machte sie nervös, sondern die Möglichkeit einer Entdeckung – das Lager der Handwerker war nicht fern. In den Bauhütten unterhalb der Kathedrale war jedoch alles ruhig. Am Bau wurde tagsüber hart gearbeitet, nachts schliefen die Schreiner und Steinmetze tief. Die Baustelle war auch nicht bewacht, wer sollte hier etwas stehlen?

Abram und Miriam kletterten schnell in schwindelnde Höhe und fühlten sich dann wirklich den Sternen nah, als Abram seinen Mantel auf einem Mauervorsprung ausbreitete und das Mädchen zum Sitzen einlud. Aneinandergeschmiegt schauten sie auf die Lichter der Stadt hinab und konnten auch hinüber zum Louvre blicken. Miriam schüttelte sich, als sie an Herrn Martinus dachte, der dort sicher noch lagerte. Aber dann sah sie lieber in den Himmel und fühlte sich den Sternen so verbunden wie dem Mann neben ihr, der sie liebevoll im Arm hielt.

»Den da …«, Abram wies auf einen der hellsten Sterne und küsste ihre Schläfe, »… den werde ich nach dir benennen …«

Miriam lachte. »Der heißt aber schon Sirius«, neckte sie ihn.

Abram zuckte die Schultern. »Dann haben Sirius, du und ich jetzt ein gemeinsames Geheimnis. Komm, such einen anderen aus und taufe ihn nach mir!«

Miriam schmiegte sich enger an ihn. »Nach dir muss man den

Mond benennen, der hat genauso viele Gesichter ... ach, Abram, sind wir nicht alle klein gegenüber den Sternen? Wir bewundern dieses Menschenwerk, und die Christen maßen sich an, mit ihren Kirchen ein Abbild des Himmels zu bauen. Aber ist es nicht müßig gegenüber dem, was der Ewige dort mit den Sternen geschaffen hat?«

Abram nickte und küsste sie erneut. »Das sieht nur keiner ein«, lächelte er. »Lieber erschlagen wir uns gegenseitig um der Frage willen, wer der Messias war oder sein wird und ob sich der Ewige nicht doch so einem Kameltreiber namens Mohammed anvertraut hat. Die Menschen sind dumm.«

Miriam nickte. »Ich könnte nicht für meinen Glauben sterben«, gab sie zu. »Aber dafür, für die Sterne, könnte ich sterben! Wenn ich die Sterne nie mehr sehen könnte ...«

»Du wirst die Sterne immer sehen!«, behauptete Abram. »Ich werde dir ein Haus mit einem Turm bauen, damit du ihnen immer nahe bist, und eine Treppe bis aufs Dach. Du wirst für jedes unserer Kinder einen Stern finden!«

Dann drückte er Miriam sanft nieder, und sein Körper verdunkelte die Sterne vor ihren Augen. Abram nahm sie nicht gänzlich in Besitz – das würde er sich für die Hochzeitsnacht aufsparen –, aber er küsste und streichelte sie so lange, bis die Sterne um sie herum zu explodieren schienen. Am Ende trieben die beiden durch einen Wirbelwind von Licht in eine Welt, die nur ihnen allein gehörte. Und endlich schliefen sie in schwindelnder Höhe unter dem vollen Mond ein, bis die Sterne verblassten. Miriam blinzelte als Erste ins noch kaum erkennbare Zwielicht und rüttelte Abram wach.

»Aufstehen, wir sind fast schon zu spät für die Mikwe! Und da in den Hütten der Bauarbeiter sind auch erste Lichter!«

Das stimmte, die Arbeiter frühstückten wohl noch im Morgengrauen, um ihr Tagewerk zeitig zu beginnen. Abram fuhr auf und wäre vor Schreck über die Höhe fast aus der Mauernische gefallen.

»Kam mir heute Nacht gar nicht so hoch vor«, murmelte er, machte sich dann aber genauso alarmiert wie Miriam an den Abstieg. Lachend und aufgeregt nach ihrem Abenteuer kletterten die beiden behände die Leitern hinunter und grüßten kichernd, als sie auf dem Weg vorbei an den Bauhütten tatsächlich schon dem ersten Steinmetzen begegneten.

»Das war keinen Moment zu früh!«, bemerkte Miriam. »Und jetzt müssen wir rasch die Mikwe finden. Wo sollte sie noch mal sein, Abram?«

Das Badehaus für Frauen lag nicht in der Nähe der Kathedrale, und auch nicht in einem der ruhigeren Stadtviertel. Es befand sich ganz in der Nähe des Port en Grève, eines der wichtigsten Häfen der Stadt, und den zugehörigen Vergnügungsvierteln. Hier gab es tatsächlich immer noch Nachtschwärmer, die im Schatten der Schenken, in den Schenken selbst oder in den angeschlossenen oder selbstständigen Hurenhäusern genächtigt haben mussten. Abram hielt die rechte Hand am Schwert und zog Miriam mit der linken sorglich an sich. Das Mädchen versteckte sich zudem unter der Kapuze seines Mantels und seines Schleiers. Die hier herumgeisternden Gestalten wirkten nicht vertrauenerweckend. Einige mochten ortsansässige Gauner sein, die Passanten gern mal um ihre Börse erleichterten, aber die noch oder schon wieder berauschten Kerle in den Gassen waren wohl größtenteils Soldaten, sehr oft Ritter. Dem einfachen Soldaten fehlte es an Geld für eine Nacht im Hurenhaus.

»Ach ja, die Gegend wird immer schlechter«, seufzte die Meisterin des Badehauses, eine wachsame Frau in mittlerem Alter, die Miriam auf ein Klopfzeichen hin einließ. Die Herbergswirtin hatte ihr den Code verraten, und ihr Name diente auch als weitere Referenz. »Früher haben hier eigentlich nur Juden gelebt, aber jetzt ... eine Schenke öffnet neben der anderen, die vielen Soldaten wollen ja ihren Sold loswerden. Ob meine Kundinnen da Freiwild werden, schert die Stadtbüttel wenig. Dabei sind es jetzt meist Christinnen. Für die Jüdinnen damals haben sie noch weniger Aufwand getrieben.«

Abram jedenfalls postierte sich jetzt unauffällig in einem Torbogen in der Nähe der Mikwe, um auf Miriam zu warten und auch anderen Frauen zu Hilfe kommen zu können, falls sie auf dem Weg ins Badehaus belästigt wurden. Müßig betrachtete er den Eingang des schmalen, zwischen zwei ähnlichen Bauten eingepferchten Steinhauses. Die Gebäude nebenan waren höher, anscheinend Wohnhäuser, deren Mieter sicher auch nicht begeistert von der Nähe des aufstrebenden Vergnügungsviertels waren. Gleich um die Ecke lagen zwei Schenken, in denen es selbst um diese Zeit noch oder schon wieder rumorte.

Die Straße vor dem Badehaus blieb aber zunächst still. Anfänglich kamen nur gelegentlich ein paar Hübschlerinnen mit oder ohne Freier vorbei, erschöpfte, ausgemergelte Mädchen, die dem Eingang zum Badehaus höchstens einen begehrenden Blick widmeten. Wahrscheinlich stand es ihnen tagsüber offen, aber diese Frauen verdienten kaum genug zum Leben. Ein Bad in einem ehrbaren Haus wie diesem konnten sie sich nicht leisten – selbst wenn die Betreiberin Mitleid gehabt und sie eingelassen hätte. Abram begann, sich zu langweilen, aber dann hörte er Schritte und das Klirren von Waffen und Rüstungen.

Der junge Mann legte die Hand an sein Schwert. Hier näherten sich offensichtlich gepanzerte Ritter – etwas torkelnd allerdings und ungeschickt: Die Männer, die eben im Kettenhemd um die Ecke kamen, waren zweifellos schwer betrunken.

»Das soll 'n Judenbad sein?«, fragte der eine gerade. »Aber Ihr habt ... also ... Euer König hat die doch alle rausgeschmissen?« Der Mann, ein vierschrötiger, sehr großer Ritter, sprach französisch, aber ein schlechtes mit starkem Akzent. Abram kam seine Stimme bekannt vor.

»Wenn ich's Euch doch sag! Das war 'n Judenbad, eins für Weiber, und ich wett mit Euch allen, dass es noch eins ist. Welches Christenweib schleicht sich denn nachts in den Badezuber? Das würd ihr Gatte gar nicht gestatten, wenn er halbwegs ehrbar ist. Und die Betreiber haben's auch behalten. Sind natürlich jetzt Christen oder nennen sich so. Aber die ... die ändern sich nicht, die Heb... Hebräer.« Auch dieser Mann sprach mit schwerer Zunge, war allerdings sicher Franzose.

»Und da willste jetzt rein?« Ein Dritter. Sein Akzent war nicht auszumachen. »Was soll denn da spaßig dran sein?«

»Da ist nix dran spaßig. Das ist ernst. Wir decken das jetzt auf! Die ... die Alte, die das leitet, kommt ins Feuer. Und die Mädchen ... Na ja, bevor wir die Stadtbüttel rufen, können wir uns ja noch 'n bisschen vergnügen ...« Das war wieder der Zweite.

»Meine Männer und ich wollen keinen Ärger!« Der Erste. »Wir wollen in die Armee des Königs, und ...«

»Na, da könnt ihr doch keine bessere Eintrittskarte kriegen als ein ausgehobenes Judenloch! Gibt gleich 'ne Belobigung ... Kommt, Männer, die Weiber sind leichte Beute ...«

Abram hatte das Gefühl, in der Zeit zurückgeworfen zu werden. Er war wieder so hilflos wie noch wenige Tage zuvor auf der Lichtung der Wegelagerer – nur, dass er sich diesmal sechs Rittern statt einer Horde schlecht ausgerüsteter Bauern gegenübersah.

Die Männer machten Anstalten, johlend an die Tür der Mikwe zu klopfen, aber die öffnete sich ohnehin gerade. Die Badewärterin verabschiedete Miriam – und fand sich erschrocken der Phalanx der Gepanzerten gegenüber.

»Kann ... kann ich Euch helfen, meine Herren? Ihr ... Ihr seid hier sicher falsch. Der ... der nächste Hurenwirt ...« Die Wirtin verneigte sich vor den Rittern.

Miriam blickte mit schreckgeweiteten Augen von einem zum anderen. Sie sah im Morgenlicht wunderschön aus. Ihre Augen und ihre Haut strahlten, ihr Haar fiel locker und nur ungenügend vom Schleier bedeckt über ihre Schultern. Abram zog sein Schwert.

»Uns gelüstet's nicht nach Huren, wir sind hier im Auftrag des Königs!«, behauptete der französische Ritter. »Uns wurde gemeldet, Ihr betriebet hier ein jüdisches Badehaus!«

Die Frau begann sofort, sich zu rechtfertigen, und Abram überlegte, einen Stadtbüttel zu suchen. Wahrscheinlich konnte man der Betreiberin des Bades gar nichts nachweisen, selbst wenn ihr Etablissement durchsucht wurde. Ein Eintauchbecken, gespeist von fließendem Wasser, konnte auch zu einem ganz normalen Dampfbad gehören, und das betrieb die Frau schließlich mit offizieller Genehmigung. Aber bevor Abram noch eine Entscheidung darüber treffen konnte, irgendetwas zu tun, wies der vierschrötige Ritter triumphierend auf das Mädchen Miriam.

»Die ... die Hure kenn ich doch! Die zog mit den komischen Gestalten rum, die wir eskortiert haben. Nannte sich ›Maria‹. Und die soll nun Jüdin sein?«

Abram lief es eiskalt den Rücken herunter. Jetzt, da der Mann im Eifer des Gefechtes deutsch gesprochen hatte, erkannte er die Stimme sofort. Berthold von Bingen.

»Was auch immer die ist!« Einer der anderen Ritter – auch er sprach deutsch, und Abram identifizierte ihn sofort als Heinrich von Oberg, einen weiteren Panzerreiter aus Martinus' Gefolge – griff lachend nach Miriams Schleier. »Wir brauchen jetzt nicht mehr auf sie aufzupassen. Und gleich, was sie hier gemacht hat, es war nicht rechtens, das lässt sich bestimmt nachweisen. Also ...«

Der Mann fasste in Marias Ausschnitt, die Badewirtin schrie, und Abram überlegte nicht lange. Sein Schwert durchbohrte die Kehle des Ritters.

Kapitel 2

Salomon von Kronach erwachte vom Licht der allerersten Sonnenstrahlen. Die Kammer in der Herberge war nach Osten gelegen, und Salomon erfreute sich am Schimmer des Lichtes in Gerlins rotbraunem Haar, bevor er sich aufrichtete und damit Gefahr lief, die Geliebte zu wecken. Gerlin schlummerte eng an ihn geschmiegt, den Kopf an seine Schulter gebettet. Sie wirkte glücklich und sorglos ... Salomon wollte sie eben wachküssen, als es vorsichtig an die Tür klopfte.

Gerlin schrak sofort auf. Die vielen Wochen auf der Flucht hatten sie wachsam werden lassen, Verfolgte hatten einen leichten Schlaf.

»Abram?«, fragte Salomon, während Gerlin hastig aufstand und ein Schultertuch über ihre Blöße warf und aufstand.

»Nein, Herr, ich bin es, Madame Celestine ... Eure Herbergswirtin. Bitte verzeiht die frühe Störung, aber ich ...«

»Es ist schon gut.« Gerlin öffnete der Frau die Tür. Salomon zog die Decke über sich. »Wir haben allerdings noch geschlafen.«

»Ich störe auch ungern«, entschuldigte sich Madame Celestine. »Aber ich mache mir Sorgen. Eure jungen Verwandten ...«

Gerlin und Salomon hatten ihr Miriam und Abram als Gerlins Nichte und Salomons Neffen vorgestellt, die auf einer gemeinsamen Reise ungeplant in Liebe zueinander entbrannt und einander nun versprochen waren. Für die immer noch gläubige Jüdin war das zwar befremdlich – Ehen wurden von den Eltern arrangiert –, aber wenn die Familienkonstellation passte, so war sie durchaus bereit, es als göttliche Fügung hinzunehmen. Jetzt jedoch war sie deutlich beunruhigt.

»Schaut, ich wies die junge Frau an, die Mikwe vor Tagesanbruch zu besuchen, und früh genug weggegangen ist sie ja nun wirklich. Aber inzwischen müssten die beiden längst zurück sein, es ist taghell. Ich befürchte, dass da irgendetwas passiert ist . . . und ich . . . ich wollte Euch bitten . . .«

»Wir werden nachsehen!«, versprach ihr Salomon alarmiert. »Wahrscheinlich haben die zwei nur die Zeit vergessen – meinem nichtsnutzigen Neffen traue ich zu, dass sie irgendwo in einer Garküche sitzen und frühstücken. Aber wir werden uns auf jeden Fall vergewissern . . . Habt Dank, Madame Celestine . . .«

Der Medikus sprang aus dem Bett, kaum dass die Frau gegangen war. Er griff nach seiner Tunika – und seinem Schwert. »Man kann diesen Abram keinen Herzschlag lang aus den Augen lassen! Was hat er wohl jetzt wieder angestellt? Was . . .?«

»Nun beruhige dich erst mal, so schrecklich viel kann doch kaum passiert sein . . .«, versuchte Gerlin zu begütigen.

Allerdings schlüpfte auch sie in Windeseile in ihre Sachen. Die Herbergswirtin hätte sie nicht geweckt, wenn sie nicht ängstlich gewesen wäre. Paris war seit einer Generation eine gefährliche Stadt für Juden. Der jetzige König, Philipp II., konzentrierte seinen Hass zwar nicht allzu sehr auf die Hebräer – es war tatsächlich im Gespräch, er würde das Land wieder für sie öffnen –, aber sein Vorgänger, Ludwig VII. hatte viele von ihnen lebendig verbrennen lassen. Das Volk war dementsprechend wachsam: Ein entlarvter und gefangener Hebräer bedeutete Hinrichtung und Volksfest oder gleich Lynchjustiz, was dem Mob erfahrungsgemäß den meisten Spaß bereitete.

»Willst du mit mir kommen?«, fragte Salomon etwas unwillig, als er in seine Stiefel stieg, während Gerlin ihren Mantel überwarf.

Gerlin nickte. »Natürlich, ich lasse dich doch nicht allein. Zumal heute ...« Sie schenkte ihm einen zärtlichen Blick, und er nahm sich Zeit, sie noch einmal zu küssen.

»Gerlin, es war die schönste Nacht meines Lebens. Müsste ich heute sterben, so stürbe ich glücklich. Ich weiß nicht, wie es weitergehen soll, aber ...«

Gerlin strich sanft über sein Gesicht und legte den Finger auf seine Lippen. »Darüber denken wir später nach. Aber irgendeine Lösung wird sich finden. Ganz sicher. Gott ... Dein Gott oder meiner oder unserer ... der einzige ewige Gott hat uns gesegnet. Was wir getan haben, kann vielleicht gegen menschliche Gesetze gewesen sein, aber nicht gegen Gottes Willen.«

Salomon küsste sie noch einmal, äußerte sich aber nicht zu ihren Hoffnungen und ihrem Glauben. »Du hast Recht, wir müssen gehen. Was ist mit Dietmar?«

Gerlin wollte ihren Sohn eigentlich mitnehmen, aber der Kleine wurde wach, als sie ihn aus dem Bett hob, und verlangte nachdrücklich nach seinem Brei. Etwas hilflos nahm Gerlin ihn mit in Madame Celestines Küche.

»Ach, lasst ihn doch einfach hier, ich kann auf ihn aufpassen!« Die Herbergswirtin füllte eine große Kelle Griesbrei in eine Schale und gab verschwenderisch Honig dazu. Etwas so Gutes hatte Dietmar nicht gekostet, seit Gerlin Lauenstein mit ihm verlassen hatte. Er leckte sich eifrig die Lippen, nachdem die füllige, mütterliche Wirtin ihm ein Löffelchen davon in den Mund geschoben hatte. »Seht, er bleibt gern bei mir. Und ich hatte so lange kein Kind mehr im Arm.«

In Frau Celestines Gesicht stand die Trauer um ihre Enkelkinder, die sie wahrscheinlich niemals sehen würde. Für die scheinkonvertierten Juden war es nur selten risikolos möglich, Briefe aus dem maurisch beherrschten Süden der hispanischen Halbinsel zu erhalten. Ein Besuch war gänzlich unmöglich.

Gerlin überlegte kurz, aber Salomon drängte nun wirklich zum Aufbruch.

»Wenn Madame Celestine Dietmar versorgt, wird sie sehen, dass er nicht beschnitten ist«, meinte Gerlin besorgt, während sie neben ihrem Geliebten durch die jetzt endgültig erwachenden Straßen der Stadt eilte.

Die ersten Märkte öffneten bereits, die beiden mussten um Gemüsekarren herumlaufen, einem Käsehändler ausweichen, der riesige Käseräder zu seinem Stand rollte, und dabei stets Vorsicht walten lassen, um nicht unter den Schwall eines schwungvoll auf die Straßen entleerten Nachttopfes zu geraten.

»Wir denken uns später etwas dazu aus«, meinte Salomon, ohne sich wirklich mit dem Problem zu beschäftigen.

Trotz seiner Schimpfereien auf Abram wirkte er ernsthaft beunruhigt. Sein Neffe war ein Leichtfuß, aber mit Miriam meinte er es ernst. Es lag sicher nicht in seiner Absicht, das Mädchen zu kompromittieren, indem er es nach der Mikwe nicht brav in den Schoß der »Familie« zurückbrachte. Salomon jedenfalls schritt jetzt so schnell aus, dass Gerlin kaum mitkam – und verfiel in Laufschritt, als er aus Richtung des Frauenbades Schreie und Waffengeklirr hörte.

»Lauf weg, Miri! Nun lauf doch endlich weg!«

Salomon und Gerlin hörten Abrams atemlose Stimme, und Gerlin stand gleich darauf fassungslos vor der Szene, die sich ihnen bot. Vor dem Eingang eines schmalen, niedrigen Hauses, das wohl die Mikwe beherbergte, lag ein Ritter in seinem Blut, und Abram, sowie ein älterer Mann, wohl der Gatte der Betreiberin, lieferten sich einen tapferen, aber zweifellos aussichtslosen Schwertkampf mit dessen verbliebenen fünf Kumpanen. Miriam stand leichenblass und offenbar unfähig, sich zu rühren, an der Peripherie. Eine ältere Frau neben ihr schrie hysterisch, ein paar Passanten standen mit begierigem Interesse um die Kämpfenden herum. Sie wussten wohl nicht so recht, ob und auf welcher Seite sie sich einmischen sollten. Immerhin wurden Rufe laut wie »So hol doch einer die Stadtbüttel!«. Auf die Dauer würde die Obrigkeit sicher eingreifen, aber bis dahin …

Salomon zog ohne lange Überlegung sein Schwert und kam Abram zu Hilfe, der eben gegen drei Ritter gleichzeitig kämpfte.

»Ihr?«, fragte der Ritter, dem er sich als Erster stellte und ließ vor Erstaunen das Schwert sinken. Salomon tat es ihm nach, auch er war wie erstarrt. »Schaut an, der Bader!« Gerlin erkannte zu ihrem Entsetzen nicht nur die Stimme, sondern auch die Rüstung des Berthold von Bingen. »Und seine liebe Frau … verwickelt in Judenangelegenheiten!«

Der Ritter lachte hässlich und hob kurz das Visier. Sein Blick auf Gerlin ließ seine Augen aufblitzen. »Also doch …«, grinste er dann und sah Gerlin triumphierend an. »Ich hab's bis jetzt nicht geglaubt, aber ihr saht der kleinen Gräfin derart ähnlich, Frau … Lindis! Wie heißt Ihr noch richtig? Gertraud oder Gerhild … irgendetwas, aber Ihr wurdet damals mit dem jungen Lauensteiner vermählt. Herrgott, haben wir uns die Finger geleckt nach Euch, und Ihr konntet kaum den Blick wenden von diesem blonden Ritter … Aber brav Eide geschworen habt Ihr Euch mit jenem Kind, das gerade seine Schwertleite gefeiert hatte!«

»Wollt Ihr kämpfen oder reden, Herr Berthold?«, fragte Salomon und hob das Schwert. Seine Stimme klang entschlossen. Wenn er noch den Hauch einer Chance haben wollte, Gerlins und Dietmars Geheimnis zu wahren, musste er den Ritter töten.

»Da müsst ich erst drüber nachdenken, ob's nicht unter der Würde eines Ritters wär, mit einem Juden zu kämpfen, oder?«, höhnte von Bingen. »Herrgott, wenn ich das mal zusammengebracht hätte, mit dem Gesicht des Baders, der mich an einen Juden und dem seiner Hure, das mich an die Gräfin erinnerte!

Aber es war natürlich ebenfalls Lauenstein! Der junge Dietrich holte Euch an seinen Tisch – ein Skandal …«

»So werde ich für Euch entscheiden!«

Salomon ließ sich auf kein Gerede mehr ein. Schlimm genug, falls einer der Umstehenden all das verstanden hatte, was Berthold bislang hatte sagen können! Der Medikus besann sich beherzt auf alles, was er je über den Schwertkampf gelernt hatte. Er stieß so schnell und behände zu, dass der Ritter alle Geistesgegenwart brauchte, um den Schlag zu parieren. Gleich danach hatte er keine Zeit mehr für weitere Schmähreden. Salomon war ein erstklassiger, sehr geschickter Schwertkämpfer, Berthold war ihm nur an Kraft überlegen, aber das glich der Medikus durch Finten aus.

Der Kampf zwischen den Männern war furios, die Umstehenden wurden nicht müde, sie anzufeuern. Aber dann näherten sich aus zwei verschiedenen Seitenstraßen Schritte. Jemand schrie: »Einhalten, sofort Einhalten!« Salomon erkannte aus dem Augenwinkel die Uniform der Stadtwache – und Berthold ließ sich von ihrem Eintreffen einen Wimpernschlag lang ablenken. Salomon nutzte die Chance sofort. Sein scharfes Schwert durchschlug Bertholds Kettenhemd, der Mann fiel wie ein Stein. Der Medikus zog die Klinge aus seinem Herzen, als ihn direkt ein weiterer Ritter stellte. Aber auch die Stadtbüttel waren jetzt am Ort des Geschehens und mischten sich in den Kampf.

»Lauf endlich weg, Miriam!«

Abram rief zum wiederholten Mal, und endlich schien das Mädchen zu reagieren. Bertholds Tod löste Miriams Starre. Sie wandte sich auf dem Absatz um und rannte davon. Gerlin überlegte kurz, ob sie ihr folgen sollte, aber dann setzte sie doch lieber auf Verhandlung und Vermittlung. Einer der Ritter hatte eben begonnen, auf einen der Stadtbüttel einzureden.

Gerlin näherte sich dem Mann ebenfalls. Sie musste erklären ... ihr musste schnell etwas einfallen ... »Monsieur, tut etwas, ich flehe Euch an! Einer der Kämpfer ist mein Gatte ...«

»Die Kerle, die da kämpfen und keine Rüstung tragen, sind Hebräer!«, fiel ihr der Ritter ins Wort. Ein Franzose, er sprach schnell und schien zu wissen, was er wollte. »Das Haus war ihr Tempel, sie haben hier heimlich ihren Riten gefrönt. Und das Weib da ist sicher ebenfalls Jüdin!«

Der Stadtbüttel wandte sich Gerlin zu, bereit, sie zu ergreifen.

Abram hatte die Ordnungshüter inzwischen bemerkt. »Komm hier weg, Onkel, wir müssen fliehen!«, rief er Salomon zu und schickte seinen Gegner mit einem raschen Schlag mit der Breitseite seines Schwertes zu Boden. »Wir haben mindestens zwei von denen in ihren Himmel geschickt, wenn sie uns kriegen ...«

Aber Salomons Gegner machte es ihm nicht so einfach. Es war Heinrich von Oberg, Bertholds Freund, der wohl darauf brannte, dessen Tod zu rächen.

Abram überlegte kurz, ob er seinem Onkel zu Hilfe kommen sollte, aber dann sah er Gerlin bedroht. Er stürmte auf den Stadtbüttel zu – und zur gleichen Zeit fiel Salomon. Gerlin konnte nicht sehen, wohin die Klinge ihn traf, aber er stürzte zu Boden, sich nur noch halbherzig wehrend.

»Weg hier, Gerlin!«

Gerlin schrie und wollte zu Salomon, aber Abram riss sie rüde mit sich fort. Er zerrte sie in eine Seitenstraße, schleppte sie mit sich über einen Markt – und hörte schon die Büttel hinter sich.

»Juden! Haltet sie auf!«

Gerlin konnte nicht mehr denken, sie spürte nur noch ihren rasenden Atem und das Blut, das ihr in den Kopf stieg, als sie rannte und rannte. Abram zog sie mitleidlos mit sich. Er warf einen Obstkarren um, stolperte über die Eisenwaren, die ein anderer Händler auf dem Boden ausgebreitet hatte. Auch der Obsthändler hastete jetzt hinter ihnen her. Abram zerrte Gerlin in eine weitere Straße, eine Gasse ... ob er ziellos lief, oder ob er wusste, wohin er floh? Gerlin wollte sich nur noch fallen lassen. Ihr Herz klopfte rasend, und sie bekam nun keine Luft mehr. Aber dann, als sie um die nächste Ecke bogen, war es plötzlich vorbei. Die beiden rannten direkt in zwei Ritter hinein, die gut gelaunt an einer am Straßenrand aufgebauten Garküche standen.

»Aufhalten! Ihr Herren, haltet diese Leute auf!«

Die Ritter wandten sich verwundert zu den Flüchtenden um, als sie die Schreie der Verfolger hörten, und versperrten ihnen den Weg. Abram wollte versuchen, sich zwischen ihnen durchzuwinden, aber Gerlin brach zusammen – und vernahm unvermittelt eine freundliche Stimme.

»Frau Lindis? Was macht Ihr denn hier? Sind diese Leute etwa hinter Euch her?«

Charles de Sainte-Menehould in Begleitung eines seiner Freunde!

Gerlin schöpfte wieder Hoffnung. »Ihr müsst mir helfen, Herr ... Ihr müsst ...«

»Haltet die beiden auf! Es sind Juden und Mörder!«

Der erste der Büttel hatte die Ritter und die Flüchtigen jetzt erreicht und ergriff Abram. Der junge Mann schrie auf, als er ihm brutal den Arm auf den Rücken drehte. Der inzwischen eingetroffene zweite Verfolger fasste nach Gerlin, aber da war bereits Charles de Sainte-Menehoulds Schwert zwischen ihm und der Frau.

»Rührt die Dame nicht an!«, befahl der Ritter. »Und den Jungen lasst Ihr auch los. Herr Konstantin! Ich bin doch sehr verwirrt, Euch in dieser Lage wiederzufinden! Da muss ein Missverständnis vorliegen. Was haben die beiden denn angeblich getan, Kerl?«

Der junge Adlige hatte nicht viel Respekt vor der Ordnungsmacht der Stadt. Büttel und Henkersknechte waren für ihn nicht viel mehr als Gesindel, und so behandelte er sie auch. Verblüffenderweise nahm der eben noch so selbstbewusst wirkende Stadtwächter unter seinem strafenden Blick Haltung an.

»Es sind Juden, Monseigneur«, setzte er zu einer Erklärung an, musste dann aber erst mal Luft holen.

»Unsinn, Bursche, es sind Pilger. Oder jedenfalls Angehörige einer Pilgergruppe, ich gehörte zu ihrer Eskorte nach Tours. Ihr Anführer wollte am Grab des heiligen Martin beten.«

Der andere Büttel, weniger respektvoll, lachte. »Na, der hier betet bestimmt nicht allzu oft am Grab eines christlichen Heiligen!«, bemerkte er, nahm sein Messer und schlitzte Abrams kurze Tunika, seine ledernen Beinlinge und seine Brouche mit einem kurzen Schnitt auf.

Abram krümmte sich zusammen und versuchte, die zerschnittenen Beinkleider zusammenzuhalten, um seine Blöße zu bedecken. Aber die Männer hatten das Zeichen seines Judentums bereits gesehen. Die Büttel johlten auf.

Charles de Sainte-Menehould runzelte jedoch nur die Stirn. »Könnt Ihr das alles erklären, Frau Lindis? Und wo ist Euer Gatte?«

Gerlin überlegte fieberhaft, aber ihr fiel keine Erklärung ein. Dafür sah sie den jungen Ritter beschwörend an. »Herr Charles … ich … ich kann nicht … aber ich bin keine Jüdin … ich bin … Herr, diese Männer halfen mir … und sie sind … Um Jesu Christi willen glaubt mir … und mein Kind … Ihr müsst … Ihr müsst das Kind …«

Gerlin konnte nicht mehr. Sie war völlig erschöpft. Erst jetzt kam ihr zu Bewusstsein, dass Salomon wahrscheinlich tot war. Und Dietmar war bei einer jüdischen Konvertitin, die ebenso aufgespürt werden konnte wie am Morgen die Meisterin der Mikwe.

»Das reicht jetzt!«, unterbrach sie der Anführer der Büttel. »Ihr habt gesehen, Monseigneur, es sind Juden. Offensichtlich gingen sie in einem Badehaus verbotenen Riten nach, ein paar Ritter des Königs haben sie dabei ertappt – und die Hebräer haben mindestens zwei von ihnen getötet, als sie die Sache aufdecken wollten. Sie werden gehenkt oder enden auf dem Scheiterhaufen. Wegen der einen oder der anderen Sache oder beidem. Also lasst sie uns jetzt in den Turm bringen, bevor sie uns noch einmal weglaufen!«

Erneut wollte der Mann nach Gerlin greifen, aber sie warf sich Charles de Sainte-Menehould zu Füßen. Unangenehm berührt hob der Ritter sie auf.

»Herr, Ihr müsst mir helfen«, flüsterte sie ihm dabei zu. »Um Eurer Minneherrin willen … um … um der Herrin Aliénor willen …«

In ihrer Verzweiflung versuchte Gerlin, die Worte in der alten provenzalischen Sprache der Troubadoure zu formulieren. Die Langue d'oc war eigentlich nur bei Hofe als Sprache der Sänger und Dichter gebräuchlich. Gerlin sprach sie nicht perfekt, aber durch ihre Kenntnis bewies sie ihre adlige Herkunft und ihre Erziehung am Minnehof.

Charles de Sainte-Menehould starrte sie verblüfft an. Der Stadtbüttel nutzte die Gelegenheit, sie von ihm wegzuziehen. Er schleifte sie bereits hinter Abram her, als der Ritter sich fasste. »Seid guten Mutes, Herrin!«, rief er ihr nach. »Ich finde heraus, wohin sie Euch bringen – am besten folgen wir Euch gleich. Bertrand …« Der Ritter in seiner Begleitung, der die Szene verwirrt beobachtet hatte, schloss sich ihm an.

Gerlin erinnerte sich später nicht mehr an die Straßen, durch die man sie gezerrt hatte, sie war immer noch außer Atem und schien keine Kraft mehr zu haben, auch nur einen Fuß vor den anderen zu setzen. Immerhin ging man mit ihr noch halbwegs vorsichtig um, die Büttel schienen sich vor Herrn Charles und seinem Begleiter in Acht zu nehmen, die ihnen beharrlich folgten. Abram dagegen wurde immer wieder zur Eile angetrieben und geschlagen und getreten, wenn er über seine zerrissenen Beinkleider fiel.

Der Weg schien sich unendlich zu ziehen, aber schließlich erkannte Gerlin doch die Gebäude des Stadtpalastes. Ob man sie vor den König brachte? Augenblicke lang schöpfte sie Hoffnung, aber dann wurde ihr klar, wie unsinnig das war. Erstens war der König nicht einmal anwesend – er führte sein Heer bereits gegen Richard von England. Außerdem würde man ihn kaum mit dem Fall einer ertappten Jüdin behelligen. Und tatsächlich schleifte man Gerlin und Abram dann auch nicht durch die Tore des Palastes, sondern in einen der in seine Ummauerung eingelassenen, schon recht verfallenen Türme. In einem Gelass gleich hinter dem Eingang saßen zwei Büttel an einem Pult und tranken Wein mit dem französischen Ritter, der am Kampf vor dem Badehaus beteiligt gewesen war. Sie lachten. Zwei andere stießen die Badehausbetreiberin eine Stiege hinauf. Die Frau schluchzte hysterisch. Sie wollte Gerlin etwas zurufen, aber die Büttel prügelten auf sie ein, bis sie verstummte.

Gerlin selbst hatte keine Kraft mehr zu weinen. Allerdings kehrte beim Anblick der gefangenen Jüdin und des feixenden Ritters ihre Fähigkeit zu denken zurück und ließ sie gleich in neue Abgründe blicken. Dieser Ritter hatte von der Existenz der Mikwe gewusst, und die Frau würde seine Anschuldigungen kaum widerlegen können. Erst recht nicht, wenn man sie folterte. Die Existenz des Ritualbades bewies zudem, dass die beiden Scheinkonvertiten nicht allein waren. Es gab mehr von ihnen in Paris, und die Obrigkeit würde darauf brennen, ihre Namen herauszufinden. Man würde die Besitzerin des Badehauses also mit Gewissheit foltern – und sie würde die Herbergswirtin und ihren Gemahl ebenso verraten wie die Kaufleute und Handwerker, deren Frauen die Mikwe besuchten. Was aber geschah dann mit Dietmar? Gerlin kämpfte um einen klaren Gedanken. Ihr musste etwas einfallen, es musste einfach sein …

Die Stadtbüttel bedienten sich nun auch erst einmal mit Wein und berichteten dann von der Verfolgung und anschließenden Gefangennahme Gerlins und Abrams. Abram hielt immer noch seine Beinkleider fest, aber einer der Büttel hob seinen Knüppel und schlug ihm brutal auf die Hände. Abram schrie erschrocken auf und zog die Hände zurück. Zum Gelächter der Männer fielen seine Beinkleider erneut herunter und entblößten den Beweis seines Judentums. Charles de Sainte-Menehould, der sich im Gefolge der Stadtbüttel und ihrer Opfer in die Amtsstube hineingeschoben hatte, reichte ihm wortlos seinen Mantel. Abram verhüllte sich mit ungeschickten Bewegungen. Gerlin hoffte, dass ihm der Schlag des Büttels nicht die Knochen zerschmettert hatte.

»Der Tatbestand ist klar!«, grinste der Schreiber. »Die Namen hätte ich jetzt noch gern – ach ja, und ihr könnt schon mal würfeln, wer die Kleine durchsuchen darf. So artig gekleidet, wie sie ist, wird sie sicher noch ein bisschen Schmuck und Geld verborgen haben!

Die Männer durchsuchten als Ersten Abram, nahmen ihm sein Messer und seine Stiefel weg und ließen ein paar Geldstücke in die eigenen Taschen wandern. Es wäre sowieso nicht genug gewesen, um irgendjemanden zu bestechen … Gerlin überlegte, ob sie vielleicht wenigstens Dietrichs Goldreif verstecken konnte, da griff auch schon die schmutzige Hand eines der Büttel nach ihrem Medaillon.

»Was haben wir denn hier anstelle des Kreuzleins, welches ein braves Christenweib im Ausschnitt trägt?«

Der Mann klappte das Medaillon auf, konnte mit der Miniatur darin aber offensichtlich nichts anfangen. Der Schreiber nahm es ihm aus der Hand. »Das ist merkwürdig«, sagte er und runzelte die Stirn, nachdem er es kurz studiert hatte.

»Das ist wertvoll!«, lachte der andere. »Egal, wen das Bildchen hier zeigt, man sieht ja nicht, dass es eine Jüdin ist. Ich behalt's jedenfalls. Ich hab's gefunden!«

Der Schreiber schüttelte den Kopf. »Dieses Bildchen«, meinte er bedächtig, »mag dich im Zweifelsfall als Verräter den Kopf kosten! Sollte ich mich nämlich nicht sehr irren – so zeigt es die Mutter des englischen Königs!«

Kapitel 3

Gerlin und Abram wurden nicht wie die Badewärterin die Stiege hinaufbefördert. Stattdessen brachte man sie in den Keller des Turmes, vorbei an Folterwerkzeugen, deren Anblick Gerlin das Blut in den Adern gefrieren ließ. Dabei wurden hier sicher keine großen Verhöre durchgeführt. Wirklich schwere Missetäter, von denen man sich wichtige Aussagen erhoffte, schleppte man jetzt schon in die weit besser ausgestatteten Verliese des Louvre.

Gerlin erschauderte, als man sie in eine karge, mit schmutzigem Stroh ausgelegte Zelle warf. Sie kam endlich wieder zu Atem und spürte ihre vom Rennen schmerzenden Beine. Der Schweiß trocknete an ihrem Körper, und kurz darauf nahm sie auch die Kälte im Keller wahr. Sie trug nur ein leichtes Sommergewand, ihren Mantel hatte sie auf der Flucht verloren. Zitternd tastete sie in der Zelle Wände und Boden ab. Es war so dunkel, dass sie kaum die Hand vor Augen sehen konnte, und wenn sie sich ganz aufrichtete, stieß sie mit dem Kopf gegen die Decke. Diese Zelle war kaum mehr als ein Erdloch mit Eisengittern auf einer Seite, aber vielleicht hatte man wenigstens Wasser hineingestellt. Ihre Kehle war trocken und brannte, ihr Kopf begann zu schmerzen.

Schließlich fand sie tatsächlich einen Krug Wasser und trank durstig, obwohl es abgestanden und faulig schmeckte. Gleich darauf hörte sie ein Stöhnen auf der anderen Seite der Mauer. Sie erinnerte sich dunkel, dass man Abram in ein ähnliches Gelass neben ihr gestoßen hatte. Ob sie durch die Gitter miteinander reden konnten?

»Abram?«, fragte Gerlin leise. »Abram, bist du verletzt?« Alle Förmlichkeit war vergessen.

In der Zelle neben ihr regte sich etwas. Anscheinend ein ähnliches Loch, von dem ihren durch eine Mauer getrennt. Auch wenn es hell gewesen wäre, hätte Gerlin den Freund nicht sehen können, aber immerhin drang ihre Stimme zu ihm durch.

»Gerlin ... Gerlin, hast du da Wasser?« Abrams Stimme klang schwach.

»In einer Nische rechts von den Eingangsgittern«, erklärte Gerlin. »Ein irdener Krug.«

Sie lauschte auf Abrams ungeschickte Versuche, sich über den Boden kriechend dorthin zu tasten, und hoffte, dass die Zellen auch wirklich gleich waren. Aber dann hörte sie ein verhaltenes Fluchen. Ihr Freund musste mit seinen zerschlagenen Händen nach dem Krug gegriffen haben – sie meinte, ihn hastig trinken zu hören.

»Was ist mit deinen Händen, Abram?«, fragte Gerlin besorgt. »Ist was gebrochen?«

»Ach was!« Abrams Stimme klang schon wieder munterer. »Nur schlimm zerschlagen, genau wie meine Schulter, ich konnte mich nicht abstützen und bin mit voller Wucht auf die Steine hier gefallen. Daran werde ich nicht sterben, macht Euch keine Sorgen. Allerdings würde ich nicht darauf wetten, dass ich lang genug leb, um meine Wunden ausheilen zu lassen.«

Gerlin seufzte. »Was werden sie mit uns machen, Abram? Und was wird aus Dietmar ... Salomon ... ?«

»Denk nicht mehr an ihn«, flüsterte Abram. »Wir müssen uns um die Lebenden kümmern – genau genommen erst mal um uns selbst, dann um Dietmar und Miriam ...«

»Aber was können wir tun?«, fragte Gerlin verzweifelt. »Von hier aus ...«

»Hier werden wir kaum lange bleiben. Ihr zumindest nicht,

dieses Medaillon, das Ihr da getragen habt ... das hat sie aufgerüttelt und Euch interessant gemacht. Was war es, Gerlin? Oder was können wir daraus machen?«

Gerlin klärte Abram in knappen Worten über das Geschenk der Herrin Aliénor auf. Der junge Jude pfiff durch die Zähne.

»Ein weiterer Grund, uns zu vierteilen«, bemerkte er dann. »Als Juden getarnte Spione für Richard Plantagenet!«

Gerlin schüttelte heftig den Kopf, obwohl Abram das natürlich nicht sehen konnte. »Warum sollte sich denn ein Spion als Jude tarnen, ich meine ...«

Noch bevor sie den Gedanken ausführen konnte, fiel das Licht einer Fackel in ihr Verlies. Einer der Stadtbüttel erschien auf der Treppe und schloss Gerlins Zelle auf. »Mitkommen, Verhör«, sagte er knapp und zerrte die junge Frau auf die Beine.

Gerlin hatte sich ins Stroh fallen lassen, jetzt raffte sie sich mühsam auf, folgte dem Mann widerstrebend nach oben und zwinkerte ins Dämmerlicht der Amtsstube. Dort wurde heftig diskutiert. Charles de Sainte-Menehould war nach wie vor anwesend und stritt mit einem großen, schlanken Mann in sauberer Uniform, wohl dem Hauptmann der Stadtwache. Die Büttel mussten ihren Vorgesetzten zugezogen haben. Der Mann betrachtete eben stirnrunzelnd das Medaillon.

»Was soll daran seltsam sein?«, fragte er unwillig. »Das Mädchen ist Jüdin, habt Ihr vorhin gesagt. Wahrscheinlich hat ihr Vater eine Pfandleihe, und da hat sie das Schmuckstück her.«

»Verzeiht, Monsieur, aber der König hat die Juden vor Jahren ausgewiesen«, gab der Schreiber zu bedenken. »Seitdem gibt es nur noch zwei Pfandleihen in Paris, beide von Gaunern geführt, aber seit Generationen christlich. Und die Kerle und ihre Weiber sind bekannt. Zu deren Familien gehört sie nicht.«

»Natürlich nicht!«, warf Charles de Sainte-Menehould ein. »Sie ist überhaupt nicht von hier, sie kommt aus Bayern.«

»Spricht aber französisch wie eine Einheimische!«, lachte der Büttel, der Gerlin gefangen genommen und hergeschleift hatte. »Wenn auch nicht wie eine Pariserin.«

»Sie muss es bei Hofe gelernt haben, sie ist von Adel!«, erklärte Herr Charles. »Glaubt mir doch, Monsieur, für einen Ritter ist es unübersehbar.«

»Sagtet Ihr nicht vorhin noch, sie sei eine Pilgerin?«, fragte der Stadtbüttel höhnisch.

Der Hauptmann blitzte den Ritter an. »Was ist sie denn nun, Monseigneur? Und ich warne Euch, sagt die Wahrheit! Wenn sich das alles wirklich als Verrat oder Spionage oder sonst was entpuppt, so können auch Ritter gehenkt werden!«

Charles de Sainte-Menehould straffte sich. »Ritter«, bemerkte er, »können höchstens mit dem Schwert gerichtet werden. Es sei denn, man spricht ihnen vorher ihre Ritterwürde ab, was nur möglich ist, wenn sie ...«

»Herrgott, Mann, so sagt endlich, was Ihr zu sagen habt!« Der Hauptmann hatte offensichtlich noch anderes zu tun und fühlte sich mit Gerlins Angelegenheit belästigt – oder überfordert?

Charles warf Gerlin einen bedauernden Blick zu. Er wünschte sich sichtlich, sie schützen zu können, aber sein Stand verpflichtete ihn zur Wahrhaftigkeit. »Ich lernte Frau Lindis als Gattin eines christlichen Baders kennen«, begann er seine Geschichte.

Gerlin lauschte ihm mit zunehmendem Entsetzen. Charles berichtete nur die Wahrheit. Er schilderte die seltsame Reisegesellschaft des Herrn Martinus, sowie seine Verwunderung über Gerlins höfisches Verhalten. In den Ohren eines Höflings klang das alles wie die aufregende Geschichte eines Geheimnisses, das mit großer Politik, aber sehr viel wahrscheinlicher mit Liebe oder einer Privatfehde zwischen adligen Familien zu tun haben konnte. Für die Stadtbüttel musste es sich allerdings so anhören, als habe man da tatsächlich Spione gefasst.

»Verräter im Sold des Richard Plantagenet!«, schloss der Hauptmann denn auch sofort und sah Gerlin streng an. »Was sagt Ihr dazu, Frau … Lindis? Oder wie ist Euer richtiger Name?«

Gerlin seufzte. »Gerlindis von Ornemünde zu Lauenstein«, gab sie zu. »Aber ich bin keine Spionin! Wie sollte das denn gehen, wir kamen doch aus Bayern? Wo sollte der englische König uns rekrutiert haben? Ich bin nur …« Gerlin suchte nach Worten, aber ihr wollte immer noch keine Geschichte einfallen. Oder ob sie einfach die Wahrheit erzählte?

In diesem Moment öffnete sich die Tür zu den unterirdischen Verliesen, und zwei Büttel kamen hinauf. »Sie wollte jedenfalls zum König!«, erklärte einer von ihnen triumphierend. »Also zum englischen, nicht zu unserem hochgnädigen Herrn.«

Gerlin schnappte nach Luft.

»Wir haben uns gerade den Judenjungen kurz vorgenommen. Ich mein, was müsst Ihr hier groß rumrätseln, der Kerl war doch mit ihr zusammen, er sollte wissen, wo sie herkommt. Jedenfalls haben wir ihn uns geschnappt.«

»Ihr habt ihn gefoltert?«, fragte Gerlin tonlos. Unter Dietrichs Gerichtsbarkeit in Lauenstein war nicht gefoltert worden. Salomon hatte seinem jungen Schüler wiederholt erklärt, dass Geständnisse unter Folter nichts wert waren. Ab einem gewissen Schmerz gestand jeder alles.

Der Büttel grinste. »Nur ein bisschen gekitzelt, der Knabe hält nicht viel aus, Jude eben … Er hat gesungen wie'n Vögelchen. Wenngleich er sicher noch mehr weiß, aber da sollen sie sich im Louvre drum kümmern!«

»Was hat er denn nun gesagt?«

Auf der Stirn des Hauptmanns begann eine Ader zu pochen. Zuerst der renitente Ritter, jetzt sein eigener Untergebener, der selbstständige Entscheidungen traf. Das Ganze wuchs dem noch recht jungen Mann erkennbar über den Kopf.

»Dass sein Onkel die Aufgabe hatte, die Frau in die Normandie zu bringen. Die Frau und ihr Kind! Inkognito, deshalb hat man sich ja an jüdische Kaufleute gewandt, nicht an ordentliche Ritter. Irgendetwas an ihr ist interessant für den Plantagenet. Der Kerl da unten weiß angeblich nicht, was, ihn hätte man nur als Wegekundigen und Wagenlenker mitgenommen.«

»Und wo ist dieses Kind?«, fragte der Hauptmann.

Gerlin schöpfte auf einmal wieder Hoffnung. Abram hatte sie nicht unter der Folter verraten. Er musste einen Plan haben! Zumindest war ihm etwas eingefallen, um Dietmar aus der Herberge herauszuholen. Gerlin wollte mit der Adresse herausplatzen, aber dann empfand sie es als geschickter, sich zunächst als verstockt zu erweisen.

»Redet jetzt, Frau!«, fuhr der Hauptmann sie an. »Wer auch immer Ihr seid, Ihr spielt mit Eurem Leben!«

»Bemüht Euch gefälligst um eine respektvollere Anrede, Monsieur!«, fiel Charles de Sainte-Menehould ihm ins Wort. »Ihr habt gehört, die Frau ist von Adel – womöglich von königlichem Blut ...«

Von königlichem Blut? In Gerlins Kopf begann es zu pochen. Was reimte der Ritter sich da zusammen?

Charles de Sainte-Menehould wandte sich jetzt freundlich in ihre Richtung. »Herrin, ich denke, es ist wirklich besser, Ihr offenbart Euch. Zumindest, was den Aufenthaltsort Eures Sohnes angeht. Das Kind, das Ihr bei Euch hattet, ist doch Euer Sohn, oder?«

Gerlin blitzte ihn an. »Natürlich ist er mein Sohn!«

»Und wer ist der Vater?«, fragte einer der Büttel interessiert.

Herr Charles bedachte ihn mit einem strafenden Blick. Gerlin ging nicht auf die Frage ein. Sie hatte neuen Mut gefasst und verhielt sich wieder ihrem Stand entsprechend. Eine Freifrau musste einem Henkersknecht nicht Rede und Antwort stehen.

»Dem Knaben wird nichts geschehen, dafür verbürge ich mich mit meiner Ehre als Ritter. Und mein Freund hier, der Hauptmann der Stadtwache, nimmt es auch auf die seine, nicht wahr?« Charles warf dem Stadtwächter einen halb verschwörerischen, halb warnenden Blick zu. Der Mann nickte resigniert.

Gerlin biss sich auf die Lippen. »Dürfte ich Euch bitten, Herr Charles, meinen Sohn persönlich abzuholen?« Ihr graute vor dem Gedanken, die brutalen Stadtbüttel könnten das Kind aus den Armen der Herbergswirtin reißen.

Charles verbeugte sich tief. »Zu Euren Diensten, Herrin!«

»Aber ich schicke Euch zwei Leute mit!« So ganz mochte der Hauptmann die Sache wohl doch nicht in die Hände des Ritters geben.

Gerlin nannte mit fester Stimme den Namen der Herberge. Es war an der Zeit, die Würde und Überlegenheit des Adels zu demonstrieren, egal, wie jämmerlich sie sich fühlte. Als man sie dann wieder in ihr unterirdisches Verlies führte, war sie fast erleichtert. Das gab sich aber gleich wieder, als sie Abram beim Vorbeigehen wie tot auf dem schmutzigen Stroh liegen sah. Hatten die Stadtbüttel ihn doch gemartert?

»Verprügelt haben sie mich«, verriet Abram mit erstickter Stimme, als die Männer Gerlin wieder in ihre dunkle Zelle gestoßen hatten und ihre Gefangenen im Dunkeln allein ließen. »Mir tut alles weh, Gerlin ... Aber nein, gebrochen ist nichts, es ist nicht schlimm. Dabei wäre das gar nicht nötig gewesen, ich wollte ja reden. Hör zu, Gerlin, mir ist etwas eingefallen. Dieses Medaillon, diese Verbindung zu Richard ... es ist unsere einzige Chance. Wir müssen sie glauben lassen, du wärest dem König wertvoll. Oder Dietmar – hast du zugegeben, dass du seine Mutter bist? Vielleicht könnten wir ihn ja als irgendeinen Verwandten der Herzöge von Aquitanien ausgeben ... Jedenfalls müssen wir ihn wiederhaben. Und aus diesem Loch heraus. Wenn du als Adlige anerkannt wirst, weisen sie dir ein komfortableres Gefängnis zu, erst recht mit dem Kind. Vielleicht bewachen sie es nicht gut ... vielleicht können wir fliehen!«

Gerlin dachte jetzt erst einmal nur an Dietmar. Sie würde aufatmen, wenn sie zumindest mit ihm wieder vereint war. Was dann weiter geschah ...

Es dauerte nur wenige Stunden, bis sich das Gitter zum Verlies erneut für Gerlin und diesmal auch Abram öffnete. Die Wachleute zerrten sie heraus, wobei sie den stöhnenden Abram kaum auf die Beine brachten, und trieben sie zunächst nach oben, dann durch die Wachstube in einen Innenhof und schließlich in einen kleinen, vergitterten Karren.

»Der Schinderkarren«, sagte Gerlin tonlos. »Sie ... sie werden uns doch nicht hinrichten ... ?«

Die Büttel lachten. »Warum denn nicht, Gnädigste? Beim Port en Grève hat der Mob heute schon ein paar Juden verbrannt. Wir sollten noch eingreifen, aber leider, leider kamen wir ein bisschen zu spät, um sie zu retten. Dabei hätten die Männer des Königs sie vorher gern noch verhört. Aber wenn das Volk so einen als Christen getarnten Hebräer erst mal in den Fingern hat ...«

»Einen?«, fragte Gerlin schwach und dachte an Salomon.

»Fünf am Port en Grève«, gab der Büttel vergnügt Auskunft. »Aber heute zündeln und henken sie auf der ganzen Île de la Cité. Da hat sich ja ein Schlangennest geöffnet, mit diesem Badehaus. Muss irgendwas mit ihrem Götzendienst zu tun haben, ihre Weiber gehen da wohl alle hin. Man brauchte den Mann der Betreiberin nur ein bisschen zu zwicken, und er gab die Namen raus ...«

Gerlin betete für die freundliche Herbergswirtin. Und dafür, dass man sie nicht schon abgeholt hatte, bevor Charles Dietmar an sich bringen konnte. Abram fiel neben ihr auf den Karren, und Gerlin erschrak darüber, wie man ihn zugerichtet hatte. Seine Augen waren blau geschlagen, seine rechte Hand unförmig angeschwollen. Immerhin versuchte er, sich aufzurichten. Gerlin half ihm. Und dann erblickten beide etwas, das ihre Lebensgeister schlagartig erneut weckte. Charles de Sainte-Menehould betrat den Innenhof und schob Miriam von Wien vor sich her! Das Mädchen war ordentlich angekleidet, trug ein Bündel bei sich, das wohl auch Kleider für Gerlin und vor allem Abram enthielt – und hielt Dietmar im Arm.

»Das Kind Dietmar und Maria, seine Kinderfrau«, erklärte der Ritter dem etwas vergrätzt wirkenden Hauptmann. »Und was soll das hier?« Er wies auf Gerlin und Abram auf dem Schinderkarren. Beider Hände krampften sich inzwischen um die Gitter, begierig, das Kind und das Mädchen zu umarmen.

Miriam spielte ihre Rolle dagegen meisterhaft, sie wagte kaum, den Kopf zu heben.

»Jüdin oder Christin?«, fragte der Hauptmann missgestimmt mit Blick auf das Mädchen. »Aber im Grunde soll's mir egal sein. Wir haben den Statthalter des Königs benachrichtigt. Die Leute werden jetzt erst mal in den Louvre geschafft. Was die da mit ihnen machen, geht mich nichts an. Von mir aus könnt Ihr sie begleiten, Herr Ritter, Ihr wolltet Euch doch sowieso in den Dienst des Königs stellen.«

Der Stadtwächter wies seine Leute an, den Karren für Miriam und Dietmar zu öffnen. Gerlin drückte das Kind an sich und konnte jetzt endlich weinen. Wie viel war passiert, seit sie den Kleinen vertrauensvoll in die Arme der Herbergswirtin gelegt hatte!

Miriam wagte ihre Sorge um Abram nicht zu deutlich zu zeigen, und auch Abram beherrschte sich. Erst als der Karren sich in Bewegung setzte und der Verletzte nicht umhinkonnte, vor

Schmerzen zu stöhnen, nahm Miriam ihn in die Arme und bettete ihn bequemer in ihrem Schoß.

Charles de Sainte-Menehould hatte sein Pferd mitgebracht und ritt nun neben dem Karren her.

»Habe ich das zu Eurer Zufriedenheit erledigt, Herrin?«, fragte er mit verschmitztem Lächeln und blickte vielsagend zu Abram und Miriam hinüber.

»Zu meiner vollsten Zufriedenheit!«, antwortete Gerlin. Sie fühlte überströmende Dankbarkeit, aber auch lähmende Erschöpfung. Der Karren passierte eben den Port en Grève, und sie meinte, den Brandgeruch der Scheiterhaufen wahrzunehmen. »Ihr hättet es nicht besser machen können. Und nun stehe ich bis ans Ende meines Daseins in Eurer Schuld. Zumal Ihr auch noch meinetwegen in den Louvre reitet, obwohl Ihr doch eigentlich ...«

Charles schüttelte den Kopf. »Herrin, bevor ich Euch verlasse und mich dem Heer des Königs Richard anschließe, will ich die ganze Geschichte kennen. Auch, um Euch eventuell helfen zu können. Also: Wer seid Ihr, und wer ist Euer Sohn?«

Gerlin sah hilfesuchend zu Abram hinüber, aber der war unfähig, irgendeine Geschichte auszuspinnen. Der Karren holperte über das alte Kopfsteinpflaster der Île de la Cité, und jeder Schlag bereitete ihm Schmerzen. Dazu hatte er nur Augen für Miriam, Gerlins hilflosen Blick bemerkte keiner von beiden.

»Nun, es ist so, dass ... Ich will Euch nicht mit Einzelheiten belasten, mein Ritter. Das könnte gefährlich werden, auch für Euch. Aber ... aber ich stand ... ich stehe ... ich stand ... der Familie der Plantagenets sehr nahe ...«

Gerlin druckste herum.

»Welchem Mitglied der Familie Plantagenet?«, fragte Charles gnadenlos weiter. »Der Königin Eleonore? Richard? Johann?«

»Johann?« Gerlin lächelte. Der jüngste Sohn der Herrin Aliénor hatte an ihrem Hof nie viel gegolten.

Dafür fand sich aber wieder ein Bild vor ihren Augen, das sie lange vergessen hatte. Prinz Richard, ein schöner Jüngling mit klugen blauen Augen, der sie einst auf dem Wehrgang vor den Kemenaten angesprochen hatte. Sie war noch ziemlich klein gewesen, aber sie hatte doch ein bisschen mit ihm geschäkert – und er hatte sie geneckt, höfische Worte mit ihr gewechselt ... *Aber Ihr müsst mir Söhne schenken*, erinnerte Gerlin sich lächelnd. *Zahlreich wie die Sterne am Himmel!*, war ihre unbedarfte Entgegnung gewesen.

Gerlin holte tief Luft. »König Richard«, sagte sie dann.

Kapitel 4

Der Weg zum Louvre führte über die Seine-Brücke und dann ein Stück durch Wald, aber an eine Flucht, über die Abram ursprünglich nachgedacht hatte, war nicht zu denken. Der Wagen mit den Gefangenen war gut bewacht, und von Charles de Sainte-Menehould war, was das betraf, keine Hilfe zu erwarten. Der Ritter war noch zu sehr damit beschäftigt, Gerlins Andeutungen zu verdauen und sich seinen Reim darauf zu machen. Er hatte nach der Nennung von Richards Namen nicht weitergefragt, die Etikette des Minnehofes verbot Indiskretionen solcher Art. Aber er betrachtete den kleinen Dietmar mit ganz neuer Ehrfurcht, und er schien auch über weitere Pläne nachzudenken. Jedenfalls plauderte er nicht mehr mit Gerlin, sondern ritt schweigend neben oder hinter dem Schinderkarren her.

Es regnete mal wieder, und die Gefangenen waren durchnässt und durchfroren, als sie den Louvre schließlich erreichten. Der von einer wehrhaften Mauer umgebene Gebäudekomplex würde sicher einmal trutzig und beeindruckend wirken, zeigte sich bislang aber eher als eine Mischung aus Heersammelplatz und Großbaustelle. Der Louvre war Burganlage, Verwaltungssitz, Gefängnis und Schatzkammer. Auch das Kronarchiv wurde dort gelagert, wenn der König in Paris war. Weilte er anderswo, oder befand er sich auf einem Heerzug wie jetzt, führte er die Unterlagen mit sich.

Jetzt jedenfalls residierte im Louvre nur sein Statthalter, der mit dem Heer und der Verwaltung alle Hände voll zu tun hatte. So rief er Gerlin und ihren Anhang auch nicht gleich zum Verhör, sondern ließ sie erst einmal einkerkern – in einem tatsächlich zwar bescheidenen, aber doch halbwegs bequemen Quartier. Die Räumlichkeiten enthielten sogar eine Schlafstatt, aber darauf verzichtete Gerlin zugunsten Abrams, der sich nach der holperigen Fahrt auf dem Karren kaum rühren konnte. Miriam kümmerte sich um ihn, während Gerlin ein Feuer im Kamin entzündete. Immerhin waren die Bauten modern, und der Rauchabzug befriedigend. In der Herberge am Tag zuvor war es nicht so komfortabel gewesen, aber Gerlin hätte doch alles dafür getan, den Tag einfach ungeschehen zu machen und dafür noch einmal eine so wundervolle Nacht mit Salomon zu erleben. Sie weinte still um den Geliebten, während sie Dietmar in den Schlaf wiegte.

Salomons letzte Stunden mochte sie sich gar nicht vorstellen, Gerlin konnte nur hoffen, dass er schnell an den im Kampf erlittenen Wunden gestorben war. Ein Tod in den Flammen war so grauenhaft, dass Gerlin allein bei dem Gedanken daran schon vor dem harmlosen Kaminfeuer zurückschreckte. Dazu quälten sie Schuldgefühle. Wären sie und Dietmar nicht gewesen, hätten Salomon und Abram sich nie auf diese Reise begeben. Der Medikus hätte noch Jahre leben, seinen Lehren und seiner Kunst nachgehen, heimlich Pferde züchten und Wein anbauen können. Dietrich hätte ihm den Eid, sie zu schützen, nicht abnehmen, sie selbst ihn rechtzeitig davon entbinden müssen. Aber im Grunde ihres Herzens wusste sie natürlich, dass Salomon sich nicht hätte zurückweisen lassen. Der Medikus hatte sie geliebt – schon lange vor Dietrichs Tod – seit ihrer ersten Begegnung auf Burg Falkenberg.

Schließlich hatte Gerlin sich müde geweint. Sie hüllte sich auf der Matte vor dem Kamin in ihren Mantel. Dabei hielt sie Dietmar an sich gepresst, fast wie damals in der Herberge, als sie die Nähe zu

Salomon noch scheute. Dietmar protestierte kurz gegen den zu festen Griff, aber als er sich freigestrampelt hatte, schlief er gleich friedlich ein. Zumindest das Kind hatte von all den Tragödien dieses Tages nichts mitbekommen.

Madame Celestine hatte es gut versorgt, bis Miriam – nach dem Kampf völlig aufgelöst – zitternd und wimmernd die Herberge wieder erreichte. Die Wirtin entlockte ihr nur mühsam ihre Geschichte, zog dann aber sehr schnell die Konsequenzen. Die Pariser Juden lebten ständig in der Angst, ihre Scheinkonvertierung könnte aufgedeckt werden, und manche hatten feste Pläne für den Fall einer Entlarvung. Auch Madame Celestine und ihr Gemahl rafften nun in Windeseile Schmuck und Ersparnisse zusammen, griffen nach ihren stets gepackten Bündeln und machten sich davon. Wenn sie die Île de la Cité verließen, bevor die Büttel kamen, das wussten sie, hatten sie gute Chancen, davonzukommen. Gen Süden, hatte Madame Celestine fast fröhlich gesagt. Offensichtlich planten sie und ihr Gatte, sich Richtung Al Andalus durchzuschlagen. Da sie als Christen reisten und gewohnt waren, sich zu verstellen, bestanden beste Aussichten, auch die hispanischen Lande unbehelligt zu durchqueren. Und danach mussten sie dann eben jüdische Händler finden, die sie über die Grenze brachten. Gerlin wünschte den freundlichen Menschen im Stillen viel Glück.

Miriam selbst war mit Dietmar in der Herberge geblieben, obwohl Madame Celestine ihr angeboten hatte, sie mitzunehmen. Aber das Mädchen war wieder in die Starre verfallen, die sie immer überkam, wenn sie in ernstlicher Gefahr schwebte. Statt Anstrengungen zu ihrer Rettung zu unternehmen, hatte sie sich in die äußerste Ecke der Küche verkrochen, Dietmar gewiegt und still vor sich hin geweint. So hatte Charles sie schließlich gefunden. In dieser Nacht schlief sie zusammengerollt neben Abram und weckte den Armen immer wieder, weil sie schreiend aus ihren

Albträumen hochfuhr. Gerlin machte sich fast so viel Sorgen um Miriam wie um den jungen Juden. Sehr viele weitere Belastungen würde Miriam nicht aushalten. Das Mädchen brauchte unbedingt eine Zeit ohne ständige Aufregung und Bedrohung.

Am nächsten Morgen schickte der Verwalter des Louvre erst mal seinen Hofkaplan in Gerlins Gefängnis. Der jungen Frau gelang es, einen recht guten Eindruck zu machen. Sie stellte sich mit ihrem richtigen Namen vor und nahm gern die heilige Kommunion. Gerlin hatte Miriam instruiert, das Kreuzzeichen in die richtige Richtung zu schlagen. Abram stellte sie dem Geistlichen als Konvertiten vor, und wie sich herausstellte, beherrschte »Konstantin« seine Gebete perfekt. Was die Beichte anging, so erinnerte sich Gerlin an Abrams Sterndeutereien. Während der Reise hatte ihr der junge Jude wirklich oft genug vorgemacht, wie man sich in Andeutungen erging und sein Gegenüber von irgendeiner Sache überzeugte, ohne dabei wirklich zu lügen. Gerlin beichtete dem Geistlichen mit erstickter Stimme eine Liebelei mit einem im Stand nicht zu ihr passenden Herrn, die sie nichtsdestotrotz genossen hatte. Dabei dachte sie an ihre Nacht mit Salomon und brach darüber in Tränen aus, was den ältlichen und nicht sehr strengen Pfarrer gleich dazu brachte, sie zu trösten.

»Gott wird in seiner unermesslichen Güte schon wissen, warum Euch das auferlegt wurde«, sagte er mit einem vielsagenden Blick auf den kleinen Dietmar. »Das Kind ist aber schon getauft, oder?«

Gerlin versicherte, der Junge sei auf dem Schloss ihres Vaters würdig in die Christengemeinde aufgenommen worden, und schließlich zog sich der Geistliche zurück – zweifellos um dem Verwalter des Louvre Bericht zu erstatten. Der befahl Mutter und Kind ein paar Stunden später zu sich.

»Das also ist der Bastard vom Löwenherz?«, fragte er mit gerunzelter Stirn und musterte den fröhlich glucksenden Dietmar.

Gerlin errötete zutiefst. »Herr, ich habe nie …«

Der Mann grinste. »Und Ihr würdet es auch nie zugeben … jaja, hinterher werden alle ehrbar. Aber Ihr habt Euch ja wenigstens einen profitablen Buhlen ausgesucht – von seiner Berengaria hat der König noch keine Kinder, nicht?«

Gerlin ließ das unkommentiert.

Der Verwalter schob den Finger unter Dietmars Kinn und zwang den Jungen, zu sich aufzusehen. »Kann jedenfalls hinkommen«, bemerkte er dann. »Das blonde Haar, die Augen … das ist Plantagenet-Erbe. Und Ihr kommt aus den deutschen Landen – da war der Kerl ja inhaftiert …«

Gerlin nickte, obwohl Richard Löwenherz eigentlich eher in Österreich inhaftiert gewesen war. Der nachtragende Herzog Leopold V. hatte ihn auf dem Rückweg vom Heiligen Land gefangen genommen, nachdem der König ihn während des Kreuzzuges brüskiert hatte. Später hatten sich dann sowohl der deutsche Kaiser als auch der französische König bei den Lösegeldverhandlungen eingemischt und schadlos gehalten.

»Wie auch immer … Es sieht aus, als ob die Geschichte stimme. Eine verrückte Sache!« Der Verwalter lachte. »Aber ein Glück für unseren König. Euer Buhle wird sicher ein hübsches Sümmchen Lösegeld zahlen – und womöglich ganz schön wütend werden, wenn wir ihm vorschlagen, sein Söhnchen am französischen Hof erziehen zu lassen …«

Letzteres war eine beschönigende Bezeichnung für Geiselhaft, obwohl es für das betroffene Kind nicht einmal schlecht sein musste. Es kam oft vor, dass hochgeborene Kinder in den Familien der ärgsten Feinde ihrer Eltern aufwuchsen, um den Frieden zu wahren. Sie erhielten dort meist eine exzellente Erziehung und verließen die Höfe später reich beschenkt – und als Freunde fürs

Leben. Für Dietmar kam eine solche Entwicklung allerdings aus naheliegenden Gründen nicht infrage. Gerlin drückte den Jungen ängstlich an sich.

»Wenn ich nur wüsste, was ich gerade jetzt mit Euch machen soll«, seufzte der Statthalter. »Hier in Paris nützt Ihr dem König nichts, und er will seine Entscheidungen über Euch auch sicher allein treffen. Das Beste ... ja, das Beste wird sein, ich schicke Euch nach Vendôme! Soll der König sehen, was er da mit Euch anstellt, vielleicht beeinflusst Eure Ankunft ja gleich die Belagerung ... Morgen werden sich da ohnehin ein paar Truppen in Marsch setzen, da könnt Ihr gleich mitreiten. Ihr könnt doch reiten?«

Gerlin nickte, dachte dann aber an Abram und Miriam. »Und mein Tross?«, fragte sie, so hochmütig, wie sie es eben schaffte. »Meine Bediensteten? Der König wird es nicht zu schätzen wissen, wenn sein ... sein Mündel reist wie ein Bettelkind!«

Der Verwalter runzelte die Stirn. »Auch noch Wünsche, die kleine Prinzessin! Ohne Hofdame und Diener tut sie's nicht! Aber gut, das Kind ist von hoher Geburt, ich sehe ein, dass es standesgemäß reisen muss. Also einen Wagen für die Dame und ihre Bediensteten. Was war noch mal mit dem Gerücht, es handle sich dabei um Juden?«

Abram lag immer noch mit Schmerzen im Bett, aber er lachte sich halb tot, als Gerlin ihm ihre Geschichte erzählte.

»Der Bastard des Plantagenet! Und alle glauben es! Kompliment, Gerlin, das hätte ich mir auch nicht schöner ausdenken können!«

»Irgendwann wird es herauskommen«, gab Miriam ängstlich zu bedenken.

Abram nickte. »Aber es gibt uns immerhin eine ausreichende

Gnadenfrist. Wer weiß, was in Vendôme los ist ... das wird doch gerade belagert, oder? Von dem einen ... oder von dem anderen? Auf jeden Fall wird ein ziemliches Durcheinander herrschen, und es ist auch immer einfacher, einer Gefangenschaft auf Reisen zu entkommen, als hier die Mauern des Louvre zu überwinden. Sei erst mal guten Mutes, Miriam. Wir schaffen das schon!«

Die Festung Vendôme wurde von König Philipp belagert. Während Richard Plantagenets Gefangenschaft hatte sich Frankreich die angevinischen Besitztümer zwar einverleibt, aber die Statthalter der Plantagenets und das Volk wehrten sich heftig gegen die Übernahme. König Richard und noch mehr Königin Eleonore waren beliebt. Man war stolz auf den Mut des »Löwenherzen« und die Schönheit und den Liebreiz seiner Mutter. Richard hatte seine Ländereien auch nie knapp gehalten – noch vom Heiligen Land aus hatte er bestimmt, den Sold seiner Grenztruppen zu erhöhen, als die Bedrohung durch Frankreich erkennbar wurde. So verteidigten die Ritter ihre Burgen und die Städter ihre Festungen mit aller Entschlossenheit. König Philipp führte seit Monaten Krieg, und nun, da Richard und sein Heer an der Küste der Normandie gelandet waren und sein Schwager und Verbündeter Prinz Sancho von Navarra ihm mit einem weiteren Heer entgegenzog, intensivierte sich der Widerstand.

Im Grunde hatte Frankreich nur wenige Chancen, die Länder zu halten, aber König Philipp kämpfte entschlossen weiter. Momentan ging es gegen die Truppen des Grafen von Vendôme, die er auszuhungern hoffte, indem er einen Ring um die Festung gezogen hatte. Sehr wirkungsvoll war das nicht. Die Stadt war von kleinen Lehnsgütern umgeben, die sich dem König ebenfalls nicht unterwarfen und deren Herren mannigfaltige Wege kannten, Versorgungsgüter in die Stadt zu schmuggeln. Eine Aufheiterung – etwa durch die Entdeckung von Geiseln, mittels derer man Richard Plantagenet erpressen konnte – wäre Philipp sehr willkommen gewesen.

Der Verwalter des Louvre, der diese Situation natürlich kannte und sich Vorteile durch die Gunst des Königs erhoffte, setzte Gerlin und ihren Anhang so schnell wie möglich in Marsch. Dabei scheute er für ihre standesgemäße Ausstattung weder Mühen noch Kosten, tatsächlich schickte er sogar einen Mann auf den Pferdemarkt, um eine Zelterin für Gerlin zu erstehen. Verblüfft, aber hocherfreut begrüßte die junge Frau die weiße Maultierstute Sirene. Irgendjemand musste das Tier in den Ställen der jüdischen Herberge entdeckt und konfisziert haben.

»Das Vieh klebt an uns«, bemerkte Abram grinsend.

Der junge Jude zog sich mühsam auf den Bock eines Planwagens. Es ging ihm immer noch nicht gut, aber Gerlin hatte sich am Tag zuvor ein paar Salben und Kräuter erbeten, die seine Schmerzen zumindest linderten. Seine Augen waren abgeschwollen und blutunterlaufen, wodurch er schlitzäugig wirkte, aber er konnte immerhin wieder sehen und den Wagen halbwegs lenken. Hochgeborene Gefangene und ihr Tross wurden nicht in Ketten oder auf vergitterten Karren transportiert. Man verließ sich auf ihr Ehrenwort und eskortierte sie lediglich mittels einiger Panzerreiter.

Gerlin hatte sich Charles de Sainte-Menehoulds Begleitung erhofft, aber der Ritter ließ sich seit ihrer Ankunft im Louvre nicht mehr blicken. Sie dachte kurz daran, nach ihm zu fragen, aber dann verwarf sie es. Womöglich hatte er gute Gründe für seine Zurückhaltung.

Die Mannschaft, der man Gerlins Bewachung übertragen hatte, bestand ausschließlich aus Rittern und ihren Knappen, dazu einigen Versorgungswagen. Es ging also niemand zu Fuß, sodass man schnell vorwärtskam. Allerdings regnete es wieder einmal, und am

Abend des ersten Reisetages kam es obendrein zu einem seltsamen Zwischenfall: Ein Trupp Bewaffneter versuchte sich an einem Angriff auf die Nachhut der Truppe.

Gerlin, die ihrem Planwagen und den Versorgungswagen des Heeres vorausritt, fand sich unversehens im Zentrum des Geschehens, als die Männer plötzlich aus dem Wald brachen. Es war bereits dämmrig, aber die Ritter und Knappen hatten das Lager noch nicht aufgeschlagen. Bei dem schlechten Wetter waren sie nur langsam vorwärtsgekommen, wollten das Etappenziel nun aber trotzdem noch erreichen. Den Ritt in der Dunkelheit fürchteten sie nicht – wer sollte schon das königliche Heer angreifen?

Die sechs blitzschnell herangaloppierenden Panzerreiter fürchteten aber offensichtlich weder Tod noch Teufel. Gerlin schrie auf, als einer von ihnen direkt auf sie zuritt und nach Sirenes Halfter griff. Erschrocken versuchte sie, das Maultier wegzulenken, aber dann erkannte sie das Pferd des Herrn Charles.

»Still, Frau Lindis, und schnell, wir sind da, um Euch zu befreien!«, zischte der Ritter ihr zu, während ein anderer versuchte, den Bock des Planwagens zu entern, den Abram allerdings vehement mit der Peitsche verteidigte. Ein Schwert hatte man dem »Diener« der Geisel nicht anvertraut, ansonsten hätte es sicher Tote gegeben.

»Ihr seid verrückt, Herr Charles!«, schleuderte Gerlin ihm entgegen und wehrte ihn ab, aber da eilten auch schon andere Ritter herbei, um sich auf die Angreifer zu stürzen.

Charles de Sainte-Menehould schien Augenblicke lang abzuwägen, ob er sich und seine Männer wirklich in einen Kampf mit sechzig anderen Rittern und Knappen verwickeln wollte. Aber dann griff einer seiner Begleiter ein und schlug den Ritter gekonnt nieder, der Charles eben zum Kampf gefordert hatte.

»Kommt, Monseigneur, Ihr seid doch nicht lebensmüde!« Die Stimme kam von einem der älteren Ritter in Charles' Begleitung.

»Es tut mir so leid, Frau Lindis …«

Gerlin fasste es nicht. Dieser junge Wilde besann sich selbst jetzt noch auf die höfische Rede! »Verschwindet, Herr Charles!«, schrie sie. Nicht auszudenken, dass auch noch das Blut dieses Träumers an ihren Händen kleben sollte!

Für Augenblicke, die sich zu Stunden dehnten, hörte Gerlin Schwerterklirren, Schreie und Schilde, die aufeinanderprallten. Dann flohen die Angreifer aber tatsächlich, und zu Gerlins Erleichterung blieb kein Toter auf dem Schlachtfeld zurück. Nur zwei der Ritter aus ihrer überrumpelten Eskorte waren vom Pferd getjostet worden und rieben sich nun schmerzende Schultern und Hüften, sonst war nichts geschehen. Der Befehlshaber der Panzerreiter war ebenso verblüfft wie seine Männer.

»Was war das denn?«, rief er verwundert. »Doch nicht etwa ein Versuch, die Gefangenen zu befreien?«

Er blickte streng zu Gerlin hinüber, aber die wirkte eher überrascht und aufgewühlt als schuldbewusst, und man hatte auch deutlich sehen können, dass sie sich gegen die Entführung wehrte. Ihre Zofe auf dem Planwagen reagierte überdies völlig hysterisch. Die schreiende, zitternde junge Frau hatte gewiss nicht auf eine Entführung gehofft.

»Eher Wegelagerer, die auf unseren Tross aus waren«, vermutete einer der Ritter. »Sie gingen ja ganz klar auf die Planwagen los. Verrückte! Als ob sie hier auch nur einen Hauch der Chance auf Beute gehabt hätten.«

»Die Menschen sind eben hungrig«, mischte Gerlin sich begütigend ein und berichtete von dem Angriff der Bauerngruppe auf ihre Reisegesellschaft ein paar Wochen zuvor. »Und dabei ging es außerdem um Frauenraub, meine Zofe wäre den Gaunern beinahe zum Opfer gefallen. Ich danke Euch herzlich für meine Rettung, meine Herren. Sicher wird der König Euren Einsatz zu schätzen wissen!«

Gerlin atmete auf, als die Ritter die Sache damit auf sich beruhen ließen – und betete, dass Charles nicht auf die Idee kam, es noch einmal zu versuchen. Aber davon würden seine Männer ihn sicher abhalten. Im Stillen dankte sie Charles' Vater für seine Umsicht. Er hatte nichts Besseres tun können, als seinem draufgängerischen Sohn ältere Berater mitzugeben.

Die Ritter rechneten mit einer Reisezeit von drei Tagen nach Vendôme, aber tatsächlich brauchten sie vier, bis sie im Heerlager vor der trutzigen Feste eintrafen. Das Wetter blieb anhaltend schlecht, und Gerlin dankte dem Himmel, als man sie und ihren Tross in der Abtei La Trinité unterbrachte. König Philipp hielt das Kloster besetzt, aber die Mönche und Hüter der Wallfahrtskirche Sancta Lacrima waren auf Seiten der Plantagenets. Gerlin und die ihren empfingen sie wie den Hof einer Prinzessin, ihr wurde langsam unheimlich. Sie hatte eigentlich gehofft, die Franzosen würden die Geschichte von Dietmars angeblicher Herkunft geheim halten, aber tatsächlich verbreitete sie sich in wahrhaft atemberaubender Geschwindigkeit. Und auch Charles' Entführungsversuch trug zur Legendenbildung bei. Obwohl der Anführer der Truppe ihn als Wegelagerei abtat, fanden sich doch ein paar Troubadoure im Heer, die ein Lied daraus machten. Die schöne Geisel und das mögliche Königskind beflügelten ihre Fantasie.

Am Tag nach ihrer Ankunft in Vendôme erschrak Gerlin zu Tode. Man ließ ihren Sohn im Kloster abholen und zum König bringen. Sie verbrachte ein paar angsterfüllte Stunden in ihren Gemächern, aber dann erschien der Monarch selbst mit den Rittern, die das Kind zurückbrachten. Wie der Abt Gerlin aufgeregt meldete, plante König Philipp, nun auch noch einen Blick auf die Mutter zu werfen.

»Einen erlesenen Geschmack hat er ja, der gute Richard«, bemerkte der König, als Gerlin tief vor ihm knickste. Philipp II. war ein gut aussehender Mann mit hellbraunem, langem Haar, aber stechend blauen Augen. »Und Geschick darin, sich die schönsten Mädchen zu sichern. Wo hat er Euch aufgetan, Madame? In Trifels? Oder gleich in Dürnstein?«

Auf diesen Burgen war Richard inhaftiert gewesen.

Gerlin errötete. »Ich kann dazu nichts sagen«, flüsterte sie dann.

Der König lachte. »Ein bisschen schüchtern, ja? Aber Euer Kleiner kann sein Erbe nicht verleugnen – eindeutig ein Plantagenet. Ich denke, ich werde dem König bald mal einen Brief schreiben. Sicher wird er sich freuen, dass sein Sprössling hier wohlbehalten angekommen ist und gut versorgt wird ... Ihr seid doch zufrieden mit Eurer Unterkunft?« Der König ließ seinen Blick über die kargen, aber sauberen Wohnräume im Kloster schweifen und verharrte auf Gerlins einfachen Kleidern. »Ein bisschen standesgemäßer ausstatten könnte man Euch ... Ihr seid als Frau eines Gauklers gereist, sagte man mir? Sehr amüsant ... aber Richard hatte ja immer ein Faible für Camouflage. Als man ihn gefangen nahm, zog er als Kaufmann herum. Nun, ich werde Euch etwas schicken lassen.«

Gerlin holte tief Luft. »Könnte ich ... könnte ich vielleicht meinen Schmuck zurückhaben?«, fragte sie dann. »Ein ... ein Medaillon und ein Armreif aus rotem Gold?«

Den König schien dies Ansinnen noch mehr zu erheitern. »Ach ja, das berühmte Medaillon mit dem Schriftzug der Königin Eleonore! Hat es Euch noch nicht genug Ärger bereitet? Und ein Armreif ... Lasst mich raten, ein Geschenk des Königs! Es wird zuverlässig das einzige bleiben, meine Schöne. Richards gesamter Staatsschatz floss in das Lösegeld ...«

Gerlin hätte beinahe erwidert, dass König Richard ja wohl

gerade dabei war, ein paar der ertragsreichsten Gebiete seines Reiches zurückzuerobern, aber dann hielt sie sich doch zurück. Sollte der Mann nur spotten! Es war sicher unklug, ihn jetzt schon gegen sich einzunehmen.

Ihre Selbstbeherrschung erwies sich kurz darauf als klug. Nur wenige Stunden nach Philipps Besuch wurden eine Truhe mit Kleidung und ein Kästchen angeliefert, das Eleonores Medaillon sowie Dietrichs Willkommensgeschenk an seine junge Braut enthielt. Gerlin weinte, als sie den Reif wieder über ihre Hand schob. In den letzten Monaten hatte sie so viel verloren – ihren Gemahl, ihr Heim, zuletzt Salomon. Zum ersten Mal seit Wochen dachte sie auch wieder intensiver an Florís. Wo mochte ihr Ritter jetzt sein? Suchte er sie wirklich, oder war er womöglich doch noch seinen Verletzungen erlegen? Gerlin machte sich keine Illusionen über die Krankenpflege in den Klöstern. Die Brüder taten ihr Bestes, aber bei der geringsten Komplikation konnten sie eigentlich nur beten.

Ein paar Tage lang fanden Gerlin und die ihren Ruhe in der Abtei. Abrams Wunden heilten, er machte sich schon wieder Gedanken über eine Flucht, aber Gerlin empfand das als hoffnungslos. Die gesamte Gegend um Vendôme war mit französischen Truppen überzogen, und obwohl es zweifellos Netzwerke unter Richards Anhängerschaft gab, so waren sie den Gefangenen doch unbekannt. Dabei versagte diesmal auch Abrams Begabung, sie zu finden und zu mobilisieren. Er hätte dazu intensiven Kontakt zu den Mönchen aufnehmen müssen, und davor schreckte der Jude denn doch zurück.

»Aber irgendwas muss in der nächsten Zeit passieren!«, meinte die unsichere und besorgte Miriam. Sie war fahrig und nervös und schaffte es kaum, Gerlin einen Becher Wein einzuschütten, ohne die Karaffe fallen zu lassen. »Wenn König Richard dieser Brief erreicht, wird er doch umgehend zurückschreiben, er habe keinen Sohn.«

Abram zuckte die Schultern. »Das kann er doch gar nicht wissen«, meinte er nüchtern. »Es sei denn, er hat während seiner Gefangenschaft wie ein Mönch gelebt, und das glaube ich nicht.«

Allerdings würde der König zweifellos weitere Beweise fordern, den genauen Namen der Mutter wissen wollen, die Umstände ihres Treffens ... auch Gerlin zitterten die Finger, wenn sie an die Konsequenzen ihrer Schwindeleien dachte. Sie konnte Miriams Ängste auch leicht nachempfinden, als die Frauen aus den Fenstern des Gästehauses blickten und Truppenbewegungen aus Richtung Vendôme ausmachten.

»Sieht aus, als wollte der König angreifen«, meinte Gerlin mit trockenem Mund. »Oder macht der Graf einen Ausfall?«

Abram schüttelte den Kopf. »Der Graf ist doch nicht dumm«, bemerkte er. »Der weiß genau, dass er dem Plantagenet am besten dient, indem er Philipp hier so lange wie möglich beschäftigt hält. Und die Kerle da ...«, er wies auf das Heerlager neben dem Kloster, in dem hauptsächlich Reservetruppen bereitgehalten wurden, sowie Kranke und Verwundete gepflegt wurden, »... die machen sich auch nicht kampffertig. Dazu brauchten sie die Zelte nicht abzubauen. Nein, Gerlin. Die ziehen ab!«

Tatsächlich konnten die Gefangenen in den nächsten Stunden zusehen, wie Zelte auf Maultierkarren verladen und Verwundete auf Planwagen gelegt wurden. Die Truppen machten sich marschbereit. Und dann kündigte der Abt des Klosters seinen Besuch an. Gerlin empfing ihn dunkel gekleidet und verschleiert im größten ihrer Räume.

»Ich bin gekommen, um Euch im Auftrag des Königs mitzuteilen, dass Ihr weggebracht werdet«, erklärte der Mönch nach ein paar freundlichen Begrüßungsworten. »Der König wird sich in die Krondomäne zurückziehen, und Ihr werdet ihn begleiten.«

Die Krondomäne bezeichnete das französische Kernland rund um Orléans – das einzige Gebiet, auf dem Philipp II. wirklich unangefochten herrschte. Was das restliche Frankreich anging, so schlug er sich nicht nur mit den Plantagenets, sondern auch mit mächtigen französischen Feudalherren herum.

»Warum das denn so plötzlich?«, wunderte sich Gerlin. »Ich denke, er sucht die Schlacht mit Richard.«

»Wohl nicht so dringend«, bemerkte der Abt, wobei ein verschmitztes Lächeln über sein rundes Gesicht zog. »Oder zumindest nicht jetzt und hier. Uns – und zweifellos auch seiner Majestät – ist zu Ohren gekommen, dass König Richards Verbündeter, der Prinz von Navarra, die Belagerung der Festung Loches abgebrochen hat und nach Spanien zurückkehrt.«

»Loches?« Gerlin merkte auf, als der Name der Festung fiel. »Loches wird belagert?«

Die Burg von Loches – Linhardt von Ornemündes Lehen, ihr eigentliches Ziel und nun eine weitere umkämpfte Festung. Wobei ein Verbündeter von Richard Löwenherz der Belagerer zu sein schien! Dietrichs Onkel musste die Burg also verloren haben. Wo um Himmels willen war er jetzt? Bei König Richards Heer? Oder lag er gefangen im Kerker seiner eigenen Festung?

»Loches wird eben nicht mehr belagert«, wiederholte der Abt geduldig. »Der Vater des Herrn Sancho – Gott habe ihn selig! – ist plötzlich verschieden. Der Prinz muss die Angelegenheiten in seinem eigenen Reich ordnen. König Richard hat sich daraufhin auf den Weg nach Loches gemacht, um den Kampf selbst fortzuführen. Und dabei muss er durch das Vendômois, was seiner Majestät König Philipp ... nun, etwas despektierlich gesagt ... hm ... kalte Füße bereitet.«

Gerlin fiel es schwer, sich zu konzentrieren – das Schicksal Linhardt von Ornemündes beschäftigte sie mehr als der Abzug der Franzosen aus Vendôme. Dennoch entnahm sie den weiteren Ausführungen des Abtes, dass König Philipp offensichtlich in großer Eile aufbrach. Er plante, seinem Heer mit einem Trupp Rittern vorauszureiten, wobei er natürlich das königliche Archiv mit sich zu führen gedachte, sowie seine wertvollen Geiseln Gerlin und Dietmar.

»Den Wagen sollt Ihr hierlassen«, bestellte der Abt, »desgleichen Eure Dienerschaft. Die kann sich dem Heer anschließen und dann in Orléans wieder zu Euch stoßen.«

Gerlin runzelte die Stirn. »Und mein Sohn?«, erkundigte sie sich. »Wie gedenkt der Herr das Kind zu transportieren?«

Der Abt zuckte die Achseln. »Darüber hat König Philipp wohl nicht allzu lange nachgedacht«, meinte er dann. »Aber Ihr könnt den Kleinen doch sicher vor Euch in den Sattel nehmen. Oder Ihr überlasst ihn einem der Ritter. Auf jeden Fall soll es schnell vorwärtsgehen, der König wird sich hier sicher nicht auf die Mitnahme eines weiteren Wagens einlassen. Und es ist ja auch nicht allzu weit.«

Gerlin gefiel das alles nicht, aber sie machte sich reisefertig. Die Truhe des Königs hatte wertvolle, aber auch warme Kleidung enthalten. Unter anderem fand sich ein schwerer, weiter Mantel, der sowohl sie als auch das Kind bei schlechtem Wetter vor dem Regen schützen würde. Zurzeit schien allerdings die Sonne, und die Wege trockneten zusehends. Wenn es den König wirklich eilte, konnten sie in nur einem Tag die Grenzen zur Krondomäne überschreiten.

Kapitel 5

Florís de Trillon hatte seine Verletzungen auskuriert. Der junge Ritter war gen Frankreich aufgebrochen, kaum dass ihm der Bruder Krankenpfleger auch nur halbwegs die Genehmigung gab, das Bett zu verlassen. Er hoffte, Gerlin und Salomon auf dem Weg nach Loches noch einzuholen, und verbrachte täglich viele Stunden im Sattel, obwohl seine Wunden noch schmerzten und nässten. Manchmal fiel er am Abend wie betäubt vor Schmerz und Erschöpfung vom Pferd, unfähig, auch nur ein Feuer anzufachen, um sich bei Nacht zu wärmen oder seine Wunden neu zu verbinden.

Zum Glück erwies sich der kompakte braune Hengst, den Gerlin und Salomon für ihn im Kloster zurückgelassen hatten, als ein sehr zuverlässiges Pferd. Für ein Streitross hatte es recht weiche Bewegungen und nutzte es auch nicht aus, dass Florís sich manchmal nur am Sattel festklammerte, statt wirklich zu reiten. Wäre die Straße stärker befahren gewesen, wäre der geschwächte Ritter aber sicher aufgefallen und vielleicht auch zum Opfer eines Hinterhalts geworden. Tatsächlich erwies sich der direkte Weg nach Tours jedoch als genauso wenig bevölkert wie die Strecke über Reims, die Salomon und Gerlin mit der Gesellschaft des Herrn Martinus genommen hatten.

Im Laufe des Rittes ging es Florís dann besser, der Ritter war schließlich jung und von robuster Gesundheit. Zu seiner Erleichterung entzündeten sich die Wunden nicht erneut, sondern heilten zu, und Florís kam immer schneller vorwärts. Dafür quälten ihn jetzt andere Sorgen. Er fragte sich ernstlich, warum er Gerlin und Salomon bislang nicht getroffen hatte. Eine größere Reisegesellschaft brauchte immer erheblich länger für einen Weg als ein einzelner Reiter, eigentlich hätte er seine Freunde einholen müssen. Aber natürlich lenkte Florís die Schritte seines Pferdes nicht nach Paris. Er umging sogar Tours, als er merkte, dass die gesamte Umgebung von französischen Truppen wimmelte. Die Ritter und Fußsoldaten lieferten sich ein Scharmützel nach dem anderen mit den treuen Lehnsleuten der Plantagenets, die nicht willig waren, ihre Burgen an Philipp II. auszuliefern. Florís dachte kurz daran, die Besitztümer des Linhardt von Ornemünde zu suchen und sich zu ihrer Verteidigung zur Verfügung zu stellen, aber dann hörte er, dass Richard Löwenherz in der Normandie gelandet war.

Florís de Trillon konnte nicht widerstehen. Er bewunderte den englischen König seit langem und hatte schon als Jüngling von seinen Heldentaten vor Akkon und im Kampf gegen den Sultan Saladin gehört. Die Möglichkeit, nun an der Seite seines Vorbilds zu kämpfen, würde er sich nicht entgehen lassen!

Richard Löwenherz hatte den Kanal mit einem relativ kleinen Heer überquert, wusste er doch, dass er auf Verbündete in allen Teilen seines alten Reiches zählen dürfte. Mit seinem ersten Aufgebot und den neu angeworbenen Rittern zog er jetzt zügig in Richtung Rouen, wobei er den Franzosen eine Burg nach der anderen entriss. Bei Wellebou traf dann auch Florís auf seine Truppen und wurde zu seiner Überraschung sofort zum König vorgelassen. Richard Plantagenet wünschte neue Ritter persönlich kennenzulernen, bevor er ihnen womöglich wichtige Aufgaben in seinem Heer übertrug.

Florís' Herz klopfte heftig, als er das Zelt des jungen Königs betrat, aber seine Unsicherheit erwies sich sehr schnell als müßig. Richard hatte soeben den Belagerungsring um eine weitere Burg gesprengt und sich der Treue seines Lehnsmanns versichert. Nun war er bester Stimmung und hieß seinen neuen Gefolgsmann herzlich willkommen. Der König war von angenehmem Äußeren und einnehmendem Wesen. Er war mittelgroß, hatte dunkelblondes, lockiges Haar, das er kürzer trug als die meisten Ritter, und einen vollen, aber kurz gestutzten Bart. Seine Augen waren forschend, aber freundlich. Florís war überrascht, als er ihn in der alten Sprache Aquitaniens ansprach.

»Ich bin höchst erfreut, einen Landsmann meiner Mutter unter meinen Rittern begrüßen zu dürfen. Zu gern gedenke ich noch der Sonne Aquitaniens und der unbeschwerten Zeit als Regent ihres Landes. Es wird mich freuen, mich darüber mit Euch auszutauschen.«

Florís verneigte sich und gab den Gruß artig zurück. »Sehr viel mehr Worte in der Sprache der Troubadoure werdet Ihr mir allerdings nicht entlocken«, gab er dann aber gleich lächelnd zu. »Es ist wahr, ich bin aus dem Süden und dem Hof der Herrin Aliénor treu ergeben. Aber ich schwinge das Schwert weit besser, als ich die Laute schlage. Solltet Ihr also einen Sänger suchen, der Euch nächtens unterhält, so muss ich Euch enttäuschen. Ihr werdet jedoch keinen treueren und mutigeren Kämpfer für Eure Sache finden.«

König Richard stand auf und reichte Florís die Hand zum Kuss, hob ihn auf und umarmte ihn, als er vor ihm niederkniete. »Ich bin glücklich, einen weiteren tapferen und ehrlichen Mann in meine Ritterschaft aufnehmen zu können. Aber nun sagt mir, wo Ihr bisher gekämpft habt, Herr Florís, welche Reisen Ihr unternommen habt und wer Euch einst zum Ritter schlug.«

König Richard rief seinen Mundschenk, um Florís mit Wein zu bewirten, und der Ritter berichtete von seiner Schwertleite, seinen Turniererfolgen und seiner Zeit als Waffenmeister in Lauenstein. Es hatte ihm Freude gemacht, die jungen Knappen in die Künste und Tugenden der Ritterschaft einzuweisen, wozu der König freundlich nickte.

»So seid Ihr es gewöhnt, Ritter zu führen. Aber kann ich Euch auch Fußtruppen unterstellen? Mancher Panzerreiter hier empfindet das als unter seiner Würde, ebenso wie die Bedienung von Belagerungsmaschinen. Aber ich habe erst kürzlich ein paar davon erbeutet, und es wäre kurzsichtig, sie nicht einzusetzen. Natürlich sprechen die Kriegsknechte nur die Sprache der deutschen Lande. Beherrscht Ihr das Idiom?«

Florís nickte. Auch auf Lauenstein hatte man deutsch gesprochen. Belagerungsmaschinen schreckten ihn ebenfalls nicht ab, er empfand sie im Gegenteil als interessant. Salomon hatte Dietrich ihren Gebrauch und Aufbau beschrieben, und der Junge hatte sie zum Zeitvertreib aus Holz nachgebaut. In voller Größe hatte Florís sie noch nicht gesehen, fühlte sich aber durchaus der Aufgabe gewachsen, die damit vertrauten Männer zu befehligen.

Der König lächelte strahlend, als er ihm dies versicherte. »Ich denke, wir werden uns gut verstehen, Herr Florís de Trillon! Ihr werdet mir helfen, mein Land zurückzuerobern!«

Florís fand einen Schlafplatz in einem der Zelte, die der König seinen Truppen zur Verfügung stellte. Es war überraschend komfortabel, auch die Verpflegung sowie die Versorgung der Pferde erwiesen sich als hervorragend organisiert. Am Morgen rief ein Marschall die Ritter zu Waffenübungen – und Florís war überrascht, auf der improvisierten Übungsbahn auch den König selbst anzutreffen.

Richard beschränkte sich nicht nur darauf, die Kämpfe zu überwachen, sondern prüfte neue Ritter persönlich. Florís tjostete er so schnell vom Pferd, dass der Aquitanier kaum den Stolz und die Freude auskosten konnte, mit dem Helden von Akkon in die Schranken zu reiten. Beim folgenden Schwertkampf bestand er dann besser, aber auch hier schlug ihm letztlich der König die

Waffe aus der Hand, ohne dass er den Kampf manipulieren musste. Traditionell ließ jeder Fahrende Ritter seinen Herrn gewinnen, wenn es einmal zum spielerischen Schlagabtausch kam, aber bei Richard war das nicht nötig. Der König war ein überaus starker Kämpfer, fand dann auch noch freundliche Worte für den Unterlegenen. Er rühmte Florís' Schlagkraft und gab ihm ein paar Hinweise dazu, wie er sich weiter verbessern konnte.

Schließlich wies Richard Plantagenet Florís eine Kompanie deutscher Söldner und ihr gewaltiges hölzernes Katapult zu, das mit mehreren Maultiergespannen von einem Belagerungsort zum anderen gezogen werden musste. Der König ließ es allerdings nur selten abschießen. In diesem Krieg reichte es meist schon aus, das Ding vor den Mauern einer Festung zu platzieren, um die Verteidiger zu demoralisieren. Die französischen Burgherren und ihre Ritter hielten diese Anlagen noch nicht sehr lange und wussten auch nur zu genau, dass sie auf verlorenen Posten kämpften. Die wenigsten brachten sehr viel Heldenmut auf – in der Regel ergaben sich die Besatzungen der Burgen spätestens beim Anblick der Belagerungsmaschinen, wenn nicht gleich beim Anblick des englischen Heeres.

Florís bewunderte das Fingerspitzengefühl, das Richard im Umgang mit Menschen bewies. Keiner der Usurpatoren wurde hingerichtet, die Ritter erhielten freien Abzug oder fanden sogar Aufnahme in Richards eigener Armee. Einen verzweifelten jungen Ritter, der ihm anbot, sein schwer errungenes Lehen im Zweikampf zu verteidigen, ließ er sogar in Amt und Würden – nachdem er ihn genauso vernichtend geschlagen hatte wie ein paar Tage vorher Florís. Der König beglückwünschte den erschöpften, leicht verwundeten Mann zu seinem Heldenmut und bestätigte sein Lehen, sofern er Richard den Lehnseid schwor. In Zukunft würde er sich wohl keinen treueren Gefolgsmann wünschen können.

Florís sorgte in den nächsten Tagen nicht nur dafür, dass sein Katapult zuverlässig da war, wo Richard es haben wollte, sondern kämpfte auch tapfer an der Seite des Königs. Der Ritter verstand es zu warten, bis die richtige Zeit zum Angriff da war, ging aber keinem Zweikampf aus dem Weg, der wirklich nötig war. Er kontrollierte seine Söldner und fand nebenher noch Zeit, die jüngeren Ritter in seiner Umgebung im Auge zu behalten und zurückzubeordern, wenn sie sich zu unüberlegt in den Kampf warfen. Er schürte jedoch keine Unzufriedenheit, sondern zeigte sich großmütig genug, die Waghalsigen auch einmal glänzen zu lassen. Richard Löwenherz beobachtete das und sprach Belobigungen aus. Sobald sich der nächste deutschsprachige Ritter fand, entließ er Florís aus der Verantwortung für das Katapult und übergab ihm den Befehl über eine Gruppe junger Ritter, die als Späher und Stoßtrupp eingesetzt wurden.

Florís war natürlich überaus erfreut über die Beförderung aufgrund seiner Führungsqualitäten, die ihm überdies die Möglichkeit gab, selbstständig zu agieren und Ruhm und Beute zu erwerben. Nach der Reise war er finanziell völlig am Ende, er hatte sich ohnehin nur über Wasser halten können, indem er jede Kleinigkeit zu Geld gemacht hatte, die sich in den Satteltaschen seines Hengstes gefunden hatte. Wenn es ihm und seinen Leuten gelang, Gefangene zu machen, würde er die Aufbesserung seines Solds mehr als begrüßen.

Der junge Ritter brannte folglich darauf, seinen Nachfolger als Befehlshaber der Söldner einzuweisen und erlebte bei der Vorstellung des Neulings eine weitere freudige Überraschung. Der künftige Herr über die Belagerungsmaschine war Rüdiger von Falkenberg!

Florís begrüßte den Jüngling mit einer Umarmung – und einem lachenden Tadel. »Immer noch auf Abenteuersuche, Herr Rüdiger? Eure Schwester würde mit Euch schimpfen. Ihr solltet längst auf Eurem bayerischen Lehen sitzen und lernen, wie man ein Gut verwaltet!«

Rüdiger machte eine wegwerfende Handbewegung. »Ach, das lern ich noch früh genug. Oder ich lass es meinen Bruder machen, dem liegt das ohnehin besser. Aber kämpfen, hier und jetzt für den größten Ritter des Abendlandes ... Das kann ich später nie wieder!«

Auch Rüdiger bewunderte den englischen König glühend, und Richard hatte ihn gern in sein Heer aufgenommen. In den letzten Monaten hatte der junge Ritter einige Turniere erfolgreich bestritten – seine Zusatzausbildung durch Roland von Ornemünde hatte durchaus Früchte getragen. Rüdiger wusste sich seiner Haut besser zu wehren als die meisten Jünglinge seines Alters, allerdings hatte er sich den Dienst in Richards Heer anders vorgestellt. Nur widerwillig lauschte er Florís' Anweisungen zum Umgang mit dem Katapult und den oft recht renitenten Söldnern.

Umso aufmerksamer folgte dem jedoch sein listiger junger Knappe. Nach wie vor war der Brandner-Hansi an Rüdigers Seite und bestach durch sein Mundwerk und seine Bemühungen um allgemein verständliches Deutsch und höfische Wendungen. Inzwischen hatte er sich die ersten französischen Worte angeeignet – und verwies jeden anderen Knappen, der es wagte, über ihn zu spotten, in der Kampfbahn schnell in seine Grenzen. Hansi zeigte reiterliches Naturtalent, wusste Übungslanze und Schwert schon recht geschickt zu handhaben und war vor allem mit Feuereifer bei der Sache. Das Katapult fand er faszinierend und hätte es am liebsten gleich ausprobiert. Hansi ging die ritterliche Auffassung, ein Kampf sei nur ehrenhaft, wenn man ihn mit der Waffe in der Hand, Auge in Auge mit dem Gegner, führte, vollkommen ab. Die Methode, dem Feind gar nicht erst nahe zu kommen, sondern ihn von weitem mit Steinen zu bewerfen, fand er eine bedenkenswerte Neuerung – wie eine Steinschleuder funktionierte, hatte er schon als Kleinkind gelernt.

So verstand Hansi sich bald blendend mit den Söldnern, kontrollierte sie mit kecken Sprüchen und leichter Hand und ließ Rüdiger in den Augen des Königs glänzen. Bald fand der junge Ritter denn auch ein offenes Ohr für eine Versetzung in eine wirklich kämpfende Truppe. Der König teilte ihn der Einheit des Florís de Trillon zu, als sich erneut ein deutschsprachiger Ritter fand, der älter war und den Dienst am Katapult gern übernahm. Schließlich hatte auch Florís die Bitten Rüdigers unterstützt – Richard wusste inzwischen, dass er sein Waffenmeister auf Lauenstein gewesen war.

Rüdiger war unbändig stolz, als er zum ersten Mal neben dem Aquitanier in den Kampf ritt, und sonnte sich in dem Gefühl, einmal nicht durch seine Jugend aufzufallen. Bestand doch Florís' ganze Einsatztruppe aus Männern wie ihm: sehr jungen, mutigen und starken Kämpfern, die allerdings Führung brauchten, um nicht übers Ziel hinauszuschießen. Der schneidige Ritter und seine Männer machten durch waghalsige, aber immer erfolgreiche Aktionen von sich reden. Sie spähten Burgen aus, die als Nächste belagert werden sollten, und nahmen sogar eine im Alleingang, indem sie den Burgherrn bei einem Erkundungsritt entdeckten und festsetzten. Florís legte seine Rüstung an, ritt sein Pferd in die Mauern der Burg und öffnete dann die Tore für seine Freunde. Die Gefolgsleute des Mannes ergaben sich sofort, und Richard Löwenherz gratulierte lachend.

Florís und seine Leute teilten sich das Geld, mit dem die Ritter ihre Pferde und Rüstungen auslösten. Der junge Ritter konnte sich damit endlich wieder ein eigenes Zelt und angemessene Kleidung leisten. Besonders Letzteres erwies sich in den nächsten Tagen als gute Investition, machte Florís doch endlich die Bekanntschaft der legendären Eleonore von Aquitanien. Die alte Königin war ihrem Sohn in seine wiedereroberten Besitztümer gefolgt, und König Richard stellte Florís und seine Männer zu ihrer Eskorte ab. Die jungen Ritter qualifizierte dazu nicht nur ihre Schlagkraft – der König wusste nur zu gut um die Freude seiner Mutter am Anblick schöner, schneidiger Männer in glänzenden Rüstungen. Eleonore zeigte sich denn auch äußerst huldsam und freundlich und lächelte, als Florís ihr in geschliffener Sprache Komplimente machte.

»Es stellt zweifellos besondere Ansprüche an einen Ritter, den Minnedienst an einer alten Frau wie mir zu leisten«, kokettierte sie, aber Florís konnte ganz ehrlich versichern, dass es ihm keineswegs schwerfiel.

Eleonore von Aquitanien war selbst noch in ihrem achten Lebensjahrzehnt und nach der Geburt von zehn Kindern eine schöne Frau. Ihre Klugheit und Lebendigkeit glichen die äußerlichen Anzeichen des Alters aus, ihre Augen strahlten heute sicher kaum weniger als in ihrer Jugend. Die Königin war nach wie vor eine gute Reiterin, sie erreichte die provisorische Residenz ihres Sohnes bei Évreux ohne Aufenthalt.

Sobald sie sich eingerichtet hatte, begann Eleonore von Aquitanien, nach allen Regeln der Kunst Hof zu halten. Sehr bald fanden sich die ersten Minnesänger und Troubadoure, bei Nacht war das Zeltlager des Königs erfüllt von Musik und Gelächter, und Florís trug sein neues Festgewand.

Der andere junge Ritter, der mit einem Häuflein resignierter Mitstreiter in den ersten Julitagen das Heer erreichte, hatte allerdings keinen Sinn für Zerstreuungen. Charles de Sainte-Menehould war müde und demoralisiert, die älteren Ritter seines Vaters hatten ihm nach dem gescheiterten Befreiungsversuch für Gerlin gehörig den Kopf gewaschen. Natürlich hatten sie auch vorher schon dagegen plädiert, aber da wurde Charles noch von seinen jüngeren Freunden unterstützt. Nun, da zwei von ihnen verwundet und nur mit unerhörtem Glück der Gefangennahme entkommen waren, sah die Sache anders aus.

»Es hätte sehr leicht Tote geben können!«, hatte einer der Ritter seines Vaters Charles vorgehalten. »Und fast noch schlimmer: Es hätte jemand lebend in die Hände der Franzosen fallen können! Dann wäre Eure Frau Lindis der Mitwisserschaft angeklagt worden – wenn sie das mal noch nicht ist, Philipps Getreue können doch auch zwei und zwei zusammenzählen! Jedenfalls wäre sie all ihrer Freiheiten verlustig gegangen und läge jetzt vielleicht in einem dunklen Verlies! Wobei es mir ein Rätsel ist, weshalb Ihr sie überhaupt so dringend befreien wolltet. Der Frau und dem Kind geht es doch gut, der englische König wird sie zweifellos irgendwann auslösen. Euer Heldenmut war gänzlich fehlgeleitet, Herr Charles, seid froh, dass Gott ein Einsehen mit Eurer jugendlichen Dummheit hatte und heute keine Toten zu beklagen sind!«

Charles hatte die Sache jedenfalls letztlich eingesehen und sich auf eine neue Strategie besonnen. König Richard musste seine Geliebte und seinen Sohn selbst befreien! Der junge Ritter konnte es kaum abwarten, im Heerlager der Engländer anzukommen, um den König von Gerlins Gefangennahme in Kenntnis zu setzen. Er war so schnell geritten, wie es mit den Verletzten in seinem Gefolge gerade möglich war. Nur auf Drängen seiner älteren Ratgeber nahm er sich dann noch die Zeit, sich ein wenig zu erfrischen und zu reinigen. Gleich darauf begehrte er Einlass im Zelt Richard Plantagenets.

Richard Löwenherz verfügte über eine im Allgemeinen ausgeglichene Persönlichkeit, aber an diesem Abend war seine Stimmung eher schlecht. Der König hatte eben vom Tod Sancho VI., des Königs von Navarra, gehört und sorgte sich nun um die Konsequenzen. Sein schöner Plan, sein Heer irgendwo bei Vendôme mit dessen Sohn Sancho zu vereinigen und den französischen König dann schnell und vernichtend zu schlagen, war in Gefahr. Höchstwahrscheinlich würde Sancho VII. sofort abziehen und sich den Teufel darum scheren, was aus der Feste von Loches wurde, mit deren Belagerung er gerade begonnen hatte. Nun sah der König natürlich ein, dass der navarresische Thronfolger sein Erbe antreten musste, aber Sancho galt allgemein als etwas unüberlegt. Richard selbst hätte die Belagerung auf jeden Fall fortgeführt, bis das Heer seines Verbündeten dort eintraf, aber das war von dem heißblütigen Prinzen kaum zu erwarten. Richard musste also schnell sein – er würde gleich am kommenden Tag seine Armee gen Loches in Marsch setzen. Wozu zunächst ein halber Hofstaat aufzulösen war …

Der König lauschte unwillig in die Nacht und vernahm die Darbietung des nächsten Troubadours im Zelt seiner Mutter. Er hörte eigentlich gern Musik, aber an diesem Abend störte ihn jede Kleinigkeit. Die Meldung seines Marschalls, ein junger, eben eingetroffener Ritter begehre ihn dringend zu sprechen, verbesserte seine Laune auch nicht gerade.

»Der Mann soll sich irgendwo beköstigen lassen, sein Zelt aufbauen und morgen wiederkommen«, beschied er den Marschall und bediente sich noch einmal von dem Krug edelsten Weines, den seine Mutter geschickt hatte. Eleonore von Aquitanien hatte einen sechsten Sinn für die Stimmungen ihres Sohnes – der erfahrenen Politikerin war die Bedeutung des Todesfalls in Navarra klar.

»Auf Euch, Sancho Jiménez!«, murmelte der König vor sich hin und leerte seinen Becher auf den Verstorbenen. Sancho der Weise hatte Navarra lange regiert und war in Volk und Adel hochgeschätzt gewesen. Richard wäre im Gedenken an den Vater seiner Frau Berengaria fast entgangen, dass der Marschall schon wieder eingetreten war.

»Verzeiht, Sire, aber der Ritter lässt sich nicht abweisen. Es wäre absolut notwendig, heute noch mit Euch zu sprechen, schon um der Hohen Minne willen.«

»Um was?«, fragte Richard und verdrehte die Augen. »Ihr seid sicher, dass er nicht mit meiner Mutter reden will?«

Der Marschall lächelte. »Ich bin sicher, und ich fürchte, uns allen steht eine unruhige Nacht bevor, falls Ihr ihn nicht anhört. Der Mann wirkt heilig entschlossen. Weiß der Himmel, was ihn umtreibt. Er ist übrigens Franzose: Charles de Sainte-Menehould.«

Der König seufzte. »Also schön, dann lasst ihn rein. Vielleicht heitert er mich ja ein wenig auf...«

Charles de Sainte-Menehould wusste zumindest, wie man sich an einem Königshof beträgt. Er kniete vor dem König nieder, begrüßte ihn voller Ehrfurcht und kam dann erst zur Sache, wobei er sich um Diskretion bemühte. Schließlich war er nicht allein mit dem König. Auch der neugierig gewordene Marschall und zwei weitere engere Vertraute Richards drängten sich in seinen Privatgemächern. Die Leibgarde. Schließlich konnte es sich bei dem französischen Ritter um einen Meuchelmörder handeln.

Charles drückte sich also vorsichtig aus, wobei der König seine Anspielungen nicht gleich zu verstehen schien.

»Was soll das heißen, der Feind hat etwas, was mir überaus kostbar sein muss?«, fragte Richard ungeduldig.

Der junge Ritter schaute wachsam um sich und wandte sich dann mit leiser Stimme direkt an den König. »Es ist eine etwas... hm... delikate Angelegenheit...«

Richard runzelte die Stirn. »Nun sprecht nicht in Rätseln, Herr Charles! Es ist spät, und ich habe anderes zu tun, als Euren Andeutungen zu lauschen. Wenn Ihr etwas zu sagen habt, sagt es!

Und ich hoffe, die Kunde ist die Zeit wert, die ich hier mit Euch verschwende. Es gibt noch viel zu tun. Navarra fällt ab, und dieser französische Hund hält meine Burgen besetzt, belagert meine Städte und zerstört meine Dörfer!«

Charles de Sainte-Menehould verbeugte sich und holte noch einmal tief Luft. »Majestät, er tut mehr als das! Er hält Euren Sohn gefangen und seine Mutter!«

Florís de Trillon war erst wenige Stunden zuvor von einem Einsatz zurückgekommen – und hatte dem König die Kunde vom Tod Sanchos des Weisen gebracht. Nun ließ er es sich im Kreise seiner Ritter wohl sein, freute sich an den Bonmots der Herrin Aliénor und den Darbietungen der Sänger. Er hätte nie damit gerechnet, in dieser Nacht noch zum König gerufen zu werden, aber natürlich leistete er dem Befehl sofort Folge.

Richard Löwenherz empfing seinen Ritter allein in seinem prunkvollen Zelt. Er saß in einem Sessel am Feuer und schien angestrengt über etwas nachzudenken.

»Sire ...« Florís legte die Hand auf sein Herz und verbeugte sich.

Der König schenkte ihm ein halbes Lächeln. »Herr Florís. Ich danke Euch für Euer rasches Kommen. Bitte setzt Euch doch, und nehmt einen Schluck Wein. Wir ... haben etwas zu besprechen.«

In der nächsten Stunde lauschte Florís fasziniert dem etwas wirren Bericht eines jungen Ritters, der ein königliches Kind in den Händen des französischen Heeres ausgemacht haben wollte.

»Der Mann erscheint mir durchaus glaubwürdig«, meinte Richard abschließend. »Wenn auch über beide Ohren verliebt in die Mutter meines angeblichen Sohnes. Und es wäre natürlich ein Debakel, wenn Philipp wirklich einen Spross der Plantagenets gefangen hielte ...«

»Kann das denn sein?«, fragte Florís vorsichtig.

Richard fuhr zu ihm herum. »Selbstverständlich wäre das möglich, ich bin ja kein Mönch! Aber andererseits wurde ich von keiner Geburt in Kenntnis gesetzt, und auf ein bloßes Gerücht hin möchte ich nicht gleich das ganze Heer in Gang setzen. Laut dieses Menehould haben sie die Frau und das Kind nach Vendôme gebracht, und die Stadt müssen wir natürlich entsetzen. Aber zwischen uns und dem Vendômois liegen noch etliche Burgen und Orte, die nach wie vor in französischer Hand sind. Es gefällt mir nicht, sie zu umgehen und inmitten von Feinden die Entscheidungsschlacht zu suchen. Gerade jetzt, wo mit Sancho nicht mehr zu rechnen ist. Also ein Fall für Euch, Trillon! Reitet hin, holt die Gefangenen heraus und kommt zurück. Am besten lasst Ihr es so aussehen, als seien sie geflohen. So streng bewacht werden sie wohl nicht sein, der kleine Menehould und seine Leute hätten sie fast auf eigene Faust befreit.«

»Er hat das französische Heer angegriffen?«, fragte Florís belustigt.

Der König nickte und lächelte jetzt ebenfalls. »Wie ich schon sagte: in Minne entbrannt. Der Knabe hat mehr Glück gehabt als Verstand, aber er wird sicher ein trefflicher Ritter, falls er es denn schafft, erwachsen zu werden.«

Florís lachte. »Darf ich fragen, wer die Frau ist, Sire? Oder ist Euch der Name nicht bekannt?«

Der König rieb sich die Stirn. »Doch, doch, dem Herrn Charles hat sie sich als ›Gerlindis von Ornemünde‹ vorgestellt. Ich erinnere mich allerdings an kein Mädchen dieses Namens ...«

Richard kaute auf seiner Lippe. Trotz angestrengten Nachdenkens konnte er sich auch an keine Geliebte mit kastanienbraunem Haar und blauen Augen erinnern, zumindest nicht aus seiner Zeit in Trifels. Aber das würde sich klären, wenn er die Frau vor sich hatte.

Florís de Trillon stockte der Atem. Er musste sich beherrschen, die Worte nicht auszusprechen, die ihm auf der Zunge lagen: Florís empfand tiefstes Verständnis für Charles de Sainte-Menehould. Für Gerlin von Ornemünde hätte auch er das französische Heer angegriffen! Er hätte Paris belagert, den König gefangen genommen ... Florís' Herz pochte heftig. Die Geschichte mit Richard Löwenherz war seltsam, aber es konnte kaum zwei Gerlindis von Ornemünde geben. Er würde seine Geliebte wiedersehen!

Kapitel 6

»Was führt Ihr da eigentlich mit Euch?«

Gerlin war angestrengt, aber auch gelangweilt. Seit Stunden tänzelte ihre Stute Sirene hinter den Rittern des Königs her, die ein für die Zelterin kaum zu haltendes Tempo vorlegten. Wäre der Wagen nicht gewesen, dessen Zugpferde ihr Bestes gaben, um ihre Last rasch über die immer noch leicht aufgeweichten Wege zwischen Vendôme und Orléans zu ziehen, hätte sie gar nicht mithalten können. So aber wurde die Gesellschaft wenigstens ein bisschen gebremst, der Inhalt des Wagens schien dem König wichtig zu sein.

Gerlin überlegte, ein Gespräch mit dem Kutscher zu beginnen, dann verging die Zeit des Rittes vielleicht schneller und vergnüglicher. So lenkte sie Sirene schließlich neben ihn und fragte nach seiner Fracht. Dietmar, den sie vor sich im Sattel hielt und der den raschen Ritt offensichtlich genoss, griff nach der flatternden Plane des Wagens. Der Kutscher ließ seine Peitsche zu ihm hinüberbaumeln, und das Kind gluckste, als es nach der Schnur angelte.

»Das königliche Archiv, Madame«, gab der Mann freimütig Auskunft. Auch er schien sich zu langweilen. »Und das königliche Siegel. Dokumente, Steuerlisten ... all diese Dinge ...« Genaueres schien der Kutscher nicht zu wissen.

»Und das fahrt Ihr hier durch Regen und Nässe und Schmutz? Wäre es nicht besser, es irgendwo an einem sicheren Ort aufzubewahren?«, wunderte sich Gerlin.

Der Mann zuckte die Schultern. »Ich lenk nur den Wagen,

Madame«, bemerkte er. »Aber das mach ich schon lange. Das Siegel ist, wo der König ist. Es gibt wohl so ein Gesetz, ich weiß es nicht. Aber seine Majestät und ihr Archivar ...«, er wies auf einen der Ritter, der sich eben argwöhnisch nach ihm und Gerlin umsah, »... achten sorglich darauf, die wertvolle Fracht nicht aus den Augen zu verlieren. Ich komm dabei ganz schön rum ...«

Gerlin lächelte. »Habt Ihr eine Ahnung, wie weit es noch ist?«, erkundigte sie sich. »Ich bin schon ganz steif vom Reiten, mein Rücken schmerzt, und mein Maultier wird müde. Es galoppiert seit Stunden.«

Der Kutscher warf einen kurzen Blick auf Sirene, die wirklich etwas erschöpft wirkte. Sie war darauf trainiert, lange Strecken in der weichen Gangart zurückzulegen, die man »Zelt« nannte, aber an diesem Tag verlangte man ihr stetiges Galoppieren ab. Daran war auch Gerlin nicht gewöhnt – nur Dietmar schien das Geschaukel lustig zu finden.

»Dem Kleinen gefällt's«, meinte denn auch der Kutscher. »Der wird mal ein trefflicher Ritter! Aber Ihr ... von mir aus könnt Ihr Euch nach der nächsten Rast nach hinten in den Wagen setzen. Da liegen auch ein paar Decken, ich schlaf da, muss ja einer die Schriftstücke bewachen ... Jedenfalls könnt Ihr Euch ausruhen. Der Weg ist noch weit, wir haben noch einige Meilen vor uns.«

Gerlin nahm das Angebot gern an, zumal Dietmar nun zu quengeln begann. So viel Spaß ihm der Ritt auch machte, alle paar Stunden brauchte er ein Schläfchen. Allerdings dauerte es noch geraume Zeit, bis die Gesellschaft rastete. Der König hatte es eindeutig sehr eilig, die Krondomäne wieder zu erreichen. Richard Löwenherz' Heer musste rasch näher kommen.

Dann hielten die Ritter aber doch an einem Bach, um die Pferde zu tränken und einen Happen Brot und Käse zu sich zu nehmen. Gerlin nutzte die Zeit, Sirene hinten am Wagen anzubinden und für sich und Dietmar eine Liegestatt auf dem Planwagen zurechtzumachen. Den König und seine Ritter schien es nicht zu interessieren, ob sie ritt oder im Wagen fuhr. Sie würdigten die Dame keines Wortes, ihre Diskussion rankte eigentlich nur darum, ob der Rest des Heeres es schaffen würde, wenigstens halbwegs das Tempo zu halten.

Die Reise ging denn auch bald weiter, und Dietmar fiel bei den vertrauten Bewegungen des Planwagens sofort in Schlaf.

»Kleines Gauklerkind.«

Gerlin lächelte und dachte an die Reise mit Salomon. Darüber kamen ihr allerdings sofort wieder trübe Gedanken. Um sich abzulenken, griff sie nach einer Schriftrolle, einem offiziell wirkenden Dokument, dem noch das erbrochene Siegel des englischen Königs Johann Ohneland anhaftete. Gerlin entrollte sie vorsichtig und leise, um den Kutscher nicht auf sich aufmerksam zu machen. Dann begann sie zu lesen.

»Da ist das Heer!«

Floris de Trillon hatte seine Ritter im Schutz eines Wäldchens auf einer Anhöhe versammelt und schaute hinunter auf die französische Armee, die sich wie ein Lindwurm durch Wälder und Weinberge wand. Die Soldaten marschierten schnell, ihre Befehlshaber schienen sie anzutreiben.

»Die haben's aber eilig«, bemerkte Justin de Frênes, einer der jungen Ritter. »Aufmarsch oder Flucht?«

»Flucht natürlich!«, meinte ein anderer. »Die haben die Hosen voll vor unserem König Richard! Dieser Philipp scheint mir ein rechter Feigling: Gebiete annektieren, solange der Plantagenet in Haft ist, aber um Himmels willen keine Schlacht mit ihm riskieren.«

Floris nickte, allerdings etwas unbeteiligt. Nach Angaben

Charles de Sainte-Menehoulds musste Gerlin irgendwo in dieser Ansammlung von Menschen, Pferden und Wagen sein. Aber wo? Und wo um Himmels willen war Herr Salomon, der schließlich mit ihrem Schutz betraut gewesen war? Florís hätte Charles gern selbst befragt, hatte dann aber nach ernsthafter Überlegung davon Abstand genommen. Wenn Menehould Wind davon bekam, dass ein Stoßtrupp zu Gerlins Befreiung ausgesandt war, würde er darauf bestehen, sich anzuschließen. Und das hätte Florís nun gerade noch gefehlt.

Angestrengt dachte er nach. Vorn bei den Rittern würde man Gerlin kaum mitreiten lassen und erst recht nicht mitten in den Reihen der Fußsoldaten. Wenn das Kind über längere Strecken mitgeführt werden sollte, so brauchte man dazu auch einen Wagen. Florís konzentrierte seine Aufmerksamkeit folglich auf den Tross des Heeres. Hier bot sich die übliche bunte Mischung: Belagerungsmaschinen, Versorgungs- und Küchenwagen, dazu der nicht so offizielle Anhang – Bader, Marketenderinnen, Feldscherc ... Unter denen würden die Geiseln aber auch nicht sein, eine gewisse Bewachung musste ja gewährleistet bleiben.

Florís entschied schließlich, dass Gerlin sich irgendwo zwischen Soldaten und Versorgungswagen befinden musste. Er wandte sich an seine Leute.

»Hört zu, meine Herren, ich werde mir das jetzt mal ansehen. Wenn sie das nächste Mal halten, schleiche ich mich ein. Da unten sind Hunderte von Rittern, die können sich nicht alle kennen. Was Euch angeht, so bleibt Ihr in der Nähe – außer Justin und Rüdiger, die reiten so schnell wie möglich zurück zum König. Berichtet ihm von den Truppenbewegungen, das Heer zieht Richtung Fréteval, und wie es aussieht, ist es völlig unzureichend gesichert. Wenn Herr Richard es schafft, soll er angreifen – dies ist die Gelegenheit!«

»Wo ist denn überhaupt König Philipp?«, erkundigte sich

Guillaume, ein junger normannischer Ritter, und spähte angestrengt in die Menge der dahinziehenden Franzosen. »Ich seh die Standarte nirgends. Kann es sein, dass der nicht dabei ist?«

»Eigentlich nicht möglich, aber ein führerloses Heer wäre ein noch besseres Ziel«, beschied ihn Florís. »Ich finde das alles heraus, wenn ich unten bin. Also, packt Euch!«

Justin und Rüdiger setzten ihre Pferde in Galopp, Letzterer etwas unwillig. Er wäre lieber bei Florís geblieben und hätte geholfen, seine Schwester zu befreien, aber er schätzte, dass sein Waffenmeister ihn eben deshalb wegschickte. Florís tadelte ihn stets wegen seiner mangelnden Bedachtsamkeit und seines Draufgängertums. Wahrscheinlich befürchtete er, Rüdiger könnte zu früh angreifen und die Ritter verraten. Überhaupt hatte er ihn unter größter Strenge zum Stillschweigen über seine verwandtschaftlichen Beziehungen zu den Geiseln verpflichtet.

»Ich weiß nicht, was Eure Schwester da tut und vorgibt, Herr Rüdiger, wir müssen das erst herausfinden. Aber sie spielt ein gefährliches Spiel, und zumindest Ihr solltet darin nicht involviert werden. Also tut zumindest vorerst, als ob Ihr die Dame nicht kennen würdet!«

Nun, das hatte sich jetzt ja erledigt. Ungehalten, weil er sich um einen Kampf gebracht fühlte, folgte Rüdiger seinem Waffengefährten Justin, während die anderen Ritter um Florís dem Heer langsam hinterherritten. Es lagerte erst gegen Mittag, aber dann war es einfach, sich dem Tross zu nähern. Die Huren und Gaukler im Anhang der Streitmacht versammelten sich in einem Wäldchen, und Florís konnte sich an den Versorgungswagen leicht von hinten anschleichen: ein Ritter, der die Pause zu einem kurzen Besuch bei einem Mädchen oder einem Bader genutzt hatte. Gelassen holte er sich eine Portion Eintopf aus einem der Küchenwagen und fragte beiläufig nach der Geisel.

»Soll ja ein schönes Mädchen sein«, bemerkte er.

»Reicht's Euch noch nicht?«, erkundigte sich der Koch mit schiefem Grinsen. Er hatte Florís aus Richtung der Marketenderinnen kommen sehen. »Mir ein Rätsel, dass Ihr darauf noch Lust habt, nach all den Stunden im Sattel. Mir schmerzt schon der Hintern, wenn ich nur im Wagen hocke. Die Geisel hab ich aber auch noch nicht gesehen – die ist ja was Besseres, die wird von ihrer Zofe sogar selbst bekocht ...«

Eine Zofe? Florís wunderte sich. »Wird wahrscheinlich auch schwer bewacht«, mutmaßte er.

Der Koch schüttelte den Kopf. »Nö. Aber man munkelt, der König habe die Königshure und ihr Balg in seinem Tross mitgenommen. Hauptsache, sie läuft ihm nicht noch weg. Ist ja ein herrliches Druckmittel gegen den Plantagenet. Mit ein bisschen Glück tauscht er sein Liebchen gegen die Normandie.«

Die Männer um den Küchenwagen herum johlten und lachten. Sie brannten zweifellos alle darauf, den Feldzug baldmöglichst zu beenden. An diesem Tag allerdings war die Stimmung im Heer hervorragend. Soldaten und Ritter schienen froh darüber, in die Krondomäne zurückzudürfen.

Florís jedenfalls verabschiedete sich so bald wie möglich von der fröhlichen Runde um den Küchenwagen und führte sein Pferd weiter nach vorn, an den Versorgungswagen vorbei. Zwischen dem Tross und den Fußsoldaten, die sich einfach auf die Straße gesetzt hatten und schnell ihr karges Mahl verzehrten, hielt ein kleiner Planwagen. Auf dem Bock teilten sich ein blonder junger Mann mit einem länglichen Gesicht und ein außergewöhnlich schönes, leicht verschleiertes Mädchen Brot und Käse. Der Mann kam Florís vage bekannt vor, aber von Herrn Salomon fand er keine Spur.

Florís beschloss, vor den offensichtlichen Bediensteten kein Blatt vor den Mund zu nehmen. »Ich suche die Herrin Gerlin«, bemerkte er kurz. »Man sagte mir, ich würde sie bei Euch finden.«

Florís konnte den Weiterzug des Heeres kaum abwarten. Er würde sich wieder im Wäldchen verstecken und dann zu seinen Rittern zurückkehren – wobei er in jedem Augenblick Zeit verlor ... Nervös spielte er mit den Zügeln seines Hengstes.

»Ist der noch aus der Zucht meines Onkels?«, fragte Abram. Florís schüttelte den Kopf und bekreuzigte sich mechanisch im Andenken an Herrn Salomon. Die schöne Miriam bedachte ihn daraufhin mit einem unwilligen Ausdruck. Das Kreuzzeichen für einen von christlichen Fanatikern getöteten Juden war in ihren Augen mehr als unpassend. Florís sah das Mädchen Entschuldigung heischend an. Abram und Miriam hatten ihm zuvor von ihrer Reise mit Herrn Martinus und Salomons Ende in Paris erzählt – außerdem von der Notlüge Dietmars Abstammung betreffend. Der junge Ritter konnte über Gerlins und Abrams Wagemut nur den Kopf schütteln.

»Nicht auszudenken, was der Franzose mit Euch gemacht hätte, wenn das rausgekommen wäre! Und das wäre es doch unweigerlich irgendwann!«

Abram zuckte die Schultern. »Sollten wir uns foltern und verbrennen lassen?«, erkundigte er sich. »Also, uns erschien die Schwindelei die bessere Lösung. Und jetzt seid Ihr ja auch da!« Er grinste den Ritter an. »Auch wenn Ihr gleich wieder wegwollt. Ihr müsst übrigens nicht warten, bis das Heer weiterzieht. Warum begebt Ihr Euch nicht ganz offiziell auf Erkundung? Keiner wird Euch aufhalten, wenn Ihr vorausreitet. Ihr ... wollt doch nach Fréteval, oder?«

»Beim König sind vielleicht zwanzig Ritter«, berichtete Florís seinen Leuten, nachdem er Abrams Rat gefolgt war. Tatsächlich hatte ihn niemand aufgehalten oder auch nur befragt; das französische Heer schien tatsächlich eher in Auflösung begriffen zu sein als in geordnetem Abzug. »Dazu ein Wagen mit dem königlichen Archiv und Frau Gerlin und Dietmar hoch zu Ross. Die Ritter dürften allerdings erfahrene Kämpfer sein – und der König ist auch nicht ohne. Dazu darf den Geiseln auf keinen Fall etwas passieren. Also: Greifen wir an oder nicht? Wir sind natürlich in der Minderzahl, aber wir haben den Überraschungseffekt auf unserer Seite. Und denkt an den Preis – wir könnten den König gefangen nehmen!«

Florís' Stoßtrupp bestand nach dem Abzug der zwei Botschafter aus sechzehn weiteren Rittern, alle kampferprobt. Keiner von ihnen hatte viel zu verlieren, sie waren sämtlich jüngere Söhne, die von Haus aus kein Lehen zu erwarten hatten. Aber wenn sie Richard Löwenherz seinen französischen Widersacher in Ketten brachten ... sie alle würden gemachte Leute sein.

»Klar greifen wir an!«, entschied der lebhafte junge Guillaume. »Schon um der Hohen Minne willen, wir können die Dame doch nicht in den Händen des Feindes lassen!«

Die anderen lachten, aber Florís spielte mit und befestigte Gerlins Zeichen stolz an seiner Lanze. »Um der Hohen Minne willen!«, rief er und setzte seinen Hengst in Gang. Es galt, den König und seine Ritter einzuholen. Die Männer lenkten ihre Pferde nach Nordosten, in Richtung der Feste Fréteval.

Fréteval war ein kleiner befestigter Ort, beherrscht von einem trutzigen Wehrturm. Die Festung wurde von Getreuen der Plantagenets gehalten, aber König Philipp machte an diesem Tag keinen Versuch, sie zu erobern. Im Gegenteil, der König und seine Ritter bemühten sich auffällig, die Burg ungesehen zu passieren, sie mochten es wohl auf kein Scharmützel ankommen lassen. Gerlin bekam den Ort überhaupt nicht zu sehen. Während Dietmar friedlich schlief, las sie sich fasziniert durch die schockierendsten Dokumente des Kronarchivs – wobei sie sich immer sicherer fühlte. Sie hatte sich stets vor einer Begegnung mit Richard Löwenherz gefürchtet. Wenn er wirklich Lösegeld für sie und ihren Sohn bezahlte und dann feststellte, dass er getäuscht worden war, konnte Gerlin auch die Freundschaft seiner Mutter nicht retten. Natürlich war Richard Kavalier und am Minnehof erzogen. Aber ob er ein solches Husarenstück hinnahm? Noch dazu in Anbetracht der leeren englischen Staatskassen und der damit verbundenen Schmach? Einem König ein Kind unterzuschieben war sicher ein Verbrechen.

Was Gerlin hier jedoch an brisanten Schriftstücken in die Hände gefallen war, mochte die Schwindelei mit ihrem Sohn zehnmal ausgleichen. Für diese Briefe seines Bruders Johann würde Richard zweifellos ein Vermögen bezahlen! Und Gerlin hoch in Ehren halten, wenn sie es war, die sie ihm zugänglich machte. Die junge Frau dachte ernstlich daran, die wichtigsten Dokumente zusammenzuraffen und zu versuchen zu fliehen. Aber dann wartete sie doch erst einmal ab. Es war zu gefährlich, sich abzusetzen. Die Hengste der Ritter würden ihr ermüdetes Maultier in wenigen Augenblicken einholen. Dennoch packte sie schließlich Johanns Briefe zusammen und versteckte sie in den Taschen ihres Gewandes. Wenn es irgendwann eine Möglichkeit zur Flucht gab, hätte sie so immerhin ihr Faustpfand. Und wahrscheinlich würde man sie auch nicht durchsuchen, falls Richard sie auslöste. Sie brächte ihm die Briefe dann sozusagen als Morgengabe. Ein Gedanke, bei dem Gerlin beinahe lachen musste.

Aber dann, es dämmerte eben, und Gerlin hatte die Lektüre weiterer Schriftstücke mangels Licht unwillig beendet, stoppte der Wagen abrupt.

»Für König Richard im Namen der Hohen Minne!«

Gerlin vernahm den Hufschlag herangaloppierender Pferde und eine Stimme, die ihr Herz sofort schneller schlagen ließ. Das war doch ... nein, das konnte nicht sein! Und doch war da dieser Anflug von Amüsement in der klangvollen Tenorstimme, dieser vergnügte Unterton eines Ritters, der lachend in den Kampf ritt und sich unbesiegbar fühlte. Ein Gefühl, an dem sie so gern und viel zu selten Anteil gehabt hatte ...

Gerlin versuchte, die Plane zu heben und ins Freie zu schauen, während um den Wagen herum die Hölle losbrach. Florís de Trillon musste die Ritter des Königs mit weiteren Männern angegriffen haben, ein solches Gefecht hatte Gerlin noch nie erlebt. Natürlich hatte sie auf Turnieren bereits Massenkämpfe gesehen und den Überfall auf ihre »Pilgergruppe« miterlebt, aber sie war niemals so im Zentrum des Geschehens gewesen, und der Buhurt wurde auch nicht mit scharfen Waffen ausgetragen. Jetzt aber klirrten um Gerlin und ihren Sohn herum die Schwerter, Lanzen prallten auf Brustpanzer, Schilde stießen aneinander, Ritter brüllten einander an und tauschten Schmähreden, während sie aufeinander einschlugen.

Der Kutscher des Planwagens beteiligte sich nicht am Gefecht, sondern versteckte sich gleich unter dem Bock. Er war Gerlin schon vorher wenig kriegerisch veranlagt erschienen. Gerlin selbst hatte sich inzwischen zum Bock durchgetastet und schaute fassungslos in das Gewühl, in dem sie weder Freund noch Feind ausmachen konnte. Das Gefecht schien ihr verhältnismäßig ausgeglichen – obwohl sie weniger Ritter ausmachte, als eigentlich zu dieser Vorhut gehört hatten. Hatten sich da welche aus dem Staub gemacht? Gerlin konnte es kaum glauben, aber die Standarte des Königs war nirgends zu entdecken. Und die verbleibenden französischen Ritter schlugen sich vor allem um das Kronarchiv!

»König Philipp ist weg!«

Das Verschwinden des Königs wurde nun auch den angreifenden Rittern bewusst. Die Männer wirkten bestürzt und unterbrachen kurz das Kampfgeschehen.

»Sollen wir hinterher?«

Während die Ritter noch zögerten, sprang einer der Franzosen vom Pferd und stürzte auf den Planwagen zu. Gerlin erkannte den Ritter, den ihr der Kutscher zuvor als den Archivar vorgestellt hatte – der Mann musste wissen, wie kostbar das Gut war, das die Angreifer eben fast zurückgelassen hätten, um dem König nachzusetzen. Todesmutig ließ er sein Pferd stehen und schwang sich auf den Bock des Wagens. Während die anderen Männer die Angreifer beschäftigten, setzte er die Pferde mit gezieltem Peitschenschlag in Galopp. Die erschrockenen Tiere zerrten den Wagen durch das Kampfgetümmel und hinter den fliehenden Rittern des Königs her.

Florís und seine Männer setzten den unerbittlichen Kampf mit ihren Gegnern fort. Keiner von ihnen kümmerte sich um den Wagen – und vorerst schien auch niemand nach Gerlin zu suchen. Womöglich schaffte es der Archivar wirklich noch, den Planwagen in Sicherheit zu bringen. Und damit die Dokumente und die Geiseln!

Tatsächlich bestätigten sich Gerlins schlimmste Befürchtungen, als der Mann den Wagen gleich darauf über einen Seitenweg in den Wald lenkte, statt auf dem Hauptweg zu bleiben und dem König zu folgen. Wenn er damit zwischen den Bäumen verschwand, würde Florís ihn nicht finden. Aber die Verfolgung des Königs würde den Rittern sicher auch wichtiger sein als die Eroberung von ein paar Papieren.

Gerlins Gedanken rasten, aber dann griff sie nach einem der riesigen Folianten, die im Bauch des Planwagens gehortet wurden – er war inhaltlich eher uninteressant. Gerlin sah, dass er Steuerauflistungen beinhaltete. Wenn diese verloren gingen – sei's drum!

Vorsichtig arbeitete sie sich nach vorn vor, bis sie direkt hinter dem Bock hockte. Dann holte sie mit aller Kraft aus und schlug dem Archivar den Folianten über den Kopf. Die Wirkung war schwach, der Mann trug noch seinen Helm, aber er wandte sich doch erschrocken um, und Gerlin nutzte ihre Chance ein weiteres Mal. Diesmal traf das Buch sein Gesicht, das Visier hatte der Archivar bereits aufgeklappt, um in der Dämmerung besser sehen zu können. Natürlich hätte ihn auch dieser Schlag nicht ernstlich verletzt, aber er verlor doch einen Herzschlag lang die Kontrolle über die verschreckten Pferde. Die Tiere folgten seiner ungeschickten Lenkbewegung nach links in den Wald und rasten zwischen zwei Bäumen hindurch, deren Äste den Ritter vom Bock schleuderten. Gerlin konnte sich im letzten Moment ducken. Sie zog den Kopf ein, während die Pferde unkontrolliert weiterrannten. Doch schon bald wurden sie vom dichten Unterholz gestoppt. Als der Wagen endgültig zwischen zwei Tannen festhing, ergaben sich die Tiere in ihr Schicksal, blieben stehen und begannen zu fressen.

Gerlin schaute ängstlich nach Sirene aus, aber der Maultierstute war nichts passiert. Sie wirkte lediglich etwas indigniert, war sie es doch nun wirklich nicht gewöhnt, an einen Wagen gebunden und dann noch in rasendem Galopp von ihm mitgezerrt zu werden. Umso besser gelaunt zeigte sich Dietmar. Das Kind war von der wilden Fahrt erwacht, hatte das Geschaukel allerdings wieder einmal lustig gefunden. Der Kleine brabbelte vergnügt auf Gerlin ein, als sie ihn aufhob und an sich zog.

Auf der Straße klirrten immer noch Waffen, aber es wurde schon ruhiger. Und unter dem Bock regte sich der verängstigte Kutscher.

»Könnt Ihr den Wagen hier herauslavieren?«, fragte Gerlin, als der Mann sich aufrichtete.

Sie war sich nicht sicher, wie viel er von ihrem Kampf mit dem

Archivar mitbekommen hatte, aber anscheinend hegte er ihr gegenüber keine Ressentiments. Stattdessen lamentierte er nur laut über den Zustand seines Karrens und sprach dann beruhigend auf die Pferde ein.

»Versuchen kann ich's ja. Steigt einmal aus, Herrin, vielleicht müsst Ihr schieben ...«

Der Kutscher und Gerlin mühten sich noch mit dem Wagen ab, als sie ein mühsames Keuchen hinter sich hörten. Gerlin erschrak zu Tode. Sie hatte auf Florís und seine Ritter gehofft, aber tatsächlich hinkte der Archivar durchs Unterholz auf sie zu. Als er den Wagen erreichte, riss er sich den Helm vom Kopf.

»Nimm das Mädchen fest!«, befahl er dem Kutscher. »Und lass das mit den Pferden, wir kriegen den Wagen niemals rechtzeitig hier raus. Hilf mir lieber!«

Der Ritter begann, in den Dokumenten im Wagen zu wühlen – Gerlin hoffte, dass bei der wilden Fahrt einiges durcheinandergeraten war. Wenn der Ritter allerdings genau wusste, wo er suchen musste, und die fraglichen Briefe nicht fand ...

Gerlin warf einen Blick auf den unschlüssigen Kutscher. Er wusste offensichtlich nicht, was genau von ihm erwartet wurde – schließlich konnte er nicht gleichzeitig Gerlin bewachen und die Schriften in Empfang nehmen, die der Archivar eben hektisch aus dem Wagen zerrte.

»Verbrennen! Schnell!«

Die neue Anweisung brachte den Kutscher noch mehr in Verlegenheit. Gerlin jedoch nutzte die Gelegenheit – während sich der Mann dem Wagen zuwandte, flüchtete sie ins Buschwerk und rannte zurück auf den Weg. Dietmar quengelte und zappelte in ihrem Arm, er wurde langsam zu schwer, um gegen seinen Willen irgendwohin getragen zu werden.

Aber dann hörte Gerlin Stimmen und Hufschlag: Florís und seine Ritter hatten ihren Kampf siegreich beendet – oder doch zumindest die Gegner in die Flucht geschlagen. Jetzt folgten sie den Spuren des Planwagens und stritten sich heftig.

»Ich versteh nicht, warum wir den Reitern nicht nachsetzen!«, schimpfte einer der Ritter. »Wir könnten sie einholen und den König doch noch gefangen nehmen.«

»Der König ist längst über alle Berge!«, antwortete Florís mit klarer Stimme und in sehr bestimmtem Ton. »Himmel, Guillaume, der und seine Getreuen haben sich doch gleich in Galopp gesetzt, als wir angriffen. Die kriegst du nie, zumal nicht jetzt gegen Abend. Wenn es dunkel wird, ist die Gefahr eines Hinterhalts viel zu groß. Besser, wir sichern das Kronarchiv und das königliche Siegel! Wenn wir schon nicht ...«

Florís konnte nicht weitersprechen, als er sich unversehens Gerlin gegenübersah.

»Gerlin ... Herrin ...«

Gerlin schaute zu ihm auf und fühlte sich plötzlich schwindelig. Es konnte nicht sein, dass da wirklich ihr strahlender Ritter vor ihr sein Pferd verhielt, aufrecht und stolz im Sattel seines Hengstes. Sie fühlte sich an die lang vergangenen Zeiten in Lauenstein erinnert, als der Ritter Floremon für Dietrich trainierte – und sie sah Dietrichs glückliches Gesicht, als er ihm schließlich die Zügel in die Hand gab, seine eifrige Suche nach einem Namen für das Pferd ... Floremon aus Florís und Salomon ... Gerlin schwankte zwischen Lachen und Weinen. Es war zu viel ... Zu viele Männer, die sie geliebt und verloren hatte ... aber jetzt war Florís wieder da ... Sie tastete nach dem Zügel seines Pferdes. Aber Florís war bereits aus dem Sattel gesprungen und kniete vor ihr nieder.

»Gerlin, meine Dame ... Gerlin, meine Liebste ...« Die letzten Worte sprach er leise, fast andächtig. »Wir dachten ... wir dachten, du seiest mit dem König ...«

Gerlin fühlte sich wie zurückversetzt in die Halle von Lauenstein ... oder Falkenberg ... damals, als Florís sich ihr als Anführer ihrer Eskorte präsentierte ... Sie setzte Dietmar ins Gras, reichte dem Ritter die Hand, und er küsste sie.

Aber dann nahm sich Gerlin zusammen. Was tat sie da, sie waren nicht bei Hofe! Es galt keine minniglichen Worte zu wechseln, sondern das Kronarchiv der Franzosen für Richard zu sichern.

»Lasst das jetzt!«, sagte sie fast etwas grob. »Ihr müsst da hinein, die Pferde sind durchgegangen, der Wagen hängt fest, und die Franzosen wollen die Schriften verbrennen ...«

Dietmar hangelte sich protestierend an ihrem Knie hoch.

»Mein kleiner Herr Dietmar!«, lächelte Florís.

Aber auch er besann sich jetzt. Vor seinen Rittern wollte er auf keinen Fall zu viel von seiner Beziehung zu Gerlin zeigen. Offiziell befreite er diese Dame und ihr Kind schließlich für einen anderen. Und Guillaume verhielt sein Pferd jetzt auch schon neben ihnen und spähte in die von Gerlin angegebene Richtung.

»Was für Schriften?«, fragte er.

Augenblicke später durchbrachen die Pferde der Ritter das Unterholz, und Florís und seine Männer stürzten sich auf den Archivar und seinen widerstrebenden Helfer. Die beiden hatten tatsächlich einen Berg von Pergament und Folianten vor sich aufgehäuft, und der Kutscher versuchte gerade die mit seinem Feuereisen geschlagenen Funken mit einem Stück feuchten Zunderschwamms aufzufangen.

Der Archivar blickte fassungslos auf die angreifenden Ritter, traf dann aber einen todesmutigen Entschluss. »Mach weiter!«, rief er dem Mann zu und zog sein Schwert. »Ich halte sie auf!«

Guillaume lachte und wollte den ungleichen Kampf gleich aufnehmen, aber Gerlin befahl Einhalt. »Lasst, Herr! Ihr seid ein tapferer Ritter, aber hier gibt es nichts, für das es sich lohnt, Euer Leben zu opfern. Die wichtigsten Schriften …«, sie hob ihren Mantel und suchte in den Taschen ihrer Röcke, dann hielt sie dem entsetzten Archivar die Briefe entgegen, »… habe ich ohnehin in Sicherheit gebracht!«

Der Archivar ergab sich unverzüglich, auch der Kutscher ließ sich widerspruchslos festnehmen. Er half sogar dabei, die Dokumente wieder aufzuladen, und schirrte dann die Pferde aus. Während er die Tiere beruhigte, befreiten Florís und seine Ritter den Wagen, und schließlich spannten sie die Pferde im Licht der nun doch noch entzündeten Fackel wieder an. Gerlin erstieg erneut Sirene und ritt neben Florís her. Seine triumphierenden jungen Ritter eskortierten den Planwagen und die Gefangenen.

Dietmar durfte vor Florís auf dem Streithengst reiten und war wieder bester Stimmung.

»Der kleine Ritter ist gewachsen!«, lachte Florís. »Und er scheint ungemein tapfer zu sein. Wer weiß, vielleicht verleiht man ihm auch eines Tages den Beinamen Löwenherz.« Er zwinkerte Gerlin zu.

Gerlin seufzte. »Ich hoffe, König Richard sieht das auch so gelassen. Ich fürchte, ich werde ihm einiges erklären müssen …«

Kapitel 7

Roland von Ornemünde war nicht sehr zufrieden mit dem Fortgang seiner Bemühungen um das Lehen Lauenstein. Natürlich hielt er die Burg seit Gerlins Flucht besetzt, und er hätte die Witwe des früheren Burgherrn auch jederzeit freien können. Frau Luitgart wartete nur auf ihre Legalisierung als Herrin der Festung. Für Roland wäre damit allerdings nichts gewonnen gewesen. Luitgart hatte kein Anrecht auf irgendein Erbe, lediglich eine Ehe mit Gerlin hätte den Ornemünder seinen Zielen nähergebracht.

So wich er der früheren Herrin auch weitestmöglich aus, schließlich war es immer noch möglich, dass Gerlin zurückkam oder dass man sie irgendwo auftrieb und zur Rückkehr zwang. Darauf zielte wohl auch das Antwortschreiben des Kaisers, dem Roland sein Ansinnen in schönen Worten brieflich vorgetragen hatte, nachdem er erst mal auf Lauenstein saß. Natürlich hoffte er auf einen raschen Schiedsspruch – Heinrich VI. befand sich gerade auf seinem Zug nach Sizilien und hatte sicher anderes zu tun, als sich intensiv um Provinzstreitigkeiten in Franken zu kümmern.

Allerdings hatte sich ein älterer Sohn Laurent von Neuenwaldes dem Zug des Kaisers angeschlossen und war wohl bald in die Kreise der ihm näherstehenden Ritter aufgerückt. Der Monarch mochte seine Meinung zu den Lauensteiner Problemen eingeholt haben, sein Antwortschreiben fiel entsprechend kühl aus. Natürlich ehre es Herrn Roland, sich um seinen jungen Verwandten Dietmar und dessen Lehen zu sorgen, es befremde jedoch den Kaiser, dass die Mutter des Kindes offensichtlich eine Erziehung am Hofe eines anderen Verwandten bevorzuge. Herr Roland hätte sich hier vielleicht etwas verbindlicher zeigen müssen. Auf jeden Fall bestätigte ihn der Kaiser keineswegs als Verwalter des Lehens Lauenstein, sondern forderte eine Klärung der Verhältnisse im Einklang mit der Witwe des früheren Lehnsherrn. Wenn Dietmar in der Burg seiner Väter als Mündel von Roland von Ornemünde aufwachsen könnte, wäre gegen eine Verwalterstellung nichts einzuwenden. So jedoch ...

»Ohne Kind kein Lehen«, fasste Roland die Antwort des Kaisers grollend seinem besten Freund und Trinkkumpan Odemar von Steinbach gegenüber zusammen. »Das haben sie fein eingefädelt, dieser Jude und dieser Ritter de Trillon. Ich kann Lauenstein zehn Jahre lang halten: Aber wenn Gerlin eines Tages mit ihrem Balg vor der Tür steht, bin ich die Burg los.«

Odemar von Steinbach lachte. »Nun, gegen ein Weib und ein Kind solltet Ihr Lauenstein doch wohl verteidigen können!«, höhnte er. »Wenn sie allerdings mit einem halben Heer von Rittern vor der Tür steht ... Sie versteht sich ja wohl darauf, mehr oder weniger hochgeborene Herren auf ihre Seite zu ziehen ...«

Roland knirschte mit den Zähnen. »Mir wäre es allemal lieber, sie herzuholen und zu freien, als abzuwarten, bis sie ein Heer sammelt«, stieß er verärgert hervor. »Aber sie scheint ja spurlos verschwunden. Dabei dachte ich eigentlich, sie zöge gleich zur nächstbesten Burg und erzählte jedem weichherzigen Troubadour ihre ach so traurige Geschichte. Dann hätten wir sie längst. Aber so ...«

»Frau Gerlin von Ornemünde?«, fragte plötzlich ein Ritter, der an diesem Abend zum ersten Mal an Herrn Rolands Tafel speiste.

Der Fahrende stammte aus dem Rheinischen, eigentlich von einer sehr kleinen Burg, aber er war wohl ein Naturtalent in Tjost und Schwertkampf. Zumindest hatte er sich in Turnierkämpfen bereits einen Namen gemacht und war nun dabei, sich nach Sizilien durchzuschlagen, um sich dort dem Heer des Kaisers anzuschließen. Wobei durchschlagen wörtlich zu nehmen war: Herr Baldwin ritt von einem Turnier zum anderen, verdingte sich zwischendurch in Eskorten für Fernhändler oder Pilger und freute sich ansonsten über jede Burg, in der er ein paar Tage Aufnahme fand. Roland hatte ihn auf Lauenstein willkommen geheißen und dachte sogar darüber nach, ihn zu behalten. Sehr viele schlagkräftige Ritter gab es nämlich nicht mehr auf der Burg.

Die Männer der alten Stammbesetzung waren Dietrich treu ergeben gewesen. Nach der Übernahme der Festung durch Roland hatten sie sich unter Protest abgesetzt. Die meisten zogen unter der Führung von Herrn Laurents Sohn mit Heinrich nach Sizilien. Neue Ritter kamen nur selten vorbei, und Knappen schickte auch niemand zur Ausbildung in die umstrittene Festung. Roland wurde zwar nicht mehr bekämpft, aber er war verfemt. Solange der König ihn nicht als Burgherrn anerkannte, mied die Ritterschaft den Usurpator. Umso wärmer begrüßte Roland seltene Besucher wie Baldwin von Brest. Der Fahrende Ritter wusste sichtlich nicht, wie ihm geschah, als ihm Frau Luitgart persönlich den Begrüßungstrunk reichte und der Burgherr ihn an seine Tafel bat.

Jetzt wandten sich alle zu ihm um, als er Gerlins Namen erwähnte. »Ich bin mir nicht sicher, aber ich meine, den Namen irgendwo gehört zu haben«, meinte der Ritter fast schüchtern, als er plötzlich die gesamte Aufmerksamkeit auf sich ruhen spürte. »Allerdings ... ja, jetzt erinnere ich mich, in einer Schenke, und der Ritter war schon recht betrunken. Aber er schwärmte von dieser Frau und ...«

»Welcher Ritter?«, fragte Roland begierig. »Florís de Trillon?«

Herr Baldwin schüttelte den Kopf. »Nein, nein es war ein ... ein Rheinländer ... wie hieß er noch, Herr ... hm ... Berthold, ja, Berthold von Bingen. Wir … hm … sprachen darüber, welche Frauen wir jemals begehrenswert fanden … Ihr müsst verzeihen, Herr Roland, natürlich ist es nicht höfisch, so über die Damen herzuziehen, aber wir waren beide betrunken …«

»Und der Kerl erwähnte Frau Gerlin?«, fragte Odemar von Steinbach ungeduldig. Höfische Rede war ihm völlig fremd. »Nun ja, sie war zweifellos ein hübsches Ding … ein bisschen spillerig vielleicht, aber …«

»Herr Odemar, es interessiert hier niemanden, wie begehrenswert Ihr die Dame fandet!«, fuhr ihm Roland über den Mund. »Und die Gelüste dieses Herrn Berthold sind wohl auch nicht …«

»Der Ritter erwähnte eine Frau, die der Herrin von Lauenstein ähnlich sah«, unterbrach ihn Herr Baldwin rasch. Er schien sich jetzt genauer an das Gespräch zu erinnern. »Sie gehörte zu einer Pilgergruppe oder so was, die Herr Berthold bewachte, wir trafen uns in einem Gasthof bei Saarbrücken. Dabei waren seine Schäfchen wohl recht seltsam, er erzählte von Huren, von Sterndeutern, Badern … es klang fast, als begleite er einen Gauklertrupp. Wobei er sich nach einem der beteiligten Weiber verzehrte, weil sie ebenjener Gerlin von Ornemünde ähnlich sah. Mehr weiß ich nicht, es hat wahrscheinlich nichts zu bedeuten …«

»Und die Frau war nicht in Begleitung von Rittern?«, erkundigte sich Roland begierig. »Oder von Juden? Hatte sie ein Kind?«

Herr Baldwin zuckte die Schultern. »Ich habe eine Nacht lang mit diesem Herrn Berthold gezecht. Auch den Strohsack mit ihm geteilt, Ihr wisst ja, wie es in diesen Herbergen ist. Aber am Morgen bin ich früh aufgestanden und weitergeritten. Die anderen Reisenden habe ich mir nicht genau angesehen.« Er dachte nach. »Allerdings … es war zumindest eine Frau mit einem Kind dabei. Sie war ebenfalls früh wach, ihr Gemahl bat den Wirt um Milch für den Kleinen …«

»Wie sah sie aus?«, examinierte Herr Roland.

Herr Baldwin schüttelte den Kopf. »Herr Roland, ich weiß es wirklich nicht. Ich habe nicht darauf geachtet, zudem dröhnte mir der Kopf, und ich war voller Flöhe. Diese Herberge war ein Graus! Sie nahm aber sicher keine Juden auf. Und die einzigen Ritter außer mir waren Herr Berthold und seine Männer.«

»Wenn er sie in Saarbrücken gesehen hat, waren sie auf dem Weg nach Paris«, überlegte Odemar von Steinbach. »Kann sie irgendwas vom französischen König erhoffen?«

Roland schüttelte den Kopf. »Wenn, dann eher vom englischen …«

»Die Pilger waren auf dem Weg in die Touraine«, bemerkte Herr Baldwin. »Zum Grab des heiligen Martin oder so.«

Roland sprang auf, als habe man ihn mit heißem Teer begossen. »Tours! Natürlich, sie will nach Loches! Da sitzt ein Ornemünder auf einem großen Lehen, wenn ich mich richtig erinnere. Vielleicht ein näherer Verwandter zu ihrem verstorbenen Dietrich …«

»Wenn sie es war«, schränkte Odemar ein.

Roland sah ihn streng an. »Wir müssen das herausfinden! Wie wär's, Herr Odemar, habt Ihr nicht Lust auf ein Abenteuer? Ein kleiner Ritt nach Süden?«

»In der Gegend um Tours wird gekämpft«, gab Herr Baldwin zu bedenken. »Plantagenet ist in der Normandie gelandet …«

»Ich fürchte mich vor keinem Kampf!« Odemar von Steinbach warf sich in die Brust. Tatsächlich ging er seit seiner Kindheit keinem Scharmützel aus dem Weg und war ein ungemein kräftiger Schwertkämpfer. Das ruhige Leben auf Burg Lauenstein war ihm zu langweilig. »Wer weiß, womöglich ergeben sich da ganz neue Möglichkeiten, Ruhm und Ehre zu erwerben.«

Roland zuckte die Schultern. »Erwerbt von mir aus Ruhm und Ehre, aber vor allem bringt Ihr mir Gerlin von Lauenstein. Und ihren Sohn! Im Zweifelsfall auch nur das Balg ohne die Frau. Kann ja irgendwo in den Kriegswirren umgekommen sein, was weiß der Kaiser, was da im Einzelnen vorgeht. Wann werdet Ihr reiten?«

Odemar von Steinbach schied gleich am nächsten Tag von der Burg – allein, ohne Knappen oder weitere Ritter. Er meinte, so schneller vorwärtszukommen – wenn er später Hilfe bei der Entführung des Kindes brauchen sollte, fänden sich bestimmt ein paar Fahrende Ritter oder irgendwelche Gauner, die er dafür dingen konnte. In umkämpften Gebieten wimmelte es schließlich von Gesindel aller Art, er brauchte sich niemanden mitzunehmen, der sich die Untat womöglich noch ritterlich schönreden musste.

Tatsächlich erreichte er sehr bald Bamberg und war auch geistesgegenwärtig genug, in Klöstern am Weg nach Pilgergruppen zu fragen, die dort in den letzten Wochen genächtigt hatten. Gleich in Ebrach wurde er dabei fündig. Eine Reisegesellschaft nach Tours, darunter mehrere Frauen. Es war nicht schwer, der Fährte des Herrn Martinus zu folgen. Herr Odemar und sein schnelles Pferd erreichten schon nach kürzester Zeit Paris und den Louvre. Der Ritter frohlockte, als er dort sehr bald von Herrn Martinus hörte. Der kleine Sterndeuter verdiente sich nach wie vor eine goldene Nase, indem er seine Dienste den Rittern des Königs anbot – und auch ihren Damen bereitwillig ihr Schicksal aus dem Lauf der Sterne las. Er hatte Quartier im Louvre bezogen, protegiert vom Hauptmann und wohl versorgt von seiner Martha. Die alte Dienerin hatte, beschwingt von Marias Fortgang, resolut die Herrschaft über seinen Haushalt an sich gerissen. Sie hielt Martinus besser vom Wein fern als jede Erscheinung des heiligen Martin und zählte glückselig das Geld, das er einnahm. Herr Leopold war tatsächlich in einer der Kathedralschulen angenommen worden, studierte voller Eifer und zog ansonsten den Kopf ein. Kein noch so strenger Lehrer konnte schlimmer sein als sein eigenwilliger Vater und seine zänkische Mutter.

Frau Martha war es denn auch, die Herrn Odemar haarklein die Geschichte des Baders Friderikus und seiner Frau Lindis erzählte – die sich dann wohl zum allseitigen Entsetzen als Juden entpuppt hatten. »Den Kerl haben sie verbrannt, heißt es, oder erschlagen, nachdem er einen Ritter getötet hat! Man stelle sich das vor, einen Ritter! Und sie, die Frau Lindis ... und die kleine Hure, die wir auch noch mitschleppten ... die haben sie irgendwie mitgenommen, sie schicken sie zum König ... werden wohl auch als Ketzerinnen brennen, die zwei, da in Vendôme!«

Odemar hörte sich ihren Sermon mit erzwungener Langmut an – wobei er durchaus glaubte, dass Salomon von Kronach einen Ritter im Schwertkampf hatte schlagen können. Ob man allerdings zwei enttarnte Judenweiber zum Verbrennen nach Vendôme schaffte, bezweifelte er. Da musste etwas anderes vorliegen ...

Aber auf jeden Fall war ihm Gerlin wieder mal entkommen! Der vierschrötige, bärenstärke Ritter hatte langsam das Gefühl, seiner Beute immer ein Stück hinterherzuhinken. Dann aber machte ihm eine Sitzung mit Herrn Martinus wieder Mut. Zweifellos lenkten die Sterne seinen Weg nach Vendôme, egal ob er dort Gerlin traf oder nicht. Der Sterndeuter riet ihm, sich zunächst dem Heer des französischen Königs anzuschließen und dann weiterzusehen. Schließlich ging es neben der Sache mit Gerlin auch um Ruhm und Ehre ... und so schwierig erschien es dem bayerischen Ritter nicht, Richard Plantagenet zurück ins Meer zu werfen ...

König Philipps Heer befand sich bereits in den Vorbereitungen zum Aufbruch, als Odemar das Hauptquartier des Königs ansteuerte. Es schien wenig geordnet, der Ritter wunderte sich, dass ihn niemand nach einer Losung fragte oder in anderer Weise kontrollierte, als er ins Lager einritt. Ein Herzog aus dem Umfeld des Königs, der als Marschall und stellvertretender Heerführer fungierte, hieß den neuen Ritter auf Seiten der Krone zwar herzlich willkommen, sparte sich aber alle Formalitäten bei seiner Aufnahme.

»Baut für heute Nacht einfach irgendwo Euer Zelt auf, aber macht Euch nicht zu heimisch, wir ziehen morgen ab«, beschied er Odemar. »Richtung Krondomäne – dort wird das weitere Vorgehen beschlossen. Der König wird Euch dann sicher auch zu sich bitten und persönlich über Eure Verwendung im Heer befinden. Fußsoldaten bringt Ihr nicht mit?«

Odemar schüttelte den Kopf. »Ich bin ein Fahrender, Herzog, ein Lehen muss ich mir erst erwerben, bevor ich dem König Männer aus meinem Land stellen kann. Wenn ich allerdings ...«

Der Herzog nickte ungeduldig. »Ihr würdet Euch zweifellos als treuer Lehnsmann erweisen ... man wird sehen, Ihr werdet sicher noch ausreichend Gelegenheit haben, dem König Eure Kampfkraft und Tapferkeit zu zeigen. Aber nun reiht Euch erst mal irgendwo ein, wir haben es eilig, der König wird bereits in aller Herrgottsfrühe nach Orléans aufbrechen. Das Heer folgt, so rasch es eben geht.«

Odemar hoffte natürlich, gleich etwas über Gerlins und Dietmars Verbleiben bei Vendôme in Erfahrung bringen zu können, aber im Heer herrschte das reine Chaos. Dazu nutzte die Besatzung von Vendôme die Chance, den Franzosen noch einmal etwas einzuheizen, indem sie Pfeile auf die Männer abschossen, die Belagerungsmaschinen abbauten und Maultiere vor die zugehörigen Wagen spannten. Ein paar todesmutige Ritter wagten sogar einen Ausfall und verwickelten ein paar Truppenteile in Scharmützel, wobei sie rasch zuschlugen und sich ebenso schnell wieder entfernten. Odemar geriet in einen dieser kleinen Kämpfe hinein und konnte sich gleich auszeichnen, woraufhin er ans Feuer des Ritters geladen wurde, dessen Männer der Angriff getroffen hatte. Louis de Chartres, ein leibhaftiger Graf, teilte Wein und Essen mit dem Bayern, konnte seine Fragen aber nicht zu seiner Befriedigung beantworten.

Nein, Hinrichtungen seien nicht geplant, und Judenverbrennungen erst recht nicht. Das mache König Philipp selten, damit habe sich eher sein Vorgänger Ludwig ausgezeichnet. Philipp II. plane, die Hebräer zurückzuholen, er brauche Finanziers für seine Feldzüge. Allerdings habe der König Gefangene im Kloster La Trinité untergebracht.

»Geiseln«, meinte der Graf schulterzuckend. »Weiß der Himmel, was ihm da ins Netz gegangen ist, aber er kann's jedenfalls brauchen. Richard Plantagenet zieht durchs Land wie ein Sommergewitter. Was wir hier gerade veranstalten, ist kein Abzug, es ist eine Flucht!«

Dementsprechend schlecht waren Odemars Chancen, sich gleich wieder auf Gerlins Spuren abzusetzen. Louis de Chartres hatte Gefallen an ihm gefunden und bat ihn, den Befehl über einen Teil seiner Männer zu übernehmen. Neinsagen war unmöglich, der Graf konnte sich als wichtig erweisen. Womöglich vergab er selbst Lehen oder konnte sich beim König für den bayerischen Ritter einsetzen. Odemar ließ die Männer also antreten, ein wenig exerzieren und geordnet abmarschieren. Darüber besserte sich schließlich sogar seine Laune – es würde Spaß machen, irgendwann eine eigene Streitmacht von Bauern und anderen Leibeigenen aufzustellen. Sein Vater und sein Bruder waren da viel zu lasch.

Odemar erging sich in einem kurzen Traum von einem großen Lehen, dessen Herr dem König schlagkräftige Truppen stellte und entsprechend angesehen war. Und in Sachen Gerlin tröstete er sich mit der Überlegung, dass Philipp II. die Geiseln sicher mit nach Orléans nehmen würde. Höchstwahrscheinlich reisten sie längst im gleichen Heer wie ihr Häscher, und wenn Odemar es richtig geschickt anstellte, konnte er sogar den Eindruck erwecken, die entlaufene Gräfin und ihren Sohn nicht entführen, sondern befreien zu wollen!

Ein schwarzer Ritter im Dienst der Gerechtigkeit – Odemar grinste vor sich hin. Auf ein am Minnehof erzogenes Mädchen musste eine solche Scharade unwiderstehlich wirken.

Kapitel 8

Richard Löwenherz ließ sein Heer in geordneterer Formation abziehen als Philipp II. Auch er verließ blutenden Herzens eine belagerte Burg – zumal die seine kurz vor der Übergabe stand, er hatte in einem oder zwei Tagen mit der Aufgabe der französischen Burgbesatzung gerechnet. Loches war allerdings wichtiger, die Gesamtstrategie durfte nicht völlig aufgegeben werden, und es bestand ja doch zumindest ein klein wenig Hoffnung, dass Sancho die Stellung noch hielt, bis Richard vorrückte. So brach der König zwar rasch auf, aber nicht hastig. Sein Heerzug hatte sich gerade in Gang gesetzt, als Rüdiger von Falkenberg und Justin de Frênes der Vorhut entgegengaloppierten. Die beiden ließen die vorausreitenden und sichernden Ritter mit kurzem Gruß hinter sich und begaben sich auf direktem Weg zur Heeresleitung. Richard Plantagenet ritt seiner Hauptstreitmacht selbst voran. Und natürlich holte er keinen Vorsprung heraus, wie sein französischer Widersacher, sondern ließ die Königsstandarte stolz im Wind flattern. Möglichst jeder Kämpfer sollte sehen, für wen er da in die Schlacht zog. Rüdiger und Justin brauchten nur die Fahne mit den drei goldenen Löwen anzureiten, um den König zu finden.

Richard lauschte ihrem knappen Bericht und wandte sich dann an die Ritter in seiner Begleitung. »Ihr habt es gehört! Wir haben die Möglichkeit eines Überraschungsangriffs, und wir sollten sie nutzen! Bei Gott, dieser Florís de Trillon ist ein Teufelskerl! Und Ihr natürlich auch, meine Herren! Wie war es noch? Herr Rüdiger und Herr Justin, Ihr bleibt bei mir, ich gewähre Euch das Privileg, direkt unter dem Kommando des Königs zu kämpfen. Die anderen begeben sich sofort zu den verschiedenen Truppenteilen. Beschleunigter Vormarsch und Kampfbereitschaft. Erwartete Feindberührung bei Fréteval!«

Rüdiger von Falkenberg konnte sich vor Stolz kaum halten, als er an der Spitze des englischen Heeres, direkt hinter Richard Löwenherz auf die Flanke des französischen Heerzugs zusprengte: Die Lanze angelegt wie zum Turnier, aber jetzt natürlich ohne Lederschutz, ein scharfes Schwert in der Hand, das an diesem Tag erstmalig wirklich Blut schmecken sollte.

Sehr rühmlich verlief der erste richtige Kampf des jungen Ritters dann aber nicht, obwohl Richards Truppen alle Tapferkeit aufbrachten, die ihr König von ihnen verlangte. Der Feind erwies sich nämlich als ausgesprochen unwürdig. Wie die jungen Ritter bereits berichtet hatten, befand sich König Philipp nicht beim Heer, und seine wichtigsten Ritter, nahezu sein gesamter Stab und damit die Heeresleitung, gehörten zu seiner Vorhut. Mit der Führung des abziehenden Heeres waren niedrige Chargen und junge Ritter beauftragt – und die zeigten sich völlig überfordert, als Richard auf breiter Front angriff. Nur wenige Kommandeure schafften es, ihre Truppenteile gleich zu sammeln und zu den Waffen greifen zu lassen. Die meisten blickten nur verwirrt um sich und stellten sich erst mal selbst zum Kampf, ohne auf ihre Männer zu achten. Fußsoldaten ergriffen sofort die Flucht, während die Ritter tapfer, aber auf völlig verlorenem Posten kämpften.

Richards Männer siegten auf der ganzen Linie, die Verluste blieben auf beiden Seiten gering. Dieser Krieg hatte die Herzen der Anhänger König Philipps nicht entflammt, und so war kaum ein Ritter bereit, bis zum Tod zu kämpfen. Die meisten ließen sich ehrenhaft gefangen nehmen, sobald sie merkten, dass die Schlacht nicht zu gewinnen war. Die Verwahrung der vielen Gefangenen stellte sich für Richard schließlich schwieriger dar als das ganze Gefecht. Er würde gleich am nächsten Tag beginnen müssen, die Ritter gegen Lösegeld ziehen zu lassen – wobei man im Allgemeinen ihre Rüstung und ihre Pferde einzog – oder auf die Sache der Plantagenets einzuschwören. Die Fahrenden Ritter wechselten sicher bereitwillig die Seiten. Ihnen war es egal, für wen sie kämpften, Hauptsache, sie behielten ihre Waffen und Streithengste.

So verzichtete das siegreiche Heer denn auch weitgehend auf Sicherheitsvorkehrungen. Ein »Auf Ehrenwort« gefangen gesetzter Ritter lief im Allgemeinen nicht weg. Für Odemar von Steinbach bedeutete dies, sich frei im Heer bewegen zu können. Er hatte sehr tapfer gekämpft und die Schlacht genossen. Zu schade, dass er nicht zu den Siegern zählte, aber das ließ sich ja am kommenden Tag ändern – Odemar war gern bereit, seine Kampfkraft in Zukunft den Plantagenets zur Verfügung zu stellen, wenn es denn so weit kam. Er brach keine Eide, wenn er Gerlin von Lauenstein fand und sich mit ihr und ihrem Sohn in Richtung Bayern absetzte.

Ein Feldscher, der inmitten des neuen Heerlagers Verwundete behandelte, wies ihm schließlich den Weg zum Wagen der Geiseln. »Die dürften jetzt natürlich frei sein«, bemerkte er, was Odemar etwas beunruhigte. Gerlin durfte ihm nicht noch einmal entkommen!

Aber dann fand er zumindest den Planwagen an der angegebenen Stelle.

Florís' Stoßtrupp traf in genau diesem Moment mit dem erbeuteten königlichen Siegel und dem Kronarchiv ein. Triumphierend stellten die jungen Ritter den erbeuteten Wagen inmitten des Lagers auf. Nur die wichtigsten Papiere behielt Gerlin bei sich.

»Nicht, dass die noch irgendein Königstreuer in Sicherheit bringt!«, erklärte sie. »Der König soll sie durch mich erhalten. Sie sind meine ... nun ja, ich hoffe einfach, er wird mir nicht mehr zürnen, wenn ich sie ihm bringe.«

Florís lachte. »Der wird jemand ganz anderem zürnen!«, bemerkte er. Gerlin hatte ihm von den äußerst brisanten Briefen erzählt. »Aber nun geh erst mal zu deinen Leuten. Und sieh zu, dass du dich schön machst. Es würde mich nicht wundern, wenn der König dich heute noch sehen wollte. Er schiebt ungern Dinge auf die lange Bank.«

Tatsächlich ließ Richard dem Ritter nicht einmal Zeit, Gerlin zurück zu ihren Freunden zu begleiten. Schon auf dem Weg durchs Lager holte Rüdiger von Falkenberg die Lauensteiner ein. Nachdem er seine Schwester herzlich begrüßt hatte, übermittelte er die Nachricht des Königs.

»Er wünscht Florís de Trillon, Gerlindis von Lauenstein und das fragwürdige Kind – was kann er damit meinen, Herr Florís? – unverzüglich in seinem Zelt zu sehen.«

Florís nickte, aber Gerlin schaute ängstlich drein. »Ist er sehr böse, Rüdiger?«, fragte sie wie ein kleines Mädchen.

Florís sah sie voller Liebe an. Wie sehr ihre wechselnden Stimmungen und Auftritte ihn entzückten! Gerlin konnte eine auffahrend stolze Burgherrin sein, aber auch eine tüchtige Hausfrau, eine besorgte Mutter, ein minnigliches Mädchen und ein verspieltes Kind ...

»Er ist eigentlich guter Stimmung«, gab Rüdiger verwundert Auskunft. »Warum sollte er dir auch zürnen?«

Gerlin überlegte, ihn besser nicht aufzuklären, sondern spornte Sirene nur zu rascherem Schritt an. Schließlich musste sie die Zeit nutzen, die der König vielleicht bereit war, zu warten. Er war sicher zugänglicher, wenn sie ihm in voller Schönheit und nicht so abgespannt, schmutzig und müde entgegentrat, wie sie sich nach dem langen Ritt, dem Scharmützel und der Anstrengung, den zwischen Baumstämmen verkeilten Wagen mit der kostbaren Beute wieder gangbar zu machen, fühlte.

Florís, Rüdiger und Gerlin erreichten die Außenbereiche des Heerlagers, wo Abram und Miriam etwas abseits von der bunten Gesellschaft im Anhang des Heeres lagerten. Sie hatten ihren Planwagen am Rand eines Bächleins aufgestellt und ein Feuer entzündet. Abram rührte in einem Eintopf, der darüber brodelte. Miriam hielt sich zurück – tief verschleiert. An einem Abend nach dem Kampf war keine Frau im Heer sicher. Die Marketenderinnen konnten den Ansturm an Freiern kaum bewältigen. Richard Löwenherz hatte den Soldaten eine Sonderration Wein und zusätzlichen Sold genehmigt. Ein Großteil davon, nahm Abram an, wanderte gleich in die Hände der leichten Mädchen. Er selbst bedauerte, dass der Reliquienhandel so schnell nicht wieder anlaufen konnte, aber es fehlte ihm an Pergament, Tinte und Federn für die Erstellung der entsprechenden Zertifikate. Das alles ließ sich in Fréteval aber sicher beschaffen – er plante, am kommenden Tag in die Stadt zu gehen. Am Abend würde er dann wieder ein paar heilige Fußnägel oder in den Wunden des heiligen Sebastian gehärtete Pfeilspitzen an die Kämpfer verkaufen können.

Odemar von Steinbach fiel es im Gewimmel rund um die Wagen der Marketenderinnen, der Händler und Wunderheiler nicht schwer, sich vor den Blicken Gerlins und ihres Anhangs zu verbergen. Er sah zufrieden zu, wie die junge Frau erst das Mädchen und dann den Mann umarmte, die beide eher wie ihre Freunde als wie ihre Diener wirkten. Miriam herzte und küsste auch Dietmar zur Begrüßung. Das Kind schien sich wohl bei ihr zu fühlen. Odemar befiel bei seinem Anblick allerdings ein Anflug von Sorge. Natürlich hätte er es besser wissen müssen, aber wenn er an Dietmar dachte, hatte er bislang stets das Bild seines Vaters Dietrich vor sich gesehen: ein Schwächling, natürlich, viel zu jung und völlig unfähig, ein Lehen zu führen – aber doch in der Lage zu reiten und sich selbst zu versorgen. Der kleine Dietmar dagegen war kaum mehr als ein Wickelkind. Zwar hatte er stolz vor Florís im Sattel gesessen, aber natürlich hatte ihn der Ritter gestützt. Auf einem tagelangen schnellen Ritt wäre die Position völlig unhaltbar.

Odemar fragte sich zum ersten Mal, wie genau er die Entführung anstellen wollte, beziehungsweise wie sich seine Opfer unbemerkt über gut sechshundert Meilen transportieren ließen. Natürlich konnte Gerlin ihm kaum wegreiten, zumal wenn er das Kind im eigenen Sattel behielt. Aber beide Gefangenen würden ihn aufhalten – und wie es aussah, hatte sich Florís de Trillon wieder eingefunden, der ihnen sicher nachsetzen würde. Außerdem schien ihr der jüngere Ritter nahezustehen. Odemar erinnerte sich dunkel, dass er ihn mehrmals bei Roland gesehen hatte, aber er schien eindeutig auf Gerlins Seite zu sein.

Was Gerlins ritterliche Eskorte anging, so lachte Odemar heute jedoch das Glück. Die Männer verließen das unmittelbare Umfeld des Planwagens, nachdem Florís ein paar Schriftstücke von Gerlin entgegengenommen hatte. Er ritt zielstrebig fort, während sich der jüngere Ritter wohl nicht recht entscheiden konnte. Die Wagen der Marketenderinnen und der anderen Gaukler zogen ihn erkennbar an. Odemar verlor ihn aus den Augen, als er sich dort anpirschte.

Gerlin von Lauenstein zog sich in den Wagen zurück – während sich ihre Zofe oder was auch immer sie darstellte, um Dietmar kümmerte. Der Sommerabend war lau, sie konnte das Kind entkleiden, im Bach waschen und hüllte es dann in ein sauberes, fein besticktes Hemd. Darunter trug es allerdings wirklich noch Windeln. Odemar wurde übel. Das Kind allein konnte er nicht transportieren, es musste eine Frau dabei sein, die es versorgte.

Aber warum nahm er nicht gleich diese? Spätestens der Anblick von Miriams Gesicht – sie hatte ihren Schleier für einen Moment zurückgeschlagen, als sie Dietmar wusch und wickelte – überzeugte ihn davon, dass dieses Mädchen eine bedeutend angenehmere Reisebegleitung wäre als Gerlin. Wenn er es richtig überlegte, war es auch gar nicht nötig, Dietmars Mutter zu entführen! Die würde ihm sowieso folgen, sobald sie nur den Verdacht hegte, das Kind befände sich in Lauenstein. Und Letzteres ließ sich leicht einrichten – ein kleines Schreiben mit freundlichen Grüßen von Roland, und Gerlin würde nur so darauf brennen, in die Mauern ihrer Burg zurückzukehren! Odemar war äußerst stolz auf diesen komplizierten Gedankengang. Das war Raffinesse, das war Strategie! Und nun brauchte er nur noch zuzuschlagen!

Das Mädchen saß am Ufer des Baches und wiegte das Kind.

Gerlin bemühte sich nach Kräften, sich in die höfische Schönheit zu verwandeln, die Eleonore von Aquitanien unzweifelhaft zu sehen hoffte. Es tröstete sie etwas, dass die Herrin Aliénor bei Richard war und ihrer Audienz bei ihm beiwohnen würde. Sicher konnte sie dazu beitragen, den König milder zu stimmen. Aber auch Richard war aufgeschlossen für weibliche Schönheit. Gerlin wusch sich also gründlich und rieb sich die Wangen, um etwas Farbe in ihr nach dem langen Ritt sicher bleiches Gesicht zu bringen. Sie bürstete ihr Haar ausgiebig und machte sich dann daran, es zu flechten und hochzustecken. Ohne Hilfe war das schwierig, aber Miriam war, was das betraf, nicht sehr geschickt, und wurde außerdem gebraucht, um auch Dietmar in einen vorzeigbaren Zustand zu versetzen. Gerlin kämpfte also allein mit ihrer Haarpracht und ließ dabei die Kleider vor ihrem inneren Auge Revue passieren, die ihr der französische König geschickt hatte. Zum Teil waren sie sehr schön, sie dachte an ein weit ausgeschnittenes aquamarinblaues Überkleid mit schwarzen Applikationen. Das war auch passend – farblich ansprechend und doch an ihren Stand als Witwe mahnend.

Gerlin hatte sich eben in ein seidenes dunkelblaues Hemd gehüllt, als draußen Schreie und Schwerterklirren laut wurden. Erschrocken, aber nicht allzu alarmiert, hob sie die Plane des Wagens. Wahrscheinlich ein paar heißblütige Ritter, die sich um die Gunst eines Freudenmädchens schlugen. Dann jedoch sah sie, wie ein schwer gerüsteter Ritter mit Abram focht, der nur Kittel und Beinlinge trug – für einen Kampf in keiner Weise ausgestattet. Miriam versuchte, sich hinter dem Ritter auf die Beine zu kämpfen. Der Mann schien sie niedergeschlagen zu haben. Sie tastete eben nach Dietmar, der ebenfalls auf dem Boden lag und durchdringend schrie.

Gerlin wollte sich einmischen, aber der Ritter drohte mit dem Schwert in ihre Richtung, und auch Abram schüttelte den Kopf, während er die Schläge des Angreifers verzweifelt abwehrte. »Lauf weg, Gerlin! Hol Hilfe! Rüdiger oder irgendeinen anderen Ritter! Schnell!«

Gerlin verspürte den dringenden Wunsch, zumindest einen Versuch zur Rettung ihres Sohnes zu unternehmen. Aber Abram hatte natürlich Recht. Sie konnte hier nichts tun, und wahrscheinlich war Dietmar auch nicht wirklich in Gefahr. Der Mann wollte offensichtlich Miriam …

Gerlin warf sich ihr Kleid über und rannte zu den Wagen der Marketenderinnen. Sie schrie die wartenden Männer an, hatte allerdings Pech. Hier fand sich kein Ritter, der sich dem Frauendienst verpflichtet fühlte, nur bereits leicht berauschte Kriegsknechte und Söldner. Über Gerlins Hilferufe lachten sie nur –

und auch ihre verzweifelte Frage nach Rüdiger verhallte ungehört. Gerlin betete, dass ihr Bruder nicht gerade in den Armen eines der leichten Mädchen lag, aber dann erkannte sie ihn am anderen Ende der Lichtung, wo sich ebenfalls zwei Männer schlugen. Hier ging es allerdings nicht um Leben und Tod, sondern eher um ein Spiel: Einer der Gaukler hatte die Krieger zum Ringkampf herausgefordert. Er stellte sich ihnen gegen ein geringes Entgelt und bot einen hohen Gewinn, wenn ihn einer besiegte. Auf die gemeinen Soldaten wirkte das unwiderstehlich, zumal der Mann eher klein und nicht sehr kräftig wirkte. Im Ring entpuppte er sich allerdings als Meister. Rüdiger diskutierte eben heftig mit seinem verwegenen kleinen Knappen, den er wohl hindern wollte, ebenfalls sein Glück zu versuchen.

Die Männer rund um den Ring schrien und johlten, Gerlin musste sich durch die Menge kämpfen, um bei Rüdiger und Hansi Gehör zu finden. Das kostete wertvolle Zeit, aber dann reagierten beide sehr schnell. Hansi hatte wie durch ein Wunder plötzlich eine Schleuder in der Hand, und Rüdiger zog sein Schwert. Gerlin registrierte ängstlich ihre Rüstung: Der kleine Knappe war ähnlich leicht bekleidet wie Abram, aber Rüdiger trug immerhin Helm und Kettenhemd. Er würde sich dem Angreifer also in fairerem Kampf entgegenstellen können als der junge Jude.

Rüdiger und Hansi schufen sich resolut Bahn zwischen den lachenden und johlenden Zuschauern des Ringkampfes. Hansi sauste mit seiner Schleuder voraus, und Rüdiger rannte neben Gerlin in Richtung Bach – aber dort war das Schwerterklirren längst verstummt. Neben dem verglühenden Feuer lag nur Abram, der sich gerade mühsam wieder hochkämpfte. Sein Hemd war blutverschmiert, das Schwert des Gegners hatte ihn an der Seite und am Arm verletzt. Gerlin erfasste mit einem Blick, dass es sich nicht um tiefe Wunden handelte, ihr Freund würde daran sicher nicht sterben. Aber wo war der Ritter? Was war mit Miriam? Und wo befand sich Dietmar?

»Das Schwein war hinter dem Kind her!«, keuchte Abram. »Dem ging's nicht um eine Frau, ich hab's von Anfang an mitgekriegt. Er wies Miri an, mit dem Kleinen auf das Maultier zu steigen ...« Abram zeigte auf Sirene, die allerdings immer noch angebunden am Planwagen stand. »Sie weigerte sich natürlich, woraufhin er sie schlug. Ich kam dann dazu und griff ein – ich habe mein Bestes getan, Gerlin, aber der Kerl war unglaublich stark und geschickt, er hat mich ziemlich schnell verwundet, und dann konnte ich eigentlich nur noch hoffen, ihn so lange hinzuhalten, bis Hilfe kam.«

Gerlin musste gegen einen plötzlich aufkommenden Schwindel ankämpfen. Wenn sie schneller gewesen wäre ... Wenn Rüdiger und Hansi am anderen Ende des Boxrings gestanden hätten ...

»Miri wollte mit einem Stock auf ihn losgehen«, erzählte Abram weiter, »aber er schlug sie zu Boden, ganz beilaufig, als ob er eine Fliege verscheuchte ... Wie gesagt, ein Bär von einem Mann. Er erwischte mich dann noch am Handgelenk, und als ich hinfiel, hob er Miri auf sein Pferd. Er hatte es eilig, aber er schmiss sie nicht drüber, Herr Rüdiger, wie solche Gauner es sonst mit erbeuteten Frauen tun. Sie musste das Kind nehmen, und vor ihm aufsitzen. Dann ritt er weg – da lang, in Richtung Wald. Mehr hab ich nicht gesehen, tut mir leid.«

»Wir müssen Florís Bescheid geben«, flüsterte Gerlin fassungslos.

Sie konnte noch gar nicht glauben, was geschehen war. Eben hatte Miriam hier mit Dietmar gespielt, und jetzt ... Gerlin hatte das Gefühl, als ob sich ihr Kopf mit Nebel füllte. Ihr wurde schwarz vor Augen. Sie wusste, dass sie eigentlich etwas tun sollte, aber sie brachte nichts mehr zustande. Und nun hatte sie obendrein das Gefühl, als versagten ihr die Beine. Schwer atmend lehnte sie sich an einen Findling am Bach und ließ sich schließlich kraftlos darauf nieder.

»Wir müssen hinterher!« Auch Rüdiger und Abram wirkten wie paralysiert, aber Hansi war hellwach. »Bevor er uns auskommt, der Hund, der damische!« Wie immer, wenn er erregt war, kämpfte der Kleine mit dialektfreiem Deutsch. »Hier, schaut, Herr, hier ist die Spur!«

Rüdiger warf einen Blick auf die Hufabdrücke. »Da sind Dutzende von Spuren«, meinte er mutlos. »Und es ist stockdunkel im Wald. So kriegen wir ihn nie.«

Abram fasste sich langsam wieder. Er wankte zum Bach, um seine Wunden zu waschen, und suchte dann im Wagen nach Leinen, das sich zum Verbandszeug eignete. »Die Spuren sind auch unwichtig«, bemerkte er schließlich. »Wir wissen ja, wo er hinwill. Der bringt das Kind nach Lauenstein.«

»Du glaubst, das war Roland von Ornemünde?«, fragte Rüdiger ungläubig. »Kann das sein, Gerlin?«

Gerlin zuckte die Schultern. »Ich hab kaum was gesehen, nur einen Ritter mit heruntergelassenem Visier. Von der Größe her könnte es hinkommen, aber sonst ...«

Abram schüttelte den Kopf. »Ach was, das war ein Helfershelfer. Der Ornemünder rührt sich nicht so weit von seiner Burg weg, die könnte ja inzwischen irgendein Dritter erobern. Hier, hilf mir mal, Gerlin! Und zieh das Leinen fest an, der Verband muss stützen, sonst kann ich nicht reiten.«

Gerlin half Abram mit steifen Fingern. An sich war sie geschickt in diesen Dingen, aber jetzt konnte sie weder denken noch handeln. Es war zu viel, es war einfach zu viel. Sie sah Dietmars hübsches, unschuldiges Gesichtchen vor sich und Rolands böses Lächeln, bevor er das Visier herabzog, um gegen Dietrich in den Kampf auf Leben und Tod zu reiten.

»Wenn er ihn tötet ...«

»Gerlin, er tötet ihn nicht!« Abram stöhnte auf, als Gerlin die Bandage um seinen Körper festzog. »Wenn er ihn umbringen wollte, hätte er keine Kinderfrau für ihn mitgenommen. Außerdem brauchte er ihn dafür nicht zu entführen, das hätte sich auch hier erledigen lassen. Ganz unauffällig nebenbei – eine Frau wiegt ein Kind am Fluss, ein betrunkener Soldat will die Frau, schleudert das Kind beiseite, es trifft mit dem Kopf auf einen Felsen ... Wer sollte da einen Roland von Ornemünde beschuldigen, der hunderte von Meilen entfernt eine Burg bewacht?«

»Und jetzt soll der Kerl nach Lauenstein wollen?«, fragte Rüdiger. »Mit einer Frau und einem Kind vor sich im Sattel?«

Hansi untersuchte immer noch die Spuren. Er wäre dem Räuber gern gleich nachgesetzt. Aber dann kramte er doch erst mal in seinem reichhaltigen Erfahrungsschatz als Kind eines Wegelagerers.

»Mit Frauen, die nicht wollen, kann man nicht weit reiten«, erklärte er wichtig. »Mein Vater hat deshalb nie welche erbeutet, und wenn doch, dann ist er damit gleich in den nächsten Ort und hat gesehen, dass er sie beim Hurenwirt losschlägt ...«

Abram konnte inzwischen wieder nachdenken. »Die Überlegung ist gar nicht falsch«, sagte er bedächtig. »Natürlich wird sich Miri nicht lange wehren, zumal wenn er ihr droht, Dietmar etwas zu tun. Sie wird brav mit ihm reiten, allenfalls wird er ihr Pferd führen. Aber ein Pferd für sie braucht er, sein Streithengst trägt auf Dauer keine drei Leute, und das fiele auch auf.«

»Pferde kann man hier an jeder Ecke stehlen«, meinte Rüdiger und wies auf das Feldlager um sie herum.

»Aber nur Streithengste und Wagenpferde – keinen Zelter«, gab Abram zu bedenken. »Und den braucht er, sonst ist Miriam nach einem Tag im Sattel wund. Also muss er in den nächsten Ort.«

»Oder den übernächsten«, flüsterte Gerlin. »Pferde verkaufen sie überall. Wir ... wir werden ihn nie finden ...«

Rüdiger schüttelte den Kopf. Abrams Überlegungen hatten ihn neue Hoffnung schöpfen lassen. »So viele Orte gibt's hier gar nicht, und die meisten davon sind zudem umkämpft. Da wird jeder Neuankömmling mit Argwohn betrachtet. Eigentlich gibt es hier überhaupt nur eine Stadt, deren Tore heute weit offen stehen.«

Hansi nickte altklug. »Wenn mein Vater sich verstecken musste, sind wir immer in einen Ort gegangen, in dem Jahrmarkt war«, bemerkte er. »Und heute feiern sie in Fréteval!«

Kapitel 9

»Wo ist denn nun die minnigliche Dame, der angeblich mal mein Herz gehörte?«, erkundigte sich Richard Löwenherz gut gelaunt.

Florís war eben vor ihm erschienen. Er hatte sich noch die Zeit genommen, sich etwas zu waschen, sein lockiges blondes Haar zu bürsten und eine saubere Tunika überzustreifen. Der Blick des Königs und mehr noch der seiner Mutter Eleonore ruhte wohlgefällig auf dem jungen Ritter, und der Mundschenk kredenzte Wein. Nach einem Tribunal sah das nicht aus, Gerlin brauchte sich kaum zu fürchten. Aber der König hatte Recht – sie sollte längst da sein. Florís wunderte sich, war allerdings nicht sehr beunruhigt. Rüdiger von Falkenberg hatte ihm versprochen, seine Schwester zum Zelt des Königs zu eskortieren, passiert konnte ihr also nichts sein. Vielleicht brauchten die Reiter einfach länger, das feiernde Heerlager zu durchqueren. Inzwischen brannten überall Feuer, und Ochsen und Hammel brieten am Spieß. Die Festung von Fréteval hatte ihre Tore geöffnet, und weder Adel noch Kaufmannschaft ließ sich lumpen. Das Heer ihres geliebten Königs Richard wurde freigebig mit Schlachtvieh, Bier und Wein versorgt.

»Frau Gerlin wird schon kommen«, vertröstete Florís denn auch seinen König. »Aber sicher will sie sich für Euch schön machen. Sie ... ist ein bisschen besorgt.«

Richard lachte. »Das kann sie auch sein! Wie's aussieht hat sie ein Spiel mit zwei Königen getrieben – Ihr habt Eure Mädchen das Schachspiel trefflich gelehrt, Mutter!«

Er wandte sich an Eleonore, die gelassen in einem Lehnstuhl

am Feuer saß und stickte, als wäre sie nicht eine der politisch intrigantesten Frauen ihrer Generation und als befände sie sich nicht in einem Heerlager, sondern inmitten ihrer Frauen auf einer Burg. Jetzt schenkte sie ihrem Sohn ein beiläufiges Lächeln.

»Das Schachspiel erweist sich immer als lehrreich«, bemerkte sie. »Sein Erfinder war ein kluger Kopf, einer der wenigen, welche die Bedeutung der Dame im Krieg erkannten ...«

»Vielleicht war es ja eine Dame, die es sich ausdachte«, überlegte Florís. »Es kommt aus dem Orient, nicht wahr?«

Eleonore lachte. »Mir gefällt der Gedanke, dass es sich eine Frau im Harem einfallen ließ! Und sich damit die Freiheit nahm, die sie in der Welt nicht haben konnte.«

»Es gibt Frauen, die auch aus einem Gefängnis heraus ihre Fäden spinnen«, neckte Richard seine Mutter. »Aber im Ernst, Herr Florís, Eure Dame überschreitet die Grenzen der Höflichkeit. Ich habe sie unverzüglich herbefohlen. Und selbst wenn man diesen Begriff ein wenig dehnt ...« Der König wirkte jetzt doch ein bisschen verstimmt.

Florís beeilte sich, die Papiere hervorzuholen, die er im Ärmel seiner Tunika bereithielt. Er musste Richard jetzt beschäftigen, auch wenn Gerlin sie lieber selbst überreicht hätte.

»Herr, ich weiß nicht, wo die Herrin Gerlin steckt, aber ganz sicher liegt es ihr fern, Euch mit Absicht zu brüskieren. Im Gegenteil, sie mag ... ein paar Spiele gespielt haben ... aber im Ganzen lag ihr doch Euer Wohl am Herzen. Wir verdanken es ihr, dass wir das Kronarchiv des Franzosen sicherstellen konnten. Und sie fand darin – das hier. Wir haben es an uns genommen, damit niemand es noch entwenden konnte, es war zu brisant, um es in die Hände irgendjemandes fallen zu lassen, dem Ihr nicht vollständig vertrauen könnt.« Florís reichte dem König die Unterlagen, Briefe und Schriftrollen. »Vielleicht möchtet Ihr zunächst etwas darin lesen.«

Der Ritter atmete auf, als Richard die Schriftstücke nahm und sich damit an den mit Wachskerzen erhellten Tisch setzte. Über die Lektüre, da war er sich sicher, würde er Gerlin umgehend vergessen.

»Und Ihr, Herr Florís …« Eleonore von Aquitaniens Stimme war honigweich. Ihr Haar unter dem schlichten leinenen Gebende, das allerdings von einem Goldreif gekrönt wurde, war heute fast weiß und nicht mehr so voll, ein paar vorwitzige Strähnen schauten heraus. Das Gesicht der Herrin war trotz ihres Alters noch glatt, nur von feinen Linien durchzogen wie alter Marmor. Ihre hohen Wangenknochen zeugten von früherer Schönheit. »Mögt Ihr Euch nicht zu mir gesellen und mir ein wenig erzählen? Von meiner schönen Gerlin … sie war so ein entzückendes Kind. Ich hörte, dass man sie mit einem viel zu jungen Mann vermählte … eine Frühlingsbraut … aber sie trug ihr Schicksal mit Würde, ich hätte es nicht anders erwartet. Und nun erscheint sie hier, spielt eine Rolle im Streit zweier Könige – und lässt die Augen eines jungen Ritters aufleuchten, wenn man nur ihren Namen erwähnt! Berichtet mir, Herr Florís de Trillon … wenn Ihr schon nicht gut genug die Laute spielt, um ein Lied darum zu winden.«

Miriam war in die gewohnte Starre verfallen, die ihr immer wieder zum Verhängnis wurde, wenn andere Frauen sich mittels Schreien, Kratzen und Beißen gewehrt hätten. Miriam brachte nicht einmal die Kraft auf, Gebete zu murmeln, während der fremde Ritter mit ihr durch den Wald sprengte – vollkommen rücksichtslos. Die Äste der Bäume schlugen ihr gnadenlos ins Gesicht, zerkratzten ihr die Wangen und zerrissen ihren Schleier. Das Mädchen hielt Dietmar krampfhaft an sich gepresst, damit es wenigstens ihn nicht traf, wogegen der Kleine heftig strampelnd und schreiend protestierte. Dietmar mochte es zu reiten, aber ihm gefiel weder der feste Griff, in dem Miriam und der Ritter ihn hielten, noch die stickige Luft zwischen Miriams Kleidern.

»Kannst du ihn nicht zum Schweigen bringen?«, schrie der Ritter das Mädchen an.

Miriam schüttelte den Kopf. Sie brachte kein Wort heraus. Aber immerhin verließen sie jetzt den Wald. Der Ritter lenkte sein Pferd wieder auf befestigte Wege und wies Miriam in barschem Ton an, sich ja nicht zu rühren.

»Sitz ruhig und halt den Mund! Sonst verlier ich die Geduld mit dir und dem Balg! Wenn du brav bist, passiert dir nichts, bist ja ein hübsches Ding und weißt, wie man mit Wickelkindern umgeht. Aber wenn du Ärger machst ... Weiber gibt's genug, die so ein Balg versorgen können ...«

Miriam dachte darüber nach, trotzdem zu kämpfen. Wenn sie schrie, kratzte und nach dem Ritter trat, würden die anderen Reiter und Fußgänger aufmerksam werden. Die aus dem Wald zur Festung Fréteval hochführende Straße war an diesem Abend äußerst belebt. Fuhrwerke mit Wein und Nahrung bewegten sich in Richtung Heerlager, und Ritter, die Abwechslung von der Gesellschaft der immer gleichen Freudenmädchen im Tross des Heeres suchten, strebten der Stadt zu. Vielleicht würde sich einer davon erbarmen und ihren Entführer wenigstens auf die Frau hin ansprechen, die er da gegen ihren Willen mit sich führte. Wenn Miriam dann ihre Geschichte erzählte, ihnen das Kind zeigte ...

Aber sie ging das Wagnis doch nicht ein. Wie immer lähmte sie die Angst. Wenn sie nur wüsste, was mit Abram geschehen war. Wenn er konnte, würde er zweifellos nach ihr suchen, aber er war verletzt, und sie hatte keine Ahnung, wie schwer. Womöglich war er bereits tot ... Miriam schluchzte auf, woraufhin der Ritter sie schüttelte.

»Stillhalten, hab ich gesagt! Und lächeln, wenn wir die Tore durchreiten!«

Miriam schaffte es nicht zu lächeln, aber die Torwächter kontrollierten ohnehin nicht allzu intensiv. Es schien ihnen ziemlich egal zu sein, wer hinein- und hinausstrebte, nur die Weinlieferungen pflegten sie sorglich zu verkosten. Sie wirkten schon recht betrunken.

Odemar wechselte ein paar lachende Worte mit den Männern – Miriam war es ein Rätsel, wie er in dieser Lage scherzen konnte, aber er musste sich unbesiegbar fühlen, wenn er seine Beute in die Mauern der Stadt brachte. Sie war inzwischen zu dem Ergebnis gekommen, dass es diesem Mann um Dietmar ging. Wahrscheinlich würde er versuchen, das Kind zurück nach Bayern zu verschleppen. Aber warum dann dieser Aufenthalt in Fréteval?

Tatsächlich hegte Odemar ganz ähnliche Gedanken wie Rüdiger und Abram. Zwar fühlte er sich wirklich sehr gut und gratulierte sich zu seinem erfolgreichen Husarenstück, schalt sich inzwischen aber seiner Unüberlegtheit beim Aufbruch. Die Gegenwehr des Dieners hatte ihn aus dem Konzept gebracht – ebenso wie Gerlins plötzliches Auftauchen. Auf jeden Fall hatte er versäumt, das Maultier für seine Gefangenen mitgehen zu lassen, und jetzt musste er sich um ein weiteres Reittier kümmern. Er hoffte, dass dieses Nest einen Pferdemarkt hatte.

Zumindest bestand kaum die Gefahr, von irgendeinem möglichen Verfolger aufgespürt zu werden. Fréteval platzte an diesem Abend nach dem Gefecht geradezu vor Menschen. Alle Läden, alle Handwerksbetriebe hatten geöffnet, und die Schenken machten den Umsatz ihres Lebens. Eine einigermaßen ordentliche Herberge konnte Odemar allerdings nicht ausmachen, und eigentlich war es auch gar kein so guter Einfall, sich in einer solchen einzuquartieren. Die meisten Gasthöfe boten nur Gemeinschaftsquartiere, und selbst wenn man einen privaten Raum mieten konnte – den Schlüssel lieferte der Herbergswirt nie dazu. Odemar würde sich also nicht von seinen Gefangenen entfernen können, was lästig war. Schließlich gelüstete es ihn dringend nach etwas von dem guten Essen, dessen Düfte in dieser Nacht den ganzen Ort erfüllten. Überall boten Garküchen Speisen an, der Burgherr lud seine Leute zum Schmausen ein. Zudem wurde in den Schenken gebraten und gekocht – und der Wein floss in Strömen. Odemar freute sich auf den ersten Schluck, aber er konnte das Mädchen kaum mit in eine der Gaststätten nehmen. Es sei denn …

»Wie heißt du überhaupt?«, fragte er seine Gefangene, während er nach einer Schenke mit ganz besonderem Angebot Ausschau hielt.

Miriam schluckte. »Ma … Maria …«, flüsterte sie dann.

Der Ritter lachte. »Ein Mariechen! Und womöglich noch Jungfrau! Wir werden eine Menge Spaß haben auf dieser Reise … Ach, sieh, da ist es, was ich suche …«

Das örtliche Freudenhaus war nicht als solches zu verkennen. Die Schenke wirkte ziemlich heruntergekommen, hier gab es keine verführerischen Essensdüfte, nur den Geruch nach billigem Bier. Dennoch machten die Männer im Schankraum und auf dem Platz davor einen zufriedenen Eindruck. Sie hielten alle Mädchen im Arm oder feilschten mit einem mageren, verschlagen wirkenden Mann um den Preis für eine der Huren.

»He! Was wollt Ihr hier mit der Kleinen?« Der Hurenwirt wurde sofort aufmerksam, als Odemar die widerstrebende Miriam in die Schenke schob. Miriam versuchte verzweifelt, ihr Gesicht hinter ihrem zerrissenen Schleier zu verbergen. »Ihr könnt Euch die Ware nicht mitbringen!«

Odemar grinste ihn an. »Warum nicht? Wenn ich trotzdem dafür zahle? Hör zu, Kerl, ich brauche ein Gelass für heute Nacht, das Pferdchen hier war teuer, und irgendwas sagt mir, dass ich da eine Maidenstute erwischt hab. Die will ich in Ruhe einreiten. Verstehst du?« Odemar zählte ein paar Münzen ab und hielt sie dem Wirt hin.

»Warum tut Ihr's nicht im Wald? Es regnet nicht!« Der Mann zierte sich.

Odemar legte seufzend weitere Münzen dazu. »Schaut Euch das Stütchen doch an«, bemerkte er. »Das kommt aus einem guten Stall, das kann man nicht gleich draußen halten.«

Der Wirt sah nun tatsächlich genauer hin und entdeckte Dietmar, den Miriam unter ihren Kleidern verborgen hielt.

»Und was ist das da?«, fragte er argwöhnisch. »Herr, ich will verdammt sein, wenn Ihr nicht was zu verbergen habt! Und ich will keinesfalls am Galgen enden Euretwegen!«

Odemar lachte. »Das Kind ist mein Mündel«, behauptete er. »Keine Sorge. Und überhaupt ... es sieht uns ja niemand. Du wirst doch irgendwo in diesem großen Haus eine Kammer haben, in der ich die Kleine eine Nacht lang standesgemäß betten kann!«

Er griff noch einmal in den Beutel, überlegte kurz und verdoppelte dann die Summe. »Komm, Wirt, für das Geld könnt ich deine ganze Herde Hürchen mieten!«

Das war nicht unrichtig. Der Wirt nickte, immer noch etwas widerwillig. »Also schön. Aber Ihr rührt Euch nicht hinaus. Wenn Ihr Wein und Essen wollt, lass ich's für Euch holen. Natürlich gegen ein angemessenes Entgelt!«

Odemar verdrehte die Augen. »Ich lass dich als reichen Mann zurück ... Aber nun mach, ich will hier nicht ewig herumstehen!«

Der Hurenwirt führte Odemar schließlich eine enge Stiege hinauf, die nur durch seine Kerze erleuchtet wurde. Sie führte auf einen Heuboden unter dem Dach, der gar nicht so verdreckt war, wie die schreckensstarre Miriam befürchtet hatte. Natürlich gab es Staub und Mäusekot, aber sonst war es einigermaßen sauber. Bewohnt wirkte der Raum nicht, anscheinend lagerte der Wirt hier das Stroh, das er brauchte, um seine Schankräume auszustreuen. Es war allgemein üblich, die Fußböden mit einer Strohschicht zu bedecken, die verschütteten Wein und oft genug auch Erbrochenes und Urin aufnahm und am Morgen nach einer durchzechten Nacht leicht zu entfernen war. Der Hurenwirt schüttelte diensteifrig ein Lager für seine zahlungskräftigen Kunden auf.

»Essen und Wein kommen dann sofort«, versprach er, als er Odemar und seine Gefangenen schließlich allein ließ.

Der Ritter bemerkte zufrieden, dass es möglich war, den Heuboden von außen zu verriegeln. Vielleicht würde das am kommenden Morgen noch ein paar Verhandlungen erfordern, aber sicher konnte er Maria und Dietmar dort ein paar Stunden einschließen, bis die nötigsten Besorgungen gemacht waren. Ein Pferd, vielleicht Kleider zum Wechseln für das Mädchen und das Kind, Proviant für die Reise. Odemar plante zwischendurch keine langen Aufenthalte. Wenn er schnell war, konnte er Lauenstein in weniger als zwanzig Tagen erreichen.

Der Ritter entledigte sich zufrieden seiner Rüstung, während Miriam sich mit dem Kind auf das Strohlager zurückzog. Sie hielt Dietmar vor sich wie einen Schild – einen recht lauten und übelriechenden Schild. Seine Windeln waren deutlich voll – zweifellos die Aufregung –, und er greinte wieder. Odemar überlegte, ob man ihn wohl schon mit Wein und Fleisch füttern konnte oder ob er noch Milch brauchte.

Immerhin hielt sich der Hurenwirt an die Abmachung. Nach nur kurzer Zeit klopfte es an die Kammertür, und eine schon etwas ältere, erschöpft und verlebt wirkende Frau schob eine große Platte mit Fleisch und Brot sowie einen Schlauch Wein in den Raum. Dabei wurde sie des Kindes ansichtig, obwohl Odemar Miriam angewiesen hatte, es in ihren Kleidern zu verstecken. Dietmars Geschrei war allerdings unüberhörbar.

»Ihr habt da ja ein Kleines ...« Das bislang ausdruckslose Gesicht der alten Hure wurde weicher. »Und es weint, sicher ist es hungrig ...«

»Es hat sich auch beschmutzt.«, sagte Miriam leise.

Vielleicht konnte diese Frau ihr mit etwas Leinen aushelfen, wenn nicht, würde sie ihr eigenes Unterkleid zerreißen müssen. Aber sie konnte das Kind nicht in seinem eigenen Kot schlafen lassen. Dietmar würde nicht zur Ruhe kommen, und ihr Entführer war jetzt schon gereizt. Wer wusste schon, was er tat, um das Kind zum Schweigen zu bringen.

»Wisst Ihr was, ich bringe Euch Milch und Honig!«, versprach die Frau eifrig. »Da könnt Ihr das Brot eintunken, das wird ihm schmecken. Es ist doch ein kleiner Junge, ja? Oh, darf ich ihn einmal anrühren?«

Miriam enthüllte bereitwillig Dietmars Köpfchen, während der Ritter kurz vor dem Platzen zu stehen schien. Er wollte die Frau offensichtlich loswerden, aber Miriam fand sie freundlich. Zudem hatte sie Tränen in den Augen, als sie jetzt sanft über das weiche blonde Haar des Jungen strich.

»Ich hatte vier ...«, sagte sie gedankenverloren, ließ sich dann aber nicht darüber aus, was mit den Kindern geschehen war. »Wartet, ich bringe Euch gleich die Sachen ...«

Tatsächlich klopfte es kurz danach erneut, wobei diesmal ein blutjunges Mädchen schüchtern ein paar Leinenbinden und eine Schüssel mit Wasser in die Kammer schob. »Von der Claudine, sie kommt auch gleich mit der Milch, aber jetzt hat sie noch einen Freier ...«

Das Mädchen stellte außerdem eine Laterne auf, in der eine funzlige Kerze vor sich hin glomm. Dann verzog es sich, bevor

Miriam noch danken konnte. Dietmar zeigte sich gleich besser gestimmt, als die junge Frau ihn im Licht der Lampe gereinigt und gewickelt hatte. Odemar tat das seine dazu, indem er ein Stück Brot abbrach, in den Wein tunkte und dem Kind das so aufgeweichte Backwerk in den Mund schob. Dietmar saugte und kaute verblüfft. Der Wein war süß, es schien ihm zu munden.

»Danach wird er schlafen«, erklärte Odemar. »Ein altes Mittel, pflegte meine Amme schon bei mir zu tun ...«

»Aber ... aber Wein ist für Kinder... Sie bleiben klein, wenn man ihnen zu viel davon gibt, und sie ... sie werden dumm.« Miriam wagte einen Einwand, aber der Ritter lachte nur.

»Ach was, schau nur mich an! Kannst du dir einen größeren und kräftigeren Kerl vorstellen? Ich werde es dir schon noch beweisen heute Nacht! Und ›dumm‹ willst du mich doch wohl auch nicht nennen?«

Miriam enthielt sich einer Antwort. Sie hoffte, dass die Hure Claudine bald mit der versprochenen Milch zurückkam. Vorerst aber tat sich Odemar an Wein und Speisen gütlich und nötigte auch Miriam etwas auf. Das Mädchen vermochte nicht zu essen, erinnerte sich aber daran, wie viel einfacher die Nächte mit Martinus gewesen waren, wenn es vorher ein paar Schlucke Wein genommen hatte. Also trank es auch jetzt gehorsam. Miriam graute vor der Nacht.

Odemar rülpste, als er das letzte Stück Braten verschlungen hatte. »Das war sehr, sehr gut, Mariechen. Und jetzt zu dir ...«

Gerlin bestand darauf, die Männer nach Fréteval zu begleiten. Dabei rieten ihr sowohl Abram als auch Rüdiger entschieden ab.

»Du musst zum König, Gerlin!«, gab ihr Bruder zu bedenken. »Er hat dich zu sich befohlen, und auch wenn er sich freundlich gibt – er ist nicht der Langmütigste unter der Sonne. Wahrscheinlich macht er Herrn Florís jetzt schon die Hölle heiß. Reiz ihn nicht noch weiter!«

Gerlin zuckte die Schultern. »Florís wird den König schon beschäftigen.« Was das anging, war sie guten Mutes. Wenn Richard die Schriftstücke in die Hand bekam, würde er vorerst keinen Gedanken mehr an Gerlin verschwenden. »Und sonst ist es auch egal. Es ist nicht wichtig, was der König von mir denkt oder mit mir tut, wenn ich Dietmar nicht zurückbekomme! Ohne Dietmar ... ohne Dietmar war alles umsonst. Wir haben es doch nur für ihn getan ... Florís ... Salomon ... Ich wünschte, Florís wäre bei uns.«

»Den können wir jetzt unmöglich auch noch holen«, bemerkte Abram.

Er hatte sich an einem Becher Wein gestärkt und war nun bereit, loszureiten. Hansi hatte sogar ein Streitross für ihn besorgt. Gegen ein paar Kupferpfennige lieh einer der anderen Knappen den Hengst seines Herrn bereitwillig her. Wenn Abram ihn nicht bis zum Morgen zurückbrachte, würde der Junge in Teufelsküche kommen, aber darum mochte Hansi sich jetzt nicht kümmern.

Abram hatte allerdings gewichtigere Argumente gegen Gerlins Teilnahme an der Suche nach Miriam und ihrem Sohn.

»Gerlin, der Kerl will doch nur, dass du ihn verfolgst! Ob es dieser Roland ist oder einer seiner Spießgesellen: Die wollen in erster Linie Dietmar und dann gleich dich!«

»Dann konnten sie doch gleich mich entführen«, wandte Gerlin ein.

Abram verdrehte die Augen. »Hätten sie vielleicht auch, wenn sie dich allein mit Dietmar am Bach erwischt hätten. Aber vielleicht auch nicht, mit Miri ist doch alles viel leichter. Sie gilt als Magd – wer schert sich also um ihre Schändung? Wohingegen der Raub einer Adligen eine ernste Sache ist. Nun wär's dem Herrn Roland wahrscheinlich egal, ob er dich kompromittierte, im

Gegenteil, der hätte dich nur zu gern als Ehefrau, und wenn er dich schon im Bett gehabt hätte, wäre das leichter durchzusetzen. Aber ein anderer Ritter? Eine mehrtägige Reise mit irgendeinem gedungenen Kerl ... Womöglich würde der hinterher die Hand auf die Witwe des Lauensteiners legen, und Roland hätte das Nachsehen. Aber so verläuft es ganz in seinem Sinne: Er kriegt das Kind, und du rennst ihm anschließend die Burg ein, um Dietmar wiederzusehen.«

Gerlin biss sich auf die Lippen. »Wenn es nicht anders geht ... Bevor ich Dietmar aufgebe ...«

Rüdiger wollte etwas sagen, aber Abram brachte ihn mit einem tadelnden Blick und einem kaum merklichen Kopfschütteln zum Schweigen. »Und ich gebe Miriam nicht auf!«, erklärte der junge Jude und sah Gerlin dabei fest in die Augen. »Wir finden beide, meine Liebste und deinen Sohn. Bestimmt. Und lange bevor sie Lauenstein erreichen.«

Gerlin nickte, fast etwas getröstet. »Aber dann kann ich ebenso gut mitreiten«, sagte sie dann trotzig.

Abram seufzte und gab seinen Widerstand auf. »Euer Wunsch, Herrin Gerlin, sei uns Befehl ...«

Fréteval war ein kleiner Ort – nur von ein paar Handwerkern und Kaufleuten bewohnt, die sich rund um die Burg angesiedelt hatten, um die Besatzung mit den nötigen Waren und Dienstleistungen zu versorgen. Im Moment beherbergte die Festung allerdings auch die Bewohner des zugehörigen Bauerndorfes. Sie hatten sich in die Mauern der Burg geflüchtet, als sie das Heer des französischen Königs kommen hörten. Nun zogen sie gerade mit Kind und Kegel, Kleinvieh und Geflügel wieder aus und verstärkten das Durcheinander auf den ohnehin sehr engen Gassen.

Rüdiger und Abram hatten zunächst gefürchtet, gar nicht mehr eingelassen zu werden, schließlich war die Sonne längst untergegangen. Die weinseligen Stadtwächter schienen jedoch entschlossen, die Tore die ganze Nacht offen zu halten. Allerdings war in den Straßen kaum ein Durchkommen. Rüdiger und Abram mussten ihre Streithengste hart am Zügel halten, damit die nervösen Tiere im Gedränge nicht um sich traten. Sirene trug Gerlin dagegen ruhig und gelassen wie immer durch die drängelnden Massen. Hansi spähte mit scharfen Augen in die Menschenmenge.

»Hier auf den Straßen ist er nicht«, schloss er endlich. »Viel zu gefährlich, in dem Getümmel läuft ihm das Mädchen schneller weg, als er gucken kann.«

Gerlin verließ der Mut. »Sind sie also doch weitergeritten?«, fragte sie. »Er kann irgendwo im Wald sein, er kann ...«

»Wir sollten fragen, ob hier irgendwo eine Herberge ist«, meinte Rüdiger. »Und wir sollten uns etwas zu essen besorgen. Bei Gott, mir knurrt der Magen!«

Gerlin sah ihren Bruder vorwurfsvoll an. Wie konnte er jetzt an Essen denken? Ihr selbst bereiteten all die Bratendüfte um sie herum nur Übelkeit, und die Feuer schienen die Luft dieses Sommerabends nur noch mehr aufzuheizen. Allerdings war auch ein Gewitter im Anzug, über dem Wald entluden sich schon die ersten Blitze. Nun ging es obendrein überhaupt nicht weiter. Irgendwo vor ihnen staute sich die Menge, wahrscheinlich war ein Wagen umgefallen oder ein Pferd ausgeglitten. Jedenfalls fanden sich Gerlin und die Männer eingekeilt in der Menschenmasse. Die Leute fluchten und schimpften, weil es nicht vorwärtsging. Gerlin schwankte im Sattel, sie war am Ende ihrer Kräfte.

»Wir bleiben jetzt in dieser Schenke, bis sich der Aufruhr gelegt hat«, bestimmte Abram kurzerhand.

Er wies auf ein wenig vertrauenerweckendes Etablissement, dessen zechende Gäste zum Teil auf der Straße kampierten, weil es innen zu voll war. Die meisten von ihnen schäkerten mit Mädchen ... Gerlin wollte dort nicht hinein. Aber Abram und Hansi waren bereits abgestiegen und banden ihre Pferde an die Hauswand. Abram machte Anstalten, Gerlin aus dem Sattel zu helfen.

Nur Rüdiger schien noch mit sich zu ringen. »Das ... das ist doch ein Hurenhaus«, murmelte er schamerfüllt.

»Aber immerhin ein Haus«, bemerkte Abram. »Wenn wir Glück haben, regnet es nicht durch.«

Inzwischen donnerte es, und vom Himmel fielen die ersten Tropfen. Gerlin ließ sich widerstrebend in die heiße, nach Bier und Schweiß stinkende Gaststube hineinschieben. Eine dralle, junge Hure, die auf dem Schoß eines Freiers saß, grinste die Neuankömmlinge an. Sie war sichtlich betrunken.

»He, noch welche, die sich ihre Weiber mitbringen!«, kicherte sie. »Da wird der Wirt aber schimpfen. Sind wir Mädchen aus Fréteval Euch nicht gut genug, edle Herren?«

Rüdiger runzelte die Stirn und bemühte sich offensichtlich, nicht auf ihr Gerede zu hören. Abram horchte jedoch auf. Und Gerlin wurde eben einer anderen Seltsamkeit gewahr. Inmitten der Schenke befand sich eine offene, gemauerte Feuerstelle, über der gekocht und gebraten werden konnte. Das war nicht ungewöhnlich, viele Wirtshäuser waren ähnlich gestaltet. Aber die ältere Frau, die an diesem Herd mit ernstem Gesicht Milch erhitzte, fiel denn doch auf. Hier wurde schließlich gezecht, nicht gegessen. Es gab nicht einmal einen Koch.

Aufgeregt schob sich Gerlin an die Frau mit dem Topf heran. »Habt Ihr ein Kind hier, Madame?«

Die dralle Hure, die Abram zu den »mitgebrachten Weibern« ausfragte, zierte sich – und schließlich kam auch der Wirt hinzu, was schnell ein Streitgespräch nach sich zog. Natürlich leugnete der

Mann, einem Ritter in Begleitung eines Mädchens und eines Kindes Unterschlupf gewährt zu haben, wobei Abram zwecks Überzeugung die Geldbörse zückte, während Rüdiger nach seinem Schwert griff.

Die alte Hübschlerin Claudine redete dagegen bereitwillig. Ungehört von den Männern – sowohl von Gerlins Begleitung als auch vom Hurenwirt – begann sie zu erzählen.

»Irgendwas geht da nicht mit rechten Dingen zu. Das Mädchen sieht nicht aus wie eine Dirne – und selbst wenn sie eine ist, man schleppt bei der Arbeit doch nicht seine Bälger mit rum! Die meisten Männer mögen's nicht, und die anderen, die's auf dumme Gedanken bringt ... ich hätt denen nicht gern mein Kind verkauft!« Claudine prüfte die Milch geschickt auf die richtige Temperatur und füllte sie dann in ein Schüsselchen.

Rüdiger und der Hurenwirt wurden inzwischen laut – der junge Ritter forderte den Mann nachdrücklich auf, ihm zu sagen, wo er die Flüchtigen versteckte.

»Auf dem Heuboden sind sie«, berichtete Claudine freimütig. »Da haben sie's wenigstens warm und trocken. Aber warum fragt Ihr, Herrin ...? Barmherziger Himmel, der Kerl hat die Kleine und das Kind doch nicht etwa entführt? Herrin – ist es womöglich Euer Kind?«

»Sie sind da oben!« Gerlin und Abram riefen es im gleichen Moment. Während Rüdiger noch mit dem Wirt verhandelte, hatte Abram ein wenig gut Wetter bei der jungen Hure gemacht. Nun wies er die Stiege hinauf.

Rüdiger von Falkenberg überlegte nicht lange, bevor er sein Schwert zog und hinaufstürmte.

Kapitel 10

Florís de Trillon hatte Richard Plantagenet nie so aufgebracht gesehen. Der König war rot vor Wut und ballte immer wieder hilflos die Fäuste, während er die Pergamente durchsah, die Gerlin in König Philipps Archiv gefunden hatte.

»Es ist unfassbar!«, brach es schließlich aus ihm heraus. »Die gesamte Normandie rechts der Seine ... Rouen, die Touraine ... der verräterische Hund verpfändet die Erblande der Plantagenets! Und unseren guten Namen dazu! Er verspricht dem Franzosen, ihm den Lehnseid für England zu leisten! Wenn sie ihn gegen mich unterstützen!«

»Wer verspricht was?«, fragte die Herrin Aliénor gelassen. Sie hatte bislang mit Florís geplaudert, der seinerseits immer stärkere Unruhe verspürte. Gerlin hätte längst da sein müssen. Was konnte sie aufgehalten haben?

»Mein so genannter Bruder!«, brüllte Richard. »Johann, der so selbstlos mein Land für mich verwaltet hat, solange ich auf Trifels eingekerkert war! Hast du davon gewusst, Mutter?«

Er hielt seiner Mutter einen Brief hin, den sie kurz überflog. Florís kannte das Schriftstück. Johann Plantagenet versprach darin dem König von Frankreich in warmen Worten ewige Treue – wenn er ihm nur half, ihm seinen Bruder Richard vom Halse zu schaffen. Zu den von Gerlin gesichteten Dokumenten gehörte darüber hinaus ein von Johann unterschriebener Geheimvertrag: Sollte Philipp II. dem jüngeren Plantagenet auf Dauer auf den Thron Englands helfen, so würde er ihm dafür wichtige Landstriche auf dem Festland überlassen.

Eleonore wirkte nicht überrascht. »Ich habe ihm nie getraut«, sagte sie kurz. »Aber wenn ich das gewusst hätte ... Es ist infam, Richard, ich stimme dir zu! Johann wollte die Krone, das war mir schon klar. Aber dass er dafür bereit war, sein Land und seine Familie zu verraten ...«

»Vor allem seinen Bruder!«, stieß Richard hervor. »Was hat er sich wohl vorgestellt? Dass ich in Trifels verrotte? Oder umkomme – bei einem bedauernswerten ›Unfall‹?«

Eleonore zuckte die Schultern. »Vielleicht hätte er Krieg geführt«, murmelte sie eine halbherzige Entschuldigung für ihren jüngsten Sohn.

Richard hätte es nicht gerade begrüßt, aber er hätte seinen Bruder auch nicht völlig verdammt, wenn Johann ihm mit einem Heer entgegengezogen wäre. Auch ihm war Ehrgeiz schließlich nicht fremd, Machtkämpfe unter den Plantagenets hatten eine gewisse Tradition. Eine Flucht unter die Fittiche des französischen Königs jedoch ...

»Dafür ist er viel zu feige!«, fasste Richard seine Einschätzung des Charakters von Johann Ohneland kurz zusammen. »Die Kriege sollten andere für ihn führen. Was machen wir nur mit ihm, Mutter?« Der König atmete tief aus und ein, er versuchte sichtlich, sich zu beruhigen. Florís beschloss, dass er jetzt für sein Anliegen ansprechbar sein musste.

»Sire ... verzeiht, dass ich mir anmaße, unaufgefordert das Wort zu ergreifen. Aber ich ... ich bin äußerst besorgt. Ich denke, Ihr wart abgelenkt, aber ich hoffte weiterhin auf das Erscheinen der Herrin Gerlin. Und so langsam glaube ich, dass da etwas passiert ist. Frau Gerlin hätte sich Eurem Befehl normalerweise nie widersetzt, sie wünschte ja selbst, Euch zu sehen. Es war ihr ausdrücklicher Wunsch, Euch diese Dokumente persönlich zu überreichen. Wenn sie nun nicht gekommen ist ... ich würde gern nach ihr suchen, Majestät.«

Richard Plantagenet nickte, nach wie vor in Gedanken. »Selbstverständlich, Herr Florís. Ihr seid entschuldigt, kümmert Euch um die Dame. Und wenn Ihr sie findet, vermittelt ihr meinen Dank für die Sicherstellung dieser Briefe – und verpflichtet sie zum Stillschweigen! Letzteres gilt auch für Euch, es muss nicht gleich das ganze Heer wissen, dass mein Bruder Johann ein ... ein verräterischer Hund ist!« In Richards sonst eher freundlichen Augen loderte der Zorn.

Florís verneigte sich vor dem König und seiner Mutter, was Richard kaum zur Kenntnis nahm.

»Wir sehen Euch und die Dame dann morgen«, sagte die Herrin Aliénor.

Miriam versuchte, an die Sterne zu denken. Sie konnte den Himmel nicht sehen, aber er musste da sein, über der Dachluke, auf die zuvor noch der Regen geprasselt hatte, als wollte Gott die Welt wegspülen. Miriam wäre das recht gewesen, aber der Regen hatte nachgelassen. Sie durfte sich jetzt nicht ihrem Ekel und ihrer Angst ergeben, nicht an den Mann denken, der sich eben mit einem Grunzen über sie warf. Wenn sie es nicht schaffte, sich in den Sternenhimmel hineinzuträumen, würde sie sterben ...

Der Ritter küsste sie ungestüm, schob seine Zunge zwischen ihre Zähne, als gelte es, feindliche Burgmauern zu überwinden. Sein Geschlecht presste sich gegen ihre Schenkel – aber sie trug noch ihr Kleid, er hatte ihr keine Zeit gelassen, es hochzuziehen. Die Hand des Mannes tastete nun nach dem Saum ... Hoffentlich zerriss er es nicht, Miriam durfte gar nicht daran denken, am kommenden Morgen in Lumpen durch dieses Hurenhaus gehen zu müssen. Jeder würde ihre Schande sehen, aber es wusste ja sowieso jeder, was hier vorging. Sie war verdammt, die Reinigung in der Mikwe hatte nichts bewirkt ... Salomon war umsonst gestorben … nein, nicht daran denken, nicht weinen, nicht schreien, die Sterne …

Das Mädchen schloss die Augen, presste sie zusammen, um den Mann so weit als möglich auszusperren. Sie versuchte, den Himmel heraufzubeschwören. Ihren Stern …

Plötzlich hörte sie Schritte auf der Treppe zum Heuboden. Schnelle, harte Schritte, keine langsamen, vorsichtigen Bewegungen ob der steilen Stiege. Dies klang nicht wie der Hurenwirt oder seine Mädchen. Wer hier heraufkam, lief entschlossen und eilig, und er trug auch keine leichten Lederschuhe, sondern schwere Stiefel. Der Ritter schien dies auch zu bemerken. Er ließ von Miriam ab und richtete sich alarmiert auf.

Der Ankömmling trat gegen die Eingangstür. »Gebt sofort das Kind heraus!«, schrie er.

Rüdiger war mit gezücktem Schwert die Stiege hinaufgestürzt, aber Abram unterdrückte den Impuls, ihm auf dem Fuße zu folgen. Auf der schmalen Treppe würden sich die Angreifer nur gegenseitig im Wege stehen – wie es überhaupt Wahnsinn war, sich hier zum Kampf zu stellen! Die Treppe war kaum mehr als eine Leiter, sie bot eigentlich keinen Halt. Dazu war es dunkel, oben auf dem Heuboden gab es wahrscheinlich mehr Licht. Der Verteidiger war also in jeder Beziehung im Vorteil.

Abram dachte angestrengt nach. Ein Heuboden – wenn der Wirt kein Geld zu verschenken hatte, lagerte er dort das Stroh fürs ganze Jahr. Mit ziemlicher Sicherheit ließ er es sich direkt nach der Ernte anliefern, dann war es am billigsten. Und er brachte die Garben bestimmt nicht einzeln über die Treppe hinauf! Im Allgemeinen wurde frisches Stroh direkt vom Erntewagen aus auf den Heuboden gestemmt, es musste also eine Öffnung im Dach oder in der Giebelwand geben.

Abram zog sein Schwert und rannte hinaus. Es konnte nicht kompliziert sein, die Luke auszumachen, das Haus des Hurenwirts war schmal und lag eingezwängt zwischen zwei anderen Häusern. Abram versuchte, durch die Dunkelheit zum Giebel hinaufzublicken. Zum Glück hatte es aufgehört zu regnen, der heftige Gewitterguss war so schnell gegangen, wie er gekommen war. Abram entdeckte eine Hofeinfahrt, die sich die nebeneinanderliegenden Häuser teilten. Er hastete hindurch und erreichte einen ungepflegten, stinkenden, aber für einen Heuwagen ausreichend geräumigen Hinterhof. Und da, im hinteren Bereich des Hurenhauses, war auch die Dachluke, verschlossen von einem eisernen Riegel. Sie ließ sich also von außen öffnen, er musste nur hinaufkommen ...

Der junge Jude ließ seinen Blick über den schmutzigen Hof gleiten. Zwischen allem möglichen Unrat scharrten Hühner ... ein paar davon hockten bereits in Schlafstellung auf einer reichlich baufälligen Leiter. Abram scheuchte die aufgeregten Hennen beiseite. Es hieß ein bisschen Gott versuchen, über dieses Ding hinaufgelangen zu wollen. Etliche Sprossen waren bereits herausgebrochen, die anderen wirkten morsch. Aber Abram hatte keine andere Wahl. Er lehnte die kotverschmierte Leiter an die Hauswand und kletterte hinauf.

Odemar von Steinbach lachte dröhnend.

»Wer will da was von mir und meinem Mündel?«, fragte er provozierend. Er war schon auf die Beine gesprungen, als die Tür zu Bruch ging, aber natürlich hatte er sich nicht rüsten können. Bis auf sein Hemd und die heruntergezogene Brouche war er nackt.

Rüdiger betrachtete ihn mit grimmigem Lächeln. Er sah nicht viel im Gegenlicht, auch auf dem Heuboden war es dämmrig, aber doch deutlich heller als auf der Treppe. Das Licht der kleinen

Kerze reichte gerade so aus, um zu erkennen, dass er es nicht mit Roland von Ornemünde zu tun hatte.

»Ihr seid …«

Odemars Schwert hatte griffbereit auf einer Garbe Stroh gelegen. Der Ritter war in Augenblicken kampfbereit.

Miriam zog sich in die äußerste Ecke ihres Strohlagers zurück und tastete nach Dietmar. Das Kind schlief tief, was nach alldem Wein kein Wunder war. Die junge Frau zog es an sich. Sie durfte nicht wieder in ihre gewohnte Starre verfallen, sie musste bereit sein zu fliehen. Aber … der Eingang war von zwei wutentbrannten Männern verstellt, die bereit waren, die Klingen zu kreuzen.

»Odemar von Steinbach!«, stellte ihr Entführer sich mit kräftiger Stimme vor. »Und mit wem habe ich das Vergnügen? Ich habe Euch schon einmal gesehen, Ihr …«

»Mein Name ist Rüdiger von Falkenberg«, sagte Rüdiger kurz. »Der wahre Oheim des Kindes, das Ihr entführt habt. Zweifellos, um es seinem angeblichen ›Verwandten‹ Roland von Ornemünde zuzuführen. Wir müssen uns nicht schlagen, Herr von Steinbach, wir haben keine Händel miteinander. Ich schlage vor, wir begeben uns direkt zum Herrn der Feste Fréteval und bitten um Schlichtung. Oder bevorzugt Ihr König Richard Plantagenet?«

Odemar lachte schallend. »Richtig, der kleine Bruder unserer Herrin Gerlin! Ihr Spion bei meinem Herrn Roland … Wie habt Ihr Euch artig eingeführt, junger Mann! Um dann die Seiten zu wechseln, als es darauf ankam. Ein mieser kleiner Verräter – aber inzwischen doch wohl zum Ritter geschlagen, oder streite ich mich hier mit einem Knappen?«

Rüdiger straffte sich. »Herr Florís de Trillon schlug mich zum Ritter«, gab er kurz Auskunft. »Und ich fürchte mich nicht vor einem Kampf. Also würdet Ihr Eure Hosen hochziehen, Herr Odemar? Ich könnte sonst in Versuchung geraten, Eure edelsten Teile zu verletzen …«

Odemar lachte hämisch und nahm sich die Zeit, sich halbwegs vorzeigbar herzurichten. In seiner Tunika über den nackten Beinen wirkte er zwar immer noch seltsam für einen Kämpfer, aber seiner Schlagkraft tat das keinen Abbruch. Er parierte schon Rüdigers ersten Stoß so mächtig, dass der junge Ritter beinahe die Stiege heruntergefallen wäre.

Miriam biss sich auf die Lippen. Sie wusste nicht viel vom Schwertkampf, aber dass ihr möglicher Befreier auf der Treppe keine Chance hatte, konnte auch sie sich denken. Hoffentlich war er wenigstens nicht allein gekommen …

Rüdiger parierte tapfer, aber schon Odemars zweiter Schlag ließ ihn straucheln. Er suchte verzweifelt Halt auf der Treppe, fand ihn aber nicht. Miriam hörte Scheppern und Frauenschreie – irgendjemand, vielleicht die Huren oder sogar Gerlin.

Odemar warf einen kurzen Blick hinunter und wandte sich dann wieder Miriam zu. Er richtete das Schwert auf sie. »Nimm deine Sachen und das Kind und komm!« Der Ritter schien entschlossen, sich mit ihr ins Freie durchzukämpfen.

In diesem Moment wurde eine Luke aufgestoßen, und trübes Mondlicht fiel auf den Heuboden – ein fader Lichtstrahl. Der Ritter und das Mädchen erschraken. Die Nacht klarte auf nach dem Gewitter, Miriam sah die Sterne. Und sie sah Abram von Kronach, der sich behände durch die Öffnung schob.

»Noch so ein Held!«

Odemar hatte sich schnell wieder gefasst. Der Ritter hob lachend sein Schwert, aber Abram war gewappnet. Er schleuderte seinem Gegner eine Hand voll Dreck ins Gesicht – feuchten Hühnerdung von der Leiter. Odemar brüllte wütend auf. Er parierte Abrams Schläge nur mit halber Kraft, brauchte die linke Hand, um sich die vom scharfen Mist brennenden Augen zu reiben.

Der junge Jude war an diesem Abend allerdings auch nicht der Geschickteste. Seine Wunden schmerzten bei jeder Bewegung, die Verletzung an der Seite hatte schon beim Aufstieg wieder zu bluten begonnen. Dennoch gelang es ihm, Odemar in Richtung Treppe zurückzudrängen. Abram befand sich jetzt immerhin zwischen Miriam und Dietmar. Wenn es gar nicht anders ging, konnte sie versuchen, über die Leiter nach draußen zu entkommen. Aber bislang folgte sie dem Kampf nur wie erstarrt und zitternd wie so oft. Ihre Erleichterung darüber, dass Abram noch am Leben und nicht schwer verletzt war, wich der erneuten Angst um ihn. Wenn sie nur gewusst hätte, wie viele Männer zu ihrer Rettung ausgezogen waren!

»Rüdiger?«

Abram schlug wild auf Odemar ein, aber der Ritter war verzweifelt bemüht, sich nicht gänzlich auf die Treppe nach unten drängen zu lassen. Noch hielt er sich auf dem obersten Absatz, der mehr Halt bot als die Stufen, und so langsam musste er auch wieder besser sehen können. Abram konnte nur hoffen, dass ihm Gerlins Bruder von unten zu Hilfe kommen würde. Jedoch schien sich seine ärgste Sorge zu bewahrheiten: Rüdiger war bereits geschlagen, er musste tot sein oder schwer verletzt. Und Odemar machte Anstalten, sich erneut vorzukämpfen. Abram warf einen Blick zurück auf seine schreckensstarre Geliebte.

»Miri, bring Dietmar in Sicherheit! Durch die Luke! Die Leiter ist baufällig, aber dein Gewicht hält sie schon aus. Miriam! Beweg dich!«

Miriam nahm sich zusammen. Sie trug nur ihr Hemd, aber damit war sie immerhin beweglicher als in all ihren Röcken.

Dietmar regte sich schwach, als sie ihn an sich zog und zu der Dachöffnung hastete. Die Luke führte hinaus auf den regenfeuchten Hof. Die Nässe machte die Leiter schlüpfrig, aber die Höhe machte Miriam keine Angst. Notre-Dame war näher an den Sternen gewesen ... Das Mädchen holte tief Luft und fasste nach der Leiter.

Geschickt tastete Miriam sich die Sprossen hinunter. Sie erschrak, als die dritte brach, fing sich jedoch schnell wieder. Dietmar mit der linken Hand an sich pressend, krampfte sie die rechte um die Seitenstrebe der Leiter. Sie würde nicht fallen, auch wenn noch eine Sprosse nachgab. Miriam schob sich behutsam der Erde entgegen.

Odemar sah aus dem Augenwinkel, wie seine Gefangene floh. Bis jetzt hatte er geglaubt, sich mit ihr durchkämpfen zu können, sobald er Gerlins Diener erledigt hatte, aber jetzt musste er seine Pläne ändern. Er glaubte nicht, dass unten vor dem Schankraum eine Streitmacht auf ihn wartete. Dies war eine spontane Rettungsaktion gewesen, wie es aussah, war nicht mal Florís de Trillon beteiligt. Er musste einfach die zwei oder drei Anfänger niedermachen, die ihn hier aufgespürt hatten, dann konnte er das Mädchen und das Kind mühelos wieder einfangen. Allerdings hieß es jetzt schnell sein ...

Odemar veranlasste Abram, mit einem letzten kräftigen Schlag weit in den Heuboden hinein auszuweichen. Das gab ihm Zeit, die Stufen der Treppe hinabzuspringen. Unten rappelte sich eben der Ritter Rüdiger wieder auf, allerdings sichtlich angeschlagen. Sein Schwert lag an einer gänzlich anderen Stelle des dunklen Korridors, er war noch nicht mal so weit, danach zu tasten. Eine Frau bemühte sich um ihn ...

Odemar grinste, als er Gerlin von Lauenstein erkannte. »Frau Gerlin! Da treffen wir uns ja doch noch persönlich ...«

Gerlin stellte sich ihm hasserfüllt entgegen. Ohne einen Augenblick nachzudenken, zückte sie das kleine Messer, das sie stets am Gürtel trug. Odemar lachte. Die junge Frau und ihr Messerchen machten ihm keine Angst. Mit einer schnellen Bewegung griff er nach ihr, entwand ihr mit der linken Hand das Messer und schlang die rechte um ihre Taille. Er hielt sie wie einen Schild vor sich, das kleine Messer auf ihr Herz gerichtet.

»Keine Bewegung, Herr Rüdiger!«, schleuderte er dem Ritter entgegen, der eben nach seinem Schwert griff. »Auch wenn Ihr Eure Waffe tatsächlich endlich gefunden habt. Und desgleichen der Kerl auf dem Heuboden! Kommt mir nicht zu nahe, sonst ...«

Rüdiger erstarrte wie Miriam zuvor – aber hinter dem Ritter regte sich etwas. Ein Messer blitzte auf, jemand hängte sich an ihn und zerrte seinen Kopf nach hinten – und im selben Moment verwandelte sich Odemar von Steinbachs Drohung in ein Röcheln. Ein blutiger Schnitt lief wie ein Halsband quer über seine Kehle, klaffend wie ein zum Schreien geöffneter zweiter Mund. Messer und Schwert entfielen seinen Händen.

»Das war für meinen Bruder, du Mistkerl!« Hansis kleine Gestalt ragte hinter dem bärenhaften Ritter auf, als Odemar sterbend zu Boden sank. »Weißt noch? Der Küchenjunge, den du auf Lauenstein gehenkt hast?«

Odemars Körper zuckte, seine Hände schienen in Richtung seiner Kehle wandern zu wollen, aber ihm fehlte die Kraft.

»Jetzt weißt du, wie sich das anfühlt!«, stieß Hansi mitleidlos aus und blickte wütend in die brechenden Augen des Ritters.

Odemar starb schnell, der Wegelagerer Kurt musste seine Söhne gelehrt haben, wie man sein Opfer rasch erledigte. Hansi wischte sein Messer sorglich und kaltblütig an der Tunika des Ritters ab, dann aber lachte er Gerlin jungenhaft zu.

»Alles in Ordnung, Herrin?«

Gerlin nickte, immer noch sprachlos ob der plötzlichen Befreiung. Hansi erinnerte sich dagegen wieder an seine Würde als Knappe und wandte sich etwas verlegen an Rüdiger. »Das war jetzt natürlich nicht ritterlich«, entschuldigte er sich. »Aber ich konnt nicht anders. Mit dem Schwert hätt ich den nie erledigt.« Er maß Odemars riesige Gestalt mit einem Blick. »Weil ... er war schon etwas schwerer als ich, und das gibt dann keinen ausgeglichenen Kampf ...«

Gerlin konnte nicht anders. Wenn sie an einen ausgeglichenen Kampf zwischen dem kleinen Hansi und dem gewaltigen Odemar dachte, musste sie hysterisch lachen. »Hansi«, stieß sie hervor, als sie sich endlich wieder beherrschen konnte. »Hansi, falls dir am Urteil deiner Minneherrin über dein Tun gelegen ist: Vielleicht war's nicht ritterlich, aber gerecht war's allemal!«

Kapitel 11

Es dauerte einige Zeit, bis die Lauensteiner die zitternde Miriam mit Dietmar in einer Ecke des schmutzigen Hofes gefunden hatten, und es war dann auch nicht einfach, alle auf die Pferde zu verteilen. Gerlin ritt schließlich mit Dietmar auf Sirene – sie war nicht bereit, das Kind noch einmal aus ihren Armen zu lassen –, und Abram nahm Miriam wieder vor sich auf den geliehenen Streithengst. Sie schmiegte sich vertrauensvoll an ihn – wie damals, als er sie aus den Händen der Wegelagerer gerettet hatte.

»Ob das jetzt so weitergeht?«, sinnierte sie schläfrig. »Wirst du mich immer wieder zurückholen, wenn mich einer stiehlt?«

Abram lachte und zog sie fester an sich, obwohl seine Wunden wieder schmerzten. »Sooft es sein muss«, beschied er sie. »Aber ich hoffe, du wirst etwas seltener entführt, wenn wir erst wieder in Kronach sind – oder sonst irgendwo, in einem sicheren Haus in einem hübschen Judenviertel. Wobei Judenviertel ja nun auch nicht allzu sicher sind ... Vielleicht sollten wir uns das mit den deutschen Landen noch mal überlegen. Was hältst du zum Beispiel von Al Andalus? Steuerzahlende Juden sollen da gern gesehen sein; die Sternkunde befindet sich auf höchstem Niveau ... und zweifellos ist das Land voller christlicher Märtyrer. Reliquienhandel läuft überall ...«

Rüdiger enthielt sich jeglicher Wertung für die Handlungen seines Knappen. Schließlich mochte er sich nicht auch noch vorhalten lassen, dass gleiche Chancen beim Schwertkampf nicht nur mit dem Gewicht der Gegner zu tun hatten, sondern auch mit dem festen Stand der Kämpfer. Florís de Trillon hätte sich zweifellos nie streitend auf eine solche Stiege begeben ... Rüdiger von Falkenberg überlegte erstmals, ob das Leben eines Fahrenden Ritters wirklich so erstrebenswert war, wie er bislang gedacht hatte. Nach dem Fall schmerzten ihn alle Glieder, er hätte sich leicht das Genick brechen können – bevor er die Möglichkeit gehabt hatte, Ruhm anzuhäufen, ein Mädchen zu freien, sich auch nur eine Minneherrin hatte wählen können! Rüdiger dachte in der letzten Zeit öfter an Mädchen als an den Krieg. Und wenn er jetzt verstohlen zu der sehr leicht bekleideten, strahlend schönen Miriam hinüberlinste, so erschien ihm ein Lehen in Oberfranken eigentlich als gar nicht so unattraktive Alternative zum Abenteuer.

Auf halbem Wege zum Heerlager trafen die Reiter denn auch auf Florís de Trillon und seine Einsatztruppe junger Ritter. Einige von ihnen wirkten bezecht, aber Florís hatte doch Besonnenheit bewiesen, indem er sich nicht allein auf eine unsichere Rettungsaktion begab. Florís war zunächst zu Miriams und Abrams Wagen zurückgeritten und aus der Fassung geraten, als er dort niemanden antraf. Aus den Angaben der Bader und Marketenderinnen, die in der Nachbarschaft kampierten, hatte sich nicht viel schließen lassen, aber letztendlich hatte Florís den Knappen aufgetrieben, bei dem Hansi den Streithengst geliehen hatte. Der Knabe hatte inzwischen etwas Angst bekommen und wandte sich bereitwillig mit seinen Sorgen um das Pferd seines Herrn an den anderweitig beunruhigten Ritter. Er zumindest würde in dieser Nacht gut schlafen können, Abram brachte das Tier schließlich wohlbehalten zurück.

»Und du jagst mir nie wieder so einen Schrecken ein«, wandte sich Florís immer noch aufgebracht an Gerlin. »Himmel, konntest du nicht wenigstens diesen Knappen schicken, um mir kundzutun, was geschehen ist und wo ihr seid?« Er wies auf Hansi.

Gerlin lächelte. »Den haben wir dringlich gebraucht«, bemerkte sie mit einem warmen Blick auf den Kleinen, der wieder mal guckte, als könnte er kein Wässerlein trüben. »Unser Johann vom Galgenhügel wird mal ein trefflicher Ritter!«

»Nur wenn der Name nicht an ihm haften bleibt«, brummte Rüdiger, immer noch ein wenig in seiner Ehre gekränkt.

Abram grinste. »Wir finden heraus, wie man das in der Langue d'oc ausdrückt«, bemerkte er. »Das versteht dann kein Mensch.«

»Aber es ist doch sehr bedenklich, dass Roland von Ornemünde immer noch hinter uns her ist«, vertraute Gerlin Florís ihre Sorgen an, als das Gelächter der Ritter sich gelegt hatte. »Ich werde keine ruhige Minute mehr haben, bevor Dietmar nicht sicher in der Burg dieses Linhardt von Ornemünde ist. Habt Ihr ihn übrigens kennengelernt? Wäre doch naheliegend, dass er sich Richards Heer angeschlossen hat.«

Florís zuckte die Schultern, ein wenig gekränkt, dass Gerlin wieder die förmliche Anrede wählte. Er selbst hatte sie geduzt, seit er sie wiedergetroffen hatte, aber nach der ersten Freude hatte er nun das Gefühl, als ob sie sich wieder vor ihm zurückzöge. Auf jeden Fall stand etwas zwischen ihnen.

»Nicht unbedingt«, antwortete er jetzt. »Vielleicht hält er auch sein Lehen gegen die französischen Usurpatoren. Die meisten Burgherren sind auf ihren Anwesen geblieben und haben sie verteidigt. Nur wenn es König Philipp gelungen ist, eine Burg zu erobern, hat sich ihre Besatzung dem englischen Heer zugesellt.«

Gerlin seufzte. »Aber wird Loches nicht von den Engländern belagert? Ich hörte, König Richard sei auf dem Weg dorthin gewesen … War er übrigens sehr erbost?«

Florís lachte. »Über dich oder seinen Bruder? Also Letzteren hätte er wohl am liebsten auf der Stelle gevierteilt. Während du durchaus mächtige Fürsprecher hast. Die Herrin Aliénor freut sich darauf, dich zu sehen.«

Gerlin lächelte. »Richard ist eben ihr Lieblingssohn. Sie ist ihm sogar bis nach Sizilien gefolgt.«

»Und sie wird vollstes Verständnis dafür aufbringen, was du bereit warst, für Dietmar zu tun«, sagte Florís. »Wir sehen den König morgen.«

Gerlin stand ratlos vor ihrer Garderobe, bevor sie am nächsten Morgen zum Zelt des Königs aufbrach. Florís war bereits da und hielt Wache vor dem Planwagen – Gerlin hatte den Verdacht, dass er dort auch die Nacht verbracht hatte. Zweifellos wagte er nicht, Dietmar aus den Augen zu lassen, und ebenso sicher verzehrte er sich nach Gerlin. Wenn sie nur selbst genau gewusst hätte, was sie fühlte. Damals in Lauenstein hatte sie Florís geliebt. Ihm hatte der Frühling gehört, nicht Dietrich. Ihrem jungen Gemahl hatte sie stets nur die Zuneigung einer Mutter oder Schwester entgegengebracht, nicht die einer Braut. Aber dann war der Frühling dem Sommer gewichen, und sie hatte Salomon gefunden. Eine ebenso verbotene Liebe, eine unmögliche Liebe. Und doch eine tiefe Beziehung. Gerlin fühlte sich dem Medikus nach wie vor verbunden – und sie wusste nicht, wie viel davon sie Florís erzählen sollte. Auf jeden Fall war sie noch nicht wieder bereit, einen anderen in die Arme zu schließen. Und erst recht konnte sie nicht noch einen Mann verlieren. Solange Florís im Heer des Königs kämpfte – noch dazu an vorderster Front, sicher war es kein Zufall gewesen, dass gerade er und seine Truppe König Philipp und sein Kronarchiv ausgespäht hatten –, konnte er jeden Tag fallen. Gerlin wusste, dass sie das nicht überleben würde. Nicht ein dritter

Mann in nur einem Jahr. Nicht ein weiterer schrecklicher Tod wie Salomons Ende am Port en Grève.

So gesehen hätte Gerlin sich Florís jetzt lieber in unscheinbarer Kleidung präsentiert, und sie fühlte sich auch mehr nach einem schlichten, vielleicht etwas schuldbewussten Auftreten denn nach dem einer großen Dame. Aber andererseits liebte die Herrin Aliénor höfische Auftritte – zumindest musste Gerlins Kleidung ihrem Stand angemessen und sauber sein. Das aquamarinblaue Kleid, das sie am Abend zuvor ausgewählt hatte, wäre richtig gewesen. Aber nach dem Ritt und nachdem der endlich erwachte Dietmar sie obendrein mit alldem halb verdauten Wein und Brot aus seinem Magen bespuckt hatte, war es nicht mehr vorzeigbar.

Gerlin betrachtete unschlüssig ihre Kleider, bis Miriam aufgeregt an der Plane des Wagens zupfte. »Gerlin, hier ist eine Truhe für dich, von der ... von der Königin Eleonore! Sie bittet dich, das Geschenk anzunehmen. Du repräsentierst ... so ähnlich sagt das jedenfalls der Page ... doch ihren Minnehof!«

Gerlin wurde glühend rot. Als Repräsentantin eines Minnehofes wollte sie eigentlich nicht vor dem König erscheinen, aber andererseits würde die Herrin Aliénor schon wissen, was sie tat. Gemeinsam mit der aufgeregten Miriam öffnete Gerlin die Truhe, die ein kleiner Page mit Abrams Hilfe auf den Wagen wuchtete. Sie war aus schwerem Holz, mit Eisen beschlagen, eine stabile Reisetruhe.

Miriam hielt den Atem an, als Gerlin das Gewand herauszog, das ganz obenauf lag. »Das ist wunderschön, Gerlin! Oh, das ist ein Traum, ein Kleid für eine Hochzeit!«

Gerlin lächelte. »Wenn es nach meiner Begegnung mit Richard nicht blutbefleckt ist oder ich darin als Ketzerin verbrannt werde, kannst du es gern für deine Hochzeit haben«, sagte sie großzügig. »Ich brauche es dafür wohl nicht mehr ...«

»Nicht?«, neckte Miriam und hielt sich das Kleid an.

Zu ihrem Teint passte es nicht ganz so gut wie zu Gerlins Haar und ihren Augen. Es bewies, wie genau sich die Herrin Aliénor an jede Einzelheit im Aussehen ihrer Pflegekinder erinnerte. Die Königin hatte einen Stoff gewählt, dessen Farbe genau Gerlins klaren blauen Augen entsprach, und die darauf genähten Edelsteine unterstrichen ihr Leuchten. Dazu gehörte ein Schleier in lichterem Blau, den ein ebenfalls edelsteinbesetztes Diadem krönte.

Florís stockte der Atem, als Gerlin in ihrem neuen Staat aus dem Wagen kletterte. »Du bist unsagbar schön«, flüsterte er.

»Das hat ein Vermögen gekostet!«, bemerkte der weniger leicht zu beeindruckende Abram. »Und es steht dir wirklich hervorragend, Herrin Gerlin. Pass bloß auf, dass der König nicht gleich die Rechte einfordert, die du ihm angeblich bereits gewährt hast!«

Gerlin lachte und zog Dietmar an sich, für den sich ebenfalls Kleider in der Truhe gefunden hatten – in den unterschiedlichsten Farben. Das Kind würde herauswachsen, bevor es all die kleinen Tuniken tragen konnte. Aber die Herrin Aliénor wünschte ihre Schützlinge perfekt auszustatten – was Dietmar anging, so hatte sie wohl seine Haar- und Augenfarbe nicht gekannt. Der Kleine wirkte an diesem Tag etwas blass und war quenglig.

»Sein erster Kater«, bemerkte Abram lachend. »Aber im Nachhinein war's ganz gut, dass dieser Odemar ihn betäubt hat. Diese Leiter hinabzusteigen war so schon vertrackt genug, mit einem zappelnden Kind wäre es erst recht schwierig geworden. Wie gut, dass Miriam gänzlich schwindelfrei ist.« Er strahlte seine sternkundige Geliebte mit unverhohlenem Stolz auf ihren Wagemut an.

Auf dem Weg nach Al Andalus, so hatte er ihr versprochen, seien unendlich viele Türme zu ersteigen.

Richard Löwenherz empfing Gerlin und ihren Sohn in seinem Zelt, und sie war überrascht, dass sich dort nahezu seine gesamte, in den Zeiten der Kriegführung natürlich kleine Hofhaltung versammelt hatte. Die Herrin Aliénor nahm, prächtig gekleidet, einen erhabenen Platz ein, flankiert von zwei Hofdamen. Richard selbst trug eine dunkelblaue, golddurchwirkte Tunika über roten Beinlingen und Lederstiefeln. Ein goldener Reif als Zeichen der Königswürde hielt sein hellbraunes lockiges Haar zurück. Er war umgeben von seinen vertrautesten Rittern, alle ebenfalls festlich gewandet.

Ganz offensichtlich würde das Heer an diesem Tag noch nicht weiterziehen: Richard gedachte, in Fréteval zu bleiben, später vielleicht die Burg aufzusuchen und den Burgherrn zu ehren. Vorher musste er einige kleine Streitigkeiten unter seinen Rittern verhandeln – und mochte seine wichtigsten Vertrauten wohl auch in die Erkenntnisse aus der Lektüre des französischen Kronarchivs einweihen. Seinen Unmut vom Vortag schien er allerdings erfolgreich überwunden zu haben. Er wirkte eher entspannt als kriegerisch und bedachte Gerlin mit einem spöttischen Lächeln, als sie sich vor ihm in einen tiefen Hofknicks sinken ließ.

»Gerlindis von Ornemünde zu Lauenstein, zu Euren Diensten, Majestät ...«

Der König nickte und warf einen Blick auf Dietmar, den Gerlin energisch mit auf die Knie gezogen hatte.

»Und dies ist nun mein Sohn?«, fragte er streng, nachdem Gerlin sich erhoben hatte.

Dietmar krabbelte ungelenk wieder auf die Beine und hielt sich an den Röcken seiner Mutter fest. Ein Kniefall war ihm bislang nicht abverlangt worden, und er schien unsicher, ob er nicht quengeln oder gar schreien sollte. Dann überlegte er es sich aber anders und grinste den König über das ganze Gesicht an. Richard musste sich deutlich mühen, nicht zurückzulächeln.

»Wie kommt es nur, dass ich mich so gar nicht an seine Zeugung erinnere?«, bemerkte er dann. »Obwohl sich die Schönheit seiner Mutter doch zweifellos in mein Gedächtnis eingebrannt hätte!«

Gerlin schoss die Röte ins Gesicht. Scheu sah sie zu Richard auf, wobei ihr Schleier etwas verrutschte und etwas mehr von ihrem vollen kastanienbraunen Haar sehen ließ.

Richard Plantagenet stutzte. Er meinte fast, diesen Blick zu erkennen. Ein ängstliches Reh – und doch eine Tochter Evas, die man früh gelehrt hatte, einen Ritter zu betören ...

Der König musterte die junge Frau mit neuem Interesse. »Tatsächlich glaube ich, diese Augen schon einmal gesehen zu haben ... Wenn auch nicht in meinem Bett!«

Gerlin lächelte zaghaft. »Ich ... wurde am Hof Eurer Mutter erzogen«, sagte sie leise. »Wir haben uns dort getroffen. Und ich ... ich habe gelogen, was meinen Sohn angeht, aber ich ... ich war Euch immer in Liebe zugetan. Hättet Ihr mich erwählt, so hätte ich Euch Söhne geschenkt, zahlreich wie die Sterne am Himmel.«

Der König grinste, und dann blitzte der Schalk in seinen Augen auf, an den Gerlin sich nur zu gut erinnerte. Genau so hatte er sie damals angeblickt, auf dem Wehrgang vor der Kemenate seiner Mutter. Und auch Richard schien sich zu erinnern.

»Ich verstehe«, bemerkte er. »Aber damals wart Ihr wohl noch ein wenig zu jung für die Liebe. Und was Euren Sohn angeht ... Sagen wir, Euer Wille war da. Es fehlte uns etwas an ... Gelegenheit ... Die falsche Zeit, der falsche Ort.«

Gerlin errötete erneut.

»Wir könnten das allerdings nachholen, meine Dame«, meinte der König und schien nah davor, ihr die Hand zu reichen.

Eleonore von Aquitanien blitzte ihren Sohn unwillig an.

Richard seufzte und zog seine Hand zurück. »Wie es aussieht, sind die Umstände auch diesmal nicht auf unserer Seite ... Nun denn, Gerlindis von Lauenstein. Ihr habt mir einen Dienst erwiesen, Eure Schwindeleien seien Euch deshalb verziehen. Kann ich sonst noch etwas für Euch tun? Wünscht Ihr, dass Euer Sohn an meinem Hof erzogen wird? Grundsätzlich würde ich Euch das gern gewähren, aber die Umstände …«

Mit einer Handbewegung umfasste er das Zeltlager – zurzeit nicht gerade der geeignete Ort für Frauen und Kinder.

»Der Franzose wird meine Gebiete abtreten müssen – schon um sein königliches Siegel einmal wiederzusehen …« Der König lächelte sardonisch. Auf die damit verbundenen Verhandlungen schien er sich jetzt schon zu freuen. »Das kann sich allerdings noch hinziehen. Vorerst werden wir nicht nach England zurückkehren oder auch nur irgendwo sesshaft werden.«

Gerlin holte tief Luft. »Der Onkel meines verstorbenen Gatten, Majestät, Linhardt von Ornemünde, verfügt über Besitzungen in der Gegend von Tours«, sagte sie. »Mein Sohn und ich waren zu ihm unterwegs, um ihn in einer Erbschaftsangelegenheit um Hilfe zu bitten. Wenn er die Ländereien hat halten können … oder sie wiedererlangt … Ich hoffte, Dietmar würde von ihm erzogen.«

Richard runzelte die Stirn, anscheinend dachte er nach. Einer der Ritter in seiner Nähe flüsterte ihm etwas zu. »Herr Linhardt? Ach ja, der Ornemünder …« Richard seufzte und blickte Gerlin bedauernd an. »Herrin, ich glaube, ich habe da keine guten Nachrichten. Herr Linhardt war ein überaus tapferer Ritter. Er hat uns auf dem Kreuzzug ins Heilige Land begleitet, aber er empfing während der Belagerung von Akkon eine tödliche Wunde. Und er starb ohne Nachkommen. Wenn wir Loches zurückerobern, werden wir das Lehen neu vergeben müssen.«

Gerlin senkte den Kopf und kämpfte gegen den Abgrund, der sich wieder einmal vor ihr auftat. Linhardt von Ornemünde war tot, ihre Zuflucht gab es nicht mehr. Alles war umsonst gewesen – die Flucht aus Lauenstein, die Strapazen der Reise, Salomons Tod. Gerlin dachte kurz darüber nach, den König auf

Dietmars Anwartschaft auf Linhardts Erbe hinzuweisen, aber das würde Richard ablehnen. Die Plantagenets brauchten wehrhafte Männer auf ihren französischen Besitztümern, keine unmündigen Kinder und Frauen als Regentinnen. Gerlin fühlte Schwindel in sich aufsteigen. Wie sollte es jetzt nur weitergehen?

In die plötzliche Stille hinein hob Eleonore von Aquitanien die Hand. Als die Königin das Wort ergriff, füllte sie mit ihrer immer noch volltönenden Stimme mühelos den Raum. »Vielleicht, mein Sohn, solltest du gleich jetzt über dieses Lehen nachdenken? Hat dir einer deiner Ritter gerade besonders treu gedient?«

Richard lachte unwillig auf. Er hatte an diesem Tag nicht vorgehabt, Lehen zu verteilen, und erst recht keine Festungen, die noch in französischer Hand waren. »Wen meint Ihr, Mutter? Meine Ritter pflegen mir alle treu zu dienen. Und wenn Ihr Euch derart für einen Ritter einsetzt, so hat er sich meist eher im Frauendienst ausgezeichnet denn auf dem Schlachtfeld. Welchen der Troubadoure in unserer Mitte wünscht Ihr zu ehren?«

Eleonore lächelte geziert und ignorierte das Gelächter der Ritter ringsum. »Der Ritter, der mir gerade vorschwebt, weiß Frauendienst und Kampfkraft aufs Trefflichste zu verbinden – auch wenn er nicht fähig ist, die Laute zu schlagen.«

Der Blick der Königin fiel auf Florís de Trillon. Der junge Ritter erwiderte ihn fassungslos. Gerlin las ein erschrockenes »Ich?« von seinen Lippen, aber dann straffte er sich und verbeugte sich demütig.

König Richard lächelte, jetzt weniger grimmig, sondern eher verständlich. »Das erscheint mir eine recht durchdachte Lösung«, bemerkte er dann. »Sowohl für Florís de Trillon – als auch für die Herrin Gerlin, für die Herr Florís doch offensichtlich ... nun ... hm ... minnigliche Gefühle hegt ...«

Gerlin und Florís erröteten gleichermaßen, während die Ritterschaft wieder in Lachen ausbrach.

Florís hob dann aber die Hand und wandte sich gefasst an den König. »Majestät, bitte erlaubt mir, das Wort zu ergreifen«, bat er mit fester Stimme. »Es ist wahr, dass ich die Herrin Gerlin über alles schätze, aber ich bin auch und vor allem ihrem Sohn verbunden. Ich schwor seinem Vater auf dem Totenbett, ihn zu beschützen und seine Erbansprüche durchzusetzen. Diesen Eid würde ich brechen, indem ich jetzt das Lehen des Herrn Linhardt annähme. Dietmar von Ornemünde ist Linhardts Erbe. Ich könnte es höchstens für ihn verwalten.«

Richard rieb sich die Stirn, als die Herrin Aliénor seufzte. »Herr Florís, diese Rede ehrt Euch. Aber wir sprechen hier von einer Burg, die erst zurückerobert werden muss. Zurzeit ist sie von den Franzosen besetzt. Linhardt von Ornemünde hatte das Lehen auch nur wenige Jahre inne. Er war wohl mehr Baumeister als Grundherr, soweit ich weiß befestigte er die Burg für meinen Vater, bevor er mir auf den Kreuzzug folgte. Und wie auch immer, die Burg gehört mir. Ich kann das Lehen vergeben, an wen immer ich will, und ich wähle Euch, Herr Florís, wenn Ihr denn wollt. Ansonsten finde ich einen anderen. Also können wir das jetzt beenden?«

Der König verlor langsam die Geduld. Vielleicht hatte ihn die Erwähnung von Loches daran erinnert, wie viel auf diesem Feldzug noch zu tun war. Die Festung war schließlich sein nächstes Eroberungsziel, nachdem Sancho von Navarra die Verteidiger schon entsprechend zermürbt hatte – Letzteres hoffte er zumindest.

Florís streifte Gerlin mit einem unsicheren Blick.

Dann aber erklang noch einmal die Stimme der Eleonore von Aquitanien. »Soweit ich weiß, Herr Florís, habt Ihr dem Vater des kleinen Erben doch wohl kein Lehen in der Touraine versprochen«, bemerkte sie. »Gerlin und Dietmar von Ornemünde haben Anspruch auf eine Burg in Bayern. Auf ihre Verteidigung bezog sich

Euer Eid. Also haltet ihn, indem Ihr den Jungen auf Eurer eigenen Burg erzieht und zum Ritter ausbildet – und gebt ihm Waffenhilfe, wenn er eines Tages auszieht, um die Hand auf sein wahres Erbe zu legen. Das wäre doch auch in Eurem Sinne, Frau Gerlin.«

Die Königin schaute Gerlin streng an. Gerlin wand sich unter ihrem Blick. Das alles ging viel zu schnell. Florís sollte das Lehen Linhardts bekommen – und ... die Hand Gerlin von Ornemündes? Unversehens schien sie wieder ein Spielball der Heiratspolitik geworden zu sein, diesmal geworfen von ihrer Ziehmutter. Aber Aliénor wusste nicht, was geschehen war. Sie wusste nichts von Salomon, von dem Zwiespalt, in dem Gerlin sich befand, seit sie Florís wiedergesehen hatte.

Gerlin kämpfte erneut mit dem Schwindel.

»Es wäre doch in Eurem Sinne?« Eleonores Augen durchbohrten sie – und Florís warf ihr einen fragenden Blick zu, einen Blick voller Liebe, in die sich jetzt Unsicherheit und Furcht mischten. Er musste denken, sie bezichtigte ihn des Thronraubs an Dietmar, wenn er Richards Angebot annahm.

Gerlin riss sich zusammen und versank in einem tiefen Knicks vor der Königin. »Ich kann der Regelung im Namen meines Sohnes aus vollstem Herzen zustimmen«, sagte sie förmlich. Die Atmosphäre im Raum schien sich augenblicklich zu entspannen.

»Schön, dann wäre das geklärt«, bemerkte Richard. »Herr Florís de Trillon, demnächst zu Loches, ich denke, Ihr mögt Euch mir und meinen Beratern anschließen, um über das weitere Vorgehen bezüglich Eures Lehens nachzudenken. Wir werden das Heer morgen dorthin in Gang setzen. Und die Herrin Gerlin ...«

»Die Herrin Gerlin unterhält sich sicher gern noch ein bisschen mit mir«, bestimmte die Königin. »Wir haben einander viel zu erzählen, nicht wahr, mein Kind? Ich freue mich über alle Maßen, Euch wiederzusehen.«

Die Herrin Aliénor bewohnte ein eigenes, sehr komfortabel eingerichtetes Zelt nahe dem ihres Sohnes. Gerlin begleitete sie und ihre Hofdamen, die sich gleich des kleinen Dietmar annahmen und das Kind nach Kräften verwöhnten. Eleonore von Aquitanien ließ Wein bringen, und Gerlin ließ sich ihr zu Füßen nieder wie damals auf der Insel Oléron. Ein warmes, glückliches Gefühl überkam sie, als kehre sie endlich in die Arme einer liebenden Mutter zurück. All die Ängste, all die Sorgen der letzten Monate fielen von ihr ab. Und wenn sie der Herrin Aliénor erst alles erzählt hatte ... Sie schluchzte auf, als die alte Königin sanft die Hand auf ihr Haupt legte. Aliénor ließ sie weinen.

»Es wird alles gut, mein Kind«, flüsterte sie beruhigend, als Gerlin sich zwischen zwei Schluchzern entschuldigen wollte. »Lasst die Tränen nur fließen, danach werdet Ihr Euch besser fühlen. Wobei ich eigentlich gedacht hatte, meine Regelung für Florís de Trillon würde Euch freuen. Er ist doch in Liebe zu Euch entbrannt, und ich meinte seinen Berichten zu entnehmen, dass Ihr sie durchaus erwidert.«

Gerlin versuchte, gleichzeitig zu nicken und den Kopf zu schütteln – sie konnte ihren Tränen nicht Einhalt gebieten. Erst als sie an dem süßen Wein nippte, den die Herrin ihr reichte, beruhigte sie sich und begann zu reden. Und dann brach ihre Geschichte wie ein Sturzbach aus ihr heraus. Sie erzählte von Lauenstein, von ihrer Ehe mit Dietrich und ihrer aufkeimenden Liebe zu Florís. Von seinem Kampf für sie, den wenigen verstohlenen Küssen ...

»Da war nichts Ernstes zwischen uns, Herrin, nichts ... Verbotenes. Ich hätte Dietrich nicht betrogen, ich ...«

»Aber Dietrichs Witwe hätte eine Ehe mit dem Herrn Florís doch sicher begrüßt«, bemerkte die Königin. »Wenngleich ich schon verstehe. Es schien unmöglich, er war ein Ritter ohne Land. Und es ist nur richtig, wenn ein Mädchen sich keinen unerfüllbaren Träumen hingibt.«

Gerlin schluchzte erneut und schüttelte dann den Kopf. »Es war schlimmer«, flüsterte sie und erzählte von ihrer zweiten, noch viel unmöglicheren, noch viel verboteneren Liebe zu Salomon von Kronach. »Ich weiß, dass es aussichtslos war. Weder die Juden noch die Christen hätten uns unter sich gewollt. Sein Stand war weit unter meinem, Dietmar hätte nicht als sein Sohn aufwachsen können. Es war ... es war völlig unmöglich. Aber wir hatten eine Nacht, und es war die Nacht meines Lebens ...«

Eleonore sah sie fassungslos an, als sie von ihrer Liebe zu einem Juden berichtete. Solange Gerlin sie kannte, hatte die Königin nie Kontakt zu Juden gehabt, aber das hatte sich geändert, als sie versuchte, das Lösegeld für Richard aufzutreiben. Gerlin wusste aus ihren eigenen Erfahrungen während der Reise, dass Salomons Glaubensgenossen äußerst unangenehm werden konnten, wenn es um das Beleihen von Pfändern ging. Viele von ihnen waren harte Geschäftsleute – selbst Salomon hatte über sie gemurrt, wenn er als christlicher Bader in ihre Pfandleihen ging, um Gerlins letzten Schmuck zu Geld zu machen. Sicher hatten sie es auch der Königin nicht leicht gemacht.

Aber Eleonore von Aquitanien glaubte über alle Schranken hinweg an die Liebe. Es mochte sie befremden, wenn man sie Juden oder Heiden entgegenbrachte, aber sie würde niemanden dafür verdammen.

»Und Ihr hängt ihm nun immer noch an, Eurem ... Hebräer?«, fragte sie mitfühlend.

Gerlin zuckte die Schultern. »Wie kann ich das, Herrin? Er ist tot. Aber deshalb ... nun ich ... ich kann ihn doch deshalb nicht aus meinem Herzen tilgen, als hätte er es nie besessen, und ich kann ihn nicht eintauschen gegen eine Liebe, die ... die ... die besser passt ...« Sie brach ein weiteres Mal in Tränen aus.

»Ihr fühlt Euch also schuldig wegen der Gefühle, die Ihr Herrn Florís entgegenbringt«, fasste die Herrin zusammen. Gerlin schluchzte weiter, und Eleonore streichelte tröstend ihre Schulter. »Wie wäre es denn, wenn Ihr die Gefühle zunächst einmal außer Acht ließet?« Gerlin sah verwirrt zu ihr auf. »Schaut, Kleines, es sind doch die wenigsten von uns, die an Liebe denken, wenn sie ihrem Ritter Eide schwören. Wir legen das Ehegelübde aus dynastischen Gründen ab, um ein Erbe zu sichern, eine Fehde zu beenden ... wer spricht da von Minne? Und Ihr habt nun wirklich ausreichend Gründe, auf die Festung Loches zu ehelichen. Ihr wollt Euer Kind in Sicherheit sehen ... Nehmt diese Entführung gestern nicht auf die leichte Schulter! Es kann wieder passieren, und das nächste Mal wird man Euch nicht nur einen einzigen tumben Ritter nachsenden, sondern dieser Roland kommt gleich selbst mit einer größeren Streitmacht. Wahrscheinlich hat ihm Kaiser Heinrich ein Ultimatum gesetzt: ohne Mündel keine Burg. Und dann erwischt der Kerl Euch womöglich auch noch selbst und zwingt Euch in sein Bett. Letztlich werdet Ihr Eure Eide nicht einem freundlichen, minniglichen Ritter schwören, vor dem Ihr nur ein schlechtes Gewissen verbergt, sondern einem Mörder und Usurpator! Dietmar und Ihr braucht einen starken Vormund und eine sichere Burg. Wobei Ihr da nichts Besseres bekommen könnt als Loches. Mein verstorbener Gatte hat die Festung ausbauen lassen, sie hat starke Mauern, einen enormen Wehrturm und ein ganzes Labyrinth von Geheimgängen – das war wohl ein Steckenpferd dieses Linhardt von Ornemünde. Denkt an all das, wenn Florís de Trillon Euch um Eure Hand bittet, denkt nicht an einen Scheiterhaufen in Paris.«

Gerlin nickte und nahm noch einen Schluck Wein. »Ihr werdet da sein, Herrin?«, fragte sie erstickt.

Eleonore von Aquitanien beugte sich zu ihr hinunter und zog sie an sich. »Diesmal werde ich da sein, mein Kind. Diesmal werde ich Euch vermählen. Und die meisten der von mir gestifteten Ehen wurden glücklich.«

Kapitel 12

Richard Plantagenet führte sein Heer am nächsten Tag nach Loches, einer kleinen Stadt im Schatten einer mächtigen Festung. Die Burg beherrschte einen Felsvorsprung über dem Tal des Flusses Indre. Es gab hier wohl schon seit Jahrhunderten Befestigungsanlagen, der Ort war strategisch wichtig.

Gerlin, die im Tross der Königin Eleonore mit dem Heer zog, aber natürlich wohlbewacht war, bewunderte den gewaltigen Wehrturm und die starken Mauern, die ihr uneinnehmbar schienen. Richard Löwenherz sah das allerdings anders. Er griff an, kaum dass seine Truppen die Siedlung umzingelt hatten. Er hatte wohl noch viele Sympathisanten in der Stadt – die Schlacht um Loches dauerte keine drei Stunden. Flankiert von seinen tapfersten Rittern, zu denen sich nach diesem Kampf nicht nur Florís de Trillon, sondern auch der junge Rüdiger von Falkenberg zählen durften, nahm er die Festung im Handstreich.

Die Menschen jubelten, als der heldenhafte König und seine bewunderte Mutter in die Stadt einzogen. Richard ließ die Besatzung der Burg in Frieden abziehen, wobei er den Burgherrn gleich als ersten Unterhändler in Sachen Kronarchiv bestimmte. Der Mann würde zweifellos unverzüglich zu seinem König reiten und konnte ihm schon die ersten Bedingungen für eine Rückgabe nennen. Gerlin tat er leid. Sie konnte nur für ihn hoffen, dass Philipp II. nicht zu den Herrschern gehörte, die Überbringer schlechter Nachrichten kurzerhand köpften.

Richard Plantagenets Hof residierte in dieser Nacht in der Festung von Loches, und der König ließ es sich nicht nehmen, die zahlreichen unterirdischen Anlagen, Verliese und Geheimgänge gemeinsam mit Florís zu erforschen.

»Bei Gott, der Onkel von Eurem künftigen Ziehsohn muss ein wahrer Tüftler gewesen sein«, lachte der König, als die zwei einen zugemauerten Gang entdeckten, der eventuelle Eindringlinge zuverlässig in eine Falle lockte. »Vielleicht liegt bei denen mehr Verstand als Kampfkraft in der Familie, der Vater des Jungen soll ja auch ein rechter Schwächling gewesen sein.«

»Er war nur sehr jung ...«, sagte Florís leise. »Aber er war ein guter Herr. Wir werden sehen, was aus Dietmar wird. Ich jedenfalls werde mein Bestes tun.«

Der König nickte. »Und es gehört ja auch noch eine Mutter dazu«, meinte er. »Gerlin von Ornemünde hat wohl Kampfkraft für drei! Soll ich Euch nun mit ihr in den Kreis der Ritter bitten, wenn wir an diesem Abend tafeln?«

Florís errötete. »Ich ... ich weiß nicht. Sie ...«

»Sie wird schon wollen, Herr Florís!«, meinte Richard ungeduldig. »Und sonst geht Ihr's einfach ein bisschen nachdrücklicher an. Ist schließlich keine Jungfrau mehr, das Mädchen ...«

Florís biss sich auf die Lippen. Das Letzte, was er wollte, war, Gerlin in irgendeiner Hinsicht zu zwingen. Er liebte sie, hatte sie immer geliebt – und sie sollte ihn auch wieder lieben, egal was zwischendurch geschehen war. Wenn sie noch warten wollte, würde er eben warten... Der König allerdings war nicht der Geduldigste, und es war besser, ihn nicht zu erzürnen, dessen war Florís gewiss. Gerlin würde in den sauren Apfel beißen müssen.

»Passt auf, meine Mutter macht das schon. Ich bin sicher, wenn wir heute Nacht in dieser Halle speisen, erwartet Euch eine Braut!«

Für eine lange belagerte Festung bot die Küche von Loches ein erstaunliches Festmahl auf. Aber natürlich war die Touraine ein reiches Land, und auch in dem Örtchen Loches waren Händler ansässig. Der Fluss lieferte Fisch, rund um die Festung lebten Bauern. Die Engländer requirierten Ochsen aus ihren Ställen für die Spießbraterei, wobei Eleonore allerdings darauf drängte, die Leute großzügig dafür zu entschädigen.

»Sonst unterstützen sie beim nächsten Mal die Franzosen!«, hielt sie ihrem Sohn streng vor, als der sie dafür auslachte. »Die Menschen müssen uns lieben, Richard, und ich werde dafür sorgen, dass sie dich als klugen und besonnenen Herrscher im Gedächtnis behalten – weit über unser beider Leben hinaus.«

Wohlgefällig schaute die Königin auf die üppig dekorierten Speisen, die vergoldeten und versilberten Fische, die Schwäne, die man nach dem Braten wieder mit ihrem Federkleid geschmückt hatte, die exquisit gefüllten Braten und bunten Süßspeisen. Ein Festmahl wie dieses hatten Richards Ritter lange nicht genossen, sie griffen eifrig zu.

Nur Gerlin von Ornemünde schien in dieser Nacht keinen Bissen hinunterzubekommen. Sie teilte den Teller mit Florís, und er tat alles, um sie glücklich zu stimmen. Der junge Ritter schenkte ihr Wein ein, fütterte sie mit den besten Stücken Fleisch und Geflügel und scherzte und lachte mit ihr. Gerlin antwortete jedoch halbherzig und nahm nur gelegentlich aus Höflichkeit einen Happen. Florís sorgte sich um ihre Gesundheit, aber sie wirkte nicht angeschlagen. Im Gegenteil, Florís hatte sie seit langem nicht so schön gesehen!

Die Festung Loches verfügte über ein Badehaus, und Eleonores Hofstaat hatte sich sofort darum gekümmert, dass den Damen jeder Luxus zur Verfügung stand. Während die Ritter sich lachend im Fluss balgten, genossen die Frauen Dampf- und Zuberbäder. Eleonores Hofdamen spülten Gerlins Haar mit Eiweiß, wuschen, bürsteten und flochten es und steckten es schließlich zu einer so komplizierten Flechtfrisur zusammen, dass man an ihrem Haar kaum erkennen konnte, ob hier eine schon mal verheiratete Frau eine zweite Ehe einging oder eine Jungfrau zum ersten Mal die Eide schwor. Gerlin hätte die züchtige, sehr schlichte Tracht einer Witwe bevorzugt – schon um Dietrich noch einmal die Ehre zu erweisen, aber die Königin schüttelte nur den Kopf.

»Ach was, Dietrich! Den habt Ihr doch längst vergessen! Trauer tragen wollt Ihr um Euren Hebräer. Aber das zählt jetzt alles nichts, meine Kleine, heute beginnt ein neues Leben, und Ihr werdet es nicht angehen wie eine traurige Krähe. Hier: Tragt dieses lichtblaue Kleid, und jammert nicht, weil der Ausschnitt so groß ist, so ist die Mode gerade. Ich hätt's damals gern getragen, als ich noch so jung war wie Ihr. Heute verbietet es leider mein Alter.«

Die Königin pflegte sich zwar in wertvolle Stoffe zu kleiden und auch leuchtende Farben, Goldfäden und Edelsteinbesatz nicht zu scheuen, aber extravagante Schnitte behielt sie sich jetzt doch für ihre Mädchen vor. Den Ausschnitt des für Gerlin bestimmten Kleides – es war fast weiß und schimmerte nur im Licht der Kerzen leicht ins Bläuliche – zierten dunkelblaue Schmucksteine, ebenso die Ärmel, die nach neuester Mode so lang waren, dass sie über die Hände hinausreichten. Ein breiter, tief getragener Gürtel, bestickt mit Gold und Edelsteinen, betonte Gerlins schlanke Taille, der Saum des Kleides berührte den Boden.

»Jetzt noch ein hübscher Schleier – nein, Kind, kein strenges Gebende, da sieht man Euer schönes Haar ja gar nicht. Etwas Leichtes, Durchscheinendes … o ja, Seide … Seide aus dem Orient … was gab es schöne Stoffe, da im Heiligen Land. Zu schade, dass wir immer nur Krieg führten. Wunderschön, Kleines, wartet, das Schapel fehlt noch … doch, doch, keine Widerrede, so wertvoll ist das gar nicht, Ihr wisst ja, Englands ganzes Gold ist in die Kassen dieses Kaisers Heinrich gewandert.«

Die Herrin Aliénor zwinkerte ihrer ehemaligen Ziehtochter verschwörerisch zu und platzierte einen goldenen Haarreif auf ihrem Schleier. Ein bisschen von Englands Schätzen hatte sie wohl noch zurückbehalten, zumindest genug, um sich und ihre Mädchen zu schmücken.

Jetzt jedenfalls blickte sie stolz und wohlgefällig auf die wunderschöne junge Frau, der nur noch ein bräutliches Lächeln fehlte, um das Bild vollkommen zu machen. Aber Gerlin schaffte es nicht, einen auch nur halbwegs glücklichen Ausdruck auf ihr Gesicht zu zwingen. Wann immer sie aufsah und sich an ihrer neuen Burg und ihrem schönen Ritter freuen wollte, drängten sich ihr die Bilder ihrer ersten Hochzeit auf. Dietrichs eifriges junges Gesicht – aber auch Florís und Salomon, die sich beide zu oft die Becher gefüllt hatten in dieser Nacht und deren Blicke das Brautpaar voller unterdrückter Neidgefühle verfolgten, obwohl Dietrichs Hochzeit sie doch ans Ziel ihrer Bemühungen geführt hatte. Rolands böser, ränkeschmiedender Ausdruck ... die kalten Augen Luitgarts ...

Florís gab es schließlich auf, seine Braut aufheitern zu wollen, und saß schweigend neben ihr – bis der König die Tafel aufhob, sich launig erhob und mit lauter Stimme die Neuvergabe des Lehens Loches an den Ritter Florís de Trillon verkündete.

»Wobei eigenes Land für die meisten jungen Ritter ja eigentlich nur Bedingung zur Erfüllung ihrer wahren Wünsche ist«, scherzte der König. »Hegen sie doch alle den Traum, sich ein Weib zu erwählen und auf die eigene Feste heimzuführen. Monseigneur de Trillon hat keine Zeit verstreichen lassen. Er kämpfte und siegte für seine Dame, Gerlindis von Ornemünde. Und heute hat er ihre Hand und ihr Herz endgültig gewonnen. Meine Herren Ritter, mögt Ihr einen Kreis bilden? Herr Florís und Frau Gerlin werden sich jetzt Eide schwören.«

Florís griff nach Gerlins eiskalter Hand. »Wir müssen es nicht tun, wenn du es nicht willst«, sagte er leise.

Gerlin schüttelte den Kopf. Gefasst trat sie an seiner Hand in den Kreis der Ritter. »Mit diesem Kuss nehme ich dich zur Frau ...«

Gerlin erinnerte sich noch genau an Dietrichs trockene, warme Lippen, die ihre schüchtern berührten. Wenn sie irgendwann von einer Hochzeit mit Florís geträumt hatte, so stets von einem richtigen Kuss, aber jetzt war sie froh, dass auch die Lippen ihres neuen Gemahls die ihren nur streiften.

»Mit diesem Kuss nehme ich dich zum Mann.« Gerlin wiederholte die Worte mit leiser Stimme, stellte sich auf die Zehenspitzen und küsste Florís ihrerseits. Sie sah ihn dabei nicht an. Als sie den Kreis verließen, schaute sie in die Augen der Herrin Aliénor.

Die Königin erwiderte ihren Blick fast mitleidig, lächelte dann aber ermutigend. Ihrer Ansicht nach würde alles gut werden, zumindest hatte sie das ihre dazugetan. Gerlin versuchte, ihr dankbar zu sein. Eleonore von Aquitanien meinte es sicher gut, und die Lösung war ja auch die beste für Dietmar ... Gerlin schaute nach ihrem Sohn, den die Hofdamen der Königin mal wieder verwöhnten. Mit einem Kuss hatte sie eine Feste für ihn erobert ... Dietmar würde in Sicherheit aufwachsen ... Wenn da nur nicht diese Bilder aus der Vergangenheit wären. Wenn sie es nur schaffte, Lauenstein und Paris zu vergessen ...

In den nächsten Stunden wurde das junge Paar mit Glück- und Segenswünschen überhäuft. Die Ritter tranken Gerlin und Florís zu und sparten nicht mit Scherzen und Neckereien, die immer zotiger wurden, je länger der Abend voranschritt. Inzwischen hatte man Tische und Stühle beiseitegeräumt, um Platz für die Darbietungen von Musikern und Gauklern zu schaffen. Die

Hochzeiter verteilten freigebig Münzen und Geschenke an die Gaukler und fragten sich jetzt schon, wo sie das Geld hernehmen sollten, um auch die Armen von Loches an ihrer Freude teilhaben zu lassen. Abram half aus, seine Kasse war dank des wieder florierenden Reliquienhandels wohl gefüllt. Am kommenden Morgen würde Florís allerdings mit den Händlern im Ort sprechen müssen. Zweifellos gewährten sie dem neuen Herrn einen großzügigen Kredit, bis die nächsten Zinseinnahmen anfielen.

Florís bemühte sich, lebhaft und glücklich zu wirken, aber Gerlin schien immer mehr zu versteinern, je länger sich das Unvermeidliche hinauszögerte. Sie wollte das Bett nicht mit Florís teilen! Ihr Kopf schmerzte jetzt schon, auf keinen Fall konnte sie sich in dieser Nacht noch mit weiteren Bildern herumschlagen, die unzweifelhaft in ihr aufsteigen würden. Dietrich, der sie so vorsichtig berührt und geküsst hatte, als sei sie eine Heiligenstatue ... die Bewunderung in Salomons schönen Augen, als er ihren nackten Körper sah. Seine gekonnten, lustvollen Zärtlichkeiten ... ihr Lachen, sein Lachen ... und dann würde sie sich daran erinnern, wie sie Dietrich auf dem Totenbett in den Armen gehalten hatte – und an den grauenvollen Geruch nach Rauch und verbranntem Fleisch am Port en Grève ...

Gerlin versuchte, sich mit Wein zu betäuben, aber er tat keine Wirkung. Schließlich stand sie mühsam und unwillig auf, als König Richard den Abend endlich beendete und Anstalten machte, das Brautpaar höchstselbst in sein Schlafgemach zu begleiten. Der König hatte ein wenig getrunken – er war nicht schwer bezecht wie viele andere Ritter, aber gut gelaunt und zu Scherzen aufgelegt. Er gab den Musikern ein paar weitere Münzen, die daraufhin den Zug der Ritter anführten. Eine kichernde, aufgeregte Menge trug Gerlin und Florís Fackeln voraus und ließ sich auch vor der Tür des rasch für den neuen Burgherrn und seine Gemahlin bereiteten Wohntrakts nicht aussperren. Der König und die Freunde des

Bräutigams ruhten erst, als Florís und Gerlin gemeinsam unter der Bettdecke lagen – Gerlin allerdings noch in vollem Feststaat, lediglich den Schleier hatte ihr ein eifriger junger Ritter abgenommen.

Endlich schob sich Florís zwischen die lüsterne Menge und seine Gemahlin. »Den Rest erledige ich allein!«, rief er.

Auch Rüdiger von Falkenberg bemühte sich, die vergnügten Besucher hinauszudrängen. Der junge Ritter sah die Anspannung und Blässe im Gesicht seiner Schwester. Gerlin brauchte zweifellos Ruhe.

Florís atmete auf, als sich die Tür der Kemenate endlich hinter den Männern schloss. Er verriegelte sie persönlich und blockierte sogar die Katzenklappe. Der junge Ritter hoffte, Gerlin damit zu belustigen, aber er hörte seine junge Frau nur weinen.

Florís unterdrückte den Impuls, sich wieder neben sie zu legen, ihr das Haar aus dem Gesicht zu streichen und sie zu trösten. Er füllte sich einen Becher süßen Weines aus der von einem der aufmerksamen Höflinge bereitgestellten Karaffe.

»Gerlin ... wenn es dir so zuwider ist, rühre ich dich nicht an«, sagte er leise.

Gerlin hob ihm ihr tränenüberströmtes Gesicht entgegen. »Ich möchte ja, Florís. Aber ich ... ich kann nicht. Ich sehe immer noch Dietrich vor mir und ...«

Florís stürzte seinen Wein herunter. »Da war etwas zwischen dir und ... dem Juden«, flüsterte er.

»Woher weißt du?« Gerlin war ehrlich erstaunt, so sehr, dass sie gar nicht darauf verfiel, irgendetwas zu leugnen. Dabei hatte sie es ihrem Gemahl nicht sagen wollen. Wenn er es wusste, wurde alles nur schwerer.

Florís lachte gepresst. »Herrgott, Gerlin, jeder, der nicht blind und taub war, musste wissen, dass er dich liebte.«

Gerlin errötete. »Florís, bei Gott und allen Heiligen ... beim

Leben meines Kindes ... in Lauenstein habe ich nie daran gedacht! Ich hätte Dietrich ... ich hätte dich niemals betrogen. Und es war doch auch ... unmöglich ...«

»Offensichtlich nicht«, sagte der Ritter trocken.

Gerlin richtete sich auf. »Florís, ich werde mich nicht dafür entschuldigen. Es war ... es war ein Wunder, eine Liebe zwischen den Welten, es war, wie gesagt, unmöglich. Vielleicht muss ich mich einmal vor Gott dafür rechtfertigen. Mag sein, dass er mich gestraft hat, indem er Salomon am Morgen danach sterben ließ – dieser Liebe blieben nur wenige Stunden, Florís! Oder sein Gott strafte ihn ... Ich weiß es nicht, und ich denke auch nicht darüber nach. Ich ... ich würde verrückt werden beim Gedanken an einen solchen Gott. Aber vor dir muss ich mich nicht rechtfertigen, Florís de Trillon. Ich bin deine Gemahlin. Du kannst mich jetzt nehmen, oder du kannst warten. Aber niemand kann auslöschen, was war ...«

Florís trat an ihr Bett. Er hätte sie gern in die Arme genommen, hätte ihr gequältes Gesicht zu gern geküsst. Aber sie hatte Unrecht: Es wäre sehr einfach, zu zerstören, was war. Nicht das, was Gerlin mit Salomon verbunden hatte, aber die zarte, frühlingsblumenhafte Liebe, die auf Lauenstein zwischen Gerlin und Florís gewachsen war. Sie hatte keine Zeit gehabt, Blüten zu treiben, aber ihre Wurzel war noch im Boden. Sie würde wieder austreiben, und dieses Mal würde sie blühen. Wenn er sich nur Zeit ließ...

Florís kämpfte um ein Lächeln. »Möchtet Ihr ... dass ich mein Schwert zwischen uns lege?«, fragte er förmlich.

Gerlin schaffte es noch nicht, das Lächeln zu erwidern, aber in ihren Augen blitzte doch eine erste neue Hoffnung auf. Sie hatte höfisches Geplauder schon immer geliebt. »O nein, Herr Ritter ... ich ... ich vertraue Eurem Ehrenwort ... Ihr werdet mich nicht anrühren, bis ...«

... bis wir uns im Kreis der Ritter Eide schwören ... So hätte es die mit ihrem Ritter entflohene Prinzessin im Artus-Roman gesagt, aber hier passten diese Worte natürlich nicht.

Schmerzlich empfand Gerlin den Widersinn ihrer Gefühle. Alles war genau so, wie sie es sich damals am Hof der Herrin Aliénor mit ihren Freundinnen ausgemalt hatte: die Hochzeit mit einem wunderschönen Ritter auf einer wunderschönen Burg, gesegnet von einem leibhaftigen König ... ein weiches Bett, ein Schlafgemach, dessen Boden mit Blumen bestreut worden war ... Gerlin nahm jetzt erst ihren Duft wahr. Und sie lag hier und weinte?

»... bis der Schnee schmilzt und das Herz meiner Eiskönigin zu neuem Leben erwacht ...«, sagte Florís sanft. »Ich erinnere mich ... Ihr seid eine Frühlingsbraut ... Habt keine Angst, Gerlin, ich werde warten ...«

Er hob eine Rosenblüte vom Boden auf und legte sie vorsichtig auf das Kissen neben seiner Frau. Dann wünschte er ihr eine gute Nacht und durchstreifte die Kemenate auf der Suche nach einem eigenen Lager. Zu seiner Überraschung fand er ein weiteres Bett in einem der Nebenräume. Hatte man hier an eine Kinderfrau gedacht? Eine Zofe oder eine Amme? Dafür hätte man das Lager allerdings nicht mit Kissen und Pelzen wohnlich einrichten müssen. Vorerst hatte Gerlin schließlich keine Bedienstete, und nicht jede Frau mochte ihr Gesinde in der Wohnung, die sie mit ihrem Gatten teilte. Florís streckte sich auf der unverhofft bequemen Bettstatt aus und dachte an die Herrin Aliénor. Vielleicht hatte sie gewusst, dass der Winter lang sein konnte.

Am nächsten Morgen erhellte strahlender Sonnenschein die Festung Loches. Gerlin war ein wenig befangen. Sie trat Florís schon voll bekleidet gegenüber, als er aus seiner Schlafkammer kam, begrüßte ihn aber freundlich mit einem Frühstück aus Griesbrei und Honig. Damit fütterten sie auch Dietmar, den Miriam gleich darauf brachte.

»Du siehst glücklich aus«, behauptete sie, als ob Gerlins Augen nicht noch vom gestrigen Weinen gerötet gewesen wären. »Ein bisschen übernächtigt vielleicht, aber ...« Sie zwinkerte.

Gerlin lächelte ihr zu. Vielleicht bemerkte Miriam ja wirklich nichts. Zumindest sie war überschäumend glücklich. In der vergangenen Nacht hatte sie mit Abram auf dem Turm von Loches in die Sterne gesehen und ihm lachend ein Horoskop erstellt. Sie würden lange und glücklich leben. Allerdings planten sie, an diesem Tag noch aufzubrechen. Tatsächlich nicht nach Norden, zurück in die deutschen Lande, sondern in den Süden, nach Hispanien und vielleicht darüber hinaus. Ihr Leben würde noch eine längere Zeit hindurch ein Abenteuer sein, aber andererseits: Das Leben der Juden war immer gefährdet. Und vielleicht kamen sie am Ende wirklich an einen Ort, in dem niemand erschlagen oder verbrannt wurde, nur weil er den Glauben seiner Väter nicht leugnen wollte.

Gerlin war bereit, die Entscheidung über die Wahrheit eines Glaubens auf die Zeit nach dem Tod zu vertagen. Sie wünschte ihren Freunden alles Glück der Welt.

Auch Richard Löwenherz und sein Heer würden an diesem Tag weiterziehen. Schließlich warteten viele weitere Städte und Burgen auf ihre Rückeroberung. Allerdings trafen sich die Ritter noch zum Hochamt in Saint-Ours, der zur Festung gehörenden Kirche.

»Passt nur auf, der Bau ist vor ein paar Jahren schon mal eingestürzt«, warnte Abram mit Blick auf das Gotteshaus. »Ich wäre da lieber vorsichtig ... Allerdings hätte ich ein sehr preiswertes Amulett mit einem Fetzen vom Gewand des heiligen Pontianus. Es schützt zuverlässig gegen Erdbeben …«

Gerlin musste lachen. »Wer ist eigentlich der Schutzpatron der Schwindler, Abram? Dem solltest du irgendwann eine Kerze stiften!«

Die Kirche stürzte an diesem Tag natürlich nicht ein, aber Gerlin dachte während der gesamten Messe darüber nach, wie sehr sich Dietrich und Salomon an ihrer außergewöhnlichen Architektur ergötzt hätten. Nach dem Einsturz des ersten Daches hatte man sicherheitshalber zwei achtseitige Gewölbe errichtet, die ohne zusätzliche Stützkonstruktionen auskamen. Unter einem von ihnen segnete der Priester nun Gerlins und Floris' Ehe. Sie hielten einander dabei an den Händen, und Floris bemerkte aufatmend, dass Gerlins Finger diesmal nicht eiskalt waren wie am Tag zuvor und dass sie sich um die seinen schlossen, statt nur reglos in seiner Hand zu liegen. Aber an diesem Ort erinnerte ja auch nichts an die Segnung ihrer Ehe mit Dietmar auf Lauenstein. Es war warm, und der Priester war kein verkaterter Bischof, sondern ein freundlicher Mann, der die neuen Burgherren aus vollem Herzen in Loches willkommen hieß.

»Möge Eure Verbindung mit vielen Kindern gesegnet sein!«, wünschte er ihnen am Schluss.

König Richard zwinkerte Gerlin beim Hinausgehen zu. »Zahlreich wie die Sterne am Himmel«, bemerkte er lächelnd.

Nachdem sie den König und seine Mutter endlich verabschiedet und auch Abram und Miriam ihren Planwagen durch das Tor der Festung gelenkt hatten, führte Floris seine junge Frau durch ihr neues Herrschaftsgebiet. Er hatte die Burg schließlich mit dem König erforscht, während Gerlin bislang nur die Bäder kannte. Aber jetzt konzentrierte er sich nicht auf Geheimgänge und

Wehranlagen, sondern stieg mit ihr auf die Mauern und Türme, um ihr das Lehen in seiner vollen Schönheit zu zeigen. Gerlin bestaunte begeistert das Felsplateau, auf dem Kirche und Burg standen. Sie genoss den weiten Blick über den geschäftigen kleinen Ort, den träge dahinfließenden Indre, an dessen linkem Ufer sich die Siedlung erstreckte. Die Felder und Weinberge um Loches herum hatten unter den Belagerungen gelitten – Florís würde den Bauern die Abgaben für mindestens ein Jahr erlassen müssen. Aber im nächsten Frühling würde man hier wieder säen und ernten.

Gerlin wandte sich strahlend zu ihrem Gatten um. »Es ist wunderschön«, flüsterte sie. »Dietmar …«

Florís schüttelte den Kopf. »Es wird nicht Dietmar gehören«, sagte er entschieden. »Es sei denn, das Eis wird niemals schmelzen und wir werden keine Söhne haben. Dann werden wir in einigen Jahren noch einmal mit König Richard reden müssen. Aber so Gott will, wirst du mich irgendwann wieder lieben und mir Erben für Loches schenken. Dies ist ein wunderschönes Land, Gerlin, und wenn wir es klug verwalten, wird es uns in den nächsten Jahren reich machen. Wir werden die besten Ritter aus aller Herren Länder bei uns empfangen – und sie alle werden Dietmar und seine Brüder lehren, das Schwert zu führen. Wir werden Dutzende von Knappen haben, die unseren Söhnen ergeben sind und mit Dietmar die Schwertleite feiern. Und dann, eines Tages, zieht dein Sohn nach Lauenstein, um sein wahres Erbe zu fordern. Das habe ich Dietrich geschworen, Gerlin. Und ich halte meine Eide!« Er sah sie fest an, und sie erwiderte seinen Blick.

»Du hast ihm auch geschworen, auf mich aufzupassen«, bemerkte sie liebevoll.

»Und? Tue ich das nicht?« Florís tastete nach ihrer Hand, sein Herz klopfte heftig. »Ich bin Euer verschworener Ritter, Herrin, das wisst Ihr.«

Er hatte diese Worte schon einmal zu ihr gesagt. Und auf einmal wandelte sich der Burgfried von Loches in ihrer Erinnerung in den Söller von Lauenstein. Die Nacht vor Dietrichs Schwertleite. Als etwas endete und etwas Neues begann.

Gerlin wandte sich ihrem Gatten zu und sah zu ihm auf. »So küsst mich, mein verschworener Ritter!«, sagte sie ruhig, genau wie damals. Und es fühlte sich genau so richtig an.

»Nur ein einziges Mal?«, fragte Florís. Auch er erinnerte sich.

Gerlin antwortete nicht. Sie öffnete ihm nur ihre Lippen.

Nachwort

Father, dear father,
You've done me great wrong,
You've married me to a boy who is too young.
I'm twice twelve and he is but fourteen,
He's young, but he's daily growing . . .

Dies sind die ersten Worte der Ballade *The Trees They Grow So High* – eine Ballade aus der Child-Sammlung, die mich zu meiner Geschichte rund um Gerlin und Dietrich inspiriert hat. Möglicherweise spielt der Text auf die Hochzeit zwischen Elizabeth Innes und dem jungen Lord Craighton im 17. Jahrhundert an, wahrscheinlich ist die Dichtung aber schon viel älter. Auf jeden Fall war es im Mittelalter und auch noch in der Neuzeit absolut nichts Ungewöhnliches, dass man Mädchen mit altersmäßig kaum passenden Männern vermählte. Bemerkenswert ist hier eher Elizabeth' (und Gerlins) anfängliches Aufbegehren – und natürlich die Tragik des frühen Todes des jungen Mannes, den seine zunächst widerstrebende Gattin dann doch liebgewann. Tatsächlich war Elizabeth mit ihrem vierzehnjährigen Bräutigam sogar noch relativ gut bedient. Mittelalterliche Heiratspolitik fand auch nichts dabei, etwa ein fünfzehnjähriges Mädchen auf einen erst achtjährigen verwöhnten Herrscherspross warten zu lassen.

Die verständnislose Rechtfertigung von Elizabeth' Vater – *Daughter, dear daughter, I've done You no wrong, I've given You a lord to wait upon* – spricht hier Bände. Der Stand und die Versorgung der Frau und ihrer späteren Kinder waren wichtiger als die Liebe – die überhaupt erst im 12. Jahrhundert durch das Aufkommen der Minnehöfe, des Frauendienstes und der Troubadoure zum Thema wurde.

Eine der ersten Grandes Dames, die solche Minnehöfe führten, war im Übrigen Eleonore von Aquitanien (Aliénor gerufen). Die Initiative dieser hochgeborenen, meist in mehreren Ehen erfahrenen Frauen entsprang dem verzweifelten Wunsch, den mittelalterlichen Ritter zum Ehrenmann zu erziehen. Die Minneherrinnen bemühten sich um die Durchsetzung eines Tugendkanons, der ihre Männer auf höfliches Verhalten, Körperpflege, Großzügigkeit und Maßhalten in jeder Beziehung einschwor. Die Zivilisierung des Ritters war übrigens auch Hauptanliegen der höfischen Dichtung, wie etwa der in diesem Buch häufig erwähnten Artus-Romane. Schon das zeigt, dass sie nicht nur für die Damenwelt existenziell wichtig war, sondern für die gesamte mittelalterliche Gesellschaft vom Bauern bis zum König.

Der adlige Panzerreiter des 12. bis 14. Jahrhunderts war eine hochspezialisierte Kampfmaschine. Seine gesamte Erziehung, sein Denken und Trachten zielte auf Aggression. Das war hilfreich, wenn jemand Schutz brauchte, aber niemand schützte die Gesellschaft vor Rittern, die ihre Macht missbrauchten. Die Hilflosigkeit meiner Lauensteiner gegenüber dem zu allem entschlossenen Roland ist hier ein typisches Beispiel: Die Bauern konnten sich vor dessen Übergriffen nur zu ihrem Burgherrn flüchten, und wenn der nicht das Geld und das militärische Potenzial hatte, um eine Fehde erfolgreich zu führen, so half ihnen das auch nichts.

Natürlich konnte der Geschädigte die Angelegenheit vor seinen Lehnsherrn bringen, aber faktisch waren auch hier die Möglichkeiten begrenzt. Zwar bestätigte dieser den schuldigen Ritter nicht in seinem bösen Tun, er griff aber auch wohlweislich nicht ein, hätte er doch ein halbes Heer aufbieten müssen, um dem Usurpator die Burg wieder zu entreißen.

Einer Frau in Gerlins Position hätte er bestenfalls das angeboten, was meine Heldin sich zunächst auch von Eleonore von Aquitanien und dann von Linhardt von Loches erhofft: einen

Witwensitz an einem renommierten Hof und jede Unterstützung bei der Aufgabe, ihren Sohn zu einem tapferen Ritter zu erziehen. Wenn der dann die Schwertleite gefeiert hatte, konnte er das Recht selbst in die Hand nehmen.

Eine Verzögerung von ein paar Jahrzehnten war bei solchen Auseinandersetzungen übrigens keineswegs selten. Eine Fehde konnte sich über Generationen hinziehen. Sie entschied sich fast nie im Zweikampf nach Hinwerfen des Fehdehandschuhs, wie Bücher und Filme suggerieren. Große Ritterburgen mit Grundherrschaften unterhielten im Mittelalter immer eine große Anzahl von Bewaffneten, schließlich erwartete der Lehnsherr im Kriegsfall Unterstützung. Kam es nun zur Fehde mit einem anderen Adligen, so zögerte man nicht, diese Streitmacht gegen ihn einzusetzen. Eine Fehde war ein Kleinkrieg mit allem, was dazugehörte. Man belagerte sich gegenseitig, zerstörte Äcker und Dörfer und löste das Problem bevorzugt durch Auslöschung der gesamten Familie des Gegners.

Um Letzteres möglichst zu vermeiden, bemühten sich besonnene Geister ziemlich bald um ein Fehderecht, das die Auseinandersetzung wenigstens einigen Regeln unterwarf. Dazu gehörten die Zustellung des Fehdebriefes drei Tage vor Beginn der Kampfhandlungen und auch kampffreie Tage – der Gottesfrieden. Allerdings verhielt es sich mit dem Fehderecht ähnlich wie mit allen anderen Auflagen und Forderungen, mittels derer man die Handlungen von Rittern zu kontrollieren hoffte: Die Kombattanten konnten sich daran halten – oder auch nicht.

Jüdische Berater an christlichen Höfen gab es im Mittelalter übrigens recht häufig. Einer davon war zum Beispiel der Wiener Jude Schlom (wahrscheinlich eine Verballhornung des Namens Salomon), der zur fraglichen Zeit Münzmeister des Herzogs Friedrich von Österreich war und als solcher urkundlich erwähnt wird. Die sternkundige Tochter Miriam habe ich dem Herrn allerdings angedichtet.

In Bezug auf die Darstellung des jüdischen Lebens im 12. Jahrhundert habe ich mich um weitestmögliche Authentizität bemüht. Allerdings differierten die Auflagen, Ge- und Verbote für die einzelnen Gemeinden stark von Ort zu Ort, Grafschaft zu Bistum, Stadt zu Stadt. Die genauen Regelungen für all die Gegenden herauszufinden, in denen mein Roman spielt, war Sisyphusarbeit, und es ist durchaus möglich, dass sich dabei kleine Fehler eingeschlichen haben. Sollte das so sein, so beziehen sie sich aber allenfalls auf regionale Gegebenheiten. Alle erwähnten Einschränkungen, Bedrohungen, Berufsverbote und dergleichen hat es im 12. Jahrhundert in deutschen Landen gegeben. Auch der Mord an der Familie in Neuss ist nicht erfunden – er hat tatsächlich 1194 stattgefunden.

Was die Pariser Juden angeht, so stimmt es natürlich, dass Philipp II. sie 1181 der Stadt verwies. Ob es tatsächlich weiterhin heimliche Gemeinden von Zwangskonvertiten gegeben hat, die Synagogen und Mikwen betrieben, weiß ich nicht, nehme es aber stark an. Unter ähnlichen Bedingungen im Kastilien des 15. Jahrhunderts war es jedenfalls gang und gäbe, dass man sich morgens aus wirtschaftlichen Gründen taufen ließ – und abends ohne einen Anflug von Gewissensbissen den Sabbat feierte. In Spanien endete dies mit der Einführung der Inquisition. Die französischen Juden hingegen wurden 1198 von Philipp II. zurückgerufen, und Paris entwickelte sich zu einem der Zentren jüdischer Kultur in Europa.

Gerlin und Dietrich, Florís, Miriam, Abram und Salomon haben viele mehr oder weniger bekannte historische Vorbilder. Sie selbst sind allerdings fiktive Persönlichkeiten. Zwar gab es die Burgen, auf denen meine Geschichte spielt, schon im 12. Jahrhundert, und auf Lauenstein residierten Mitglieder des großen und bis heute bestehenden Geschlechts derer von Orlamünde. Dietrich und Roland von Ornemünde entsprangen allerdings ganz allein meiner Fantasie, ebenso Linhardt. Mit den Vorfahren der heutigen Orlamünder haben sie nichts zu tun. Auch das Rittergut Steinbach bestand schon zur fraglichen Zeit, man weiß allerdings nicht, wem die Steinbacher lehnspflichtig waren. 1487 unterstand Steinbach Lauenstein nicht mehr, aber da war Lauenstein auch längst nicht mehr in den Händen derer von Orlamünde.

Ähnliches gilt für die Festung Loches in der Touraine. Natürlich ist historisch belegt, dass sie in der Zeit von Linhardts Lehen in Händen Heinrich Plantagenets war. Wer aber genau die umfangreichen Wehranlagen neu konstruierte, auf deren Errichtung der König bestand, verliert sich im Dunkel der Geschichte. Während der Zeit der Gefangennahme Richard Löwenherz' war Loches von französischen Rittern besetzt. Nach der Rückeroberung wird Richard die Burg irgendeinem verdienten Ritter zu Lehen übergeben haben.

Insgesamt bin ich bei der Schilderung des Feldzugs des Richard Plantagenet so nah wie möglich an den historischen Tatsachen geblieben. Das betrifft nicht nur die Rückeroberung von Loches im Handstreich, sondern auch das Gefecht von Fréteval am 3. Juli 1194. Hier sind allerdings nur wenige Einzelheiten überliefert – was mir viel Raum für dichterische Freiheit und Einbeziehung meiner Helden in die Kampfhandlungen ließ. Sicher ist, dass Philipp II. seine Streitmacht von Vendôme aus fluchtartig in Marsch setzte, als er von Richards Aufbruch Richtung Loches hörte. Die Engländer stießen dann eher durch Zufall auf sein Heer und seinen Tross, dem der König weit vorausritt. Den genauen Verlauf der Schlacht schildern die Chronisten nicht, sondern konzentrieren sich auf die Erbeutung des Kronarchivs (einschließlich der belastenden Briefe von Johann Ohneland) und des königlichen Siegels durch König Richard. Diese gewaltige Blamage für Philipp führte letztlich zur Gründung des Französischen Nationalarchivs. Man hielt es plötzlich nicht mehr für die beste Idee, dem König sein Siegel und seine wichtigsten Unterlagen ständig hinterherzutragen.

Pilgerfahrten, selbst weite und beschwerliche, waren im Mittelalter sehr verbreitet, wenn auch sicher selten so skurrile Persönlichkeiten unterwegs waren wie mein Martinus Magentius und sein Anhang. Die Bewertung seiner Sterndeuterei durch die Kirche und die darüber mit Salomon geführten Diskussionen passen durchaus in die Zeit. Salomons wissenschaftliche Einwände gegen die Deutung von Sternenkonstellationen in Bezug auf Geburtsdaten gelten noch heute, verhallen aber bei modernen Esoterikern genauso ungehört wie bei ihren Vorgängern im Mittelalter. Historiker feiern die zunehmende Bedeutung der Astrologie im 12. Jahrhundert aber dennoch als ersten Schritt auf dem Weg hin zu einem wissenschaftsorientierten Weltbild. Schließlich zog man hier kausal Schlüsse – im Gegensatz zum früheren, rein magisch bestimmten Denken.

Und da wir nun schon beim Aberglauben sind: Meine Leser mögen mir verzeihen, dass ich das Motiv der Reliquienfälschung in diesem Buch noch einmal aufgreife, nachdem meine Konstanze schon in *Der Eid der Kreuzritterin* einen Teil ihrer Reise damit finanzierte. Ich muss zugeben, dass mich dieser gigantische, das gesamte Mittelalter durchziehende Schwindel immer wieder amüsiert. Es werden schließlich vor allem muslimische und jüdische Händler gewesen sein, welche die enorme Nachfrage nach Körperteilen oder Besitztümern lange verblichener Heiliger befriedigten, und sicher hielten sie sich damit für so manche Schmähung durch ihre christlichen Mitbürger schadlos. Beim Anblick der gehüteten Reliquienschreine, vor allem in südländischen Kirchen, muss ich stets darüber nachdenken, wem wohl diese mit Inbrunst verehrte, »heilige Kostbarkeit« tatsächlich einmal gehört haben mag.

Eine kleine Geschichtsfälschung muss ich allerdings doch noch zugeben: Ich habe das Osterfest 1194 vom 10. April auf den März verlegt. Andernfalls hätten meine Protagonisten die Reise nach Fréteval allenfalls mit schnellen Pferden bis zum 3. Juli geschafft. Als Pilger reiste man langsamer. Wer auch immer dafür zuständig ist – vom neuzeitlichen Wetterfrosch bis zur germanischen Göttin Ostara –, möge mir vergeben.

In diesem Zusammenhang muss auch noch kurz etwas zu den Meilenangaben in diesem Roman gesagt werden. Eine Meile umfasste dem Namen (*mille*) nach tausend Doppelschritte, und die differieren natürlich stark je nach Größe und Beinlänge des Schreitenden. Es gab aber auch starke regionale Abweichungen bei dieser Distanzangabe. Allgemein wird für die mittelalterliche Meile eine Strecke von 1450 bis 1500 Metern angenommen, die moderne britische Landmeile umfasst 1,6 Kilometer. An diesen Angaben haben wir uns auch bei den Entfernungen in der Geschichte orientiert.

Zuletzt möchte ich wie immer allen danken, die an der Erstellung dieses Buches beteiligt waren – zuallererst meiner überaus sorgfältigen Textredakteurin Margit von Cossart und natürlich meiner Lektorin Melanie Blank-Schröder. Besonders der zweite Teil verdankt ihrem Einwand gegen noch mehr Kreuzzüge erhebliche Verbesserungen.

Klara Decker und Alexandra Schedel-Stupperich haben sich um die bayerischen Dialektpassagen verdient gemacht und dabei verzweifelt versucht, mir die Unterschiede zwischen Bayerisch und Fränkisch nahezubringen, Judith Knigge versüßte das Ganze mit Weihnachtskeksen. Und natürlich wurde das Buch wieder von der Agentur Schlück vermittelt – ich kann Bastian Schlück nach wie vor nicht genug danken. Ohne ihn gäbe es weder Ricarda Jordan noch Sarah Lark.

Ricarda Jordan